The Fantasy

The German

Prize

The Quill Award

The British

Fantasy

Award

万墨轩图书
WIPUB BOOKS

TAD WILLIAMS

雾影四部曲【Ⅳ】上卷

雾影之心

SHADOWHEART

[美] 泰德·威廉姆斯 著
李迎春 张妍妍 译

西南师范大学出版社
国家一级出版社 全国百佳图书出版单位

我的孩子康纳·威廉姆斯和德文·比尔仍然认为，我应该献给他们更加适合小孩读的书，而不是这样的大人书，我这么做是一种欺骗。我告诉他们，有一天他们会长大，就像所有大人一样，但他们拒绝相信在那么美好的孩子身上会发生任何恐怖和不公平的事。

（看他们慢慢懂事一定非常有趣。事实上，无论看他们做什么都很有趣。）你们两个可爱的小怪兽，请记住，我和你们的妈妈会永远深爱着你们——但别总让我把这句话挂在嘴上。

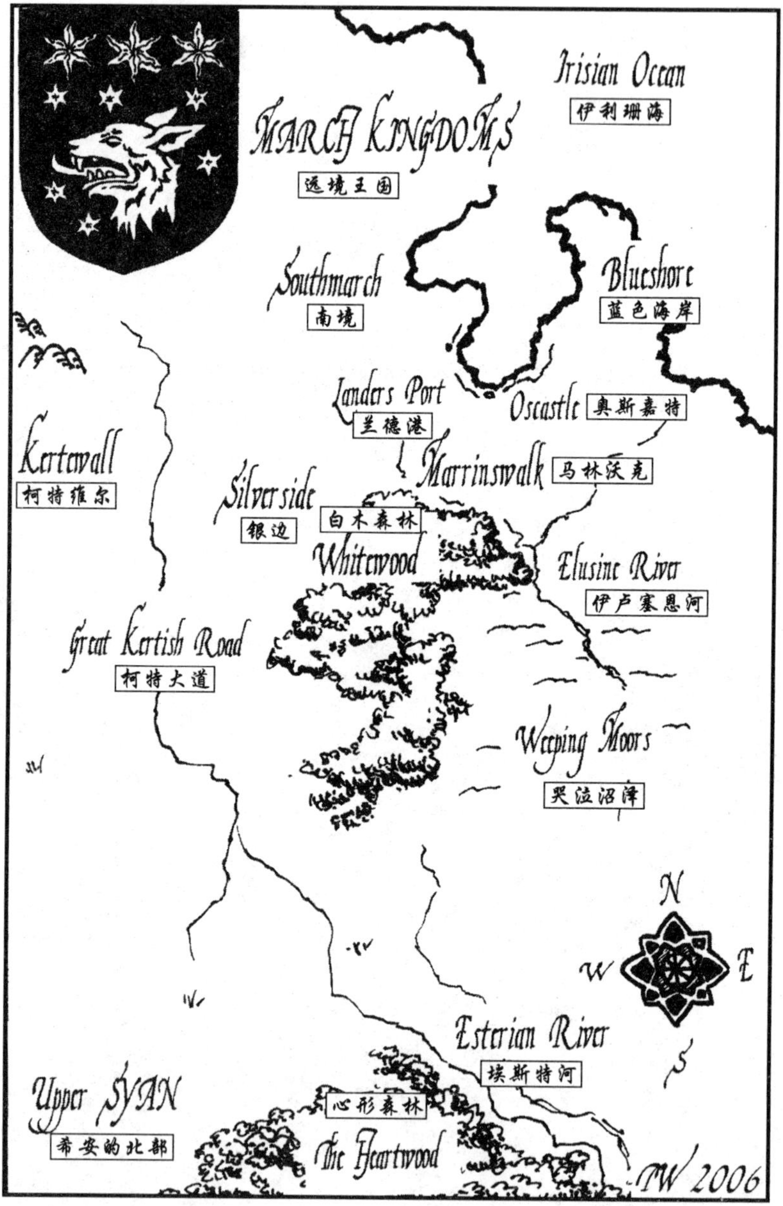
Irisian Ocean
伊利珊海
MARCH KINGDOMS
远境王国
Southmarch
南境
Blueshore
蓝色海岸
Landers Port
兰德港
Oscastle
奥斯嘉特
Kertewall
柯特维尔
Marrinswalk
马林沃克
Silverside
银边
白木森林
Whitewood
Elusine River
伊卢塞恩河
Great Kertish Road
柯特大道
Weeping Moors
哭泣沼泽
N
W
E
S
Esterian River
埃斯特河
Upper SYAN
希安的北部
心形森林
The Heartwood
PW 2006

鉴于有些读者习惯提前了解这一故事的人物、事件和地点，本书附上了几张地图，还有人物信息表和三神教信仰中的诸神名讳表。

地图绘制的依据有：旅者诉说的详尽故事，字迹模糊不堪的古老文件，神谕的文字记载，垂垂老矣的隐者所言，还有在希安的跳蚤市场发现的装有土地管理局记录的旧盒子。同样，本部附录中的人物信息表和诸神名讳表也是根据一些神秘而古老的线索艰难制成的。请读者们好好利用这些材料，也请谨记，这其中的许多人物早已逝去，或是视力严重受损，或是学术声誉早已不复存在，但他们的牺牲是为了提供这些材料给你们，给我亲爱的读者们。

费恩·特奥多罗斯

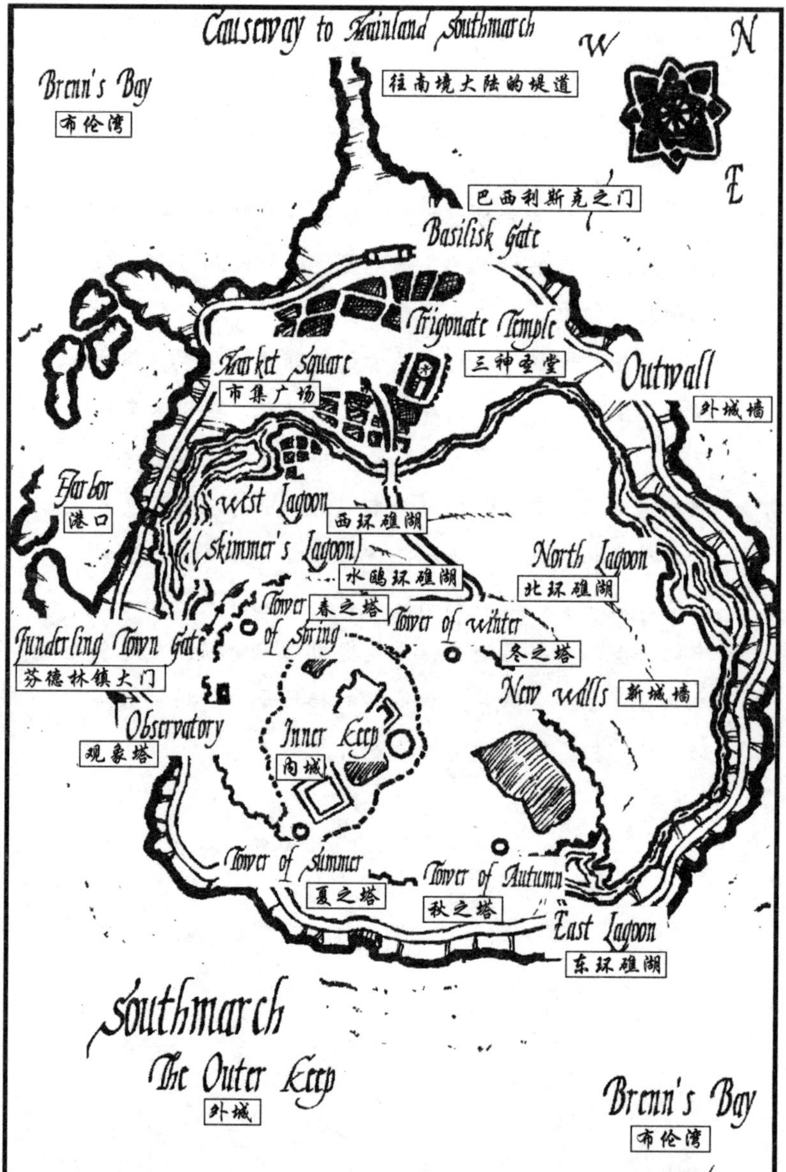
Causeway to Mainland Southmarch
往南境大陆的堤道
W
N
E
Brenn's Bay
布伦湾
巴西利斯克之门
Basilisk Gate
Trigonate Temple
三神圣堂
Market Square
市集广场
Outwall
外城墙
Harbor
港口
West Lagoon
西环礁湖
(Skimmer's Lagoon)
水鸥环礁湖
North Lagoon
北环礁湖
Tower
春之塔
of Spring
Tower of Winter
冬之塔
Funderling Town Gate
芬德林镇大门
New Walls
新城墙
Observatory
观象塔
Inner Keep
内城
Tower of Summer
夏之塔
Tower of Autumn
秋之塔
East Lagoon
东环礁湖
Southmarch
The Outer Keep
外城
Brenn's Bay
布伦湾

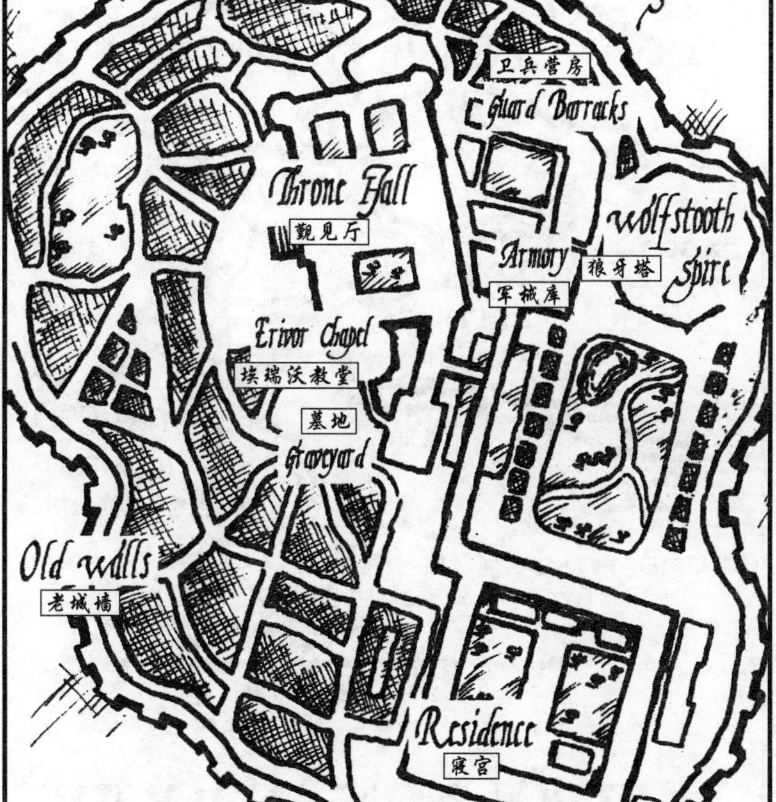

拉文之门
Outer Keep
外城
Raven's Gate
N
W
E
S
卫兵营房
Guard Barracks
Throne Hall
觐见厅
wolfstooth
狼牙塔
Spire
Armory
军械库
Erivor Chapel
埃瑞沃教堂
墓地
Graveyard
Old walls
老城墙
Residence
寝宫
Southmarch
南境
The Inner Keep
内城
Tower of Summer
夏之塔

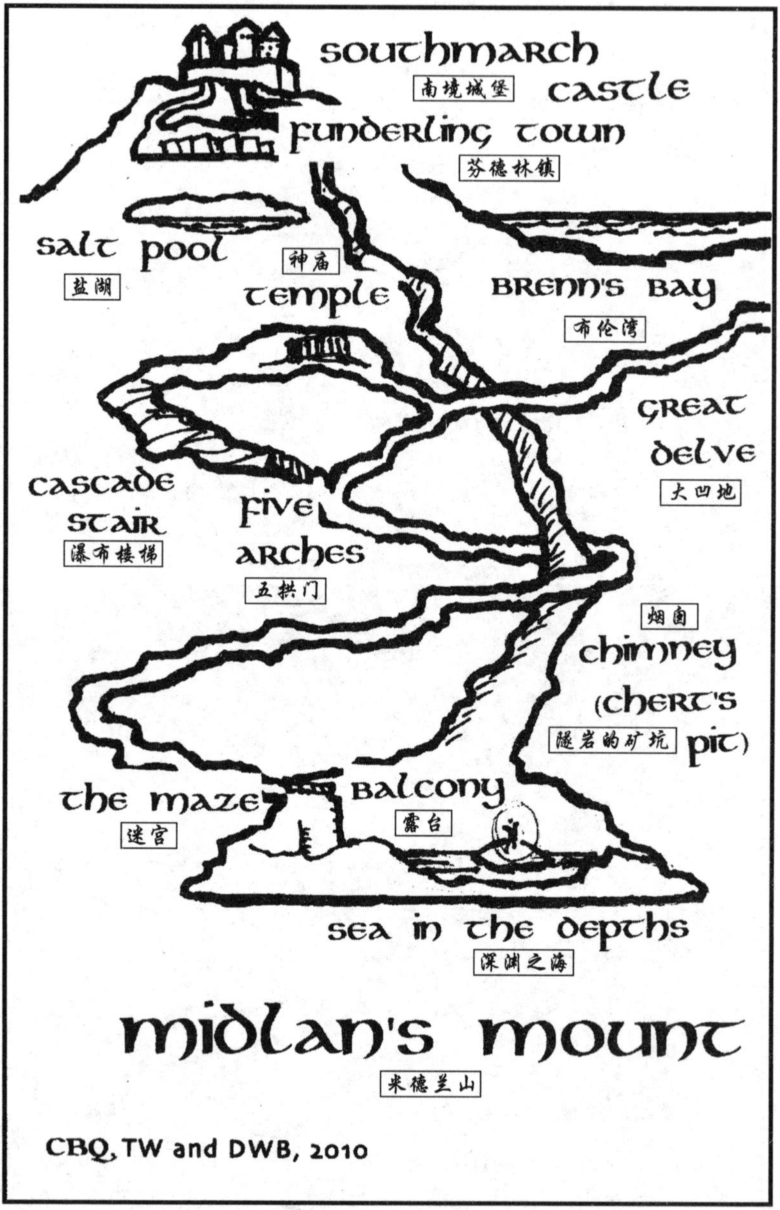
Southmarch Castle
南境城堡
Funderling Town
芬德林镇
Salt Pool
盐湖
神庙
Temple
Brenn's Bay
布伦湾
Great Delve
大凹地
Cascade Stair
瀑布楼梯
Five Arches
五拱门
烟囱
Chimney (Chert's Pit)
隧岩的矿坑
The Maze
迷宫
Balcony
露台
Sea in the Depths
深渊之海
Midlan's Mount
米德兰山
CBQ, TW and DWB, 2010

目录
CONTENTS

序幕

Prelude

他得名于图阿鲁姆，一只在干旱的岩石山上奔跑的羚羊。他的母亲在少女时代经常看到这头小动物来河边饮水，身形清瘦，双眼明亮，勇敢无畏；她第一眼看到儿子，就在他身上看到了那只羚羊的一切。“图里姆，”她气喘吁吁地说道，“就叫他图里姆吧！”仆人们按照吩咐记下了这个名字，然后就把他从母亲身边抱走，交给了王宫里的一位奶妈。

男孩最初的记忆就是隐宫那些色彩瑰丽的门帘，最初的几年他就跟一群女人住在那里，心地善良而且身上香喷喷的奶妈们抱着他，给他唱歌，用昂贵的药膏擦拭他纤细的古铜色四肢。他唯一觉得难受的时刻，就是奶妈们把他放回小床，抱起父王另外一个更小的儿子宠爱不已的时候。多么不公平啊！这关爱本应属于他一人，现在却凭空多出一个人来分享，妒火在幼小的图里姆心中燃烧着，就像他每晚临睡前盯着的那个灯笼里面的火苗一样——他小心翼翼地守护着那团火苗，有时甚至连白天也能在心中看到它；它如此明亮，将一切现实都笼罩在暗影之中。

快到三岁的时候，图里姆斗胆干了一件大事，在共浴的时候溺死了一个年幼的小王子。他一直在伺机等待，直到保姆们被叫走，去哄另外一个被泼了一身水、正在号啕大哭的孩子。这时，他把手伸向了弟弟吉尔盖兹的头，猛地把他按到盛满水的澡盆里，死死不放。同在澡盆里的还有三四个孩子，他们一直在泼水嬉戏，压根儿没注意到这一幕。

他能感觉到弟弟在拼命地挣扎，也知道不远处一切都平静如常，这种感觉十分奇特。图里姆意识到，人们创造出大量的生命，但是只要自己愿意，随时都可以取走这些生命。他再次看到了心中的火苗，但这一次，他觉得自己仿佛成了那团火苗，剧烈地燃烧着，使周围的一切都陷入黑暗之中。他心醉神迷。

等保姆们回过头，吉尔盖兹已经浮了起来，头发像水草一样在水面上打着漩涡，里面缠绕着白色的花瓣。她们尖叫着把他拖了出来，却来不及把他救活。许多王子共同生活在果园宫——独裁者娶了很多妻子，而且子嗣众多——因此失去一个儿子也算不上什么悲伤的事，但是所有的保姆都被处以凌迟，这还是让图里姆感到有些伤心。其中一个保姆每晚都会从隐宫的厨房给他偷一颗蜂蜜奶糖，现在他吃不到糖果，只好乖乖上床睡觉。

很快，图里姆就到了不能继续住在隐宫的年龄，于是他搬到了雪松殿，那是宏伟宽敞的果园宫的一隅，所有年轻的贵族子弟都生活在那里，直到长大后才能接近图里姆的父亲——光荣的神佑者帕纳德。图里姆之前居住的隐宫只有内侍才能获准进入，而现在，在雪松殿，他第一次有机会跟真正的男人生活在一起，还学会了狩猎、打仗和唱战歌等。凭着一双长腿和英俊的面容以及机敏的才智，他赢得了果园宫所有人的注目，包括他的父王。

帕纳德的儿子们大多不希望得到父亲的赏识。虽然他们中的一个终有一天会继承他的王位，但年逾五十的独裁者依旧精力充沛、大权独揽，所以那一天还十分遥远，谁也说不上西斯国的子嗣们会遭遇什么意外。帕纳德发现自己的几个儿子深受士兵或普通人的欢迎。在一次与西部群岛的海盗交手的过程中，他的一个儿子甚至成了唯一的伤者。还有一个儿子在隆冬时节被蛇咬了一口，全身发紫，最后窒息身亡——这个季节被蛇咬伤可不多见。因此，当父王注意到图里姆，并时常找他谈心的时候，其他的王子都没有太过忌妒。

“你母亲是谁？”帕纳德第一次见他时问道。独裁者是个大块头，不仅个子高而且像鳄鱼一样强壮。图里姆很难想象，自己的纤细四肢竟是拜这个长着浓密胡子的大块头所赐。“啊，是的，我记得她。她像只小猫似的。你的眼睛跟她的一模一样。”

图里姆并不知道这样的说法是否意味着他的母亲已经不在人世，但他也不想开口去问，那样会让他看起来太多愁善感，像个柔弱的女人。如果说图里姆遗传了她的眼睛，那么她一定十分特别，因为人们一看到他，首先就会注意到他那双金色的眼睛，就像两只盛满金属溶液的黑洞。他早就知道自己与众不同，原因之一就是那团明亮的、能够吞噬一切的火苗——那团火苗没有在任何一个兄弟或是别的孩子心中燃烧。

虽然图里姆话不多，但他经常跟父亲谈心。没过多久，他就从与其他王子同住的寝宫搬了出来，拥有了一间自己的卧室，独裁者不论白天还是晚上都可以去找他，而不会打扰图里姆的兄弟们。帕纳德开始对他进行各种残忍的训练，不断向他强调作为比沙克——来自沙漠腹地的猎鹰子孙的首领的责任，以期有朝一日能够夺下全世界所有城邦的王座。

“诸神眷顾我们，”帕纳德看到图里姆双唇紧闭，痛苦得几乎要哭出来时会这样对他解释，“猎鹰之所以比其他动物飞得更高，傲视一切生命，这都是拜诸神所赐。天上的太阳就是猎鹰的眼睛。”

图里姆并非总是能够很好地理解父亲的话，但总的说来，这些训练和痛苦以及各种异样的感觉清楚地表明，火苗和猎鹰在本质上是相同的：只有勇敢向前、无畏争取的人才能坐拥天下。只有这样的人才能得到诸神的眷顾。

尽管这样的往来持续了好几年，但是图里姆王子在第一天晚上便立下誓言，总有一天要杀了自己的父亲。这倒不是为了报复父亲带给他的痛苦——那团火苗永远不会因另一个人的影子而熄灭，即便那个人是独裁者。

当他逐渐远离少年时代，披上成年人的新衣时，图里姆开始跟另外一个古铜色皮肤的人走得很近，此人十分尊重他的感情。这个人的名字叫作戈汗，是独裁者同父异母的哥哥。戈汗是帕纳德的父亲跟一位出身低微的女人生下的孩子，因此对王位根本构不成任何威胁。他利用自己不纯正的贵族血统，成为独裁者最信任的心腹，只有智慧过人、殚思极虑者方能担此大任。图里姆吸引他的地方并不在于丰厚的物质或远大的理想：他在这个年轻人身上看到了跟自己相似的野心，这种野心只要稍加训练，不仅能够突破果园宫的围墙或是西斯国的疆界，还能穿越诸神所创造的神迹的无尽回廊。正是戈汗教会了图里姆读书写字。他不仅和其他王子一样学会了印在牛皮纸或莎草纸上的文字，还懂得了这些文字的意思，并将其中的智慧谙熟于心，有时还到处搜集新知识，以使自己变得更加强大。

戈汗向图里姆介绍了柯索斯和赫尔丁，还有皮尔拉伯等著名战术家的著作。图里姆了解到，人类的思想可以在书本中保存上千年——不同年代的伟大学者和饱学之士的教诲仿佛就回响在耳边。更重要的是，他意识到诸神和他们最亲密的追随者的声音也能够跨越时间的深渊，跨越尘世与天堂之间的鸿沟，分享创造本身的奥秘。戈汗曾经朗诵过的战争诗人赫尔丁的诗句：**眼睛只盯着王位的人永远不可能摘下星辰**。图里姆心领神会，感觉自己叔叔的智慧必定异于常人，只是稍逊于神灵；戈汗洞悉到图里姆的过人之处，甚至比与他血脉相承的父亲还要伟大，他明白图里姆并非凡人，而是天堂之子。

几年之后，图里姆长大了一些，原本稚气的四肢渐渐具备了年轻人的柔韧力量，他的父亲对他失去了兴趣，这加深了他心中的仇恨。独裁者一心只想利用他，却看不到他身上的过人之处，以为他跟那些脸蛋漂亮的王子没什么两样。如果图里姆能够杀了帕纳德，那么他一定会这么做，但是独裁者的身边不仅随时跟着强大的猎豹卫队，他本人也力大无穷，武艺超群，而且异常机警，就算是在忙于那些令人心烦意乱或是昏昏欲睡的政事时，他的这些特质也从未消减。一直以来，西斯国的历代统治者都由储君进行严密保护，他们是身份特殊的临时继承人，并非独裁者的嫡系，一旦独裁者死于非命，他们就会暂时接管王位，将事件调查个水落石出，然后再将王位归还给真正的继承人——只要继任者不是杀死独裁者的凶手。这是一个奇怪的旧俗；颇经历了一番曲折，但几个世纪以来却保护着历代独裁者，让他们远离阴谋诡计的迫害，拥有比其他国家君主更多的安全保障。

因此图里姆没有采取行动，他一直等待、学习和计划着……做着美梦。

终于有一天，梧桐钟楼和努沙什神庙里的大钟敲响了王室丧钟。年仅六十三岁的帕纳德在隐宫驾崩，死在了某个宠妃的床上。尽管没有任何死于谋杀的迹象，但储君还是马上对那个宠妃和她的侍女进行严刑拷打，确信她们没有任何犯罪企图，然后处死了她们；此举是为了提醒住在宫中的其他人，无论清白与否，卷入独裁者之死都是一件危险的事情。丧期开始了，之后独裁者的大儿子多尔多姆——当时已是三军主帅，以超群的武艺和残忍而闻名——便可以即位登基。

但就在帕纳德去世当晚，多尔多姆也离奇地窒息而死，整个果园宫都在谣传他被人下了毒。随后，帕纳德的三个兄弟，还有他的一些朋友、侍从和情人，只要是碰巧吃过同一盘食物或喝了同一瓶酒的人，全都相继死于某种独特的毒药，这种毒药无色无味，不会立即发作，但会像硫酸一样腐蚀受害者的内脏。

其他继承人也相继倒了下去，有的像多尔多姆一样被毒死，有的在梦中被素来忠诚的仆人捅死，还有的在行鱼水之欢时被刺客暗杀，他们的卫队就在门外候着，却没有听到任何声音。帕纳德的其他子女没有那么大的野心，看到风向不对便带着家人一起离开了西斯以求自保（但最终还是难逃死劫）。其他人则完全陷入了这股游戏风潮，整整一年的时间里，古老的西斯就像一张西洋棋盘，王室幸存者们所走的每一步都会被细细揣摩，遭到反击。因为有些人对王位觊觎已久，而图里姆是王位的第二十三顺位继承人，所以死亡事件最初发生时根本没人怀疑到他头上，大家都认为帕纳德的死引发了一场蓄谋已久的互相暗杀。实际上，在摄政期间（后来这成了一种约定俗成的说法），西斯的大多数居民，包括果园宫中最睿智的学者，都认为王位的争夺会在多尔多姆的两个弟弟——乌尔丁王子和梅纳德王子两人之中展开；当时其他继承人死的死、逃的逃，只有他们两人和图里姆，还有少数几个继承人活了下来。

大多数深谋远虑的朝臣确信，图里姆之所以能够幸存下来是因为他对任何人都构不成什么威胁。少数几个真正了解他的人怀疑事情并不像看上去那样简单，但也不敢在背后议论。这些真正聪明的人大多活了下来，一直辅佐着他。

最聪明的当然是戈汗叔叔，他距离王位如此遥远，却察觉到了图里姆这个年轻人的冷酷无情——或许这正是对图里姆内心中那团火苗的折射。戈汗将自己的命运完全压在了这个希望渺茫的继承人身上，对他来说，这是一场不折不扣的赌博，因为他是那种睿智且毫无威胁的长者，不出意外的话将平安地见证新国王登基，尽心竭力地辅佐一两代君主，最后平静且不失尊严地死去，得到数千名活生生的奴隶陪葬，这素来是王室的最高礼遇。但是他却在一场看似毫无胜算的赌局中孤注一掷——至少在那些没有看透图里姆那双不安的金色眼睛的人看来如此。

“我别无选择，亲爱的殿下，”戈汗告诉他，“因为自从第一次看到您，我就知道您会成为什么样的人，任何事都无法让我背叛您。您和我，我们就像这样。”这位老人举起手，食指同中指紧紧交叉在一起，表明他与图里姆的亲密关系，“就像这样。”

“像这样，叔叔，”王子一边说着，一边举起了自己的手，十指相对，“我明白。”

此后不久，他们的伙伴关系便结出了果实。有一天，一位年幼的王子正陪着王位最有力的竞争者梅纳德进餐，这一餐让他如坐针毡。吃着吃着，这位年幼的王子突然呼吸困难，像是有一整颗鸭蛋卡在了喉咙里似的。他全身发黑，脚底打晃，压根儿没有看到摆放在地上的珍馐就直接走了过去，然后一头倒在一群捧着洗手钵和酒壶的仆人中间，房间里丁零当啷地响了好一阵子，这声响让大家忽略了一个事实：他那年轻的妻子也是这么个死法，只是要比他平静得多。

气急败坏的梅纳德王子大喊此事与自己无关，这定是一个阴谋，目的是突显出他的卑鄙无耻（要是有人在自己家里毒死客人，而且不止一个男人，还有一个女人的话，别人会怎样想呢？）梅纳德确信是哥哥乌尔丁搞的鬼，他立刻带了一队护卫来到乌尔丁位于城中蓝灯区的府邸中，但是乌尔丁早就听到了风声，他也带了一队护卫在家中严阵以待。长达几个月的阴谋与反计、谋杀与猜忌让兄弟二人疲惫不堪，他们什么话都没说，只想一劳永逸地解决两人之间的恩怨。两队卫兵互相厮杀，乌尔丁和梅纳德则出来单挑，他们仿佛回到了以前当兵的日子，对打起来毫不手软。

乌尔丁最终杀死了梅纳德，他耀武扬威地站在弟弟的尸体旁，几乎毫发无损，身上只有几处小伤，此时图里姆终于露出了真面目。当乌尔丁开始庆祝胜利时，他突然像那位不幸窒息而死的王子一样说不出话来——就像有只鸭蛋塞住了他的喉咙。只见鲜血从乌尔丁的口鼻中喷涌而出，接着他便倒在了弟弟的尸体上。后来人们发现，两人的佩剑上都涂了剧毒，只是梅纳德还没等到毒发作便殒命了。

护卫们围着两个王子的尸体呆立着，场面十分混乱，这时，冷眼旁观的图里姆和戈汗走了出来。他们只带了几个戈汗的卫兵，比乌尔丁或梅纳德的力量小得多，但是这些刚刚还在为图里姆的两个兄长卖命的卫兵们很快意识到，如果他们跟图里姆交手，最好的结果也只是在战斗结束后另寻出路——要是没有王子的话，王子卫队还有什么用呢？毕竟，图里姆是帕纳德的子嗣，尽管一开始毫不起眼，但他已经干掉了二十多个人，这件事本身足以让他们相信，图里姆有资格继承王位；戈汗的卫队规模虽小，但战斗力却不弱，他们手中的长矛便是最好的证明。

此前，几乎没有人把图里姆放在眼里，更没有人把他当成对手，但最终正是他踏着几十具尸体，登上了西斯的鹰王宝座，为自己更名苏列佩斯·比沙克。后来，苏列佩斯还恢复了西斯对赞德大陆的统治权，踏着成千上万人的尸体，将足迹留在奥斯提安海南部的大部分土地。如果他接下来瞄准北部的埃昂大陆，又有谁能去指责他呢？很明显这是他的宿命——他心中的火苗比任何人都烧得旺。

变身为苏列佩斯的图里姆不仅像神灵一样在各个大陆上“伸张正义”，在私下里亦是如此。即位后不久，他发现自己与戈汗叔叔在一些治国纲领的问题上存在分歧，当时戈汗对这位新独裁者使了一个眼色，好像在说他应该为自己的忘恩负义感到羞耻，至少应该感到难过。

“我很失望，陛下，”戈汗告诉侄子，“我以为我们的关系就像这样，”他伸出了手掌，食指和中指紧贴在一起，“我以为你会尊重我的意见。你就像是我的儿子，图里姆。我曾希望自己就像你的父亲一样。”

“像我父亲？”苏列佩斯扬起了眉毛，金色的双眼冷冷地盯着戈汗，活像一只猎鹰，“如你所愿。”他转身看着猎豹卫队的队长，“把这个老东西拉出去，”他说，“把他的皮剥下来——但是要慢一点，好让他感觉到痛。不要整张剥下来，而是一条一条地从脚剥到头。我希望他能活到最后一块皮被剥下的时候，我的这位新‘父亲’。”

年迈的戈汗跪了下来，号啕大哭着乞求宽恕，就连铁石心肠的卫队长都有些动容，“一条一条，陛下？”这位士兵问道，“多宽呢？”

苏列佩斯笑着伸出两根手指，说：“这么宽。”

第一部分

绞索

THE KNOTTED ROPE

第一章
发烧

谨以此书献给所有名门之后，希望至圣之人、诸神挚爱的这个孤儿的事迹能够对他们有所教益。

——引自《圣孤传说：其人生平、死亡及天堂的奖赏》

远处的群山，还有布满岩石的海滩和汹涌的大海，全都如蒙了一层黑纱般，天空很阴沉，就像湿漉漉的灰色巨石；视线所及之处，唯一发亮的东西就是狂风卷起的海浪，还有浪头撞击在岩石上高高溅起的白色泡沫。

巴瑞克很难将这一切尽收耳底。淹没在焰华的喧闹声中，他感到脑中的声音比拍岸的海浪更加响亮、更加危险，仿佛这股陌生的想法、念头和记忆的风暴随时都会将他的身体席卷一空，将他狠狠击倒，然后彻底溺死……

……自从气竭的玛瓦流浪于尘世，就再也没有……但是他们并非像银光一样经海路前来，而是从天而降……自此以后再也没人见过她，尽管她的爱人带着手下在冬雪来临之前搜遍了山里的每一个角落……

意念的风暴无休无止，他只能尽力不让自己叫出来。他咬紧牙关，握紧拳头，努力在这股漩涡的中心坚守着巴瑞克·埃顿这个名字。他曾希望等到国王的葬礼结束之后，混乱的意念可以得到缓解，但是随之而来的宁静却让情况变得更加糟糕。

王后跟他并肩而行，或者说萨奎丽稍微靠前，一身白袍使她看起来跟海里的泡沫无异。伊尼尔的遗孀什么也没说，只是打了个不容分说的手势，示意他跟着自己，然后带着他走出库-纳-加尔大厅，沿着一条蜿蜒的小径，来到了一片漆黑的海边。

这里只有巴瑞克和萨奎丽两个人，也可以说他们尽力甩开了旁人：三个全副武装的人形生物站在小径的尽头，注视着王后迈出的每一步。他们是冰艾廷，巴瑞克从北方的蓝渊族那里多多少少听说了一些关于“白创部落”的事情。他还知道他们的名字，至少可以看懂代表他们名字的手势——尽管具有暴力倾向，但冰艾廷却是个十分安静和神秘的民族。他知道他们身上的哑光护甲并非出自铁匠之手，而是他们皮肤的一部分，就跟他们的指甲和头发一样黯淡无光；他还知道尽管比普通人类高不了多少，但每个冰艾廷都有一副强壮的骨骼和坚硬的鳞片，体重至少跟三个大汉相当。他们谨守家族誓言，为焰华效忠；他们经常在黑暗的苦寒之地举行残忍的比赛，通过这种比赛来为自己在王后的卫队中赢得一席之地。

巴瑞克对此一清二楚，就像他清楚地记得自己的名字和那些抚养他长大的人的名字，只是方式大相径庭。一切新知识、无数的历史事件和知名人士及其相互之间的关系，甚至是无法言说的微小事物，一切微妙感受同时在他脑中或咆哮或喃喃低语——咆哮，却无声无息。巴瑞克无法直视任何东西，即便是自己的双手，成千上万加尔人的复杂念头像突如其来的冰雹一样撞击着他的意念——诗歌的片段、无尽的联想，以及无数平淡无奇、毫无意义的记忆。但是每当他望向一件重要的东西，比如库-纳-加尔的高塔，或是远处阿热诺山的山顶，甚至是萨奎丽王后本人，这些意念风暴就会像温和的春风一样吹进膨胀的想象和记忆中，将他彻底击倒。

……当她在孩提时代第一次站在雪中，放声大笑……母亲去世的那一晚，她接过了焰华，沉重的责任感让她无法哭出声来……她的眼睛，知道……她的嘴唇，在那场可怕的战斗之后变得温暖而宽容……

联想仍在继续，无休无止，巴瑞克·埃顿只能紧紧抓住那些自己还能辨认出的部分，除此之外他毫无办法，这让他感到十分恐惧。

我真是个傻瓜，竟然同意了，他想，就像那个贪得无厌的商人故事所说的——我会得到想要的一切，但也会像只癞蛤蟆那样膨胀，最后像气泡一样破灭。

萨奎丽突然停住了脚步，朝他转过身来，优雅地定格在原地。她讲话的声音很大，但是他也可以在脑中听到，虽然意思略微有些出入。“我想了一整天，还是不知道应该拥抱你还是毁掉你，凡人之子。”萨奎丽告诉他，“我不知道我亲爱的叔祖母是否知道自己在做什么。”她动了动嘴唇，那显然是种愤怒的信号，“不久之前，我不再揣度我那已故丈夫的种种行为。”

她的意念令他感到一阵刺痛，甚至比那股从漆黑的海面上吹来的狂风还要锐利，“那没什么……”他努力在那些陌生的回忆和冲动中保持精神集中，“一切都没有关系了。那是她想要的。她把我送到了这里……而且你丈夫将焰华交给了我。”

她望着他，脸上的表情算不上同情，“很痛苦，对吧，孩子？”

“是的。”回忆总是十分痛苦，“不，不痛苦。但是……我想对于我来说太过沉重，很快就会让我……窒息……”

萨奎丽朝他走了几步，微微侧头似乎是在聆听，“我总是跟他心意相通，却无法用同样的方式感受到你——但不管怎么说，你现在就在我面前。多么神奇啊！你是真正的……”他找不出对应的词，却想到了很多诸如繁花盛开，花团锦簇，心花怒放这样的词，而这些也正暗示着他注定要为内心的不安和焰华的责任而燃烧。

“那是什么意思？”他问她，“难道我的意念永远无法平静下来吗？我快要疯了。那噪音，正变得……越来越强烈！”自从伊尼尔将焰华传给他之后，他的血液里便有了一股狂热，就跟在南境差点要了他命的那场大病一样可怕；但这个狂热却没有真正的热度，也不同于任何凡人的疾病，“求求你……萨奎丽……帮帮我。”

她的脸上闪过一丝难以察觉的表情，“但是我也无能为力，凡人之子。那就像是要我将你从你的血液和骨骼中拯救出来一样。它已深入你的内心——焰华就是你。”她转头望着大海，“远不止这些。还有我的整个家族——我们所知道的以及我们自身的一切。一半在你身上，那可能会要了你的命。”她抬起双手，做了一个令人费解的手势，传递出几重含义——我们注定失败是其中一重，夹杂在顺从、恐惧和骄傲中间，“另外一半在我身上，必然会随着我一起入土。”萨奎丽仰起头，巴瑞克觉得自己在她那张严肃而完美的脸上第一次看到了一丝怜悯，“鼓足勇气，凡人。自从诸神在这里定居并开战以来，大海曾击败过这片黑色的海岸，但是没能吞下整片大陆。终有一天这片大陆会沦陷，但现在还不是时候。”

她的话就像一颗投入湖心的石子，在巴瑞克的脑中溅起了涟漪，一圈一圈交织在一起，忽明忽暗的记忆和念头填满了他的脑海，但那些意念的语言却找不到任何合适的词语。

黑色海岸……第一艘船在这里沉没，但第二艘却幸免于难。那些在波浪下歌唱的人……听！

就像站在教堂的钟楼之下，铜制的大钟响彻天际，对祈祷者发出召唤。那些声音几乎要拆散他的骨头，但就在这时，攻击却像慢性毒药一样平静下来。“哦，天哪，我再也……受不了了。”

“但她为什么这样做？”萨奎丽似乎没有听到他的话，她抬头望着乌云密布的天空，仿佛答案正在那里盘旋，“我能理解伊尼尔将焰华交给一个凡人，虽然这举动十分疯狂，但我丈夫愿意冒任何风险以换取和平，不管有多么大的危险。可是雅萨梅兹为什么要用自己最珍视的东西来嘲笑他呢？她为何要在第一时间把你送到他的身边？”

她年纪大了，一些声音暗示道，*即便是最强大的人也有老去的一天……*

仇恨，其他声音显得十分愤怒，*雅萨梅兹以仇恨为地基建造了一座宏大的宫殿……*

巴瑞克不明白为什么没有人提醒他这一点，无论是萨奎丽还是焰华，而这一点对他来说是如此明显。难道他们真的对绝望一无所知？这些人本应比任何人都更加清楚——几千年来，他们始终抱着必败的信念生活。

“她没有……嘲笑国王，”他努力在杂乱的意念中挤出了几个字，“她是在嘲弄……她自己。”

萨奎丽转过身来盯着他。一时间，她脸上的表情十分怪异而且僵硬，巴瑞克以为她会揍自己，或者叫她的冰艾廷砍掉自己的脑袋。但她只是仰头笑了起来，低沉的声音里折射出愤怒和戏谑，令他感到意外。

“哦！哦，凡人之子！”她说，“你给我上了一课。我们可不能让这宝贵的一课结束得太早！我会尊重叔祖母的意愿，不管她出自什么样的动机，我们得试着找到一种方法让焰华安静下来，至少让你可以学会与他共生。”

“这……这可能吗？”

她再次笑了起来，却带着悲情的味道，“以前从来没有，因为没有必要，也从来没有一个焰华的继承者像你一样。”

如同一道游移的白光，萨奎丽带着他穿过黑色的沙滩回到了石梯脚下，她的皮甲勇士正严阵以待，眼睛在盔甲覆盖的浓眉下闪闪发光。这些巨型生物以极其优雅的姿态分列两旁，跟在她和巴瑞克后面，护送着他们走上蜿蜒的石阶，回到库 - 纳 - 加尔。

回到城堡之后，他更加难受了：古老的墙壁和走廊向他灌输了大量信息，脑中的声音像受惊的蝙蝠群一样吵嚷着四散开来；他只能紧跟着萨奎丽。他踉跄了好几次，但王后的一名护卫用宽大坚实的手掌抓住了他的胳膊，搀扶着他，直到他再次站稳脚跟。

跟在他们后面的并非只有冰艾廷，萨奎丽一迈进城堡，马上就有一群身影跟了上来，就像焰华的声音一样迅速——那是形态样貌各异的加尔人——但他们似乎压根儿就没注意到巴瑞克。他们围住萨奎丽，话里满是对她健康的担心和忧虑，而那些无法穿透厚重空气把声音送到萨奎丽耳边的人也找到了其他方式表达他们的不快，沮丧的气氛一直跟随着巴瑞克和王后穿过宏伟的中央大厅，走下哭泣楼梯。那些嘈杂的意念连同焰华的记忆像冰雹一样不断砸向他。

巴瑞克再次踉跄起来。他甚至忘记了如何迈步。

“我……我不能……”他停下脚步，盯着萨奎丽和她的护卫，还有那些恳求者，试着开口讲话。但是在如此多的噪音、生命和记忆的攻击下，他们变得像轻烟一样，渐渐淡开，然后支离破碎。他想不起来自己要说什么。那些无法辨认的身形在黑暗中蜷缩成一团渐次暗淡的色彩，这时，他脑中的噪音突然安静下来，随着光线的远去，他陷入了虚无，但仍欣然接受了黑暗。

“回来，”一个声音低声说道，“迈开步子，跟我一起，凡人之子。这里光线很好。”

他不知道自己是谁，也不知道是谁在跟他说话。他不知道自己身居何处，也不知道四周的黑暗为何无边无际——那是一个在你有所发觉之前已经沉沦了千年的地方……

“回来，”一丝暗淡微弱的光出现在他眼前，“过来。跟我一起在这些绿色的土地上奔跑，孩子。你要去的地方十分寒冷。”

他睁开眼睛，眼前出现了这样的景象：模糊的光四散开来，愈加强烈。绿色、蓝色和白色喷涌而出，他感觉自己似乎正在将这些色彩吞落下肚，仿佛一个饥渴难耐的人大口地喝着水。白云、草地、远山……这从未见过的又是什么？一个白色的生物从灰色的天幕向他奔来，那是一只长着巨大羽翼的大鸟，扇动一下翅膀就能掠过一片云朵：那是梦中的萨奎丽——或许巴瑞克正在深入地了解更加真实的她，只有在这儿他才能够做到这一点。

“跟我一起奔跑！”天鹅用王后那温柔悦耳的声音召唤他，“快跑！我会跟着你。”

望着那只美丽的白鸟，他的心中充满喜悦，他张开翅膀想要跟她一同跃起，却发现自己只不过是个长着蹄子、四肢粗壮的生物，根本没有翅膀。他步幅很大，飞速跃过那片绿色的草地，即便生出翅膀，跟现在也没什么两样。他感受到了一种近乎完美的自由——那感觉棒极了。

“这儿是哪里？”他问。

“‘哪里’无关紧要，重要的是另一个问题……或许是……‘怎样’……”

他觉得自己根本不在乎。他在奔跑，鬃毛和尾巴在风中呼呼作响，四蹄踏着脚下的草地扬起阵阵尘土，这一切已经足够。

她从容地掠过他的身旁，飞在他前面不远的地方；她保持着跟他同样的步伐，看上去就像是飘浮在空中似的；那双硕大的羽翼和镶嵌在长矛一般脖颈上的黑色鸟喙带着她直冲云霄。“你累了吗，孩子？”她问道，“想不想停下来？”

“不想！”他笑着说，“我可以一直跑下去。”他一辈子也没说过比这更发自肺腑的话了——就算是置身天堂也不会比一直在这里奔跑下去更加美妙、健康、强壮，远离一切。

*但这儿究竟是哪儿？*他的脚步开始有些迟疑。*我在哪里？我曾是……我不是……*他感觉到强壮的身体正带着自己大步流星地穿过世界的表面。*但我不是一匹马……我是一个人！*

天堂。这儿是天堂吗？我是不是死了？

他突然全身战栗着停了下来，群山突然变得高大，似乎近在眼前，天空愈加暗淡，一切都逼得更近、更加危险了。“我在哪里？”他又问了一次，“你对我做了什么？”

天鹅倾斜着身子开始盘旋。“对你做了什么？这一言难尽，巴瑞克·埃顿。我原本可以不管你，但我却把你带了回来。我把你带了回来。”

“从哪里回来？”

“下一站。”

“我……死了吗？”他心底陡然升起一阵寒意。这股狂热的喜悦退却之后，他突然意识到自己曾无限接近死神。

“别害怕。终有一天我们都会踏上那条路……所有人，除了诸神，仅此而已。”

“这话是什么意思？”他想低头看一看自己古怪的身体，但头和脖子却很不灵活。那种感觉他并不熟悉，但是又不可思议地熟悉，“你是说大家都会死？但你不会。你和国王以及所有的祖先……你们都不会死。”

“我们走着瞧。如果焰华能够引领你共享我们的命运，你便会明白永生到底是怎样一种天赋。”

群山围绕下的草地似乎更加晦暗了，仿佛一场暴雨即将倾盆而下，但实际上天色并没有改变。“这里是？如果我没有死，那么这里一定是天堂。”

天鹅伸长了漂亮的脖颈。“这里不是天堂——尽管这些岛屿的名字有些复杂。这是另外一个地方。一个我不确定你是否能够穿过甚至到达的地方，因为你的气息在人间变弱了——我对你们人类了解不多。但这里是我唯一能够及时找到你的地方，也只有在这里，我才强壮得足以抓住你，直到你做出决定是否要回去。”

仿佛一扇门突然被推开，阳光照了进来，他恢复了记忆。“那些声音——所有……我知道的事情。焰华。那种感觉就像是每时每刻我都会知道更多！”他感觉到身下的四蹄开始不安分起来，他身体绷紧，做好了再次奔跑的准备。

“当然。”她说。自从听到她的声音以来，他第一次发现她的声音似乎平静了许多。“当然。这对于我们种族来说相当困难——对于你们人类来说该是多么陌生多么痛苦啊！正因如此，我们才会帮助你们。”他的眼前闪过一道白光，她张开了翅膀，再次起飞，“来吧！我们去那些凡人不敢踏足的地方，只有极少数在梦中找到了方向的人来过这里。那些旅人为了这趟旅程搭上了他们的幸福和睡眠。谁又知道我们这样的人，既没有幸福又没有睡眠，要付出什么代价呢？”

天鹅紧贴着草地在他前面飞翔，他跟着那个模糊的身影一直跑上了山顶。丛林像箭羽一样从他身边飞闪而过，四肢驱使着他不知疲倦地从暮光跑进真正的黑暗。

他跑得飞快，甚至感觉不到周遭的空气，然而寒意渐浓，他的血液开始结成冰晶，就像冬天来临时缓缓流动的河面一样。寒冷和黑暗不断加剧，他来到了一片大陆，那里的群山寸草不生，大堆的石块若隐若现，尽管每堆石头的周围都有数千堆石块做伴，但每堆看上去都是那么忧郁而孤独。光线逐渐暗淡下来，仿佛是残月发出的光芒，但天上根本没有月亮，只有黑漆漆的天幔和一抹光线；光线照在高高的石堆上，仿佛那些不是有着实际重量和宽度的东西，只是在无尽的黑夜中闪烁着光芒的石灵。

他们在这个万籁俱寂、令人沮丧的王国中越走越远，只有低飞在天际线上的天鹅能够让他想起日光为何物。他是谁，来这里做什么，他似乎想起了一点点。

巴瑞克·埃顿。南境的王子。布瑞奥妮和……肯德里克的兄弟。

在雅萨梅兹的命令下，他一路披荆斩棘来到了库-纳-加尔。他带着一面镜子，里面装着一位神灵的部分灵魂，这是雅萨梅兹的手下“防风灯”基尔请求他这么做的。现在，他身上带着焰华赋予他的残忍天赋——自神灵库比拉斯确立统治地位以来，历代加尔人君主的生活片段、思想和记忆。

我拥有神灵的血统。难怪我的脑中会掀起如此可怕的风暴……

正是这种风暴最终将他击垮，但是目前他的脑中十分平静。自从他长途跋涉来到这片土地，他的脑中除了他自己的思想之外，便再也感觉不到任何东西，因为焰华的声音和记忆已经平静了下来。他又回到了熟悉的孤寂状态，甚至都没意识到现在的状态是多么不同寻常。

“萨奎丽，萨奎丽！那些声音去了哪里？”

“如果你指的是焰华祖先，那么你现在虽然听不到他们的声音了，但很快就会听到。现在你离开了自己的土地，他们的声音只能传入歪神子孙的耳中。我们所在的地方，你只有在最深邃、最陌生的梦境中才能到达。我们正跟死者……还有沉睡的诸神一起。”

她继续向前飞行，奔跑的巴瑞克紧跟在她身后；在一个自己变成马的梦里，追逐着王后穿越无尽的荒野。

黑暗就要到达尽头，但巴瑞克并不害怕。他只能看到眼前的东西，勉强看清而已。他的脑中没有任何声音，只有他自己的意念。萨奎丽偶尔会打破沉默给他鼓励，或是发表一些隐晦的见解。最终他们来到了山谷深处，贫瘠的群山高高耸立在两侧，黑暗变成了一条隧道，他唯一能够看清的仍然只有萨奎丽。“我们这是去哪儿？”

“我们到了……我相信。”她不同寻常地犹疑了一下，“先祖的山谷。不管怎样希望如此……”

“希望如此？你什么意思？你从没来过这儿吗？”

她笑了起来，声音充满了野性。“我怎么会来这儿？这片土地超越了我们的地界——这是逝者的地界。而我还活着！”

“但是你……我们……”突然，昏暗的群山开始扭曲，变得比之前更加晦暗、更加怪异：巴瑞克感觉他们的脚下不再是宽阔的草地，而是一条窄得不可思议的桥梁，只有虚无在两岸呻吟。

*死亡之土。先祖之谷。*他紧张得几乎无法呼吸。*我怎么了？*

“安静。”萨奎丽的声音像余音绕梁的小曲一样悦耳，“我们就快到了。别吓到他们。”

“他们会被吓到？”

“只有生命、太多的关心、记忆的拉扯才会把他们吓到。”他觉得她的话带着无尽的哀伤，“但我必须把这些，还有更多的东西带给我哥哥。”

变幻无常的黑暗中，有东西在他周围游移，那是与草地和群山完全不同的某种独立存在的形态。他看不到它们，但能够感受到，就像一个人能够感觉到站在身后的人一样。这些新出现的形态似乎很远，空空荡荡，像是清风一般。

“这些都是死去很久的人，或许是他们离开之后留下的影子。”萨奎丽的声音听上去十分遥远，她的光芒同他身边的虚空一样不甚清晰，“别害怕——他们不会伤害你。”

但他打心底里感到害怕，倒不是他们威胁到了他，而是因为他们根本没有注意到他或是任何其他事物。难道他们真如萨奎丽所说，只是遗留下来的影子？还是他们已在死亡中沉沦太深，甚至无法为生者所感知？一想到终有一天自己也会变得跟他们一样，他便有些不寒而栗。

“那里。”萨奎丽靠得更近了一些，天鹅变成了一团狐火，“我看到了他们，他们在沼泽地里。”

萨奎丽带着巴瑞克走进了一片如同森林一般伫立着的暗影中。天上的光辉为他们裹上了微弱的银边，仿佛残月那露珠般的光芒，但是他看不到光源。

他看到了他们——一丛斑斑驳驳、黯淡无光的身影晃动着，仿佛是从深海或老旧的玻璃望出去一样。那是一群牡鹿，每一只的前额都顶着闪闪发光的金枝，像是他们的鹿角。巴瑞克来到近前时他们慌乱地跳了起来，却没有跑开。

“不能再靠近了，”萨奎丽告诉他，“他们能嗅到你身上的生命气息。他们可能不记得，但知道那不属于这个地方。”

借助晃动的光线，他看到了一样更加明亮的东西——眼睛。那些牡鹿似的生物望着他。“我们怎么办？”

“你？什么都不用做……还不到时候。第一关是为我设置的。”他感觉到她的声音随着翅膀舒展开来，温柔地环绕着面前的鹿群，“听我说，风语者们。我在寻找一个生前名为伊尼尔的人，他是我的哥哥。我是萨奎丽，焰华的最后一位女性继承人。”

巴瑞克听到了一声叹息，如同清风穿过密密匝匝的树林。“**你们想怎么样？你们不属于这里。黑色的菟葵还在黎明之花的花园中盛开吗？还是诸神的黄昏终于来临？**”

“还没有，但失败的命运随时会降临在我们头上，我的先祖们。我没有时间可以浪费，即便是在这个永恒之地。让我见见伊尼尔。”

“**我们最小的后代……来了……**”话还没说完，他的声音便隐去了。

接着，另一个身影出现在他们面前，越来越近，越来越清晰；

那是一头雄鹿，身上的光芒比那些年迈的同类耀眼得多。一束淡紫色的光芒在两只宽阔鹿角间闪烁，成为这个寒冷而黑暗的山谷间最温暖的东西。

“**萨奎丽？**”沉默良久之后，鹿开口说道，“**亲爱的？你怎么会来这里？**”

“我走上了一条本不该踏足的路，即便有你帮助我们，或许还是找不到归路。”她的声音一如既往的平静，但巴瑞克从那紧张的语气中发觉这不是一次愉快的聚会，“如果有机会，我们的动作必须要快。跟我们一起回去吧，哥哥。你的委托让这个凡人之子不堪重负，他的血液因之沸腾。回来吧，帮助他学会与焰华共生。”

雄鹿低下了头。“我做不到，妹妹。每一刻，思考对我来说都会变得更加艰难。每一刻，遗忘的河流都将我拉得更远。很快，世界对于我的唯一记忆就只剩焰华的记忆。”

“但你必须……”

“你不明白。你不明白……我将付出怎样的代价。”

萨奎丽沉默了好一阵子。“就算是为了拯救这个凡人之子，你也不会回来吗？你要放弃亲手设下的最后一场伟大赌局吗？”

雄鹿抬起了头。光线在他的头顶摇曳，他的眼中放出同样的紫色光芒。“那好吧，我的妹妹……我最亲爱的冤家。你们赢了。在这块中间地带的每一刻，永恒之屋都离我更远……但我会尽力。”雄鹿低下了苍白的头颅，仿佛一名囚犯正在等待刽子手的斧头落下，“我将把自己的一切都给你们。我希望足够。”

第二章

艾拉斯米亚斯·吉诺的来信

所有人都认为，孤儿是在暴君奥西亚斯统治期间降生于克雷斯山谷一个低贱的牧羊人之家。

——引自《圣孤传说：其人生平、死亡及天堂的奖赏》

埃尼亚斯不断提醒布瑞奥妮，他手下的教会猎犬队只是一支很小的队伍，连一个营都算不上，但她还是觉得跟这支队伍一起行军就像是生活在一座移动城市之中，每天清晨将其推倒，夜晚再次重建。王子的队伍是一群疾行骑兵，在这样温暖的春日里，除了睡袋和清水之外，他们什么都不需要；但为了谨慎起见，即便是这样一支坚毅的队伍每天也只能前进一小段距离。在这个兵荒马乱的年月，路上几乎没什么人，偶尔可见几个赶路的身影，也只是从一个城镇去到另外一个城镇，因此南境边境之外的消息少之又少。

他们每天向北进发一段距离，沿着希安境外的卡拉尔国王之路（这条路是以埃尼亚斯最有名的先祖命名的）一路北上，穿过希安与远境王国之间的土地；这些土地大多属于那些同特希斯或南境的君主结盟的小公国，长期的和平给了他们在本土建立军队的机会，这也是他们存在的唯一原因。现在由于北方陷入了战乱，他们不再像从前一样好客了。

他们在泰罗斯桥附近发现了一座公府。这片土地的所有者凯蒙子爵拒绝让埃尼亚斯和他的队伍进城，尽管这样会让城里商人们的腰包鼓起来。子爵邀请埃尼亚斯和他的几十个手下（布瑞奥妮也在其中）前往公府大厅过夜，但是埃尼亚斯拒绝了，因为这种邀请分明暗示着埃尼亚斯的手下不可靠——甚至是埃尼亚斯本人不值得信任。他们在城外扎了营，这种姿态让布瑞奥妮佩服得五体投地。但是暗地里她也为失去了在一张体面大床上过夜的大好机会而后悔不迭。她要么跟演员们一起睡在地上，要么像现在一样跟希安士兵一起睡在营地里。布瑞奥妮几乎忘记了睡在王宫里柔软的大床上是什么滋味，尽管她清楚地记得自己挺喜欢那感觉的。

第二天，埃尼亚斯带领队伍回到了王室大路。子爵的大本营就在山顶，四周竖立着高高的围墙，埃尼亚斯压根儿就没抬眼；但是他手下的几个士兵却恋恋不舍地瞧了好几眼，好像它会消失在他们身后似的。

“幸好。”埃尼亚斯对布瑞奥妮和首席副官米伦·海克斯勋爵说道。米伦是位不苟言笑的年轻骑士，他对王子就像对自己的父亲一样敬重，尽管王子只比他大几岁而已。“不管怎样，他们住在城里只会丢掉自己的优势。城市是个可怕的地方——到处是懒汉、小偷和坏女人。”

“真的吗？”布瑞奥妮问道，“这话很怪。您父亲还有其他家人不是住在埃昂最大的城市特希斯吗？您自己不也住在那儿吗？”

埃尼亚斯脸色十分难看，“那不一样，我的公主。我住在那里是因为我别无选择，也只在有必要的时候我才这样做，我更喜欢住在营地里，或是山上的房子里。”他英俊的脸庞严肃起来——有点过于严肃了，布瑞奥妮想。“是的，您真该去那个地方看看，布瑞奥妮。从楼上的窗户望下去，整条山谷尽收眼底，路上没有一个行人，只有几个牧人在高高的牧场赶着牲口。”

“听起来……很美。我敢肯定牧人也很喜欢。但是城市，或者王宫，难道说就没一点好的地方？”

埃尼亚斯满腹狐疑地看着布瑞奥妮，好像她在愚弄自己似的，“你见识过王宫的样子。您听到过他们窃窃私语谈论您。您知道他们是如何对您的，因为您来自于一个祥和的小地方，不习惯他们的生活方式。”

布瑞奥妮扬了扬眉毛。她在特希斯有些死对头，其中还包括国王的一个情妇，不过这倒不是因为她是个单纯的乡下女孩，不知道怎么保护自己。早在她来希安之前就有人想要杀她！布瑞奥妮不知道埃尼亚斯之所以喜欢自己是否有部分原因在此——认为她只不过是个乡下姑娘，尽管性格既固执又冒失。

“无论如何，王子殿下，”布瑞奥妮反击道，“我们中的一些人喜欢那些只有在城市，甚至只有在王宫中才有的东西，比如舞蹈和音乐，比如剧院，还有市集，那里满是产自其他地方的商品……”说到这里，她想起了小时候父亲向她展示从市集广场搜集到的各种奇珍异宝的情形：来自泰伦诺的肚皮鼓鼓的蜥蜴，看上去就像一条小龙；一块巨大的头骨，属于一头生活在赞德沙漠另一边的头上长角的奇形动物；还有来自那片大陆上潮湿闷热的丛林中的香料，除了马拉什胡椒之外他们一样也不认识，每次闻到这些香料，她都会习惯性地皱起鼻子。她还记得那个心急的商人，一个矮个子的克雷斯人，穿着高跟鞋在国王面前上蹿下跳，笑着摊开双手，仿佛在说“全都是我的！”她的父亲买下了那只肚皮鼓鼓的蜥蜴，她放在卧室里养了好几年，后来被一条狗给吞了。

埃尼亚斯的回忆可不那么令人愉快，这从他脸上的表情可以看得出来，“城市！我看不起城市！请您原谅，公主，但您无法想象城市为一个统治者带来的麻烦。生活在城里的普通人是多么不切实际啊！他们整天只会盯着自己邻居的穿着是多么不合身份，认为贵族的行为比他们本人高贵不到哪里去，却没有一个人知道自己究竟是怎样的人，应该干些什么。至于剧场嘛，公主，我知道您很迷恋那些与您同行的演员，但是你必须明白大多数剧场……请原谅我用词粗鲁，但我必须要说的是……演员的道德比妓女高尚不到哪儿去。他们在醉汉面前卖弄——有些演员还穿得跟个女人似的——而且常常像妓女一样出卖自己。我再次请求您的谅解，但是我必须告诉您实情。”

布瑞奥妮强忍住笑。许多演员的私德的确有些不端——比如奸诈的费沃尔·乌里安，他在埃昂各地收获了一大批有钱的崇拜者——但是她却无法像埃尼亚斯那样义愤填膺地看待此事。如果说王子喜欢的牧人品德更加高尚，那只是因为他们在狂风肆虐的山坡上见不到什么人。所以说他们并不是那么正派——牧人不需要什么好的出身，不是吗？

“普通人为什么不能在市场或节日聚会？”布瑞奥妮大声说道，“如果我们不应纵情享乐的话，诸神为什么要为我们安排各种节日？”

埃尼亚斯摇了摇头，说：“事情就是这样。他们不想让人们的轻浮之举伴随着祭祀庆典——他们无法忍受！如果您在特希斯待得久一些，您就会看到大佐悉蒙节的情形，然后您就全都明白了。人们竟然在大街上裸身跳舞！普通人嘲笑贵族，还宿醉甚至乱伦！我再次请求您的谅解，布瑞奥妮公主，但是眼见这些无法无天的行为在城市中大行其道，这是多么令人心痛的事情啊！不仅是在大佐悉蒙节，还有盖斯特里马迪节、孤儿日、甚至石神节均是如此——凡此种种，您会发现普通人放弃了诚实的劳动，一心只想着酒精和跳舞的日子又多了一天。”

布瑞奥妮曾对埃尼亚斯感激万分，但现在她开始觉得他在某些方面像个老顽固。“但贵族也会庆祝，甚至节日更多。为何普通人不能拥有同样的权利？他们信奉同样的神灵。”

对于布瑞奥妮的讥讽，埃尼亚斯感到十分不满，“贵族当然会庆祝。但是贵族有义务做出榜样。下层社会的人就像小孩子——大人能做的事情，他们不能全部都做。您会允许一个孩子通宵不睡，豪饮没有兑水的酒吗？您会让一个孩子去戏院观看一个穿着女人衣服的男人亲吻另一个男人吗？”

布瑞奥妮不确定自己的想法。她曾多次听到和王子相同的观点，而且发现自己对此不置可否——毕竟，如果普通人能够自我约束，那诸神就没必要选出国王、王后、神父和法官，不是吗？但是最近这一年的经历让她的世界观发生了改变。比如说，费恩·特奥多罗斯虽然是个砖瓦匠的儿子，但是她遇到过的最睿智的人；纳文·休尼的父亲是个补鞋匠，但休尼却被公认为伟大的剧作家，比许多出身良好的作家更加出色。就连她在乔装逃亡时所遇到的路人，同南境或特希斯王宫里那些衣着华丽、礼节繁多的贵族相比，都是那么的与众不同。她的弟弟巴瑞克总说南境的贵族和妇人们不过是一些喷了香水的农民——那么反过来也说得通，农民只不过是一些没有沐浴更衣的贵族，不是吗？

“您怎么不说话了，我的小姐，”埃尼亚斯英俊的脸上流露出担心的表情，“我有点口无遮拦了。”

“不，”她说，“不，一点也没有，埃尼亚斯王子。我只是在思考您说的话。”

★　★　★

当他们策马来到银边东南角时，布瑞奥妮发现自己几乎认不出自己的祖国了，她的父亲和祖父的王国。没有什么证据表明南境正处于包围之中，也看不到任何加尔人军队的踪迹——加尔人越过阴影线之后便一路向东而去——但即便是在这个未受战火困扰的地方，布瑞奥妮和希安人也如同置身冰天雪地的冬天，而不是春风和煦的春天。大片农田撂了荒，有些只种了一半，仿佛没有足够的人口来耕种。在另一些地方，整个村庄空寂无人，大排村舍空在那里，像是繁育寄过后幼鸟已经纷纷飞离的巢穴。

“不为人知的一面，实际情况就是这样。”疲倦的旅店老板正准备关掉阿加斯河谷路边的小旅馆，他十分乐意将剩下的东西卖给王子的移动大军，“一开始，我们害怕是暮光族的人朝这条路走来——大家都说加尔人把希安北部边境的房子全都烧光了。他们没来过这儿，但是很多人从东部逃难到这里——他们生活的家园被付之一炬，遭遇相当悲惨。本地人被吓跑了不少，就是这儿的本地人。但是没过多久，路上的行人就不再来骚扰我们剩下的人了。附近还有一些人，特别是山上，还有围墙高耸的城里，但是路边的村庄几乎空了。”他摇了摇头，恐惧和不安让这个男人一下子苍老了许多，“就这样，全都没有了。你以为永远都不会改变，但那只是一个谎言。一天之内，一切都变得面目全非。”

一个小时的时间，布瑞奥妮心想。*一次心跳的空当*。旅店老板那张迷茫、沮丧的脸让她感到心痛，或许要很久之后，自己才能为这些人提供一点实质性的帮助，想到这里，她的心更痛了。

但是贵族可以为他们做点什么，她想，*在战乱年代，一个国王或王后能够成为中流砥柱，如此一来，那些弱者便不会被战争的河流卷走。*

我要做一块这样的坚石。只要给我一个机会，亲爱的佐睿雅，我要做臣民的中流砥柱。

契妮坦看到一个人形生物在海滩上爬行，她赶紧跑到了山上的树林里，这是她难得的清醒时刻。浓厚的晨雾遮挡住了那个东西的全身，但它的样子把她吓坏了：既像是中毒致残的沃，又像是从远古神话中走出的恶魔，像螃蟹一样沿着灰色的沙滩蹒跚而行。契妮坦根本不敢上前去确认。

她一直跑上了半山腰，尽量踩在草地上以保护双脚，但浓密刺人的灌木丛却时常拦住她的去路，这些灌木丛就像是乞丐脸上的污泥一样覆盖着整个山坡，她必须要小心翼翼才能爬过去。近一小时以后，契妮坦已将海滩远远地甩在身后。一阵剧烈的饥饿感向她袭来，不过她还是挺喜欢这种痛苦的，毕竟她能想想办法。有一个更大的问题摆在她面前，令她感到绝望：她在一片陌生的土地上迷了路，虽然她已经摆脱了追捕她的人，海滩上那个生物也只是她的一个噩梦，但契妮坦十分清楚，孤立无援的自己在这荒郊野岭中绝无可能活下来。

契妮坦在山顶附近停了下来准备休息，那里有一片树林，细弱的白树干上长满绿色的树叶，在地上投下一片阴凉。每一棵树都与同伴保持着适当的距离，因此整个山顶看上就像是有一群矮胖的佐兹祭司在向黎明致敬。一开始她被浓密的树林和亮眼的绿色深深震撼，这里跟隐宫那个浓荫掩映的花园不同；但是爬到更高的地方之后，树木开始变得细弱起来，契妮坦将整片树林和远处白雪皑皑的群山尽收眼底。她跪了下来。

从轮船的栏杆处看埃昂海岸线的森林，无尽的暗绿色沿着海岸线铺展开来，就像一条皱巴巴的毯子；但是真正置身其中，还得想着怎样穿过去就是另外一回事了。契妮坦出生在沙漠里，尽管独裁者对城里的街道进行了清理，但风沙依旧会吹过来；由于清水十分珍贵和稀缺，花园里的水永远只是刚好够用。但是在这儿，自然的恩赐对一切都一视同仁，仿佛是在说："你和你的同胞们过的是一种小气又可悲的生活。看看这里，我可以随心所欲将甘霖洒在野兽身上！"

她跪了很久，全身颤抖，被异域的辽阔和奇妙之处深深震撼。

当天她没有找到吃的东西，第二天也没有。她试着去嚼林间的草芽，虽然味道很苦而且丝毫没有缓解折磨人的胃痛，但至少不会让她中毒。她听到小鸟在啾鸣，看到松鼠在高高的树枝间跳来跳去，有一次还看到一只小鹿在她面前高高跃起，跳跃时保持着完美的平衡，仿佛故意要引起她的注意，但是契妮坦对狩猎或诱捕一无所知。她没看到一间房子，也没发现任何人烟。被幽禁期间，她一心只想着如何离开小船，摆脱戴克纳斯·沃的魔掌，这样她就不会被送给苏列佩斯；很久以前她就想好了，宁愿死也不愿再次落入独裁者的手里。现在她终于自由了，而且仍然活着，她想活下去，但不知道该怎么办。

沃将这里称作布伦，但这儿究竟是个什么地方？她不敢相信世上竟然真的有这样一个地方，森林一望无际，潺潺的小溪边爬满了蕨类植物，绿色的群山对望，到处都是那么寂静，只有老鹰发出阵阵刺耳的叫声。如果西斯也有这样一个地方，人们一定会蜂拥而至，尽情享受丰沛的绿意和清凉——那个地方定会成为奢华、舒适和美丽的代名词！但是这片原野却罕有人至，同那只羽翼丰满的捕食者的叫声一样孤寂。

契妮坦从沃的口中得知，布伦坐落在他们的目的地东南方，也就是说西边肯定有人居住，甚至还有城市。她试着以太阳为向导，但有时候却寻觅不到它的踪影；等到再次找到它的时候，她却几乎忘记了之前的路。契妮坦随时都能找到干净清凉的泉水，这让她不至于陷入绝望，但饥饿感却越来越强烈。每当她感到非常不舒服，或是双腿无法带她走得更远时，她便把枝叶茂盛的树枝压在身上，试着入睡。

有那么一两次，当契妮坦从树林下面爬到更高的地方时，她觉得自己似乎看到了一个黑影顺着她的足迹跟在她身后。就算不是杀手沃，也好不到哪儿去，可能是一只熊、一匹狼或是森林恶魔。每次看到那个身影像影子一般飞快地尾随在身后，她的心头便会升起一股寒意，但每一次她都会加快脚步，决意不管发生什么事情，自己都不会再做阶下囚。

两天过去了，接着是第三天，第四天。每天晚上，长时间的胃绞痛都让契妮坦越来越难以入睡，第二天一早更难爬起来赶路。到了晚上也不会梦到巴瑞克·埃顿。关于巴瑞克，她只知道他已经死了，或者情况更糟。在她最需要他的时候，他却丢下她不管。

在隐宫，契妮坦爱上了巴祖·杰夫的一首诗，诗的名字叫作《迷失在高山上》。契妮坦日复一日地经受折磨，她一遍又一遍地背诵着那首诗，像着了魔一样，虽然这只能徒增她的悲伤，让她更加确信自己会死在这块不为人知的荒地上。

清晨远去了。/正午远去了。/暗影遮住了重重叠叠的深谷/我迷了路。/清风想要对我说些什么/但我无法理解那些话/太阳是怎样/在黑暗中找到回家的路？/我听到一头山羊的叫声。/听到牧羊人的呼喊。/但是我转啊转，却始终找不到回家的路/月亮是怎样在光亮的白天找到自己的家？/可是所有人都要回家/所有人都再次踏上了归程/所有人都找到了火把/点亮他们回家的路程。/盛满美酒的杯子在等待着他们。/我问你是谁找到了我/只要记得，请一定记得，/我曾一息尚存，凭着这一丝气息/唱完了这首歌。

陌生感持续涌上心头，契妮坦不断地回想着那些熟悉又美好的事，这些虽然只能让她稍感安慰，但是在这个荒凉空旷的乡下，已足以让她感激不尽。

尽管在隐宫悠闲地过了几年锦衣玉食的生活，但契妮坦早在步履蹒跚地蹚过河来到这个陌生之地前就已经十分强壮。她在赫若索尔十分努力，甚至比她在蜂房神殿做见习祭司时更加努力，而且长期以来沃一直将她关押在极其恶劣的环境里，食物供给只够保证她不至垮掉；当契妮坦跟“鸽子”关在一起的时候，她还曾把自己的食物分给这个男孩。因此契妮坦并不是温室里的花朵，也不是独裁者玻璃暖房里的一朵兰花，像女诗人巴祖·杰夫在一首诗中所描写的那样，*甜香虽沁人，但是一阵清风吹过，芳踪便再也无处可寻*……现在她的力气就要用光了。已经是第五天了——感觉上是第五天，但她不能确定。或许第六天会这样度过：一抹斑驳的光线照进林间，双脚在潮湿的针叶上打着滑，她跨过一条小溪，接着是另外一条，波光粼粼的溪水像一只巨大野兽背上的条纹……

契妮坦终于倒了下去，再也起不来了。午后的天空让森林变得黑漆漆的，像是一个巨大的坟墓，一根根圆柱支撑着世界和天空的重压。许多声音在她脑中响起，无声地歌唱，她以为那只是树影落在了自己身上，却像鼓点一样沉重。

契妮坦试着回忆蜂房神殿的姐妹教给她的祷词，但她怀疑在这个远离太阳和红色沙漠的地方，努沙什能否听到：她的脑海中蹦出了几个词，像沙雕一样脆弱，很快就支离破碎了。

求求您，她祈祷道，*请别让我一个人孤零零地死在这儿*。她脑中的声音越来越深沉、越来越响亮，如同一阵狂风。*请帮我找到巴瑞克……找到那个红头发的男孩，他曾对我那么好。哦，诸神啊，请帮帮我！我在这片森林里跑得太远，已经无法思考！请帮帮我！*

我在哪里？他在哪里？请帮帮我们！

契妮坦醒来后，有好一阵子她甚至没有感觉到雨点落在自己身上，尽管她全身抖得厉害。她挣扎着半蹲起来，这时，一个鬼魅般的身影从两棵树之间冲了出来，跳到了她面前的空地上。他弓着背，走起路来像只螃蟹似的摇摇晃晃。他的头发乱七八糟，下巴上的胡子也乱蓬蓬的，但真正让她感到不寒而栗的却是那张脏兮兮的脸，满是鲜血——几十道口子流着血，鼻血干结在鼻孔里，就连嘴角和胡子上也挂满血迹。当他咧开嘴巴朝契妮坦傻笑的时候，她看到就连他的牙齿间也沾着血迹。

“啊，好啊，找到你啦！”戴克纳斯·沃平静地说道，仿佛他们相遇的地方是市场似的。

⚜ ⚜ ⚜ ⚜ ⚜

为了赶上他们，来自希安的信使精疲力竭，看上去就好像一路上累死了几匹战马；他的斗篷和马裤不像是布做的，而像一块血污。

“请原谅，殿下，”他跪在埃尼亚斯面前说道，“我从特希斯赶来，在沿路的每个驿站都丢下了一匹精疲力竭的马，侯爵阁下希望您尽快看一看这个。”

埃尼亚斯伸手接过油布袋，抽出那封信匆匆看了一眼，却仔细检查了一遍火漆。“我的军需官会给你拿些吃的，然后找个地方给你睡觉。”他告诉那个年轻的信使。埃尼亚斯站在原地，将折好的信展开读了起来，布瑞奥妮礼貌地等在一旁。她猜那位侯爵肯定是艾拉斯米亚斯·吉诺，虽然他是个情报头子，但埃尼亚斯王子却十分信任他。布瑞奥妮一开始并不太喜欢吉诺，但是同埃南德国王王宫里其他人不同的是，吉诺帮了她不少忙。

“您也应该看一看这封信。”埃尼亚斯看完之后面无表情地说道，布瑞奥妮觉得自己的嗓子有些发紧。

“我父亲……是他……出了什么事吗？”

“信上没有提到他有什么意外，”埃尼亚斯宽慰她说，“请您原谅，我的公主——我没想到会吓到您。信中没有提到您的父亲。但是我不喜欢吉诺说的这些事。”

布瑞奥妮从他手中接过信。她眉头紧锁了好一阵子，始终无法辨认出阿斯尼亚侯爵的手迹——他用的是华丽的特希斯体，全都是华而不实的花体字，因此看上去更像是装饰而非有用的情报——但一会儿工夫布瑞奥妮就找到了窍门。撇开华丽的字体不说，她得承认在惯常的寒暄致意后，吉诺没有浪费一分一秒在无关紧要的事情上。

“殿下，我已按照您的吩咐办妥了一切。”

她读出声来。

“但在其他方面，事情却不那么尽如人意。尽管南部发生了这样的事件，赫若索尔也受到了攻击，但王宫里还是有很多人拒绝承认我们已卷入战事。当然，如果是他们自己的土地遭到独裁者的侵略，情形定会大不一样，但等到那时，对于大部分人（即便不是全部人）来说都为时已晚。

“但是我要说的是独裁者本人，因为我收到了许多关于他的奇怪情报，却仍然无法从中完整地拼凑出全貌。我恳请殿下发挥您的聪明才智来完成这一任务，我这低下的智商实在无法胜任。”

“侯爵也太自以为是了，不是吗？”布瑞奥妮问道，“就算他努力想要表现出热情，还是做得不太好。”

“他是个好人，公主。”埃尼亚斯似乎受到了冒犯，“他在王宫里是我左膀右臂——只要有机会，我就会离那个地方远远的，但是在那里我又需要一个可以信任的人。”

“当然，我并没有……”她又读起了信。

“不仅是那些聚集在我国南部边界城市的难民，赫若索尔也传来了各种各样的奇怪消息。同样，奇怪的消息也是从要塞指挥官，甚至是一些贵族、幸存下来的老绅士们口中传出，他们大多藏了起来或是离开了赫若索尔。他们的传言常常互相矛盾，而且大多是未经证实的猜测，但几乎所有人都同意一点：独裁者已经离开了赫若索尔。他也没有回到西斯的首都——南部的旅行者们认为他手下一个名叫幕塞壬·查的男人仍然掌握着大权。现在的问题是，独裁者去哪儿了？

“有人猜测他病倒了，偷偷回到了西斯，为了不让他的对手喘息或是削减军队的士气。还有一些说法更夸张——说他被敌人或是储君暗杀了，那人的名字叫作普鲁萨斯，总是病怏怏的，新的统治者秘而不宣，直到他从独裁者的储君那里夺回西斯。

“我还从其他渠道听说（尽管没有一个人亲眼看见）独裁者带着一小股西斯军队袭击了杰隆的海茨帕国王，杀死了他和许多臣民，然后坐船离开了。我甚至还听到一个传言，说他绑架了埃昂所有的小孩，以祭祀所信奉的异教神灵，请求努沙什和其他神灵保佑他顺利拿下整个北部地区，但是我认为这个消息的来源没什么实质性的根据，不过是大战爆发的前兆或是对于未知的恐惧。

“因此，我不知道该给您什么建议，殿下。独裁者若不是回到了西斯，很难相信他会从赫若索尔撤军——有些君主离家太久便会担心自己的后方。但几乎所有的传言都认为他已经离开，但同样多的传言说他的身影从未出现在自己的王国里。同时，西斯国试图突破赫若索尔最后一道防线的进攻也没有弱下来。我看不出有任何迹象表明恶魔苏列佩斯对占领这座古老的城市失去了兴趣。

“我要说的就这么多了，此外您父亲的健康仍未好转。剧痛时不时毫无征兆地向他袭来，他的情绪也常常随之波动。医生会照顾他，我派了……”

“够了，”埃尼亚斯突然说道，“剩下的都是写给我的——我家里的一些琐事。我不在的时候，吉诺还有其他几个人会帮我留意宫中的事态。”

“您父亲病了？”

埃尼亚斯摇了摇头，有点过于猛烈。“胃痛。我叔叔请了克雷斯一位有名的医生为他治疗，这一科中最好的医生。我父亲很快就会康复。”

布瑞奥妮突然明白了眼前的形势，或者说至少明白了埃尼亚斯如此敏感的原因。

“您在担心，亲爱的埃尼亚斯，”她说，“不，什么都别说。您当然在担心。您担心自己不在的时候，父亲的病情会恶化。”她想说，“*而且您担心安娜卡夫人和她在王宫中的支持者会趁您不在夺取王位*，”但她知道埃尼亚斯一定会矢口否认。有时候，埃尼亚斯的自尊会迫使他做出一连串苍白的回应，不论是他自己还是别人都知道那不是他的真实想法，只是他自认为有义务那样做。因此布瑞奥妮继续说道：“对于我的誓言，对于您的父亲、您的国家的忠诚和担忧，让您左右为难。”

埃尼亚斯抬头瞥了她一眼，有些吃惊。海克斯勋爵还有大帐篷里的其他贵族的脸上明显地流露出不快的表情。埃尼亚斯送走了他们，只留下几个年轻侍从维护着布瑞奥妮的体面。

“您自以为了解我的心意，可那大多是您的推测，公主。”当他们单独在一起的时候，埃尼亚斯这样说道。

“非常抱歉，殿下，但是我认为我说的全都是事实。”

埃尼亚斯目光严厉地看着她，说：“但是，就算是这样——我并不是在承认——也不用当着所有人的面说出来。”

“所有人？谁？米伦吗，海克斯勋爵？他是您最好的朋友，你们还是亲戚。您所有的指挥官朋友和亲戚都一样。难道您不认为他们也这么想吗？独裁者威胁到了南部的家门口，您的父王健康堪忧，而您却大老远地跑到北方来，冒着未知的危险，卷入别人的战争，难道您认为他们会不觉得奇怪？”

“那没什么。我父亲每天晚上都吃得很油腻，那个女人怂恿他这样做。”那一刻，对于安娜卡的真实感情流露在他的脸上，他双唇紧闭，咬紧牙关，“但那不是我们要讨论的话题。就算您说的都是真的，我曾发过誓要护送您回家。我不能违背誓言……”

那一瞬间，布瑞奥妮对他的崇拜发生了改变——失望，或许还有愤怒。为什么男人都那么看重面子、誓言还有承诺？大多数时候，一开始根本没人要求他们做出那样的承诺！但是，人们却为此发动战争，肝肠寸断，家园被毁！

“那好吧，”她举起一只手，“听着，埃尼亚斯王子。我谨赦免您的承诺，如果我真的曾用这誓言束缚过您。但我认为自己没有。您出于好心帮了我很大的忙。现在我赦免您。您必须跟随自己的内心……不要让一个承诺——如此草率而且仅仅是为了弥补您的家人对我的虐待——强迫您去做您自认为很愚蠢的事。如果您的家庭需要您，如果您的祖国需要您，那么去吧。我和所有人都会谅解您。”

他再次对她目瞪口呆，似乎没有想到她会这样想或是这样做。好一阵子，他只能盯着她，仿佛盯着一件新奇而陌生的东西。

“您是个……勇敢的女人，布瑞奥妮·埃顿。实际上我的确很想回家，像每个做儿子的一样，像每个王位继承人一样。但事情没那么简单。给我一个晚上的时间想一想。明天早上再说，好吗？”

她向他致了谢然后走了出去。他们的告别正式得有些过分，但是在那一刻布瑞奥妮也找不到更好的方式。

布瑞奥妮没怎么睡好，莉丝娅送给她的鸟头骨护身符被她抓在手里，但并未让她梦到这位半神或其他神灵，只有不停地追捕和逃脱；她看不清楚，那些东西影影绰绰，愤怒地咕哝着什么，追赶着她穿过杂乱的丛林，越过沼泽地，她拼命挣扎才没让自己倒下去。醒来之后，她精疲力竭，仿佛整晚都在做梦中的那些事。

尽管如此，布瑞奥妮还是等不及埃尼亚斯的召唤，便穿上了温暖的连帽旅行斗篷，踏着第一缕蓝色晨光，沿着营地边走了出来。教会猎犬队在离王室大路不远的地方找到了一个小的箱型峡谷，群山像她的斗篷一样舒服地将世界拥在怀里。布瑞奥妮爬上了最近的山头，让哨所保持在视线范围之内，然后坐了下来，望着太阳慢慢爬上天空。

我跟埃尼亚斯一样固执，她想，*如果他心存怨念，那我绝不希望他跟我一起来，虽然我十分需要他的部队……而且也乐意让他陪在我身边，如果我对自己诚实的话。*

但是与埃尼亚斯·卡拉尔·里奥斯——希安国的王储——在一起的每一天都是一种谎言，至少看起来如此。王子关心她，而且表现得十分明显。他会娶她，至少看上去他会这么做。在他身上，令人崇拜的地方很多。如果对他的求婚有所迟疑，别人一定会以为她精神失常——生活在埃昂大陆的所有女人都会这么想。但是布瑞奥妮不知道自己想要什么，甚至不知道自己怎么想，她只是保持着理智，尽力不让自己在好感的驱使下做出什么冲动的决定。

太阳躲在山顶两旁的树丛中。草叶上几乎看不到什么露水，下面的营地已经撤去，做好了一天的行军准备——但是他们会往哪个方向走呢？王子会做出怎样的决定？如果埃尼亚斯接受她的请求，决定返回特希斯，那么她该怎么办呢？

我将一如既往。我会继续前行，布瑞奥妮告诉自己——但心中却半信半疑。*我会遵从自己的内心。而且，在佐睿雅的仁慈帮助下，我希望自己不至于太像个傻瓜。*

但是布瑞奥妮仍隐隐地希望自己在对埃尼亚斯摊牌时没有那么强势。

像往常一样，布瑞奥妮一想到王子，便会同时想起卫队长范森。他们两人并不认识，而且也没有相识的可能，却像孪生兄弟一样总是同时出现在她的脑海中，这是多么不可思议啊！除了普通人的仁慈和庄重之外，布瑞奥妮还没发现哪两个人跟他们一样如此迥异。在所有方面，不论是长相、名望，还是财富和权利，希安的埃尼亚斯王子都要比费拉斯·范森更胜一筹。埃尼亚斯对布瑞奥妮袒露了心迹，但她不得不承认，范森也关心自己，这种看法是基于一些不堪一击的解读：几个眼神，几句含糊不清的话，就跟一名普通的士兵在面对公主时，为了掩饰自己的窘迫所说的没什么两样。而他只是个普通士兵，对他抱有这样的想法简直就是一种白痴行为。就算范森跪倒在她脚下，乞求她嫁给自己，布瑞奥妮也不能那么做，那跟嫁给马夫或是市集广场上的小贩没什么两样。

不是不能放弃王冠……

布瑞奥妮无法接受这样的荒唐想法。她的父亲和兄弟都不在了，谁来照顾她的子民？谁能让亨顿·托利接受应有的惩罚？

她叹了口气，拔起一把湿漉漉的杂草，高高地抛向空中。风卷起杂草，吹向了别的地方，但是很快就像个无聊的孩子一样，任其落了下来。

“您找我，尊敬的殿下？”她问道。

埃尼亚斯皱起了眉头，说：“求求您，布瑞奥妮，我的公主。别用那副口气跟我说话，好像我们有仇似的。”

布瑞奥妮觉得他说得没错，她的口气有些僵硬。“我，我很抱歉，埃尼亚斯。我没别的意思，只是没睡好。”

埃尼亚斯露出遗憾的笑容。“我也没睡好。但是现在我已经做出决定——常情和自尊都要求我这样做。”他点了点头，“我会跟您一起，布瑞奥妮·埃顿。我们继续向南境进发。”

布瑞奥妮原本打算告诉他自己早已料到，并感谢他为自己所做的一切；她甚至已经想好如何体面地问他要些除了战马和武器以外的东西，却突然听到他的这番话，“什么？跟我……一起？”

“我向您保证。我觉得，如果是跟吉诺或是广堂宫的其他朋友一起，我可能不会像我想象得那样坚决。就算发生什么事……兄弟们阻止我，诸神抛弃我……就算父王有什么三长两短，我的王国也会完好无损，王位也会牢固如初。”他笑了起来，尽管笑得有些勉强，“要是安娜卡为我父亲生下子嗣，那事情可能就不一样了。”

正如阿妮莎对我父王所做的一样，布瑞奥妮心里想着却没有说出口。这个念头在她脑海中反复出现，实在令人讨厌，但是为了接下来的事，她把它抛在了脑后，“殿下……埃尼亚斯……我不知说什么好！”

“那就什么都别说。也别以为我这么做只是出于义务。陪着您对我来说意义重大——您的幸福也是如此。我自己也很想知道北方现在的情况如何。去准备一下，求您了。我们一个小时之内就出发，我得回一封信给善良的艾拉斯米亚斯·吉诺。”

布瑞奥妮离开之后，埃尼亚斯抽出一张羊皮纸。回到自己的帐篷里，布瑞奥妮觉到自己似乎已经出其不意地走上了另外一条路，而且由于一切都已物是人非，接下来的日子里还会发生更大的改变。

第三章

战争之印

父母为他取名阿迪斯，他长大后，他们让他去照看牲口。他心地善良又虔诚，像爱神灵那样爱着父母。

——引自《圣孤之书：其人生平、死亡和天堂的赏赐》

查文和锑都举着火把，尽管年轻的芬德林僧侣只是来帮医生的忙。几块烧焦的木头在这个叫作砂银之舞的大厅中发着光，因为加尔人跟芬德林人一样不怎么需要光……至少大部分加尔人是这样，查文见过很多，有些根本不需要光线，因为他们似乎根本就没长眼睛，还有那些巨眼加尔人，即便是最微弱的光，也能让他们不停眨眼。查文对这个丰富多彩的世界表示由衷的赞叹。

“怎么会有这样的事？”锑师父平静地问道，“神创造了大小不一、形态各异的人，这我们知道——看看你，再看看我！——但是他为什么要把一种生物塑造得如此丰富多彩？”

查文答不出来。他真想借助一盏明灯和一个放大镜，用卡尺和卷尺好好地把每个加尔人都研究一番，但眼下有个更加重要的任务等着他和锑师父去完成，这个任务就是照顾这些新盟友的起居（偷偷观察他们的情绪）。范森要求他这样做，因此查文选择了焕华共修会中最开明的锑师父做伴。

“刚才我一直在想，我们能从这些人身上学到多少东西，”查文对这个芬德林人说道，“就连菲亚罗斯也承认，几个世纪以前，当他们跟我们比邻而居的时候，我们并没有对他们进行一番好好研究。大多数号称对加尔人进行了细致研究的著作，不是传言就是迷信。”

“对那些生活方式和样貌不同的生物心存敬畏可不是迷信，”锑师父的声音十分低沉，“说实话，查文医生——我很怕这些东西。”洞穴里到处是摇曳的暗影，一个长着很多“器官”的生物就像是在潮汐坑里爬行一样游移着，“就算他们真心想要对付独裁者，谁能说得准我们活着回去之后会发生什么事？就算我们能够打败南方的国王和他手下成千上万的军队，要是这些加尔人重新倒戈，对我们进行杀戮，那该怎么办？”

见到这个年轻人头脑如此清醒，查文感到十分欣慰。他说得对——这个年轻人具有学者的潜质。伴石·碧玉，最后一位经常在学者间的谈话中有所贡献的芬德林人在查文孩提时代便去世了。“你问得很好，锑师父，范森队长和朱砂大师也思考过这个问题。我认为眼下我们能够做的只是去思考这个问题。就算只是抓住问题的要害，也是一种让人意想不到的巨大胜利。”他摇了摇头，“请原谅——我并不是悲观。”

尽管之前进行了一番坦白，但锑师父丝毫没有被吓到，反而更加感兴趣了。“看看那只——像块热碳一样在发光！他看起来不像别的，倒像是在一套盔甲里燃烧的火苗——那套盔甲也像螃蟹的壳一样是他身体的一部分吗？”

“我不知道，但我相信那是一名元素精灵守卫。”

“你怎么知道？”锑满心敬佩地问道。

查文耸了耸肩。“因为范森告诉过我——他说他们极有可能给我们找麻烦。就像不是所有人都愿意跟加尔人共享我们的财富，因此他们会保留不同意见，很明显这些元素精灵就是最不可能妥协的……一群。”他努力不让自己战栗发抖，“再说，这件事情所反映出的问题还挺有趣的……”

他们停下了脚步，看着一群外形奇特的生物占据整个洞穴，有些比芬德林人还要矮小，还有一些却只能被称为巨人。加尔人形态各异、大小不一，因此通常很难分清哪些是士兵，哪些是驮兽。查文根据菲亚罗斯和西曼德的描述认出了几个；至于其他的，他也只能乱猜。偶尔，他的脑海中会突然闪过几个从古书上看来的栩栩如生的例子，这些例子甚至会在他脑中停留片刻，向他投来不信任的目光。他向锑师父解释说自己其实对他们知之甚少，今日的高谈阔论比往常多了不少，一方面是因为拥有这样一位天资聪慧的听众(比起笨蛋托比——他那个所谓的助手，实际上比一个没用的侍从好不了多少——跟锑师父交谈要令人愉快得多）；另一方面是因为他不想面对自己凌乱的思绪。

查文最终沉默下来，不是因为新来的生物失去了吸引力，而是因为他的词穷让他感到万分难过。现在，他置身于热爱这个尘世的人所能想象到的最有趣的事物中间，然而接下来，不论是他还是这些怪异又令人恐惧的加尔人，或许都无法在即将到来的杀戮中幸存。

我将参加这场连傻子都能参加的战斗，而真正做学问的机会却会被白白浪费……

眼下，正朝着他们奔袭而来的残酷命运并非是他的唯一隐忧。很长一段时间以来，查文一直为另外一件事情所扰：他似乎丢失了一整天的记忆，或许更多。他在天日待在芬德林镇，这个他知道，然后在风日出发前往神庙，但直到火日才到达那里——这整整一天甚至更多的记忆都消失了。实际上，他对于芬德林镇的记忆也所剩无几，甚至想不起自己究竟带着什么使命去的那里。查文记得自己决定去那儿的时候情况似乎十分紧急，而他现在居然一点也想不起来，这着实令人感到奇怪。他被吓到了。

这并非是他第一次以这样的方式丢失掉记忆。冬日前夕来临前几天，布瑞奥妮公主跟沙索逃离南境的那一晚，他便从城堡中消失了，至少是从外城的家中失踪了，但他也记不起那一次去了哪里。

他再次望向面前的洞穴，看到挤作一团的队伍正蔓延开去，这些生物大都默不作声，双眼像狐火一样在暗影中闪着光；他平静地问锑师父："如果芸芸众生只是活在自己的思想之中，那么一个人又怎会知道自己已经疯了呢？"

年轻的僧侣沉默了好一阵子。对于他的族人来说，他算是个大块头，但他的头顶距离查文的肩头还是差了一个手掌的距离；当他开口说话时，声音仿佛是从满是石子儿的地上传来的，就像洞穴在开口讲话似的。

"没有办法。就算是国王也不行，我想……人们就是这样说独裁者的，说他是个疯子。实际上，在我看来，查文，当一个神灵失去了心智的时候，他自己也不一定知道。"

"谢谢你，锑师父，"医生说道，"你平添了我的烦恼。"他希望自己的语气听上去更像是在打趣。

⚜ ⚜ ⚜ ⚜ ⚜

"我并非有意冒犯，"费拉斯·范森开口说道，"但是芬德林人，还有个子更高的人类，他们可不像你们的人这样有耐心。你的主人答应一个小时之内前来参加商议，但是她到现在都还没有现身，也没派人来说明原因。已经过去好几个小时了，大家都很担心。"

艾希瓦交叉双手，放到了嘴巴上，仿佛要为保护在那里的一团微小火苗注入生气，"求你了，范森队长，你不明白……"

“不，是你的主人不明白。”范森不想跟她争论。这位大隐士话不多，但仪态优雅，乐善好施，我行我素；同她意见相左让范森觉得自己有些愚蠢和残忍。“我的盟军做出了勇敢的让步。他们向你们敞开了大门，尽管数日之前你们加尔人还在芬德林人的家门口对他们大开杀戒。不仅如此，他们甚至还给了你们一块地方，让你们安营扎寨——一块位于他们自己和圣地之间的地方……”

“那是因为我们拥有共同的死敌，西斯的独裁者。”她开口说道，但范森仍然十分生气。

“的确如此，但是独裁者还没有对*我们*构成直接威胁。南境的人民在城墙之内十分安全，芬德林人也搬到了地下。你手下那些在上面安营扎寨的人才危险重重。”

艾希瓦犹豫了一下，脸上的神情像是在聆听某种他无法听到的声音。范森怀疑她正在用意念与雅萨梅兹交谈，就像那次他用意念听到防风灯基尔的声音一样，但知道这一点并没有让他觉得安心。有好几次，她保持着这个姿势长达一个小时，时时刻刻提醒着大家，不论她多么礼貌地聆听范森的话，如果没有主人的同意，什么事也做不成。

“求你了，队长，”艾希瓦终于开口，“一千多年的仇恨和猜忌不是摆摆手就能一笔勾销的。”

“哦，请相信我，小姐，我对此一清二楚。”

“看那边。”艾希瓦用纤弱的手掌对围在他们身边的那群怪物做了一个手势，这群怪物将这座自然的石堡挤了个水泄不通——单在这个石室里就有一千多个加尔人，“自远古时代起，我们就在地下干了不少事。要知道我的主人有自己的事情要处理，有些事复杂得很，我无法对一个寿命只有区区百年的人解释。”

听到艾希瓦的话，范森的内心似乎被击中了，尽管她只是说出了事实——他跟她不一样，一点也不一样。这种痛苦来自于这番话引发的反思，他跟所爱的女人之间同样隔着万水千山。每一天，范森都会更加清醒地认识到，就连想象自己跟公主生活在同一个世界，都是一件疯狂的事。

“告诉你的主人，”他说，“我的人逐渐失去了耐心。所有人都渐渐失去了耐心。他们也感到恐惧。”

“正如您所说，队长，相信我。”艾希瓦笑了——至少他一直以为那是笑容，不管怎么样，它起到的作用是一样的，她跟普通女人没什么分别，尽管事实并非总是如此，“我的主人已经知道了。”

⚜ ⚜ ⚜ ⚜ ⚜

“但是，欧珀！”

她盯着他，目光像是一块能够劈开花岗岩的楔子。葱石家的所有女人都拥有那样的眼神，“你敢！那里肯定有女人，那里一定有女人。至于加尔人，他们的将军就是个女的。”

“没错！范森说她有神灵的血统，个性就像是一只走投无路的老鼠。她杀死过上百个大个子……”

妻子再次向他投来无可奈何的眼神，“我并不打算拿起剑来跟她决斗，老笨蛋。我们要欢迎她们，现在我们是同盟。”

“还为时过早。”他知道自己输了，但还是忍不住试着在这场对话中开启一些新视角，“我们有望结成同盟。这是一种谈判，记得吗？没人能保证他们不会改变心意，割断我们的喉咙——几天之前他们还试图这么干。”

“所以更要找几个明白事理的芬德林女人在场，”欧珀心满意足地说，“这样一来，碧玉或是别的哪个缺心眼就没机会挑起争端了。”她点了点头，“现在我得走了。银朱·朱砂召集所有的女人赶在加尔人到来之前到神庙图书馆开会。”

“图书馆？师父们肯定喜欢。”

“焕华共修会的那几个独大很久了，公会也是。这也是我们现在偏安一隅的原因之一。想一想吧，谁也不知道加尔人来到这里有多少年了！”

“什么？你怎么知道的？”

“银朱·朱砂告诉我们的。当然，她也是听她丈夫说的。”

“多半是屈打成招。”燧岩忍不住笑了起来。很明显，不管他是否情愿，事情都会发生改变。当一块圆石开始滚动的时候，站在圆石顶上总比站在它面前要好。他指了指那个男孩，这个男孩正蜷缩着身体，睡在一堆毯子之中。“火石怎么办？”

欧珀的脸上飞速掠过一丝困惑的表情，“我会带着他，但是他说自己宁愿跟着你。”

燧岩为她感到难过。“他正在慢慢长大。他希望能跟男人在一起……”

“让我烦恼的不是这个，你这个老傻瓜。他已经变了，你没发现吗？”

“当然发现了。但他总是……很特别……”

“不是那么回事。他在某个方面发生了改变……新的改变。但是我无法……”欧珀的声音中满是沮丧，“我说不出来！但我不喜欢。”燧岩第一次见到自己的妻子如此心烦意乱，“我不喜欢，燧岩。”

燧岩朝她走了几步，用胳膊搂着她的腰，紧紧地抱住了她，亲了亲她的额头，说：“我也不喜欢，亲爱的，但是我们得理解。我想你，你知道吗？”

“想我给你收拾烂摊子。”欧珀恶狠狠地说道，但没有放手。

“哦，是的。”燧岩一边说着，一边嗅着她的长发，希望他们可以一直那样，安定而幸福，一切不幸都尚未发生，“也包括这一点。”

⚜ ⚜ ⚜ ⚜ ⚜

“你怎么看，队长？”当他们围着桌子坐下来的时候，大锤·碧玉问范森，“他们会讲我们的方言吗，还是除了那个银头发的婊子之外，全都只会叽里呱啦？”

“她不是婊子，碧玉，她是雅萨梅兹女士的隐士长，她本人也是个厉害角色。”

这个秃顶的芬德林人用怀疑的眼神望着他，说：“遵命，队长。我只是想知道他们是否能说人话。”

范森想起了基尔的声音，他从未用耳朵听到过，但永远都不会忘记，“他们的说话方式多种多样。我认为他们表达自己的意愿应该不费什么劲儿……”

“哦，全是狗屁！”碧玉大声喊道。

范森大吃一惊——他一开始以为这个矮个子男人是在说自己。接着他终于知道碧玉看到了什么——六个芬德林女人，在朱砂的妻子和燧岩的妻子欧珀的带领下，步伐坚定地穿堂而过。

“站住。”碧玉站了起来，仿佛要用身体把这些女人挡在桌子外，“你们在这儿干吗？加尔人就要来了。”

“坐下，碧玉。”银朱·朱砂是个漂亮的芬德林女人，穿着一件精美的青绿色刺绣长袍，“我们跟你还有你这群手下一样有权来这儿。”

“请您原谅，大师夫人，”富有的孔雀石·紫铜很快便在这场争论中突显出了自己的价值，“当然，我们欢迎你们提建议，但是就在几天之前这些加尔人还试图杀死我们……”

“这跟今天的事儿没关系，不是吗？”这位大师的妻子示意她的同伴坐在自己两边。跟银朱·朱砂和欧珀·蓝石英不同，其他女人对于在这个时间出现在这个地方表现得有些胆怯——但是范森心想，男人们也一样。

另一个女人探过身来，“是不是有危险？”她悄声问欧珀，后者正坐在范森旁边好让他能听清自己的话。

“不。”欧珀告诉她，然后向范森使了一个眼神，明显是在说：*“请别多嘴。”*

她和大师的妻子以身作则地领导着自己的队伍，范森心想，*她们像所有的优秀指挥官一样也会忧心忡忡，但是她们不能在自己的队伍面前表现出来。*“我们不会有事的，”他告诉那个芬德林女人，“我们在和平协议框架之下，而且加尔人，不管他们是什么物种，在我看来都是一种高贵的生物。”对于这种说法，范森感到有点惭愧——防风灯基尔可不只是“高贵”而已。他毫不犹豫地献出了自己的生命，只为履行对他的主人雅萨梅兹的承诺，而雅萨梅兹正是大家正在等待的女巫或者说半神。

燧岩和朱砂还有医生查文跟着其他人一起走了进来，包括一小队由镍师父带领的芬德林僧侣。僧侣们在长桌边落座之后，他甚至礼貌地对范森点了点头。

“他中了什么邪？”范森问道，声音稍微有些大。

孔雀石笑了：“你不知道吗？朱砂跟他谈过了。提醒他公会的宗主们需要任命一位新的神庙长老——而且，总有一天还要任命一位新的会长。如果镍想接过会长的圣十字镐，那么公会让他往东他就不能往西。”

“哦。”范森一点儿也不意外。就算是以一己之力保护着全体芬德林人的镍，在野心的驱使下他也会换个方式看待事物。

“你好，亲爱的，”燧岩弯下身去亲吻妻子，“我希望你别介意——我要跟朱砂坐在一起。那是他的主意。”燧岩对于自己被单独指名接受这份荣耀极力做出一种惊讶的表情，但范森知道这个矮个子男人拥有解决问题的智慧，他掌握着很多秘密，是不可或缺的，“见到你真高兴啊，大师夫人！”他对银朱·朱砂说道，“你看上去真美。”

“大师夫人，是吗？”银朱被逗乐了，“我又不是皂石，别想琢磨我。你妻子把你的冒险经历全都告诉我了。我想我丈夫希望把你留在身边就是为了给自己单调的生活找点乐子。”

燧岩笑着说：“现如今谁都不愿意无所事事嘛，大师夫……银朱。”他又拥抱了一下欧珀，然后便踱步回到朱砂和其他人中间去了。

“我们家燧岩是个好人，”欧珀突然厉声说道，就好像有人会表示反对似的，“他所做的一切都是为了别人。”

范森想告诉她自己举双手赞成，刚好发生了一阵骚乱——范森什么都没看到也没听到，心中便产生了一种好奇和警觉，一种原始的战栗感爬上了他的脊背。他转过身去，只看到艾希瓦站在门口——毫无疑问，她是一个强大且有魅力的人，但他却总是用怜爱的眼光来看待她。接着，一群人默默地跟在她后面走了进来。

虽然不是令人瞠目结舌的加尔人全副派头，但这个丰富多彩的小小使团也足以让那些从未见过他们的人——大概占了在座人士的三分之二——脸色发白，眼睛直眨，喃喃自语起来。最吓人的当属那只名为锤脚的生物，他是深渊艾廷的首领，比体积最大的洞熊还要高大威猛。突出的前额完全遮住了整张脸，人们根本看不到他的眼睛，只能看到两块石炭在暗影中闪着光。他身上穿的皮甲是用厚重的皮带串起石板做成的，每只手掌只有两根指头，几乎跟芬德林人的盾牌一样宽。巨人走到长桌的远端，一屁股坐到了地板上，胸部顶到了桌角，差点把它掀翻。

他是前来参会的加尔人中最大的一只，但还不是最奇怪的。范森见过这里所有的奇形怪状的生物，还见过一些其他的，却仍然有点不太适应。这时一个名叫绿松鸦的加尔人走了过来，他有点像一只珍奇的鸟，又有点像一个浓妆艳抹的佐悉蒙节的小丑。有些加尔人的样貌跟人类相似，但他们头骨的形状或身上的色彩却出卖了他们——范森知道没有一个正常人的皮肤会呈现出薰衣草的颜色或是苔绿色。以元素精灵为代表的其他加尔人同人类相似的地方只有他们的脑袋和四肢：范森曾在加尔人大本营见过他们火红的裸体，也曾在梦中见过这些生物，但是今天来的这两个却十分谨慎，他们用长袍把自己包裹得严严实实，一点也看不出火红的身体。

加尔人们或弓着腰或站得笔直，有的矮小有的高大，陆续涌了进来，在桌子的另一端坐满，它们形态各异，像是古书上那些画在空白处的动物集锦。但他们个个都十分警觉：落座之后并没有互相交谈，只是望着对面聚在一起的芬德林人和他们的客人。

接着，雅萨梅兹本人终于走进了房间，她个子很高，沉默寡言，身穿尖角的黑色盔甲和一件奇怪的斗篷，那件斗篷好像一片黑色的迷雾。她缓步走向长桌远端，既没有看向这边，也没有看向那边，尽管全部人的目光都被她吸引了过去。她在自己人的中间坐了下来。

雅萨梅兹沉默了好一会儿才开始讲话，她的声音如同丧钟一样低沉而凝重。“这场战斗我们已经输了。在我们投入战斗之前你们必须明白这一点。”

一个声音在一片反对声中跳了出来，那是朱砂·水银，“恕我直言，雅萨梅兹女士，您这话是什么意思？要是毫无胜算的话，我们为什么要来这儿，为什么不在家里跟诸神议和？”

“我不能代表你，挖掘者，”雅萨梅兹告诉他，“但这就是我与诸神议和的方式。”

房间里立刻炸开了锅，费拉斯·范森只能干瞪眼。他这么努力将各方召集到一起，现在加尔人的首领却要用自己的傲慢让大家四分五裂。

“住嘴！”直到开口说话，他才发现自己早已站了起来，“芬德林人们，跟这些人争论是不明智的，他们的痛苦遭遇超过了我们任何一个人的想象。”范森转身对着桌子另外一边，“但是您，女士，如果您认为一方面可以同我们和解，另一方面却仍旧把我们视作敌人和下等人，那么您就大错特错了。”

“和解？”雅萨梅兹的声音像一阵冷风，“我来这儿不是为了和解，范森队长，而是为了我们共同的事业。我们民族同你们的民族互相伤害太深，根本没有办法和解。”

范森抬高了声音，压过了大厅中不满的骚乱，“那我们就谈一谈共同的事业吧，雅萨梅兹女士。过去的就让它过去吧，至少暂时让它过去吧。”

雅萨梅兹目不转睛地盯着范森，平静得像一尊塑像。大家都在等着她开口，喧闹声最终平息下来。

“但我们总是生活在过去，范森队长。”雅萨梅兹终于开口说道，“这个房间里到处都是逝者的鬼魂，就算你看不见它们。但是，当然，你的挖掘者盟友们知道——他们十分清楚，到底为什么要阻止这次会晤。”

“你在说什么？”朱砂的声音可不像她的话那样坚定，听上去就像是一个准备打退堂鼓的人，“芬德林人知道什么？”

“加尔人遭到杀戮，该为此事负责的不仅仅是那些生活在大陆上的人。是的，范森的人抓走了我亲爱的萨娜苏，还杀死了她的哥哥加尼亚——但是我们回到这个地方已经有几千年了，在这里举行焰华祭礼的时间更长，这些活动都是秘密进行的，只有你们这些挖掘者知道，而且在那一天之前从未被打扰过。凯里克·埃顿当时怎么会知道我们要来这儿？”

范森曾听说过有关加尔人的王子和公主的事情（或者说他是这样理解的，因为这两个词并不是加尔人语），知道凯里克日当天的朝圣如何引发了一场大灾难，但是雅萨梅兹现在所说的事他倒是头一次听到。“有什么关系呢，女士？都已经过去两百年了……”

“蠢材！”雅萨梅兹说，“根本没有什么过去。在当下，在这个岩石密布的房间里，一切都鲜活如初。埃顿怎么会知道萨娜苏和加尼亚要来这儿？就是因为这些叛徒挖掘者向他告了密。”

这下人群彻底沸腾了，一些身材矮小的芬德林人甚至爬上了桌子，晃着拳头声称自己的种族是清白的。骚乱越闹越大，锤脚一拳敲在桌子上，发出了一声巨响，就像一面墙倒塌了下来；他那深沉而响亮的咆哮很快就让芬德林人安静下来。房间里突然一片沉寂，只有孔雀石·紫铜的声音响了起来。

“住嘴！”这个芬德林人说道，“都别嚷了！她说得对。愿大地长老宽恕我们，她说得没错。”

“你在说什么，大师？”朱砂皱着眉头问道，“她哪里说得对？”

紫铜环顾了一下四周，“你们芬德林人了解我。我的同胞和我的家人了解我。我的曾祖叔是风暴石·紫铜，风暴石之路的设计者和主要施工者。那是他一生中最伟大的杰作，旨在让他的同胞过上安全稳定的生活，让我们能够从芬德林镇来去自如，不必看住在上面的城堡里的那些大个子的脸色。但他却没能打造出一个全新的隧道网。一些重要的交通要道已经存在了几个世纪。”紫铜停顿了一下，“这让我很难启齿。他为我的家族带来了巨大的荣耀——紫铜家族的每一个子孙无不这样想：‘我的身上流着风暴石的血’，然后把胸膛挺得更直。”

其余的芬德林人再次感到一头雾水。范森早在地下生活的时候就知道他们十分尊敬风暴石，就像是人类对待诸神的神谕一般。

“这些我们都知道，孔雀石，”朱砂说道，他的声音十分温柔，仿佛在对着一个病人讲话，“说点我们不知道的吧。”

“他……他担心一旦加尔人来到南境，终有一天生活在地上的人——那些大块头，请原谅我的粗鲁，范森队长——会发现他建造的隧道网。他做了一个可怕的决定……但是我们仍然为这件事感到丢脸。我敢肯定，他的本意是想让南境的士兵们把加尔人吓走……"

"你这是在为一桩谋杀案诡辩，"雅萨梅兹说，"因为这一切已经无可挽回。挖掘者们偷偷告诉凯里克·埃顿，加尔人就要来这儿。埃顿亲自带着人马前来阻截。他抓走了萨娜苏，杀死了她的哥哥加尼亚，给我的臣民带来了苦难……"

"那是一场战争。"范森对她说，"你却说得像场谋杀似的。"

雅萨梅兹脸色铁青，"加尼亚和萨娜苏只带了两个随从和一个隐士——也就是你们所说的教士。而埃顿却带了二十多个全副武装的人，后来萨娜苏沦为了阶下囚，其他的加尔人都死了。随便你们怎么说。"

范森回过头去看着她。据说雅萨梅兹是神灵的后代，但她同时也是一个活生生的女人，不管她的样子多么奇怪。雅萨梅兹怒火中烧——范森意识到了她的痛苦，这种痛苦无法轻易弥合；在小斯戴尔的时候，他的父亲对其他农夫也抱着同样的恨，因为他是范特人的后代，因此被当成了异类，即便他跟那些人共同生活了二十年，情况依旧如此。他临终的时候仍把那份痛苦留在心中，拒绝接见任何本家族之外的吊唁者。

这可真是奇怪，范森心想，周围发生了这么多惊天动地的事，但他对于那个给了自己生命的男人的恨意却全都消失了，感觉不到一丝痛苦，仿佛他们已达成了和解，尽管派德尔·范森已经过世好几年了。是什么让改变发生？

"如果这一切都是真的，雅萨梅兹女士，"范森大声说道，为这段持续了很长时间、私语骚动的沉默画上了句号，"那么不管是远境人还是芬德林人都没什么好说的，除了……抱歉，这并非是我们这些活着的人所为——大多数人直到现在才知道他们的名字——但是我们仍然要说抱歉。"他转向孔雀石·紫铜，"你们也是吧？"

“以神的名义起誓，当然是这样！”紫铜说完赶紧捂住了嘴巴，他竟然在焕华共修会的神庙中喊出了这么强有力的誓言，“自从我成年，我父亲将这个秘密告诉我之后——这个秘密在紫铜家族的子嗣中一代一代传了下来——每当我想起曾祖父的时候就满心悲伤。我想他的出发点是好的，但做法是错误的。如果家族里的其他人知道了这件事，我相信他们会跟我产生同样的感受，为这一家族耻辱感到难过。”他耸了耸肩，“我要说的就是这些。”

雅萨梅兹看了看紫铜，又看了看范森，然后停了下来，眼神放空，范森猜想她准是在默默地用意念跟什么人交谈。接着，她拿起脖子上那块深红色的硕大宝石，把链子滑过头顶，重重地摔在教堂的长桌上，哗啦一声发出巨响。众目睽睽之下，她拿出一把造型奇特的佩剑——通体雪白，却像珍珠贝一样微微发亮——连同剑鞘一起放到了面前的桌子上。

“这是战争之印，”雅萨梅兹用一根修长、纤细的手指朝着石头做了一个手势，脸色苍白得像是一堆余烬，“因为我拥有这把剑，我所做的一切有关生死的决定都会落在我的臣民——加尔人——头上。这是白焰，太阳神本人的佩剑。我的伟大祖先，我的父亲歪神就倒在这个大厅，我曾发誓在踏平这个凡人的地方之前，不会让佩剑重新入鞘。”她转过头扫视了一圈。她的目光就连范森也很难招架得住，自赫若索尔刚建城的时候起，这道目光便注视着整个世界。

雅萨梅兹将白色佩剑的刀柄握在手里，举了起来。她把佩剑插入剑鞘，还没等发出门闩一样的咔嗒声，她的焦虑低语就已彻底变成惊慌的喊叫。

“今天我食言了。我违背了自己的誓言。我相信，《虚空火焰之书》会为我的行为做出解释。”雅萨梅兹低下了头，仿佛已经精疲力尽，一时间整个房间都陷入了寂静。接着她直起了身子，脸上又恢复了面具一般的表情，拿起了战争之印，“我宣布，我的臣民仍处于战事之中……但对象只限于独裁者。今天，我令自己违背了誓言，但不可否认的是——这个人的危险必须得到正视。他来到这里，在仲夏之夜唤醒了一个神灵，但是在那个你们称为秘境的地方，有更多的神灵需要被唤醒，其中很多神对所有生者都愤怒不已。”

第四章
深渊图书馆

他可以娴熟地吹奏牧笛，所有听见牧笛声的生灵无不为之动容，不论是人还是野兽。他还能够听懂鸟儿和百兽的语言。就连生活在克雷斯的狮子也不会加害他，野狼见到他的羊群也会绕开。

——引自《圣孤传说：其人生平、死亡及天堂的奖赏》

巴瑞克醒来时仍然疲惫不堪，仿佛连续奔跑了几个小时。没人知道他究竟睡了多久；外面亮灰色的天空，舒卷的云朵和雾气，古老的房顶，一切都没有改变。他在床上坐了起来，迷迷糊糊地默默回想着，接着双脚踩在地板上，停在那里，头晕目眩。他一直保持着那个姿势，双手抱着头，直到听到女王的声音。

"凡人之子。"

巴瑞克睁开眼睛，发现她正站在身边。房间虽然简陋却十分舒适。床边有一扇窗户，透过开着的百叶窗可以看到一片与世隔绝的果园和一个开满白蓝相间的花朵的花园。他发现所有的窗户都开着。

"我做了个梦……"巴瑞克开口说道。

"那不是梦。"萨奎丽告诉他，"你踏上了未来之路，差一点被焰华的力量带走。但是现在我丈夫跟你在一起，帮助你。或者说，他的一部分跟你在一起——你需要的那一部分不会再前行了。”萨奎丽乌黑的眼睛透露着庄严，“我不知道是否应该为此怨恨你，巴瑞克·埃顿。伊尼尔打算继续，他选择继续走下去。但现在由于责任的束缚或者说他对你心有愧疚，因此他决定留下来。”

“伊尼尔……在我身体里？”

“看起来他们全都在你的身体里，焰华的历代传人，就像所有的女性传人都在我的身体里一样，我的母亲和祖母，还有曾祖母们，我们这个家族的起源可以回溯到诸神的时代。但是尽管一部分在你的身体里，实际上祖先们去了下一个世界……”萨奎丽摇了摇头，“不，我不能用意念同你的意念交谈。但是我丈夫……我哥哥……他不能……”她脸上的表情发生了变化，再次沉默下来。巴瑞克听到内心深处响起了一声低语，仿佛蝙蝠振动了一下翅膀，但那个声音既不是她的也不是自己的。“**悲伤，她很悲伤，她想念我，尽管内心愤怒，哦，骄傲的妹妹，你还是这么美丽……**”

“我得花点时间考虑一下这个——所有的事情，”萨奎丽告诉巴瑞克，“我要走了。在我叫你之前，哈萨尔会照顾你。”

萨奎丽离开房间后不久，古怪的仆人哈萨尔便走了进来，手里拿着一个托盘，巴瑞克只能用丰盛来形容里面的食物——面包、盐渍白奶酪、蜂蜜，还有一碗李子，这是巴瑞克吃过的最多肉、最甘甜、皮最薄的李子。哈萨尔没有立刻离开，而是站在那里看着巴瑞克用餐。

“我从没见过你这样的人，当然梦里除外，”这个生物跟人类有些相似，“你们不像我想得那么吓人和奇怪。”

“谢谢，我想，我对你们的感受也一样，只是我不太确定以前是否在梦里见过你们。”

哈萨尔斜着眼睛瞟了他一眼，“你在开玩笑吗？从没见过我们石阵族人？你们以前还在月光下跟我们一起跳过舞呢！我们带你们来到我们在山底下的城市，给你们看了很多奇珍异宝。”

“当然，”巴瑞克说着抹去了沾在脸颊上的蜂蜜，美食顿时令他士气大增，“但是我还小，你得知道。而且我敢肯定，我的祖父和你的祖父在每个节庆日都会一起跳托尔维欧舞！”

哈萨尔的眼睛翻得更厉害了，最后都看不到黑眼珠了，“你在逗我，蠢蛋。”

巴瑞克笑了起来。这种感觉可真奇怪——他记不起上一次这么做是什么时候了，“你说得对，先生。被你看穿了。”

哈萨尔不以为然地摇了摇头，“就像……”他努力打住了话头，“开玩笑就是挑战事情的严肃性。”

“不，”巴瑞克发现自己必须做出解释，“玩笑是让一些事情变得有意义的唯一方式。或许是因为你们这些人不会死……”

“我们会死，”哈萨尔说，“大多数死在人类手里。”

巴瑞克一时语塞，“或许是因为我们人类生命有限，所以我们必须自嘲。有时候，这是与那些无法相处的事物共存的唯一方式。”

“不仅是因为你们终有一死。”这个加尔人的脸上浮现出一种不悦的表情，当他再次开口时，几乎像是在自言自语，“我们的种族里有很多人——是的，即便是地位最高的人——他们也会这样，会开玩笑，说些无意义的话，而他们本就应该脚踏实地去做……”

他对我感到愤怒，巴瑞克意念中的声音说道，**还有他的失望。他不是唯一的一个，但他是我最亲近的人……除了我的妻子……**

这个新的声音如此清晰，凭着全部的理智与记忆，巴瑞克坚信伊尼尔就站在房间里。他四下里看了看，起初满心期待，接着越来越急切……“大人？你在哪里？”

哈萨尔注视着他，但只是出于礼貌，仿佛库 - 纳 - 加尔的这位客人经常会这样语无伦次。

你告诉我不能离开你——暂时不能。国王的声音如此清晰，仿佛他就站在巴瑞克身边。但是现在你该休息了。你要恢复全部力气去面对接下来的一切，你还不够强壮，不足以承受盛放的焰华。我需要你集中精力。让哈萨尔退下吧。

巴瑞克咕哝着找了一些借口，但是不管怎样，怪异的哈萨尔都是个训练有素的王室佣人：他心领神会，立刻溜了出去，带走了空荡荡的托盘。

“你说他生你的气？哈萨尔？”

你不用大声说出来，国王的声音说道，你也没必要站着或坐着。躺下来吧，你还很累。休息吧。哈萨尔怎么看我一点也不重要。他对焰华是绝对忠诚的。

巴瑞克躺在床上舒展开身体，拉过一张精美却沉重无比的毯子盖在身上。即便国王那令人安慰的身影近在眼前，他还是感觉焰华的声音开始困扰他，威胁着要把他拉倒，将他溺死在一片陌生的记忆海洋里。他要如何寻获那种能够到达彼岸的力量呢?

别去想彼岸，国王说道。他竟然如此了解巴瑞克的心意，这让巴瑞克十分惊讶。你没有溺水，但是也无法安然无恙地爬出焰华并将它甩在身后。它已经成为你的一部分，从现在直到永远。

想一想地平线上那颗孤星的寒光。奋力向那缕光游去。你无法到达那里，但是可以学会心满意足地徜徉在那片无尽的海洋。实际上，你永远都无法触及那发光的微尘，但是它也不会从你的视野中消失……

国王继续对他说着这些谜一样的话，一遍又一遍，他的声音像夏日的蟋蟀一样抚慰着巴瑞克的心。他努力向着那片光游去，却发现自己在疲惫中越陷越深，最终陷入了深深的睡梦中。

当佣人再次叫醒他的时候，带来的不是一餐美食，而是王后的传唤。

“王后吩咐您去歌唱花园找她。”

巴瑞克起床跟着哈萨尔走了出去，伊尼尔的帮助令他感到安心，虽然感受不到国王，但他知道国王就在自己身边。焰华的声音没有消失，但是此刻似乎变得十分沉寂，仿佛有人在它们和巴瑞克之间放了一层保护膜。他跟着这位小个子佣人走出一扇旁门，在灰色的天空下踏上一条黑色碎石铺就的小路，跑过一片石堆。他们穿过一个又一个花园，同心围墙以色彩艳丽的花朵和石头打造，形态各异令他目不暇接，很快便产生了视觉疲劳。

围墙的中心就是入口，拱形的石头上覆满了白色的花朵。

“悄悄地进去，”哈萨尔说，“为你自己好。”这位佣人鞠了一躬然后离开了。

巴瑞克走进大门，好奇自己究竟需要提防什么。难道这里有什么动物，一旦看到他就会伤害他——甚至是植物？他放轻步伐，脚下的石子路逐渐变成了一条深草覆盖的小径，每一步都像是踩在垫子上，他心下十分感激。

水滴安静地从他身边滴落，从外墙的一道裂缝落到一块石头上，滴答，滴答，滴答。不远的地方，几条更大的水流汇入了路边一个浅浅的水池中，声音就像是有人轻轻地敲着一只水晶高脚杯。在这些声音中间，他听到了一声婉转的鸣叫。他本以为是某只心满意足的鸟儿在巢穴中发出的啁啾，但那叫声分明是从一座石塔中传来的，塔的高度几乎是他身高的两倍，顶端开了一个洞，仿佛针眼一般，以清风做线，缝制出美妙的乐曲。

歌唱花园，哈萨尔这样叫它。歌唱花园。就连他脑中的声音也完全平静下来，仿佛它们听到了曾经热爱但遗忘已久的声音。

巴瑞克看到王后坐在一座露天凉亭中，四周是繁花盛开的树木，她双眼紧闭仿佛睡着了一般。当他走近的时候，萨奎丽在白袍下晃动了一下身体，仿佛在微风中摇动的花瓣，然后睁开了眼睛。

“我丈夫……我哥哥……一直很喜欢云思之塔，”萨奎丽告诉他，“但那个地方对我来说太过荒凉，我喜欢这里。如果我不能活着回来，我会想念这里。”

“从哪儿回来？”

“我们终有一天都要去的那个地方——片刻之前你差一点回不来的那个地方。”她点了点头，“但即便是在这儿，在这片平和之中，我也无法刺破笼罩在你家乡的阴云，我们把那个地方称为祖先的弥留之地。”萨奎丽的脸上蒙上了一层不安的阴影，“那里正在经历十分严重且怪异的事——我以前从没见过这种事，我听不到叔祖母雅萨梅兹的话，她也听不到我的话。”

“但是，如果你不能跟她通话，那么我们还能做什么呢？我们要阻止她——告诉她焰华还活着。否则的话，她会毁掉南境。”

“实际上，她还没有占领南境，我能感觉到——这就意味着事情肯定比我们想象中要复杂得多。”萨奎丽摇了摇头，“但是再说下去也是无济于事，除非事情发生转机，我可以跟她说话，否则她决定的事情，绝不会改变，一向如此。”

“那我们就应该去找她。我们必须告诉雅萨梅兹公约已经生效。一切都依托于人类的信任！”焰华的声音和意念如同水流一般涌现在他的脑海中，但是他显然已经掌握了要领，“你为什么那样看着我？”

“听起来你更像是我们的族人，而非人类的一员。”萨奎丽嘟了嘟嘴，微微笑了一下，“而且，你说去找她？凡人之子，我们跟他们相隔十万八千里。”

“但是你有这些……门、通道。我就是通过其中的一条通道来到这儿的。”

萨奎丽发出了奇怪的吃吃声——她在笑，“虚空之母并不欢迎所有人使用她的通道，孩子！只有歪神可以。你是通过他的一条通道来到这里的，这条通道很久之前便建成了，当时诸神还在这个世界上行走，我的族人同无梦人还是盟友。这条通道之所以能够保存下来，是因为我们忘记了建造和拆毁这条通道的方法——这条通道也只会将你带回睡城。”

“就算我们不能用这一条，肯定还有其他的通道。”

“有几条。有些早在歪神从她那里获悉那些重大机密之前就被发现了。实际上诸神建造了许多驿站，这样他们就能使用那些已被发现的通道。”

“那我们也能利用这些通道，是吗？你说过南境就在科涅奥斯宫殿的上面，还是前面，我有点记不清了。你就是这个意思，对吧？其中的一扇门？”

“所有通向科涅奥斯的通道都禁止我们通行，”她说，“就算是深藏于他梦境中的那条漆黑通道也不行。这是个好主意，凡人之子，但是行不通。”

“那我该怎么办，只是……祈祷而已吗？我的人民会遭到屠杀，你们的人也会！”巴瑞克瘫倒在萨奎丽脚边的凉亭石阶上，满心失望地拍着地上的石头，“我一直以为诸神根本不存在——现在你却告诉我他们堵死了我要走的每一条通道。而且他们还在沉睡之中！”

萨奎丽抬起眼看着他的一举一动，却没有吭声。过了一会儿，她站了起来，游移着走下了几个台阶，经过他身边的时候举起了一只手，明显是在示意他跟着自己。

“我们去哪儿？”巴瑞克问。

“还有一个办法。”萨奎丽丝毫没有放缓脚步。

巴瑞克赶紧跟在她身后，穿过琴瑟和鸣、乐声悠扬的花园，走进了库-纳-加尔的永恒大厅。

他们沿着楼梯拾级而上，过了好一会儿，楼梯变成了平坦的地板，但他却不太记得这变化发生在什么时候；宫中摇曳的清晰的光线逐渐减弱，最后完全消失了，他也不记得这发生在哪个时刻。最后脚下的石头地面也到了尽头。他感觉到脚下是一片松软的沃土，仿佛他们在城堡地下前行得太深，连地基也给甩在了后面。实际上，他们在黑暗中走了很久，不管萨奎丽声称走了多远的距离，他们肯定已经走完了从库 - 纳 - 加尔到南境的大部分路程。

这个无尽的黑暗之地只是在表面上保持着寂静，至少在巴瑞克那闹哄哄的头脑中并非如此；但是在伊尼尔的帮助下——巴瑞克能够感觉到这位盲国王就在不远处——他暂时摆脱了焰华的乱语，全神贯注地跟紧萨奎丽；萨奎丽一路带领着他，比起像母亲带着孩子穿过陌生的地界，更像是领着家人穿过了久居的故乡。

*她对我到底是信心满满还是不屑一顾？*当然这么想没什么意义，因为对于一个加尔人来说，两个词的意思或许是相同的。而且他脑中的声音似乎不再像之前一样陌生，他几乎以为自己可以与这些声音共存了。

最终，仅仅是因为他们在深邃、可怕的黑暗中前进了太久，他终于看到了光亮：这一变化如此微小，在其他时候绝对无法察觉出来——那多半是他对于光的记忆，而非光亮本身。尽管那道微光随着他的步伐愈来愈亮，但他又前行了一百多步，周围才被照亮，他终于看清了走在前面的萨奎丽的轮廓，仿佛镶了一道银边；接着又走了一百多步，他才看清刚刚走过的这条狭窄逼仄、尘土飞扬的小径，仿佛是匆匆忙忙从生机盎然的大地中粗暴开凿出来的。

“哪里？”巴瑞克很想知道，但感觉到萨奎丽的意念轻轻落入他的意念之中，让他保持安静。

很快。

前方那缕微弱的光开始放大，最终变成了一束珍珠般光泽的光柱，底部如同一枚硬币一般又圆又亮。当他们走上前时，巴瑞克发现那光柱实际上是从隧道顶端的一个孔洞中泻下的一大束光，地上的圆圈是一口圆形池塘的水面，比一张写字台大不了多少，但足以将所有的光线捕捉进来。萨奎丽停下了脚步，他也在旁边停了下来。

深渊图书馆，萨奎丽说。

巴瑞克不知道自己应该做何感想。他几次从伊尼尔口中听说过这个地方，本以为那是坐落在城堡地下的一个深窖，或是一个巨大的大厅，里面堆满古老的卷轴和腐烂的书籍，也许有点像查文的观测站里的图书室，或是他父亲在夏之塔里的寝宫。

王后毫无征兆地伸出手，将他的手抓在手中，然后将另外一只手伸到光线之中，并示意他这样做。巴瑞克不得不往前迈了一步，这样便能够仰头看到光源所在。那是黑暗中的一个洞孔，看上去似乎遥不可及，中间是一个白色的光点。

是的，萨奎丽告诉他。那是亚哈斯塔尔的眼睛，希望之星。永远闪烁在深渊图书馆的上空。

巴瑞克大为惊讶。但是……我已经有几个月没有见过星星了……天幔——这个词突然在他的脑海中蹦了出来，焰华将它托举起来，仿佛那是他遗落的一样小玩意儿——“天幔”笼罩着整片大陆……

但是在深渊图书馆看不到天幔，萨奎丽告诉他。这里只能看到事物本来的面目，至少是他们曾经的面目。亚哈斯塔尔之眼就在图书馆上方。现在你要集中精力，保持沉默。

只有焰华的两位继承人联手才能打开深渊图书馆的大门，那些声音告诉他——或许是伊尼尔将所有的声音揉成一团？不论是失去你，还是萨奎丽，加尔人都将变得不再完整，这也是原因之一。

巴瑞克站了好一会儿，聆听着焰华的低语，感受着萨奎丽那信马由缰的意念；她将各种召唤编织在一起，一连串的问题如同孩童的谜语一般：

是谁死去了但仍然活着？是谁离开这里却仍旧生活在此地？是谁将会回到这块他们从未离开过的地方？

早在看到第一缕银白色的光线如同池中水草上的气泡一般出现在那片光晕中之前，巴瑞克便开始感觉到有鬼魅聚集而来。他们来自于乌有之乡——他们从“虚无”中来——但是等到他们漂浮在光束之中时，他们便成了某种真实的存在。他们有了生命，至少他们拥有了一点思想，一点回忆。

我们尊敬召唤者。我们尊敬歪神的宫殿。我们尊敬焰华。这些声音荡涤着他的头脑，如同水滴落在无尽的黑暗里。尽管巴瑞克只能用意念去聆听，但每个声音一开口，他脚下的池塘或水井就会涌起一圈浑圆的涟漪。很快这些涟漪便交织在一起，**请尽管发问吧，我们会把知道的一切都告诉你。**

“歪神的通道无法连通人类的宫殿与祖先的弥留之地，”萨奎丽说道，她的话悄无声息，如同迷雾一般升腾到了光线之中，“如何才能跨越这段距离？如何才能弥合这道鸿沟？”

远古时代，最睿智的人在三天之内就能骑马到达祖先的弥留之地——若不是他的坐骑飞奔在大地上，他所用的时间还会更少。

“是的，”萨奎丽的声音带着一丝严厉，“而且主神会让空气流出馥郁的油脂，还会让石头开出花朵。那些日子已经远去了。骏马挣断了缰绳，跑到了遥远的土地。那些行走在虚空之母建造的通道上的人只能选择那些没有阻碍的道路——而我们要去的地方却禁止我们通行。”

站在深渊图书馆前聆听那些声音，望着池塘的水面泛起涟漪，仿佛有看不见的水滴落在上面，有一种说不出的怪异。跟巴瑞克脑中的焰华不同，这些声音更加零乱，也不太像人们的交谈，但是在萨奎丽的引导下，他仍然能够承受，尽管他一点也不理解其中的含义。

风……送来了可怕的消息，深渊图书馆的声音低声说道，*险恶无比的古老通道，垂死的神灵，生活在南部的人类的计划，令诸神也发起抖来……*

而且雅萨梅兹拥有一枚炎卵，另一个高低起伏的声音充满了悲伤，*末日已经临近。或许黑暗女王已经感到绝望。*

*那些通道依然存在，要是诸神能够为你们开启一条该有多好！*另一个声音悲叹道。

“住嘴！”萨奎丽的声音清脆得像是一记响鞭，“诸神都在沉睡！你们很清楚，因为你们有一半人也在沉睡！此外，我们能够找到他们，歪神的已经死了，余下的都在梦游，现在最强大的神灵就是我们的敌人！三神和他们的追随者对我们恨之入骨。这正是我叔祖母铤而走险的原因。”

*那么一切尽失。*深渊图书馆轻声说道，余下的声音异口同声地回应，表示同意。一张张面孔相继出现继而消失得无影无踪，如同漩涡中的水草一样扰乱了他们的存在。

*一切尽失！*他们嗫嚅着。

*几乎一切尽失！*一个声音说道，*他们也憎恨人类吗？*

萨奎丽突然举起了手。

“我可以遣散他们吗？”她问道。巴瑞克愣了一下才意识到原来她问的是自己。很明显，召唤深渊图书馆需要两部分焰华合体，遣散它同样如此。

巴瑞克抬起一只手伸进了光线之中，好帮她结束这一切。

他们一声不吭地走了回去，巴瑞克认为这沉默代表他们失败了。

“那我们怎么办？”他最终开口问道，“我的人民——城堡里的居民——你的人民，他们都会被杀死。”

“如果我们不能阻止他们，恐怕你说得没错。”萨奎丽冷静得令他难以置信。

“我们无法阻止他们，每个人都这样认为！我们远在世界的另一边，你也听到了深渊图书馆的话——没有一条通道可供我们使用。”

“也不尽然。”萨奎丽的意念十分平静，几乎有些迟疑，仿佛正在心中整理某些复杂画卷的细节，“他们说诸神的通道仍可以为我们所用。”

“但是最强大的神灵憎恨加尔人——你自己说的！那又有什么用？”

“啊，对呀，诸神可能憎恨加尔人，”站在他的身旁的萨奎丽说道，身影完全淹没在黑暗之中，“但是我想知道他们对你们人类抱着怎样的态度？”

第五章
地下鬼魅

……但在当时，克雷斯群山是一个令人生畏、无法无天的地方。当阿迪斯外出放牧时，一群强盗来到了他和父母居住的山谷，他们杀死了他的父母，抢走了家中仅有的一点东西。

——引自《圣孤传说：其人生平、死亡及天堂的奖赏》

"我又累又难过，"奥林·埃顿说，"我为何要被关押在这里？我看到有轮船进港，成百上千的士兵登岸。是的，威武霸气的独裁者轻易就能打败我可怜的子民。这样做又有什么用呢？"

皮尼蒙·瓦什抬头看了看这艘最新型的、体积最大的补给船的甲板。负责货运的工头儿挥手打了一个信号，示意这位首席大臣好戏就要开场。其他船只也在卸货——这个曾经为南境大陆服务的港口现已成为独裁者沿海岸而建的帐篷城的中枢——但独裁者最感兴趣的是这艘补给船。

"神佑者下令，您必须在这里看着，奥林国王，"瓦什极力让自己显得礼貌，"您需要知道的就这么多。"

"为什么南境没有一个人向你们的船只开火？"奥林的脸因出汗变得苍白且潮湿，"不可能连托利都放弃了城堡。你的主人到底搞了什么鬼把戏，没有遭遇任何抵抗就登上了这片大陆？”

“这些小事您还是去问神佑者本人吧，奥林国王，而不是我。”难道这个北方人看不出来这一切都跟皮尼蒙·瓦什本人无关，他只是在奉旨行事吗？这位异邦国王不像瓦什想象得那样粗鲁，但是他的行为举止很明显还达不到真正的王室标准。毕竟，站在这个烈日炎炎的海滨，连把遮阳伞都没有——这些该死的奴才们都去哪儿了？——这对于年纪更大、身体更加虚弱的瓦什来说更为辛苦，不是吗？

瓦什心神不宁，发现奥林国王正盯着他，便问：“怎么了？”

“你看起来像个文明人，瓦什大人，”奥林的话意外折射出了瓦什的内心想法，“一个聪明人。你怎么会听命于独裁者那样的人呢？他曾说过——如果他不是彻底疯掉，当然前提是他的计划能够实现——他曾说过打算吸取一位真正的神灵的力量，这样一来普天之下的一切都将成为他的奴隶！”

瓦什听到这话差点笑出声来，却并未完全放下警觉：他飞速环顾了一下四周，确信附近只有他们两个人，才开口回答：“那跟现在又有什么区别，奥林国王？独裁者已经大权在握，我除了顺从还能怎么办？不，恐怕您的问题太幼稚了，这就跟问我为何一块石头被丢掉之后会落在地上，或是为何群星挂在天边闪耀一样愚蠢。这是造物主的安排。只有傻瓜才会在事情毫无转机时去送死。”

奥林·埃顿并未觉得受到冒犯，但他似乎也没有被说服，“这样的话，历史上的暴君永远都不会被推翻。十二君子不会推翻专制的斯克拉斯，赫若索尔也不会在一千多年前战胜西斯。”

“如果这是诸神的旨意，那就会实现，”瓦什表示同意，“但是在眼下这个世界，我看不到真理的迹象。独裁者统治着我们，或许他会长生不老——其他的一切都只不过是一场幻想的游戏。”

奥林继续盯着他，目不转睛，瓦什开始感觉到有些不自在。有西斯最尊贵的大臣做仆人，这个北方来的小国王难道没有意识到自己受到何种款待吗？“您真的应该留心卸货过程，这是神佑者的心愿……”

奥林没有理会他，“并非所有的南方人都跟你一样是宿命论者，瓦什大人。我认识你们大陆的很多人，他们勇敢地对独裁者发起了反抗——其中的一个还跟我成了朋友。”

皮尼蒙·瓦什忍不住微笑起来，“他得到了什么？不会太多，我想。”他的脑中突然闪过了一个念头，“等一下。您说的是叛徒沙索·丹-赫兹吗？那位试图挫败前独裁者帕纳德合法主张的图安将军？”

现在轮到奥林笑了起来，灰白的胡子下露出了一抹豺狼般的笑容：“合法主张？现在看来究竟是谁天真？沙索和他的人民同帕纳德和他的父亲进行抗争，尽管我听说一个傀儡登上了王位，但是我认为图安国会有人继续抗争，直到有一天把你们这些西斯人赶出去。图安人民没有一个是懦夫，他们显然不会同意让独裁者统治世界。”

瓦什再次被这个自命不凡的国王激怒了，“那么你的朋友，叛徒沙索，这个强大的暴君反抗者，他现今身在何处？”

奥林的脸色黯淡下来，“我不知道。当然，就算我知道也不会告诉你。”

“这是自然。别再纠缠这些有争议的问题了。”瓦什甩了甩长衣袖，指着从一艘体积较大的货船上伸到港口最大的货运码头上的跳板，“看，独裁者特别希望你能看看这个。”

一群体型巨大、行动笨拙的人形生物走下跳板，引得码头上和海滩上的西斯士兵纷纷侧目。每个生物都长着两只胳膊和两条腿，但是他们跟人类相似的地方就只有这么多。他们粗壮的大腿和短小的胳膊上包着一层骨板，中间长着坚硬的鬃毛，一直连到后背。他们的手像是鼹鼠用来挖洞的爪子，宽大却不显得突兀，上面覆着一层皮革一般、满是疣瘤的肉。他们的躯干和头部尤其引人注目：上半身覆盖着一层怪异的盔甲，就像是直立的甲壳虫或乌龟一样；有些甲片竖了起来，以便从下面包住脖子和头的底部，这样一来人们在他们的脸上只能看到一对眼睛，从没有连到一起的骨壳中间的暗影里向外张望，仿佛一只巨大的牡蛎或是一个戴着异常硕大的头盔并全副武装的人。但是尽管拥有这么多防御措施，他们看上去似乎不太对劲——有的无缘无故地停了下来，有的走得踉踉跄跄，其中一个摔倒之后便再也没爬起来，双腿在明晃晃的阳光下缓慢地踢动。

“这些生物……”奥林眨了眨眼睛说，“他们都是怪物。是你对他们做了什么吗？”

“瓦什他什么也没做！”一个声音从他们身后传来，那声音从天而降，仿佛是神灵在跟他讲话。在某种程度上来讲的确如此，因为那声音出自独裁者本人，他正穿过沙滩向他们走来。他站在一张方台上，下面有几个奴隶抬着，仿佛正是他创造出了这些身形巨大的多腿生物，“实际上，这些出色的生物早在我的曾祖父埃兰的时代就开始繁殖了。”

“这么说，你们家族的人全都是疯子。”奥林满心厌恶地说道。

“在这一点上，我们是相同的，对吧？”苏列佩斯咧开嘴巴笑着，“这些生物曾经属于伊斯特一族，跟你们北方的芬德林人拥有相同的血统；这一支是考 - 伊斯特，身形更大，也更加野蛮，是狂野的挖掘者，虽然他们的伊斯特表亲则几乎跟你们人类一样文明。”他说话的语气就像是要给一个愚笨的学生上一课似的，“我曾祖父手下的管理员活捉这个蛮荒的部落，将其中最孔武有力的一些带了回来，开始训练他们挖掘赞霍勒姆群山的矿藏，那些地方十分危险，经常发生塌方。这些考 - 伊斯特既强壮又迟钝，就算塌方也能挖条路自己跑出来——最省钱的工人。”独裁者皱了皱眉眉头，冷眼看着那些跳板上步履维艰的生物，“长途旅行貌似不适合他们，或许是你们北方的天气太冷了。途中死了很多个，剩下的这些似乎也活不长久……”

“恐怕死了有一半，神佑者。”瓦什说道。

“你们这些人把这些生物当成猎狗一样喂养？只是为了挖矿？”奥林看上去十分意外，好像他对西斯的王室一点也不了解似的。要不是瓦什对那些列队步履艰难地穿过沙滩，低人一等的考-伊斯特有些反胃的话，他也会被这位北方国王的天真逗笑。

“不，不只是为了挖矿，”独裁者高兴地说道，“你会看到，他们豢养阿斯考拉比也是一把好手——他们周身都是盔甲，根本不怕被这东西叮咬。实际上，我们把这些特殊的考-伊斯特叫作卡卢坎——铠甲勇士。”他笑着抬头看了看天上的太阳，此时恰好从云朵后面探出了头，“他们唯一憎恨的东西就是充足的光。听听他们痛苦的呻吟！我想你说得对，瓦什大臣。我想必须要换成人类管理员。”听起来，他并不是特别担心。

这些生物表现出明显的不适，笨拙地举起满是鳞片的双手，想要把刺眼的阳光挡住；他们在跳板上跌跌撞撞、走走停停，从厚重的甲壳中瞪眼向外看着。一旦他们的脚步慢下来，那些管理员就会赶上来，用一根带有箭头的铁棍朝他们身上没有鳞片覆盖的地方戳下去。

“真可怕……”奥林轻声说道。

“啊，十指连心啊。”独裁者狡黠地点了点头。

“你在说什么？”

“所有的伊斯特都是加尔人，而你本人也有加尔人血统。因此，这些可怜的怪物是你的近亲，奥林。”独裁者又恢复了那种成人对智商低下的孩子讲话的口气，“这表明你这颗善良的心能够感受到这一点，不管你的这些亲戚多么野蛮。现在闭上嘴仔细看——看看接下来会发生什么！”

独裁者讲话的时候根本没有看奥林·埃顿，但瓦什看了过去，这位北方国王脸上流露出的仇恨让他深感意外。

⚜ ⚜ ⚜ ⚜ ⚜

天色暗了下来。原本风和日丽的天气突然变得有些寒风刺骨，提醒着她此时仍是春天，而且春寒料峭：真正的夏天还远得很。伊迪特·丹-莫赞夫人叹了口气，将手中的那碗嘎哇抓得更紧了，“再等一会儿，穆思法，”她对孙子说道，此刻小家伙正在院子里用木条在两块石头中间不停地挖着，“一会儿就可以进去吃晚饭了。”

“不吃。”小男孩漫不经心间流露出的笃定跟他父亲在这个年纪时一个模样——毫无疑问，他的祖父也是如此，尽管伊迪特没有见过。穆思法甚至没有抬眼看她，因为他知道一旦自己这样做了就没办法忽视她，这一点也跟他的祖父埃菲尔一样。

一想到经商的丈夫，突然之间暗淡的天空看上去更加阴暗了。几个月前，伊迪特·丹-莫赞失去了丈夫；仅仅几天过后，那个火焰与鲜血交织的恐怖之夜便成了过去，就像从漂浮在河面上的驳船望见的地标一般。但是有的时候，就像现在，伤痛依然如此剧烈，如此……鲜活，仿佛刚刚发生一般。正是在这样的时刻，她必须要极力摆脱绝望的心情。家人是她继续生活下去的动力。若不是为了他俩的儿女，还有这里的穆思法，伊迪特早就走进兰德港冰冷的海水中，把自己献给诸神了。

伊迪特回过神来的时候发现法努正站在那里等她，她不知道自己沉思了多久。这个女孩为什么一言不发？尽管伊迪特并没有生气。法努总是这样害羞，但是她以前是那么漂亮！然而自从那场火灾之后，她又封闭了自己的内心，就像一只沙漠里的乌龟缩回到自己的壳中。尽管有很多女伴身上的伤疤比她的还要恐怖，但是她一天到晚还是不怎么开口。

“怎么了，法努 - 撒亚？”

女孩的注意力全在穆思法身上，此刻这孩子正在用小木条对着草秆猛砍一通，“哦，夫人！请原谅，有人找您。”

伊迪特感到十分意外。这个时间前来拜访显然有些奇怪。但是，她还是笑着站了起来，“真的？那么我们就别让她等着啦——据说伟大之母本人有时会乔装打扮，看看谁在全心全意执行她的旨意。”

“哦，但是，夫人，”法努说，“来客是个男人，一个陌生人。”最后这个词儿让她说得就像在形容一个长着爪子和尖牙的人。

“啊，他有没有报上名字？”

法努摇了摇头，“但是……他很英俊。”

法努说话的方式跟年轻时的自己是多么像啊！听到这话比来访者的性别更让她意外，“那更要赶紧把他请进来了，”伊迪特笑意盈盈地说道，“如果你愿意就留下来吧。”

女孩把眼睛瞪得老大，头摇得像拨浪鼓似的，“我不能留下来，夫人，我不能！”

“那就到码头上找个人跟他一起来，我好保住我的财产。”

法努飞一般离开院子，伊迪特整理了一下自己的长袍。倒不是因为她很在意一个英俊的年轻人对她的看法，但也不希望给别人留下一个“爱说闲话的老家伙”的印象。她得考虑儿子这一家的面子，毕竟——现在这里是她的家。

年迈的搬运工领着来访者走了进来，接着走到院子的角落里盘腿坐了下来。伊迪特一边示意来访者坐到她对面的椅子上，一边打量着他。法努说得没错：他很耐看，又高又瘦，精心修剪过的胡子稍微有些长——这让他看上去像个强盗——北方风格的华丽着装，通常只有特希斯或是杰隆的年轻贵族才这样穿。他肤色黝黑，长着一对杏核眼，这表明他跟伊迪特有着相同的血统。

“丹 - 莫赞夫人，”他双手交叉放在胸前，低下头贴在上面，“您能见我真是太好了。”

这种宫廷礼仪吓了伊迪特一跳。她最后一次见到这种礼仪已经是好多年前的事了，当时她还只是诺鲁的一个小姑娘。当她用图安礼仪向他还礼时，她的心中油然升起了一阵思乡之情，“我看出来了，你是我的同胞，”她说，“或者你在那里生活。你叫什么名字，年轻人？找我这个没用的老婆子有何贵干？”

他笑了笑，她发现自己想起了许多年轻时的往事，那些炎热的沙漠夜晚，每当乌尔乌什亚节开始时，男人们穿着军装列队巡游时女人们的窃窃私语，“没用？我可不这么想。您的善良和智慧已经成为传奇，丹 - 莫赞夫人，我十分感谢您邀请我来到您美丽的家。为了见您，我骑马赶了几天的路。”

“过奖，”她说道，心下更加笃定此事必有蹊跷，“但是你肯定知道这不是我的家，而是我儿子的。我自己的房子早些时候被烧掉了，他好心地把我接过来住。那段时间我很难过，但是至少现在我有机会经常见到我的孙子。”她指了指穆思法，小家伙正在往自己脸上抹土。伊迪特叹了口气，“就算身为祖母，也不能让自己的孙子远离不幸。穆思法，过来！”

“您是说火灾，当然，”年轻人点了点头，伊迪特用手掌根擦了擦小男孩的脸，“对于您那德高望重的丈夫的去世，我深表遗憾。埃菲尔 · 丹 - 莫赞是商界的王子。”

“我想，那要比王子中的商人好得多。”伊迪特的话让他有些意外。她放开了穆思法，小家伙摇摇晃晃地回到了自己挖的洞旁边，“我并不是在讽刺你，但是请原谅我这个老太婆不太会用这些华丽的辞藻。我对丈夫的思念当然超过任何人的想象，我感谢您的好意，但是由于您不认识他……”

“啊，但我的确认识他，”来访者说道，“而且我真心实意地崇敬他，尽管我想他并不这么看我。”

伊迪特默默地看了他好一会儿，说：“你还没说你的名字。”

“是的，我还没告诉您，丹-莫赞夫人。因为我希望有机会能够跟您共处一小会儿，这样您对我的印象就会比我的名字所给您的印象更佳。”他站了起来，仔细地抚平了外套的袖子，“我是达瓦特·丹-法尔。”

他的话仿佛一盆冷水从伊迪特头上浇了下来。她的身体突然像一片被践踏过的芦苇荡一样酸软无力，要不是这样，她肯定会抱起孙子夺门而出，“达瓦特王子？”

“是的，就是那个达瓦特。”他那坚毅的脸上写满了骄傲，但是她似乎从中看到了一丝痛苦，“这个名字被人称作谋杀犯、劫掠者、小偷、叛徒。我得承认并非所有的称呼都是空穴来风。但是不管这些谣传多么离谱，我从未伤害过一个女人。我以自己的灵魂向伟大之母担保。我不会伤害您，夫人。就算您让我马上离开，我也不会伤害您家里的任何一个人。您待我十分礼貌，您愿意听听我的故事吗？”

伊迪特看了看自己的孙子，又看了看在一小片阳光下轻轻打鼾的搬运工。午后的阳光再次从云层后面溜了出来。

“您想怎样，达瓦特王子？”

他摇了摇头，“我们还是撇开这些客套话吧，至少是那些不合时宜的话。我已经不再拥有那个头衔，也没想拿回来。我只想问您一点事儿。告诉我你的房子到底怎么回事。我听说是伊莫尔男爵的一个手下放的火。他为什么要这么做？”

伊迪特真后悔没有趁着刚刚那股冲动涌上心头时跑出花园。她怎么能把那些不能说出来的秘密告诉这个臭名昭著的坏蛋呢？如果对他说了谎，他会把她怎么样？对她的家人怎样？如果有关达瓦特的传言都是真的，那么他说不会伤害他们的承诺就毫无用处，

“我……我不知道起火的原因。男爵的手下当时的确住在我家，许多人认为是他们点的火，但是那也有可能是个意外……”

“请别说废话浪费我的时间，夫人，”达瓦特的声音坚定却不带丝毫恐吓的意味，“天气很快就会变冷，要是您感冒了，我会自责。有传言说他在搜寻奥林国王的女儿布瑞奥妮，当时她就在你家里。我是听布瑞奥妮本人说的，夫人，所以请别费心去否认。”

“你……你见过她？”自从那个女孩在那晚消失以后，伊迪特一直担心布瑞奥妮已经死掉或是被关在南境的地牢里，尽管这些天来有传闻说她跑到了特希斯，“真的？她还活着？”

达瓦特仔细地看着伊迪特，仿佛怀疑她的关心并非出自真心，“是的，”他终于开口说道，“她还活着。尽管她不愿多谈火灾当晚的情况。”他停顿了一会，盯着梨树上那一丛丛繁星般的花朵，“除了你丈夫之外，还有很多人在那晚丧命，丹-莫赞夫人。我希望谈谈他们，谈谈关于沙索·丹-赫兹的事。”

伊迪特的心脏几乎停止了跳动，“沙……沙索？”

“是的，夫人。所有人都以为是我绑架并强奸了他的女儿。这个人对我恨之入骨，他发誓要把我的心挖出来放在他女儿墓前。跟我说说沙索吧。”

“你……你是什么意思？”

“不要假装那天晚上他不在你丈夫的房子里，夫人。我不会威胁你，但也不想被愚弄。我知道他当时在场——我跟公主谈过，记得吗？”

“是的，是的，当然记得。”伊迪特很想知道如果她真的要求达瓦特离开他是否会照做。这个臭名昭著的魔鬼到底想干什么？谁让他来的？“他当时在那儿，是的，沙索大人确实在那儿。这是个秘密。他在火灾中丧了命，只有我和另外一个女人，还有几个下人活了下来。”

“但我不相信，夫人，”达瓦特说。他站了起来，比她想象得要高，影子横倒在穆思法身上，小家伙嘴里咬着一根泥泞的树枝，正抬着头迷茫地看着他们，“我相信沙索 · 丹 - 赫兹还活着。而夫人您将告诉我在哪儿能够找到他。”

⚜ ⚜ ⚜ ⚜ ⚜

那是皮尼蒙 · 瓦什有生以来见过的最可怕的景象：一个满身泥泞、全身漆黑的可怕怪物，几乎跟补给车一样高，六条用来行走的腿上覆着厚厚的鳞片，剩下的两条腿上长着一对沉重的爪子。十几个人一起用力拉着绳子，却仍然无法把它从跳板底端的笼子里引诱出来；箱子比人类稍高，由粗壮的树枝编织而成，跟柳条箱差不多。

“诸神保佑，那个可怕的东西究竟是什么？”奥林国王恐惧地问道。就连他的看守也转过身去，看着那头怒气冲冲的生物用牛轭一般大小的爪子拍打着管理员。尽管他们对付起它来颇有经验，但看上去并不比别人轻松，他们脸色苍白，神情紧张又有些害怕。

“您以前从没见过‘阿斯考拉比’？”瓦什尽力表现得不那么大惊小怪，但是那只嘶嘶作响的怪兽就在几十步远的地方，要做到这一点实在不太容易。当人们把它从笼子拽出来的时候，它拼命地挣扎着，刨起的沙土甚至落到了这位大臣的脚上，“我相信在埃昂南部也有这种生物。赫若索尔把它们叫作……”

“斯科尔帕斯，”奥林国王说道，双眼瞪得老大，仿佛不能自持，“是的，我见过这种生物，却没见过像牛车一样大的……”

“随我，但它的确是个漂亮的家伙！”独裁者笑着说，“你以前见过这么完美的机器吗？”

“机器？那是头活生生的动物，还是说我搞错了，”奥林说，“我能听到它的呼吸声。”

苏列佩斯得意地笑了起来。这位神佑者心情不错，“我说它是机器，是因为它被创造出来的唯一目的就是完成一项任务，就像用来爬犁耕地或是风车房用石头来碾舂谷物。这头畜生的祖先生活在塞尼亚的沙山上，个头没这么大——比一条猎狗大不了多少。他和他的表亲正是为一项特殊任务而被豢养的。”

“究竟是什么样的任务非要这个可怕的恶魔去完成不可？”奥林问道。如果说他意图对独裁者表示挑衅或厌恶，那么他完全失败了：就连瓦什都能听得出眼前这头可怕的猛兽多让他害怕；它用连枷似的钳子抓住了一个管理员，飞快地结束了他的生命，其他人则努力拉紧绳子，徒劳地骂着娘，手中的棍子戳在猛兽坚硬的壳上纷纷折断。

“怎么回事？下去你老巢下面的地道里，把它们全都给我清理掉，”独裁者说，“阿斯考拉比是猎人，这家伙能把那里的活物全干掉。我们还有十来只呢！”苏列佩斯坐直了身子，“啊，快看那边——他们终于把它引诱出来了！”

皮尼蒙·瓦什恐怕不会用“引诱”这个词，因为十来个阿斯考拉比管理员被追着跑了起来，同时还得帮助同伴防止这头怪物逃跑；拉着绳子的手越来越多，最终他们成功地将这头嘶嘶作响的黑色野兽拽到了阳光下。瓦什发现，同那些身形矮小的沙漠兄弟比起来，它的尾巴纤细得更加恰如其分，却仍不失为一个强大的武器，卷贴在这头野兽的背后；它瑟瑟发抖，极力想把尾梢上湿漉漉的倒刺扎进管理员的身体，但管理员十分了解它的习性，早就站到了它的尾巴和爪子够不到的地方。

虽然它的钳子大都已经折断，但它突然用一根巨大的钳子抓住了一个管理员，接着便把他塞到了咔嗒作响的口中，此时他甚至还试图尖叫。大多数人都看到了，瓦什此刻已经别过头去。奥林国王也转过身，挣扎着好让自己不至吐出来，但是苏列佩斯却看得津津有味。

“跟它一起下地道！”独裁者喊道。他转身对奥林和瓦什说，“然后我们就拿块大石头把入口封住。”他高兴得就像一个孩子在介绍一种新游戏，“它们几乎都是瞎子——会往下走去寻找食物。”他皱了皱眉头，“他们本不该让它吃掉那个奴隶，这样它会走得很慢。”这种不快并没有持续太长时间，“然后我们就把下一批人放进去。很快南境下面的地道里就全是这些漂亮的东西啦。”

奥林抬起头，苍白的脸上写满震惊，“但是城堡下面的地道——有一些通往芬德林镇。从那里可以去到城市的任何一个角落。”

“是的，”独裁者说道，“的确如此。”

这位北方国王语气沉重地说道：“就算我求你不要这样做也是无济于事，对吧？你会说如果要你住手的话，我就必须配合你所有的计划？”

“比无济于事还要糟，”苏列佩斯笑着说，“不管你愿不愿意，你都得配合，奥林国王——你的作用在我下一步计划中十分重要。尽管我手下有成千上万的士兵，但我必须亲自下到你家地下。你看到了吗？在黑漆漆的洞穴里，有许多地方可以打埋伏战。但是在阿斯考拉比搜寻完之后，将没有活物。”

“这儿不止斯科尔帕斯一只怪物。”奥林说。

苏列佩斯只是笑了笑。不管这个北方人说什么，都无法激怒独裁者——这真是一种令人震惊的天赋，瓦什强烈地想要拥有，“我也是一部完美的机器，奥林国王。我会扫除路上的一切障碍。”他拍拍那双修长的、戴着金饰的手，他的方台已被抬走，朝着搭建在市政广场上的巨大帐篷走去，远境王国的天空下建起了一座新的果园宫。

阿斯考拉比将死去的管理员身体的剩余部分举了起来，疯狂地用钳子扎了又扎，最后扎得不成人形。大喊大叫的管理员们慢慢地将这头多足兽朝着岩石赶去，它将破破烂烂的尸体丢到了沙滩上。其余的管理员全都面如死灰，经过的时候纷纷背过脸去。在他们身后，几十名工人正从甲板上卸下更多的笼子，每个里面都装着一头可怕的、嘶嘶作响的野兽。

“我们在下面可能会失去一些阿斯考拉比，”独裁者兴奋地说道，“毕竟它们不是猎狗——不会一叫就回来。它们的后代还会出现在地道中捕捉那些粗心的旅行者，想想还真是有趣……”

奥林的动作十分迅速，连瓦什也吓了一跳，他以为这位北方国王跟自己一样——年迈、消极，是个心胸开阔、彬彬有礼的人。这个北方人愤怒地大喊了一声，显然他已在心中憋了太久。他迅速跳过自己的看守，两三步便穿过沙滩来到了独裁者的担架前，开始往方台上爬。独裁者饶有兴致地看着，仿佛这位意图谋杀的北方君主只是另外一件玩物。机警的奴隶们拦住了奥林的进攻，骤然而来的惊恐让方台有些下沉并剧烈摇晃起来，奥林国王也因此滑倒了，与独裁者的距离也变得更远，此时猎豹卫兵已经开始阻挡他的进攻。三名精英卫兵一把抓起这个北方人，把他拉到了方台外，扔到了地上。两名卫兵用膝盖压着他的胳膊，还有一名卫兵用佩剑死死地抵着国王的喉咙，伤口渗出了一丝鲜血。

“别伤害他，”苏列佩斯说道，似乎着意要让全世界都知道，奥林国王只不过用了一个高明的把戏吓到了他们，“他对我来说还有些用处。”

奥林·埃顿的脸色变得惨白，当警卫们抓着他的脚粗暴地拖在地上时，他的四肢都在瑟瑟发抖——看样子他还想攻击独裁者。但这个北方人只是从放松警惕的卫兵手中抽出了身体，阔步走上海滩，朝着独裁者的营地和那顶戒备森严的帐篷（那是囚禁他的地方）走去，瓦什感到如释重负。他的看守们赶紧跟了上去。

但瓦什还是惊魂未定，“神佑者，我很抱歉！”

独裁者笑了起来，“我开始怀疑那个人的血管中根本就没有血液流动，更别说神灵的灵液了。”他点了点头，“我不想让一艘供给不足的船毁掉我多年的准备工作。”他摆了摆手，奴隶们将方台转了过去，面对着远处的岩石，“哦，把奥林国王的看守全换掉，然后处死他们。当着其他人的面做，而且动作要慢，这样他们的继任者们就能吸取教训了。”他抬起一只手，奴隶们随即停止了移动，“还有一件事……”独裁者皱了皱眉，闭上了闪闪发亮的金色双眼思考着，“啊，”说着，他又睁开了双眼，“当然！安排一场跟南境城堡总管的谈判。没多少时间了。”

独裁者动了动手指，奴隶们便抬着他走下了海滩——去观赏剩下的阿斯考拉比被释放到地道里。瓦什这样猜测。他目送着他离开。

现在，就连北方国王肯定也意识到神佑者是无法战胜的，皮尼蒙·瓦什心想，仿佛有人在跟他对话，在质疑他，但是现在码头上只有他一个人。*只要不是傻瓜，谁都会像我这么想。*

第六章

墓中三神

孩子回家之后，那伙强盗本想杀了他，但是他们的首领却把这个孤儿收作了奴隶……

——引自《圣孤传说：其人生平、死亡及天堂的奖赏》

“你这个醉鬼、傻瓜，克劳。”亨顿·托利接着又把枪口转向他的统帅伯坎·胡德，“你也没好到哪去！”他的声音在整个埃瑞沃教堂里回荡，“我应该立刻把你们俩的脑袋都砍下来。”

“但是，大人，我说的是事实！”达斯汀·克劳坚持说道，“暮光族人已经走了！请跟我一起投入战斗，亲眼去看一看吧。”

“就算是神也无法悄无声息地让住着一千多名士兵的营地消失得无影无踪，”托利咆哮着，“无论如何，他们干吗要撤走？他们赢了！不，加尔人和他们那个老婊子首领正在策划着什么……你们太愚蠢了，竟然看不出来！”

克劳的脸因愤怒而极度扭曲，但是他没有回击，而是立马闭上了嘴。即便是像格雷洛克那样的蠢猪也知道，在亨顿·托利情绪不稳定的时候千万不要跟他争辩。廷莱特记得自己有几次差点死在克劳和他的亲密战友手中，对于他现在的克制未免有些失望。

“毫无疑问您是对的，大人，”城堡总管迪尔南·海弗莫说，“我们正是为了这个才来找您，因为我们需要您的智慧。”

“要是你再这样拍马屁，海弗莫，我就走了，”托利满面怒容地说道，但是最愤怒的时刻似乎已经过去。廷莱特要跟这位南境的护国公相处数日，这让他十分不爽；他还从没见过这么反复无常的人，前一秒还在说说笑笑，后一秒就把下人打个半死。他就像个不知疲倦的风向标，永远向着新的方向和新的极限之地旋转，“你说什么，胡德？”托利又问了一遍自己的统帅，这一次听起来理智得多了，“他们真的走了？如果你说的是真的，那么你要祈祷，然后告诉他们为何要这么做。”

关于伤痕累累的大块头伯坎·胡德和托利本人，廷莱特听过许多有关他们的惊心动魄的故事。自从胡德当上王室总管之后，许多用闲言碎语轻侮托利的人，尤其是那些暗示布瑞奥妮公主和巴瑞克王子的失踪可能跟亨顿和他的家族有关的人，很快便消失了。有传言说他们被带到了伯坎·胡德在秋之塔为自己建造的一个小堡垒中。此后便再也没有关于他们的任何消息，尽管塔下的东环礁湖里时不时便会出现一具无脸浮尸。

“城墙上的哨兵昨天晚上什么也没看到，但是他们听到了……动静……”胡德开口说道。

“什么样的动静？”托利问，“唱歌？吹口哨？跳该死的霍默思舞？为什么没人采取行动？我的天哪，我是安排了一群兔子守卫我的城堡吗？”他已经彻底失去了冷静。

护国公还在继续吼着，廷莱特却趁机打量起这教堂来。他以前从没走进过这里；布瑞奥妮·埃顿统治期间，这里是用来举行家庭典礼和祭祀的地方。亨顿·托利之所以会选择这个教堂，正是看中了它的隐秘性。

谋士团似乎并不喜欢跟护国公一起待在这个小教堂，他也同样不喜欢跟他们待在一起。托利把他们全都赶走之后，一屁股坐在前座的长凳上；那上面刻着埃顿家族的标志，他皱着眉头，陷入沉思。看到刻在上面的狼和群星，廷莱特的心头涌起一阵无助的悲伤。他尽力不去想短短半年之内自己的生活和祖国所发生的翻天覆地的变化，但难以忘记从前的日子是多么美好——比现在美好太多。

亨顿·托利的烦恼并没有随着谋士们的离开而消失；他站了起来，缓慢地踱着步子，“很明显，我们没有时间了，”他最终说道，若无其事地继续刚刚发生的对话，“加尔人之所以逃跑是因为他们知道独裁者要来了，我们只不过换了一个更强大的死敌——最多只能熬几天。该死的哭哭啼啼的傻瓜，奥科罗斯！”一个年轻下人正在小教堂的门口候着。托利终于看到了他，“什么事？去他妈的诸神，又怎么了？”

年轻人深深地鞠了一躬。很明显，他被护国公吓坏了。廷莱特十分同情他，“那个……王后！王后阿妮莎请您过去，大人。”

“三神在上，难道我要永无宁日吗？告诉她我方便的时候会去找她。”

下人匆忙地跑开了。托利拿出一把刀，划起了长凳背后的埃顿家族标志，“无赖和荡妇，这个城堡里没别的东西——要是没有我的指挥，他们连往石头上撒尿都不敢。现在我得走了，去听那个南方婊子发牢骚。”他恶狠狠地盯着廷莱特，好像是这位诗人出的主意似的，“起来，该死的，”他说，“否则我扒你的皮。跟我来。”

除了坐着之外，廷莱特没干什么蠢事，当然他也不会蠢到大声抗议。

★ ★ ★

他们穿过内城朝着寝宫走去，护送他们的警卫把他们围得紧紧的，马特·廷莱特心里十分感激。围墙附近到处都是临时搭建的棚屋和帐篷，住着一群无家可归的人，每个人都闷闷不乐，没几个人用崇拜的眼神看着亨顿·托利，好多人甚至一脸敌意。

“忘恩负义的畜生，”托利的声音很大，这让廷莱特感到有些不舒服，“要是诸神不禁食人肉的话，这些人或许还有点用处，否则只能在这儿浪费我的财富和耐心。”

阿妮莎王后和她的家眷占据了寝宫最顶层的大部分房间。女仆请他们进去之后，廷莱特惊讶地看到他们竟然给自己留了这么大的地方，而其他人还挤在城墙下面，有些甚至像鸡笼中的小鸡一样钻在王宫的其他角落。

他们走进来之后，阿妮莎转过身来，一开始她好像只看到了护国公，“亨顿！”她大叫着张开双臂向他跑来，“我想死你了！你怎么都不来看我？”这时她看到了廷莱特，于是停下脚步，换上了一幅王后的表情，“我们……好久没有见面了。”

“实在非常抱歉，善良的夫人，”托利热情的声音令人感到十分安心，谁能想到他前一秒还在诅咒这个女人，“您得理解，城堡正在被围困……”

“哦，那个嘛，当然，”阿妮莎的语气仿佛是在谈论垃圾堆里散发的一股恶臭，“真糟糕。但是我不喜欢这儿，我想回到自己的房间。”

“不可能，殿下。在那儿我没法保护您和小王子。不，恐怕您必须得待在这儿。”托利仿佛感到十分痛心一般神色凝重地摇了摇头；过了一会儿，他的表情又亮了起来，“既然说到这儿了，您那英俊的儿子亚历桑德罗斯——未来的国王在哪里？”

阿妮莎显然很失望，脸上的神情似乎在说自己绝不会轻易被讨好，“那儿，”她指着房间另一端的一群妇女说道，她们正围在婴儿身边，装作没有听见，“女佣会照顾他。她们太小题大做了，这样会把他宠坏。”

“当然不会。”托利朝着那群女人走去。当他走近的时候，她们立刻起身弯腰鞠躬，显得有些局促不安。其中一个抱着头发乌黑的小王子，小家伙正在拉她的麻花辫子，一脸天真地望着护国公。

“漂亮的小家伙，”托利心情畅快地说道，“他的鼻子跟他父亲长得一模一样。”

但是阿妮莎仍旧紧绷着脸，“我替他担忧，”她说，“我认为或许是时候把我们送到我父亲那里了。这里战火纷飞，太危险了。”

护国公大吃一惊，“不好意思，把你们送去哪儿？”

“回德沃尼斯，我的祖国。亚历桑德罗斯和我待在这儿不安全。这些加尔人，他们曾潜入过城堡，我们在这儿不安全。”阿妮莎脸色阴沉，努力挺直了身体，但还是不到廷莱特的肩膀，“我也不喜欢别人看我的眼神，那些贵族，住在寝宫里的人都十分无礼。我是国王的妻子，他们不知道吗？不，这里不安全。”

“但是加尔人已经走了，殿下，”托利说，“您没听说吗？”

“走了？你这话是什么意思？”看样子阿妮莎好像在怀疑这不过是个玩笑。

“就是那样——他们离开了。如果你不相信我，让你的侍女们随便去问问什么人。加尔人收起营地撤退了，他们离开了我们的海岸。”

“真的吗？”

“千真万确。现在请您宽恕，殿下，我还有许多事情要处理。很遗憾我不能花更多的时间陪您和王子，但是如果您希望他继承王位，我还得做很多准备。”

事情并没有那么简单就结束；托利整整花了四十五分钟才从王后的寝宫抽出身来。他的心情一点也没有好转，“她以为我是个傻瓜吗？”他引着廷莱特下楼的时候恶狠狠地骂道，“她没发现我到处都安插了眼线，就连她的寝宫也不例外吗？她对我的抱怨和背叛我可是一清二楚。好在她暂时对我还有那么一点儿用……”他仰起头，好像第一次注意到廷莱特的存在似的，“说到眼线，诗人，你从没告诉过我你为谁效力。”

廷莱特的心脏在胸膛中剧烈跳动起来，仿佛一阵拳头猛击在一扇门上，“什……什么？”

亨顿·托利转了转眼珠，“等一下，我记得——我跟你说过我不在乎。事实的确如此。因为过了今晚，你要么会死掉，要么身体和灵魂都将属于我，拙劣的小诗人。”他看上去有些精神错乱，“是的，今晚。我觉得你认为我为了得到权力而勾引了王后。”他突然说道。廷莱特一时语塞。

“或是为了睡了国王老婆的那种快感，”他往地上吐了口唾沫，“啊，我想从某种程度上来说，我那么做确实是为了权力——但不是你认为的那种方式。”他在一级台阶上停了下来，摆手示意警卫们退下。护国公朝着廷莱特探过身子，温和地说道：“我这么做是为了给自己争取时间，因为时间会带给我权力——权力之大超过你的想象。今晚你就会看到，诗人。你会看到无法想象的权利和美丽景象，比希安的吟游诗人格里高利所描述的还要美。你会看到她。是的，你会看到她，那时你就会明白。”

长久的缄默之后，廷莱特终于鼓起勇气开口说道：“明白什么？大人？”

托利看着他，狡黠又精明的脸上带着饶有兴味的神情，但是眼神却异常陌生，“是的，当你看到爱上我的女神时。”

马特·廷莱特完全给他搞糊涂了，“您要带我去见……一个女人？”

“不，你这傻瓜，你没在听吗？这个该死的地方难道没人长了点脑子吗？我说的是一位女神，就是那个意思。今晚你就能见到她，她会告诉我们如何打败独裁者。”突然，托利毫无征兆地甩了廷莱特一巴掌，几乎把他打倒在地。廷莱特捂着瘀青的脸颊，站在那里摇摇晃晃，护国公看着他，脸上的表情既严厉又无情，“别再盯着我，也别跟着我了，傻瓜。在我再次见到我的准新娘之前，我还有很多事要做。”

⚜ ⚜ ⚜ ⚜ ⚜

朝圣者瑟隆已经习惯跟那个男孩和他那神秘的、蒙着面纱的主人一起旅行。每天晚上，男孩都要等那位蒙着面纱的主人进食完毕后，才坐到火堆旁，默不作声地跟瑟隆一起用餐。这其实并不奇怪：蒙着面纱的人也只跟男孩讲话，大多数时候男孩更像是一只被驯化的动物，而非一个正常的孩子，他只有在必要的时候才会开口讲话。瑟隆是个十分友善的人，虽然他给的佣金十分丰厚，但他们还是把这段关系变得十分寡淡。

马林沃克大路一直通往奥斯嘉特，但是随着这个城市的城墙逐渐消失在他们身后，路上的行人也变得越来越少。从马林沃克边境到南境的第一个城镇之间，偶尔可见几个旅人的身影，每一个都有满腹的故事要讲，关于面前的大陆，关于整个北方大陆的混乱。

“强盗？”一个旅人停下来同他们一起进食。他是一个旅行商人，赶着一辆四轮马车，带着两个帮手，为这锅汤贡献了一袋干豆和一些小米。瑟隆今早幸运地逮到了一只野兔，到目前为止仍是一个十分愉快的夜晚，“哎呀，果真如此，从这里到布伦湾的路上有好几十个强盗，但他们给你带来的麻烦根本微不足道。”

“微不足道？”

“可以这么说。他们到处劫掠，把所有的城市都抢了个遍，而且想拿什么就拿什么，不管对方是谁。”

“那你是怎么躲过去的？”瑟隆问道。

“当然是花钱消灾啦，”商人发出一连串刺耳的笑声，“他们是强盗，不是疯子。从行为方式上来看，他们也是生意人。霍诺斯保佑，我告诉他们我每隔十天就会经过这条路，而且会上下打点好。每次旅程都要花上我两块银币，但是我的命值那么多钱，甚至更多。你们最好也这么跟他们说。”

瑟隆悲惨兮兮地想到了蒙着面纱的男人给他的金子——他有生以来最有钱的一次。这些无法无天的歹徒翻他行李的概率有多大？他还能把这些金子藏在哪儿？“你说他们是最小的麻烦，难道没有别的路可以去南境吗？”

商人用奇怪的眼神看了他一眼，“南境？伙计，你发了什么疯要去那儿？你知不知道那里发生了什么事？”

“我知道时隔多年之后加尔人又去了北方，他们围攻了那座城市。”

“你说的好像是件平常事儿似的，朝圣者兄弟！”商人摇了摇头，让一个仆人又拿了一些麦芽酒过来。他慷慨地给瑟隆也倒了一杯，然后转过头去看着那个头戴面纱、沉默不语的主顾，扬起了眉毛示意。

“他也可以喝一点。他是个奇怪的家伙，很有可能会拒绝。”

“没关系。”商人让自己的仆人又倒了一杯，拿给头戴面纱的男人的下人。男孩的主人一声不吭地接了过去，连一丝答谢的意思都没有，“没关系。”商人又说了一遍，但听上去似乎有些恼火。

“跟我说说您这话是什么意思，先生，”瑟隆问道，“我对前方的情况一无所知，您见过那些加尔人吗？他们会威胁老实的旅人吗？”

“有人说他们会吃掉老实的旅人，”商人冷笑着说道，“但是我还没遇见过一个人能够证实这事发生在自己认识的人身上。强盗就不一样了。不只我自己亲身经历过，我还遇到过一些人，他们不肯跟强盗签署协议，结果就被洗劫一空，打个半死。有些人失去了伙伴。这个鬼地方的强盗既胆大又残忍。”

“哦，愿三神保佑我们！”瑟隆惊恐地说道，“我们怎样才能避开这些家伙？有没有能避开他们的路？”

“最明智的做法就是掉转头去，回到奥斯嘉特或是你们来的地方，”商人神情严肃地说道，“要是你们不能这么做，就得在强盗和加尔人中间选一个。强盗们拦路抢劫，要想避开他们，你们就得走那条穿过北方白木森林的林中小路，这样一来……谁知道你们会碰到什么？”

“你见过这些加尔人吗？”瑟隆又问了一遍，“他们长什么样子？可怕吗？”

商人摇了摇头，“我一直走大路，看到的都是些再平常不过的东西。但是我已经见识够多了，傍晚在山坡上骑行的骑士，他们打扮得十分复古，闪闪发亮的盔甲就像月光一样。一群女人在午夜飞速穿过草丛，平时没有哪个女人敢抛头露面，更别说裸奔了。是的，我见过一些不同寻常的事，朝圣者，也听过不少稀奇事，但我自己根本没有兴趣去看。还有那些潜入北方旅人心中的梦境！每天晚上，我都会满身大汗地醒来，有时还会尖叫，我的仆人就会赶到我身边，以为我快要病死了或是被毒蛇给咬伤了。各种声音在远处的山谷中和森林深处回荡，虽然没有阳光，却有影子在移动……”

“够了！”瑟隆浑身发抖，“别再说下去了，谢谢你。我都没有勇气在这儿过夜了，更别说往前走了。”

“也不全是些恐怖的事儿，”商人突然说道，他盯着摇曳的火苗，“有时候……我也能看到……几乎看到……一些美丽的东西。”

但是瑟隆一点也不想看到那些奇奇怪怪、不同寻常的美丽事物，他开始考虑什么时候往回走。

瑟隆终于知道小男孩的名字是洛根。那是一个康纳德人的名字，尽管男孩说自己从小到大一直生活在奥斯嘉特。

“你怎么会跟那个陌生人一起旅行，小伙子？”瑟隆有一天晚上在汤锅前问道。跟商人加入的那晚相比，这天晚上的伙食要简陋得多，与其说是汤倒不如说是稀粥，因为里面只有几条用来调味的鱼干。但是汤很暖，火堆将四周照得亮堂堂的，对于在一片孤寂的森林中赶了半天路的人而言意义着实重大。

“告诉过你了。他要求我这么做。”男孩用坚硬的面包皮又舀了一些汤。

“你妈妈和爸爸呢？你走这么远，他们不担心吗？”

“都死了。”

“怎么回事？”

洛根一脸费解地抬头看着他，好像问一个孩子关于他父母的事情是种奇怪的异域习俗似的，“得热病死的。”

想从他嘴里问出答案就好比用一根羽毛拎起一桶水，“你后来怎么样了？你住在哪？”男孩耸了耸肩。

“那么他……”瑟隆用头指了指戴面纱的男人，此刻他正像往常一样远离大家独自静坐；他的头几乎垂到了膝盖上，好像睡着了似的，但是瑟隆在这里都能听到他喃喃自语的声音，“……他给你钱让你跟他一起走？帮他的忙？”

男孩再次耸了耸肩，“他说自己需要眼睛和耳朵。得有人替他大声讲话，因为他的喉咙痛得厉害。”

“那又是怎么一回事？他告诉过你吗？”陌生人始终吝啬得不肯露出半寸皮肤，尽管他已再三保证过，瑟隆还是有些担心他是个麻风病人。

“他是死人。他告诉我。”洛根舀干了锅里的最后一点汤，吮吸着自己的手指，像头没有填饱肚子的动物一样，只要有吃的东西马上就会行动起来。

“他不可能在死去之后，又活了过来。这种事是不可能发生的。除了圣孤之外，没有人能够从死亡之地活着回来。没人能做到。”

“神能够做到这一点。”男孩一边说着，一边舔着嘴唇和下巴，以防漏掉一点碎屑。

“你不是想告诉我他是神吧？”

“不。但是他们可以让他复活，对吧？只要他们高兴，神想干什么都行。”男孩最后耸了一次肩，然后便走开去朝着大树扔石头，直到最后一丝火光熄灭。对话显然已经结束。瑟隆必须承认，自己没法反驳这个孩子的话——他说，神当然可以做任何想做的事。只是，帮助人类这件事似乎并不在其中。

他们刚刚进入南境边境，奥拉斯山谷道路两旁的森林十分浓密，太阳只在正午之前露了个脸，很快便又潜形匿迹了；在那里，朝圣者瑟隆第一次看到了真正的加尔人。天色并不算暗，他穿着湿漉漉的靴子，怀抱从溪边采来的锦葵根，正走在回营地的路上；突然，他看到有什么东西正横穿过他面前的森林小径。在某种程度上来说，那些身影看上去并没有什么特别。为何一支身穿黑衣的人类队伍要在北方白木森林中的牡鹿小径上缓慢行进？瑟隆一时间根本没有去想这个问题。接着他看到这些人的身高跟孩子差不多，还不到自己的腰部，他胳膊、背部以及脖子上的汗毛登时全都竖起来了。他们穿着黑色斗篷，戴着奇怪的宽檐帽，在队伍的后面，两头黑白斑点的野猪拉着一辆四轮车正在横穿马路——那是辆载着一个难看的木头盒子的棺材车。野猪将鼻子插进土里，四轮车停了下来，跟其他人一样穿着黑色斗篷的车夫转身望着瑟隆。这个小个子男人的脸圆圆的，相对身体来说显得有些大，皮肤十分苍白。瑟隆差一点尿裤子。他敢肯定，如果这个小个子男人朝他做出哪怕一个极其微小的动作，他都会昏死过去，但是车夫只是索然无味地盯着他看了一会儿，就拉紧了缰绳，赶着两匹哼哼唧唧的“战马”向前走了。如果没有猜错的话，那是一支送葬的队伍。不一会儿，他们就消失在了森林里。

回到营地之后，瑟隆还在瑟瑟发抖。

⚜ ⚜ ⚜ ⚜ ⚜

护送处理完神秘公务的护国公和廷莱特走出寝宫的卫兵是一群个头高挑、面貌冷峻的家伙，身穿野猪皮衣，手持长矛——他们都是亨顿的贴身侍卫。令马特·廷莱特感到更为不安的是，托利正领着这队人马回到奥科罗斯死去的地方，埃瑞沃教堂附近埃顿家族的墓室。

廷莱特不喜欢墓地。他童年时期就是在码头上的一个墓地旁度过的，这段生活经历给他带来了无数噩梦——如同小房子一般的石头墓室总是让他想到里面那些无形的居民；他父亲曾告诉他，有一次雨下得太大，将人骨从墓穴里冲了出来，冲到了码头的大街上，听完之后他做了更多的噩梦。但是他没有别的办法，只能跟着父母。

廷莱特感到奇怪，他们为什么要穿过祭祀门从外面进入墓室，而不是从埃瑞沃教堂自带的狭窄楼梯井下去？通过这个楼梯井，埃顿家族的人可以随时为祖先献上鲜花或是跟祖先们交谈。

“把火把给我，”亨顿·托利伸出手，从一名卫兵手里接过了燃烧的木头，“诗人，你拿着镜子。”

一名卫兵递给廷莱特一个沉重的包裹，*他未免有些急不可耐*，廷莱特心想。通往墓室的楼梯既逼仄又十分陡峭；他不得不集中精神以防摔倒。到达底部之后，他尽力不去看奥科罗斯倒下的地方，但托利正站在那里，幸好医生的遗体已经被搬走。

托利将火把放到了墙的支架上，接着从廷莱特手中接过包裹，打开了它。

马特·廷莱特上一次进入墓室的时候被吓坏了，竟没能仔细地观察一番。石室十分简朴却不失格调，墙壁上满是蜂巢状的壁龛，每个壁龛里面都放着一具精美的石棺。通往埃顿家族教堂的楼梯井旁边，至少有一扇门通向他们现在所站的地方，那可能是通往其他墓室的门。

廷莱特的父亲曾告诉过他，特希斯的广堂宫的地下室素来以宏大和雄伟而著称，大家都叫它“地下宫殿”，因为里面有许多安静的旮旯和角落，那里甚至成了情人幽会的圣地。廷莱特无法想象一对情侣在埃顿家族的墓室中私语的情形，就像他无法想象他们在肉铺谈情说爱一样。这个地方的灵魂吸取了统治家族阴郁的一面。在这个幽暗的石室中，死亡不是辉煌来世的开始，而是今生的结束。

“那里。”托利拿出镜子，将它放在一座墓碑上，轻轻地靠着墙壁。这显然是一件不同寻常之物。一方面，镜面自左至右有一道轻微而明显弧线。同时，镜框多次以黑色染料漆涂，下面的花纹已有些模糊，使镜框看上去不像是手工打造，而像是从泥土中生长出来似的，“现在轮到你出场了，诗人。”

“但是……我要做些什么呢？”他是否有机会就这样跑掉？虽然亨顿·托利出手很快，但他仍需要一点时间才能拔出佩剑——廷莱特能跑上几个台阶呢？卫兵们会不会拦住他？要是托利叫他们怎么办？他只感觉到肠胃一松，胸腔发紧，自己根本不敢去冒这个险。或许奥科罗斯就是这样遇害的；或许会发生什么事，吸引护国公的注意力，这样廷莱特就能找到更好的机会逃跑了。

托利朝他迈了一步，尽管廷莱特比这位护国公要高，那犀利的目光却令他感觉自己如同在洞底仰望亨顿。“仔细听好，你这个没长脑子的长舌夫。我必须要知道你能否在召唤仪式上替代那个死掉的傻瓜奥科罗斯——还有几天仲夏就要到了。要是你不能帮我打开通往诸神之地的大门，我就要找个有能力帮助我的人。到那时，你自然也就没什么用处了，所以如果你想活得久一点，我建议你先把我服侍好。”亨顿·托利递来一本鞣皮书，廷莱特惊恐地看着它，“打开，你这个胆小鬼，”托利咆哮道，“系书的绳子是牛皮不是人皮，那是西曼德之书——你肯定听说过。打开！”

廷莱特极不情愿地照做了。他有好多年没有读过古老的赫若索尔文了，但是他那做老师的父亲教会了儿子阅读伟大的古书。要不是心中惊恐不安，这很可能变成一场有趣的经历——他听说过这本西曼德之书和其中的神奇预言及故事，却从未亲眼见过。这本书真正的名称是《万物甄别》，由西曼德罗斯·特查曼克斯所著。

“这里，”托利说，“我会告诉你是哪一页。你把它读出来，一直读下去，直到我告诉你要做别的事情。”

“大声读出来？”

“是的，蠢货。你读这个不是为了好玩，而是为了召唤一位女神。”

“一位女神？”廷莱特吞了一下口水。托利是认真的吗？他真的以为自己能够跟神对话，就像一个神谕者那样——将诸神的神谕带给世人的圣者？但圣人是有福者，是诸神的宠儿，是圣洁、虔诚的善男信女，只有这样的人才能接触到上天的旨意，但亨顿·托利却是个刽子手、强奸犯和篡位者。然而，廷莱特并没有说出来。

“读这一页吗，大人？”让他失望的是，书中的语言并非古赫若索尔文,而是一些他从未见过的奇怪字符,“我不认识这些字……”

“别虚情假意的了，开始吧，”托利说，“尽量读得流利一些。你不是在引诱一个没有头脑的女人，你所说的每一个字都具有无穷的力量。”

廷莱特清了清喉咙。他感到身边的石墙正在逼近，王室先祖的灵魂也嫌恶地望着他，但他没有别的办法，只能为亨顿·托利高声朗诵那些毫无意义的文字。

★ ★ ★

“君令有形应自无形于渊。西娅翩至，君瞰万物！辉光浸怀……”廷莱特念着念着，突然发生了一件奇怪的事情。西曼德的咒语，以一种拗口的古老方言表达了出来，开始变得越来越熟悉，像是童年时的歌谣，马提亚斯·廷莱特终于明白了这段文字的意思，好像书中的文字在他阅读的过程中转变成了他的母语。

“……您颁下敕令，一切有形之物都应从最低处的无形之中孕育，西娅来到万物之中，而您，俯瞰着万物！她的怀中，闪耀着伟大的光辉……”

火把的光突然黯淡下来，仿佛有人把它从烛台上拿走了。廷莱特感觉自己向前倒了下去，没有跌进面前那面如同窗框一般的镜子，而是一直下坠，身体几乎失去了知觉，意识则陷入了他自己在黑漆漆的镜子中所映出的脸。

除了镜子中的形象在不断变化这一点外，廷莱特能够感知到一切。墓室的墙全都消失了，但他以为自己还能模模糊糊地看到一点。地板也不见了，取而代之的是一片绿色的草地和一段满是木节但纤细的灰色树干。那是一棵杏树，白色的花瓣覆满枝条，如同小星星一般。

万能的诸神啊，是佐睿雅，他意识到。我们召唤出了佐睿雅！恐惧让他如此后知后觉。杏花馨香是她的，春天的第一朵花——一年之中的晨曦。

但是为什么？亨顿·托利到底要打算干出什么疯狂至极的亵渎

神灵的事？托利说过要娶一位女神，这个疯子居然以为自己可以向佩林处子之身的女儿求爱并同她结婚吗？亵渎！

这些想法不能改变任何事。念动咒语的廷莱特与带着惊恐思绪的廷莱特仿佛两个不同的人。面前镜子中的花园仿佛是梦中的景象，就连最近的地方也十分遥远。他不再去理会西曼德之书里的文字，尽管这些文字仍源源不断地从他的唇间涌出；他只能隐约听到一点，仿佛有人在身后低语。

一样白色的东西展翅而下，落在了最近的一根树枝上，柔和的弧线像一叶小舟，却带着生命的迹象，它长着一对明亮的眼睛和柔软的粉状羽毛。一只鸽子，佐睿雅的圣鸟。

“现在把它抓住，”亨顿·托利低声说道。他的声音似乎是从遥远多风的山谷传到了廷莱特耳中，“抓住它！”奥科罗斯说要想打开那扇门，就必须做出牺牲——总得有人牺牲！

廷莱特不想这么做——那镜子显然是一道门或一扇窗，无论如何，那镜子是一条通道，通向他不该踏足的地方——但是他感觉到自己向前伸出了胳膊，当双手触摸到坚硬的镜面时，指尖竟开始延长……并穿越了镜面。

一时间，廷莱特完全忘记了自己身处何方——是在镜子外面正打算进去，还是在镜子里面正打算出来，他说不上来。一丝冷意爬上他的指尖，彻骨的寒冷如同把手插入冰山的泉水中一般。

亨顿·托利似乎仍在跟他讲话。如果真是这样，那么廷莱特的耳朵已经听不到他的话了，但是他的手仍然有感觉。这只手仿佛拥有了生命一般，朝着鸽子伸去，这个小动物正把头埋在一只翅膀下面。当他的手指绕在鸟儿小巧纤细的脖颈上时，他突然意识到自己在做什么。他试图停下来，但他的手仍在继续，仿佛那只手已不再属于自己。他想大喊一声，但除了咒语之外他再也发不出其他的声音。他闭上了眼睛，但是双手仍然紧紧握着鸽子的脖颈，他感觉到它十分脆弱，接着便啪的一声折断了它的脖子。他徒劳地反抗着将他攫住的东西，感觉到杏树生长的地方发生了一点变化。

鸽子不再是镜中唯一的生物。

但是就像无法阻止自己折断那只美丽而纯洁的鸟儿的脖颈一样,廷莱特无论怎样努力都无法从那个奇怪的交界处抽回自己的手。他的声音再次变成无意义的语言，但他却无法停止，也无法控制自己的肌肉和骨骼。他的手不再是唯一暴露在危险之中的东西，他明白，自己的整个身体完全暴露在自己召唤的那个东西面前；那是一头猎食的动物，它穿过镜中的世界，如同一只鲨鱼一头扎进布伦湾的海水中。不管那是什么东西,它还没有发现他,但它正在四下寻找。

他发出了一声呻吟,那低沉的声音终于止息了。他想开口说话,想要叫亨顿·托利帮忙，但声音却气若游丝。他甚至再也看不到托利，镜子化作了整个世界——黑暗笼罩在杏树周围，那只鸽子歪着头被他紧握在手中，现实只留下一抹极小的阴影。接着，就连那些刚刚熟悉的事物也开始陷入黑暗之中。

马特·廷莱特担心自己的心脏会蹦出来，他用嘶哑而微弱的声音求救，却听不到任何回应。

廷莱特强烈地感觉到自己已经暴露，恐惧让他开始抽泣起来。奥科罗斯临死之前肯定也是这种感觉，被注视，被围猎！他觉得头晕眼花，就好像发起了高烧一样。

没有任何预兆，一种感觉爬上了他放在镜子中的手，一直延伸到他的心脏，那是一种野性的觉醒，那力量如此强烈，强烈到我们无法将其称之为爱，那是一种包容一切的欲望。廷莱特感受到了这个新到者，感受到它滚烫的、令人兴奋的力量，片刻之后他便被丢出了镜外，如同被强光击中一般。

马特·廷莱特感到怅然若失,仿佛被迫离开了自己热爱的世界,接着他的魂儿也飞走了。

恢复意识之后，廷莱特躺在了埃顿家族墓室的地板上，直勾勾地望着火把照射不到的暗影。他肩膀发麻，像是睡着了，或是在冰冷的湖水中浸泡了太久；但是当他忍着剧痛摸索到肩膀仍在身上的时候，他着实松了一口气。廷莱特翻了个身，直勾勾地望着亨顿·托利——那已不是他认识的那个亨顿。护国公站在镜子前摇晃着、呻吟着，眼睛半睁，身体在一种难以想象的痛苦或狂喜中剧烈颤抖。他的卫兵只能远远地看着，满身是汗，惊恐万状，仿佛他们的主人正在神的拥抱下不由自主地跳起着舞。

第七章
克里斯维尔市场之役

一个强盗的女人怜悯小阿迪斯，经常把自己的食物分给他。有一天，她和丈夫带着男孩从强盗窝里逃了出来……

——引自《圣孤传说：其人生平、死亡及天堂的奖赏》

随着他们离南境越来越近，布瑞奥妮的心情也愈加沉重起来。特希斯王宫里都是些懒汉和佞臣，很多人对她抱以同情（或假装抱以同情）。重新夺回王位说起来是一回事，实际做起来又是另外一回事。不论埃尼亚斯王子多么心甘情愿为她提供帮助，但她毕竟是在没有得到他父王允许的情况下，让希安至高无上的王子卷入到自己的战争中。哪怕埃尼亚斯有再大的决心，他没有战船，手下的人马还不到一千，栖身于海湾中一块岩石上的他又有多大的机会能够夺回城墙高耸的南境呢？

“别自寻烦恼，”王子告诉她，“我们先去看看情况，然后再做定夺。您父亲曾是位有名的智者——他肯定教过您，在不清楚地形和环境之前不要做决定……”

“现在仍是，”布瑞奥妮说，“他仍是位智者。我知道他还活着——我就是知道！”

“当然，公主。”埃尼亚斯看上去有点受伤，“我的意思是……我的嘴太笨了……”

“不是您的错，”她摇了摇头，“有时候我也会那样说，甚至会那么想。我太久没有见过他了！我朋友多文说他敢保证我一定会再次跟父亲相见，至少一次……”她担心自己会哭出来，因此不得不打住了话头。一想到已经死去的可怜的多文，布瑞奥妮那本已不堪重负的心更加吃不消了。

埃尼亚斯王子既强壮又善良可靠。布瑞奥妮本可以放心地把一切都交给他——她夺回王国的承诺，她的所有希望和恐惧，甚至是她自己——但她不能这样做。她的体内潜藏着倔强的基因，这种倔强经常会让她跟自己的谋士甚至侍者产生争执。她不愿任何人，即便是像埃尼亚斯这样可靠的人——特别是像埃尼亚斯这样可靠的人——代替她行使责任。她发现，对于自己不愿或无力去做的事，她也很难放心地交给达瓦特·丹-法尔去做，但这位图安冒险家至少不会像那位仁慈的叔叔那样对待她。实际上，达瓦特是真心欣赏她的固执。

布瑞奥妮忍不住去想，危险的达瓦特会成为什么类型的丈夫。他会争取自己的自由，但同时也会给予她自己的自由……

费拉斯·范森又是个怎样的人？他真的像看上去那样腼腆吗？布瑞奥妮无法忘记他躲避自己眼神的方式。她在揣测这个男人对自己的感情吗？但是也有许多瞬间——闪亮而激情的瞬间，当他们四目相对时，她真切地感觉到某样东西在他们之间传递。当时她并不明白，但她认为自己的感觉绝不会出错。从那时起，她便长大了，对自己内心的想法更加笃定。问题是，她不确定自己对范森的感觉，甚至不确定自己是否应该去想他。他是个普通人，不是吗？他们之间没有未来。

她的思绪转了个圈，又回到埃尼亚斯身上，他显然要门当户对得多。他明确了对她的爱意，还会对她做出婚姻承诺。她看着他的身影，高大英俊，举手投足英气得体，但她为何发现自己似乎并没有那么倾心于他？

特希斯的每一个未婚女子都会嘲笑我，要是她们知道的话，她想，**而且会争先恐后地跑向他的怀抱，把我践踏到泥土之中。**

埃尼亚斯说自己的手下全都训练有素，行动迅速，他的话显然是事实：十队步兵加上一百多名装备精良的骑士，还有马夫和仆人等，加起来将近一千人，竟在数天之内前进了十里格。然而即便是在长时间的骑行之后，教会猎犬队的任务也远远没有结束，安营扎寨还要干大量的杂活。所有人员按照赫若索尔的传统方式编为十组，每组十人，自行负责伙食和站岗，还要负责在自己的营地周围挖掘防御壕沟；这已成为他们每晚的必修课，不论是在希安的小城附近，大城市的城墙边，还是像现在一样在荒无人烟的郊野。

布瑞奥妮不明白，但是埃尼亚斯做出了解释，“要是我大发慈悲，允许他们有一个晚上不用挖沟，那么也不会有什么坏事发生，他们就会认为这样做没什么必要，而且对干活变得不耐烦。最好让他们像呼吸一样习惯这件事——对不对，米伦？”

“是，殿下，”他那忠诚的队长说道，“维利昂公爵就是在波特密斯桥附近意外被捕的，他的部队几乎全军覆灭。”

布瑞奥妮对希安的军事历史不甚了解，但是她明白这话的含义。

士兵们要自己烤面包，打水，决定站岗的顺序，这些全部都要在上床睡觉之前完成。好在这里几乎没有岔路，即使经过长时间的跋涉，士兵们看起来仍然十分健康，而且品德正直，这对埃尼亚斯和他的领导能力来说不失为一种褒奖。

我怎么这么傻？布瑞奥妮心想，**我为什么不能爱上像埃尼亚**

斯这样的人？爱情是种必需品吗？爸爸在跟妈妈结婚之前也没见过她，但是尽管妈妈在生我们的时候难产而死，爸爸还是时常为她难过。

希安部队从希安边界迅速向北开拔，深入西部贸易城市翁斯皮亚的面纱腹地，进入了南境地界。布瑞奥妮对这一区域并不了解，正如他父亲告诉她的那样，拥有铁矿、铜矿和煤矿的几个国家集中坐落在高山上，西面的是绵羊的国度，那里有大片的草地，家畜的数量远远超过当地的人口，这里的农民和牧民为北方大部分地区提供羊毛。现在似乎有一股强劲的大风将所有的人都吹走了，只剩下房屋、谷仓、牛棚和杂草丛生的土地。加尔人从阴影线出发一路向前，至少已经向西走了一到两里格，所到之处如同瘟疫过境一般寸草不生。

在这次大撤退中，最悲伤和令人动容的景象莫过于一个稻草娃娃，那是一件精美的手工艺品，布瑞奥妮在路边发现了它。它就那样被遗弃在这片碎石遍地的牧场上，布瑞奥妮下马捡起了它。

娃娃的眼睛是木扣做的，其中一只已经不见了，连日来的大雨使它褪了色，除此之外完好无损。很明显这一定是某个人的珍宝，它穿着做工精巧的礼服，戴着一顶精致的帽子，头发以金丝线做成——一个精美的宫廷贵妇的缩影。只有急于奔命的家庭才会扔下这样的东西，再也没有回来找它，布瑞奥妮能够想象一个小姑娘因为失去了心爱的娃娃而哭着入睡的样子。

随着春日的离去，他们横穿南境，径直向塞特兰大路前进着，这条路最终会把他们带到东方的布伦湾。六月的第十天傍晚，他们终于到达了烛台镇——加尔人对人类发起第一次攻击的地方。整座城市几乎荡然无存，多处城墙遭到恶意损毁，就像一个孩子在赶回家吃晚饭前踢倒对手所建的沙堡一样，而黑漆漆的房屋废墟则暗示着这种恶意俨然已经超越漫不经心，原本繁华的街道现在只剩下一片烧焦的残骸，掩映在那一层新绿织就的网中。离开烛台镇废墟之后，布瑞奥妮瑟瑟发抖，仿佛身处严冬一般。希安士兵全都瞪大眼睛，忧心忡忡，就连埃尼亚斯本人也无法掩饰自己的不安，此前加尔人对他们来说一直很遥远。

“这些加尔人简直就是恶魔，”当晚他们在看不到那个黑漆漆的、毫无生气的城市的地方扎营时，埃尼亚斯说，“比恶魔还坏。”

“比恶魔还坏，是的，但只是因为他们跟我们一样聪明——或许比我们更胜一筹。”布瑞奥妮想起了商人雷蒙·贝克给她讲过的一个故事，这些生物如何从天而降，“别低估他们，他们不是野兽。”

接下来的两天中，他们向东穿越山谷。一天晚上，他们早早便在一条溪谷边扎营，好让士兵们好好洗个澡，这条山谷到下一条山谷间的狭窄出口也让埃尼亚斯有所警惕：这条狭窄的小径是个伏击的好地方，要是有人手持弓箭甚至是石头埋伏在路边，他们根本无法进行防御。

第一批侦察兵急匆匆地赶了回来，他们带着兴奋的心情一路骑行，教会猎犬队的中士——在古老的赫若索尔语中，他们被称作潘坦内里——尽力维持着扎营士兵的工作秩序。

“战斗，殿下，”米伦在收到侦察兵的情报后向王子汇报，“下一个山谷的尽头有一座山城，围墙很长，但所剩无几。似乎是加尔人拆毁了围墙。但是如果真是他们干的，那他们肯定还在那里，在跟山谷中的平民战斗。”

“克里斯维尔市场，”布瑞奥妮心跳加速。她以为自己已做好了跟加尔人遭遇的准备，但突然间好像又有些动摇，“那座城市的名字。大家从南境各地赶来这里的假日市场。我的意思是，他们过去经常这样……”

“每队有多少人马？”埃尼亚斯问道。

米伦仔细想了想，“似乎两支队伍都没有我们的队伍大，殿下，尽管不能肯定——侦察兵爬上山坡俯瞰那座城市的时候，天色已经暗了下来，他们不敢冒险走得更近，怕被那些加尔人发现。您说过他们的眼力很好。”

“很好。今天晚上我们什么都不用做。让哨兵严密监视，我们将在黎明之前出发，那么在太阳升起之前我们就有机会接近山上那条路。”

当晚，布瑞奥妮吃过晚饭之后便先行离开埃尼亚斯和军官们回到了自己的帐篷。她一点也不饿，焦虑得无法跟大家谈天。那些男人太兴奋了，谁也没有留意到她。她觉得他们就像一群小男孩，虽然他们接受了一个女人随同行军，但也仅限于战斗发生之前。布瑞奥妮注意到就连埃尼亚斯也表现像孩子一样兴奋，滔滔不绝地谈论着战术。王子不是个傻瓜，他已制订出一个周密的计划，尽量保证自己人的安全，但是布瑞奥妮在侃侃而谈的他的身上看到了自己那两个兄弟为铁圈争论时的影子。

布瑞奥妮的身边已没有仆人服侍，她必须要自己上床睡觉，这样的情形以前并不常见，现在却成了家常便饭，但就算这样也没能让她累得倒头就睡。她的床和帐篷里的其他东西一样，散发着一种每天都会带回猎物的野兽的气味。她躺下来听着营地哨兵断断续续的报告声，他们在宣布一切正常。在两遍报告中间，她想起了家族里的男人，他们或是亡命天涯，或是彻底断了音讯；在这顶黑漆漆、孤零零的帐篷中，她竟无人可以倾诉，布瑞奥妮·埃顿抽泣了起来。

加尔人的攻击要么从未停止，要么在第一缕晨光中便开始了。太阳还未升到山顶，希安军队便到达了山谷尽头，可以看得见克里斯维尔的城墙了，但是首先映入他们眼帘的却是大量的死尸——还有加尔人。

人类防御者占据了大路尽头的一座小山头，浓密的树枝可以保护他们躲避加尔人的弓箭。加尔人至多只有几十个人，他们采取了进攻的策略，将小山包围了起来。一开始很难分辨加尔人跟他们的人类对手有何不同——只是他们的旗帜形状有些奇怪，盔甲的颜色有些特别——但是当埃尼亚斯一声令下，他的队伍朝着山谷尽头的高地冲过去的时候，布瑞奥妮开始发现更多明显的差异：一开始布瑞奥妮以为加尔人的一个队长戴着一个镶角的头盔，后来才发现他根本没有戴头盔。一群身材矮小人形生物，看似穿着黑棕相间破烂长袍，实际上却是赤身裸体。所有人都十分勇猛，尽管布瑞奥妮看得出他们根本就没有什么战术可言。他们像蝗虫一样一拥而上，而且看上去不需要交流就知道下一步该如何行动，因为当他们变换阵型或进攻方式的时候，所有人的动作都整齐划一，而她却没有看到任何手势，也没听到任何口令。

他们围攻的这群人中既有装备精良的士兵，也有手无寸铁或轻装上阵的平民——或许还有商人，因为许多停在山头上的四轮马车被拉到了一起。他们没有挥舞任何可辨认的旗帜，但是布瑞奥妮认出了他们盾牌上的纹章和克雷斯的装束。她认定这些人是受雇保护商队的雇佣兵，但是为何要从那么远的地方雇佣他们？这支商队为何要穿过如此危险的地方？城堡的供给主要来自于海上，布瑞奥妮离开之前就一直如此。

她几乎没有时间考虑这些，因为加尔人们似乎已经发现了埃尼亚斯和迎面而来的队伍。一支支弓箭开始朝着他们飞了过来。

王子突然策马挡在布瑞奥妮和远处的加尔人中间，催促她离开大路，“您不能拿生命冒险，公主。”

“但是我可以战斗！”话一出口，布瑞奥妮便意识到那是多么愚蠢，但是她还是忍不住说了出来，“您是个王子，您也没有藏起来……”

“失去了您，您的人民便一无所有了。我还有两个兄弟和一个可以活很多年的父王。”埃尼亚斯的神情十分坚毅，丝毫没有争辩的余地。片刻之后，他一掌拍在她的马屁股上，把它赶到离大路远远的地方，然后调转身去，策马回到队伍当中。

加尔人士兵没有坐以待毙。第一位希安士兵到达他们跟前的时候，他们已经搭起了一堵临时的长矛墙壁，有的人手中拿着货真价实的长矛，有的则就近拿起一根长木条，对准接近的骑兵。布瑞奥妮既担心战马又担心那些骑兵，当冲锋队发起攻击的时候，她只好闭上了眼睛。她看不见战斗的场面，只能听到恐怖又野蛮的木头断裂声以及人和战马的叫声——还有加尔人，她只能猜想，因为没有一种生物在受到那样的攻击后还能忍住不喊出声来。

不一会儿，埃尼亚斯的主力部队便突围成功，反过来将加尔人部队团团围住，从外围向他们发起了攻击。其他士兵和加尔人则分成了几小股展开了搏斗。战斗异常激烈，布瑞奥妮好几次看到希安士兵倒在地上，被弓箭、长矛或剑刺穿，但是加尔人明显被打了个措手不及，阵型恢复得十分缓慢。她曾听说，暮光族人多次与南境士兵交手，他们在科尔坎战和其他战役中曾使用过魔法，但是在这里却没有。这里到底发生了什么？如果加尔人仍在围攻南境，他们为何大老远跑到城堡西边来破坏供给车队？那些找来克雷斯雇佣兵帮忙的商人就算能够到达海湾，他们又打算怎样让商队进入重重包围的城堡？这真是一个谜。

布瑞奥妮听到一声尖叫，赶紧回过头去，看到一样东西从树林里冲了出来。一开始她以为是一头熊或是更为奇怪的动物——也许是一头野牛，却用两条后腿奔跑。那个怪物长着一个巨大的方脑袋，背部像牛轭一样宽，手中拿着一把带刀片的棍子。那是一把十分恐怖的武器，粗重的长矛上绑了许多把石斧。怪物直奔埃尼亚斯队伍正中而去，手中的武器上下翻飞，士兵们被打得腾空而起，然后像毽子一样狠狠摔在地上，滚到路边流着血；其他希安步兵对它发起了进攻，他们放低镖枪，将怪物团团围住，齐齐向它刺去，当它挥动起手中的武器时，他们便向后退开，待它转身的时候，再次向它刺下去。尽管力大如牛，但怪物还是抵挡不住比自己弱小得多的人类的攻击，很快就伤痕累累、血流如注。怪物把头向后一扬，发出痛苦和愤怒的咆哮，整张脸痛苦万状地扭曲在一起。片刻之后，怪物试图冲破攻击者的包围圈，这让布瑞奥妮想起了很久以前肯德里克和一群人在南境大陆的山上捕捉双足飞龙的情形，但是刺向这个巨大的加尔人战士的长矛更多，其中一支穿透了它的喉咙，鲜血如洪水一般汩汩涌出。这头巨大、黝黑的怪物摇晃了一下身子，接着便倒了下去。士兵们爆发出一阵胜利的呼喊，他们一拥而上，对着怪物一阵猛刺，还有人不断用脚去踢。

埃尼亚斯及时赶回到队伍中，对加尔人的厚重防线发起冲击。没过多久，他就被一群矮小的黑暗生物包围，要不是它们手中拿着短剑，人们可能会误以为那是一群猿猴；但是在战马和它的铁蹄的帮助下，王子很快便用手中的长矛和剑干掉了它们。一队希安火枪手在战场边缘的高地就位，开始朝着山坡远端的加尔人开火，逼得它们四下逃窜，就在片刻之前，那些商人和他们的雇佣兵眼看着就要全军覆灭了。

就在加尔人走投无路的时候，一个骑着灰色战马的人仿佛从天而降一般出现在大路上。加尔人在这个全副武装的勇士四周围了个半圆，虽然他不像之前那个挥舞着长棍的怪物那样高大，但是看起来仍然要比人类高。他的甲胄是暗淡的铅灰色，脸色烟黑——不是沙索，或达瓦特，或布瑞奥妮见过的其他南方人那样的黑色，而是像木炭或烧火棍一样。这个生物的眼睛也跟布瑞奥妮见过的不一样，柔和的黄色如同火光映照下的琥珀。他拿着一把奇怪的武器，一头是锋利无比的剑，另一头则是一根长矛，很明显是为了刺穿敌人的盔甲——再看看埃尼亚斯王子身上的那件轻皮甲，布瑞奥妮不禁倒吸了一口凉气。

值得称赞的是，埃尼亚斯没有丝毫迟疑就策马直奔这个不速之客而去，他意识到加尔人正在这个人周围重新集结，片刻之前胜利的天平似乎已彻底倒向自己这边，但现在看来还有些为时过早。一阵箭雨从山头上落下，许多雇佣兵跟加尔人一起对希安人发起了进攻，埃尼亚斯的队伍朝着向他们开火的人类雇佣兵愤怒地大喊大叫。

脸色黝黑的生物也策马去迎埃尼亚斯，手中的斧头在头顶轮成了一个圈。

“阿古特里尔！”另外一个加尔人用柔和的声音不停地喊着，也许是那头生物的名字，布瑞奥妮猜测，“阿古特里尔·塞鲁！”

埃尼亚斯和那个加尔人在大路中间相遇，将人类连同那些如同在夏日田野中的蚂蚱一般逃命的加尔人驱散开。加尔人斧头上的剑插进了埃尼亚斯的盾牌，刺穿了盾上画的白猎犬，很长一段时间里两人打得难解难分，埃尼亚斯奋力抽回盾牌，用手中的剑刺向阿古特里尔的兵器手柄。加尔人咧开大嘴，黑黑的脸上似乎只剩下牙齿和那对橘黄色的眼睛，活像个石神节面具。布瑞奥妮不再感到新奇，现在她心里只剩下恐惧。这并非《三神之书》中的某个古老的传说或故事。尽管她竭尽全力向佐睿雅和三神祈祷，但诸神也绝不会降临人间拯救他们。他们可能会遭到加尔人的屠杀，死在这条罕有人至的大路边。

起初看似一场单打独斗，但现在完全不是那么回事——当埃尼亚斯与阿古特里尔刀剑相击的时候，他周围的加尔人纷纷拿起手中的短矛向他刺去。王子的手下也毫不示弱，一切都淹没在了刀光剑影和暴土扬尘之中，只有一片灰色的云雾在晨光下闪着光。

接下来战斗结束了，一如开始时那般迅速。那个高高的加尔人逃跑了，其余的加尔人也纷纷向东逃窜，人类开始欢呼雀跃；为了活命，他们已为这场毫无胜算的战斗苦战了一个小时。有些人沿着大路匆忙追赶着撤退的加尔人，但加尔人却像融化在山谷尽头的森林中一般消失了。

商人和他们的雇佣兵可以大肆庆祝，但是折损了几个人的教会猎犬队却没有这样的心情。当他们神色凝重地把尸体带过来的时候，布瑞奥妮简直不忍直视。不过她还是强迫自己站在原地，目送着那些尸体被运到大路旁的田野中进行埋葬。王子的一小队人马开始为他们挖掘墓坑。

既然这些希安人因我而死，她告诉自己。*他们都是埃尼亚斯的战友和兄弟。这笔债我将永世不忘。*

第八章
还有全体海鱼子民

……他们就这样踏入了大城市赫若索尔。一路上阿迪斯学会了诈伤以博取富人的同情，还有许多其他乞讨手段，好为自己挣口饭吃。

——引自《圣孤传说：其人生平、死亡及天堂的奖赏》

巴瑞克在库 - 纳 - 加尔的房间里醒来，发现另一餐已经准备好，几乎跟第一餐一样精致——几片薄薄的水果，像苹果一样清脆，气味却像克雷斯柑橘一样芳香扑鼻；几块黑面包，味道如同加了香料的热葡萄酒一样；还有一些黄油，盛放在一个小罐子里。很明显，宫中的人还保持着烘焙的习惯，还有人饲养奶牛和山羊。至少巴瑞克希望这些黄油和奶酪出自奶牛或山羊身上，但是如果是出自其他生物，他也乐得不去刨根问底，反正吃起来一样美味。

巴瑞克吞下了最后一小块面包，用手指刮走了罐子里最后一点黄油，舔了个干干净净。天啊，胃里有东西的感觉真好——真正的食物，不是苦涩的草根，甚至是骨瘦如柴的黑松鼠，自从越过阴影线之后，他就一直抓黑松鼠吃，在饥饿和痛苦的时候，就连那些淡而无味的东西似乎都成了节日里的盛宴。

不一会儿哈萨尔出现了，这个垂耳的下人似乎一直在大厅里偷听巴瑞克舔舐手指的声音，“她在沉睡之门大厅等您，”他的话带着浓重的口音。巴瑞克很想知道这个小个子为什么不像王后一样用意念跟他交谈，“我带您去。”

“去哪？”话一出口巴瑞克便想了起来，仿佛那个地方一直存在于他的记忆之中——大厅里有很多柱子和闪闪发光的圆盘，他第一次从沉睡之城进入库-纳-加尔就是在那里。萨奎丽没有说谎，她有了主意。

巴瑞克进入满是圆柱的房间后，看到王后正跪在闪闪发光的、珍珠状的石盘中间，头垂得很低，仿佛在做祷告，这幅景象让巴瑞克有些吃惊。她站起身，招呼巴瑞克上前，哈萨尔也跟着走上前来，这再次让他感到意外。

“不，你必须待在原地，哈萨尔，”萨奎丽告诉那个秃头的生物，“我们不在的时候，城堡需要你来守护，毕竟没有人比你更熟悉这里。你的几个儿子也需要你。”

哈萨尔面无表情地鞠了一躬，“悉听遵命，王后。”他转身走出了房间，如同墙上一闪而过的影子一样迅速又无声。

“很好，”萨奎丽转头对巴瑞克说，“我们面前有两条路，就像我曾经告诉过你的那样。第一条是歪神的本人建造，或者说打通的路。我们前面就有一条。”她指了指发光的圆盘，“穿过去，就能到达睡城……”

“但那没什么用啊……”

“正是如此。”萨奎丽冷冷地看了他一眼，吓得他赶紧闭上了嘴，“但还有其他的路，其他小径，大多是神灵本人发现的，尽管他们不知道这些路的用途，也不知道如何找到或建造更多。他们鸠占鹊巢，将这些路据为己有，尽管在修筑的时候没有出过一分力。有时候，这些神灵还会毁灭这些路的原主人，先贤的灵魂——但那是另外一回事了。不管怎样，还有许多这样的路，能够通到诸如科涅奥斯和他的兄弟之类的神灵家里。”

“尽管通往科涅奥斯家的路会把我们带到我们要去的地方，但这条路已经禁止我们通行了，因为我们的身上带有大地之神的死敌——库-纳-加尔的味道。”萨奎丽对巴瑞克说，“但是还有一位神灵，也许会为我们放行。你们家族一直自认是伟大的海洋之神埃瑞沃的后代。”

“真的吗，那么？”巴瑞克有些吃惊。

“根本不是那么回事，”王后告诉他，“至少就我所知并非如此。安格林族是渔民，但他们也是优秀的战士，凭着智慧和力量打下自己的江山。”萨奎丽似乎笑了一下，“但几个世纪以来，你们家族一直将埃瑞沃奉为守护神，以他的名义进行祭祀、举办庆典。他有可能会聆听你的请求，不是因为你的身上流着歪神的血液，而是因为你是埃顿家族的一员，长久以来你们对他一直顶礼膜拜。”

巴瑞克感到一阵天旋地转，“但是……但是你说过他在沉睡！”

“神灵的沉睡跟其他人不同，”萨奎丽解释道，“在你的家族向他祈祷和祭祀的时候，他一直都在沉睡，已经持续了一千多年。”这次她确实笑了，嘴角微微上扬，“所以，祈祷吧，巴瑞克·埃顿。跪下来，向你们的神祈祷。请求他为我们放行。”

萨奎丽是在嘲讽他吗？

“跪下？”

萨奎丽点了点头，“这有助于你达成诉求。跟神打交道需要礼貌，而礼貌是力量的终极奥义——对话双方真正的力量。”

“但是我根本没什么力量！”

萨奎丽根本没想搭他的话。

巴瑞克双膝跪地。他发现胳膊恢复正常之后，这个动作对他来说简直轻而易举，而且身上的瘀青和血痂也开始痊愈了。

求他……一个声音在巴瑞克脑中平静地说；他不知道那究竟是萨奎丽还是那些无形者的声音。**请求海洋之神……为你放行……**

巴瑞克闭上眼睛，不知如何是好。他曾祈祷过无数次，尤其是在童年时代——噢，他曾祈祷让噩梦停止，祈祷让自己的手臂痊愈，祈祷自己能够像其他人一样玩耍——但从未有过这样的请求。他极力回想在父神圣埃瑞沃日那一天所举行的各种仪式，但脑中却一片空白。

父神埃瑞沃……巴瑞克的父亲曾这样叫他，听上去就像个笑话，“求父神埃瑞沃还有全体海鱼子民保佑！”尤其是在被自己的孩子激怒时，奥林国王总会咆哮着说出这句话。

你为何要弃我不顾，留我一人受苦，父王？为什么？奥林曾把自己的儿子丢下陡峭的高塔楼梯，这样的行径简直恶劣至极，但为何他后来鲜少提及？羞耻？还是他实在太忙，要处理他自己的问题还有国家的问题？

父神埃瑞沃。巴瑞克试着去回忆童年时光，当时这个名字代表的是一个真实的人——不只是教堂墙壁上画的那个留着胡子的青绿色巨人，他的头顶围着一圈银鱼，看上去就像清晨的阳光；还有当他们垂下头，神父提摩伊德带领大家向这位家族守护神祈祷时出现在他脑中的那个形象。

伟大的埃瑞沃，绿光普照的海洋之神……

小时候，巴瑞克曾想象埃瑞沃在海底动作肯定十分缓慢，慢得就像一只大海龟或是生活在城堡池塘中、隐藏在海藻间的远古狗鱼。

伟大的埃瑞沃，您曾给予我们无上的庇护……

气氛似乎有些怪异，但巴瑞克也不知道自己的眼睛究竟是睁着还是闭着。他好像听到浪花在海风中碎成泡沫的声音。

伟大的埃瑞沃，您平息了风浪，让我们的渔网收获满满，您骑着巨大的鲸鱼，驯服了缠绕着世界的大蛇，请听一听我的请求！

黑暗开始旋转起来。一束绿光刺破了黑暗，一个明亮的身影一闪而过。

伟大的埃瑞沃，您杀死了长着一千只手的希洛斯，将巨大的克罗尼索斯赶回了海底，让它无法再加害船员！

埃瑞沃，您平息了风暴！埃瑞沃，海风之神！沉没的黄金之主！宝藏的主人！海洋之神！旅人的救星！请听一听我的请求！

黑夜越来越深沉，越来越墨绿，也越来越平静。片刻之前还在巴瑞克耳边呼啸的风声渐渐止息，就连海浪也变成了遥远的急流。在这里，一切都陷入了平静，古老的沉船，纠缠在一起的海藻，极速掠过海滩的鱼。黑暗在这里聚集蔓延，全副武装的强大生物穿过昏暗幽绿的白日和暗淡无光的夜晚。

埃瑞沃？巴瑞克大胆地试着将自己的意念传达出去。我的家族总是虔诚地供奉您。您一直是我们的守护神，我们的主人。求求您，主人，请帮帮我！

有样东西在黑暗中发生了变化——巴瑞克看不到，却能够感觉到，就像广阔的海底振动了一下。它如此贴近，如此巨大！这个巨大的身形吓坏了他，一时间巴瑞克·埃顿只想从它的眼前跑开，远离黑暗的海底，奔向头顶的光明。但他突然想到了失败的后果。

我的主人啊！请听一听我的请求！请让我们进入您的家！打开门！如果您爱我们，现在请您帮助我们！求求您，父神埃瑞沃！

紧接着，巴瑞克感觉到了……某样东西。它向巴瑞克伸出了手，抚慰着他的意念，柔软光亮，如同山峰一般巨大。他感觉到这个昏昏欲睡的庞然大物行动十分不便，它已在沉积物中沉睡了前年，行动缓慢得像是爬过岩石的海星，但意念转动得飞快，就像是躲避珊瑚丛的小鱼。

凡人之子？

这意念永恒、沉重又有些怪异，仿佛这位大海的主人真的是一只巨型海龟或龙虾，在海底的淤泥中蛰伏了前年，背壳上覆满无数弱小的生物，等待着了解发生在远古时代的那桩意外的人。

您能否为我开启那扇门，父神埃瑞沃？

它几乎听不到巴瑞克的声音，更感受不到他的身影。它并未完全沉睡，但也没有醒着——巴瑞克能够感觉到，它的大部分意念迟缓、恍惚，非他所能触及，转动的速度缓慢至极，没有一个活着的东西可以理解。门？

通往您家的门！请为我打开！巴瑞克的脑中突然闪现出一个念头，像气泡一样浮动着。**我会多多为您祭祀，我保证！**

门……它继续说道，巴瑞克猛然感觉到那个庞然大物近在咫尺——黑暗中出现了一双明亮的眼睛，一张大口像是地球心脏上的一个破洞，一个暗无天日的漩涡。它要比巴瑞克想象中更为巨大———几乎同整个世界一般大！

弱小的祈祷者……你……可以……通过。

黑暗渐渐退去，巴瑞克也随之下沉。一瞬间，一切都恢复到他从沉睡之城穿越到歪神的大厅时的样子。接着压力和寒冷击中了他，他几乎失去了知觉。巴瑞克感到十分恐惧，他张开嘴巴想要尖叫，但嘴巴里全都是咸涩的海水。

父神埃瑞沃打开了自家的大门，但他的家在深深的海底。

巴瑞克沉入墨绿色的海水深处——只有神知道那里有多深。最初的震惊让他吞下了一大口海水，嗓子和气管火辣辣的，引得他直想咳嗽，但他知道这样做会让他丧命。他咬紧牙关，奋力拍打着冰冷的海水，但他甚至不知道哪一边才是向上的方向。他朝着刺眼的绿光睁开眼睛，看到无数泡沫像蒲公英的种子一样在他身边游动。脑中的焰华高声警告着他，但那声音似乎十分沉闷，十分遥远。海水开始变暗，泡沫在他身边打着旋，仿佛在这幽深的海底，暮色已然降临。有一种奇特的美……

巴瑞克意识到自己即将死去，挤压在肺部的呼吸变成了灼热的毒药，就在这时，他看到这些泡沫有了实际形状，像一团可怕的雾气一样环绕在他周围，盯着他。他在这些幽灵般空洞的脸上看到的究竟是同情，抑或只是好奇？

神的子孙，意念告诉他，但这意念并不属于他本人。

有样东西抓住了巴瑞克的胳膊，将他从那堆泡沫中拉出，进入到暗影笼罩的绿色虚空之中。他漂浮着，无法反抗，周围的一切开始黯淡下来，他最终放弃了抵抗。他在上升吗？不，他在下沉……

萨奎丽的脸庞浮现在巴瑞克面前，平和而面无血色，如雕像一般坚毅，碧玉一样翠绿。梦幻般的一瞬间，他以为那是母亲的脸庞——玫丽尔，他从未见过自己的母亲，她在生下他的时候难产而死。幻影举起了手，抓住了一个鸭蛋大小的泡沫；当她纤细的指尖触碰到泡沫时，泡沫便开始膨胀，最后变得像西瓜一样大。他看不到泡沫，却能够感觉到它紧贴在自己脸上，如同初吻一般清凉美妙。新鲜的空气涌入他的胸腔，取代了几乎让他窒息的海水，万道光线突然间刺破了黑暗，他终于恢复了意识。

什么都不要做，凡人之子——只要呼吸就好。萨奎丽的声音起初十分遥远，但最后的几个字却清晰地传入了巴瑞克的脑海。*我们要感谢神在梦中接见我们，就算他只是在沉睡。如果我们只是出现在他梦中的话，那我们更要感谢他*。

巴瑞克不明白她这话是什么意思。他心满意足地随波逐流着，呼吸着甜美的空气，四周的绿色似乎更加黯淡了，他觉得随处都可以看到幻影、碑柱和穹顶。他不知道那究竟是真实的，还是出自神灵之手的杰作——实际上，他甚至不敢确定自己是否真的能够看见。

但是在那些垂直的阴影背后，有一个比其他一切都深邃和黯淡的——洞穴？大厅？过了一会，一丝光线从头顶穿透了那片墨绿——巴瑞克终于意识到“上”是哪个方向——他感觉似乎看到了一个巨大的身影蜷伏在黑暗之中，身形如此巨大如此怪异，他根本无法下定决心该往哪个方向看，更别说仔细地审视一番。

告诉他，萨奎丽说。

告诉他什么？尽管面前的氧气泡沫在逐渐缩小，但仍源源不断地向他的肺中注入着生命力，他发现呼吸变得有些困难。洞穴中有样东西，大得不可思议，孔武有力且具有明显的生命迹象，巴瑞克有些害怕……

告诉他！

我……我们……感谢您。感谢您，埃瑞沃父神。以……他什么也想不起来——无数个沉闷的清晨，他曾坐在小教堂中祈祷，当时的他恐怕无论如何也想不到会有这一天吧？他当时为什么没有留心？**以我的先祖……的血液之名，他们一直供奉着您，哦，神啊，您曾赐予我们巨大的福祉……**不！错了！那是给丰收之神埃瑞罗的献词！

有什么东西在黑暗中被唤醒，沉重的海水从四面八方向巴瑞克涌来，令他感到彻骨的痛。那个东西开始变得焦躁不安，它已完全醒来，怒气冲冲，几乎可以夷平一座高山。

慌乱之中，有样东西在巴瑞克体内升腾——那不是焰华，现在他对这些声音已经司空见惯，而是另外一种声音，微弱地颤抖着——他记起了提摩伊德神父念诵献给埃瑞沃·马斯的祷词，他甚至不记得自己什么时候听过。

哦海洋之父，／碧绿的海水是您的血液／雪白的海浪是您的胡须／您托起大地／是洪水的主人／也是泪水之父／您从泥浆中／创造出了康纳德和沙姆／您从失事的船只中／把奥克萨和弗兰那科托举到阳光下／让人们得以生存／让绿草得以继续生长／噢海

洋之父，／您平息了风暴／引领着船只安全返回港口／您为格林的子孙／送来满网的海鱼／您为格林的子孙护航／让他们的船只一路顺风／您举起手／让海浪轻轻拍打在沙滩上／我们赞美您。／我们赞美您。／我们赞美您。／请赐福给我们／我们将感激不尽。

随着巴瑞克的脑中的声音落入黑暗之中，那个巨大的身影再次扭动着身体，缓慢地沉入到更加深邃的幽暗中。几乎将巴瑞克压得透不过气来，感觉也开始从他的意念、从他的感官中消退。

*谢谢您，伟大的神。*那是萨奎丽的声音，令巴瑞克感到惊讶的是，她的声音听上去有些嘲笑的意味，就像是一个冒失的少女竟然批评起一位年迈的长辈来。*谢谢您的帮助，您将我们带到了这里，又将我们送到了空气没那么潮湿的地方……*

*送我们？*巴瑞克心想。*到哪里？那么多迎来送往，难道还不够吗？*

巴瑞克和萨奎丽开始缓慢上升。那片绿色变得明亮起来，道道阳光扩散成一个光环，如同一轮燃烧的翡翠烈日，在他们头顶闪耀。

巴瑞克浮出了海面，焰华的声音变成了一片惊恐与信息的叫喊，仿佛海底的黑暗将他们催眠，而渐渐清晰的光圈则唤醒了他们。

在那片绿色之上……

会得到源雾之子的拯救……

不！不要相信他们！

紧接着，头顶的光圈开始扩大，如同山火一般迅速，巴瑞克浮出绿色的海面，进入一片光晕之中，大口大口地呼吸着空气，刺眼的光瞬间便将他吞没了。他发现那不是他想象中的海面，没有无尽的海浪在翻涌，但是有一块凸起的岩石，岩石上面的轮廓他已许久未见，现在竟然有些认不出，此时他脑中的声音开始渐次增强。

祖先的弥留之地！我们再次看到了它的身影！感谢伟大的风

之子！愿他们平安喜乐！

南境城堡高耸在地平线上，如同被削尖的山脉，在刺眼的晨光中反射着惨白的光，看上去如同一座冰雕，那是巴瑞克魂牵梦绕的家。但那里早已变得美丽而陌生，不再是他熟悉的地方。

他吓了一跳。

有东西在附近发出雷鸣般隆隆巨响，让他大为惊骇。接着又响了一声，这次他看到岸上升腾起一缕青烟。大炮！有人朝着城堡开火。

他暂时停止了划水，再次沉入到海水之中。直到那时巴瑞克才意识到自己还张着嘴。

他不停地咳嗽，吐着口水，唾沫飞溅，几乎再次没入到冰冷的海水之中，直到他听到萨奎丽的声音，如此响亮如此坚定，像是一只手抓住了他的领子。

游啊，傻孩子，向着岸边游。

岸边？即便是最近的海滩也有好长一段距离，那是大炮开火的地方！

不是那里，萨奎丽告诉他。虽然精疲力尽，但巴瑞克还是奋力划着水，在原地转了一圈，却没有发现她的身影。然而，他确实看见了一样东西。**是的**，她说。**那里，游过去**。

巴瑞克最终回到了大陆，肩膀对着城堡，他终于看清楚了——另外一块石头不像城堡那样高高耸立，但同样被温和的白色海浪冲刷着。他太久没有见过这块石头，以至过了好一会儿才认出来，甚至在他认出山顶上的尖角门房之后。

麦海伦小岛！

巴瑞克积蓄起全身的力量，开始游了起来。

第九章
长爪子的怪物

经历了千难万阻和九死一生之后，他被城里的卫兵当成了非法的乞丐，被带到了地方法官面前。圣孤佯装身体残疾，因而被发配到祖丽雅神庙做奴隶……

——引自《圣孤传说：其人生平、死亡及天堂的奖赏》

“你没必要再往前走了，队长，”大锤·碧玉告诉范森，“实际上，有几条地道对你来说太窄小了。”

“走着瞧，看守队长。继续，我会跟在你们后面。”

其他的芬德林人——五个新加入的看守——踌躇不定地将目光从范森脸上移到碧玉脸上。他们全都拿着“古洛蒂”，那是一种重型刺矛，铁制的矛尖和珍贵橡木制成的矛杆让它看起来有些类似粗矛。这种武器在这个身材矮小的种族中并不常用；但现在芬德林镇中找出的每一把都被拿去修复并派上了用场，而且他们还制造了更多。就连范森手里也拿着一把，虽然他身上还带着匕首和带剑鞘的长剑，这也是为了他们着想。

他挥了挥手，将侦察队的指挥权交给了碧玉，接着便组织剩下的人列好队进入暗月之地。碧玉最信任的手下一大早便带着一队侦察兵穿过了洞穴，至今未归。

荧光的真菌在地道中发出忽明忽暗的光，他们走出宽阔的主地道后，范森摸了摸头顶，确认自己戴着珊瑚灯。他发现芬德林人们经常忘记自己不像他们那样好眼力，他得避开那些出其不意的深坑或低悬的石头。

“你记住我的话，队长，”他们经过大厅中央时，碧玉平静地说，“不管出了什么岔子，肯定是加尔人捣的鬼。”大厅里到处都是一个人多高的石塔，看上去像是一屋子冻僵的舞者。

范森一头雾水，“你说什么呢？我们要对付的是南方人——是独裁者的人。”难道整个公会都装聋作哑吗？

“说到我的人带着的那个半加尔人，我根本就不相信那个长手长脚的家伙。”

那个“长手长脚”的家伙勉强可以算得上是加尔人——是芬德林人的表亲，通常被称为半加尔人——他的名字是粗锌，是一名侦察兵，个头和四肢都比大锤·碧玉的人要高一些。粗锌和其他半加尔人在最近几周的围攻中对米德兰山中的地道已十分熟悉，他们也加入到了芬德林人的侦察队中。“什么，你觉得他对他们做了手脚？”

“他长着一张令人作呕的脸。”碧玉固执地说道，他摘下头盔擦掉了光秃秃的脑袋上的汗水。他们离开通往芬德林镇的地道时，天气开始暖和起来。往上走吗？范森不知道方向是否正确。他们当然在神庙之上，但依然在芬德林镇之下，或许只是走到城镇的一边？芬德林人的地下交通网再次让他感到发懵。

“但是就眼下来看，大锤，”范森稍微提高了声音，好让其他看守听见，“我知道你不信任他们，但是加尔人有什么理由背叛我们？对他们来说，扔下我们独自对付独裁者是件很容易的事情……”

他没能把话说完。有东西在背后给了他一拳重击，使他向前趴了过去，像撞柱游戏中的小柱子一样倒向碧玉和几名看守。范森丢掉了手中的长矛，感觉有人拎着他的衣领，扭住他的胳膊，在满是碎石的地板上把他拖了好几步远。

“干什么？”他挣扎着想要跪起身来，但是在他转身看清袭击自己的是什么东西之前，一个鬼魅般的身影从墙边的暗处冲了出来，身上那股子猥琐劲儿让范森十分诧异：那东西的身形大约是拉车马的两倍，身上的腿比任何同样大小的生物都要多得多。

“佩林的锤子！”范森吓得大喊一声，强撑着站了起来，踉踉跄跄地向后退去；由于步子迈得太快，他失去了平衡，再次跌倒在地上。周围的芬德林人一边后退，一边发出惊恐的号叫。

那是一只巨大的蜘蛛或虫子，要不是它的身体散发着幽蓝色的光，范森肯定看不见它。它拖着巨大的身体飞快地朝着他们奔了过来，披戴着盔甲的身体发出巨大的声响，活像一支风箱；看清怪物的身形后，范森有些后悔。怪物影影绰绰的身体上不仅长着蜘蛛一样的腿，而且还有螃蟹一样的钳子，一条巨大的尾巴在背后扫来扫去。

“你有火把吗？”一个声音在范森背后响起，“他们有点怕这玩意。我刚用火把赶走了一只，但是火把已经烧完了。”

范森搬起一块巨大的圆石，丢在自己和怪物中间，然后飞快地回头看了一眼。珊瑚灯的光落在了一张奇怪的、下巴长长的、胡子拉碴的脸上——加尔人侦察兵粗锌，“没有火，”范森说，“剩下的人都到哪儿去了？”

“死的死，丢的丢。”粗锌的话讲得非常流利——当然，这也是他被选中跟芬德林人们一起行军的原因。“几个小时之前，第一只怪物从地道里冲了出来，掳走了领队还有两名队员，大家就走散了。怪物用爪子把他们拍成了肉饼。其他人四下逃窜。我试着返回先祖的宫殿，回到神庙的大本营，却被这头怪物拦住了路。”

“那么刚刚是你把我拖开的？”

“是的，我听到了你的声音。我不知道这个怪物在哪里潜伏，而且我也不敢叫你，因为它也在追赶我。”

嘎吱作响、喷着鼻息的怪物突然试图爬上保护着范森和加尔人的那道屏障；范森的鼻孔里满是怪物身上的腐臭味，当中还夹杂着一点鱼腥味。范森和粗锌连连后退，怪物的爪子在他们头顶噼啪作响。范森想了一会儿，觉得他们可以朝通往神庙内室的走廊那边跑，但是怪物爬下了圆石，开始绕着它缓慢地移动，盲目地搜寻着目标。接着，它突然再次向前挪动脚步，速度飞快，刮擦着范森面前的圆石的另一边；不一会儿，它退了回去，爪子里抓着一个尖叫的芬德林看守。那个身材矮小的人无助地挣扎着，尽管他的同伴们纷纷举起重矛刺向这头怪物，却依然无法穿透它的盔甲。那名芬德林人被拖到了暗处，范森听到一声可怕而清脆的巨响，接着尖叫突然停止了。

大锤·碧玉设法爬到了圆石顶端，近乎疯狂地对着怪物一通猛刺。怪物摊开爪子，用前端搭在岩石上，接着抖动着那条粗重的长尾，好像已经做好了进攻的准备似的。范森跳了起来，抓住碧玉的衣服，猛地向后一拉，这个芬德林人顺势倒在了他的身上，距离那条致命的尾巴只有几英尺远。范森可以闻到怪物身上毒液的味道，像铁水一样酸臭刺鼻。有一些毒液溅到了大锤·碧玉身上，他尖叫着在地上翻滚起来，好像被烧伤了一样。加尔人粗锌跳了过去帮他的忙。

范森站了起来，“我们不能被它压制！”他对着剩下的人大吼，“都给我跑到洞穴中间去。”

他领着看守来到了一片钉石林中间。他抓住了一根，把尖头掰了下来，但他还是认为这些钉石足够粗壮，足以给予他们一些保护。他回过头去帮助粗锌把碧玉拖到了这块空地的中央，接着很快就把魂不附体的芬德林人密密匝匝地排成一队，矛头一致向外，就像刺猬背上的刺针一样。

闪着绿光的怪物再次朝着他们奔袭过来，但无法立即穿过那些钉石。它在范森这一侧不远处停了下来。他一跃而起，朝着想象中的怪物的眼睛刺了下去，但是他的古洛蒂只是划过了怪物坚硬的鳞片。怪物的尾巴朝着他扫了过来。他向后一跃，跳到了它够不到的地方，头上的珊瑚灯却掉了下来。奇怪的是，怪物身上的光渐渐暗淡下去，仿佛它体内的光源已经熄灭。范森一把抓起头箍，退回到钉石林中，紧贴着离自己最近的一个芬德林人的背，把珊瑚灯重新戴好。怪物实在太巨大、太强壮了，简直无懈可击。范森找不到什么好的方法击败它。

但是除了战斗之外，他们别无选择。根据粗铧先前的描述推断，这头多足的怪物肯定不是唯一的一只，就算他们可以拖住它，到时也会有更多的芬德林人前来寻找他们，而这些芬德林人的装备在这头庞然大物面前根本不堪一击。

有什么办法来对付这头怪物呢？火把，可能奏效——粗铧说自己曾用火把赶走了一只。但是还有其他办法吗？看起来除了步枪子弹之外，没什么能够穿透它的身体，而芬德林人肯定没有这样的东西。燧岩有一门射石炮，曾经击退过加尔人的进攻，但是他们在远征的时候并没有带上这门大炮。而且，如果他们能够幸存下来，他们还要考虑……

所以——长矛和佩剑，还有一些石头。如果他们不能用粗重的长矛打败这头怪物，他们当然也不可能用一些小块的石头打败它……

范森的脑中突然闪过了一个念头——一个不太可能实现的念头，但是他当时已几近绝望。这头多足怪物已经厌倦了用头去撞开钉石林，现在正试着爬过去，虽然有些缓慢笨拙，但眼看就要成功。范森的芬德林人盟友们脸上满是绝望和恐惧。

“粗锌，”他叫过加尔人守卫，“他怎么样了？”

这个罗圈腿的男人（碧玉曾这样叫他）抬起头，“他被烧伤了，但是大部分毒液溅到了他的盔甲上……”大锤·碧玉仿佛发起了高烧一样不停呻吟抽搐，盔甲在他身旁堆成一堆，这个罗圈腿的男人用手指猛戳了几下。

“别管他了，别人能照顾他。”范森把自己打算寻找的东西告诉了这个加尔人守卫，“我看不清楚。粗锌，但是你可以。去吧，帮我们找回来。我们会引开这头怪物的注意力。”

粗锌瞬间就不见了踪影，就像消失在黎明之前的鬼魅一般。范森转过身去，对着蹲伏在怪物触及不到的角落里的人说道：“拿起长矛给我猛刺！”他命令道：“要是你们找不到关节或眼睛这样柔软的地方，那就尽力地猛刺！尽力大喊！”他甚至不知道这头怪物是否长有耳朵，但是不管什么方法都要试一试。

怪物几乎爬到了他们头顶，在一根钉石上摇晃着身体，几条腿晃晃荡荡地寻找着立足点，好把自己从石尖上弄下来。范森和芬德林人的叫喊声越来越响亮，或许是出于恐慌。怪物一挥爪子，抓住了一名芬德林看守，但是由于抓着这个芬德林人，它也无法抽回自己的手臂。两名看守一跃而起，对着它那螃蟹一般的爪子一通猛撬，直到受伤的芬德林看守掉落在地上，大口喘着粗气，咳嗽得非常厉害，胸前的十字形伤口不断地流着血，铁链衣被挤压到了肉里。

怪物斜了斜身子，稍微向后退了几步，接着却再也无法站上尖利的石柱。芬德林人们士气大作，他们加倍用力，狠狠地用重矛的矛尖刺向怪物的盔甲，发出阵阵巨响，如同惊雷一般回荡在小小的地洞之中。

范森一手擎着长矛，一手握着佩剑。有一次他甚至把长矛刺进了怪物那张怪异的大口中，却无法继续扎进半英寸，尽管怪物后退了几步，但没有伤到元气。还有一次，他在怪物那颗奇怪的扁平的脑袋的一侧看到了一颗黑点，以为那是怪物的眼睛，但是当他拿着佩剑接近它的时候，怪物的腿差点把他的脑袋扫掉，他不得不躲到一根钉石后面。

范森累极了，他知道芬德林人们也精疲力竭，但是怪物看起来却没有丝毫的倦意。留给他们的时间不多了。

怪物拖着几十条腿后退了几步，想要另外再找一处进攻点，芬德林人们鞭长莫及。长矛戳在盔甲上的响声停止了，就在那个相对安静的瞬间，范森听到粗锌在叫大家："这边！这边！过来！"

"循着他的声音跑过去，"范森低声对看守们说道，然后弯下身子，提起矮小而结实的大锤·碧玉往肩上一扛，"快走！现在！"

芬德林人们跑向了洞穴深处，远离了满是尖利的石头的中心。片刻之后，怪物就识破了他们的意图，跟在他们身后追了过去。

"这里！"粗锌大喊。他正站在一面倾斜的墙壁旁边，半藏在一块硕大的圆石后面。圆石比他大好多倍，似乎是创世之初某位神灵在玩滚球游戏的时候将它滚到了那里，"这里，帮帮忙！"

范森终于到了那里，他小心翼翼地将失去知觉的碧玉放到了地上，"它太大了，我们肯定搬不动。"

"很平稳。不算太难，如果我们加把劲儿的话！"粗锌上气不接下气地说。他显然已经开始这样做了。范森和几名芬德林人赶紧爬上圆石曲面的那侧，跟粗锌一起，将长矛插进圆石和墙壁之间的缝隙。范森用穿着长筒靴的双脚蹬在石头上，使劲向后靠去，测试长矛的柔韧性。如果长矛折断了，那么在怪物赶来之前，他或他的某个手下便有可能被碎片杀死，但眼下长矛还完好无损。

"所有人！"范森喊道，"现在！"剩下的芬德林人努力找好位置，好把全身的重量和力气都用在这块石头上，手中的长矛弯得像幼小的树苗一样。范森全身的血液沸腾血脉贲张，但是石头却纹丝不动，此时那头闪着绿光、蜘蛛一样的怪物正在逼近，走得不紧不慢，因为他们已经从藏身处被赶到了墙角，无处可逃了。

有东西在使劲拉他的腿。范森心头一紧，以为又来了一头怪物，接着意识到那是半裸的大锤·碧玉；他身上的铠甲和头盔都不见了，一颗水泡在半边脸上开了花，试着借助范森的腿爬起来帮忙。

“给我点地方，你这个该死的笨蛋高个子！”碧玉喊道，接着将长矛柄插进了石头和地面之间的空隙里，将双腿架了起来，在长矛上摇摆了好一阵子，直到长矛几乎弯到对折的程度。其他人全都精疲力尽，什么也做不了，只能靠在自己的长矛上不停地撬着。范森背靠墙壁滑了下来，好把双腿的劲儿都使上。怪物抬起了噼啪作响的爪子，每一只都像古提琴那样大，借助后坐力暴跳起来。接下来石头滚动了起来。

范森突然意识到下面没有东西接着自己，他重重地摔在了地上，芬德林人们也在他身边翻来滚去，就像从冬天的树枝上滚落下来的冻僵的麻雀。圆石摇晃了两下，便顺着短坡滚了下去。一开始圆石滚得很慢，范森以为怪物可能会躲过去，但或许是那对小眼睛或许是低弱的智商出卖了它，它只是无力地挥舞着爪子，眼睁睁地被那块高出它三倍的圆石碾成了肉饼，发出一声闷响。圆石滚出了二十多步远，终于停了下来，怪物的部分身体还粘在上面，但大部分零零碎碎地散落在地上，只有一两条腿躲过了圆石的碾压，还在断断续续地抽动着。

“走！”范森大喊道，“赶在另一只怪物找到我们之前，原路返回！走啊，大家挨在一起！”怪物的身体散发出阵阵难以形容的气味，那气味如此浓烈，当他们经过怪物的尸体时，范森不得不停止发号施令，咬紧牙关，防止自己呕吐出来。

要不是大锤·碧玉从那头想要杀死他们和其他看守以及范森队长的怪物身上拖回了一只爪子，骄傲地向焕华共修会神庙中的每个人炫耀一番的话，燧岩很难相信世上竟然存在这样的怪物，即便他在过去的一年中看尽了各种疯狂的生物。

单这只爪子就跟大锤一样高。就在燧岩仔细端详的时候，队长微笑着指着自己的脸颊上的水泡，“看到了没？他把毒液喷在了这儿，差点把我杀了。有一个加尔人，冒着生命危险救了我们。那真是个悲惨的故事，不是吗？但也十分真实。他最后安然无恙，那个粗锌。”

“疼吗？”燧岩问道。

“你是说，我的皮肤？”碧玉说，“一开始就像灼烧一样。现在好多了，但是治疗师说可能会留疤。‘更多的疤，你的意思是’我就这么告诉他的。更多的疤，因为我身上已经留下了不少伤疤。我有没有给你看过？”

“以后再说吧，”燧岩飞快地说道，“我很乐意看一看你的伤疤，看守队长，真的，但范森队长在等我。”

“啊，当然，你肯定想去。我们很幸运拥有这位队长，你知道。优秀得几乎……不，让我说出来：他就像一名芬德林人一样优秀。想想当时他是怎么躲开那块大石头的吧，那只该死的、既像螃蟹又像蜘蛛一样的怪物正打算杀死我们。要不是范森队长，我们都得进它的肚子。”

“是的，我们应该为拥有他而感到庆幸。”燧岩表示同意。

他丢下碧玉，任由他一个人到处寻找没有欣赏过这只巨大的、令人作呕的爪子的人，然后走下大厅的楼梯，直奔餐厅而去，范森和朱砂，还有其余的人在那里建立起了一个防御据点。对于范森提出的要求，燧岩有些担心，倒不是因为他害怕危险——连日以来，生活在南境城下面已经足够危险——而是因为他担心范森把自己赶走，他不得不告诉欧珀自己又被赶了出去。她刚回来不久，对火石的变化感到心烦意乱：燧岩敢肯定，此时带坏消息给她要比任何蜘蛛螃蟹怪物恐怖得多。

令他出乎意料的是，范森正独自坐在餐厅，仔细阅读着一叠羊皮纸——更让他吃惊的是——还有一大沓神庙珍贵的云母碎片。*当范森向镍师父索要这些，而朱砂表示坚决支持的时候，镍差点为此送了命*，燧岩心想，而且颇感满足。

范森看起来非常疲倦，他双眼黯淡仿佛有些瘀青，双肩低垂，但努力对燧岩挤出了一个微笑，“你好，蓝石英先生。你的家人都好吗？”

他的问候让燧岩十分感动，“跟预想中一样好，先生。我儿子沉默寡言，所以也不怎么跟我们说话，但是那总比四处闲逛、到处惹麻烦要强得多。”

大块头男人无声地笑了笑，“焕华共修会不太喜欢他，是吗？”

“这么说是没错，”燧岩实在笑不出来，“我不知道这个孩子让我们陷入了怎样的境地，说实话，他总是与众不同。就像是跟一个精灵的孩子——一个被精灵偷换掉的孩子生活在一起。”

范森心不在焉地盯着他看了一会儿，然后眯起了眼睛，“他在这些事上十分专注。我突然想到，我们为什么没有对加尔人——尤其是雅萨梅兹——提起过他？”

燧岩极力抑制住身体的颤抖，“我曾经作为一名囚犯站在她面前——而且，是一名死刑犯。我可不想这么快再次受到她的接见。”

“不管怎样，关于你儿子，我们有些重要的事情要了解，燧岩，我有把握——但是我们需要一双更加锐利的眼睛才能看清事实。我们的麻烦事够多了，不要再惹出什么乱子了。你会帮我这个忙对吧，我的朋友燧岩。”

“当然，队长。这儿的人都会帮你。”既然这一刻已经到来，燧岩·蓝石英无法抑制自己的恐惧，他估计自己可能又要面对新的、疯狂的冒险——受命潜入城堡偷取亨顿·托利的手帕，或是前去对独裁者进行劝降。

“因为我待在城堡下面，”范森说，“理解上有些困难。并非所有的事，”他连忙说道，“但很显然其中包括你们的方向。我不知道‘前面’和‘上面’是什么意思，还有一些说不出来的东西，但是……”他先发制人地伸出了手，拒绝了燧岩的解释，“但更重要的是，我对地面一点也不了解。”

“我们有很多幅地图……”燧岩开口说道。

“是的，我面前堆得已经够多了，”范森说道，“来看一看。这有一张，上面清楚地显示出芬德林镇和地下连成了一圈。我猜，如果没有城堡或土地阻挡视线，我们向下俯视的时候就像从天空俯瞰一般。我说得对吗？”

燧岩点了点头，“地图上没有显示出秘密通道，或是风暴石之路，但这些是秘密……”

“是的，我从地图上肯定看不出来，我根本就看不懂地图。”

燧岩笑了，“我可以轻松地指给你看。这里，这些粗细不同的线条代表地平线，这些标记代表的是……”

“不，我的意思是我‘看’不懂。不管我怎么努力，不管你们怎样指导我，我都无法用你们的眼光去看这张地图。昨天晚上，锑师父一遍又一遍地对我解释了大半夜，但那就像是对一条鱼描绘孤儿节一样。”他的笑容带着些许苦涩，倦意变得更加明显，“燧岩，我知道你大半辈子都生活在地面上。你们所有人都能够绘制出让生活在地面上的人理解的地图。你会画地图吧？”他在面前的一大堆文件上摊开双手，“不需要很完美。不需要每条通道都画出来——尽管我不会吹毛求疵。但最重要的是，我需要了解不同的通道之间距离有多远，特别是哪些在上面，哪些在下面。此外，我还要知道哪些通道能够容许任何人通过，哪些只够芬德林人通过。接下来我才好提问，才好做决定。你会帮我画这样一幅地图吗？”

这可是个大工程，但是燧岩明白这项工作的重要性。他还意识到，在神庙的庇护下，就算不能全部完成，他也能够完成大部分工作，这样一来欧珀就不会太焦虑，他也可以每天前去探望她和儿子。

“什么时候要？”燧岩问道。他得保证让朱砂知道这件事，万一镍师父借口燧岩使用神庙图书馆而寻衅滋事那就不好了。

“十天之内必须完成，”范森站起来伸了个懒腰，关节嘎嘣作响，连燧岩都听见了，“你画好之后我马上来拿，要快，让我看看你的本事。现在请你原谅，我的朋友蓝石英，我得去找碧玉和朱砂还有其他人了，免得他们说错话，再次与加尔人成为敌人。”

“……所以，在为范森队长完成这项工作之前，我大部分时间都要泡在图书馆里，或许还得在那儿干上几个通宵，”他对欧珀解释道，“但是我也可以在家里完成许多工作，等我查阅完有关三神的藏书之后，因为我怀疑镍不会让我把这些带回家。”

“家，”欧珀嗤之以鼻，“我就不会把神庙里一个四处透风、冷飕飕的小房间称之为家……但是我想眼下这就是我们全部的财产了。至少我们不必再跟你那位巨人朋友共处一室了。”这位“巨人朋友”就是查文，他在欧珀回来之后便搬到其他房间去了。

燧岩终于放下心来。要是欧珀抱怨起来，她……就算不开心，至少还算理智，“是的，一个人高贵与否全在于他如何对待苦难，我的爱人。”

“要是我变得更加高贵一些，我就得尖叫了。”她狠狠地瞪了他一眼，“在你赶制地图之前，有时间跟儿子谈一谈吗？他说你能懂他，如果你真的懂，请给我解释解释，因为我不太懂。”

“解释什么？”

“问问他。他走下大厅去了查文的房间。”欧珀抖了抖草席，好让它更加顺滑，但脸上的神色却分明在说草席永远无法跟家里的羽绒垫相比。他很奇怪她为何没有把垫子从芬德林镇里背下来，“我有自己的事情要做，只是你不知道而已。”

燧岩转过身——他十分熟悉那种口气，而且知道自己得小心了，“当然，亲爱的。”他等待着，希望她能够继续说下去，自己不用发问。她当然没有，“而且这些东西……”

“燧岩·蓝石英，你是我的幸福水晶球上的瑕疵，我发誓。”欧珀的语气听上去像是在半开玩笑，但问题是他已陷入了麻烦，“我告诉过你多少次了，银朱·朱砂要我确保每个人都吃得上饭。至于那些长老们，你真的以为不给他们供奉，我们就能带着几百号人来这儿吗？你觉得那些僧侣们有个秘密花园，我们一开口就能长出更多的粮食吗？”

“不，当然不是……”

“当然不是。所以我们得派妇女们去蘑菇花园劳作，在一些撂荒已久的土地上重新耕种。当然，我们也会从城里运粮食下来，这就需要有人组织篷车队。”

“篷车队？”

“几十辆驴子拉的篷车，每天往返两次，除此之外你还能怎样称呼它？”芬德林镇里有一些驴子，是生活在地面的驴子的后代，体型只有它们的一半大，在地下总是吃不饱，而且公会已经为这项事业付出了那么多，这一事实也表明他们有多么担忧——而银朱·朱砂掌握着多么大的权力。现在欧珀成了他的副手。燧岩为妻子感到骄傲，“驴子，牲畜贩子，还有二十个人负责运输小物件，旁边有卫队负责保护他们。走在矿石街上就跟游行队伍似的。”

“有你照顾大家，住在下面的人真是幸运。”

“是的，”欧珀的气消了，“当然，我想他们是很幸运。”

不管他在哪里找到儿子，周遭的气氛总是有些出人意料。这次火石真的如欧珀所说，待在查文的房间里，但是医生却不在那里。长着一头亚麻色头发的小男孩跪在查文的凳子上，靠着一张桌子，眯眼看着皮面装帧的笔记本。

“看起来好像很昂贵，”燧岩说道，“你确定查文不会介意你翻动这本笔记本吗？”

火石似乎没有听到他的问话，“里面说的全是错的，”他仿佛是在自言自语，“尘世间没有一块玻璃大到足以用作神灵的大门……”

“火石？”

小男孩转过头来看着他，有好一阵子，他无辜地将那对蓝色的眼睛睁得大大的，就像是在做什么不该做的事情时被大人抓到了一般。他飞快地合上书，但是燧岩看到火石把手指插到了书页中，在刚刚读到的地方做了个标记，直到走开，“你好，燧岩爸爸。欧珀妈妈让你来跟我谈一谈，对吧？”

“我想是这样。她说我可能会‘懂’，懂什么，火石？”

男孩抬起双脚，盘腿坐在椅子上，活像个坐在柱子上的圣人，“我跟别的孩子不一样。”

燧岩无法反驳，“但你是个好孩子，”燧岩说，“你妈妈和我……我们……”他不知道该说些什么。

“但问题在于，”火石继续说道，“我不知道为什么会这样。我不明白为什么我的头脑中拥有如此多的想法和念头，似乎……并不属于我。为什么我无法记住更多东西？”

燧岩无可奈何地摊开双手，“我们是在阴影线……附近……发现你的……我们知道你身上肯定具有某种魔力。我从一开始就知道。欧珀也知道，但是她从不承认这一点。”他把手放了下来，“我很抱歉，孩子。我不知道你也很辛苦。”

“总有一天，我想我会不得不离开。”火石说道，“为了找出我想了解的一切。一切导致我……变成这样的原因。”

“等你长大了，儿子，如果你想那么做……”燧岩嘴上虽然这样说，但心里却明白欧珀将来肯定会将自己的默许视为背叛，“你要记住，你妈妈很爱你……我也一样爱你……”

小男孩摇了摇头，但他似乎并非是在否定燧岩的话，“我认为自己不可能等那么久，”火石说，“我担心如果不能了解，我会……我会失去某样东西。”

“失去什么？我不明白你的话，孩子。”

“正是如此。”火石的脸涨得红红的，“我自己也不明白。但是我能感觉到事情很糟糕，非常糟糕！我想，我知道答案，或是部分答案，我可以……我不知道，接近并找到答案。但是当我试着这样做的时候，他们就会飞走，就像蝙蝠一样，像是……”

令燧岩吃惊的是，火石的眼中噙满泪水。他从没见过这个孩子这样。他犹豫了一下，接着走上前将这个孩子揽在怀中。火石在不够结实的凳子上摇晃了两下，但依然牢牢地坐在上面；火石不停地抽泣着，胸部一起一伏，像是在打嗝一样。最终，他还是抽出身来滑到了地上。

“当我需要的时候，你会放我走吗？”火石问道，“当我真的、真的需要这样做的时候？”

“在你长大之前？我们不能允许，儿子，我们不能那样做。”

男孩抬起头望着他，就在这个时候，他那张绯红的小脸跟燧岩平时所见一样稚气，一丝怪异的表情悄然滑过他的脸庞，有些陌生，“就算没有你们的祝福，我也要走。燧岩爸爸。”

“不行！”燧岩抓住男孩的肩膀，“你必须答应我不会做那样的事。那样会伤了你妈妈的心——这是事实！你必须得保证，在我们认为你足够成熟之前，一直跟我们待在一起。你要保证！”

火石扭动着身体，试图摆脱他的控制，但是长年累月的石矿开采赋予了燧岩一双有力的大手，男孩无法脱身，“不！”

“你必须保证，孩子。你必须这样做。”燧岩几乎快要哭出来了，“我只能说这些。答应我你不会走，除非……除非得到我们的允许。”欧珀不会允许，但是如果他不得不——如果他认为这是唯一能够留住这孩子的方式——他知道自己会违背她的意愿。那将会是可怕的一天，“保证。”

男孩最终放弃了挣扎，“除非得到你们的允许？”

“直到你长大成人。”

“但我都多大了？”

他突然笑了出来，燧岩有些诧异，也有些沮丧，“问得好，孩子。比方说……再过五年，好吗？不管怎么样，你都有时间成长。”

“五年？”他的脸色又黯淡了下去，“五年之后，世界可能已经走到末路了，爸爸。”

“那你和我就不会有这样的烦恼了，是吧？”他赢了，但是燧岩却感受不到丝毫喜悦，“来吧，”他说，“你一向喜欢神庙图书馆，是吧？我要在那里做事。来吧，今天下午就跟我去那儿。”

火石再次陷入了沉默和深思，但眼中的泪水已经全干了，他跟在燧岩身后穿过热闹的神庙大厅，经过侍僧和看守还有几个妇女的身边，他们全都沉默着，很明显是在赶路。每个人脸上的神情都像死亡之屋的守门人黑诺什拉一样严肃。

第十章
傻瓜输掉游戏

可怜的孩子在神庙中整整劳作了一年，但腐败的祭司却把圣孤和其他几名奴隶卖给了一位急需伙计的船长……

——引自《圣孤传说：其人生平、死亡及天堂的奖赏》

房间里很温暖，但他什么都看不见，而且散发着一种心形树根的味道，那是托利的仆人头一天晚上放在火炉里阴燃的，这味道让马特·廷莱特的头隐隐作痛，他眯着眼睛四下窥视着整个房间。他还是不知道，阴燃树根到底是为了某种魔法仪式，抑或只是为了营造某种迷幻的效果，很显然这目的已经达到。亨顿·托利的消遣，尽管时常令人不安，却十分神秘，廷莱特像是一只套着项圈的狗一样被留在他身边已整整十天了。

廷莱特呻吟了一声，微微张开了眼睛。他看到托利正挨着自己坐在床边，直直地盯着他，就像一只秃鹫盯着一堆腐肉一般，吓得他倒吸了一口凉气。

“那……怎……怎么了，大人？”廷莱特结结巴巴地说道，“您有什么吩咐吗？”

房间里只有他们俩：女人们已经离开了。廷莱特希望她们安然无恙。在得到赦免之前，他已经历了太多惊心动魄的时刻。

“奥科罗斯永远不知道自己想要什么。”护国公说道，仿佛是在继续早前的谈话。或许正是这样：廷莱特想不起来到底发生了什么。他努力挺直了身子。

“您说什么，托利大人？”

“他想要什么。我是说那个傻瓜奥科罗斯。有时候，他就像饱学的智者一样，一心只想要揭示出存在的伟大秘密。”托利假笑了两声。护国公的打扮非常精心，这很符合他的生活方式：廷莱特忍不住好奇，这位贵族大人是否趁着自己睡着的时候偷偷去沐浴更衣过，“这真有趣，真的。在那些场合下，他对待我的方式就像是一名厨艺高超的厨师对待身体肥硕的老板一样——虽然尴尬，但十分必要，因为我是他成功的保证。”托利站起身，不耐烦地打了个手势，“起来吧，诗人。今天将是重要的一天，要不就是我猜错了。”

“大人？”

“但是奥科罗斯迷了路，你知道。他开始相信我们所寻求的正是他的问题的答案。”托利望着马特·廷莱特，眼神锐利得如同鹰隼一般。

护国公显得比平常更加陌生，廷莱特心想，他好像喝醉了，但颇费了一番功夫，“但他是错的，大人……”

“我需要的东西跟他没有关系。他是个傻瓜……傻瓜总是输掉游戏。”托利冷笑道。警告的意味相当明显，“现在走吧，诗人。”

廷莱特跟着亨顿·托利穿过挤满人的寝宫，来到了坎耶王子图书室，这里现在已经成为护国公的宫殿，在遭到加尔人围攻时还兼作议事厅。古老的图书室非常宽敞，素来十分安静整洁，楼梯和天花板之间的书架上堆满了书，但现在看上去却像是前锋线。书籍散落得到处都是，既有现代合订本，也有赫若索尔甚至古西斯流传至今的羊皮卷，还有几十把椅子和凳子，甚至还有从寝宫里胡乱拖过来的几张桌子。这种混乱很大程度上是因为托利和奥科罗斯将奥林国王的避难所——夏之塔搬空，把他那间上了锁的房间里的东西几乎全部搬到了图书室——廷莱特注意到有些书正出自奥林本人之手，心里想着要是能够单独留下来读上几本该有多好。对于诗人而言，这是多么大的福利啊——阅读一位智慧国王的真正思想！但是亨顿·托利显然不会让他离开自己的身边太久。

廷莱特已经连续多日没有跟伊兰或他的母亲说话了，只是匆忙写了几张秘密短信，告诉他们自己的近况。他只希望母亲不要在宫殿现身，要求她那新近得势的儿子——她肯定以为他是托利的秘书——为自己在寝宫里找个地方住。

噩梦。碍事的不仅是她自己——要是他提起伊兰怎么办呢？

一队士兵在王室总管伯坎·胡德的带领下来到图书室请求觐见亨顿·托利，廷莱特强迫自己不去想这些。独裁者的舰队已长驱直入停到城堡对面的港口，他的担忧不无道理。

“足足有二十艘军舰，护国公，还有更多的舰船不断赶来。”伯坎·胡德尽力让自己的声音显得平静，但不太奏效；他显然不是那种经常自我克制的人，“但是我们连一发炮弹都没射。求求您，护国公，我们为什么不反击？我们已经同加尔人战斗了几个月，击退了他们十几次。既然这些魔鬼都撤军了，我们在西斯佬面前怎么反倒像是扭捏的小媳妇一样，他们只是一群凡人而已！”

亨顿·托利瞪了他一眼。他对阻击一事根本没什么兴趣——虽然在一起的时间不长，廷莱特已经看得明明白白，“我们已经制订了几个计划来保卫这座城堡和这座城市，胡德，”他咆哮道，“等你该知道的时候我会告诉你的。”听了这番简单粗暴的话之后，他们悻悻地离开了，尽管伯坎·胡德和其他人看起来并不满意。

在他们离开之后，艾文·布罗纳的前管家、现任城堡总管迪尔南·海弗莫溜进了图书室，“在这儿，大人，”说着，他递给托利一张羊皮纸，上面的印章廷莱特从没见过。在主人读信的时候，海弗莫上上下下打量着廷莱特，眼神中满是不加掩饰的恶意。核心集团里没有人知道托利为何把马特·廷莱特留在身边，但这一点也不奇怪，因为廷莱特本人也不清楚。

“我一直在想，什么时候才能收到他们的回信。”护国公读完之后说道。他叫人拿来纸笔写回信，“你是诗人，”他对廷莱特说，“把我的答复写下来，写得好看一点。”

托利开始口述一封电报，内容净是些奇怪的、没有意义的话，廷莱特只能张大嘴巴，尽力保证拼写不出错。但是有几件事情非常明确：这封公函竟是写给西斯的独裁者的，他答应在天黑之后同这位南方国王会面，接着他还指定了地点。

“麦海伦小岛？”廷莱特诧异地问道，“海湾中的那个岛屿？”

“是的，你这个让人难以忍受的白痴，”托利说道，“你是在质疑我的选择吗？”

“不，大人！我只是想确定名字没有搞错。”

就像孩子用最娴熟的那只手抄写课文以免挨揍一样，马特·廷莱特努力让字迹显得整洁优雅。*要是西斯的恶魔留意到我的笔迹该有多好！*他自嘲道，*哦，不，在拿下南境之后，我们不会杀掉那个人——他能写一手好字！托利是对的——我是个傻瓜。*然而，现在的形势尽管有些可怕，但也十分有趣：一年之前，谁能想到马特·廷莱特会在今天出现在这里，为南境的护国公回信给一个神佑者……不管他是个怎样的神佑者……

“很好。”托利读完之后，亲手签下了花体签名，用封蜡和图章戒指将信封好，“立即送回去，”他命令迪尔南·海弗莫，“要是有人胆敢拆开，我保证会砍掉他的手指，将他勒死。”

城堡总管小心翼翼地拿着信，匆忙退了出去，仿佛手里拿着的是一条致命的毒蛇。

“最后的阶段就要开始了，”托利转过身对马特·廷莱特说，“我们的生命和命运掌握在自己手中，诗人。还能要求什么呢？要是成功的话，我们就会赢下整个战役。要是输掉的话——那么，历史不会铭记我们的名字，后人也找不到我们的坟墓。”他咧嘴笑了，脸上的表情像碎裂的玻璃一样明朗又脆弱，“极好，是不是？”

廷莱特只是鞠了一躬，说道，“大人。”托利的这番慷慨陈词似乎并不需要回应，而且他被吓坏了，实在编不出瞎话。

⚜ ⚜ ⚜ ⚜ ⚜

并非所有聚集在“砂银之舞”大厅附近的小山洞里的加尔人都对新敌人——数以千计的西斯士兵和他们的主人独裁者——有着清醒的认识。艾廷的首领锤脚同他的族人一样从不轻易发怒，但发起怒来就不容易平息，他坐在黑暗中七窍生烟，活像个大熔炉。

“他们羞辱了我们，”锤脚抱怨着，“这些阳光大陆的人。他们残忍地对待了我们上千年，放逐了我们数百年，现在却希望得到我们的原谅……就是这样。”他摇了摇硕大粗壮的手指，以示结束，“当我坐在那里看着他们如同粉泥一般不成熟的脸庞时，我只能尽量不把他们压扁，我真应该把它们压扁……”

“那你就会成为傻瓜，”雅萨梅兹告诉他，“我们需要他们。”

“需要他们？”锤脚抬起头来。在这个低矮的空间里，他显得异常高大，“要不是你拦着，我们早就用蹄子把他们碾碎了，女士。”

雅萨梅兹仍然站着，她的十几位士官全都沉默不语，“你看到这个了吗？”说着，她摸了摸战争之印，“这意味着你曾发誓效忠于我。你看到这把剑了吗？”她拍了拍白焰的剑鞘，“就在这里，我的族人遭到谋杀，我背弃了誓言，将佩剑重新入鞘。现在你要告诉我你也要做个背信弃义者吗？地下城勇士的荣誉哪里去了，锤脚？曾经与我风雨同舟的那些勇敢的心——他们的父亲和祖父也曾与我并肩作战——哪里去了？”她摇了摇头，意念如同寒冬里的一阵狂风一样寒冷，“我很失望。”

那一刻，身形巨大的艾廷在愤怒的驱使下几乎要干点出格的事来，因为地下城勇士的誓言是最强大的东西，在场的每一个人都心知肚明，就连锤脚本人也无法承受豪猪女士冷峻的目光。

“我……我言语鲁莽，”他说，“但我不明白我们在干什么，女士。我们来这儿是为了跟那些曾经欺凌过我们的生物开战……不是帮助它们。”

“就凭我们自己的力量无法打败这个南方国王，”雅萨梅兹说，“我告诉过你，独裁者的兵力是我们的二十倍，他还有很多武器——这些困难连人类都解决不了……除非我们到这来只求高贵地战死。”她再次落座，摊开手掌，做了一个表示悬而未决的手势，“但是，尽管我们需要阳光大陆的人作为盟友，那也并不意味着他们就是我们的朋友。最后，我们必须对那些落入凡人手中的神敞开大门，甚至是暂时的敌人，这样一来，即便我们打败了南方人却仍然无法夺回统治权……”她耸了耸肩，“那时我们再采取其他的方法。”

她身边的隐士艾希瓦似乎对这种想法有所怀疑，“其他方法？你是说炎卵吗？”

“是的，”黑暗女王的声音让她陷入了沉默，“不屈石，你的族人中是谁在负责保护那颗蛋？”

他快速瞥了她一眼，仿佛有些意外，“影釜，尊贵的女士。”

“让她进来。”

“当然，她现在就进来。”

片刻之后，另外一名加尔人守卫来到了他们面前，身上的味道如同虚无一般清新，“我来了……”她开口说道。

“造一颗蛋。”雅萨梅兹命令道。

影釜无须多问；片刻之后，一个婴儿头部大小的半透明的石头就出现在了她的手上。石头中心有一团褐色的暗沉，呈漩涡状，如同一朵小小的雷云。云朵之中，有样东西放射出一缕微弱的暖光，像是呼之欲出的闪电一般。

“这颗蛋非常强壮。”影釜还很年轻，比不屈石还不善言辞；她的话如同蜂鸣一般回响在聆听者的意念中，“除非从很高的地方扔下来，或是用重物敲击，否则是不会破的。但是当它破掉之后，热病的种子就会被释放出来，像烟雾一样弥散开去。所到之处，寸草不生。”

“就连神灵也不能幸免？”雅萨梅兹饶有兴致又颇为厌恶地欣赏着那颗蛋。

嗡鸣声再次响起，听得大家直起鸡皮疙瘩，“以世俗形态存在的神就会死——在这种热病的灼烧之下，任何拥有呼吸或植根于大地的东西都会死掉。”

“有什么能够阻止它呢？”格林杰伊的儿子弗莱特里斯问道，“我们会杀死太阳或月亮之下的一切生灵吗？对于人类来说那可是一场痛苦的灾难。”

“它会自行止息，就像一口大池塘中的涟漪一样。”影釜的语气似乎有些愤怒，“正如雅萨梅兹女士所希望的那样，在力量释放完毕之前，它不会在这个凡间之地传播太久。”她的语气变得更加坚定，“尽管很多人认为阳光大陆的人没有一个应该活下来……”

“谢谢你，女儿，”不屈石说，“你已经听到想要的答案了吧，雅萨梅兹女士？”

“她可以走了。”

过了一会儿，影釜和那颗蛋就从洞穴中消失了。隐士艾希瓦最终打破了沉默，“真的到了这种地步吗，女士？到了如此绝望的地步？不仅要牺牲我们自己和成千上万人的性命，甚至还有野兽和草木的性命，只为把这个地方变成一块不毛之地？”

“相对于他们的背叛行为而言，这代价已经够小的了！”变形族的一个加尔人说道，“这是他们应有的下场，无梦人！正如影釜所说，真可惜不能杀死更多生命。”

雅萨梅兹以一个严厉的手势制止了他，“我们并非是要寻求复仇，尽管他们罪有应得。但是你们要知道，我会采取一切手段阻止神灵和他们的大门落入凡人手中。”

“你这不是把自己的智慧凌驾于神灵之上吗？”艾希瓦抗议道，“为什么不能由歪神来决定要做什么？”

“因为神正在灭亡。”雅萨梅兹冷酷地说道。她不喜欢被自己的隐士质疑，不论这位半加尔人曾为她服务了多久，“他几乎已经不再现身——当然，长久以来他的意念对我们而言十分陌生。他很有可能已被围困在噩梦之中，再也无法理解我们。不，我们不能依赖神……依赖我的父亲……来做决定。必须由人民来决定未来的命运。”

“但是……”艾希瓦搜肠刮肚，她的想法显然十分复杂，“但是我害怕他们，女王。”

“害怕谁？”

“我们的盟友，那些凡人——阳光大陆的人。我发现自己对他们已经恨不起来。他们……跟我想象的不一样。”

“你这样认为？”雅萨梅兹的口气中满是嘲讽，“他们跟我预想得可是一点也不差。”

⚜ ⚜ ⚜ ⚜ ⚜

一艘小船载着亨顿·托利、马特·廷莱特还有两名护卫在麦海伦小岛登陆。亨顿·托利和廷莱特小心翼翼地爬上了古老的码头楼梯，另外一艘小船被系在岸上，船上的四名护卫走下船来。廷莱特放慢了脚步，放眼眺望这座遍布着岩石的海岛和对岸城堡中的灯光，心中满是恐惧和不安。

托利之所以选择此地原因显而易见：接近大陆，但是距离海岸和城堡却很远，即便是在白天，观察员也无法看清登陆者的情况。岩石本身十分峻峭，布满洞穴和入口，廷莱特心想，就算有三四只小船从不同的地点同时登陆，它们也极有可能成功地避开对方。

当他们推开大门的时候，山顶的木屋散发出一股霉味，这并不奇怪：亨顿·托利说自从自己执掌政权之后，就再也没人使用过这间木屋。托利抱怨木屋缺乏便利的设施，还得让自己在寒冷和潮湿中等待；就在这时，他的一名护卫在房间中央点起了一堆火——即便是在眼下的晚春时节，岛上还是狂风呼啸，潮湿阴冷得厉害。所有的护卫都全副武装，有些带着佩剑和长矛，还有一些拿着十字弓。

“他很快就到。”托利在一张高背椅上坐定，“哦，是的——他肯定监视着我们登陆，确认我们如事先商量好的那样，只带了六名护卫。”

有什么东西在房顶发出窸窸窣窣的响声，廷莱特抬头看了看。

“老鼠，”亨顿·托利说道，“这个地方闲置了这么久，肯定到处是老鼠。你害怕老鼠吗，诗人？”

“害怕它们？”他不太喜欢老鼠，但是他知道托利希望自己说什么，“不太害怕……”

“老鼠是世界上最聪明的动物，乡下人都这么说。”亨顿·托利嬉笑着，“我以前认识一个人，他是我们在夏土群山的狩猎小屋的看门人；他养了一只老鼠，把它当成自己的孩子。老鼠经常坐在他的肩头，如果他下达命令，它还会唱歌。”

“唱歌？”码头上传来了喊叫声，声音透过未装百叶窗的窗户飘了进来。

“嗯，差不多就那样，”托利承认，“当他开口唱歌的时候，老鼠就在旁边吱吱叫。如果他的钱包掉了，老鼠会帮他捡起来，还能帮他在桌子下面的草堆里找硬币。后来，某人厌倦了这套把戏，从这只动物身上踩了过去。”他歪了歪头，“你还在听吗？他来了。”护国公站了起来，这行为本身十分不同寻常，但是当廷莱特看到他不停地换着脚时，他意识到一件更加不同寻常的事：亨顿·托利很担心，甚至有些害怕。

夏土的一名护卫打开了门，两名肤色黝黑、面容冷峻的男人拿着两杆长长的、装饰漂亮步枪，戴着头盔走了进来；头盔的造型是一只龇牙咧嘴的斑点猫，或许是狮子，也可能是猎豹。细细打量了一番房间之后，他们分立大门两边，很警惕地站在那里一动也不动。廷莱特呆呆地看着这两位面容冷峻的不速之客，这时，第三个人跟在他们身后走了进来，身材肥硕、年纪稍长，一蓬长长的胡子显然精心打理过，脸上的表情严肃得有些滑稽。

这位肯定是西斯国公使……廷莱特心想。

“请让开，祭司。”另外一个声音说道。身材肥硕的男人闪到一边，好让另外一个人弯下腰，躲开门梁进入房间。

他个子很高，马特·廷莱特首先注意到了这一点——他比亨顿·托利要高出一个头，比那个蓄着大胡子的男人或任何一名护卫都要高，要知道这些人可不算矮。新来的人着装十分怪异，他穿着一件亚麻长袍，戴着一顶廷莱特从来没有见过的帽子，帽子呈圆筒形，上面缀满宝石和金线。这顶帽子配上他的高度，让他看起来就像一座宝塔。马特·廷莱特直勾勾地盯着这位不速之客，突然意识到他戴的不是一顶造型奇特、造价昂贵的帽子，而是一顶王冠。独裁者本人亲自前来赴会了。

就在他开窍的一瞬间，两名西斯护卫将枪托重重地抵在地上，马特·廷莱特吓得跳了起来，托利的护卫也抓起了自己的武器。

“神佑者，圣帐及猎鹰王座之主，”一名西斯护卫大声通报，“四方与万物之王，他的英明值得万千赞颂。请在苏列佩斯·比沙克-西斯三世、赞德及努沙什之王面前鞠躬。”

通报完名号之后，戴着猎豹头盔的护卫引导着他到房间中的两把主椅中一把就座。亨顿·托利坐在了对面的椅子上，神色十分凝重。独裁者打了个手势，示意那位肥硕的、蓄着胡子的祭司站到自己身后。托利没有屈尊介绍马特·廷莱特，诗人心里并不恼怒：哪怕独裁者用那双深邃的金色眼睛投来短暂的一瞥，他都会开口百般辩解，或是道歉谢罪，甚至扑倒他怀中请求免除自己一死。是的，他是个胆小鬼——廷莱特本人率先承认这一点——但现在迫使他如此冲动的是某种原始而朴素的因素。对于一个诗人来说，南方大陆的主人似乎是另外一种生物，一种完全不同于自身的生物，追捕着马特·廷莱特这只倒霉的猎物，如果不能逃脱，那么反抗也没什么意义。

一开始独裁者和护国公只是互相寒暄了几句。独裁者夸他们的话讲得很好，很显然这并非他和托利第一次交流。究竟怎么回事？南境的主人怎能坐下来同西斯国王友好地交谈？

独裁者显然是个魔鬼，但是廷莱特不得不承认，他是个令人着迷的魔鬼，比马特·廷莱特想象中更加年轻。他的军队在他的土地上干出许多令人发指的事，而且在过去的一年中还对埃昂痛下毒手，廷莱特本以为他是个身材壮硕、满身伤疤的中年沙漠之鹰，但出现在他面前的却是个拥有着雌鹿一般清澈眼神的男人，尽管他个头很高，但看起来却像是还没长大似的。独裁者的性格更出乎诗人意料。他看起来兴致很高，尽管有时好像跟亨顿·托利一样不太自然。他的有些话完全不着边际，这个南方人好像有什么就说什么，而普通人永远也不会把这些话大声说出来。

“……但是，当然，”独裁者一直笑意盈盈地望着亨顿·托利，

“那些自认为聪明的人都在无知的尖叫声中死掉了。你的下场也将一样。”

托利吃惊地瞪着他，但是独裁者却把话题引回到赫若索尔的战争（他认为自己已经胜利在望）和各种日常话题上，好像他从没说过前面那话一样。

亨顿·托利说话时小心翼翼，就像走在一条疑心有蛇出没的小径上。每次说到关键的地方，他都会看一眼廷莱特，好像是在期待他的认同，也许还想让他大声说出来，但廷莱特十分清楚，面前的两个人不论哪一个都可以轻而易举地扭断他的喉咙，就像拍死一只苍蝇那样简单。

“但是现在，”独裁者突然说道，他用力地拍着手，就像他的护卫们之前将枪托抵在地上一样响亮一样突然，“我们谈谈……更重要的事吧。你有我需要的东西，护国公。”

“我们同样可以说您有我需要的东西，大人。”

“必须称呼独裁者‘太阳王’。”西斯祭司咆哮道。

苏列佩斯朝着祭司摇了摇手指修长的手，“我们没必要客套，潘西斯尔。”独裁者对着自己那修长的手指仔细欣赏了好一阵子，每根指头上都箍了一块金子，“我们各取所需，托利阁下。要怎么解决呢？”

“先不用着急，”亨顿·托利的声音突然变得尖利起来，“你答应过我很多事……太阳王……我已经履行了我的承诺……”

“没错，但是笨手笨脚，”独裁者冷酷地笑着说道，“你得到了王位，但是还不稳。国家内部还有不少人反对你，因此也会反对我。你把岛上城堡的防御拖入了泥潭，搞得一团糟，现在加尔人也成了威胁。”

“加尔人？”托利摇了摇头，“他们根本构不成威胁。他们已经逃跑了，一开始遭到了我的卫队的阻击，接着你的舰队一到他们就被吓跑了。”

“什么？”独裁者直勾勾地盯着他，接着把头向后一仰笑了起来，发出一阵尖锐而稚气的尖叫，“你还不知道吗？”他转身对自己的祭司说道，“潘西斯尔，告诉他在哪能找到加尔人。”

怒目而视的祭司说：“他们就在你的城堡下面的地道里，托利大人。我们一登陆，他们就逃到了那里。”

马特·廷莱特看出来托利真的被吓到了，“不可能！”

“大有可能，”独裁者笑了，“你还认为自己有实力跟我讨价还价吗？十个世纪之前，我们就走出了沙漠腹地，将人类的王座一个个推翻，我们已经是那里的主人。”他坐直身子，“啊，我想起来了，我给你带了个礼物。”

托利再次惊讶不已，“礼物？”

独裁者拍了拍手。一名护卫走了出去，回来的时候托着一个盒子，比女人的首饰盒大不了太多，径直放在了亨顿·托利面前。

“打开。”独裁者对他说。

托利满腹狐疑。他探过身子，小心翼翼地掀开了盖子。紧接着，盒子啪的一声掉在了地上，托利挺直了身子，面如死灰。廷莱特只看到一个乱蓬蓬的、带血的东西。

“你哥哥卡拉顿，”独裁者说道，“他的人头。他外出骑马的时候，我派了一些人去找他。”神佑者挖苦地笑着说道，“所以我说，对于你的家人来说，这是一场最危险的追逐游戏——你的另外一个哥哥盖伦不也是这样死的吗？在半路遭到伏击。”

“什么……”亨顿·托利眨了眨眼睛。他脸上的表情廷莱特从未见过，“但是为什么……”

“因为卡拉顿答应了我几件事却没有做到。我的敌人在你哥哥手上——确切地说，是我父亲的敌人，但是西斯国王的敌人就是所有独裁者的敌人——抓到他易如反掌，但你哥哥却失手了。你哥哥让他在一个名叫兰德港的小镇给跑掉了，自此以后就再也没人见过他。你也许听过这个家伙的名字——沙索·丹-赫兹？”

托利似乎被自己的唾液给呛到了，“但是……沙索也从我手上跑掉过。”

独裁者点了点头，“是的，很不幸。”他容光焕发，“但至少现在大家都很开心——我很高兴，因为你哥哥因辜负我而受到了惩罚，你也不用越过他的肩膀去看夏土王宫。可喜可贺！你现在成了家族的首领，托利大人。我想这让你当上了你哥哥的头衔是什么来着？公爵？”

廷莱特忍不住去看亨顿·托利脚边那个盖着的盒子。亨顿·托利也不住地看着它。

“但是，我们却被这些家庭琐事分散了精力，明明有更重要的事情等着我们去解决，”独裁者继续说道，“你有我需要的东西，托利。我敢肯定你不会蠢到带在身上……是不是？”

托利摇了摇头，看上去似乎不太信任他的话。

“不出所料。潘西斯尔，我们有多少时间来解决这场谈判？”

祭司打起了精神，“还有几天就要到仲夏了，神佑者。”

独裁者点了点头，“我必须赶在仲夏日午夜之前把一切准备好，否则神就不会莅临。托利，你明天会派人把石头送来给我吧？”

“石……头……”托利的语速十分缓慢。

“正是——神石。我说过对你别无所求，而你可以做自己想做的事——如果你愿意，可以继续统治你的小王国，或者去别的地方，绝不会受到打扰。等我召唤出神之后，你或者其他人做什么都无所谓了。”苏列佩斯再次咧着嘴笑了起来，就像一条咬着根胫骨的狗，饶有兴致地思考着死亡这件事，“你明白吗，托利大人？明天。如果你没有拿来，我就亲自来取，到那时你的痛苦将是无法想象的。明白吗？”

廷莱特不明白亨顿·托利为何一言不发——他看不出来这个男人是认真的吗？只要对他有利，独裁者想都不用想就会把他们消灭掉。但是南境的护国公的表情像是突然生了病一样。

“但是我……我不……”托利突然打住了话头，但已经太晚了。独裁者狠狠地瞪着他。

“那块石头在你手上，对不对？”独裁者逼问道，“你告诉过我，石头在你手上。”

“当然！”托利意识到了自己的错误，“当然，但是我想……”

“跟我说说它的样子。”西斯国王探过身子，金色的眼睛紧紧地盯着托利，“告诉我那块石头什么样，北方狗！”

“就像……”托利甚至编不出瞎话来。他把椅子往后推了推。他的弓箭手们将手中的武器对准了西斯人。西斯护卫们压低了枪口。廷莱特仔细思考了一番卧倒在地的可能性，但是担心惊动那些护卫，这样大家就都得死，马特·廷莱特当然也不例外。托利和独裁者及他们的护卫怒目相向，持续了很长一段时间，而他们之间的距离只不过三步远。

独裁者打破了沉默，他现在脸色铁青，折射出愤怒的光芒，“你发过誓，说神石在你手上。你竟敢骗我——骗我！我还屈尊来这儿跟你谈判！”他那双金黄色的眼中冒着火星，仿佛体内正熊熊燃烧，随时都有可能蹿出火舌。廷莱特不敢抬头看他，“算你走运，躲过了我的折磨，舒舒服服地多活了一天——但你的好日子结束了！”说着，他站了起来，托利的护卫全都盯着他，决心和不安交织在他们脸上，但独裁者只是等着他自己的护卫为他开了门，接着便跟在他们后面走了出去，一点也不担心有人在背后放冷箭，甚至都没有回头看上一眼。

那几个南方人离开之后，南境的护国公跌回到椅子里。

“我们死定了。”亨顿·托利说。

他们拖着沉重的步伐走下石阶回到了码头，半路上马特·廷莱特回过头，看到木屋最靠外的窗口有人影晃动。他以为那不过是光线造成的错觉。亨顿·托利和护卫们走在前面，步伐缓慢无精打采，气氛就像葬礼一样，独裁者和他的人早已离开了麦海伦小岛——廷莱特看到他们的船已驶出很远，朝着待命的西斯舰队驶去。木屋里还能有谁呢？

直到他们走到半路，城堡的通海闸门进入视野的时候，廷莱特才鼓起勇气开口，"托利大人，我不明白。到底是怎么一回事？我们所看到和听到的每一件事都让我费解。"

"我们遇上了……挫折。"托利最终承认道。独裁者送给他的盒子被放在这艘小船的甲板上，他低头望着那个盒子，然后突然弯下腰，拿起盒子扔到了墨绿色的海水中，溅起一朵小小的浪花，"但我们会找到解决办法的，"他踌躇满志地提高了嗓门，仿佛刚刚把自己亲哥哥的头颅抛下大海的并不是他，"因为这块神石也不在苏列佩斯手上。"

廷莱特疑惑不解地望着亨顿·托利。突然间，他的那些关于贵族和神灵的诗歌变得天真得令人难以置信。如果这就是富贾和特权阶级的行为方式，那诸神该堕落到何种境地？马特·廷莱特暗下决心，如果有幸能够再次提笔作诗，他一定会实话实说。他既要赞美世间的美好，也要揭露世间的丑恶。他要揭露事实，让世界为之震惊！

"但那究竟是什么东西？"亨顿·托利仍在自言自语，很快便由喜转怒，"神石？这该死的神石究竟是个什么玩意？奥科罗斯从没提起过，愿魔鬼科涅奥斯咬死这个骨瘦如柴的家伙。"他摇了摇头，愤怒让他的脸色看上去比平常更加苍白，"我差点死在这儿！"他突然转头对廷莱特说道，"当这个异教杂种送来口讯并询问'最后的一块’是否在我手上时，我以为他说的是查文的镜子。我跟他讨价还价——但其实一直都搞错了——我的口袋里一毛钱赌注都没有！我差点送了命！”托利高声哭喊着，仿佛这是世间第一大悲剧——廷莱特心想，托利毫无疑问是这么认为的，像他这样的人，如果地球不围绕自己转动，简直是不可想象的事情。马特·廷莱特从儿时起便时常受到这样的警告，因此他绝不会搞错。

在他们身后，小船和麦海伦小岛中间，木盒仍在海面漂浮着，最终引起了托利的注意。

“托利家族的命运已成定局，哥哥，”他对着盒子大喊，“盖伦烂在了土里，你很快就要喂鱼，而我将孤注一掷。”他的双眼再次放射出狂热的光亮，“独裁者太自负了。他没有意识到贞洁女神正在等着我——她希望我去解救她！其他的都是圈套。谁知道这个南方人相不相信自己的谎言？但是我知道自己该做什么。”他的脸上已不见担忧。小船靠近了通海闸口，托利望着高耸在头顶的南境的城墙，“命运如此优待我，可不是为了抛弃我。”

廷莱特觉得这是自己听说过的最恐怖的事。

第十一章
两名囚徒

尽管男孩太小，没法被锁在桨手的坐板上，他还是辛苦地伺候着船长。

——引自《圣孤传说：其人生平、死亡及天堂的奖赏》

“对不起，”布瑞奥妮对他说，“我不明白您的意思，我们错了吗？”

“那……那只是……”埃尼亚斯王子的脸上浮现出一种她从未见过的怪异表情。战斗结束之后，他就一直忙东忙西，她已经有大半天没有见到他了——他的身上还穿着盔甲，只是把头盔摘掉了，“您只需跟着我，这要简单得多。”他最终说道。

埃尼亚斯领着她来到建在教会猎犬队营地中间的围桩，围桩顶上铺着一层带补丁的油毡，既可以用来遮阴又可以遮挡偶尔从四周的群山上倾落而下的雨水。让她意外的是，围桩里的囚犯都是普通的人类，有几个是教会猎犬队早上刚刚抓来的雇佣兵。

“加尔人们哪儿去了？”她问埃尼亚斯，“没有一个活口吗？”

“等等。”他的脸色仍然冷酷得不同寻常。王子一声令下，一名囚徒被带出了新建的围桩。他是个大块头，个子很高身体结实，一脸乱蓬蓬的大胡子令她联想起了克雷斯平原。从他那身破损的铠甲来看，他似乎是一名护卫商队的雇佣兵。

“把你之前告诉我们的再说一遍，让这位女士听一听。”埃尼亚斯命令道。

“再？”虽已沦为阶下囚，但那个男人似乎毫无惧色。

“是的，再说一遍，狗杂种。”埃尼亚斯表现得十分愤怒——但这究竟是因为什么？

男人冷笑了两声，“如您所愿。”他上下打量着布瑞奥妮，眼神中折射着不恭，但目光并未在她身上逗留太久，“我是沃洛福·伊卡达，是这群人的队长。我们的头儿叫本纳里达斯，已经死了。”他望着埃尼亚斯，好像那是他的错似的，“加尔人们谋杀了他。”

“为什么把这些人关起来？”布瑞奥妮问道。

“等等。”埃尼亚斯转身对大块头雇佣兵说道，“再告诉我们一次你是怎么来到这片大陆的？”

男人耸了耸肩，“我们受雇而来。我们这些人没有富有的亲戚，必须得靠自己在这个世界上闯荡。”

“你正在跟希安的王子讲话！”海克斯咆哮道，“放尊重点，如果你想保住项上人头。”

沃洛福看起来有些迷茫，“王子？这么说，希安也在这儿捡破烂喽？”

海克斯一把抓住佩剑的剑柄，但是埃尼亚斯伸出手来拍了拍他的胳膊，“够了，米伦。”王子又把注意力转回沃洛福身上，“你太不友好。被关进笼子的人在开口讲话之前更应该深思熟虑。你受谁雇佣？”

“一群赫若索尔商人。现在已经死了不少，但还有不少跟我们这些光荣的战士一起被关押在这儿。”雇佣兵指着蜷缩在围桩角落里的一个人说道，那是一个中年男子，密切留心着周遭的一切，又担心被人看出来，“那有一个，达德·贾。他是商队的总供货商。有什么问题就去问他吧。”

“你的事还没完，”埃尼亚斯说，“那些商人雇下你和你的弟兄们时，他们对你说了什么？”

“他们要把一个商队带到遥远的北方，带到远境王国，路上需要保护。他们愿意出高价。”沃洛福笑了，他的牙齿掉了一半，剩下的也都黑漆漆的，“我们知道那儿的情况。加尔人！还有怪物！我们得收双份钱！”

“他们还答应你其他条件了吗？”

“沿途抢到的东西都归我们。‘一片目无法纪的大陆可是发财的好机会’，赫若索尔人都这么说。”

“换句话说，”埃尼亚斯说，“他们说过你们可以随意偷盗？”

“这也是一种说法，是的。”沃洛福再次露出了令人讨厌的笑容。

“可以了，”埃尼亚斯说，“我听不下去了。回到笼子里去吧。我稍后再决定怎么处置你。”

雇佣兵盯着他看了一会儿，好像想要挑战他的权威，但最后只是耸了耸肩，慢慢悠悠地走回到围桩里。他对其他的士兵吼了几句，他们也哄笑着进行回击。布瑞奥妮恨他们，尽管她说不清楚为什么。他们有着男孩子的心不在焉，尽管肌肉发达，但心中没有半点善意。他们早已习惯用武力巧取豪夺，而且物有所属这一法则对于他们而言毫无意义。*小偷和强奸犯*，她想，*还有杀人犯。以军人的名义作为掩护*。

“我还是不明白，埃尼亚斯，”她大声说道，“什么……”

“你得把话听完，”埃尼亚斯说，“你！”他对着一个偷偷贴着围桩远端行走的男人高喊，“达德，如果你叫这个名字。到这儿来！”

那个小个子男人立即走上前来，他跟沃洛福十分不同。达德伸出双手，边走边点头哈腰，似乎尽力想要让自己显得渺小。

“您是埃尼亚斯王子！”他一边微笑一边像个自作聪明的人一样频频点头，“荣幸之极！您的威名早已传遍四方！”商人转身望着布瑞奥妮，“这位美丽的小姐是……”

“闭嘴。”埃尼亚斯瞪着他，仿佛他刚刚从泥泞的岩石下面爬出来，“把他给我带过来。”当商人被从围桩中拖出来之后，王子说：“你只需要回答这个问题，达德。你出钱雇下了那些雇佣兵，那么谁雇了你？”

那个男人盯了埃尼亚斯好一会儿，嘴唇嗫嚅着，“为什么……人们为什么会相信在北方地区可以赚到钱，即便是在这个非常时期，殿下。许多商队不再到这儿来，多艘商船遭到加尔人的阻截——就像我们一样，可以这么说。就是那群偷袭我们的加尔人，要不是你们及时赶到救了我们……”

“最后一次机会，商人，你只需要回答我的问题。”埃尼亚斯摇了摇头，“我可不是小孩子，几句奉承的话可动摇不了我。就算你打算利用陆路运送货物，为什么不从夏土或银边进入马林沃克？这条路又长又难走——还要经过一个危险的国家。你们为什么偏要让雇佣兵保护你们穿越这样一个荒无人烟的邪恶地方，明明有更多……文明的地方欢迎你们？”他抬起一只手，示意商人先别说话，后者已经准备开始结结巴巴地辩解了，“因为你们有个特殊的买家，对不对？他正在南境等着你们。”

“在南境？那位特殊买家是谁？”布瑞奥妮问道，“是亨顿·托利吗？”

“看一看商队的货物就知道了，”王子说道，“米伦？”

军官拿起一本厚厚的书读了起来，“蜜糖酒、硬面包、铁圈数桶……”

“这些都是军需用品。”布瑞奥妮说道。

“哦，但是还可以更确切一些。”埃尼亚斯的脸看起来就像是雷鸣电闪、风雨交加的天空，“看看。几千磅用来做面包的谷子，还有兽皮、生铁——这些都是作战部队所需要的，这支部队不确定是否能够搜寻到足够的粮草。但是这里还有五百桶马拉什辣椒。你吃过这种玩意吗？既恶心又辣得很，只能喂牲口，或是给南方人吃。实际上，西斯的军队就靠这东西维生，还有一些干鹰嘴豆，你看！这里还有一千袋！这可真巧。从这份清单上可以看出，这支三个月以前离开赫若索尔的商队……似乎正在为西斯军队运送物资。”他转过身对蜷缩在一旁的达德说道：“但是西斯的独裁者正在围攻赫若索尔，不是吗？他为什么要运送物资到这里，到遥远的北方？除非他打算向这里进发？”

“求求您，殿下，我们不知道！”商人大喊道，“我们只是执行命令而已。”

“你说谎。”埃尼亚斯踢了他一脚，他一屁股跌进了围栏的大门，“把他带走。迟点我再决定怎么处置这些烦人的胆小鬼。”

海克斯和另外几名士兵推搡着反抗的达德，回到了围桩里。

“但是加尔人……”布瑞奥妮说。

“我不确定，但是如果他们是为了使这些物资免于落到独裁者手中而战，那他们大抵算得上临时盟友。谁知道呢？但我很生气，布瑞奥妮公主，非常生气。因为我违反了战场的第一法则——明确战斗目标和动机——我们帮助了一伙敌人。”

“话也不能这样说，”布瑞奥妮说，“因为不管怎么样，我们得到了物资，而独裁者没有。”

王子紧锁的眉头舒展了一些；又过了一会儿，他甚至笑了起来，“您说得对，公主。如果独裁者正在围攻您家族的城堡，或许很快我们就可以给这个狗娘养的南方人以狠命一击……请原谅我的粗鲁。”

★ ★ ★

再次穿越远境王国的感觉十分奇特。繁华的集镇大多都已荒无人烟，曾经肥沃的土地上满是不知名的藤蔓植物和耷拉着脑袋的黑色花朵，还有瘀青一样青紫色的树叶。一路上，他们见到的人口比布瑞奥妮所预期的少得多，但她认为那是因为她一直跟一支庞大的队伍走在一起。希安和南境之间多年来一直相安无事，但是在遭受加尔人入侵和无可避免的劫掠之后，仍然坚守着家园维持着生计的百姓们已不愿在全副武装的队伍面前现身，不管他们打着什么旗号。

就连牲畜似乎也跟以前不同了，布瑞奥妮注意到。大多数家畜都不见踪影，或许是被主人小心翼翼地藏了起来，但是就连鹿和松鼠，还有鸟雀也不再害怕人类。奇怪的是，这并未让他们的捕猎变得更加轻松，因此大多数夜晚，希安军队还是不得不吃他们自己带来的食物。他们自己带着牲口和羊群，但是埃尼亚斯坚持认为不到迫不得已的时候不能宰杀它们，因为他不知道在南境周围可以搜寻到什么，因此大多人只能就着汤吃硬面包，外加一点从撂荒的田野里找来的蔬菜。有些骑士随身带了更加美味的食物，但是埃尼亚斯认为军队里就该有福同享有难同当；看着这些骑士从油桶里拿出昂贵的野鸡递给步兵，这足以让大多数贵族明白，为了吃上可口的食物而费力去干走私的勾当根本不值得。布瑞奥妮留意到，埃尼亚斯的几个贵族伙伴因为听不到他们最爱的花边新闻而变得乖戾、暴躁，但普通的士兵却几乎把王子奉若神灵。

但就算是那些紧紧守着美味佳肴不放的骑士们也着实打心眼里尊敬王子，这一点布瑞奥妮很清楚。他每次在营地中穿梭，总会有人跳出来千恩万谢，誓死效忠，一开始她以为这都是他一手安排的，但她很快意识到这些全都是发自肺腑。埃尼亚斯是那种可以跟大家同甘共苦、走到哪里都不会忘记大家的领袖，尽管他们之间地位差距悬殊——埃尼亚斯当然注意到了这一点，而且他在这个问题上相当老派——他的所作所为让人感到似乎每一个普通士兵的生命都跟他最得意的骑士一样重要。布瑞奥妮看不出王子是否真的没有留意到自己在普通士兵中间受欢迎的程度——他似乎意识到了这一点，但她很想知道他装作毫不知情是否只是为了表现出谦逊。观察埃尼亚斯在普通士兵中间的行为举止对于所有的王子来说都是一门必修课——也包括所有公主，布瑞奥妮认为。

在这次北部之旅中，最令布瑞奥妮诧异的事莫过于自己并没有看到这片大陆所发生的变化，但意识到了自己身上的巨大变化。她逃离南境不过短短半年时间——距离她父亲被俘也不过十二个月——但是她却感觉如果碰到一年前的布瑞奥妮·埃顿的话，自己再也认不出她了。那个女孩涉世未深，除了在退朝之后跟兄弟玩耍的时间之外，她从未登上过王位；而今天的布瑞奥妮曾作为统治者登上王位，对商业、法律，甚至战争事宜进行过决断。那个布瑞奥妮每次出宫身边总是跟着一大群护卫和女仆人在旁待命，而今天的布瑞奥妮曾在干草堆上睡过觉，甚至还在热带雨林中睡在一辆马车底下。那个布瑞奥妮学过几年击剑，但态度跟她在做算术和阅读《三神之书》里的文章时一样心不在焉；而站在这里的布瑞奥妮曾拼命奋战，甚至还杀过人。

她意识到，改变自己的不仅仅是丰富的人生体验；过去一年中的所见所闻，所遇到的各种普通人或非凡者（有演员、小偷、叛徒、哥布林和卡利坎人），以及她所面临的种种境况——饥饿、无家可归、众叛亲离、身无分文——改变了她。布瑞奥妮觉得现在的自己跟小时候的自己唯一的共同之处仅剩下名字和出生地而已。

很奇怪，但又令人兴奋。她正在塑造新的布瑞奥妮，就像一支铅笔在磨砂羊皮纸上留下印记一样。接下来会写些什么呢？这很难说。尽管前路有许多艰难险阻，而且她已经失去了很多，但她有生以来第一次欣然等待接受命运的馈赠。

尽管她没有太多的选择，她提醒着自己。

⚜ ⚜ ⚜ ⚜ ⚜

契妮坦再次从他身边逃走了，但尚未脱险。

戴克纳斯·沃病倒了，或许是伤得很严重；否则，契妮坦知道自己不可能一眨眼就超过他，更别说把他甩下那么远。但是尽管这个大兵看起来像是全身骨头都散了架，五脏六腑在灼烧一般，他也始终没有停下脚步。她每次回头看，每次停下来休息，沃都跟在她后面。

明明有机会，我为什么没杀死他？我真是个傻瓜，怎么能给他留活口？

因为你不知道会发生什么，当她狼狈地穿过树木繁茂的布伦山脉，又饿又累，却无暇停下来包扎一下疼痛、流血的双脚时，她这样告诉自己。*因为你不知道怎么杀人，更别说像沃这样的大兵。像沃这样的魔鬼。*

真正的原因是：她害怕沃。在渔船上的时候，契妮坦鼓起全部勇气试图用他的专用黑瓶子毒死他，但失败了。现在她还有什么指望？

虽然没能毒死他，但沃看上去明显有些不大对劲：他看起来像是一头野兽，当他靠近的时候，契妮坦总能听见他在呻吟和自言自语。

就算我没杀死他，契妮坦幡然省悟，或许瓶子里的毒药足以使他变弱。*他之所以变成现在这样也有可能不是毒药造成的。*

但是如果沃抓住了她，那么这就无关紧要了，就算没有被抓住，契妮坦也知道如果自己不能把他远远甩在后面，争取时间寻找食物，自己很有可能会饿死。

契妮坦饿得胃痛。她累坏了，双腿几乎迈不开步子。路越来越陡，但直觉迫使她走出了森林繁茂的山谷，爬上了一个山坡，尽管这样做会让她暴露在沃或山脚下任何一个人的视野内。走到半山腰的时候，契妮坦听到了沃跌倒在山坡下面的声音。她冲出茂密的森林，爬上杂草丛生的山坡，树木变得更加稀疏，高低不平的小路上到处是紫灰色的灌木，她偷偷回头看了一眼。沃看到了她，露出了血迹斑斑的牙齿，而他脸上的血迹早已干涸。那可能是精疲力尽后的一个鬼脸，但是在契妮坦看来那是一头野兽的咆哮，它永远不会放弃，直到他俩中的一个死掉，这让她感到恐惧。

契妮坦一边爬，一边推下几块松动的大石头，石头朝着他滚了过去，但是即便沃的身体如此虚弱，他还是灵活地躲开了攻击；每次石头快要碰到他的时候，他就闪到了一边。

在山顶，契妮坦意外发现一条大路沿着对面的山谷蜿蜒着，就在下面数百码远的地方。或许附近有村庄也说不定！她以最快的速度爬下了山坡，回头寻找着沃，却没有看到他；到达平坦的大路之后，她开始跑了起来。她的步伐十分缓慢，要是在小时候，住在猫眼街的自己肯定会大加嘲笑，但她知道至少每一步都让她离那个一瘸一拐的杀人恶魔戴克纳斯·沃更远。

契妮坦跑一会儿走一会儿，这样大约过了一个多小时。虽然她在每个拐弯处都祈祷会有城镇或者村庄出现在面前，但结果却连一点人烟都没看到。她在几棵树上发现了斧头留下的记号，有一次还看到了一栋茅屋，可能属于某个樵夫所有，但是已经坍塌，对她而言毫无用处。

太阳就要落山了，精疲力尽的契妮坦走得跌跌撞撞，突然她看到前面不远的地方有一个骑手。一开始，她以为那不过是影子造成的错觉，但是当她慢慢靠近之后才发现，那是个骑在马背上的人。她继续向前走了几百步，终于看清那人骑的不是马而是一头骡子，那个男人剃着光头，像是位埃昂教士。

“救命！”契妮坦大喊道，这是她能够记住的为数不多的几句北方话，“救命！求求您！”

男人吃惊地转过身，向后望着，接着勒住了缰绳等着她，冲着她不断点头，“要是你敢耍我，后果会很严重，孩子。”他从马鞍的搭环中抽出一根弯弯曲曲的手杖，朝她挥舞着，“就算是土匪打劫，也只能从我这儿搜刮到几个铜板而已。”

他的话契妮坦只听懂了一部分，“救命，”契妮坦说，“求求您，我很饿。”

他年纪不大，但也不算年轻，饱受风吹日晒的脸上布满了皱纹。片刻之后，他把手伸进包袱里，拿出了一块硬面包，“吃了吧，”他说，“愿霍诺斯保佑你一路平安。你是要去顿列特吗？走路的话，今晚可能到不了。”

契妮坦一直没搞清楚他是否愿意用骡子带她一程。树丛里发出一声脆响，教士抬起头来，刚好看到戴克纳斯从树林里走出来，站在他们身后不远的地方，手里还拿着一个黑色的、卷曲的东西。

“该死，”教士绝望地大喊道，“你骗了我……”

有东西照着他的后脑勺“啪”地敲了一下，他摇摇晃晃地从驴背上栽了下来，击中他头部的那块血淋淋的石头就躺在他的身边。骡子向前蹦了几下，接着甩开大步跑上了大路。契妮坦头也不回地跟在骡子后面，艰难地爬到它的背上，将脸紧贴在它温暖、粗硬的脖子上，双脚狠命地踢着它的肚子，想要让它跑得更快一些。

“我会抓到你的，你这个小贱人！”沃用西斯话嘶哑地喊道，骡子被他吓了一跳，跑得更快了，“你逃不出我的手掌心！”

契妮坦不停地踢着，骡子跑得越来越快，她担心自己会从骡背上颠下来，只好紧紧地搂着它的脖子，暗自祈祷。

⚜ ⚜ ⚜ ⚜ ⚜

银河路向东北偏北蜿蜒，贯穿柯特维尔的几道山谷，最终越过银边的西部边界，王子的教会猎犬队就沿着这条路前进。道路几次与河流交汇，有时还会遇上摇摇晃晃的木桥，埃尼亚斯的部队不得不重新修补，好让木桥能够承受住马车的重量以及负重的战马，但大多数时候他们都傍河而行。丰沛的春雨让河面涨得很高，欢快的河水与空寂的山谷形成了鲜明对比，人烟荒芜的柯特城里野花正在盛放，虽然这里半年前遭受了加尔人的入侵，到处都是断壁残垣，但流动的水声和春天的野花还是让布瑞奥妮的精神振奋了一些。

同加尔人的战斗结束还不到五天，这天，布瑞奥妮早早就醒了过来，坐在帐篷口望着整个营地恢复生机，头一天夜里她睡得不太安稳。她想喝嘎哇，那是她在兰德港的埃菲尔 · 丹 - 莫赞家里时养成的习惯。木头燃烧的气味让她想起了嘎哇在蜂蜜和奶油掩盖下的苦涩和寡淡的味道，以及它是如何让自己的胃暖和起来的。她已经几个月没有喝过了：在路上只能喝到酸酒或银河的河水，不过湍急的水流至少让那水喝起来既干净又清甜。

要是我能活下来，她告诉自己，*我以后每天早上都喝嘎哇，还要加戴尔斯的奶油和塞特兰的石楠蜂蜜。要是有人问起这个特殊的嗜好，我会告诉他们：“哦，当我跟图安人生活在一起的时候就养成了这个习惯……”*

有关沙索的回忆如同一阵暴风雨般拂过她的脑海，但是布瑞奥妮刚意识到这一点，便看到埃尼亚斯的帐篷前发生了一阵骚动。王子最近才从她那里把自己的帐篷收回来，一名军官在克里斯维尔市场被杀之后，布瑞奥妮就住进了他的帐篷，王子这才勉强同意收回帐篷。她已经习惯小股部队踩踏地面的节奏：她意识到是侦察兵回来了。她不明白的是，他们的归来为何会引起如此大的骚动。

“公主，”当布瑞奥妮走到埃尼亚斯面前时他说道，“很高兴您来了。韦塞尔有个有趣的故事要讲给您听。”

韦塞尔的个头跟小孩子一样高，乌黑的头发和五官在德沃尼斯以南的地区十分常见，看起来并不像个有趣的人，反而有些忧心忡忡、闷闷不乐，但他却极力掩饰这一点。他的侦察兵伙伴们跟他一样衣衫褴褛，看起来更像是一群偷猎者，压根儿就跟军人沾不上边，他们坐在那里静静地听着他们的头儿汇报情况。

“很多可怕的怪物，”韦塞尔说，“有上千只，我猜，上万只，也许更多，还不包括那些躲进城里的。南境港口停泊着几十艘船，从柯克船到三桅、横帆战船应有尽有，海湾里还停泊着更多艘三桅帆装军舰。他们围攻了城堡，从昨天下午到晚上早些时候，几门大炮一直不停地开着火，据观察，至少打破了外墙两次，但防御者很快就补好了。大炮——用沃洛斯·斯特朗姆的话来说，简直是群魔鬼！从我们站的地方看不到他们，但他们的热情就像萨里沙山一样高，震天的吼声仿佛世界末日降临一般。”

“是独裁者的军队吗？”

韦塞尔点了点头，“该死的西斯鹰隼无处不在，殿下。我们没有想到他们会有那么多人，就跟赫若索尔的情况一个样。”

“加尔人呢？”布瑞奥妮问道。

“丝毫不见他们的踪影。”侦察队长转身看着他的手下。大家全都点头表示同意，“或许我们碰到的那些只是正在撤退的一小股。”

埃尼亚斯有些糊涂了，“或许如此。但是无论如何都没什么差别。上万个西斯人！”

“不止，如果侦察队没有搞错的话，”海克斯大人说，“如果他们躲在城里，那他们的人数还得多上一倍。布瑞奥妮公主，陆上的城里可以住下多少人？”

“非常多。”南境怎么能够抵御一支如此强大的军队？如果独裁者现在控制了布伦湾，城堡的最后一条供给通道也就被切断了，“城堡里的人呢？”布瑞奥妮问道，“他们有没有进行还击？”

“很难说，女士。”韦塞尔不敢直视她的眼睛，而是站在她和王子中间说着话，“我们看到围墙内升起几缕白烟，但那肯定是小口径手枪。没人会蠢到只为了打上两枪而暴露自己，这是肯定的。”

无须多问，布瑞奥妮已经全都明白：如果独裁者有这么多人和武器，那么城堡肯定支撑不了多久。梅若兰娜，还有布瑞奥妮的贴身侍女罗斯和莫伊娜、乌塔修女、脾气暴躁的老奈纳——她们现在全都身陷险境。

“我们不可能打败这样一支军队，埃尼亚斯王子，”海克斯说，“不管您带我们去哪儿，大家都会跟着您，但是比起毫无意义地送死，他们的勇气显然值得受到更好的礼遇，即便是为了……”他冷漠地看了布瑞奥妮一眼，“……这样一位小姐的荣誉。”

“并非是我的荣誉将我带到这里，先生。”布瑞奥妮生气地说道，但埃尼亚斯抬起了手。

“安静，你们两个。我答应过布瑞奥妮公主要帮助她，我会说到做到。但是她不想我为此犯傻，对吗，公主殿下？”

“当然。”但她不太喜欢这种暗示。埃尼亚斯和海克斯大人似乎已经达成了一致，面对独裁者的强大军队，他们实在无能为力。

布瑞奥妮十分生气，她再也无法集中精神去听王子和他的贵族军官们商议下一步的行动，大部分内容是加强防御工事。他们今天显然不会采取什么重要行动，或许很长一段时间内都不会——如果说他们曾经采取过什么行动的话。他们不敢与独裁者的军队正面交锋，布瑞奥妮不能为此责怪他们，但是他们可以绕着这支南方部队打迂回战，肯定有办法为城堡解围的，不是吗？

布瑞奥妮站在自己的帐篷前，生气地磨着自己的伊斯特短剑，一个年轻的士兵来到他身边，脸上布满了愁容。她等待着，但是他停在了几步远的地方，没有开口说话。

“什么事？”

他吞了吞口水。从身高来看，他比布瑞奥妮大不了多少，“请原谅，殿下，”他长舒一口气说道。他站了好一会儿，吸了一大口气才重新开口说，“有人……有人想跟您谈一谈。殿下。”

布瑞奥妮看了他一眼，表示自己不感兴趣，但是他要么是太蠢要么太过紧张，竟然没有理解她的意思。她叹了口气，“谁？是谁要想跟我谈一谈，还得我想听才行？”

他琢磨着这话的意思，面色有些慌张。

“哦，看在佐睿雅的分上，告诉我是谁，大兵。谁想见我？”

“商人，殿下。达德，那名商人。”

布瑞奥妮费了好大的工夫才想起这人是谁，“哦。你怎么给一个囚犯带起口讯来了？怎么给一个服侍独裁者的家伙跑腿？”

他又艰难地吞了下口水，“服侍？”

“你怎么会给他带口讯？他给了你铜板吗？”布瑞奥妮扬起眉毛，“啊，他肯定给了，对不对？我无法想象埃尼亚斯会如何看待这件事。”

惊慌失措的男孩把眼珠子瞪得溜圆，“我父亲死了，”他急着进行辩解，话说得结结巴巴，“我姐姐没法结婚，除非……”

她把正在打磨好的短剑插回鞘中，抬起了一只手，“够了，说实话，我一点也不在乎。留着你的铜板吧，带我去见他。”

当身材矮小的商人见到魁梧的士兵带着公主走进围桩的时候，他立即离开其他囚徒，带着漫不经心的神色朝着铁柱走了过来。

“好了，大兵，你可以走了，”布瑞奥妮说道，“告诉我你叫什么名字。”

“我……我的……名……名字？”他结巴得更严重了。

“关于你收了一名囚犯的钱这件事，我会替你保密的，但是将来我或许用得着你。你叫什么？”

“埃……埃夫罗斯。他们都叫我‘小埃夫罗斯’。”他耸了耸肩，“因为我个子很高。”

“我知道了，去吧。”

达德走到铁柱边的时候，大兵早已离开了。布瑞奥妮拔出一把小刀，开始修理指甲，“你收买了一个大兵，”她说，“王子肯定会不高兴。”

“您当然不会告诉他，”达德回答道，“那个可怜的小伙子，他那丑八怪姐姐正在置办嫁妆……”

“住嘴。你想怎样？”

“我认出了您。”

布瑞奥妮抬起头来盯着他看了一会儿，接着又检查起自己的指甲来，“营地里的每个人都知道我是谁。你浪费了这么多时间就是为了这个？”

“不，公主，真的不是为了这个。我想跟您做笔交易。”

“交易？”她左右看了看，“你有的埃尼亚斯全都有，商人。你拿什么跟我交易？特别是跟我。”

“情报。”他笑了。他的牙不全，但是健在的几颗又白又亮。她丝毫不为所动，“我知道一些事情，我想您也有兴趣知道。”

“我干吗不让埃尼亚斯王子从你口中把情报撬出来，就像从干抹布中挤水一样。”

达德没有被吓住，“因为您可能不想让他知道。但是如果您想让我先告诉他，当然，我会……”

布瑞奥妮花了好长时间才清理完最后一根手指，接着将刀插回隐藏的鞘里，“你打算用这份情报换点什么，商人？”

“自由。半年之内，我就能把这趟损失的钱赚回来，但是作为阶下囚的话可不行。雇佣兵对埃尼亚斯有用，但我和我的同伴对他来说毫无用处。我只想混口饭吃，不想卷入战争。”他耸了耸肩，“而且我认为这里很快将变得不再安全。”

布瑞奥妮细细想了想这个男人的话。他到底知道些什么她不愿让埃尼亚斯知道的事情？她什么也想不起来，这丝毫没有让她感到更加安心，“但就算我想要跟你做这笔交易，我也没有权利这么做。希安的王子才是这里的主人。”

“您不能……说服他吗？”暂且不说他的牙齿白不白，他的媚眼可真够恶心人的。

布瑞奥妮转身走开了。

“等等！等等，女士，我很抱歉。我搞错了状况！求求您，回来！”布瑞奥妮转身看着他。达德·贾跪了下来，看起来十分绝望，“求求您，公主，我是个傻瓜——请原谅，只要您保证会尽力促成我们之间的这笔交易，我就会相信您。您愿意吗？如果我的情报对您有帮助，请答应我您会跟埃尼亚斯王子求情放了我，我只想要这么多。您的承诺对我来说已经足够。”

布瑞奥妮有些惊讶，又有些好奇，想要听听看他到底有什么重要情报可以跟一位公主进行交易，“很好，”她最终开口说道，“我答应你，如果你的情报对我有用，我会向埃尼亚斯为你求求情。”

“要快。在战争打响之前。”

“很快，当然。现在说说看，你有什么情报？”

他左右环视了一番，尽管几十步之内并无其他人，接着向围栏的铁柱靠了过来。布瑞奥妮也向前靠近了一些，但仍在商人够不到的地方——她可不愿掉进陷阱当了别人的人质。

“在群山的另一边，”他说，“布伦湾的海滩上，独裁者的军队就驻扎在那里。”

“我知道，商人……”

“但您不知道的是他手里有一名囚犯——一名王室囚犯。”看着布瑞奥妮的脸，他肯定感觉到自己猜对了，因为他脸上的表情更加自信了，“啊，我看您还不知道。那名囚犯就是您的父亲，布瑞奥妮公主——独裁者抓走了您父亲，南境的奥林国王。”

第十二章
薇 洛

他们去了佩里卡尔和优洛斯，甚至还去了不毛之地阿卡利斯，他们在集市上看到了赞德的祭司，听了异教的歌曲，但是对于这些目无神灵的赞歌，圣孤封住了耳朵，闭上了眼睛……

——引自《圣孤传说：其人生平、死亡及天堂的奖赏》

有时候，枪炮声似乎永远都不会停止。

经过了一天意料之外的诡异平静之后，西斯人终于发动了进攻，此后便再也没有停止过。南方的军舰在布伦湾进进出出，大炮摧毁了城墙顶端，掀掉了房顶和塔尖，一阵阵碎石溅落下来，如同佩林的闪电一样，瞬间就要了人的性命。城内最高的狼牙塔的塔尖已经被夷为平地。更大的西斯大炮在南境大陆后面山上的炮台上不停地对着城墙轰炸，每过一个小时，独裁者火力最猛的大炮——鳄鱼炮都会发出一两声巨响。鳄鱼炮的口径很大，每次都需要几十个人将一枚精心打磨的圆石装进炮筒，两三下就能将最坚固的壁垒打穿。南境的守卫每晚都要对外墙最重要的部分进行修补，一群人热火朝天地干到黎明，之后独裁者的大炮便开始开火，新一天的攻击重新开始。

虽然乌塔对战争知之甚少，但她看得出来城堡支撑不了太久——已经有上百名南境人死亡，受伤的人数量更多。带着圆锥形头盔的西斯国士兵勇敢地跑到城墙下，像疯狗一样对着城里的守卫大喊大叫，肆无忌惮地进行着挑衅，浪费着他们的弓箭和子弹。一旦哪一天人手不够，没法修复被炸毁的城墙，独裁者的部队就会蜂拥而入。乌塔知道自己必须要做出决定，是心甘情愿被俘，还是违反佐睿雅不得自戕的戒条——她当然不能指望西斯国士兵像加尔人一样优待自己。

乌塔离开隐秘的小径，走进王宫花园西侧那条长长的回廊，打了个三神的手势。清晨的阳光已经洒在壁垒之上，这意味着平静即将结束，雷鸣一般的摧毁性进攻很快就会重新开始。城堡里已经找不到绝对安全的地方，但是这微小而短暂的宁静至少能够让人产生一种危险正在减弱的错觉。乌塔很乐意去捕捉一切虚假的消息，但最近就连这些虚妄的希望也不太常见了。

艾文·布罗纳在警卫营房旁的一套房间里安顿下来。佐睿雅教修女迅速穿过空地，好远离那些稍高一些的建筑，它们通常是清晨炮击的首要目标，因为这些建筑总是能够最先捕捉到晨光。冬之塔的倒塌便证明了这一点：十天之前，它便在炮火中遭到了严重损毁，上半部分却依然横跨在被它压垮的房顶之上，像是某种蛇形怪物的尸体。

乌塔意识到，艾文·布罗纳仍然享有自由这本身已经是个奇迹，参与城堡的防守就别指望了。若是在平时，南境的权力更迭应该会十分有趣：伯坎·胡德和城堡的其他防御者已经开始意识到，他们必须得依靠自己，亨顿·托利绝不会迈出大门来领导他们的反抗战争，因此布罗纳又有了利用价值。

布罗纳把一个房间用作会议室，乌塔在那里找到了他，他那条疼痛难忍的腿正搭在凳子上。三四个愁眉不展的警卫照顾着他，没有一个大到足以穿上盔甲，乌塔不以为然地想，更别说冒着生命危险去保护亨顿·托利了。但是，自从在柯尔坎的农田遭到伏击和对加尔人的生死战之后，能够拿得起武器的人便寥寥无几了。

“布罗纳大人，”乌塔说，“可以打扰您几分钟吗？”

布罗纳抬起头看着她，眉头紧锁。他的警卫，或者说侍从（不管这些满脸雀斑的男孩是什么身份），也对她的闯入表现出警惕，“什么？”

“我是乌塔修女，布罗纳大人。您还记得我吗？我们见过面。”

布罗纳的胡子几乎全都白了，尽管有部分可能是沾染了近些天来空气中无所不在的碎石和灰泥所致。布罗纳花了好一会儿才认出她来，心事重重的蹙眉完全变成了另外一种不悦。

“是的，修女。请你原谅，我实在是太忙了。有什么能够为你效劳？”

“不是为我，布罗纳大人。为了公爵夫人。他请您过去。”

“梅若兰娜？但是……”布罗纳烦躁地摇了摇头，“我走不了——太远了。难道你跟夫人没有留意到，我们正在跟一个十分残忍的敌人交战？请她原谅我的无礼，修女，但现在不是很方便。”他想要转过身去看放在前面桌子上的城市地图，但愧疚感让他仰起了头，“真的，真的不行，今天不行。”

“我会转告她，布罗纳大人。她会很失望的，当然。她让我告诉您，她想跟您说一件事，这件事只有您一个人知道。只有您一个人知道。”乌塔不知道这话是什么意思，但是公爵夫人十分坚定。

“别让他拒绝，”梅若兰娜告诉她，“他肯定会试图这样做，别给他机会。”

“真的，我没办法，修女。现在时机不对。”布罗纳说，但语气却不像之前那样坚定。他脸色绯红，疲惫不堪，谁都能看得出来他的健康出了问题。乌塔为他感到难过，但是还没有难过到足以让她放弃下一件武器。

“好吧，但是我不敢告诉她这个消息，”乌塔说，“她身体很虚弱。”

布罗纳有些狐疑地看着她，“梅若兰娜？我没听说她身体抱恙啊。”

“自从我们沦为加尔人的阶下囚之后，您就再也没有见过她。她不再是以前的她了。”

“我派去接你们的人没跟我提起过。”但他看起来似乎受到了打击。他这么心软，乌塔心想，怎么做王宫统帅？或许是她误解了他的感情？

“您自己来看吧，布罗纳大人。她不太好。她在被关押期间过得很辛苦，她已经不再年轻。”对兰森德伯爵施压并未让感到难过，她多希望自己所说的不是事实啊。

布罗纳叹了口气，“我需要一顶轿子。”

看到他那只肿得像香肠一样的脚，乌塔的心里有些难过，但她努力让自己镇定下来，“您非常重要，艾文伯爵。我相信在这样的日子里，宫里肯定为您准备了代步工具，或者，梅若兰娜可以把她的马车派过来接您，如果可以从瓦砾堆里清理出一条路来。”

梅若兰娜支撑着在床上坐了起来，但她看起来真的不太好。新外科医生拔掉了她几颗牙齿，那些牙齿在被俘期间全都烂掉了——元素精灵凯因对她伸出了援手，但是一想到一个加尔人在自己嘴里捅来捅去，梅若兰娜就感到害怕。现在，她双颊凹陷，就连胭脂都掩盖不住。她的头发十分稀疏，包在一块朴素的白色亚麻围巾里；双手瘦骨嶙峋，用力将被子拉到胸前；只有双眼还跟一年前一样明亮。她的目光仍然十分犀利，在她的注视下，布罗纳一瘸一拐地走进了房间。

“你终于来了。”梅若兰娜的声音有些颤抖。

“是的，夫人，”布罗纳说，“我怎能拒绝这样善意的邀请？‘请让他来，不然我会倒地而死，他的良心会因此而不安’——我理解得对不对，乌塔修女？”

这话把梅若兰娜都逗乐了，但是她很快举起手捂住了缺了几颗牙的嘴巴，“你总是这么夸张，布罗纳。但是我很高兴你能来。我们需要谈一谈。”她转身对乌塔说，“你出去把，修女，让我跟艾文伯爵单独谈一谈。毕竟我们是老朋友了。”

乌塔没想到自己会被赶出去。她低下头走了，但是心里却有些小小的怨气。在过去的一年中，她跟梅若兰娜一起度过了多少时光啊！作为加尔人的俘虏，她们曾像姐妹一样相依为命。难道有哪次是为了乌塔？没有，但现在梅若兰娜却把她赶了出来，好像她只不过是个下人似的。

这样不对，乌塔在外间门口停下了脚步；在那儿，她可以听见梅若兰娜的女仆们一边做着刺绣，一边闲聊着，年轻又美丽的埃丽丝总是最大声的那个，最先笑出来的一准儿也是她。埃丽丝，或是这座大难将至的城堡里的任何一个人，他们的未来将何去何从？城堡经历过许多危机时刻。乌塔曾遭遇过许多其他人难以想象的事情，也亲眼见过加尔人的黑暗女王并幸存下来，但她现在却被人赶了出来，跟这些年轻的小女孩坐在一起，直到梅若兰娜结束同那个重要人物的谈话，他对于城堡的存亡至关重要。

乌塔的手已经握住了门把手，但她突然转过身折返了回去。乌塔并不打算偷听梅若兰娜的谈话——她只想走回去，请求留在那里，好让公爵夫人明白毕竟她们曾经一起同甘共苦过，自己理应获得更好的待遇——但是当她的指尖触摸到门把手的时候，里面的声音却让她迟疑了片刻。

“……我的孩子？是的，他是我的孩子，布罗纳。但他也是你的孩子。你从来没有为你的行为负过责任……”

乌塔呆住了。那个走失的孩子，那个多年来让梅若兰娜魂牵梦绕的孩子……竟然是布罗纳的？

“我的行为？恕我冒犯，梅若兰娜，你当时比我年长，我还未成年。那种行为不应该被称作诱奸吗？我曾在经济上资助你，还帮你找了个女人抚养他……”

“是的，就是那个女人让加尔人把他偷走了！”梅若兰娜几乎要号啕大哭起来——乌塔非常了解这个上了年纪的女人，“我可怜孩子，他被偷到了该死的阴影线那边。”

布罗纳的声音听起来有些疲惫和苍老，“你必须得做出决定，梅若兰娜。他是你的孩子还是我的孩子？我们不能同时拥有他。”

“不，我们可以，”梅若兰娜把声音压得很低，乌塔发现自己跟偷听的下人一样，把耳朵贴在了门上，“因为他是我们的孩子，身上流着你我的血。”

“我不明白你想让我怎么做。”布罗纳听上去就像是一个知道自己已经败下阵来的人。

“加尔人知道他的消息。他们带走了他，所以他们知道，但是他们不告诉我。那个领导他们的巫婆囚禁了我，这样她就不必面对我。我一遍又一遍叫人带口讯给她，哪怕打探出一丁点消息也好，但她不理我。”

这不是实话，乌塔心想。公爵夫人的确叫人给她带了好多口讯，但是那个名叫凯因的怪物只带回几条答复，大部分内容都一样：雅萨梅兹没有无视梅若兰娜的问题，她只是拒绝回答。

“我该怎么做？”布罗纳不满地苦笑道，“你觉得加尔人会听我的？毕竟，他们已经离开了这里。”

“别把我当傻子。我见过那个可怕的女人的眼睛，她跟你我一样，绝不会离开这个地方。她只是暂时撤离，暂时被说服跟我们共同对付另外一个更加强大的敌人。我怀疑事实就是这样。甚至有人声称加尔人们转移到了城堡地下！但这对我来说没什么意义。”

“什么人？”布罗纳勃然大怒，“这是谁说的？你从哪儿听来的？”

“别像个傻瓜似的，艾文，那不符合你的气质。”一时间，乌塔听到公爵夫人的声音里充满了柔情蜜意；她这才相信两人从前是情人关系，“就算那个令人作呕的亨顿·托利把持着出入芬德林镇的大门，各种传言还是会满天飞。你不能指望人们隐瞒这件事，特别是瞒着我。我知道城堡里发生的一切。你应该记住这一点。”

加尔人藏在南境城内？布罗纳明知道这一点却无动于衷？这怎么可能？乌塔突然间意识到自己不仅是在偷听，而且是在刺探国家机密。她向后退了一步，以防被路过的下人看到，但是前室中那场声音低沉的对话仍在继续。

“……没有关系，”当乌塔再次将耳朵贴到门上时，梅若兰娜说道，“至少对我来说是这样。你的其他秘密也是如此，比如跟我的侄孙一起消失在阴影线的范森回来了这件事。你也认识我那可怜的侄孙巴瑞克，对不对？当然，就算你对我们的过去有所怨恨，你也不会瞒着我，对吗？”

布罗纳的声音听起来十分无助，“神哪，梅若兰娜，我当然不会那么做。我发誓我根本不知道巴瑞克在哪，也不知道范森的消息。他们分开的时候，王子还活着。”

“很好。至少是个好消息。”尽管隔着厚重的门，乌塔还是能够听出梅若兰娜的声音是多么疲惫。她知道公爵夫人只是强打着精神，现在就连装也装不下去了，“那我们还是说说最重要的事吧。我要死了，布罗纳。”

“不会的。你会比我活得更久！”

“胡说八道。我比你大十岁，我估计自己可以活到早春。你以为我害怕吗？我欢迎死亡。但是我请求你——不，我命令你。利用范森或任何工具，让加尔人们开口。查明我们的儿子到底怎么样了。查明他们为何要偷走他，他到底发生了什么事。我在临死之前必须要知道。答应我。”

布罗纳似乎已不再生气，但也不高兴，“我没办法接近范森或……或是其他人，梅若兰娜。亨顿·托利监视着我的一举一动。”

“答应我。”那声音如此平静，乌塔几乎听不到了，“就当作是你送我的最后一件礼物。发誓你能做到。”

乌塔什么也没听到，但是她猜布罗纳肯定点了头。她听到他拖着沉重、蹒跚的脚步朝着门口走来。乌塔的眼中满是泪水，她害怕被抓到偷听——事实上，她觉得自己像是最低级的间谍。两位老人讨论着一件异常悲伤的事情，他们的声音将她心头的恨意全都驱散了。

乌塔刚走到远处的大门边，布罗纳便走进了大厅。她尽力做出刚刚从前室走进来的样子，但是伯爵似乎压根儿就没有看到她。他一瘸一拐地走下了门厅，脸上痛苦万状。她觉得那并非全都来自于他的痛风。

“日安，修女。”布罗纳生硬地说道，但没有抬头。她已忘记他有多高，他耷拉着脑袋，疲惫得不可思议。

“您也是，艾文伯爵。”他走过来的时候，她闪到了一边，然后目送他深一脚浅一脚地走出门厅。

⚜ ⚜ ⚜ ⚜ ⚜

震耳欲聋的炮声已经停止，一处近在咫尺的城墙轰然倒塌。

亨顿·托利又从托盘里一把抓起一只盘子，朝着门口扔了过去，差点把前来送餐的下人给干掉。肉汁和馅饼里洒出来的肉馅及面皮使他们的脚步慢了下来，托利在房间里走来走去，双眼肿胀，脸色潮红且粗糙，像是裸露的伤口，“那个该死的黄眼睛的怪胎！诅咒他！这些小牛肉馅毫无意义——我要把他的石头放进馅饼里。”

廷莱特知道自己最好什么也别说。在房间的另一端，帕佐尔用手肘和膝盖撑着地，尽管还不知道是什么原因把他带到了托利的房间，他却一直在畏畏缩缩地告饶。廷莱特已经跟在护国公左右多时，有些日子没有见过这位年迈的小丑了，但眼下显然不是闲聊的好时机。

“大人！”帕佐尔声音颤抖地说道。他害怕极了，墨绿色的外套和软帽上的铃铛发出清脆的响声，“大人，请您不要……”

“闭上你的臭嘴，你这个不中用的老笨蛋！”托利暴跳如雷，“我立马就能杀了你，连眼睛都不带眨一下的。到明天日落的时候就没人记得你了。”

帕佐尔几乎要哭出来了。他不停地磕着头，一言不发，只有身上的铃铛叮叮当当响个不停。廷莱特本应为他感到难过，但是连日以来他对自己的身体和灵魂也处于极度的担忧之中，因此没有精力去管别人的事情，即便是朋友也不例外。

又一颗炮弹在远处爆炸，发出惊雷般的巨响。

王室总管伯坎 · 胡德站在门口观望着，伤痕累累的面容十分苍白却不动声色。他带来了消息，说城郭出现了第一处损毁，守卫们正加班加点对这处破损进行修补，托利为此暴跳如雷。

“大人，”胡德说道，护国公的怒气终于有所缓和，“冷静。还有一线生机。我们正在修补损毁处，而且他们短时间内没法开第二炮。我明白您很沮丧……”

“你这个傻瓜。”托利走了过去，眼睛盯着高出自己一头的胡德，眼中全是不屑，“冷静？我应该把你的脑袋砍下来。你什么也不知道。我们绝无可能战胜那些异教徒混蛋。他的兵力是我们的十倍——甚至更多——在赫若索尔供他调遣的就不止我们的两倍。冬天过后，他可能会从西斯再调遣一只部队过来。而且跟加尔人不同的是，独裁者还有战舰。到了那时，我们再也没法从马林沃克或其他地方找到一粒粮食。”他捡起了那只从下人手里打掉的托盘，然后放手让它摔在了地上，发出一声脆响，“不管是明天，还是十天以后，或者最长半年，南境都会落到苏列佩斯手里。”

胡德低头俯视着他。浓密的胡须后面是一副愤愤难平的表情，但是他那僵硬的军姿却表明他正在竭力抑制想要揍上主人一拳的冲动。尽管胡德声名狼藉，但在那一刻廷莱特几乎对他顶礼膜拜。

“当然，托利大人。”胡德鞠了一躬，转过身走了出去。

亨顿·托利走到门边目送他离开。帕佐尔爬到他脚边，扮了个鬼脸嘲笑着自己僵硬的关节，然后一瘸一拐地穿过房间走到廷莱特身边。

“我是来告诉你……”帕佐尔开口说道。

“帕佐尔！”托利在门边大声喊道，“该死的，你这个老不死的混蛋！你不是我的御用小丑吗？”

老人的膝盖一弯，差点摔倒，廷莱特偷偷伸出了手扶了他一把，“是的，大人！”帕佐尔拉着长音回答，“当然是，托利大人！”

“那就逗我笑。去吧！我得高兴高兴！”托利盯着他，脸色苍白，目光如炬，“你听到了没？给我找点乐子！”

“大……大……大人，我没……没……没准备好！我到这来只是为了给廷莱特大人带个口信！”

“很好，”托利缓缓地走向他，脸上带着一抹狡猾的笑容，“从现在开始算起，一个小时之后我就要高兴起来。你那时再回来给我表演，到时要让我笑得前仰后合，否则我就把你的脸割下来做成仲夏面具去吓唬女人们。你觉得怎么样，帕佐尔？你不会的，对吧？”

“不！不，大人！”

“我想你也不会。那么，下去准备你最拿手的把戏和滑稽小曲儿吧。你看到我紧锁的眉头了吗，老头儿？一个小时，咱俩之中总有一个得变脸。”

帕佐尔马上弯腰鞠躬，连声喏喏地表示自己一定照办，但他的声音抖得厉害，廷莱特不得不再次扶住这个老人，“你找我有什么事？”他对这位浑身发抖的小丑低声说道。

“哦，佐睿雅保佑！”帕佐尔那双红肿、湿润的眼睛里涌出了热泪，“他会杀了我！”

“他很快就忘了，”廷莱特试着安慰他，“他总是变化无常。你就尽力表演吧，一切都会顺利的。现在告诉我，你带给我的口讯是什么？”

小丑吞了两次口水才得以再次开口，“你母亲在找你，小马特。你的母亲在寝宫里四处找你，引起了不少人的注意，但没人理她。”转达完口讯之后，帕佐尔拍了拍他的胳膊，“再见，小伙子。你是个不错的朋友。”

老人拖着沉重的步伐离开了，他的四肢细如烟筒杆，身上铃铛悲鸣不已。

要是他不故作滑稽，廷莱特心想，**他会是远境王国中最有趣的人。如果说有人完全不适合自己的工作，那么他便是这样一个人。**

廷莱特想着可怜的帕佐尔，只是为了逃避安娜梅西亚·廷莱特在王宫中的放肆行为带来的恐怖后果。如果说马特·廷莱特会死在可怜的小丑之前，那肯定是因为他的母亲——一个愚蠢而且像孔雀一样自以为是，却像个头脑发热的孩子一样冒冒失失的女人——的出现。她肯定已经跟六七个人说起过伊兰·麦克里了，如果没有，那可真是个奇迹。

诸神似乎一直在卑微的诗人身上寻找着新的乐子，现在他们终于找到了。

帕佐尔活了下来。实际上，当他重新出现的时候，护国公要么是忘记了这么一回事，要么是对他失去了兴趣，“谁？那个小丑？”当卫兵走进房间向他通报帕佐尔的归来时，他这样问道。亨顿·托利望着那个盛满未兑水的烈酒的酒杯，眼皮都没抬一下——或许那是他当晚喝下的第十二杯酒了，“把他赶走。那张无精打采的马脸会破坏我啜饮这杯上好的托尔维欧红酒的雅兴。”卫兵走了出去。托利醉眼惺忪地望着马特·廷莱特，“去！确保那个傻瓜守卫把他赶走了。告诉他踢那个老傻瓜一顿。”

就在廷莱特走到门口之前，城堡总管迪尔南·海弗莫突然跳到了他身边，“我来处理那个傻瓜，大人。您歇歇吧。”

托利谁也没看，只是摆了摆手。

两人都不愿意放弃从主人面前走开的机会，即便只有那么一小会儿。两人同时走出了护国公的房间。帕佐尔已经被守卫赶走，正沿着门廊朝厨房踉踉跄跄地走去，神色轻松却又夹杂着一丝不解。

“帕佐尔，等一下。”廷莱特叫住了他。

“我会转告他，”海弗莫嘘声说道，“我是你的上级。”

“悉听遵命，大人。”廷莱特知道自己最好不要跟他争论。

城堡总管趾高气扬地冲到门廊，皮毛镶饰的长袍罩在天鹅绒便鞋外晃来晃去。他尽力用最长的时间，详细地传达着亨顿·托利的斥责，而老人看上去越来越沮丧。

“但是，是他叫我回来的！”帕佐尔抗议道，显然已经忘记自己差一点被处死，“你瞧，我准备了一样新玩意——能浮在半空中的球。”

帕佐尔费了很大劲儿，终于找出了那个蹦蹦球，之后便被赶走了。廷莱特等着城堡总管走回门边，这样他们就可以一起回去了，但让他意外的是，迪尔南·海弗莫打了个手势，示意廷莱特跟他一起走到距离守卫稍远的地方。

“我离开太久托利大人会不高兴……”

海弗莫沉下了脸，“是啊，是啊，够了。”他个子很高，一张圆脸显得十分年轻，但近几个月来却苍老了不少。他今天没有刮胡子，看起来有些浮肿和面红，“我想跟你谈谈，廷莱特。你会离开南境的城堡总管大人吗？”

“不会，大人。”

“最近你总是陪在主人身边。如果刚刚离开的那个老家伙抢了你的风头，那我一点也不感到意外，但是护国公竟然以一个穷酸诗人的陪伴为乐，这可真够奇怪的。”

忌妒？还是某种更加复杂的情感？“托利大人总是随心所欲，海弗莫大人，他想要什么就一定会弄到手。”

海弗莫仔细打量了他一番，“我们得赶快回去，否则托利肯定会发现我们不在，虽然他的杯子里盛满了美酒。你诚实回答我的问题，我们交个朋友，总有一天你用得上我。奥科罗斯医生到底怎么了？我知道我们听到的那些关于他的传言不是真的。”

“我不知道。他死了……”

接下来的一巴掌来得如此突然，马特·廷莱特甚至没来得及抬手挡一下，“别耍我，年轻人。我再问你一次——奥科罗斯？”

马特·廷莱特揉着自己的脸颊。很显然，南境的主人们震怒了，他们之中没有一个人信任亨顿·托利。廷莱特压低了声音，几乎是在耳语，“他在执行护国公的命令时被杀掉了。”他敢说出多少真相？“跟一面魔镜有关……还有神灵。我没看到事情发生的过程。”没有理由提起托利也让他举行了同样的仪式——廷莱特在帮助亨顿·托利到达沉睡的诸神之地时，差点遭受跟奥科罗斯同样的命运。

海弗莫眨了眨眼睛，“巫术！”他瞥了瞥不远处的守卫，以防被他们听到，“我就知道！那个疯子会把我们所有人推进火坑。”他那狡猾的目光再次落到廷莱特身上，“我还知道你跟我的旧主艾文·布罗纳关系密切。别试图否认！告诉我，布罗纳有什么计划？他是否有办法保住城堡？”

“我真的不知道，海弗莫大人。他不会告诉我的。”

“是啊，这句话倒像是真的。”城堡总管皱着眉头思忖着，“告诉布罗纳……告诉他，他的老朋友和仆人迪尔南祝他一切安好。告诉他，我十分想念他，而且将……愿意在他的英明领导下，赴汤蹈火，保卫我们深爱的南境。你把这些话转告给他，但不能告诉其他人。”

廷莱特的心狂跳不已——他被要求带口讯给布罗纳，说城堡总管将公开背叛亨顿·托利——但是他发现自己在拼命摇头。

“大人，护国公绝不会允许我离开他身边那么久，更别说是去见布罗纳。”

“交给我，”海弗莫说，“我会做好安排，找个借口把你从托利身边支开，给你足够的时间转达我的口讯。”

“但是，我无意冒犯，大人，您为什么不亲自去跟布罗纳说呢？您是城堡总管——你肯定有大把机会。”

“因为我的手下里有亨顿的间谍，尽管我不知道是哪个。还有一些间谍负责监视布罗纳。我跟他绝无详谈的可能。那样做太冒险了。不，你必须要这样做。如果你成功了，我这个朋友你就算交下了。要是你失败的话——我可不会孤零零地一个人上断头台，诗人。”

尽管看到了一丝逃离托利身边以及免于死在护国公手中的希望，廷莱特心中仍然充满了愤怒和厌恶。布罗纳、托利还有眼前的迪尔南·海弗莫，没有一个人在自己的计划中考虑过他——马提亚斯·廷莱特——的死活。说到底，他只不过是个一无是处的诗人而已。就算要牺牲他以成全他们的计划，他们又有什么好懊悔的呢？

当然，他没有说出来，只是告诉海弗莫："悉听遵命。"

炮火如同冬天的暴风雪一样仍在继续。

城堡总管海弗莫很快就找了个借口离开了房间，只剩廷莱特一人陪着护国公，还有几名守卫和踮着脚尖走路的下人。亨顿·托利还在喝酒，但是他的气头已过，现在陷入了一种深深的、怪异的平静之中。

护国公在高背椅子里直起身子，四下看了看。廷莱特正小心翼翼地靠在一面挂着织毯的墙上，站在那儿睡着了，托利怀疑他根本不敢坐在地板上。

"过来，诗人。"他指着脚边的地板，"坐这儿。"

马特·廷莱特尽量坐得离托利远远的，这样一来就算护国公要打自己，他也得伸长胳膊，打起来也就没那么疼了——在跟随亨顿左右的几个星期里，他学会了很多事情。托利的脸色不再发红。他的面容十分苍白，仿佛沸腾的血液突然彻底变凉了。

"遇上对手却不敢承认，这可说不过去，"托利说，"我承认。苏列佩斯十分聪明。异教徒将他奉为神灵。他拥有世界上最为强大的军队。他是……个不可小觑的对手。"他斜眼看了看廷莱特，仿佛是在挑衅，看他是否敢发表不同意见。廷莱特已经学会只在被问及的时候开口，有时甚至在被问到的时候也不要说话，"我觉得我们各有一部分所需之物——苏列佩斯举行血祭，而我有魔镜。我相信我们互相需要——苏列佩斯亦是如此。但是我们还需要另外一样东西——神石。它不在苏列佩斯手中，也不在我这里。实际上，我压根儿就没有他需要的东西，因此我们死定了。"

托利举起杯子喝了一大口，然后用手背擦了擦脸。他醉得非常、非常厉害，"那个傻瓜奥科罗斯误导了我，或许他是想骗我，这样他就能获得神的力量。或许他压根儿就不知道。不管怎样，他从来没有告诉过我关于神石的事，或是其他具有魔力的玩意。”他茫然地环顾了一圈，好像在寻找听众似的，眼下他唯一的听众便是马特·廷莱特，“但是，我一定会找到办法还女神以自由。她是我的。她这样告诉过我。我也会想办法让她远离西斯人的魔爪。”

托利的话廷莱特大部分都听不明白。护国公一直把那个曾与他对话东西叫作女神，但是西斯的独裁者却仅将其称为神。究竟谁是对的？这混乱究竟是怎么一回事？

托利最后低了低头，看到了廷莱特脸上的表情。他似乎并不喜欢，“你。你是不是在想我为什么留着你的命，诗人？”他问道，“当我发现你从事间谍活动的时候，我为什么不直接把你杀掉？回答我。”

廷莱特像往常一样努力搜索着合适的词语，“我想我的确这么想过，大人。”

“你想，是啊。”薄薄的两片嘴唇抿出一抹微笑，“其他人也一样。但是我不一样，孩子，我不一样。我不靠猜，我必须知道。你明白吗？”托利闭上了眼睛，仿佛陷入了深深的思考或回忆之中，他没有等待廷莱特的回答，“人类十分渺小，大多数人像老鼠一样匍匐爬行。几个世纪以来，他们在神的脚边跑来跑去，希望自己最好不要惹人注意。但是，就算诸神已经不再理睬他们，他们还是不停地来回奔波。就像墙上的虫子一样，他们继续生活在对于大型生物的恐惧之中，不知道、也不关心在自己藏身的洞穴之外有着怎样一番天地。他们继续保持着对神灵的恐惧，即便诸神已经离他们远去。但我可不是老鼠，我不害怕神灵或是其他东西。唯一叫我害怕的就是没人理解我。”

亨顿·托利沉默了好一会儿，他的眼睛仍然紧闭着——廷莱特刚想站起来找些吃的和喝的，托利却再次开口说道：

“谁能理解我？万中无一，诗人。全部埃昂人里找不出十个人。独裁者——他是为数不多能够懂我的人之一。虽然承认这一点会让我内心不快，但他是少数几个能够懂我的人之一。他是活人，你看到了。他知道宇宙的大小就是伟人所能企及的疆界——不多，也不少。”亨顿·托利睁开眼睛。对于一个喝了这么多酒的人来说，他清醒得有些可怕，“这就是你留在这里的原因，诗人。因为你要记下我的所作所为。你必须见证我身上所发生的一切……这样一来，世人就会理解我。”

“靠我吗，大人？”

托利的笑声跟之前他甩给廷莱特的耳光一样突然，一样猛烈，“你？恶心的臭屁股，放屁的神啊，诗人你疯了吗？你勉强识字会写。你知道菲亚罗斯吗？你拿在手中朗读的那本《西曼德之书》？你当然不知道。你们这种人都这个德行，对格里高利和其他吟游诗人的呻吟和呜咽着迷，认为真理存在于漂亮的文字和精彩的故事之中。你们什么都不懂。”他倾了倾身子，往椅子另一面的地板上吐了一口唾沫——廷莱特对他的体贴心存感激，“但是你可以把我告诉你的写下来。你可以见证我允许你看的事情，然后用笔写下来，就算碰上跟你一样的蠢材，几个世纪之后，那些值得理解我的人……终将理解我。他们会看到我的作品，聆听我的教诲，只有为数不多的人会理解我。其他的我一点也不在乎。如果我能够获得追寻的力量，那当然很好；如果我只能打败独裁者，那也很好，只要我的样子——我的身份——不会从我的对手的记忆和心中消失，我的对手不多，而且大多还没有出生。”他举起杯子一饮而尽，“回到你的角落去，诗人。去睡觉吧。最终的召唤就要到来。你将会看到，世界以这样或那样的方式重新开始。你会看到……惊人的事情。”托利合上了眼睛，往后靠在椅子里，沉重的铁杯滚到了地上，如同一把正在经受锻造的宝剑一样发出一声巨响，“你会看到我的……荣耀时刻，当诸神……因为我的样子……而最终认出我的时候。”

当廷莱特确定亨顿·托利不会继续说下去的时候，他爬到了角落里，用一叠毯子在石头地板上为自己铺了张舒服的睡铺。他裹紧了身上的斗篷，尽管地板冰凉，但瑟瑟发抖并不是因为这个。最后他终于进入了梦乡。

⚜ ⚜ ⚜ ⚜ ⚜

乌塔从未感到如此手足无措。几个月来，不管遇到什么状况，她总是能够保持头脑清醒，知道自己下一步该怎么做，但是现在她觉得自己像是迷失在浓雾之中。她所熟悉的那个古老世界到底发生了什么？加尔人曾将她和梅若兰娜俘虏，并威胁杀掉她们——但是现在这些加尔人却成了同盟，正藏身在南境地下。西斯的独裁者苏列佩斯，这个可怕的梦魇一年之前还只不过是个普普通通的名字，现在却驻扎在近海岸，试图把城堡的围墙全部炸毁。还有梅若兰娜的孩子（她确信是加尔人偷走了他）的父亲，竟然是艾文·布罗纳。怎么可能！

尽管已是深夜，内城里的路上和草地上仍然挤满了人。当南境大陆被放弃的时候，数以千计的居民那里涌了进来；在城堡遭受攻击期间，先是加尔人，现在是西斯人，这些失去希望、无家可归的人逐渐向城堡的中心区域聚集，使得原本的王室寝宫就像一座小岛，漂浮在难民组成的人海上。城堡的中心变成了农村集市，只是这里的人脸上全都是一幅愠怒或绝望的表情。乌塔经过的时候，许多人带着厌恶的表情盯着她，生平第一次，她觉得自己身上的佐睿雅长袍是那么的刺眼，将她以伤害者而非施救者的身份出卖。

他们以为神灵辜负了自己，乌塔意识到。*佐睿雅，这位穷人及受压迫者的保护神，没有回应他们的祈祷*。

当乌塔走过人群中一处狭窄的地方时，有人狠狠地撞到她身上，她不由得踉跄了一下。附近的一些女人对这种不礼貌的行为小声地表达着不满，但是没有一个人站出来指责那个男人——反正，他已经走远了——乌塔觉得自己并非走在佐睿雅的儿女中间，而是置身于一群野兽之中，一旦她走进包围圈，他们便会向她猛扑过来。突如其来的恐惧让她快步逃离出人群，朝着寝宫的边缘走去，但是那里也同样危险。墙边的帐篷里似乎全都挤满了人——她觉得十分奇怪，以为所有身强力壮的人都上了战场——他们将目光从营火转到了她的身上，注视着她走了过去，仿佛将她当成了一件待售的商品，他们的眼神在火光的映照下显得十分冷酷无情。

乌塔加快了脚步，朝着觐见厅正对面守卫森严的眷属避难所走去。觐见厅的现在主要用于屯兵，在独裁者的炮火的攻击下，部分房顶已经塌陷，但是现在厅内已经点起了灯，望着眼前的大厅，她感觉稍微好过了一些，那种一转过身世界就会天翻地覆的感觉似乎没有那么强烈了。西斯人的大炮停了火，她问一个手持长矛的卫兵自己能否爬上警卫室的楼梯，爬上内城的围墙。她太想闻一闻海风的味道了，那不掺杂一丝篝火烟尘的海风。

卫兵用怀疑的眼神瞥了她一眼，然后点了点头，说道："您得小心点，修女。上面有好多孩子像野兽一样跑来跑去。有些孩子没爹也没妈。要是看到你远离尖塔，他们就会偷走你的钱包，把你推下去。"

一想到这里可能会发生这种事，就在南境城堡中心，乌塔有些退缩了，"我不会走远的。我只想呼吸一下大海的味道。"

她遵守诺言，只是沿着围墙上的小径走了几步，让警卫室的灯光保持在视线范围内，然后停下来倚靠在冰冷的石头上，贪婪地呼吸着咸湿的空气。一只海鸥在附近尖叫着。外城也闪耀着星星点点的光芒，但那些光芒只属于士兵：在新城墙之外，米德兰群山大部分处于黑暗之中，尽管乌塔可以听到无数声音在争吵，甚至偶尔还有歌声传来，她知道不论是内城还是外城，几乎到处都是从大陆跑来的难民。

这么多人！希望却如此渺茫。乌塔的双手交叉在胸前，开始祈祷。

她低下头，在黑暗中辨认着通往芬德林镇的大门所在的位置，突然发现有人站在身边——一个悄悄走到她身边的人。乌塔修女吓了一大跳，她倒吸了一口凉气，差点摔倒了，但是那个陌生人一动也没动。

“你也能感觉到，是吗？”陌生人问道——那是一个目光热切的女子，“你能感觉到它正在发生。”

“不……不好意思，”乌塔说道，“我不明白你在说什么。”或许这是个阴谋——分散她的注意力，好让其他人爬上来，抢走她的财物。要不是惊吓过度，她肯定会笑出来。乌塔是个佐睿雅修女——她有什么可偷的呢？一枚杏仁状的木质胸针？几颗念珠？她的命？没有一样能够换来一顿饭。

“它就要到来，”女孩说道，“伟大的日子即将到来——我能感觉到。但我摸不到他！”

她疯了，可怜的孩子，但她会不会是独裁者的膜拜者？乌塔发现，许多愚昧无知的人被过去一年中发生的事吓倒，竟然将独裁者视为来自上天的惩罚，认为他将终结这个罪恶的世界。

“我没有疯，”女孩的话令乌塔十分震惊，她又重新警觉起来，“我知道。我知道城堡下面发生的事情。我能听到，能闻到，能感觉到。他回来了。神回来了。我爱的人也在那里。”她转过身望着乌塔，瘦弱的小脸在警卫室里透出的灯光的映照下显得十分年轻。她似乎好几天没吃过东西了，“你！你认识我的恋人。我能感觉到。你见过他，跟他说过话。”

乌塔已经开始朝着警卫室的门走去，“神灵保佑你，孩子。愿仁慈的佐睿雅保佑你免遭伤害……”

“我叫他吉尔，但他现在的名字是凯因。”她笑了一下，“他以前也叫凯因，但是中间改过其他的名字。我那聪明的傻瓜吉尔。”

乌塔脖子后面的碎发在围巾下竖了起来，“你……你说他叫什么名字？”

“变形族的凯因。他的族母是豪猪女士，但他可不像她那样尖酸刻薄。”她咯咯地笑了起来，瞬间从一个危险人物变成了另外一个人，“但是我不能去找他。我能在意念中感觉到他，但他却感觉不到我。”她的声音变得有些低沉，“那些人，那些士兵，他们不会让我进入芬德林镇的。凯因就在下面，等待神的重生。但是他的意念中满是我不明白的东西——对于蛋和热病的担忧，热病和蛋！”

乌塔困惑地摇了摇头，“你真的知道加尔人在那儿，就在我们下面？还是你道听途说？”

女孩再次笑出了声，表示难以置信，“道听途说？我身体的每一部分都能听得到，我的每一个意念都会告诉我！我能通过石头感觉到凯因的心跳。”

乌塔摇了摇头。近来她听说过，也见过太多古怪的事情，“你叫什么名字，孩子？”

“薇洛。”女孩笨拙地行了个礼，然后又笑了起来，但这一次却不见了绝望，她的声音听起来更加平静，更加快乐，“很久没人这样叫过我啦！”

“这名字很好听。”

第十三章
深坑一瞥

……他遭到邪恶的船长毒打，差点丢了性命，但是船上的水手十分同情这个孩子，他们一起向船长求情，保住了这个孤儿的性命……

——引自《圣孤传说：其人生平、死亡及天堂的奖赏》

燧岩意识到，他越是努力为范森队长绘制地图，绘制得越是精确，他对世界就越是陌生，这令他百思不得其解。这是因为，除了湿热石之神本人之外，谁也没有见过世界的模样，他认为，整个世界，毫无保留。只有伟大的神灵能够看清整个世界。只有神灵才愿意以这样的方式看待世界。

燧岩偶尔会感到失望，因为自己无法创造出任何有价值的东西，更别说尽快完成任务，帮助自己的同胞在围攻中活下来；尽管如此，他还是对这项任务着了迷。他在神庙的宿舍里放了一张桌子，将画板和羊皮纸铺在上面，后来欧珀又要了一张桌子——“好让大家在上面吃饭——如果他们停下手头的工作去吃饭的话”。在朱砂大师的授意下，焕华共修会允许他从图书馆借出了几十份地图；研究这几十份不同的地图让燧岩感觉到自己即便不像神，至少也比职业生涯中的任何时刻都更像是一名真正的工程师。

旁观他人对于世界的认知是一回事，描绘出自己心目中的世界则是另外一回事。在苦苦思索如何在一张图纸中展现出所有细节之后，他决定用一组套图来展现地貌，每个板块的横断面配一张单独的大图，以更好地展现这些板块是如何连在一起的。有了这些地图，再加上一点想象力，费拉斯·范森就可以对地下的世界有个大概的了解。

虽然欧珀觉得自己的丈夫是脑子坏了才会同意接下这个任务，但她还是每晚都会花很长时间看着他工作，不停地提问，甚至同他争论，尽管她声称自己一点也不关注那些问题。火石也会进来看他工作，他似乎是在用心学习，但是即便对地图中所表现的东西有任何想法，他也不会说出来。

火石不像上次他们离开神庙的时候那样健谈了。实际上，他几乎不怎么开口说话。

兜兜转转，又恢复了老样子，不是吗？燧岩一点也不在意：他试图用一种此前从未有过的方式看待事物，试图弄清隧道和地洞如何连在一起，而不是依靠常见的公会速写，这种方式对于思考有些事着实有益，但对于其他事则不然。他拿来几盏灯——比平时旅行用的更大的珊瑚灯——要是偶然发现一处重要的细节，他希望能够仔仔细细看个清楚，好把它准确地记录下来。

他们两个来到了瀑布楼梯底部，但是到那儿之后，燧岩转过身却发现火石不见了。他感到片刻恐慌——还有某种无法言说的感受——接着男孩从角落里走了出来。他只是落后了几步。但是那个瞬间一直困扰着燧岩。

他们继续向前走，他想起来了。上一次他和男孩曾来这儿寻找查文，那个孩子不仅掉了队，还完全迷了路。燧岩找到他的时候，他们发现了墙上的裂缝，闻到了深渊之海的气味，银色的水环绕着闪光之人的小岛，燧岩差一点就永远失去了那孩子。现在，他的生活又回到了世俗的世界里。

在地图中，燧岩将深渊之海上空一直延伸至地表的区域绘制为一片空地——尽管他只能对其真实形状和路径进行估测。但是他却忘记将那个孩子在烟囱侧面发现的那个破洞绘制进去，燧岩在那里嗅到了来自深渊之海的独特味道——一种难以名状的味道。那或许是进入从秘境通往地面的烟囱的唯一途径。它理应被收录进地图中。

“孩子，你还记得上次我们一次出来，你走下了一条支隧道，然后你大声喊我？”

令燧岩颇感惊讶的是，火石不仅记得这件事，而且立刻转身带着养父朝着正确的方向走去。

路程比燧岩记忆中更为长久，但是火石很快就证明自己对这条路十分熟悉，领着养父穿过五拱门，爬上了大凹地——风暴石的长走廊，走廊一直延伸到海湾的另一边，他们走了将近一个小时，终于来到了走廊的尽头，两块石板之间的黑色缝隙并非只是一道影子，而是从深渊之海通往地面的大烟囱的入口。当燧岩靠近时，他又闻到了一丝大海的味道。

“它肯定是通往地面的，”燧岩大声说道，“一定是。为什么地上或地下的人都没发现呢？”

“此话怎讲，燧岩爸爸？”男孩的声音有些奇怪，他的嘴里偶尔会蹦出几句文绉绉的话，让他显得过于成熟，“您说什么？”

“这个……烟囱，我们面前的这个破洞。据我所见，它一直通向……我当年发现你的地方，”出于某些原因，燧岩不愿直言闪光之人的小岛，“通向米德兰山。”

“啊，”火石慢慢地点了点头，但是他的行为仍显得有些怪异，

“为什么海水没有涌进来？”

“海面之上肯定有一块平地，否则这里的一切都会被水淹掉，”燧岩解释道，“实际上，盐湖是跟海平面平齐的，如果海水灌进来，下面的一切都会被淹——迷宫、五拱门，甚至是神庙。”

燧岩拿出一块最大的珊瑚，绑紧头灯以防止它掉落下来，然后将胳膊伸进了裂缝里。他吸了一大口气，把自己变得更瘦，好让整个身体穿过裂缝。

越过胳膊和手中珊瑚灯的光芒，燧岩没有办法看得太清楚，但是有两件事情让他感到十分震撼：这根大烟囱比他想象得还要宽，或许一根绳子都不足以丈量出它的宽度；数码开外的地方，有一个硕大的壁架沿着这个圆柱形的烟囱井而立，后面有一道黑乎乎的裂缝，足够一个像他这样大块头的人站在里面。那会是一条隧道吗？或许是个入口，进去之后便能清楚地看到大矿坑的样子。

他紧紧抓住火石的皮带，关节有些微微作痛；那孩子比燧岩更瘦，他让那孩子探过身子，看看他发现的那个壁架。

“你觉得我们能弄清楚那是什么地方吗？”燧岩大声喊道。

火石走回到裂缝处才回答道：“有可能。”他只说了这么一句。他那奇怪的成人心态似乎已经消失了。

实际上，燧岩和那孩子几乎花了两个小时才找到那个地方，他们一边走一边用着午餐。他们之所以这样做，部分原因在于他们必须要赶在能够找到回到正确地点的路途之前下到足够深的地方，同时也因为燧岩对路途估计错误而令自己蒙羞，而且让火石折返了好几次，因为他觉得那孩子跑得太远了。

他看到的那个壁架并非只有几步之遥，而是在几百步开外的地方，而且比他想象中大得多。当他们终于走到近前的时候，燧岩惊奇地发现那不是一块凸起的石头，而是一个十几腕尺深、三十至四十腕尺宽的超大壁架，除了燧岩和火石之外，还可以容纳更多的人站在上面望向无尽的黑暗。就连那条连接着外部通道的裂缝实际上也宽到足以驶入一辆巨人马车。

燧岩感到浑身战栗，甚至有些惊恐。*矿坑*，他想，*这就是杰兹卡尔深坑，被我找到了吗*？根据芬德林人传说，这个裂口通往湿热石之神的疆土，芬德林人就是在那里被创造出来的。但除此之外，这道从地表一直延伸到秘境的鸿沟还能是什么呢？为何前人没有将其绘制到地图中？焕华共修会知道吗？他们是否对自己的同胞隐瞒了这件事？

在摔倒之前竖起你的脚手架，蓝石英，他对自己说。*别去想这样的事情。你会疯掉，或者把自己吓死。画在地图里。全都画进地图里。*

“坐下等我一会儿，孩子，”燧岩对那孩子说道，“不会太久。”

然而，正是那孩子的得体举止让燧岩意识到他们已经在这个地方待了多久——他做了大量笔记和草图，记录下了那座壁架和巨大的矿井，一直到他想把工具收起来，才发现自己已经有一个多小时没有听到火石的叹息了。他转过身，认定那孩子肯定已经走了，但是火石却安静地坐在几码开外的地方，眼睛盯着矿井的中央。

“以长老之名起誓，今天我对你提了很多要求，而你全都照做了，”燧岩心中满满的全是自豪，“我们回去吧，看看能不能弄到点面包和蜜糖，那些贪婪的僧侣总是把这些东西私藏起来——你应该吃点好吃的。”

火石破天荒地笑了，他真的超爱蜜糖，最近在芬德林镇很难弄到。男孩很快爬了起来，领着燧岩回到通往大凹地的那条宽阔的小路。但是当燧岩走进更加开阔的地界时，他撞到了火石身上；火石停下了脚步，他们站在那里，望着出现在前面的陌生人。

不，不是陌生人，燧岩立刻意识到；他曾见过那张瘦弱、怪异的脸，全神贯注的眼神，甚至是那头像是用钝刀剪过的头发。实际上，他记起了他们相处的每一个恐怖瞬间，包括那个叫作雅萨梅兹的女人做出的死刑宣判。他不明白的是，这个陌生人为什么还活着。

“吉尔，”他说，“你叫吉尔。”

“是的，我以前叫吉尔。在此之前我的名字是凯因。现在我又叫回了这个名字。”

“你还记得我吗？我是燧岩·蓝石英，这是我儿子火石。你我曾一起被那个黑暗女士——雅萨梅兹俘虏。说实话，我没想到能再次见到你——她当时好像铁了心是要杀掉你。”

“她现在仍有可能这么做。有些时候，对她来说这似乎是个更好的主意。”他做了一个加尔人式的耸肩动作，衬着他的人类外表，看起来有些怪异，“这就是家人的相处之道。”

燧岩花了一会儿时间才理解这话的意思，“等一下，家人？你跟黑暗女士？”

凯因点了点头，“她是我的族母。我有段时间忘记了这件事。”

燧岩不知道该说什么，“那么……见到你很高兴，吉尔。凯因。”他摇了摇头，“在这个不知名的地方见到你真是件怪事！你怎么会到这儿来？”

“哦，我经常会走上很久，”凯因说，“我已经很久没有看到米德兰山下的圣地了。”

“你一定要跟我回到神庙喝上一杯。我们走吧，把酿酒师兄弟最好的酒挖出一桶，你跟我说说我们分别之后发生了什么……”

凯因摇了摇头，“很抱歉，我的朋友燧岩，下次吧。我现在有要紧事要做。”

“当然可以，”燧岩说，“那就下次吧。”

当他们走到那条大凹地的隧道时，凯因转身朝着跟神庙相反的方向走了，“再见，燧岩·蓝石英。我希望有一天我们能一起喝上一杯。”

“我没有办法假装对任何事感到吃惊了，”当他们目送加尔人离开的时候，燧岩对火石说道，“来吧，孩子，我们在这儿耽搁了太长时间。我们现在回家吧。欧珀肯定会回来吃晚饭，要是发现我不在，她肯定会扒了我的皮。要是她发现我把你带出了神庙，她会把我背后的皮缝在一起，然后再扒开，所以我们得快点回去。”但是有一个念头始终在燧岩脑中挥之不去，而这个念头跟欧珀毫无关系。他一直在想，凯因到底在那个人迹罕至的地方干什么。难道真的只是巧合？近处的烟囱——燧岩开始误以为那是矿井——是何时开始通往秘境——那个如今令芬德林人、加尔人，甚至南方的独裁者着迷的地方？

巧合？真是这样吗？

⚜ ⚜ ⚜ ⚜ ⚜

“你觉得紫铜的主意怎么样？”当范森与朱砂在地洞里进餐时，他这样问道。这个地洞不深，平时被用作指挥官的瞭望台。这位主帅大老远地来到暗月之地，费拉斯·范森和几百名芬德林人以及加尔人已经跟独裁者的部队对峙了三天，但是范森不敢让朱砂在那里久留。此地太过危险，而朱砂又是个重要人物。范森早就认为，赋予他全面指挥权的公会展现出了过人的智慧——朱砂·水银是位罕见的政治家，他的天赋让他能够轻而易举地解决任何棘手的问题。

“他的计划是派人潜入独裁者的先锋部队后方？”朱砂摇了摇头，“这根本行不通。你见过我手中的那份情报——紫铜和碧玉得放弃一半的地道。除非我们能够得到增援，否则他们绝对没有可能守住，更别说守到我们在这些南方人身后挖出一圈地道的时候。这些古老的地道里肯定到处都是碎石。不，我们必须后退，在赭石障阻击他们。”朱砂叹了口气，然后抽了一大口烟叶。

范森也学着他的样子。**这酒就是不如麦芽酒好喝**，他想，就连他父亲喜欢做的酸蜂蜜酒也比不上——芬德林人的啤酒有一股湿泥的味道——但是他还喝过更难喝的东西，至少后来将他架回警卫室的人是这样告诉他的，“我想让你去告诉紫铜。”

范森向窗户外望去，加尔人将领寒鸦正在监工一堵城墙的修筑工事，这堵墙将贯穿大厅中央，由芬德林人负责建造。范森希望所有人都能多两天的准备时间——他有信心，只要时间充裕，聪明的芬德林人就能让宽阔的暗月之地坚不可摧——但现实情况并不允许，“紫铜和碧玉有没有发来最新消息？”

“他们仍坚守在河段下游，但实际上他们是在缓慢地撤退。碧玉说他们遭受了重创。愿大地长老原谅——他手下的那群士兵只不过是一群孩子……”

“是的，愿三神带他们进天堂，”范森在胸前画了个十字，满心的不悦让他一脸苦相，但是他很快就平复了心情，“还有别的消息吗？地面的艾文·布罗纳指挥官有消息吗？”

“没有。我们暂时没有办法给他送去更多的信息。我们试了几次，让人偷偷溜进主城门，但都被守卫拦了下来——他们说未经护国公托利允许，任何芬德林人都不准进入城堡。而那些鲜为人知的小路不是通往独裁者驻扎的大陆，比如风暴石大凹地，就是有护国公的部队把守，比如通向查文老家的那条路。不管选择哪一条，我们的敌人都会像守在老鼠洞口的饿猫一样等着我们。”

范森痛苦地皱了皱眉。一听到亨顿·托利被称作护国公，他就满心不舒服：王室卫队的每个人都知道托利家族这个最小的儿子的嗜好和他的所作所为。“别再冒险把任何人送进城门了，”范森说，“托利是个魔鬼，但他很聪明。他很快就能从任何报信者口中套出我们所有的秘密，你我也不例外。”

“那么，你的布罗纳和他可能为我们提供的帮助就全断了，至少目前如此。不管怎样队长，他还有你手下的人已经历过太多恐怖时刻——独裁者对他们日夜轮番轰炸。有好几个晚上，连我这儿都听到了炮弹炸毁城墙的声音，隔着几百吨重的石头。”朱砂用粗壮的手指捻了捻溢出的烟草，然后在地洞的石墙上画了几个黑色的圆圈，“所以我们必须得准备好再次撤退。我很抱歉，范森队长。我们对您提了太多要求，却什么都没为您做过。”

“你们已倾尽所有。还有什么可做的呢？”

朱砂笑了——或许这是范森在这位富有活力的军官脸上见过的最萎靡、最黯淡的笑容了，“的确，还能有什么呢，我的朋友？”

范森把朱砂送回神庙后不久，独裁者的军队再次发起进攻，试图把守军赶出暗月之地。这次进攻十分迅速而且突然。一头可怕的斯科尔帕斯巨兽朝着芬德林人搭建的临时路障冲了过去，将那里的看守赶得像蜜蜂一样四下逃窜。等到范森的人组成一堵长矛墙拦住这头怪物的时候，独裁者的火枪手突然从旁边的地道中跳了出来。不一会儿，这些南方人就上好了子弹，开始开火。他们的子弹擦着阿斯考拉比的壳而过，但那怪物毫发无伤，几个未得到保护的芬德林人和加尔人却在第一波扫射中倒了下去。范森大声喊着让他们撤退到那面更大但不甚完整的墙边，其他人已经跑了过去。他的部队在撤退过程中溃不成军，幸好一队加尔人弓箭手及时赶到，为他们进行了掩护；在他们赶到墙边的安全地带时，只有几个人掉了队。

范森爬到寒鸦身边，他正冷静地用一截撕破的袖子包扎着血迹斑斑的上臂，一颗子弹击中了他。即便是在昏暗的灯光下，那血也红得有些可怕，但唯有这件事令范森见怪不怪。这个加尔人骨瘦如柴，鼻子很长，看上去更像是一只鸟，他的脸上覆着一层七彩的茸毛，在明亮的光线中呈现出紫色，有时甚至是粉色和蓝色，但是现在看上去只是一片黑色。这让他那对明亮的黄眼睛更加动人了。而他不经意间从两块盔甲之间露出来的皮肤似乎也长满了同样柔软的羽毛。

他们第一次会面的时候，范森盯着他看了好一会儿，但是他好战的个性很快便占了上风：他显然久经沙场，尽管血管中流动着鲜红的液体,但从他的举动来看,那液体却比血液缓慢,而且冷酷得多。

“没有蛇纹石了，否则我们可以把石头放倒，结束战斗。”寒鸦说着便将头探出了掩体四下探看，仿佛没有看到在他身边呼啸而过和爆炸的铅弹似的。他转身对碧玉的看守，同时也是暗月之地数一数二的芬德林勇士白云石说道：“那就是你们所说的黑沙吗？我们的人称之为‘歪神之火’。”

“没听过什么歪神之类的东西，”白云石做了个鬼脸。同大锤一样，他目睹了发生在他自己的国家里的大部分悲惨事件，因此不想被人看出自己的兴奋，“爆破粉，我们这么叫。但是如果没有这玩意儿，我们肯定搞不定。我们就得撤回到赭石障，在那儿阻击他们。”

“而且，”寒鸦说，“要是你的芬德林人朋友能给你送一些火球来就好了，范森。我们可以朝着那个臭气熏天的歇里切滚下去一个，把它压成肉饼。”

“我们有的是，但是眼下我们这儿没有。”范森干脆地说道，“还有其他办法吗？”

“继续向他们射箭，直到把他们全都射死。”白云石建议。

又一批子弹从他们头顶飞过。炮火的轰鸣声在地洞里回荡，直到费拉斯·范森觉得那声音近在咫尺，“你跟大锤·碧玉一样，是个聪明的战术家，”他告诉这个芬德林人，“现在，如果你没有别的事情可做，我们还是想想怎么干掉那头怪物吧。”

他们又躲过了独裁者的部下和他们的宠物的两次进攻，勉强击退了进攻者，同时还要努力防守那段未完工的墙。怪物不断地对他们发起攻击，它在那里闻到了肉味，决心要把所有难啃但香喷喷的肉弄到手。

“你瞧，那就是它的命门！”当那个全身关节的庞然大物再次逼近、巨大的爪子咔嗒作响的时候，寒鸦喊道。怪物的腿集中在它的下腹，范森从这个角度可以看到那里长着一坨椭圆形的肉。寒鸦和其他人开始用手中的长矛戳向那个柔软的地方。怪物直起身子转了过来，发出了巨大而恐怖的嘶嘶声，然后向后退了几步，踩扁了几个独裁者手下没能及时躲开的倒霉士兵。它拖着蹒跚的步子很快就离开了暗月之地，进入了通往地面的隧道，独裁者的手下已经占领了那里。增援部队的尖叫声足以为守军增添新的信心，他们显然是在前来地道的途中遇到了那个没有主人指挥且精神错乱的怪物。范森从墙后带头发起了进攻，尽管有些人在攻击中倒了下去，但他们很快便干掉了独裁者的那些不愿投降、更不愿意逃回自己怪物的魔爪中的手下。

“我们至少干掉了六七个，”当白云石和其他人，包括范森在内，趁着独裁者的军队撤退的间隙弯腰修筑剩下的墙时，他这样说道，“你觉得他们还有多少人？”

“不超过一百。”寒鸦犀利地笑着。他自己的那些士兵，尽管有些因为挖地道和筑墙而累弯了腰，但此刻也纷纷表示要加入战斗。范森几乎忘记了，有些人长得像青蛙和狐狸，而另外一些人的相貌比他们还要奇特。他们成为兄弟，以一种范森从未见过的方式：共同赴死，此乃兄弟间至深情义。或许在这些加尔人的帮助下，他们可以拖住独裁者，直到仲夏夜之后。

“我们把他们一个一个地干掉，”范森说道，“等炸药一到，我们就送他们去见科涅奥斯。”

寒鸦笑了，“你这个凡人真逗。你知道我们现在在哪儿吗？”

“你这话是什么意思？”

“我们已经来到科涅奥斯的大门口了，队长。这里就是地下遭到围攻的地点，是我们保卫的地方！我们的敌人想要占领科涅奥斯的宫殿！我们是死神的光荣卫士。”

范森一时间竟没能完全理解他的意思，但是接下来很快就明白了。最后，他露出了招牌式的冷笑，“正如你所说的那样，寒鸦，我的朋友，我们正要这么做。守护死神的城门，直到我们自己受邀进去。”

对范森来说，意识到他们的任务是多么没有价值简直就是一种解脱，他摇了摇头，再次弯下腰忙碌了起来。

⚜ ⚜ ⚜ ⚜ ⚜

当燧岩和那孩子回到房间之后，火石坐了下来，开始思考那些怪异的火石式问题，而燧岩则赶着在忘掉那些笔记的含义之前，把它们绘制进地图里。整个矿井都要描绘下来，五拱门后面的迷宫也需要重新绘制。燧岩工作的时候，火石说过的话在他脑中翻来覆去，让他心烦意乱，尽管他自己也说不清楚原因。

燧岩刚刚完成变动标记，正准备着手其他事情，脑中突然冒出了一个想法，一个奇怪、宏大、疯狂至极的想法。

他枯坐了很久，屏气凝神，甚至不确定这样做是否有意义。忙了一天的欧珀急匆匆地走了进来，她有很多话要说，今天发生了什么事情，自己又做了些什么，但燧岩几乎一句也没听进去。他强颜欢笑，说着迎合的话，但思绪早已被那个新的想法带走。

这种事他肯定不能跟欧珀商量，虽然他非常在乎她的想法。这样做实在太过危险，她想都不想就对会他说，有了孩子之后他要尽到父亲的责任，如果他胆敢再次抛家弃子去干那些危险的事，那么她以后绝不会再跟他在同一个屋檐下生活。燧岩甚至不确定范森和公会是否愿意听一听这个疯狂的想法，更别提赞成这个想法了，尽管如此，他还是不愿意浪费口舌跟自己的妻子争论（他知道自己肯定会输，而且会输得很惨）。

燧岩不想再浪费时间，一心只想尽快绘制完地图，但他也不想等待太久才把这个大胆的计划告诉范森、朱砂和其他人。晚祷结束之后，燧岩焦躁地等到欧珀和火石睡着之后，起身点亮了油灯，回到了办公桌旁。他把计算所需的多张地图全都叠在了一起，然后伏在桌子上，借着忽明忽暗的灯光，开始按照公会教给他的古老方式制订他的计划，在石板上写满了能够解释他那怪异而疯狂想法的数字和符号。

第十四章
精灵女王

圣孤如此痛苦，他多次想要违背上天的旨意将自己沉溺在绿色的海洋之中，却被一个名为阿里斯塔的年迈又眼瞎的奴隶所救……

——引自《圣孤传说：其人生平、死亡及天堂的奖赏》

萨奎丽看着他浮出海面爬上了岩岸，身披缥缈白袍的她看起来像是一尊塑像。她一点水也没有沾到，而巴瑞克则全身湿透，海水不断地从他身上滴下；这让他感到十分惊讶，或许是因为多年未见过咸水沼泽，但那惊讶片刻之后便消失了；萨奎丽转过身，站在岸边抬头望着王宫，它就在怪石嶙峋的山顶，透过树丛清晰可见。

“几百年之后，你就能学会一些事，”王后说道，巴瑞克步履艰难地跟在她身后，一路蹚着水，每走一步都会发出巨大的声响，“其中一件就是如何能够随心所欲地不湿身。”

巴瑞克没有力气跟她讨论这件事。疲惫和湿漉漉的衣服如同一队隐身的哥布林一样拉扯着他，让他的每一步都走得异常沉重。现在，他可以把王宫看得更清楚了，尽管焰华的声音一反常态地安静了下来，他自己的记忆却变得鲜活起来。

“谁先摸到门，谁就是悬崖的主人！”他姐姐喊道，也不管他听到了没有，她早就一溜烟地跑远，冲上了古老的石阶。巴瑞克犹豫了一下，想看看肯德里克会不会跑，但是他们的大哥正耐心地等待着父亲。肯德里克当时十二岁，决心要表现得像个男人——绝不会再玩什么游戏。巴瑞克跟着双胞胎姐姐跃上了台阶。

“你作弊！”他大喊，“你抢跑了。”

“那可不算作弊。”她扭头应道，笑得差点绊倒在一个狭窄的台阶上，累日的风吹雨淋使那个台阶出现了一个小豁口，“那是计谋。”

“要是你们俩胆敢在没有警卫陪同的情况下踏进那个房间，”他们的父亲站在岩石上怒吼道，“我就扒了你们的皮，把你们喂狗！”

这下布瑞奥妮笑得更厉害了，当然——她很喜欢那些猎狗，她有可能很喜欢被这些动物吞食，巴瑞克心想——接着她又向前迈了一小步，差点倒仰过来。

“布瑞奥妮！”他们的父亲大喊道，“小心啊，孩子！”

她轮着胳膊，像风车的叶片一样，努力保持着平衡，巴瑞克趁机上前帮了她一下。当他跑过她身边的时候，他用那只完好的胳膊轻轻地推了她一下，她顺势向前扑去，站稳了脚跟。

“作弊！”她在他身后喊道，“你推了我！”

这下轮到巴瑞克笑了。她知道自己在说谎——她知道他会照顾她，仅此一次，而不愿做被照顾的那一个，为此他感到十分荣耀。他来到山顶的小路，朝着王宫一阵猛冲，柏树在他身边不断向后退去。他突然看到了正门前面那条宽阔的马车道——在这样一个没有路也没有马车的地方，这条车道根本毫无用处，但是他想阿杜安国王和他的工匠们或许对此地有着更大的期许——这时，他的身后传来了姐姐的脚步声。

“我追上你了！”

什么，难道她以为他的胳膊残废了，就连腿脚也不好使了吗？他低下头，拼尽最后一丝力气开始冲刺，他穿过碎石遍地的马车道，赶在姐姐之前摸到了前面。他们喘得上气不接下气，一句话也说不出来，双双闪进大门，并肩坐在了门廊里。巴瑞克的肺里又充满了空气，他转过头看着她，然后……

咚！

巨大的爆裂声将巴瑞克拉回了现实，他的记忆如同蒲公英的绒毛一般飞散开去。他在路中间站定，转身眺望着海湾对岸。很难看清是什么东西发出如此巨大的声音，但是岸边的城镇里却升腾起了几缕白烟。一时间，巴瑞克只能自我安慰那不过是烟囱，一切都稀松平常，他听到的不过是一声惊雷。毕竟，谁会开炮呢？

咚！咚！

……不对，有很多门大炮——难道是加尔人？他们会用大炮吗？萨奎丽去哪儿了？她受伤了吗？炮弹能打到这么远的地方吗？他沿着小路快步跑上了山坡。

不，她的声音如同他自己的意念一样近。*慢慢走，巴瑞克·埃顿。很多双眼睛在盯着。*

他转过身，惊讶地发现萨奎丽就站在他的身后——他不知不觉地从她身边跑了过去。她追上来之后，没有再开口说话，而是径直穿过了盘枝虬节树林。到达那栋房子之后，她用手一碰到门边，门便打开了，仿佛里面的人已等候她多时。

巴瑞克跟着她走了进去，熟悉的霉烂味扑面而来，整个人像被灌了铅的渔网拖住一般精疲力尽。

“去睡一会儿，”萨奎丽对他说，她像个凡人一样将这句话吐露在空气中，“你暂时是安全的。接下来还有充足的时间去完成我们必须要做的事。睡吧。”

巴瑞克没有提出异议。那张床十分凌乱，好像有人睡过，尽管从床单和毯子（在咸湿的空气中永远硬邦邦的）判断，那至少是几个星期之前的事了，但他并不担心，因为睡眠将会像布伦湾的海水一样拖住他，而这一次他完全没有力气继续漂浮了。

他没有整理床铺。现在，就算科涅奥斯本人在上面睡过他也不在乎了。巴瑞克脱下湿漉漉的衣服，赤裸着身子钻到了僵硬的床单下面，不一会儿就陷入了梦乡。

“有客人来了。”萨奎丽的声音在近旁的某个地方响起。

巴瑞克恋恋不舍地从床上爬了起来，结束了自己的美梦。在梦中，他在一个沙漠城市里的街道上来来回回地寻找着契妮坦，但没有看到她的影子。他睁开眼睛，一时间想不起自己究竟在哪儿，但是接下来便全都记起来了——镜子、绿色的海洋、神灵徘徊的梦、幻般的深渊。他坐了起来，发现萨奎丽正站在床脚。

“什么？”他说，试图让自己的精神集中起来，“客人？”

巴瑞克只是在开玩笑，但是王后扭头望着客厅，“实际上，我想我们才是客人，他们是想来看看我们是否会伤害他们。”

巴瑞克机械地摇着头，努力想要厘清自己的思路，“客人？在麦海伦小岛？但是这里没有人住……”

萨奎丽那苍白而消瘦的脸上丝毫看不到任何表情，“你这么认为？”

“那么，好吧，我就来。”他等了一会儿，但她一动也没动，“你可以先出去，让我把衣服穿好吗？我还光着身子。”

萨奎丽把门从身后带上的时候，露出了开心的微笑——要是算起来，她可以说是他的曾曾曾祖母了，不是吗？当然，在她面前更衣，好像她只不过是个下人似的，这样做不太合适，不是吗？巴瑞克皱着眉头，费了半天劲儿才穿好那身加尔人衣裳。她年轻貌美得有些不太正常。这让他感到十分不解。

当巴瑞克走出卧室的时候，简直不敢相信眼前一切。整层楼人头攒动，好像一块地毯突然有了生命。他惊讶地发现，一百来个小矮人正等在那里——他们跟他在阴影线后遇到的尖刺仙一样矮小，却像人类一样戴着帽子，穿着紧身裤和夹克。他们的小脸不过一只螃蟹大，满怀期望地齐刷刷望向他，但是巴瑞克却发现自己不知道该说什么好。

一个蓄着胡须的矮人从人群中走了出来。他十分壮实，衣着华贵，戴着一顶别致的帽子，腰上缠着一根细小的金链子，看上去像是婴儿的手镯，却被当作王室的首饰挂在他的身上。巴瑞克唯一能做的就是尽力不弯下腰去把他捧在手心仔细看个够。

“我是壶居公爵，”他的声音比一只吱吱叫的老鼠大不了多少，“是受人尊敬的越海屋顶国地板众议院的民选总理，也是尖塔蝠女王的叔叔——你们可能已经见过她了，她的光辉日月可鉴，我和我的人民勇敢地集结在你们的面前，欢迎你们的到来，我们尊贵的男主人和女主人……”

一个留着山羊胡子的小矮人接着也站了出来，衣着稍为逊色，用手肘推了推壶居。

“……呃，当然。”壶居花了一小会儿整理了一下思绪，“是的，欢迎你们再次来到我们的国家。萨奎丽王后。好久不见。”

“自从战争开始以后，差不多是从那时开始。”萨奎丽严肃地点了点头，仿佛自己不是在跟一个比老鼠还小的人讲话，“从那以后，刮了很多次大风。我希望好天气能让我们更多地走到一起。”

壶居看起来满意极了，虽然神色仍有些犹疑，“您十分善良，陛下，十分善良。我们希望能跟您谈点重要的事情——不，难以置信的事情！您知道，尽管我们曾在结盟时产生分歧，但我们一向对先祖，我们的表亲，你们的族人怀有最大程度的尊重和敬畏……”

山羊胡子的男人又推了他一下，“啊，请原谅。我们希望能跟你们谈一谈，如果可以的话，关于我们的人民今后如何对待彼此的问题——你明白我的意思吗……”

萨奎丽面无表情地点了点头，一如既往地轻快，“我非常明白。我所说的全部都是事实，如果我们的族人能够在接下来的劫难中意外幸存，那么将不会再有阴影横亘在我们之间。这是我的肺腑之言。”

这番誓言引得一些小矮人爆发出一阵欢呼声；还有一些在稍远的地方啜泣着，擤着鼻涕，高兴地窃窃私语。焰华的声音在伊尼尔的面前缓和下来，巴瑞克因此得以一见持续了几个世纪、或许会在今日了结的失和。

我们就是因为这个来到这里的吗？他心想，**难道他们不只要游到最近的海滩，还有其他的目的？**巴瑞克没法告诉她，也没法告诉伊尼尔：对他们二人而言，真实而稍纵即逝的东西已成为一种不能言说的秘密。仅仅观察加尔人每天的日常活动都像学习一门外语一样困难。

“我确定自己可以代表地板众议院，”壶居公爵跟山羊胡子男人短暂商量之后宣布道，“当我说出这些话的时候，我们很高兴地看到失和的阴影已经消失不见了。我们高兴极了。但是现在我必须要让我的秘书微针大人向你们解释一番您或许没有留意到的事项，夫人。”他向后退了一步，让身材纤瘦、留着山羊胡子的男人站了出来。

“请看一下写在这里的文字，”微针说着递过一张羊皮纸，羊皮纸在他的手中就像一扇百叶窗那么大，“独裁者苏列佩斯和南境的护国公托利几个小时之前在这里密会，他们讲过的话全都记录在这里。”

“什么？”巴瑞克以为自己听错了，“这里？独裁者？跟托利？”

萨奎丽拿过记录读了起来，她的脸比以往更像一尊塑像。

“我们听到了他说的一切，”壶居公爵开口说道，“我们不偏不倚、一丝不苟地全都记录下来了，所以我们十分肯定，陛下……”

微针大人打断了公爵的话，“实际上危险至极！”

“什么时候？”巴瑞克问道，“独裁者什么时候来这儿的？”

“昨天傍晚。”萨奎丽抬起头，“如果这些书面记录全都是真的，那么南方人对城堡和它的历史的了解肯定要比焰华和深渊图书馆估计得更多。就在我们讲话的时候，独裁者苏列佩斯也许正在准备通过秘密通道攻入地下。”

“秘密通道？就像把我们带到这里的那条？”

“是的，那里的世界要小得多。但是此地——你的家族最近才在此定居——下面的秘密通道跟其他的有所不同。这条秘密通道是由歪神的本人开启，也是由他本人关闭的，他用尽最后一息力气才将其封印。他通过这条秘密通道将那些曾折磨过他的神灵进行了放逐，由于他的缘故，这些神灵至今仍在秘密通道的另一边，饱受沉睡之苦。但是就算在梦里，他们仍梦想着有一天能够返回这里，在世人身上实施报复……”

各种意念从焰华涌入巴瑞克的脑中，虽然抽象却带着铺天盖地的恐惧感，差点让他倒下去。

然而萨奎丽却气定神闲地继续说着，好像思考这些是她每天的必修课一样。或许果真如此，“说到狭小的世界，我们现在必须得跟另外一个部落谈一谈，他们跟你们共同生活在这个地方。”

“当然！珍视我们之间古老亲缘关系的流犯可不止我们。”壶居公爵尖声说道。

“我们得赶快离开，”萨奎丽告诉他，“天黑的时候就离开。到那时，你能把要跟我们一起上路的人集结起来吗？”

“日落前一小时我们就会让公使做好准备，”他向她保证，“我们在码头上等你们。”

有时候，焰华似乎有意为一切蒙上阴影，以突显出事物的轮廓。当巴瑞克跟着萨奎丽从木屋走下小路的时候，周围的一切在焰华的烘托下如同热梦一般闪烁着微光。在麦海伦小岛当然要好过一些，大部分事物不像库 - 纳 - 加尔那样意味深长，但是萨奎丽本人，作为王后和女系继承人中的最后一位，先是接受了焰华后又自愿交了出来，她的身上全是……意义，跟在她身边便让巴瑞克疲惫不堪。

他们并肩走着，仿佛是出于偶然，萨奎丽平静地讲起了诸神之战以及业已开始的诸神的黄昏，当加尔人做出了致命的抉择，决定同微风神一系开战，招致三兄弟和源雾神一系的仇恨，丢掉了大部分对包括屋顶族在内的本族人的统治权，诸神的黄昏就已经开始了。

巴瑞克终于明白，失败仍然是他们命运的一部分，即便眼下这并非对话的主题。这是他们所有诗歌不可言喻的主题，也是所有歌曲沉默的主旋律。自从巴瑞克的祖先偷走了他们的公主，把他们赶到阴影线后面，大多数人人就已明白自己大限将至。正因如此，雅萨梅兹的队伍能够征召到众多视死如归的士兵。如果死亡不可避免，为何不能鼓起勇气直面它？

那么我呢？在这场失败中我归属于哪里？为何神灵，或命运，或掌管着人类生命的东西，会把焰华传递给我，如果我只能带着它一起死掉？

萨奎丽已经离开大路，走上通往咸水沼泽的弯弯曲曲的小径，巴瑞克和布瑞奥妮曾在那里度过了不少童年时光。萨奎丽像一条飘在风中的丝巾一般轻盈地穿过了沼泽，然后走下一条曲折迂回的小路，巴瑞克记得十分清楚，布瑞奥妮曾称之为“加尔人之路”，由于这是一条死路，它曾给巴瑞克和他的双胞胎姐姐带来不少欢乐。当王后在离布伦湾水面不远的地方停住时，巴瑞克追上了她。令他意外的是，一条灰色渔船正驶进那片水域，一个袒胸露背的水鸥族年轻人坐在船中，摇动桨橹停了下来，饶有兴致地望着巴瑞克。但是当他放眼看到萨奎丽的时候，年轻的水鸥人站了起来，丢下在浅水中起伏的渔船，笨拙地向她鞠了一躬。

“说真的，他们真做到了。”他听上去有些玩世不恭，但脸上的表情却表明他的态度十分认真，“真的是她。”

“很高兴你认出了我，刮船之沙家族的雷夫。”萨奎丽说。

他突然睁大了低垂的双眼，“您认识我？”

“我认识所有人，就连那些在流放中长大的人也不例外……但是我想你跟这些勾当有些关系，是吗？”

他耸了耸肩，“恐怕是的。没什么可以带回去养家，如果您明白我的意思，夫人。但是有些……”他的眼睛突然亮了起来，“你跟其他人一起来的吗？你们就是为了这个来的吗？”

萨奎丽点了点头，“这是巴瑞克王子。”

这个水鸥人第一次正眼瞧了瞧巴瑞克，“你就是南境真正的王子吗？奥林国王之子？”

一时间，巴瑞克纠结于自己的身份，几乎说不出话来，“对，我是。”他最终开口说道。

“艾格耶瓦尔亲自把他带来了这里。”萨奎丽说。

焰华低语着，埃瑞沃……

“埃娜的爸爸一定会觉得很不甘心！”雷夫突然亢奋地拍打着水面说道，一边尽量不让水花溅到萨奎丽身上，“远古子民的王后和这座城堡的王子都来到了我的小船上！老特里的心里会像腌鲨鱼一样酸溜溜的，当他发现……”年轻的水鸥人打住了话头，脸色因尴尬而变得绯红，从脖子到那对小耳朵全呈现出一片绿褐色，“请原谅，夫人。您不想听我发牢骚，而且还有事情要做。陛下，请让我帮您。”

他站在那里，向萨奎丽伸出了一只手，目不转睛地盯了好一会儿，然后又重新考虑了一下。他抽回了手，蹲了下来，将手指浸在布伦湾的水里，飞快地在屁股上蹭了蹭，然后再次递了过去。萨奎丽在水鸥人的帮助下爬到了梯子上，巴瑞克这才发现在他们所站的斜坡下方有一架梯子。她毫不费力地保持着平衡，优雅地登上了摇摇晃晃的小船，巴瑞克怀疑她根本无需帮助。

但是我们为什么如此匆忙？巴瑞克很想知道。**他们说我们天黑就离开，从现在到日落肯定还有一个多小时……焰华没有回答。**

巴瑞克借助雷夫那只粗糙的大手找到了梯子，然后转过身爬了下去，再次对加尔人为治愈他的废胳膊所做的努力表示感激。

年轻的水鸥人把船从岸边推开，却没有朝着更加开阔的水域向城堡驶去，而是沿着岸边划到了城堡对面的岛上，埃顿家族过去一直没注意这个地方，因为这里的树木枝虬叶茂，荆棘一直生长到岸边。巴瑞克从来没有从这个角度看过这个地方，当然更不可能见到下面的情形：他们朝着一个山洞滑行，那看上去像是一块普通的岩石俯角，入口几乎跟渔船的船舷一样高。

“低头，”雷夫说，“无意冒犯，但就算是王后和王子也会撞到脑袋。”

巴瑞克尽力向前倾着身体，几乎把脸贴到了膝盖上。通过俯角之后，他小心翼翼地抬起头，发现洞穴里面非常宽敞。谁能想到在岛屿东南端的荆棘丛下竟然藏着这么一个地方？

即便是退潮之后，洞穴也几乎整个淹没在水面之下，但是在一个满是石头的潮汐池岸上方，有一个挂着灯笼的码头从水中伸出，码头连着一条多石的海滩和一间奇怪的小屋；小屋十分狭长，屋顶覆盖着干海草和沙茅草。巴瑞克出神地凝视了好一会才意识到，后面那个看似独立的石质建筑其实是一个巨大的烟囱，直冲洞穴顶端，他想烟雾肯定排放到了外面的某个地方。

*那是个干燥的棚屋，*巴瑞克心想。*就像水鸥人建在环礁湖边上的那些一样。但是这座建在麦海伦小岛上的小屋是干什么用的？他们是怎样遮挡烟雾的？*

水鸥人雷夫好像读懂了他的心思似的：“我们只在夜间点火。烟从海岛远端的裂缝散出去——除非挖上几个星期，否则绝没可能找到烟雾的源头。他们现在已经不常点火了。更像是一种……什么来着，传统？”

“一种古老的传统，”萨奎丽说，“这就是你的族人第一次向他们的主人——海神表明身份的地方。”

他用奇怪的目光望着萨奎丽，明显为她的博学而感到惊讶和欣喜，“我不知道这些，夫人。我只是个渔夫。”

“但是你总有一天会成为酋长，埃娜的父亲知道，”她说，“这就是他对你十分严厉的原因，雷夫 · 刮船之沙。”

年轻的水鸥人惊讶得几乎说不出话来，直到把船系在码头，帮助萨奎丽和巴瑞克爬上梯子之前，他都没有开口讲话。

“你们跟姐妹们说说话，我去接那些小的来。”他告诉他们，然后重新跳上了船。

巴瑞克和萨奎丽一起走上了堤道，朝着狭长的小屋走去，他突然感到既熟悉又陌生。他体内的某样东西认出了这个地方，感受到了它的力量，但是身体的另外一部分却想不通这么个不起眼的建筑何以能够激发如此强烈的情感。这座小屋看上去十分古老——如同沉睡之城中歪神的大厅一样古老，如同库 - 纳 - 加尔的一部分一样古老，但是尽管灰色的木头已经风化，他所看到的东西不过区区百年而已——同古老的人类之屋（毕竟这曾是一位神灵的府邸）的历史相比，这不过是沧海一粟。

两个身材矮小、佝偻着身子的人等在长屋门口，那是两个水鸥人妇女，看上去比这屋子还要老。

“欢迎，乔伊阿普斯之女，”身材稍微挺拔一些的女人说道。跟她的姐姐一样，她头上的王冠下面只有稀疏的几绺头发，满是皱纹的皮肤像干掉的泥浆一样，但是当她把目光转向巴瑞克的时候，眼神立刻变得犀利起来，“还有你，人类，奥林与玫丽尔之子——也欢迎你。有人通报说你们来了。啊，你们比表面看起来更加不凡，是不是？我们闻到了。我是古尔达，这是我姐姐麦芙。”

对于这种奇怪的问候方式，巴瑞克只能点了点头，但是她提到了他的母亲，这让他感到十分意外。当父亲从布伦带回他的新娘时，两姐妹肯定已经出生了，或许她们曾看着她骑马穿过巴西利斯克城门，带着全部的嫁妆和财产……

年轻的玫丽尔王后是怎么想的？巴瑞克的父亲总是告诉孩子们，他们的母亲是多么活泼，多么喜欢唱歌、跳舞和骑马等简单又快乐的事。要是她知道自己生命有限，她是否会做些不一样的事？他想象不出她还能以怎样的方式更好地度过这一生。

“伟大的女王，您此行是否为圣鳞而来？”古尔达问萨奎丽。

“那是银光神的一枚碎片，”焰华低声说道，“是一面镜子，能够打开通往梦幻岛的门……”

萨奎丽摇了摇头，“我不敢。我怕自己会暴露给那些强大的势力。不管怎样，对于未来的想法我会保密——我担心如果我向圣鳞开放我的思想，别人可能会偷窥去，毕竟我离自己的宝座太远了。”

古尔达点了点头，“的确，各方势力过于强大，时机也不算太好。就在昨天晚上，天神还向我们颁下神谕，他托梦给我和我姐姐，神的子孙将会回到雾影边境——我们把对岸的那座雄伟的宫殿叫作雾影边境，”她向巴瑞克解释道，“我们伟大的海洋之父梦想着有一天，神灵可以再次踏上陆地，世界将笼罩在黑暗之中。”

“黑暗。”身材更为矮小、瘦弱的姐姐拖长了声音说道。

古尔达将粗糙的手掌交叠在胸前朴素的长袍上，“那是个好梦，尽管艾格耶瓦尔说了一些可怕的事情。他还跟我们小时候学着聆听他神谕的时候一模一样——既不愤怒，也不冷淡，近来一向如此。”

“近来。”麦芙附和着。

“他告诉我们，他甘愿沉睡，”古尔达继续说道，“却被吵醒。有人想要把钥匙插进门锁中。”

巴瑞克不明白这究竟是怎么一回事。关于神灵的讨论在他的意念中唤醒了一团焰华，但它如同受惊后逃走的蝙蝠一样沉重、惶惑、回荡、矛盾。加尔人的记忆可以追溯到神灵依然行走在大地上的时代，但是焰华只不过是人族自身智慧的结晶——无法解释神的行为和秘密。“我不明白。”他大声说道。

“你也不会明白，”古尔达说，“还不到时候。但是我们的主人艾格耶瓦尔说了，‘不要绝望。我不会抛弃我的子孙，不论是年迈还是年轻的子孙。’”

“年迈。”麦芙平静地说道。

“我们要说的就这么多，夫人，”她姐姐说道，然后朝着萨奎丽行了个礼，“所有的流放者都会尽一份力。我们犯了错误，不敢支持皮亚林和他的追随者——就连海神也开始后悔起来；我们背弃了自己的部落。但是现在，作为同盟和同族的我们至少会死在一起。”古尔达咧嘴笑了笑，嘴里的牙齿几乎全都掉光了，“或者，谁知道呢？或许我们能活下来也说不定呢！”

麦芙笑了起来，“活着。”

巴瑞克不明白到底发生了什么事，“她们是说水鸥人要跟我们开战吗？她们有权利决定这件事吗？”

“我们没有，”古尔达说，“但是我们的主人、海洋之神艾格耶瓦尔有这个权利。我们将会再次同我们的家族并肩战斗。”

“再次。”麦芙随声附和。

萨奎丽快走了几步，站到古尔达和麦芙面前，她那苍白的脸上长着一对漆黑的眸子，此时显得异常平静且和善。这种时候，巴瑞克觉得她是自己见过的最美的人，“就算诸神的黄昏仅仅赐予我们这些短暂的胜利，我们终究还是取得过胜利。”萨奎丽伸出手，抚摸着两个水鸥人女人的额头；麦芙大声地叹息着，“永别了，我的姐妹。”

巴瑞克听到一声轻柔的水花响，他转过了身。仿佛是受到萨奎丽的召唤一般，渔船跨过水面正向他们驶来，雷夫奋力地挥着浆。一个硕大的箱子端放在他身后的船首。小船靠得更近一些的时候，巴瑞克被焰华的回音和意义的碎片所淹没了……

就连神灵也为诸神之战感到后悔……

……海洋没有耿耿于怀……

那么海神为何要更改他的歌谣？

……他突然意识到，自己就要回到家乡——南境。

但是那里真的是我的家乡吗？除了跟布瑞奥妮在一起的时光之外，我从未感到片刻的快乐。我对那里的感情从未像库-纳-加尔那样深入骨髓……

人类跳动的心脏。

重建于银光的骨骼和黎明之花心脏的飞灰之上……

人族可能永远无法再次见到我们古老的房子……那些声音齐声说道。

*……然而，南境永远是我的家乡，*巴瑞克心想。*但它现在看上去为何如此陌生？*

直到感受到萨奎丽冰冷的手指触摸到他的胳膊，巴瑞克才意识到年迈的水鸥女人已经消失在荫房之中。雷夫将渔船系在码头一端，等待巴瑞克和萨奎丽上船。

当他们来到梯子底部的时候，巴瑞克发现放在船首的那个箱子是为壶居和他的族人——越海屋顶国全部的人——准备的；轿厢里看起来有一百多个小人，他们全都坐在一条木板较低的一端，手里抱着孩子，行李堆在脚下。

萨奎丽进门的时候再次允许雷夫扶住了她的胳膊，这让雷夫自豪不已。巴瑞克挨着她爬了下来坐在她身边，王后近在咫尺，他的心中不免有些畏怯。他能嗅到她身上那股精致而独特的香气，花香混合着肉桂和某种更为隐秘、浓郁的香味，如同松脂的香气一样强烈。

他们安静地离开了洞穴，雷夫轻松地用力摇着船桨，焦虑的屋顶族尽力让自己不被左摇右晃的船给甩出去。太阳渐渐消失在天边，巴瑞克很好奇，他们怎么会在那里逗留那么久，看起来还不到一个小时。当他们到达麦海伦小岛最北端的时候，太阳完全沉到了南境西边的群山中。他们在一个浅狭的海湾里等了一会儿，直到最后一丝光线消失在山顶，然后才慢慢地划到了开阔的水域。

黑暗如同斗篷一样笼罩在他们头顶。有那么一会儿，狼牙塔的废墟在最后一缕光线的照耀下闪烁着光芒，接着也消失在了黑暗中。

祖先的弥留之地，一个声音在焰华嘈杂的低语声中跳了出来。**自从我远游之后便再也没有见过——除了梦里。**

伊尼尔国王？真的是你吗？

那声音远远地从水面的另一端传来。**你把我叫了回来，凡人之子，我只能**……巴瑞克突然感觉到有什么东西重新聚合在一起，一片接着一片——但并不像破碎时那样快乐。**我在这里。**

他的声音比其他声音都要响亮，都要清晰。国王就在那里，化为巴瑞克的骨骼和血液的一部分。

“现在我们总算回来了，亲爱的，”萨奎丽盯着巴瑞克大声说道，直到他意识到她不是在跟自己说话——至少不是直接跟自己说话，“总算，终于回来了。”

“一件事物的结束便是另一件事物的开始。”巴瑞克发现自己说出了这样一句话，尽管是死去的国王在讲话，但他的声音听上去并没有任何受到胁迫之意，只是受到激励说出了自己的心里话。

焰华的声音沉寂了下去。就连待在箱子里的那些拥挤的屋顶族人也压低了声音。很长一段时间里，巴瑞克只能听到连贯而轻柔的划桨声，他感觉自己陷入了一种模棱两可的状态，既不在当下也不在别处，仿佛进入了中间世界——这个世界从某种意义上来说是真实的，巴瑞克心想。以前逝去的一切都已结束并留在了他的身后。未来的一切尚在路上。难道真的像周围的人所认为的那样，世界末日终将到来吗？

或许吧。他只知道这么多。

一个细微的声音在他耳畔响起，起初十分轻柔，巴瑞克以为那不过是他们经过的海湾时所激荡出的乐曲中的一个音符。但那不是单纯的水流声，而是一种更加悠扬、富有异国情调的旋律。接着他听到或者说是在意念中感受到有人在说话，眼下两者之间似乎没有任何差别。

我是众生之母。／我如此危险！我如此美丽！／我是众生之女……

是萨奎丽，巴瑞克意识到，她在轻轻地唱着歌，声音如同银箔般清脆。旋律四处飞扬，周而复始，就像衔尾蛇一样。

我是这尘世岸边的天鹅！／我是照亮前路的明灯！／我是不死的铁鸟！／给我王冠！／给我王冠！／给我王冠！

她的声音甜美而低沉，却并不怎么抚慰人心——这不是一首摇篮曲。听上去更像是一首古老的歌谣，巴瑞克感觉到那歌声在自己的骨子里回旋，每一个音符便是一个世纪，每个世纪不尽相同，但一如既往，周而复始，直到融入岁月的轮回之中。这是一首女人的歌，一首关于生存之骄傲的歌，一首尽管困难重重、危机四伏，却依然幸存下来的赞美诗……

当日子平静下来／当夜晚泛着灰白／当所有人站在无名者面前不敢开口讲话／我是众生之母！我是众生之女！我是这首歌的演唱者。／我是堵住洞窟的狐狸。／我能够屏住呼吸／直到时间开始转动。

过了一会儿，巴瑞克·埃顿竟想不起萨奎丽不唱歌的时候是什么样子——他似乎经常在夜里漂泊于风浪之中，这首歌时常萦绕在他耳旁，抚摸他，对他耳语。

我是这尘世岸边的天鹅！／危险！美丽！／我是照亮前路的灯光！／炽烈的食影者！／我是不死的铁鸟！／当你欺骗我的时候你会浑身颤抖／我是众生之母。／我是所有人。／我是逝者。／我是尚未出生的婴儿。／我是月亮的宠儿／和仇敌……

巴瑞克意识到，自己幻化成了此前未曾有过的形态，如今正走在回家的归途，如果说那里曾是他的家，那么现在它已不再属于他。他们在劫难逃，但黑暗却是唯一赋予光明以形状的东西。他将会回家，众生之母在渐渐升起的月光下歌唱，一首永不止息、周而复始的歌谣……

我是众生之母。／如此危险！如此美丽！／我是众生之女……

第二部分

乌龟

THE TORTOISE

第十五章

异教邪说

阿里斯塔对他十分仁慈，教他信奉真正的神灵——三神，他们很快便结为好友。两人同在船上为奴，当风暴把这艘船掀翻在斯特里沃索斯湖的时候，阿里斯塔在孤儿的帮助下逃出了生天。

——引自《圣孤传说：其人生平、死亡及天堂的奖赏》

村子看上去至少有一年没有人住过了，但是朝圣者瑟隆很快就发现，事实并非完全如此。

村子孤零零地坐落在一条小河的转弯处，瑟隆一直沿着河边前进，因为大路杂草丛生，似乎已经太久没人走过，几乎无法辨认出行迹。或许这里以前住着几十户人家，但是显然都早已搬走：大多数房子用树枝和泥浆盖成，四周爬满了荆棘。通往村庄主干道的小路和动物踏出的小径上爬满了野草，东倒西歪的茅屋就跟直接从地里长出来的蘑菇似的。

天色灰蒙蒙的，一整天都十分沉闷，时不时还下上一阵雨，瑟隆什么也看不清。风刮得越来越紧——树干已经开始弯曲——紫黑色的乌云聚集在北边，做好了滚下群山、在山谷里降下一场滂沱大雨的准备；自两天之前跨过南境边境以来，他们就一直在那座山谷之中行走。

“孩子，”瑟隆对洛根说，“去看看能不能找个避雨的茅屋。马上就要下大雨了，要是能找到一个地面干爽的房子，我们就能在里面避避雨。”

男孩看了看戴着面纱的主人，但是这个手缠着绷带的男人正坐在树桩上趁机休息。瑟隆觉得，一个身体如此虚弱疲惫的人每天竟然能走这么远的路，这简直是个奇迹，但是显然有什么东西在驱使着这个手缠绷带的陌生人去往南境，然而瑟隆并不认为他们能够走那么远。实际上，这片大陆正变得越来越陌生，越来越荒凉，他几乎可以笃定，他们的旅程会在布伦湾沿岸的某个城镇终止，但他们还要几天才能到达那里。如果瑟隆那位奇怪的旅伴真的想在战争期间进入城堡，那他就得自己想办法。

“去吧，”瑟隆对男孩说，“帮我们找个避雨的地方。”

洛根仍在犹豫，“屋檐下那些凸凹不平的东西是什么？”

瑟隆斜眼看了看距离他们最近的一座废弃的屋子，“那个？也许是马蜂窝，但是我没看到马蜂，你看见了吗？不管怎样，要是你不去戳它们，它们是不会伤害你的——这谁都知道。现在去吧，找个干爽的地方给我们避雨。”

男孩踮着脚尖往前走了几步，这让瑟隆十分恼火。这个荒无人烟、遭受神灵放逐之地到处都是令人不安的逃亡迹象，在这片土地上行走已经够艰难的了；小男孩居然还偷偷摸摸地，好像可怕的野兽或食人魔随时会从树林里跳出来一样，这样一来情况就更糟糕了。现在瑟隆也开始感到了不安，“看在神的分上，你可以去了吗？”

洛根把身子探进最近的一栋房子里，什么也没碰，好像那些木料有毒似的。他很快挺直了身体，摇了摇头，然后继续朝着下一栋走去，遇到那些像乳酪一样挂在房门两边屋檐下的东西时才停下来看一眼——它们是那么奇怪，灰不溜秋的东西。男孩再次努力躲避着屋子里所有的东西，很快就摇着头走开了。

“泥泞不堪。”洛根平静地说道，但脸上明显带着挑衅的表情，好像瑟隆会反驳他似的，但他根本没有这样做——朝圣者精疲力尽，只想在此地休息一天，生起一堆篝火驱散骨头缝里的湿气。他只需要把这个蒙面的傻瓜尽可能送到距离南境最近的地方，然后就可以拿钱走人了。他再也不会去湿漉漉的林间过夜；也不必听着狼群的号叫，辗转反侧不敢入睡。他会从这个疯子那里得到一大笔钱，足以在布伦海岸的夏土南部买下一群牲口和一栋庄园。实际上，他满可以用这些金子买个地方行政长官做一做——甚至还能买个贵族头衔！瑟隆，史蒂芬山的男爵——当然，那要付出一点代价！

男孩突然发出一声尖叫，将瑟隆的美梦给打断了；他一边挥着手，一边从一栋房子的大门前往回跑，接着令瑟隆大吃一惊的是，他竟然升到了空中。朝圣者刚看了一眼，就感到自己的脸上被什么东西叮了一下，然后是后脑勺，接下来是胳膊。

马蜂！他的思维有些混乱——因为他知道就算自己回过头，挥着胳膊试图赶走那些无形的生物，也没有一只马蜂能够把一个几手宽的孩子吊到空中。他几乎来不及细想。

当瑟隆试图赶走那些叮人的虫子时，有什么东西卷在了他的胳膊上。攻击他的难道是蜘蛛？但是那线比瑟隆见过的任何蜘蛛网都要结实。他刚扯断了一根，另外一根就缠了上来，然后一根接着一根。他的大腿和胳膊上已被叮了好多下，但仍然没看出来到底是什么东西袭击了他。瑟隆痛苦地大喊着，拼命想要摆脱身上的束缚。他听到男孩在不远的地方大叫，这让他挣扎得更凶了。他终于成功地扯断了几根丝线，跌跌撞撞地走到空地中间，离那些房子远远的。他的雇主，那个蒙面的朝圣者此刻不见了踪影。瑟隆的脸被叮得红肿，隐隐作痛，他在脸上抹了一把，然后便开始诅咒起同伴的懦弱。当他揉着自己的身体的时候，有样东西掉在了他手里。他低头看了看，不是一只死掉的虫子，而是一支微型箭羽，或者说一支微型长矛，箭头上沾满了血，折断在他掌心里。

瑟隆惊讶地抬起头，看到最近的一栋房子的屋檐上挤满了小小的人形生物。男孩奋力挣断了身上的绳索，掉在了地上；但是他一边大声尖叫着，一边痛苦地在地上打着滚，明显是遭到了惨烈围攻。瑟隆现在连咒骂都不会了——他的预感实在是太准了。他犹豫了一下，知道此时便是最佳的逃跑时机；那些魔鬼般的小东西正顺着细丝往下爬，他们爬到男孩身上，用更粗壮的绳索把他捆了个结结实实。天知道他们要怎么处置那个可怜的孩子！

瑟隆看到了自己的懦弱，却没有逃跑，他不能丢下那个孩子不管。他大喊一声，赤手空拳地朝着洛根跑去，想要把他拉起来。小人们用武器刺向了瑟隆的双手，他把那孩子翻了过来，甩掉了一些小人，同时还把一些压在了孩子身下。瑟隆的脖子和脸颊上突然挨了几下，他疼得喊了出来。当他摸着伤口的时候，几根无形的细线突然捆在了他身上，把他的一只手拉到了脑袋旁边；他突然失去了平衡，踉踉跄跄地倒在了男孩身上。他无助地躺在草丛里，看到几十个小人从灌木丛里跳了出来，这些恶魔全都长着面具一般奇形怪状的脸，他们尖叫着，叽叽喳喳地叫嚷着，音调高得让人难以忍受。他们朝他走了过来，一开始只有几十个，后来有上百个。当它们涌过来的时候，瑟隆试图把他们赶走，但是他只有一只手可以活动，不一会儿他们就把这只手也绑了起来。洛根在他身下无助地呜咽和扭动着。

接着，有什么东西撞在了他身上，把他从男孩身上推了下去；他滚过灌木丛，撞上了最近的一栋茅屋。一开始瑟隆只能看见头顶的屋檐和魔鬼般的小人从它们那奇怪的巢穴中涌下来。他的一只手还被缚在脑袋旁边，他突然害怕起来，害怕这些小人会落到他嘴里让他窒息。他打了个滚，笨拙地跪了起来，看到那个无名的朝圣者正挥舞着一条跟他本人一样长的树枝，捣毁了挂在屋檐下的巢穴，那些树皮一样的泥状物大块大块地掉在地上，还有一些小人在踢着腿。

蒙面的男人抄起一根大树枝，冲着那些从草丛里飞奔而出的小人挥了过去，捣毁了他们的老窝，把附近的小人全都压成了肉饼。瑟隆与其说是听到，不如说是从这些小人的尖叫声中感受到了他们腔调的变化，一开始充满了攻击性和愤怒，现在彻底变成了惊骇的尖叫，而那个无名的朝圣者已经开始转过头来对付剩下的小人。

瑟隆最终挣脱了束缚着他的双手的绳索——他终于看清楚了，挂在他指尖的是几根微型绳索，比蜘蛛网粗不了多少——他重新站稳了脚跟，不时被无形的飞镖击中，痛苦地哼唧两声。他尽力压低身体，朝着男孩洛根跑了过去，然后抱起他，快速远离了这个该死的村庄。夺路而逃的他踩死了几个小人，但他一点也不后悔。

瑟隆尽力抢出了几件行李，拖在身后，跌跌撞撞地跑回到大路，离那些房子远远的。直到把小溪的转弯处远远甩在身后，再也看不到那些茅屋的时候，他才把男孩放下来，往地上一躺，大口地喘着气。

蒙面的男人回来的时候，瑟隆已经找到了一个稍微好点的地方，翻出了打火石，生起了一堆火。无名的朝圣者没有开口，只是小心翼翼地在火堆旁边坐了下来，瑟隆在一个小时之前怎么也不会想到，这个男人竟然杀了几十个小人。这个怪人要了一块肉干，用缠着绷带的手接了过去，绷带上沾满了血点子。瑟隆认为大部分都不是他本人的。

当天傍晚洛根发起了高烧，瑟隆担心部分微型箭羽可能有毒，但是他本人却没有什么特别的不适，只有战斗带来的强烈的倦意。洛根呻吟并抽搐了很长时间，但是接近午夜的时候他似乎度过了最危险的时期，安静地睡去了。

第二天一早，男孩的身体似乎恢复了很多，瑟隆终于松了一口气。洛根的脸上、手上和胳膊上全都是勒痕和刺伤，玩具大小的箭羽还留在上面，有的已经折断，有的完好无损，瑟隆借着晨光帮助男孩清理了伤口，然后才轮到自己。很明显，回头的时机提前到来了，他绝不可能以身犯险或是让男孩冒险深入这片疯子和黑魔法盛行的大陆。

当瑟隆把帐篷的最后一部分收进包袱里的时候，男孩停止了与蒙面的男人的低语，转过身来看着瑟隆。

“他想知道我们什么时候能到南境。他觉得我们已经离那儿很近了。”

“我们？”瑟隆轻蔑地哼了一声，“我们？我们到不了南境了。我们要回去了。”

男孩表情奇怪地看着他，旋即又顺从地转过身去聆听主人的指示，“他说已经不远了——最多也就几天，他能确定。神灵肯定不太反对我们的行程，否则的话他们会让我们经历更困难的事。”

瑟隆笑了，他感到十分震惊，“啊！这么说来，要是我们继续往前走的话，我们就能经历比被一千根钢针刺中、被那些小恶魔烤着吃掉更糟糕的事了？要是错过了，那可真叫可耻，是吗？但是我想我还是不会去。”

一场几近沉默的对话之后，男孩问道：“你要离开我们吗？”

“如果你是问我是否会离开你，孩子，不。我不是这世间最好的人，而且经常忘记是诸神的爱让我度过了童年时光，但是不，我不会丢下你跟着这个疯子去冒险送死。他要么放你跟我走，要么就跟我决斗。”但他已经见过蒙面的男人战斗，虽然只有那么短短的一小会儿，但是一想到要跟他决斗，瑟隆还真有些胆怯。

男孩目不转睛地盯了他很久，然后才转过身去聆听蒙面的男人的指示。当男孩听主人说话时，瑟隆翻出了自己的短上衣，拿出了钱袋。他的心底产生了一丝奇怪的感觉，但是他觉得时间会做出正确的审判。奇怪的事情仍在发生，不论是外面的大千世界，还是在他跟那个神秘的男人之间。诸神差点要了瑟隆的性命，借此提醒他神灵无时不在。他绝不可能忘记这个教训。

“过来，孩子，”瑟隆说，“来拿着钱袋。”

“他对你说……”洛根开口说。

“我不在乎。我没有履行所有的承诺——我没有把他带到距离南境最近的地方——所以我不能收他的钱。没关系。在他刚刚踏上朝圣之路的时候，就慷慨地付给我一个金币。要是他同意的话，我就再拿走一枚金币，作为我们所经历的苦难和把他带到这么远的地方的补偿，要是他执意孤身上路，我发誓会给你找个好人家，孩子，就算我自己做不到。但是我们不会往前走了。”

洛根把眼睛睁得大大的，看样子像是要哭出来了，但是在一张泥水纵横、满是血渍而且肿胀得厉害的脸上，谁也说不准。他接过钱袋，慢慢地递给了蒙面的男人，仿佛在进行某种仪式，而那个男人也同样一本正经地接了过去。

他们三人在路上站了很久。最后，远处传来的一阵松鸡的叫声打破了沉默，就像魔咒得到了破除一般。

无名的男人站了起来，他仍像往常一样低头看着地面。经过一个月的朝夕相处，瑟隆还没见过他的脸，或身上的任何一处皮肤。他低声念叨了几句，瑟隆听不清楚，但是男孩可以。

“他说没有关系，”洛根转述道，“他不再需要活人做伴了。他感谢你的诚实。当你像他一样在死后接受审判的时候，他认为对你的审判将会十分宽容。”

身穿脏乱破旧长袍的男人把钱袋扔到了地上，然后转身离开了，沿着大路一直向北走去，朝着他们刚刚九死一生的村庄，径直向着坐落在山谷和群山另一端的南境走去。

男孩默默地流着眼泪。当那个男人消失在丛林中之后，瑟隆摇了摇头，向前走了几步。他犹豫了一下，捡起了钱袋，然后把叮当作响的沉甸甸的袋子塞回短上衣口袋。看起来这已经不再重要了——眼下几乎没什么重要的事情——但是快乐的一天终究会到来的。至少他能够肯定，小男孩洛根不必再像个乞丐一样生活在奥斯嘉特的大街上或是其他任何地方。

直到松鸡的叫声再次响起，树林间传来某种他不认识的鸟或生物的回声，瑟隆才重新打起精神，带着男孩朝着南方那片富有生气的大陆走去。

⚜ ⚜ ⚜ ⚜ ⚜

“不，你这个傻瓜，把手平放在墙上上。手指张开。”

廷莱特照做了，但是胳膊抖得十分厉害，要做到这点实在不太容易。

“睁开眼睛，诗人。”亨顿·托利的口气不容置疑，这可不是什么请求，“要是你紧闭着眼睛，像个等着被灌肠的小男孩一样哭哭啼啼的，那可就没什么意思了。”他抽回佩刀贴在了耳旁。

除了护国公的侍卫之外，国库里只有他们两个人，多年以来这里一直是王室的金库所在地。贴着冷杉木的墙壁被护国公扔过去的食物溅得全是污点，墙上布满了触目惊心的、匕首扎出来的洞。

“现在睁眼看吧。”托利说着甩出了手中的佩刀。尽管廷莱特有些害怕，但刀并没有伤害到他，而是插到了他右手食指和中指间的墙上，刀尖大约刺入了两公分。

亨顿·托利不知从什么地方又拿出一把刀，“别动！”

这把刀插到了距离第一把仅几英寸远的地方，刀身还在微微颤抖，差点扎到他的虎口。

托利得意地笑了，“看在科涅奥斯的分上，瞧瞧你的样子！面如死灰，瑟瑟发抖！诗人要那么多手指头干吗？”

廷莱特使劲吞了一下口水，亨顿·托利正等待他的回答。“为了写作？您还记得吗，您想让我写……写您的光辉事迹，大人？”

“光辉事迹，是的。除了那个鳄鱼生的杂种独裁者想要把它从我身边偷走的事。”第三把匕首突然擦着廷莱特耳边飞过，他可以感觉到呼啸而过的风。匕首在诗人的脑袋旁边抖动着，亨顿·托利站了起来，“他认为我拥有……那个东西叫什么来着？‘神石’。这个东西对整个计划至关重要。”他指着廷莱特，“你……你得给我找到它。”

马特·廷莱特彻底糊涂了。他的手擦到了护国公的匕首上，稍微有些疼痛，“我，大人？我不明白。”

托利望着在墙边一字排开的侍卫，他们正严肃地尽着自己的职责，却没人敢直视亨顿·托利，生怕被他注意到；一旦被护国公盯上，准没什么好事，“你要仔细检查一遍奥科罗斯的书和羊皮卷，找出独裁者需要的神石。你必须得给我找来。”

“但是，大人。我对这些一点也不了解！”

“我了解吗？”托利瞪着他，“跪下，诗人。我对你失去了耐心。”

“大人？”

“跪下！”

马特·廷莱特把额头贴在国库冰冷的石头地板上。他听到护国公的脚步越来越近，接着咚地一声从木板墙上拔出了一把匕首。过了一会儿，一样冰冷、尖利的东西缓缓地在他的左耳和头部之间游移着。

“割掉你的耳朵简直易如反掌，诗人，”托利柔声说道，仿佛在安慰一个小孩子，“或者两只都割掉。到时候你会变成什么样的诗人？聋子？”

就算割掉了两只耳朵，他还是能听得见，但马特·廷莱特根本没有胆量告诉他。实际上，当匕首划过他的皮肤时，他连大气都不敢喘一下。

“我还有别的事情要做，诗人。你认识字，也不是我的国家里最愚蠢的一个。我相信你能明白这些老家伙们的喋喋不休。找出独裁者的意图，然后把石头给我找来。”匕首突然刺进了廷莱特的皮肤，他强忍着没有哭出来，“否则我就对你不客气——不只是对你。别以为你能一走了之，躲起来不见我，你应该知道我已经派人监视了你姐姐的家。你母亲也住在那儿，我相信。要是听到她们因为使用巫术而被烧死在市集广场，那可真够难过的。”托利突然笑了起来，“不，我想我们要在内城找个地方把他们烧死，对不对？这些天来市集广场落下的炮弹太多了。我可不想让独裁者帮我们出手……”

马特·廷莱特呆若木鸡，与其说是因为她的母亲和姐姐有可能被当成巫婆烧死——尽管他的姐姐不应该遭受这样的命运——倒不如说是因为一旦护国公的人进入了那间房子，他们就会发现伊兰·麦克里，那样的话，她跟廷莱特都死定了。

“当然，大人，”廷莱特强忍着开口说道，“我会按照您的要求去做。您无需担心我或者我的家人。”

“真听话。”冰冷锋利的匕首从他的头上挪开了。亨顿·托利转过身，回到椅子跟前，廷莱特得以恢复了呼吸，“过一会儿，我会告诉你去奥科罗斯书房的路——我想他的书都还在。但是在这之前我有个想法。把你的手再放到墙上。”他坐到椅子里，从口袋里掏出一块方巾，蒙到了脸上，“我觉得自己不用看也能扔得准，但是为了安全起见，你最好弄出点声音——那能帮我瞄准。说点什么，诗人。”他举起了匕首。

这一次马特·廷莱特没有闭眼睛。护国公看不到，但他可不想这样。

一个小时之后，廷莱特出现在艾文·布罗纳的房间外，谢天谢地他的指头还完好无损。他有些焦躁，十多天以来，他首次摆脱了托利的控制，他有很多事情要做，头一件就是拜访艾文·布罗纳。

廷莱特离开亨顿·托利的时候没发现有人跟踪或是监视自己，但是为了保险起见，他还是走了小门，结果却立刻在满是小房间的寝宫里迷了路。在过去的两个世纪里，这块地方一直十分宽敞，是老国王的教堂所在地。后来，这里被开辟成为贵族子弟学校。眼下独裁者的围攻迫使城堡的守卫们退到了内城，这个方方正正的“迷宫”被王室总管占用，里面住满了大兵。一个多月以前遭到流放的布罗纳也得到了一小间套房。

布罗纳的侍卫全都配戴着埃顿徽章，表情看起来十分严肃——廷莱特发现这里并非一潭死水。不管布罗纳如何激怒和恐吓他，他都得承认这个男人着实令人生畏。就在几个月之前，他还被软禁在兰森德的家里，在朝廷上受到大家的羞辱。现在他又回来了，他的房间就在伯坎·胡德隔壁——正是这个男人取代了布罗纳！布罗纳用谋略打败了所有人。奥林国王离开了，远境王国最优秀的人大都在过去的一年里相继战死沙场，没人能像布罗纳一样忠心耿耿地履行着指挥权——亨顿·托利也不例外。

“看在仁慈的三神分上，你去哪儿了，小廷莱特？”当诗人被请进去之后，这个大块头的男人说道，“我派了伯奇和查菲去找你，想把你的腿打断。”

“亨顿·托利把我留在他身边十多天了。”

布罗纳只是轻蔑地哼了一声，甚至都没给廷莱特倒杯水喝（他从没这样做过），但是在威胁的口吻背后，他似乎很高兴见到这个年轻人还活着，而且活得好好的。

“我会把侍卫赶出去一会儿，你意下如何？”公爵说道。他采取了一种舒服的聆听姿势，把隐隐作痛的那只脚搁在了座垫上，“把你的所见所闻都跟我说说，诗人。告诉我点有用的东西，我会赏你金子。”

金子？能够活着离开这儿我就谢天谢地了，廷莱特心想，但是他当然不会说出口——不管是金子还是银子，对他来说都有用。他尽力向布罗纳还原所发生的一切，从墓室里的奇怪一幕和埃顿家族地下室里的奥科罗斯的尸体说起，接着讲到他在陪伴亨顿·托利左右的日子里发生的一切。他刚讲到一半，结结巴巴地给布罗纳讲完了护国公和独裁者的会面，这个年纪稍长的男人便做了件让他瞠目结舌的事。布罗纳抬起了手，打断了廷莱特的话，然后喊进了一名侍卫。

“欧易勒，拿点吃的给廷莱特大人，”他告诉那个满脸是土的孩子，“拿点热乎、美味的，你这个小鬼头。拿的时候想想清楚。”

男孩匆匆忙忙地跑了出去。接着就在廷莱特怀疑自己是不是在做梦的时候，布罗纳从椅子背后拿出了一壶酒——大声地咕哝和咒骂着——给自己和廷莱特各倒了一杯。这真是史无前例！

“你一边吃东西——顺便说一句，你脸色不太好，伙计——一边慢慢地把独裁者的事讲给我听，我好用笔记下来。继续，干杯。”布罗纳朝着廷莱特皱了皱眉头，好像让人大跌眼镜的是廷莱特，而不是布罗纳本人，“你一边吃，一边把那之后发生的事情全都告诉我。”他摇了摇头，“所以那是奥科罗斯的真实情况，对吗？从伤口来看，他可不像是被墙压死的——只有三神知道我们眼睁睁地看着多少面围墙在炮火的攻击中倒了下去，又从石头下面拉出了多少死人和奄奄一息的人——更别提我们根本没有找到他的胳膊。不，我不太明白——谋杀，当然，但是像屠夫一样完整地卸掉他一只胳膊？”

廷莱特跟布罗纳在一起待了至少一个小时，也许更久。布罗纳不停地盘问廷莱特，逼得他时常推翻前面的说法，布罗纳不得不划掉羊皮纸上的字，骂骂咧咧地重新开始。

盘问结束之后，布罗纳大人告诉了廷莱特几个方法，以便让他在紧急情况下为自己报信。接着，为了让这个乱七八糟的夜晚有个美好的结束，他主动握了廷莱特的手跟他道别，“你做得很好，”这个大块头的男人说道，“我们得三思而行。好好活着吧。我的意思是,如果托利把刀架在你的脖子上,我们会丢失很多有用的信息。”

最后一句话听起来才像是出自他所熟悉的布罗纳之口，过往的一幕一幕似乎又在眼前重现。这个男人没有疯：廷莱特肯定是让他感到十分满意。

离开布罗纳之后，廷莱特强烈地想要去看一看伊兰，但是如果亨顿真像他自己所说的那样监视了姐姐的家，那么廷莱特此行必然会引起更多的注意。眼下他肚子不饿，身体也很清爽，他决定利用这久违的好状态去完成自己该做的事。

奥科罗斯的房间也在王宫里，跟原来的王室寝宫只隔了几条走廊，现在这个房间被亨顿·托利当成了自己的寝宫。长着一张苦瓜脸的侍卫正等在奥科罗斯门前，脖子上挂着一串钥匙，但是他一看到带有亨顿·托利印章的便条便马上立正站好。打开门之后，他明显想要跟着马特·廷莱特进去，但是诗人告诉他，“我要自己留在这儿。*光用我的双眼看是不够的*，他又引用了克雷斯的吟游诗人泰荣的一句诗，*我必须要用上我的灵魂，否则我比瞎子强不了多少*。

侍卫看了他一眼，那眼神分明是在说，即便是在太平的时候，念诵克雷斯诗也是件大逆不道事情，但他还是不情愿地留在了外面。

托利告诉过他，奥科罗斯的房间跟他死的时候差不多。如果是这样的话，廷莱特判断，这位医生肯定是不太爱干净。房间十分凌乱，到处都是书和纸张，好像一整篮的文件散落在了地上。廷莱特怀疑，学者死后这里曾遭到一定程度的破坏，至少有几个人搜查过这个地方，寻找奥科罗斯藏匿起来的秘密或财宝，其中或许就包括外面的那个侍卫。廷莱特知道亨顿·托利在奥科罗斯去世当晚就拿走了医生的一些藏书和工艺品；他不可能在没有托利监视的情况下仔细检查屋内的文件。这是他检查奥科罗斯是否留下其他遗物的唯一机会。

剩下来的都是介乎于最普通的日常用品和机密文件之间东西，大都跟历史和占卜术有关。唯一引起他注意的是一本名为《背弃誓言之痛》的书，此前他从未见过也从未听过，但是他记得曾经听过一些关于作者阮提斯的秘闻。廷莱特从书架上抽出了这本书，然后开始搜索一些不太显眼的地方；他仔细检查了这位死去的学者的家具，想要看看是否有秘密抽屉，他甚至还检查了所有柜橱的背面，想要确定那里是否藏有隐秘的机关，但是最终却一无所获。当他把最后一个柜子推回到墙边的时候,他留意到了一个不同寻常的地方。柜子顶端的死角本应落满灰尘，但是那里有一些奇怪的印记，看上去就像是小人的脚印。

肯定是自己眼花了，廷莱特觉得，或许那只是什么人，比如廷莱特自己，挪动柜子时留下的指印。但是那里一共有六七个小的印记，后面跟着几个稍大一些但不那么清晰的印记，看到这些实在无法不令人联想到一些衣夹大小的小人经过时留下的痕迹，就像在雪地上留下的足迹一样。

让廷莱特生气的是，他跟那名侍卫就自己是否有权拿走房间里面的东西争吵了很长时间，但是他最终亮出了护国公特使的身份，那名侍卫虽然心怀不满，但也只好作罢。

在获得这种久违的自由之后，马特·廷莱特一点也不想回到亨顿·托利的身边，因此他又原路返回穿过王宫，回到厨房旁边的下人宿舍，他跟帕佐尔已经在那儿住了很长时间。

宫廷小丑躺在床铺上昏昏欲睡，他有点喝多了，但一看到廷莱特进来便开始腾挪位置。

“不用，我坐着就行，”廷莱特对老人说，“我要看书。”

“最近都没见你，”帕佐尔说，“我很担心你。”

“我一直跟在护国公身边。”

帕佐尔坐了起来，眼睛瞪得圆圆的，“真的吗？你可真幸运。”

廷莱特转了一下眼珠，但是指望这个老人了解事实是很愚蠢的，“我想是的。我无意打扰你，但我需要一个地方安静地读书。”

宫廷小丑没有听出这番话里的弦外之音，“你知道麦尔达夫人让我去她们位于赫迩明海的家，为她的朋友和家人表演的事吗？围攻一结束，她们就会用四轮马车把我接走。”

“那可真不错。”廷莱特打开了阮提斯的书，试图忽略这个宫廷小丑，但他似乎执意要赶走睡眠，开始絮絮叨叨近来发生的一切有意思的事——对帕佐尔来说有意思的事。

“……当然伯坎·胡德说他不想讨论离开的事，因为我们毕竟还在打仗。你最近见过王室总管吗，小马特？他坐这个位置差不多有一年了，布罗纳做了多少年？有十几年吧？但是他现在看起来已经像是个在夜里听到不详的黑色猎犬吠叫的人，苍白憔悴而且老了很多……”

“不好意思，帕佐尔，但我要读这本书。”廷莱特试着看了几次，但一个字也不认识，尽管可以肯定那是现代赫若索尔文，“你得去睡觉了，我们明早再谈。”

“哦，哦，当……当然。”帕佐尔看了他一眼，就像是一个因为犯错而被扇了一巴掌的孩子，“我会保持安静的。你工作吧。”

“托利大人会砍掉我的脑袋，如果我不能……”

“当然，”帕佐尔摆了摆手鸡爪子一样枯瘦的手，“没有关系。我去睡觉了。说完便像块木板一样硬邦邦地躺了下去。

廷莱特叹了口气。他知道自己被打败了——他的母亲是个高手，总能把失望当作武器，“哦，好吧，”他说，“我去厨房里找点喝的，然后我们再聊。”

年迈的宫廷小丑拍着手一跃而起，高兴得就像是在自己的鞋子里找到了圣孤的硬币和蜜饯一样。

★ ★ ★

几个小时之后，帕佐尔终于睡着了，而且心满意足地打起了呼噜，廷莱特拿起了《背弃誓言之痛》，再次翻了起来。进展不太顺利——一系列奇怪论文，全都是关于他从未听过的历史上的重大错误的，比如颇有争议的第三次神圣秘密会议。他粗略地翻了一遍，直到在最后一部分发现了一些不同寻常的东西：一个名为“后世预言”的异端教派认为，诸神不仅在梦中同传神谕者进行沟通，他们本身也在沉睡。该教派在八九世纪时遭到了三神教派的迫害，尽管相关的团体后来曾在大灾难期间出现，但当时埃昂的人们对三神教派和其他权威彻底失去了信仰，在新千年到来之前，一切都被从史书中抹掉了。

但有趣的是，阮提斯在十三世纪早期写下这本书的时候，似乎并没有着急为后世预言定罪。他甚至多次引用了神谕者和《三神之书》的话，旨在证明这种异教观点的正确性——诸神的确在沉睡，同《三神之书》一书汇编完成的时候相比，他们当时在人类生活中所起的作用要小得多。

廷莱特认为，书中的观点听起来跟托利的话十分相似。更为重要的是，令人闻风丧胆的独裁者也这么说。如果来自世界两极的伟人都相信沉睡的诸神希望醒来重返中土，那这肯定不是空穴来风。

接下来，廷莱特那本已倦怠的兴致又被挑了起来，这段话读得他头皮发痒，汗毛竖立。

后世预言的宗旨是一条十分奇怪的教义——宗教世界的中心不在南方大陆或是伟大的赫若索尔，甚至也不在三神教的首都特希斯，而是在通常被称作安格林的大陆或者是远境王国的北方，具体位置就在南境内城，历代国王的王宫之内。他们坚信，通往沉睡的诸神领土的入口就在那里，多年之前引发诸神沉睡的战争就发生在那里。

三神教派的杰拉西莫斯曾亲眼见证库里基多斯因谎称找到圣孤的出生地并将其定为圣地而被活活烧死，他不可能对教会提出挑战，而且还在公告 714T.E 中对后世预言进行诅咒。但这当然不能消灭异教——直到瘟疫时代之后，它才逐渐消失在公众视野——但是却为公众对于诸神是否监视着人类的猜测划上了休止符……

廷莱特心想，三神教派不仅要消灭亨顿 · 托利和独裁者，还意图摧毁整个世界。他们不仅声称诸神在沉睡，而且这座城市——南境，万城之首——曾是诸神的领地，或是类似的地方。

但是这么疯狂的事怎么可能是真的？就算亨顿 · 托利和某个发疯的南方国王都这么认为，这也必定不是真的。

而且，加尔人为何要在独裁者之前攻击南境？为何人人都想控制这座北方小城，连整个埃昂大陆都卷进来？很明显，不管马特 · 廷莱特是否打算帮助亨顿 · 托利，他都得把这些事搞明白。

当天晚上，廷莱特带着上千个疑问睡着了，他梦到自己踮着脚尖在黑暗中穿过枝桠扭曲的森林，模糊而巨大的身影在四面八方隐现，除了自己之外整个世界没人醒着。

第十六章
国王的囚笼

在埃瑞沃的秘密帮助下，他们最终来到了海边，旁边是一座名为特希德米的村庄，坐落在白雪皑皑的斯特里沃索斯北部……

——引自《圣孤传说：其人生平、死亡及天堂的奖赏》

“您不能那么做，布瑞奥妮公主，”埃尼亚斯不停地踱着步，也许不去看她会比较容易，“我不能让您冒着生命危险去做这么疯狂的事——这是对您的臣民的犯罪。很抱歉，但是我必须阻止您去寻找奥林国王。”

“我也很抱歉，”布瑞奥妮告诉他，“但我看是您不明白，殿下。您阻止不了我。我打算这样做。我已经整整一年没见过我的父亲了。为了见他一面，我愿意冒任何风险。”

“不！”埃尼亚斯转过身来，悲痛欲绝，“我不让您去！”

“您怎么阻止我，亲爱的朋友？”布瑞奥妮尽力压低了声音，极力保持着冷静——她不想让埃尼亚斯认为自己身上具有女性般的脆弱的一面，“您会把我关起来吗？您会派人看着我，听我日夜歇斯底里地大喊您背叛了我吗？”

“什么？”埃尼亚斯吃惊地上下打量着她，“您不会这么做的。”

他的声音听起来没那么笃定。

“哦，我很确定我会。我知道这么做很危险，但我必须去找他。”

王子坐到了布瑞奥妮对面的椅子里。他看起来非常痛苦，她尽力压抑着冲动，不去牵他的手。埃尼亚斯是个好人，一个很好的人，但是跟大多数男人一样，他认为自己对身边的每一个女人都负有责任，“您心意已决，是吗，公主？您真打算这么做？”

“是的。”

埃尼亚斯倒吸了一口凉气，坐在那里沉思着，把玩着手上的戒指——队长海克斯站在墙边，试图掩饰那张胡子拉碴的脸上的表情，“您是说我要么把您关起来，要么放您走，”埃尼亚斯最终开口说道，“但是还有一种可能性。”

“哦？”布瑞奥妮试图让自己的声音听起来足够平静，但是她压根没有想到还有第三种方法。

“我可以帮助您，不会被抓到。我会让手下最优秀的勇士跟您一起去……”

“不，”布瑞奥妮坚定地摇了摇头，“那没什么用。我不会一路杀过去，埃尼亚斯。那里有几千名西斯国士兵，但是也有几百个当地百姓，他们都是远境大陆的人，在营地里进进出出，向独裁者的人贩卖吃的、喝的和小玩意。还有一些女人不时前往营地。我想我们都清楚她们是卖什么的。”

埃尼亚斯睁着大眼睛注视着她，“您的意思是想伪装成……一个……那样的女人？”

“伪装成妓女？”布瑞奥妮笑了，“仁慈的佐睿雅啊，埃尼亚斯！您以为我不知道这个词？我不会特别伪装，我就穿上破旧的衣服，让看见我的人自己猜去。”

“但是您的安全！”埃尼亚斯震惊地说道。

布瑞奥妮伸出了一只手。她的伊斯特匕首赫然躺在手心里，好像凭空变出来的一样，“我能保护自己，沙索 · 丹 - 赫兹教过我。而且，也没有其他的办法了。您手下的人有谁会讲西斯话吗？”

埃尼亚斯向海克斯大人投去了一个无助的眼神，“不，我想没有。几个词，或许……”

“我也不会，所以我们不可能那样蒙混过关。让一整只队伍装作进城卖洋葱的农民，这有点太异想天开了。不要手下，我一个人去，埃尼亚斯。没人会怀疑我，我只是个当地人。”

“好像这样就能保证您的安全似的，”埃尼亚斯眼神凌厉地看了她一眼，“我想你是跟那些演员一起待了太久，公主。您迷上了传说和伪装。要记住，这样的事只是好玩，不能当真。在我们这个时代,伟大的希里欧米蒂斯应该吃掉那头神牛,而不是把它带上山。”他皱了皱眉头，“好吧，那我给您打掩护。我不会让我的人发动全面进攻去送死，但是在独裁者的营地南面的一条名为磨房水轮的大路上有一个荒村，他的人把那里当成了岗哨。如果我们对那里发起猛攻然后撤退，势必会引开他们的注意力，这样您偷偷潜入营地的机会就更大。”

布瑞奥妮发现埃尼亚斯的立场转变得飞快，她再次被感动了。埃昂还有比他更聪明的王子吗？“您会为我那么做？”

“我还可以为您做更多，公主，”埃尼亚斯严肃地说道，“只要您允许。”

午后的时光渐渐流逝，布瑞奥妮做好了准备，她开始好奇埃尼亚斯的话是否正确，她真的太执迷于古老的传说吗？她是否把佐睿雅甚至是自己的曾曾祖母莉莉 · 埃顿的事迹太过当真？走出帐篷，她听到了战士们整装待发攻击磨房水轮大路岗哨的声音，心中明白就算王子计划周密，他们中的一些人还是没有办法活着回来。她想起了父亲常说的一句话，“除非你亲自戴上王冠，否则你永远不会知道它有多重”，这是她最喜欢的一句话。一想到奥林国王，布瑞奥妮心中便一阵剧痛，不仅是因为思念，而是因为自己无法做到无愧于他的榜样。她真的想要置大家的生死于不顾，而去满足自己寻找父亲的意愿吗？

但要是我永远没有机会再见到他怎么办？更糟糕的是，要是我本可以救出他，却没有尝试怎么办？这要让我如何承受？

布瑞奥妮有必要这样做，既是为了她的臣民，也是为了自己。让奥林国王恢复自由是南境最大的幸事。

当布瑞奥妮拿着费沃尔送给自己的手镜靠近烛光的时候，心中仍纠结不已。她小心翼翼地往脸上抹着土，薄薄的一层足以让她的轮廓变得黯淡无光且粗糙不平，她特意在眼周和脸颊的凹陷处涂得稍微厚了一些，这样一来她的面容就变得格外憔悴。她要想逃过严厉的盘问，就得把自己弄得更老迈、更虚弱。就算是在教会猎犬队的营地里，王子小心地保护着她，人们还是会趁她不注意的时候盯着她看——甚至有时候他们明知道她在看也会这么做。一个女人出现在军营里总是会引起大家的注意，除非她长得实在太对不起观众。怎样才能让自己不那么引人注目？布瑞奥妮想了一整天，最后想出了几个办法。

“看在伟大的三神分上，你脸上涂的是什么东西？”埃尼亚斯向后退了两步，“您受伤了吗？”

布瑞奥妮笑了，尽管她并不开心：王子严阵以待的景象让她想到要冒险的不只是自己，“这是用泥巴和浆果汁做的伤口。别担心，不是真的血。”

“我希望这是我今天最后一次见到血，”埃尼亚斯说，“不管是在您身上，还是在其他人身上。”

“我们可以给几个西斯人放血，”海克斯冷笑着说道，“甚至是几个加尔人。”

埃尼亚斯摇了摇头，“不，我不会再犯同样的错误，米伦。在了解清楚这些……加尔人的动向之前，我们要像对待远境大陆的人一样对待他们，除非必要，否则决不能伤害他们。”

他是个好人。但布瑞奥妮为什么就是对他没感觉？“愿神灵保佑您和您的人平安归来，埃尼亚斯王子。”她说。

“那什么又能保佑您平安归来呢，布瑞奥妮？”

“我的易容术，”布瑞奥妮指着自己的脸，故作轻松地说道，“还有我的狡猾。”

“我向三神祈祷您能成功。”她还没来得急细想，埃尼亚斯便拉起了她的手，放在唇边吻了一下，“保重，公主。”

布瑞奥妮越接近独裁者的营地，心里就越忐忑。再加上带着她翻过群山的侦察兵是个沉默寡言的南方希安人，那一口浓重的方言她实在是听不懂。

要是我被俘了怎么办？我太不担心自己——尽管事实并非如此，当然，她怎会不害怕？独裁者的残忍早已名声在外——*但是我的臣民怎么办？我有权利以身犯险吗？*

但是布瑞奥妮无法做出判断，至少在这里不行。她设想他们需要自己或是父亲回归——如果不是埃顿家族的人继承南境的王位，那里的人民就会陷入水深火热，但是或许事实并非如此。或许他们在亨顿·托利的统治下过得更加开心！

他们正遭受围攻，布瑞奥妮提醒自己。*他们不可能感到开心。*

他们走到山顶的时候，远处轰隆隆的响声变得响亮起来，布瑞奥妮之前根本没有注意到；她突然意识到那不是天上的雷声，而是独裁者的大炮——朝着布瑞奥妮的家乡开火的大炮。

布瑞奥妮和希安侦察兵来到山顶的驯鹿小径，林木线逐渐消失在半山腰，数月之后她终于再次见到了布伦湾辽阔的灰绿色的海水和大陆的主城，城里的烟囱升起缕缕白烟，整座主城看起来无比安然。穿过重重烟雾和片片低云，她甚至能够看到远处南境的城堡。

片刻之后布瑞奥妮发现，那烟根本不是烟囱里喷出来的，而是独裁者的部队在大陆海堤上沿着海边而建的炮台上的大炮冒出的烟。长枪不断地砰砰作响，发出一连串闷响，像是不规律的鼓点。海滩上曾经将群山与主城连接起来的堤道上到处是矮小的身影，独裁者的士兵在那里来回走动，就像有人踢翻了蚁穴一样，但是布瑞奥妮却没看到独裁者的营地，只有一些帐篷竖立在公共广场上，还有一些集中搭建在主城和群山之间的农田里。她怀疑独裁者的大部分士兵驻扎在主城里，但是这里的帐篷数量也够惊人的了。

*全员上阵？*布瑞奥妮的心变得异常沉重和冰冷。*伟大的佐睿雅，这个南方人把整个国家的人都带到我家门口来了。*南境面对着一股如此强大的力量，这让她有些作呕。就算她的父亲在位，他们也没有在柯尔坎战役中失去那些人，小小的远境王国也无力抵御这么一群强大的敌人。

布瑞奥妮让侦察兵回到埃尼亚斯身边，自己一边与绝望进行着斗争，一边朝着山腰走去。

太阳已经落山，天气冷了起来，布瑞奥妮终于到达了市郊的营地。她躲在一丛绿篱后观察了一阵子，看到仍有人在独裁者的部队临时开辟的大路上走来走去，但大多是出城的人。她没有太多时间了，如果不想被人注意到。布瑞奥妮在距离岗哨一百步远的地方混进了一队小商贩中，尽力像费沃尔教她的那样迈着老妪的步子——弓着背，歪着脖子，头部前倾，小心地迈着碎步。营地太大了，周围没有栅栏，只有四五个岗哨，每一个都由留着胡子、戴着尖头盔的士兵把守，他们手里全都拿着长矛或弯刀。在最近的一名守卫的注视下，布瑞奥妮努力放缓脚步，用一根手杖支撑着整个身体，大气也不敢出一口，生怕自己被叫住，但是似乎没有人注意到她。

直到逃离了前面的岗哨之后，布瑞奥妮才稍微了加快了脚步。四面八方到处都是帐篷，自从她逃出埃菲尔·丹-莫赞家之后，就再也没有闻到过这样的辛辣的饭菜香。她暗中观察着，尽量让自己的目光不那么明显，远处的士兵似乎来自不同的种族，大多数人的皮肤都要比她的黑一些。许多人穿着口袋一样的马裤和皮甲，她还看到了其他样式的装扮：宽大的白色长袍让她想起了图安人，彩色的围巾和黄铜饰品看上去就像小丑穿的衣服，甚至还有一个身材高大、皮肤白皙的男人穿着一身黑衣服，上面绣了一条咆哮的白色猎犬作为徽章；要不是他带着尖尖的赞德作战头盔，拿着一面宝石形状的盾牌，她肯定会把他误认为是远境大陆的人。

那个脸色苍白的士兵正在跟一群矮个子、黑皮肤的西斯士兵讲话，他发现布瑞奥妮正在看自己，于是便向这边看了过来。她赶紧收回目光，继续向前走，慌张得走了几步之后才想起要装瘸，但是当她偷偷回望过去的时候，发现他又在跟西斯人讲话了。

“他很坏，”一个声音在布瑞奥妮身边响起，把她吓了一跳，差点摔倒了，“为独裁者卖命的佩里卡尔人，你能想象吗？你觉得他会可怜我，扔给我一个铜板吗？他不单不会这么做，还会踢我两脚。”声音来自于一个身形矮小、缩成一团的人，她正在一盏油灯上烤手。布瑞奥妮觉得自己最好不要理她，继续前进，但是这个人在背后叫住了她，声音更加响亮，“等等！你没有摸我的头。你不用给我钱。我们必须得团结在一起，我们这样的人！等一等！”

内心的冲动告诉布瑞奥妮要加快脚步，但是那个身材高大、脸色苍白的士兵又朝这边看了过来，他的身边围着几个西斯人。布瑞奥妮停下了脚步，小心翼翼地弯下了腰，装作从地上捡东西，然后转过身去。

“你为什么要对我大喊大叫？”她压低了声音问道。

“因为你没有摸我的头，宝贝。我能看出来你不是西斯人，对吗？”

布瑞奥妮不明白她的意思。她偷偷地瞟了那个士兵一眼，发现他们不时向这边张望，一边望一边大笑。她希望他们想要从自己身上得到的只有一点消遣而已。她在那个小个子身边蹲了下来，好像两人早就认识，正在叙旧一样，“为什么？”她问道，“为什么西斯人会摸你的头？”

为了回答布瑞奥妮的问题，女人把那块挡住了她大半边脸的松散头巾卷了起来，露出一张圆脸，看上去就像个孩子一样，但实际上她不是个孩子，“他们喜欢摸我的头。他们认为侏儒能带来好运。”

布瑞奥妮十分诧异，想也没想便开口说道：“你是芬德林人！”

那个小个子女人露出了惊讶的神情，“刚才我没确定，但现在我确定了，你果然不是个西斯人，”她说，“通常情况下，这个国家里的人只知道一些古老的传说，但是他们压根不了解我们。你住在这城里吗，我的小傻瓜？”

“我……曾经住在这，是的。”布瑞奥妮又偷偷瞟了一眼。士兵们还在那里。她琢磨着自己是否应该继续往前走。天色已经暗下来了，这意味着晚祷就要开始了，埃尼亚斯对岗哨发起进攻时刻就要到了。

“他是白猎犬队的一员，”女人告诉她，“那个穿着黑衣服的大块头。他们都是被独裁者抓回来当成自己的孩子抚养长大的。他供这些人吃喝，然后把他们训练得像猎狗一样。据说他们是整个部队中最残忍的。”

布瑞奥妮对于白猎犬队或其他西斯士兵一点也不感兴趣，她逗留得时间越长，危险就越大，“我得走了，”她撑着拐杖站了起来，努力让自己看起来像个痛风的老妪。

“你不是这里的人，”芬德林女子说道，“——现在离近了看，你也不是个老婆婆。我不知道你这身装扮花了多少钱，但肯定是不值什么钱，你知道。便宜吗？这些南方人能把一只银天鹅压榨得呱呱叫。我来这儿三天了，就要到了这么点钱。”她拿出一顶帽子，里面装着五六个铜板，“看到了吗？一共就这么点，跟佩林的屁眼儿一样紧。”

听到这番亵渎神灵的话，布瑞奥妮忍不住笑了起来。

“我叫小莫莉。”

“那可不是个芬德林人的名字。”

“对，不是。”她又向布瑞奥妮投来一个犀利又好奇的眼神，“你叫什么？”

“巧了，人们也管我叫小莫莉。”

这次轮到小个子女人笑了起来，“好啊，从现在开始人们要叫你大莫莉了。但是你得另找个地方，亲爱的。这里是我的地盘。看到那边了吗？那是个啤酒帐篷，他们在那儿赌博。他们会走到我跟前，扔给我一个铜板，摸摸我的头，好保佑他们的骰子转起来。”

布瑞奥妮有了一个主意，“你能走路吗？”

“跟你一样没问题！”小莫莉有些生气地说道，“只是没有你那么快。腿太短，而且……而且我还有点跛脚。”

“那跟我来吧，我会给你……”布瑞奥妮想了想身上都带了什么，“……五个铜板，怎么样？”

芬德林女人用怀疑的眼神看着她，“你想让我干什么？你从哪儿弄到这么多钱？”

这么多钱！布瑞奥妮几乎要哭了。小莫莉尽管有些无礼，但她十分瘦弱苍白，好像有段阵子没好好吃过东西了，“别管那么多。只管跟我来——我受够了那些附近的士兵了。”

芬德林女人站了起来，她们沿着大路并肩走着。小个子的女人走得小心翼翼，好像在向布瑞奥妮表明她的双腿是多么无力，多么脆弱，“我小时候摔断的，一直没有好利索，”她解释道，“所以人人都以为我是个侏儒。”

“你还能告诉我一些营地的情况吗？”布瑞奥妮问，“所有人都驻扎在这儿，还是在南境城中心？他们朝着城堡开火有多久了？”

“十来天了，差不多。”小莫莉说，“但是他们来这儿可有些日子了。”她四下看了看，尽管她们现在在野外，周围几乎没什么人，“人们都说，独裁者跟那个林顿·托利私下见过，面对面。他们在做某种交易，但是没成功。接着大炮就开火了。”她耸了耸肩，“你已经了解想要知道的事了吗？我得坐下来休息一会儿。”

“那就坐下吧，”布瑞奥妮在她身边蹲了下来。海湾对面，最后一丝光线将狼牙塔映得红通通的，活像一根蜡烛，“我听说独裁者俘虏了奥林国王。”

“哦，我们都听说了。不知道是不是真的。他为什么要这么做？这些南方人挟持我们国王的目的是什么？”

是啊，到底为什么呢？布瑞奥妮心下奇怪。**亨顿·托利在玩什么把戏——他出于自己的目的想赎回我父亲吗？**“所以，你不知道国王被他们关押在哪里喽？”

小莫莉生气地瞪了她一眼，“你净问一个乞丐一些奇怪的问题。我的铜板呢？你不给我，我就再也不说一个字儿，一个字也不！”

布瑞奥妮从藏在那身破衣服里的钱袋里变戏法似的掏出了一枚银币，“拿去。这个至少值十几个铜板了。现在请回答我的问题。奥林国王可能被关在哪儿？”就在说话的时候，她听到营地里响起了号角声，这是晚祷的信号，或者是危险警报——埃尼亚斯发动进攻的警报。时间正在流逝。“告诉我！”

小莫莉担心地环顾了一下四周；布瑞奥妮听到人们在互相喊叫。许多人朝着营地的各个方向跑去，也许是去拿放在各自帐篷里的武器或盔甲。埃尼亚斯践行了他的诺言。现在主动权交到了她的手中。

“我怎么会知道这样的事？”矮个子女人嘟囔道，“你是谁？你为什么想要知道这些事？”

“就算我告诉你，你也不会相信，莫莉，但是答应给你的我都给你了——你得凭本事拿到这些钱。他们可能会把重要的犯人关在哪儿？”

“但我真的不知道！或许关在市长的官邸。他们曾经把犯人关押在那里，我听说，尽管有可能是加尔人在这儿的时候的事。哦，西斯人在城市的绿地上建了一个很大的围栏——也许是给牲口建的，大家都这么认为。我听一些曾经往那里运送过金属的商人说起过——足足用了二十马车的铁条才建好！你能想象吗？”

布瑞奥妮站了起来，“把银币收起来吧，小莫莉。愿佐睿雅保佑你。”

她大步流星地离开了，只剩下那个芬德林女人惊讶地望着她的背影。

天黑得很快，不时有人从布瑞奥妮身边跑过，近处和远处都有火把在晃动，还有喊叫声。她祈祷埃尼亚斯和他的手下会遵守诺言，只要岗哨请求增援，他们就撤回到山里去。独裁者的部队在夜里不可能追得上他们，如果幸运的话，第二天也只会象征性地派人搜一搜，以为他们不过是当地的土匪或是亨顿·托利发动的一次奇袭。

托利跟独裁者谈判的目的是什么，如果那只是传闻——难道那个南方君主只是要求他交出这座城市？但是亨顿绝不会亲赴这样一场侮辱性的会面。他是否为了达成某种私人目的而试着赎回奥林？她突然感觉到一丝寒意。如果父亲不在独裁者手里怎么办？如果他现在已经落入亨顿·托利的手中呢？

布瑞奥妮沿着小路一直朝市集大路走去，农舍和田野逐渐为真正的城市所取代。这里的高楼一栋挨着一栋，街道十分狭窄，她有些躲闪不及，但是天已经黑了，营地的火把半天才扫过来一下，洒下一点微光，这能让她藏得更好。

即便这里的士兵听到警报后没有采取直接行动，布瑞奥妮也能听到身边经过的人声音里流露出的焦虑。有人从高处的窗户里探出了身子，用西斯语叫着布瑞奥妮，有几个甚至来到门边向她招手，但她只是感谢地摆了摆手，尽力拖着脚步快速地向前走着。长腿的多文·比奇曾教过她如何在做出吃力的姿势的同时放松肌肉，否则的话她很快就会精疲力尽，因此她又拖着笨拙而蹒跚的步态走了一阵子，但是疼痛让她感到疲劳不已。

布瑞奥妮快步走过格拉斯希尔桥，经过一扇被烧焦的神庙大门。快走到绿地的时候，布瑞奥妮突然转下了大路，以确保自己没有被人跟踪。就算是在平时，海滨市场附近的街道入夜之后也会变成盗贼的老窝。她在广场南边不远的地方走着，接着踏上了绿地，缓慢地朝着火把的方向走去。整片原野在火把的照耀下反射着微光，一道道光线就像是生长在灌木丛中下的蘑菇一样。

帐篷就在百步之遥的对面，不过十几米高，被几十条绳子扯住，白茫茫的一片，占去了绿地的一大半，以前大家经常在这里放牧羊群。火把将帐篷周围照得亮堂堂，几名士兵把守着前门和旁门还有后门。布瑞奥妮看到火把的光晕之外并没有太多的光，不由得暗自松了一口气。她站得足够远，所以有足够的时间思考下一步的行动而绝不会被发现。

布瑞奥妮沿着绿地的边缘飞快地走着，不时躲进树影或空的房子门口，那里有不少空无一人的房子。正如她所担心的那样，街道两旁都设有岗哨，但是岗哨之间的距离很远，而且帐篷拐角会阻挡住他们的视线。沙索肯定会嘲笑这些哨兵，她想，这群蠢货让一个奸细必须要躲开一个岗哨才能接近帐篷，但这也很容易引开其他守卫。

布瑞奥妮根本不需要引开守卫，因为当她站在绿地一端的水井后偷偷观察的时候，一队全副武装的骑兵从她身边飞驰而去，留下了嘚嘚的马蹄声和叮叮咣咣武器碰撞在一起的声音，毫无疑问他们是朝着磨房水轮大路和受到围攻的岗哨去的——增援军。如果埃尼亚斯不能赶在这群卑鄙的家伙到达之前先行撤退的话，他极有可能会陷入他们的圈套。

*仁慈的佐睿雅，请保住他们及时找到撤退的路！*埃尼亚斯是个好人，一个优秀勇敢的人。布瑞奥妮不得不承认，她对埃尼亚斯的关心比她自己想象得更多。她的脑中突然闪过一个念头。*也请帮帮我，亲爱的女神，求求您！*她差点忘记为自己祈祷。她想知道佐睿雅是否会被收买，觉得试一试也无妨。*如果埃顿家族重新夺回王位，我会为您建一座大教堂，女神！*

赶去增援的西斯人呼啸而过，几个男人从距离帐篷最近的岗哨里走了出来观望着。布瑞奥妮意识到这是个绝佳的机会，她跑到绿地尽头等待着，直到增援部队几乎全部经过了帐篷。守卫们现在几乎背对着大帐篷的近角，她从树丛里跑了出来，低着头全速穿过绿地，好几次险些摔倒。但或许是佐睿雅决定接受她的交易条件，没人拉响警报。过了好一会儿，布瑞奥妮蹲到了帐篷的一角，火把发出的光十分昏暗，她大口地喘着气，比单纯的奔跑还要累。她很害怕，但没时间细想：她在帐篷底下摸索着，发现下面正如她所预料的那样有不少铁条。她滑到厚重的帐篷底下，直到被挤在帆布和冰冷的铁条之间，像是塞在床单与床垫之间的暖炉一样。帐篷的另一端有几盏小灯，但是铁条上方却十分昏暗，而且空气中满是几天没有洗过澡的味道，布瑞奥妮虽然一直跟士兵们生活在一起，但她还是被熏得差点挤出帐篷，尽管要冒着被发现的风险。

在呼吸和心跳渐趋平稳之后，布瑞奥妮听到近处响起了一个声音，那是一个女人或是一个孩子安静的哭声。片刻之后，她听到有人用她的家乡话在喃喃自语，因而屏住了呼吸。这些俘虏都是些什么人？难道这里是个妓院，里面全是被抓的远境大陆的女人？一时间，她不由得热血沸腾，幻想着独裁者会来这里，在他蹂躏受害者的时候把他刺死，但她明白虽然自己的心中怒火中烧，但这却是个行不通的愚蠢方法——只有纳文·休尼在喝多了之后才会在剧本里写下这样的场景。

“是谁在哭？”布瑞奥妮轻声问道，“你能听懂我的话吗？”

哭声戛然而止。

“你从哪来？”她问。她已彻底暴露了自己，再也无法回头。要是房间里不那么黑该有多好啊！她不知道这个监狱帐篷的结构——是一个大笼子吗？还是有许多单间牢房在这座可怕的帐篷下面？“有人能回答我的问题吗？”

“吓死了，”一个近处的声音告诉她，“我想回家。”

“你叫什么名字？”她问，“你怎么会在这里？”

“被抓来的。我蒙（们）没放（犯）错。进村来抓走了我们。”

“他们在哪儿抓的你们？”

“夫人？”另外一个声音说道，听起来似乎年长一些，“你是来救我们的吗？你会带我们离开这里吗？”

天哪！独裁者抓走这些布伦的孩子干什么？“你们都是俘虏？”布瑞奥妮的心揪得紧紧的，就像攥紧的拳头一样，“这里有大人吗？一个老人？”他们会认识她的父亲吗？“一个国王？”

“没有国王，”稚嫩的孩子一边抽泣着一边说道，“只有我蒙（们）这些小孩。”

布瑞奥妮还没来得及问更多的问题，一束强光突然从黑漆漆的帐篷的另一端照了过来：有人拉开了百叶窗，举着火把站在空地上。

布瑞奥妮蹲伏着。越来越多的火把，越来越多的人影——火把的光让她目眩，她不得不扭头看向别处。布瑞奥妮一动也不动，直到她听到说话的声音和帐篷另一头的铁门打开又关上的声音。火把渐行渐远，百叶窗也被放了下来，巨大的帐篷里重新陷入了黑暗。守卫们难道是在找她？

“有没有人能告诉我你们被俘的原因，或是远境王国的国王是否也被俘虏了吗？”

没人回答，布瑞奥妮开始沿着铁笼的边缘慢慢移动，但仍在帐篷底下。她得穿过一道门槛，幸好百叶窗已经放了下来，这让她长舒了一口气；根据守卫们的声音判断，他们之中没有一个人回头看这座帐篷。最后，她终于来到了曾经放置火把的地——正门入口，但在离大门不远的地方停了下来。

布瑞奥妮深吸了一口气，犹豫已经毫无意义，她也没有时间可以浪费——守卫们随时都有可能折返回来，“有人吗？有人听到我说话吗？”

那个声音传过来的时候，布瑞奥妮的汗毛都竖起来了，“什么？玫丽尔？”

“伟大的佐睿雅！爸爸，是您吗？”她用力贴着铁条，极力忍着才没有喊出来，“爸爸？是我！哦，神多么仁慈！爸爸！”

突然，布瑞奥妮感觉到了他的存在。他的手穿过铁窗，摸到了她的脸，上面湿哒哒的全是泪水，“仁慈的诸神啊！布瑞奥妮？真的是你吗？”奥林的声音有些沙哑，但毫无疑问，那就是他的声音，“真是个难以置信的奇迹！我都要睡着了……我以为……你的声音；我以为是你母亲。我真的不是在做梦吗？”

“是的，爸爸，您没有做梦！是我！”布瑞奥妮紧紧抓着他的手——他多么削瘦啊！但那的确确是她的父亲，虽然经历了诸多世事变迁，但他的音容笑貌依旧历历在目，“没想到还能再见到您！”

她笑中带泪地说道，“我是说……我还是看不到您！”

他也在笑，“你还好吗？你在这干什么？神哪，孩子，这不可能！你是自己来的吗？”

“我听说您在独裁者手上。我是来……”她不能浪费时间详细解释，“说来话长。但是我们得先把您救出来！”

“不，你必须得离开这儿，我的小羊羔。他们很快就会回来，把我带回平时关押的监狱。他们把我带到这儿是因为有人攻击了前哨，瓦什担心有人打算劫狱。独裁者今晚不在营地，他的大臣担心出什么乱子。”

“那就更得把您救出去了。”她说。

“不可能的，布瑞奥妮。这可不是普通的监牢——这是个笼子，上面装有铁条，下面地里也埋有铁条。”他的声音很低，但她仍能够听到其他犯人的骚动，“我不知道独裁者的计划，但是他非常喜欢南境，认为自己只要拿下城堡就可以唤醒一位神灵。你跟沙索还是布罗纳在一起？你能把这个告诉他们吗？”

布瑞奥妮笑了，笑得十分苦涩，“沙索死了，”布瑞奥妮说，“我很抱歉，爸爸，他在马林沃克的葬身火海了。布罗纳要么在城堡里成了俘虏，要么做了叛徒——或许两者都是。亨顿·托利控制了城堡，但是我听说他跟独裁者做了什么交易。”

“那你是怎么来到这里的？你跟巴瑞克在一起吗？”

“别管那么多了。我们得把您救出来。”巴瑞克的名字却像个火星一样慢慢地在她心中变成一团火焰。

“你不能这么做！亲爱的，对我来说已经太晚了。但是你得小心别被抓到。走吧！在守卫们回来之前赶紧走！”

“不。”现在那团火焰在布瑞奥妮心中熊熊燃烧起来，她已经压抑了好几个月，“您为什么要骗我？您为什么那么做，爸爸？”

他似乎有些意外，但并不惊讶，“你这话是什么意思？”

“您从没告诉过我……您的诅咒。关于巴瑞克。关于他弄断胳膊的那晚所发生的事情。”布瑞奥妮咬着嘴唇，努力抑制着泪水，“您为什么骗我？”

时间一分一秒地过去了。她的父亲一直抓着她的胳膊，但是现在却放开了手，甚至向后退了半步，“对……不起。”

“为什么？您为什么不告诉我？您为什么不跟我们说实话？”

“我感到羞愧，女儿！你不明白吗？因为我把自己的腐坏之血传给了我最爱的人，我感到羞愧。因为我差点害死了自己的儿子，我感到羞愧！”他的声音异常沙哑，“现在又开始了。”

“什么开始了？”

“毒！我血管里的毒——我能感觉到。哦，仁慈的诸神啊，布瑞奥妮，去年的大部分时间里我都作为囚犯而活着，但我至少摆脱了该死的血统！你明白吗？以前每到满月时便会让我备受折磨的疯魔第一次没有找上我。但是当我们越来越接近城堡——接近我的家乡——苦难便又回到了我的身上。就连现在，我也能感觉到痛苦在我的血管中沸腾……”

“但是我本来可以帮助您！您应该早些告诉我！我们或许能找到方法治愈——查文肯定能找到办法！”

“你无法治愈别人的血液，”国王痛苦地告诉她，“除非你撕开他们的喉咙，剖开他们的身体，像宰杀一头猪那样。”

布瑞奥妮又哭了起来，“那么，这也是对我的诅咒，爸爸。您无权让我置身事外。”

“你还不明白么？”他又回到了铁栏前，抓住了她的肩膀，将她拉到了冰冷的金属前，好把自己的脸贴近她的脸蛋，“我愿意做任何事情使之远离你们。你和肯德里克身上没有任何迹象。”

“但那究竟是什么？为什么是我们？为什么是埃顿家族？”

“因为爱，”他说，“也因为背叛和死亡。但主要是因为爱。”

他给她讲了一个耸人听闻的故事，布瑞奥妮一时间竟忘记了一切，脑中只有她父亲的痛苦的声音在回荡。

“我们拥有……加尔人血统？”当他最终陷入沉默的时候，布瑞奥妮问道，“埃顿家族？”

“加尔人声称这是神灵的血统，”奥林说，“独裁者也这样认为。所以他把我关了起来，他说……”

“为什么？”

布瑞奥妮以为父亲会想做出解释，但他只是摇了摇头——她能感觉到他的头在她的手中剧烈晃动，“我不能确定自己全都明白，但是你要记住——只有赶在仲夏午夜之前才能阻止他——据说到那时，一切都会变成现实。剩下的日子不多了。”他犹豫了；她能感觉到他在下着决心，决定不再让她受到惊吓。他对她一向如此坦率吗？还是布瑞奥妮变了？“快，”他说，“趁着我们还有时间，把你听到的关于……”但他没能把话说完。她的背后传来了说话的声音，而且距离帐篷越来越近。奥林赶紧走开了。

“躲起来，”他小声说道，“快！”

她刚一躲开，帐篷的百叶窗就被拉开了，守卫举着火把站在空地上。当奥林冲着光转过身去的时候，她终于看清了自己的父亲，心中满是对他的敬爱。他多么削瘦啊！一群孩子在他身后围成了一圈，大约有十几个，在笼子底部的稻草堆上或坐或躺。

布瑞奥妮看到一位瘦高个的老人，穿着精美的长袍，在守卫的陪同下走了进来。他打了个手势，另外一名守卫便把铁栏打开了，“告诉你的这些小朋友，如果有人敢靠近铁栏，他们就会被杀死，”老人说道，“我不想惹麻烦，奥林国王。你该回去了。不管这些土匪是什么人，他们已经逃走了。白猎犬队追去了，很快就会把他们解决掉。”

“我现在还不想回去，”她父亲说道，声音有些过大，“我喜欢跟其他的囚犯待在这里。他们不过是群孩子，你知道——没人关心过他们。我对你还有一些好感，瓦什。”

“我为独裁者做事，奥林国王。我对你的同情心表示赞赏，但是这样一来你就更加要回去了——我不希望你在孩子中间煽动暴乱。”他用西斯话对守卫们说了些什么。门锁发出当啷一声，大门吱嘎吱嘎作响，奥林被两名守卫架着胳膊带了出去。

“很好，”她的父亲扭过头说道，好像是在跟囚犯们说话，“要记住，我爱你们所有人。鼓起勇气——只要你们没有忘记自己是谁，未来就有希望。”

百叶窗被放了下来，布瑞奥妮流下了泪水。守卫们走了很久之后，她才敢再次移动并开口讲话。通过几次小声的交谈，她发现这些孩子无法告诉她想知道的东西。留下他们面对未知的命运，她觉得有些于心不忍，但也没有别的办法。趁着下一次骚乱，她偷偷溜出了帐篷。

*我也爱你，爸爸。*布瑞奥妮匆忙穿过黑漆漆的绿地。幸运的话，她在午夜之前就能回到埃尼亚斯的营地，他们可以想个法子救出奥林国王。*如果是爱诅咒了我的家族，那它或许也能够拯救我们。*

第十七章
保卫秘境

大多数年轻人都在诸神之战中丢掉了性命，因此整个村庄一片哀悼之声。但这些遇难者却受到了热情接待……

——引自《圣孤传说：其人生平、死亡及天堂的奖赏》

“他们人太多了！”年轻的芬德林人边跑边喊。他的脸很脏，血迹斑斑，武器和盾牌也不知丢到了哪里，“独裁者的部队占领了暗月之地！快跑！”

费拉斯·范森转身抓住了他，孔雀石·紫铜也认为不能让这个士兵的恐慌影响到其他人。他抓住了这个家伙的胳膊，一掌掴在他脸上。芬德林人士兵诧异地看着紫铜，身体摇晃了几下，然后双膝跪地倒了下去。

“起来，小伙子，这些迫击炮弹说明你们的石头并不是那么严丝合缝啊。怎么回事？”

“请原谅，紫铜大人！”这个年轻人明显吓坏了，一心只想逃命。

“给我们说说你得到的消息，”紫铜说道，“你们在石匠公会面前立过誓。”

士兵的嘴唇颤抖着，但是他尽力控制着自己的情绪，他的表演实在算不上完美，“他们突破了最后一道防线，赶得碧玉和其他人像沙蚤一样到处乱跑，紫铜大人。太可怕了。”他转头望着费拉斯·范森和其他人，好像他们表示了不同意见似的，“太可怕了！到处是火焰和像烧着的沥青一样的东西，人们在尖叫……还有那股气味，大人，那气味！”

“能是什么东西，医生？”范森问道，“查文，你听到了吗？”

“啊，啊，我们在讨论什么？是的，火焰，那有可能是石脑油和松脂。”医生看上去有些糊里糊涂的，好像有些心不在焉，“狼烟，赫若索尔人都这么叫。”他转向范森，“没有别的办法，只能熄灭火焰，但是它们烧起来烫得吓人。”

“我不信，”范森说，“有一种防御措施可以抵挡住任何武器——莫里哀告诉过我。”

“谁？”医生看上去十分吃惊。

“别管是谁。”范森转过身去面对着那个惊吓过度的士兵，他现在已经平静一些了，“你有没有带大锤·碧玉的口讯？他还活着吗？”

“我……我不知道，队长。”这个芬德林人看起来十分害怕范森，他终于意识到自己的行为是多么恶劣，“卫兵室倒下来的时候……我们遭到了攻击……我本应该……”

“但是你以为自己是唯一能够把消息送出来的人，”朱砂·水银说道，在此之前他一直保持着沉默，“我们能理解，孩子。你跑回来的时候，白云石还在坚守岗位吗？想一想。他在吗？很好，去找军需官吧，他会给你拿点喝的，找个地方给你休息一下。我们会帮助碧玉和其他人的。”

“谢……谢谢你，大人。”

年轻的士兵一瘸一拐地离开之后，孔雀石·紫铜已经开始集结增援部队，以帮助碧玉和其他人撤回赭石障，以免溃败。

“我希望你没那么做，大人，”范森平静地告诉朱砂，“他抛弃了自己的同伴。他甚至没有看一看自己的统帅是否还活着……”

“他们不是真正的士兵，队长，”朱砂提醒他，“他们是一群勇士，但还没有学会军队的那一套。我也不认为他们能学会——我们没有那个时间。但是将来我会尽我所能让你训练他们，如果你觉得有这个必要。”

范森自觉有些羞愧。他不是芬德林人的一员，因此并不了解他们——朱砂想告诉他的就是这个吗？费拉斯·范森吞下了怨气。现在可不是生气的时候。

碧玉和白云石手下陆陆续续赶到了这里，他们所讲的情况跟第一个士兵描述的差不多，但是结局却有些出乎意料。

“独裁者的人在我们撤退的时候并没有乘胜追击，”幸存下来的人汇报，“他们甚至没有追到赭石障，也没有试图阻止我们前来跟你们会合。”

范森不明白独裁者的葫芦里卖的是什么药，“他们本可以趁我们撤退的时候消灭我们一半的兵力。但他们为什么没这么做呢？”

白云石和大锤·碧玉最后终于回来了，他们一瘸一拐，满身都是血，但也没有缺胳膊少腿，他们证实了其他人的话。他们跟范森还有其他人一起站在燧岩绘制的地图前，想要找出这些南方人的意图。

“瞧，他们已经利用风暴石之路来到了海湾下面。”孔雀石·紫铜说着用木炭棍在地图上点了好几下，“但是如果他们想要继续前往芬德林镇，然后向上进入城堡的话，他们为什么要回过头来穿过铸铁之地？那条路只会通向更深层的地底。”

朱砂皱起了眉头，“他们必须要花很大的力气，需要挖很大的工程才能从后面把我们包围起来。他们要走上几十公里，穿过最狭窄的隧道，才能到达神庙。”

范森睁大了眼睛，“佩林之锤！”他信誓旦旦地说，“没错，独裁者的目标是秘境！”

“我们的时间不多了，得赶紧做个决定。”朱砂说，“老实说，是我的时间不多了，因为我为了公会把阿斯提昂带到了这里。”他沮丧地皱了下眉头，“再过几个小时，独裁者的部队就会杀到赭石障。之后，我们除了在他后方捣捣乱之外，别的什么也做不了。”他低下了头，无助地盯着地图，“我们还有其他的选择吗？队长，那些自称是我们盟友的加尔人哪儿去了？”

范森对朱砂已经有了充分了解，他知道这份责任对他来说是多么痛苦，也知道他几乎没什么信任的人可以商量一个对策出来，“加尔人还没有吐露他们的计划，但是我会再给他们带个口讯过去。然后我们就只能干等着了，”范森告诉他，“但同时，大师，你必须得做出决定，拿出你们的下一步行动计划。你想让独裁者过去，把秘境拱手相让，然后我们从这里撤退出去保护芬德林镇吗？”当朱砂和碧玉大声抱怨着的时候，他抬起了一只手，“我知道那触到了你的伤心处。”

“是芬德林人们的赞德山，”查文突然高声说道，“他们的圣地。”

“我知道，”范森告诉他，“让我把话说完，查文·马卡洛斯。我们可以放他们过去，保存小股力量以保卫芬德林镇，或者我们也可以在五拱门下面进行抵抗，试试看能不能把他们赶出秘境。至少我们有一点优势，就是对这里的地形十分熟悉。”

“但是他们人数众多，武器精良，最终还是会打败我们，”孔雀石·紫铜说，“不管我们多英勇，他们都会把我们赶回去，这是不可避免的。”

“是的，当他们对我们形成压制的时候，我们就撤退，”范森说，

“但是要慢，这样我们就可以多杀死几个，如果我们输了，”他突然想到了自己的家人，几乎全都找不到了，还有从他出生起就注定不属于过他的公主，“那么，我会跟你们这群人死在一起。”

“我们深感荣幸，范森队长，”朱砂告诉他，脸上带着悲壮的微笑，“但是我们真的只有这两条路可走吗？放弃我们的圣地或是奋起反抗然后被屠杀？太残忍了。”朱砂把手伸进口袋，掏出一块亮晶晶的黑色圆石，恭敬地在胸前蹭了一下，然后放在了桌子上，“你们看，我拿出了阿斯提昂——公会的印章正在聆听我们的谈话。让我们再听一听两种选择……别隐瞒你们的想法！不管选择哪一种，我都会寝食难安，但是就像所有不可避免的痛苦一样，我认为早死早超生。仁慈的长老们！燧岩·蓝石英在这里就好了，我们还可以听一听他的疯狂意见。”朱砂叹了口气，“啊，好吧，只好用我们现有的沙子继续加固城墙了。全都告诉我吧，我好决定怎么个死法。”

⚜ ⚜ ⚜ ⚜ ⚜

灰·硝石是神庙最年长的僧侣硫黄的弟弟，但那并不代表他还年轻：燧岩觉得他看上去就像变质石矿中常见的干瘪瘪的青蛙。灰师父很有生气，尽管他的行为有些欠缺优雅，但至少目的明确。这一点很重要，因为他是一场军事行动的总指挥，稍有差错，几十个芬德林人的性命就会葬送在他手上。

“我不明白，孩子。”硝石说。打记事起，还是第一次有人这样叫燧岩。这个僧侣戴着一副云母晶体制成的护目镜，这使他的眼睛看上去跟银币一样大。“你要那么多爆破粉干吗？”他指了指身后的旷野，至少有一百位神庙的僧侣在那里忙碌着，“我已经调动了所有人手，让他们尽可能多地制造炮弹……”

“但我们需要更多。”

“需要多少？”硝石问道。

燧岩曾经做过估算，但他对这些数字还不能肯定。问题在于，没人这样用过炸弹，所以很难计算出究竟需要多少。燧岩需要查文的帮助——医生知道的事情很多——但是近些天来他总是不见人影：燧岩估计他正在忙着帮助范森队长。

“蓝石英？我的确确有很多事要做，你知道。”硝石和他请来的神庙师父们正在负责批量生产爆破粉的危险任务，因为这些炸药存储起来十分危险——如果太干燥，一个火星就能把它引燃；如果太潮湿,那么所有的挖矿取材和制造火药的工作就会全部毁于一旦。为了储存大量火药以进行武器制造，芬德林人们已经搬到了一块未知的区域。他们还打算走得更远一些。

“可能……两百桶？”

硝石把眼睛睁得老大，都看不见防护眼镜后面的眼睑和睫毛了，“两百桶？你是说‘两百’吗？你疯了吗？我正在努力，但充其量只能制造一百桶——不能简单地把这些火药堆在一起，你知道的！你见过那些地上佬在佐悉蒙节的时候发射到天上的火箭吗？想像一下，一个体积比那大上一百倍的东西，放在下面这个有限的空间里……”

“当然，当然，我知道。”燧岩深吸了一口气，提笔给朱砂写了一封信，把阿斯提昂印章改在了显眼的地方，“不过，我希望你们能尽量多制造一些，越快越好。”

“荒谬！对不起，蓝石英，但我们做不到。你告诉公会，他们得再给我派二十个人来筛火药粉。我知道，他们没法答应我的请求——他们一个多余的人手也没有。”

燧岩一言不发地坐了很久。那原本是个奇怪的想法，有点孤注一掷的意味。他不能把这些制造火药的工人拉去打仗，特别是在局势一天比一天紧张的情况下。正如那个僧侣所说的，根本没有足够的人手。

“我有个问题，硝石师父，”燧岩突然说道，“为什么爆破粉一定要由人来做？”

✤ ✤ ✤ ✤ ✤

“我对这个决定表示担心，”朱砂·水银说，“不管我们做什么，总有事情会超出我们的掌控。”

镍师父不高兴地哼了一声，介乎于嗤之以鼻和咕咕哝哝之间。他是从神庙被召集到这里的，对此感到十分不满，待到决定一出，他就更加不高兴了，“在我看来，”他说，“我们焕华共修会预见到，我们的生命与和平已经无可挽回，但我们从没抱怨过。”

“看在长老们的分上，镍，你除了抱怨什么也没干，”孔雀石·紫铜说，“由于决定权在我们手里，你连听都没听，就想要开始抱怨了！”

“别吵，你们俩，”朱砂说，“你把事情弄得更糟了，查文，在我们讨论的过程中，你几乎一言未发。你就没什么意见吗？”

医生舒了一口气，“我希望自己有，水银大师。不管怎么样，我们必须做该做的事情。”

朱砂拍起手来，“作为阿斯提昂的持有者，我谨代表至高无上的石匠公会发言，我认为我们别无选择，我们必须要战斗，而且现在就要战斗。我们一定不能让他们接近秘境。”

“我知道机会渺茫。如果我是个赌徒，我会觉得压一个铜板在我们身上都很傻。但是我们听到的所有消息都表明，独裁者对我们的圣地情有独钟，他身边的祭司和巫师给他灌输了满脑子的神灵和黑魔法之类的念头。我们不能冒险，他们的想法是有依据的。而且更为重要的是，我们不能就这样不战而退，把圣地拱手让人。躺在石床里长老们会诅咒并谴责我们，谁能说他们做得不对呢？”

“不，我们必须奋力抵抗。我们只有一千人，算上正在赶来增援的也不过两千人，但是我们还有加尔人作为盟友——我想你们都见过他们的勇气。”他低下了头，拿起阿斯提昂仔细端详着，然后把它塞回倒衬衫口袋里，“我们要保卫秘境。这是我的决定。”

“这样一来，神庙就要被放弃了？”镍师父说，但是他的声音听起十分顺从而非愤怒。

“我们会象征性地留下一些兵力，”朱砂告诉他，“但是如果独裁者真像加尔人说的那样，那么他对神庙甚至芬德林镇不会有什么兴趣。”

“这次地下入侵并不意味着我们要交出城堡，”范森说道，“可以看出，这正是苏列佩斯来这儿的目的。他只用了几个星期就攻陷了强大的赫若索尔。很难相信，他不会以同样的方式对待南境，到那时城堡下面的一切都将是他的，他会把我们活活饿死。所以我们得尽快摸清他的行动，正像雅萨梅兹和加尔人所建议的那样，他本可以用更简单的方式达到目的，是什么在促使他全速前进？”

紫铜转身看着范森，“加尔人为什么不来参加这次会议，队长？”

“我说不好。”范森站定，“加尔人——我怀疑他们向来如此——会在他们自己的时间前来。重要的是我们现在采纳了您的决定。请您原谅，我还有很多事情要做而且时间很紧——这些南方人很快就会再次动身。”他望着其他人，“我们晚饭之后再回到这里碰头。愿诸神保佑我们，保佑南境。还有芬德林镇。”他飞快地补充道。

“我们肯定需要帮助。”查文说道。

“加尔人必须得来，”范森平静地说道，几乎是在自言自语，“没有他们，我们肯定会失败。”

第十八章
流亡者与初代先祖

老阿里斯塔很快便凭着自己的智慧赢得了特希德米人的爱戴，而小阿迪斯则凭着自己的虔诚赢得了称赞。他们一起生活在一片巨大的、光秃秃的橡木林脚下的茅屋里，村民经常来看望他们，请求他们讲一讲神的道路。

——引自《圣孤传说：其人生平、死亡及天堂的奖赏》

渔船在布伦湾的波浪中摇摆起伏，月光把城堡的影子拉得很长。巴瑞克的视力似乎比记忆里更加敏锐，甚至从前一天晚上开始便是这样。城堡防波堤上的石头似乎在闪闪发光；但闪耀出来的不是光芒，而是强烈且清晰的光彩，即便身处数英尺之外的暗夜，他也能看得清清楚楚。巴瑞克的眼神游移在每块石头上的每道裂缝之间，深刻地感受到从城堡深处扑面而来的历史气息，有关诸神和他们的仆人的传说一时间全都从记忆的底层涌了出来，仿佛在暗处生长的蘑菇一样。

据古老的传说记载，希里欧米蒂斯本人曾踏上过这片土地，受月神梅希雅的指派来偷取监视她、使她沦为丈夫科涅奥斯的阶下囚的金鹰。早些时候，在人类还未踏足这片大陆之前，埃瑞沃曾在这里打败了半蛇半牛的怪物安德洛法加斯，用一柄带有倒钩的长矛刺入了后者的心脏。有人说，安德洛法加斯的身体变成了米德兰山，但是元素精灵认为这座山一开始便在这里。

祖先的弥留之地，加尔人这样称呼南境，在最近的几个世纪中，只有寥寥数位加尔人来到过这里，但在他们口中，这里是一片古老而强大的大陆。他们对于这里的了解——他们的恐惧，以及他们强烈而痛苦的渴望——萦绕着所有在巴瑞克看来如同迷雾一般的事物，但是在伊尼尔默默的帮助下，他正在学习与之共生。回到库-纳-加尔，他彻底停止了思考，好全力应付这些新的记忆所带来的陌生感；巴瑞克·埃顿开始小心翼翼地迈出了第一步，让焰华成为他身体真正的一部分。

巴瑞克望着幽暗的围墙和乱七八糟的花岗岩海堤，暗自思忖着如何才能进入遭到围攻的城堡。一个念头从他的脑中跳了出来，他突然意识到他们可以通过，“海底暗道。”他大声地说了出来。

萨奎丽转身看着他，接着又转过头安静地望着水面。身后的月光把她凝固成了一尊木质雕像。

若隐若现的围墙耸立在他们头顶。雷夫开始小心翼翼地将颠簸的渔船靠近堤岸的圆石，这些圆石如同巨人的水晶球一样胡乱堆砌在一起。当渔船的一侧擦到花岗岩的时候，雷夫伸出一条修长的胳膊，在水下摸索着什么，然后把小船系在了上面。不一会儿，他就爬上了石堆，如果巴瑞克一不小心盯着他看了太久，这个模糊而高大的身影就会变成整个水鸥民族的历史。雷夫爬了一段距离，然后抓住一大块不规则的石头，看上去有点像是杂耍艺人的木柱，上头细下面粗，末端浸在溅起的海水中。年轻的水鸥人转到石头背后，打开了一个机关——那是一个隐形插销，能够防止被潮汐和风暴冲走。

“抓紧了，所有人，”雷夫说，“开闸放水！”

他用尽全力撞了过去，石头开始向下翻滚。巴瑞克知道会发生什么，但是看上去还是有些震惊。石头摇摇晃晃地朝着水面翻了过去，速度缓慢但方向十分精准，就像市集广场上芬德林人们铸造的那口青铜大钟，缓慢而精确地摆动着青铜指针。石头本身只有一半露在水面上；在水下控制杆的另一端还有一块差不多重量的石头，这样一来只要能够找到隐形插销的位置，一个身体强壮的男人或女人也能打开海底暗道。

石头重重地翻到在海湾里，渔船摇晃得十分厉害，就像一块卷曲的鞣皮。雷夫回到了小船上，解开缆绳，挥动着桨橹穿过了一片开阔的海域。他们穿过这片开阔的海域之后走了没多远，年轻的水鸥人就再次把船系住，然后抓住了一条从上面垂下来的绳子，轻松地荡到了河道中央的一块石头上。他用身体的重量把那块石头压到了水底，然后另外一块石头升了起来掩住了入口，突然间所有的灯都熄灭了，只有一小束光柱从头顶照了下来。除了脚下黑漆漆的河道之外，他们的四周全都是石头。

雷夫回到了渔船上，点亮了一盏灯笼挂在船头，然后撑着一支船桨，把他们送过了一条狭窄的缝隙。巴瑞克感觉十分压抑，四周的石头仿佛是一具具活生生活躯体，一头沉睡的食人兽或火龙。

巴瑞克第一次意识到，南境曾经是个活力四射的城市。加尔人并没有这样对他说过，因为对于焰华的幽灵来说，世间的一切都大体相同，要么鲜活，要么死亡——在他们看来，“死亡”或“鲜活”二者之间也没有太大的差别。巴瑞克不知道他为什么会想到这一点，或者说这一点为何看似如此重要，但是南境的确曾经鲜活，而且从某种程度上来说无与伦比。南境曾经鲜活，因为那里到处都是门；那里到处都是门，因为那里曾经鲜活得不可思议。诸神、加尔人，甚至是后来的人类，都没有让这里变成诸多历史事件的中心。他们之所以来到这里，是因为这个地方本身同一颗跳动的心脏一样重要。

他在这里生活至今，为何现在才后知后觉？他的祖先世世代代生活在这里，为何也这样无知无觉？因为他们只能看到神让他们看到的色彩。但是现在这已经发生了改变，至少对他来说是这样。

巴瑞克能够看到它，至少可以看到一些，但是他能明白其中意义吗？就算他能够明白，又会有何不同？

沿着河道行进的这段短暂旅程，就像是他们从麦海伦小岛开始的那段旅程的反转，但这次在他们面前升腾起的波浪不是水花，而是撒有石灰石泡沫的黑色花岗岩。他们跟随着船头的灯光，穿过了一条裸石建成的隧道，直到一扇嵌在石料里的铁栅拦住了他们的去路。到处是石头和黏土制成的水管，一根根支在墙外，但在眼下这个季节它们全都干涸了。

雷夫指了指沉重的铁栅，上面满是铁锈和泥土，“上面是城堡的死水，就在环礁湖边的房子下面。挨着它的就是环礁湖。但是你们不会去那儿。对于你们来说，那里太危险了，殿下。”他望着巴瑞克，不知所措地皱着眉头，“殿下，我想说，艾格耶瓦尔开恩。”

“你想说什么？”巴瑞克问道。

“我们得等。”雷夫似乎很高兴宣布这一点。他抱着胳膊，回到船首坐定。盒子里的屋顶族焦虑地嘀嘀咕咕，巴瑞克觉得自己似乎坐在一群蜜蜂旁边，“有人会来引领我们走完剩下的路程。”

他们没有等待太久。巴瑞克甚至比雷夫更先听到了他们的到来，看到他们接近水管末端，小小的火把闪烁着微光，几乎跟孤儿节的蜡烛一样。那是另外一群屋顶族——据巴瑞克目测有几百人，正沿着水管边缘爬上来。

雷夫突然站起了身，小船随之摇晃了起来，他举起了箱子和受惊的乘客，小心翼翼地把它放到了河道旁边的砖台上，打开了底部的门。第一批屋顶族守卫鱼贯而出，警惕地四下环顾了一圈，很快，衣着有些凌乱但令人生畏的壶居爵士跟着走了出来。

一群屋顶族工程师好像早有准备，他们扔下了一块斜木板，在水管末端和砖台之间搭起了一座桥，接着其他屋顶族便顺着木板走了下来，大部分是步行，只有少数几个骑在跳跃的鸟儿身上。最后一只鸟儿披红挂彩，骑在鸟背上的人戴着一块巨大的头巾，下面是一头卷曲的红发。一个小人走到她面前，拿出了一只小小的扩音器，“欢迎，焰华的主人萨奎丽，伟大的王后。屋顶、护墙板以越海屋顶的尖塔蝠女王欢迎您回家，古老之歌萨奎丽。”

欢迎‘回家’？巴瑞克觉得有些好奇，但是半晌之后他就看到了，仿佛他自己曾来过这里一样——是自己身体中的一个部分来过，他意识到——年轻的萨奎丽，身材像桦树一样纤瘦，秀发如同群星之间的天空一样乌黑，沿着一条古朴的小路散步，这条弯弯曲曲的小路一直通向南境地下的深处……画面上方，就像一系列互相对照的镜子，歪神的女儿们，库-纳-加尔的王后们，沿着同一条楼梯一字排开，每个人都是独立的个体，同时又是一个多腿生物的一部分，这头生物经常在时间的长河里向前或向后延展着自己的身体……或者，至少是向后延展着。

因为永远不可能再出现另外一个人，一个声音在他脑中响起，那声音十分清晰，他很熟悉。*一切都将由她来结束*……

“伊尼尔？”巴瑞克问，好像一个人真的可以向自己的心灵和思想的另一部分发问似的。但是那位盲人国王再次消失了踪影。

“你很善良，妹妹。”萨奎丽用沉着而平静的声音说道。尖塔蝠女王远远地站在下面，微笑地听着萨奎丽继续说道：“我们两族的人很久没能和睦相处了。”

聚在一起的屋顶族，甚至连壶居手下的人，都开始窃窃私语表示赞成和同意。巴瑞克永远不会知道，受到平等对待对于这些小个子的生物来说具有多么重要的意义。

小王后从传令官手中拿过了扩音喇叭，“我们有很多东西要聊，”尖塔蝠女王对萨奎丽说，“但是请您原谅，我们先得做一件事。”

“当然。”萨奎丽点了点头。

“壶居公爵——我亲爱的叔叔，热烈欢迎您的归来！”屋顶族的女王说道。

壶居朝她走了过去，她在男仆的帮助下从美丽的灰鸽子身上滑了下来。她等待着他走到自己面前，然后注视着他跪了下去，“衷心感谢尖峰之神，为了这开心的一天。”

小女王弯下身子，把胳膊环绕在那个满脸胡须的男人脖子上，鼓励他站起来，然后久久地抓着他的胳膊，“潮汐将我们分开了太久，”她说，“现在我们阖家团圆了。”

屋顶族中间爆发出一阵欢呼——老壶居爵士甚至哭了出来，但是他挥了挥胳膊，大声喊道：“诚心所愿！为护墙板欢呼！为伟大的绿色窗帘欢呼！我们又是一家人了！”

“来吧，”当欢呼声渐渐止息之后，尖塔蝠女王说着再次跨上了鸽子背，“我们在城堡下面的隧道里为所有人准备了休息的地方。我们会把大家安顿下来吃顿饭，然后再来讨论如何帮助你们，伟大的王后。”她转头对巴瑞克也笑了一下，“你和另一位焰华的尊贵守护者。”她挥了挥手，整个分遣队（不论是骑行者还是步行者，不论是手拿武器的男人，还是妇孺儿童，甚至还有老人）全都回到了斜木板上，爬上了圆形的陶土水管。工程师们走在队伍最后好撤走斜木板，但是就连他们也在瞬间就完成了任务离开了。

“他们去哪儿了？”巴瑞克问。

“我们会再次见到尖塔蝠女王，很快。”萨奎丽告诉他。

“但他们……我们为什么不……”

“我说过我们要等他们吗？”雷夫说，整个会面期间他全程躲在后面，“我只说过我们要等。”

“那么我们到底要等谁？”巴瑞克问道，但萨奎丽没有回答。

雷夫替她回答了，“另外一个人，”他咧嘴笑着说道，“哦，啊，就是另外 一个人。”

⚜ ⚜ ⚜ ⚜ ⚜

农夫的妻子不愿意让契妮坦离开，“你确定吗，孩子？如果你留下来，今天晚上还可以跟我们一起吃饭。”

契妮坦希望自己可以把话讲得更流利一些。“不了。但是非常感谢。谢谢你们。”她从马车上跳了下来。她在半路上遇到这家蓝色海岸的农户，于是就把死去的教士的驴子卖给了他们；他们结伴走到布伦湾东岸的这个小镇，一路上农户为她提供了充足的食宿和衣物。农夫把马车停在了昂贝加鱼市，正在向港务官打听着什么的他冲着她点了点头。农夫家共有四个孩子，经过一天的长途跋涉之后，其中三个都睡着了，只有最大的一个害羞地跟她挥手告别。

契妮坦穿过小城中心，路过市场，继续朝前走着，一直走到了城墙脚下，从这里可以俯视整个渔港。整个海湾十分辽阔，渔港沿着复杂的海岸线一直向北，绵延长达数公里。她当然可以用从戴克纳斯·沃那里偷来的钱在密密麻麻的渔船里雇一个人，要是戴克纳斯在这儿，他肯定会把自己带走，连问也不会问一句。如果沃一直把她带到独裁者位于南境的营地，那么她更希望事情朝着相反的方向发展。但是之后怎么办呢？她再也无法踏入西斯——这样做无疑是死路一条。但是赫若索尔，她唯一知道的另外一个城市，也落入了独裁者的掌控。她还能去哪儿呢？

契妮坦的目光越过海湾，投向黄昏中南境城堡的上空。她的耳边不时传来“砰砰”的声音——她突然意识到自己听到的是炮声。

那肯定是独裁者的枪炮，苏列佩斯曾用这些枪炮夷平了赫若索尔的城墙。她站在这里，跟独裁者竟然只有一水之隔！她有些畏惧，向后退了一步，仿佛他的手会突然从遥远的对岸伸过来。

就是不能在这儿，契妮坦告诉自己。*除了这么近的地方哪儿都行*。

昂贝加市场是蓝色海岸最大、最好的鱼市，布伦湾沿岸城镇的渔民会把捕捞上来的鱼拿到这里来贩卖，这让统治者奥德里奇家族兴盛了至少两个世纪。鱼市熙熙攘攘，生意十分红火，尽管战火已经烧到了家门口，但这里似乎丝毫未受影响，这是契妮坦离开阿加米德之后见过的第一个真正的城市。她穿过鱼市，与讨价还价的蓝色海岸人、脚步匆匆的厨子、客栈老板和醉醺醺的马林沃克水手擦肩而过，她想起了西斯的海滨，她只在小的时候去过一次，就在她从隐宫逃出来的那个晚上。那幅画面本不该如此鲜明，但是当她想起港口里那些拥挤不堪的人群，还有独一无二的画面、声音和气味时，她的心底竟油然升起一股思乡之情，不禁怀念起她成长的地方和那些她从孩子时代就熟悉的人来。但是父母已经卖掉了她，她提醒自己，儿时的玩伴杰丁还差点把她害死，那么她究竟是在怀念什么呢？

不过，契妮坦在码头生活的那段时光肯定是十分幸福的。她记得有一次跟着父亲去为哥哥谋求一份工作。当父亲跟码头代理商交谈的时候，小契妮坦便独自走开了，愉快地沉浸在一个梦幻、奇妙和神秘的世界。她看到一个男人在卖猴子，另外一个在卖鹦鹉，接着一只猴子逃脱出来，爬到了鹦鹉中间，结果引起了一阵骚乱。她还看到了一个真正的女巫，两个轿夫抬着她沿着海边走过，那是一个凶巴巴的老女人，沉甸甸的金项链把她的脖子都压弯了，样子活像一只海龟；她经过的时候，大家纷纷转过身去，打着巫婆的手势，或者往地上吐着口水。

契妮坦还看到一个失去了双腿的男人拄着拐杖在跳舞，还有一个人可以把自己的皮肤点着，然后再吹灭，他们都是卖艺的。她还看到了许多唱歌跳舞的孩子，大部分都没有父母。他们全都跟她差不多年纪，当时自己还有些忌妒他们呢。

一转眼十几年过去了，契妮坦早已离开了家，甚至连家的概念也早已模糊，但多年前的记忆再次涌上了她的心头，孑然一身却并不孤独，路途曲折但内心平静。她还能去哪里呢？

契妮坦突然撞上了什么东西。她被裹进了一件黑色的长袍里，胳膊被缠住了，这使她一下子失去平衡摔倒在地，接着一个体型很大的东西还绊倒在她身上。膝盖和手肘狠狠地撞在鹅卵石上，痛得她大叫，还忍不住骂了两句脏话。

那个男人把长袍从她身上扯开，但差点又把她撞到了，契妮坦这才意识到自己撞到的是一个士兵，他的朋友，三四个大兵，把他扶了起来。

他们全都盯着她，这让她有些不解，又有些害怕，但是当她听到一个士兵用流利的西斯话说“她以努沙什的名义诅咒我们呢”的时候，她才意识到自己情急之下肯定是冒出了几句母语。

契妮坦还没搞清楚四个西斯士兵在蓝色海岸的鱼市干什么，他们便围住了她。

“居然能在这儿找到一个小妞，多有趣啊，”另外一名士兵说道，他也操着一口流利的西斯话，元音稍稍加重，一听就是南方沙漠地区的口音，“一个从家乡来的小美妞。她可以做你妹妹，帕卡。”

“小心你的舌头，”那个叫作帕卡的士兵吼道，“这个小婊子不可能是我妹妹。”他一把抓住契妮坦的胳膊，推搡着她快步穿过鱼市，“但是她得回答几个问题。你们这些傻瓜忘了吗？我们是出来就是寻找像她这么大、会说西斯话的女孩的——是神佑者的大臣直接下的命令。如果你们放走了她，我们就得受巫师的折磨。”

其他几个守卫快步跟在他后面，全都惭愧地低下了头，小声念着独裁者的名字。

契妮坦简直不敢相信自己竟然这么倒霉。她非常害怕，想要逃跑，但是队长帕卡却把她抓得死死的。

“挣扎也没用，”他告诉她，“你只会受伤。”

⚜ ⚜ ⚜ ⚜ ⚜

他们终于从黑暗中走出来，但没有像屋顶族一样排成一列，而是三五成群——黑得像乌鸦的雅萨梅兹、她的谋士艾希瓦（这个名字条件反射一般溜进了巴瑞克的脑中），还有两个大块头——深渊艾廷，焰华对巴瑞克悄声说道，最大的那一个地位丝毫不亚于至深洞穴的锤脚。

萨奎丽和她的这位长辈互相对望了很久，然后萨奎丽走上前去，向雅萨梅兹伸出了双手。她们只有手指碰到了一起，但传递的感情却比任何拥抱都要来得深厚。她们保持着这种姿势，千言万语在二人之间无声地流淌。

巴瑞克一动也不动地望着她们。水鸥人雷夫迎上了他的目光，咧开嘴笑了笑，仿佛这伟大的重聚是由这个年轻人一手安排的惊喜一样。个头高大的锤脚脸上的表情令人难以捉摸，即便巴瑞克的脑中此刻也已炸开了锅，但是他还是从锤脚深陷的眼窝和酸溜溜的表情中不难看出他的不悦和猜忌。

萨奎丽和雅萨梅兹最终各自向后退了几步，巴瑞克这才能够把她们仔细比较一番。家族遗传毋庸置疑，但是二人之间的差异也十分明显：虽然乍一看来两人都具有典型的女性气质，但萨奎丽的脸更加柔和圆润，雅萨梅兹则长得像一个掠夺者，她的鼻子硬挺，颧骨又高又尖，眼尾处向上倾斜，仿佛置身于一场永不止息的风中。她的黑色盔甲——她穿得整整齐齐，只是没戴头盔——使她看起来更加危险。

雅萨梅兹上下打量着巴瑞克，“我无法相信书中竟然包含这么奇怪的一章，但你又出现在这里了。”雅萨梅兹讲话很大声，每一个字都像是冷冰冰的金属发出的声音，“我本打算让伊尼尔看看，神圣的焰华在凡人刽子手的血液中会变成什么样，但是他再次打败了我。清风与思想的主人定是迄今为止最聪明的胆小鬼。

“他不是胆小鬼，”萨奎丽心平气和地说道，“现在就对他下定论还为时过早，但是我们可以对他的行为做出评判。”

“你对你哥哥总是抱有特殊的好感，”雅萨梅兹说，“就算我告诉过你他会给我们家族带来毁灭性的灾难。你能违心地说我错了吗？”

“正如我所说，现在下定论还为时过早。”萨奎丽低下了头，“但是我不想跟你争辩，我的至亲。我们来看看眼下有什么，还有什么要做的吧。以后有的是时间来讨论谁对谁错。”

雅萨梅兹对此表现出明显的不屑，但她依然不动声色，苍白的脸如同面具一般埋在乱蓬蓬的头发下面，“以后我们或许只有去死的时间了，”雅萨梅兹说，“不过，那不是待客之道，我也不想用那样的方式欢迎你，我的心肝宝贝。”她没再多说什么，转身走进了阴影。过了一会儿，萨奎丽和巴瑞克也跟了过去。

“我要去告诉我的族人，一切已经开始，行吗？”雷夫在他们身后喊道，“告诉他们派个能动嘴皮子的人来参加军事会议。”

巴瑞克不知该说什么，加尔人也觉得没有必要做出回应。

“好吧，那……”水鸥人高兴地说，“那我去啦！”

他们来到了南境地下——甚至就在芬德林镇地下！除了石头

之外，巴瑞克从未怀疑过芬德林人的地下城堡下面还有其他的东西。他们现在肯定已经身处地心了！

巴瑞克坐在雅萨梅兹帐篷里的地垫上，萨奎丽和帐篷的女主人再次进行无声的沟通，他感受到了这里的全部历史，或者说至少是最后一位同诸神一样走遍这片土地的加尔人脑中的历史。他知道科涅奥斯——大地之神——正是在这里丧命于歪神之手，凡人通常把这位智慧之神称为库比拉斯。他知道，加尔人营地中心的帐篷所在的山洞曾被称为闪光的乐土，是守门人伊蒙的花园，尽管那个山洞已经不复存在，或者说在极少数情况下才会出现。

萨奎丽坐得更直了。她穿上了一件战袍，但不像雅萨梅兹身上的那件全是突刺，她的乳白色铠板上绘着多块灰蓝相间的装饰，“我不知道你为什么向我隐藏了这么多秘密。”萨奎丽说。很明显，巴瑞克之所能够听到是因为她想让他听到。

“因为你还不是你自己。”雅萨梅兹的语气十分严厉，但是巴瑞克却嗅到了一丝不悦的气息——那几乎是一种乞求。

“能告诉我你们在谈论什么吗？”巴瑞克问道，“雅萨梅兹女士。当然，我非常感激您饶过我一命——或许您认为我做一具尸体要比活生生的王子更好。但是我人在这里，不管怎么样，你们的焰华正在我的血管中燃烧——我的。女士，求求您，看在我的好心的分上，跟我说一说吧。我不想总是靠猜测生活。”

萨奎丽笑了出来，尽管那可能只是一种敷衍，“再多等一会儿，这是为了你好，巴瑞克·埃顿，我们正打算谈谈呢……”

她话音未落，许多人便开始涌进大帐篷，他们全都一言不发，像小鹿一样警觉，尽管这种沉默有些吓人。穿着透光的符文布长袍的元素精灵、眸子清亮的魔术师、变形族人、石阵族人（每个人都像是库-纳-加尔的哈萨尔的孪生兄弟）、哥布林、黑暗精灵和山地精灵，他们三三两两地走进了帐篷，沿着四周坐了下来。一队水鸥族士兵跟在他们身后走了进来。雷夫没在其中，他正在从船上往下搬屋顶族人的箱子。尽管帐篷里的光线十分昏暗，巴瑞克还是能够看到至少十几个屋顶族站在箱子上的扶手处，像船上的乘客在等待靠岸。

但是芬德林人们去哪了？他很好奇。

“听我说！”有人在他身后大声地用南境语说道。那是艾希瓦，雅萨梅兹的隐士长，但是当这位隐士讲话的时候，她的主人连眼皮都没抬，“我谨代表我的主人雅萨梅兹女士，呼吁大家放下武器和争执——进入这个房间的所有和平人士都会受到礼遇。”她的话回荡在巴瑞克脑海中，一声久违的问候，一段尘封的记忆，那些战火纷飞的日子眼下似乎已经卷土重来。

“独裁者苏列佩斯的军队驻扎在城外，”艾希瓦继续说道，“他带来的武器世人前所未见，像锤子一样能够把石头击得粉碎的大炮。他养了一群怪兽，甚至把一群流放者的后代收入帐下，把他们当成野兽一样使唤，这样一来他就能够唤醒沉睡的白焰之神——苏列佩斯称之为努沙什——强迫其为独裁者本人施展无与伦比的力量。”她低下了头，“他已经研究过，并做了充分的准备。我们相信他有能力达到目的。”

“但是就算他能够唤醒一位神灵，他又怎么能够对神灵发号施令呢？”一个水鸥人站了起来问道，“艾格耶瓦尔通过修女和圣鳞向我们传达圣谕，但是我们没有办法驯服他，就像我们没法驯服汪洋大海一样。”

“这个南方人认为自己有办法迫使神灵听命于自己，”坐在雅萨梅兹身边的萨奎丽高声说道，“他的搜寻所引发的振动——向特里和他挚爱的海洋致歉——在地下图书室也能感受到，连那些相对敏感的人也能感知到。”她奇怪地停顿了一下，巴瑞克突然意识到她说的正是她自己——长时间的睡眠和睡眠带来的梦境并非总是平静愉悦的，“我们不知道这个犯人打算如何控制一个神灵，但是从他的所作所为来看，我们相信认为他无法达到目的这种看法是十分愚蠢的。”

“请诸位原谅，”小女王尖塔蝠女王用扩音器高声喊道，“我们聚集在这里还有什么意义？独裁者已经冲进了大厅，正带着他的人在地下前进，向着芬德林人的圣地——闪光之人的小岛进发。”

“那不仅是芬德林人的圣地，”萨奎丽说，“不管我们选择跟随哪位神灵，其实是囚禁在闪光之人的小岛的那一位将我们挽救出来、使我们免遭奴役的。没有他，我们或许仍在诸神的统治之下。”

“有那么严重吗，夫人？”水鸥人特里问道，“我们的神经常开口跟我们讲话，他的话对我们大有裨益。”

“那可能是因为你们忘记了海神兴奋时的样子，”萨奎丽说，“但是我得承认，他是几兄弟之中较为平和的一个——他的权力不仅来自于他的力量，同样还来自于他的智慧。不管怎样，我们担心的不是诸神的回归，尽管这一点也值得担心；我们要担心的是一个凡人居然想要控制神的力量，这件事要可怕得多。”

艾希瓦再次开口，说的都是巴瑞克知道的事情，但是很多细节明显是最近才搞清楚的，比如独裁者造访麦海伦小岛并同亨顿·托利交谈的事情，这个女人正在用她那冷静清晰的声音逐字还原当时的对话。她和萨奎丽还提到了一些巴瑞克不知道或是一知半解的事情，重新讲了一遍歪神的故事，以及他是如何打败诸神的，但是他们的版本跟乌鸦斯科恩告诉他的完全不同，许多细节惹得安静的焰华沸腾不已。

水鸥人和屋顶族芬德林人不时插上两句话，巴瑞克开始明白自己生活在南境时，对于父亲的王国的了解是多么匮乏，特别是对自己的城堡。

“现在我们面临着一个问题，”尖塔蝠女王王后最终说道，

“芬德林人们去哪儿了？那些石匠去哪儿了？艾格耶瓦尔的子孙在这里，还有我们这些尖峰之神的信奉者也在这儿……”她指了指身后的屋顶族，“但是老卡利斯诺沃斯、泥土与岩石之王的奴才们去哪儿了？”

艾希瓦转身看着自己的主人雅萨梅兹，但开口的却是萨奎丽。

“我们之所以来这儿，部分原因正在于此，”萨奎丽告诉她，“芬德林人此刻正在我们下方，努力守护着地心深处的秘境，免得落在独裁者和他的数千名手下手里——我们将那个地方称作祖先之血。”

“什么意思，他们在战斗吗？在我们下面？”巴瑞克一点也不喜欢那个声音，“我们坐在这里闲聊，而独裁者已经来到了地下？”

雅萨梅兹十分激动，“装无辜可太晚了，最后的继承人，”她冷冰冰地告诉巴瑞克，“要么站出来说话，要么就闭嘴。”发表完这番评论之后她瞪了巴瑞克很久，然后再次垂下了那双漆黑的眼睛。

“我们会替这个年轻人找到的答案，”尖塔蝠女王说，“但首先我们得知道他的名字。”

巴瑞克意识到，他正在自己的城堡中——或者说城堡下——参加一个百人聚会，但这里却没人认识他，这感觉十分奇特。他朝着那位美丽的小个子女士鞠了一躬，“我是巴瑞克·埃顿，奥林国王的儿子。我是个王子……现在是南境……唯一的王子。”

大家议论纷纷，甚至有人义愤填膺。愤愤不平的大多是水鸥人。他们的领袖特里担忧地看了巴瑞克一眼。

“很抱歉我们没有认出你，巴瑞克王子。我女儿曾提起过你的家族——特别是你姐姐，正是在我女儿的帮助下，她才得以逃出城堡。”

“我姐姐？布瑞奥妮？”他花了好一会儿才想起姐姐的名字，布瑞奥妮似乎……消失了，她在他记忆中的位置似乎比过去要遥远了，仿佛一阵迷雾隔开了他们，“她真的在这儿吗？”

“她还活着，”萨奎丽说，“但是我不知道她在哪儿。这些天来，沉睡的诸神一直焦躁不安，干扰了虚空之母传给我的天赋，最困难的就是远视和隔空传话。”她摊开双手——大海十分平静，“稍后我会把我知道的全都告诉你……但是现在我们还有比儿女情长更重要的事情。”她看着雅萨梅兹，仿佛要对这位前辈说点什么，但是她却转过身对着那些关注事态发展的人说，“芬德林人正在我们脚下很深的地方打仗，他们把那里称为迷宫，正在反抗苏列佩斯和他手下那群怪物。我们现在还能去帮助他们，但时间正在流逝。我们来这里是为了讨论决战的问题。”

“这正是我们聚集在此的原因。”尖塔蝠女王用扩音器说道。帐篷里十分安静，大家都能听到她的话，“流放者和长子，普通人和贵族——我们联合在一起，保卫我们的家园。我们为什么还要浪费时间空谈呢？”她从剑鞘中抽出一把银光闪闪的短剑，把它举得高高的，“我以佩剑起誓，我的人民甘愿牺牲他们的生命以成就这项事业。”

箱子里爆发出一阵欢呼声，很快便被特里的声音盖过了，他又站了起来开口说道：“那当然很好，但是我们为什么要这样做？我们本可以远走他乡，找个地方继续张网捕鱼，我们的部落会得到什么好处？”

“你们有更多的理由同我们并肩作战……”萨奎丽开口说道，但是雅萨梅兹突然站到了她身边，一副气势汹汹的样子。

“这个捕鱼人说得对，我们不会为了他们而战，”雅萨梅兹声明，“但他的理由是错的。”她透过铠甲上的刺针四下环顾了一圈，满脸愤怒，当她的目光扫过的时候，有人甚至畏缩了，“水鸥人不应该参加战斗——你们都不应该参加战斗——因为这根本没有意义。我们无法从失败的魔爪下取得胜利，因为诸神的黄昏终会到来。我们应该道歉，向那些……”她直愣愣地望着萨奎丽，“……笃信这一点的人。剩下的人应该回到家里，跟家人共度最后的时刻。无可救药。我们面前除了死亡，别无其他。”她那修长的白色手指在胸前微微泛着红光，“所以我宣布自己为战争之印的持有者。”她说这话的时候声音里并没有愤怒，而是带着平静和骇人的笃定，“忽视我的人很快就会看到，我说的都是事实。”

雅萨梅兹说完就转身走出了帐篷，留下一大群人目瞪口呆，面面相觑。

第十九章
哑 剧

诸神之战过后，极寒天气袭击了整个北方地区，一连数天都看不到什么人，祖米奥斯，一位忌妒太阳神火焰的神灵，被他的三个兄弟佩林、埃瑞沃和科涅奥斯打败了。

——引自《圣孤传说：其人生平、死亡及天堂的奖赏》

费拉斯·范森再也坐不住了。“他们在哪儿？加尔人在哪儿？我以为我们之间达成了谅解！”可怕的雅萨梅兹让人琢磨不透，但是她的隐士艾希瓦曾向范森保证，加尔人会跟范森和芬德林人并肩战斗——除此之外，加尔人还有其他的选择吗？

“我不介意再等她们一会儿，”朱砂说，“这样我还有时间可以穿上盔甲。我儿子去哪儿了，甘汞？他得来帮我穿。”大师失望地摇了摇头，“我当年做看守时穿过盔甲，自那以后就再也没穿过了。就算盔甲依然合身，我恐怕连扣子都会系错……甘汞？你在哪儿，孩子？”年轻的芬德林人现身后，他父亲说，“去把它给我拿来，儿子。是时候了。”于是甘汞便快步跑开了。

守卫们为范森和大家带来了加尔人的口讯。

“粗锌？”孔雀石·紫铜说道，“他们派你来的？”

当这个黑暗精灵走进临时指挥部的时候，范森吃惊地抬头看了他一眼。虽说他喜欢粗锌，但加尔人为什么要派一个身份卑微的侦察兵作为信使？其他人，比如艾希瓦，也可以说一口流利的人类语言。

这个大胡子鞠了一躬，迅速地点头致意。他那神秘而狡猾的面孔看上去比往常更加苍白，“大人们，队长——雅萨梅兹女士向诸位致意。”

“很高兴接受她的问候，”范森说，“但是我想知道她在想什么。她告诉我独裁者也是她的敌人。他没有停手，为了保护秘境我们必须撤退。”

“是的，我们知道。”粗锌点了点头。

“那么，然后呢？她来了吗？你的女主人会像她所承诺的那样站在我们这边吗？”

一瞬间，范森瞥见粗锌那对黑色眸子中闪过一丝不悦，那蓬胡子后面的脸也紧绷着，他的心顿时凉了半截。

“不，队长，”粗锌说，“她没有来。”

“什么？”朱砂踉踉跄跄地向前走了两步，臂甲拖在地板上哗哗作响，“没来？但是我们在自己的地道里为你的女主人提供了避难所——独裁者来的时候，是我们为你们提供了庇护！她就这样回报我们？扔下我们独自战斗？”

“很抱歉，大人。”粗锌转头对范森说道，点头致歉，“队长。”他把后背挺得直直的，双眼盯着前方，虽然前面没什么好看的；但士兵就是士兵，就算加尔人也是如此，“很遗憾为您带来这个消息。你们是勇敢的盟友。我要说的就这么多。祝你们好运。”

范森目送这个黑暗精灵穿过乱七八糟的帐篷走了出去。几个芬德林人一脸恐慌地盯着他。就在半年之前，这些黑暗精灵和加尔人还只是用来吓唬小孩的传说。现在他们竟然活生生地出现在大家面前！

活生生的，却是群胆小鬼，范森突然感到一阵莫名的愤怒。他本应该想到，豪猪女士既傲慢又恶毒，根本不可能放下对人类的恨意——他早该料到！现在出卖盟友的人变成了他，他答应给芬德林人找帮手，但他们却不来了……

“三神的臣民们！”范森吐了一口唾沫，脸上满是愤怒和羞愧，“朱砂，我失败了。如果诸位允许的话，我打算现在就把指挥权交给紫铜。”

“请别那样做。”孔雀石·紫铜惊恐地说道，喝到嘴里的水全都喷了出来。

“他说得没错，”朱砂说，“你不能那么做，队长。我们推举您作为统帅是因为您是最合适的人选。”他伸出一只手，想要从儿子甘汞手里拿过另一件盔甲，但手抖得厉害，“你的表现无可厚非。长老们啊，范森队长，你在为加尔人的失约而自责吗？要不是你冒着生命危险跟他们讲和，我们还在跟他们、还有残忍无道的独裁者交战呢！”朱砂看上去有些心烦意乱，“对不起，小伙子。别告诉你母亲我当着你的面说了这些话。”

年轻的甘汞颇为兴奋。

范森摇了摇头，“别这么快赦免我的罪行，大人。如果我没有介入的话，说不定加尔人和独裁者已经打起来了呢。”

“不管怎么样，”紫铜说，“别犯傻了。换了别人也会那样做，但你是唯一有能力做到的人。”

“我们的老朋友紫铜又说了句实话，”朱砂表示同意，他挥了挥手，“行了。我们不但不会允许你辞职，范森队长，我的人民更不会忘记你为我们所做的一切。”片刻之后，他又接着说道，“如果长老们允许我的人民活下去，那么我们就不会忘记。”

范森站在自己的角度思考了良久，然后点了点头，“有头脑的战士绝不会指望神对自己的善意进行回报。”他觉得自己快要被痛苦淹没了，“好吧，如果加尔人不来，那我们也不必再等下去了。还有什么事没做完吗？”

“我。”朱砂咬着舌头，正在忙着搞定他的高领护胸。

甘汞走上前去帮助父亲系好扣带，“他就快好了，队长。”

“他看起来很英俊，我们的朱砂。”孔雀石·紫铜几乎是带着打趣的口气说道，就好像他压根儿就不知道他们将要独自作战似的，“一点儿也不像个把自己在军队里学到的东西全都忘光了的肥胖的乡下人。”

“是的，我敢肯定独裁者的人一看到我肯定扭头就跑。”朱砂说，但是没人有心情笑。

⚜ ⚜ ⚜ ⚜ ⚜

他变成了一头动物，皮毛干枯蓬乱，牙齿尖利。他能够闻到她。他知道士兵们把她带到了河对岸——他记得她的气味，这气味能告诉他一切。他甚至能够闻到温热的鲜血，当他抓到她并开始撕咬的时候，那血会从她的身体里喷涌而出……

戴克纳斯·沃浑身颤抖着，不停地眨着眼睛。不，他不是一头动物。他曾经是一个人，虽然他越来越难记起这一点。他望着周围的人群，有些人正盯着他看，他只能猜想自己的模样。但是他到底在试着回想什么？

他想起来了。女孩。隐宫的女孩。他没有闻到她的气味，这只是他的疯话，但是他看到了几个士兵带着她来到了一艘船上，穿过海湾朝着南境去了。他知道她要去哪儿——去独裁者那儿，杰出的、强大的、奸诈的、残忍的独裁者……

务必要保持清醒，抵御疯魔。如果失去了控制，沃知道自己会彻底变成一头动物——一具行尸走肉，像个被人遗忘的混蛋一样烂在路边。但有的时候，他确确实实感觉到自己能够闻到那个女孩的气味，不管她跑得多么远——他甚至能够想象得到，她在奔跑的时候身上的气味在身后飘荡，仿佛一条断掉的蛛丝，缓慢地消隐在空气中，久久不散，然后像雾霭一样将他环绕，引着他……

沃刚想开口号叫便制止了自己。阳光十分刺眼，他头疼欲裂，仿佛被石匠的斧头劈开了一般。周围的人开始后退，许多人满脸惊恐地盯着他——他一定又自言自语了。

沃低下头开始往前走。

她企图杀死他。当沃实在痛苦难耐的时候，这个记忆支撑着他继续前行。这当然不是她做过的最坏的事情，实际上那根本不算什么，只是时时提醒着他，他是多么大意。但是为了杀死他，她把那些带甜味的黑色药水全都倒掉了，这种药水能够抑制独裁者在沃的体内留下的折磨人的兽性。现在，痛苦在他的体内急速剧增。沃丢了小船，只好尝试其他的方法。他在森林里采了很多草药服了下去，每次路过一个村庄或小镇的时候，他都能从药剂师和医生那里搞到一些药品，能偷就偷，必要的时候也会杀人，连眼睛都不眨一下。但就算是最有经验的医生也只是听说过马拉迈纳斯·基米尔马拉美纳斯·基米尔的治疗药水——他们手上肯定没有。如果不是确信自己撑不到阿加米德和基米尔的药店，他肯定会掉头。现在他只有一个办法结束腹部的痛苦：他可以向苏列佩斯证明自己的价值，然后从无尽的折磨中得到解放。

因此戴克纳斯·沃穿过昂贝加海滨，径直朝着船只停泊的码头走去，没有骚扰当地的药剂师，因为他再也等不起，也分不起神了。思考已经变得越来越困难，有时他的脑中空空如也，仿佛只剩下一个黑洞，里面满是尖叫的蝙蝠。他的双腿有时痉挛得厉害，只好任由自己无助地摔倒在地，但最后总能再爬起来。

有人发出了怪声，咆哮并喘息着，含混不清地说着什么。

那当然是沃自己。他忍着剧痛笑了笑。疯狂的感觉很奇怪，但他毕竟经历过更艰苦的生活。

沃望着那艘小船，腹中有如煤炭在燃烧一般，他试着忽略腹部的灼痛，打算跳上船去。一台起重机把大桶大桶的物资倾倒在甲板上，一群半裸着上身的男人拉着绳子，互相喊叫着。他能跳上去吗？看上去似乎不太可能：从甲板上西斯士兵的数量判断，独裁者的军队肯定征用了蓝色海岸的所有帆船，这样一来沃就很难神不知鬼不觉地溜到船上，特别是以现在的身体状况。

就在他悻悻地决定等待另一艘船之后，他突然想起了老瓦什给他的羊皮纸——那是独裁者的手谕。记忆变得十分怪异，就像是发生在别人身上似的，但是这些文件还是起过作用的，它曾经帮助他顺利征用到了赫若索尔的第一艘船，如果他还保留着那些羊皮纸的话……他还可以那么做……

幸运的是，戴克纳斯·沃在过去的一个月里一直没有想起藏在皮带后面的油布袋，所以它还在那里。那些文件也在那里，尽管在他从瓦拉斯的小船游回布伦岸边之后，那些文件已经污迹斑斑难以辨认。但苏列佩斯三世的猎鹰徽章却错不了，而且鲜艳的朱砂墨水可以表明这绝不是一封复印件，而是由独裁者本人亲笔签署的文件。他紧紧地攥着浸水的羊皮纸，朝着大帆船走去，一路提醒自己：不管阳光多么灼热或是腹中如何绞痛都不能号叫出声。

跳板上的守卫喊了一声，一个军官应声走了下来，沃一看就知道他是个身经百战的老兵。当这个军官怀疑地翻看沃的文件时，他身后的士兵们则打量着沃本人。他想象不出自己是什么样子，但是通过身上的剧痛，他能够感觉到自己的样子一定糟糕极了。他们可能不会怀疑文件的真实性，但是他们肯定会怀疑这些文件是不是他从真正的信使那里偷来的。

“听我说，”沃攒足了全身的力气，好让自己的声音听起来足够平静和理智，“我为独裁者效劳，受了不少伤。我有重要的情报要带给他，他眼下正需要。我誓死效忠神佑者。如果你们拒绝带我去他的营地，那我只好把你们全都杀光，挖出你们的心和肝吃掉，这样我就有力气游过布伦湾了。”

他的话肯定十分具有说服力。当船乘着晚潮离开昂贝加的时候，沃已经上了船，偌大的甲板上只有他一个人。

⚜ ⚜ ⚜ ⚜ ⚜

尽管危险重重，但马特·廷莱特对于能够在晚上单独离开寝宫还是感到十分高兴。虽然内城越来越糟糕，但仍然要比外城好得多；外城挤满了饥肠辘辘、惊恐万分的难民，就算不用担心独裁者的大炮的破坏力和炮火造成的坍塌危险，在外城散步也像是把脑袋提在手里一样危险。

整整两天的自由！廷莱特暗自祈祷亨顿·托利的精力能够被牵扯得更久一些。

廷莱特打算等到天色稍晚一些的时候偷偷潜入姐姐的家里，但是内城跟外城一样挤满了难民；如果他在白天去的话，营地里的噪音是个不错的掩护。他穿过一家空荡荡的商店，从楼上的窗户爬了出来，穿过房顶，落在了一个宰马的屠夫的院子里，这儿也没人住了。他从这里走进了那栋房子，沿着梯子爬到了顶楼的房间，他母亲和伊兰一起住在那里。他仔细观察了一会儿大街上的行人，没发现有人监视这里。

让廷莱特失望的是，当他轻轻敲响百叶窗的时候，前来开窗的竟是他的母亲。她把三腿手杖紧紧抓在胸口，直到百叶窗被抬起了一半，然后突然把那只抓着铁链的手伸到窗框跟阳台之间的缝隙，廷莱特刚要开口，她就打在了他的脸上。

“三神放逐了你，你这个讨厌的魔鬼！”安娜梅西亚·廷莱特大喊道，然后扬起手杖打在了他的耳朵上。

“佐悉蒙保佑！你这是在干什么？”廷莱特试着压低声音，但还是发出了一声闷闷的尖叫，“你把我鼻子都打出血了！让我进去。”

“马提亚斯，是你吗？”母亲赶紧向后退了两步，他的身子进来了一半，另一半还在窗户外面，“你在窗户那儿干什么，傻瓜？我还以为是魔鬼来了。”

他坐在地板上整理了一下思绪，“我不是魔鬼。你现在看清楚了吗？还要打我吗？”

“马提亚斯？”这次是伊兰，那声音不是从床上而是从桌边的一张椅子上传来的，桌子上只有一盏油灯，她正在做针线活，穿着他姐姐的衣服。看上去真美。过了好一会儿他才意识到她叫他什么。不是马特，也不是小马特，而是马提亚斯。只有他妈妈才这样叫他。

“是的，是我。”廷莱特站了起来，抖了抖身上的土，擦掉了粘在上唇的血渍，然后走过去亲吻了伊兰的手，“我是来……”

“你有钱吗？”母亲问他，“你上次拿钱回来已经是十三天之前了。”

廷莱特努力克制才没有吼出声来。他不得不提醒自己，周围可能有间谍甚至是全副武装的士兵在监视这栋公寓，“我跟亨顿·托利的阶下囚差不多，妈妈，一天二十四小时都得待在他身边。”

“这么说，你真的飞黄腾达啦。”母亲高兴地笑着说道，“我们听说了，但我们不敢肯定……

“可怜的人，”伊兰说，“你怎么能受得了？他残忍吗？”

“我不想谈论这个，”廷莱特盘着腿坐在了她身边，“您还好吗，我的小姐？生活在这么简陋的环境里是不是……”他看了一眼自己的母亲，“……太艰难了？”

她笑了起来，“我们周围的环境吗？你知不知道，跟我们仅有一街之隔的埃瑞罗教堂被一枚炮弹炸成了灰？我很幸运，既有地方住，还有人帮我。”她自嘲地笑了笑，“你妈妈心地很善良。”

“哦，我一直给伊兰小姐灌输教堂的神迹和诸神仁慈之心的故事。她已经签字放弃自己的信仰，成为了一名三神教的姐妹。”

“签字放弃，”廷莱特毫不客气地说，“我看现在受苦的不只我一个人。你不用听她的，伊兰。她已经习惯被人无视了。”

这一次，年轻的女子笑得更加平静、更加真实了，“不。我喜欢听。终有一天，我想我可以在圣职中找到平静……”她看到了廷莱特脸上的痛苦表情，这让她产生了误解，“不，真的，我这么说并不是为了取悦你母亲。”

安娜梅西亚·廷莱特高兴地点了点头，“伊兰小姐知道神灵会惩罚不道德的人，避免惩罚的唯一方式就是按照神的旨意去做……”

“但你还没说是什么风把你吹到这儿来的呢，”伊兰打断了他妈妈的话，“跟我们说说你的事，马提亚斯。”

“啊！”廷莱特坐直了身体，“你提醒了我——我给你带了一样东西。”他在紧身上衣口袋里摸索了半天，他一直把它放在离胸口最近的地方，“拿去。这是一本公祷书，里面画的是佐睿雅的生平事迹。”他把书递了过去，“这本书以前是布瑞奥妮公主的。我在教堂里找到的。”

伊兰仔细地翻看着，但这礼物似乎并未引起她太大的兴趣，“这书很美，马提亚斯。看看这些插画！多见功夫！”她缓慢地翻动着书页，然后递了回去，“但是我不能接受这个礼物。它属于公主，如果她回来了，她肯定还想读。”

他既吃惊又有些不解，“但是……她肯定不会吝啬把这本书送给一个……一个像你一样经历了这么多苦难的人……”

“不，谢谢你。礼物很棒，你的好意我心领了，但是我不能接受。”她不敢看廷莱特的眼睛，“它不属于我。”

“那我该怎么处理它呢？”

伊兰摇了摇头，“我不知道，马提亚斯。”

廷莱特非常失望，一心只想把书扔下然后走出去，但是他母亲正带着幸灾乐祸的表情看着他，于是他改变了主意，把书又放回到胸前的口袋里，“那我再想想别的办法。或许我会把它供在佐睿雅神庙。”

“还有别的消息跟我们分享吗？”伊兰问。现在廷莱特清楚地感觉到自己的出现非但没有给大家带来喜悦，反而让大家备受煎熬。

“没什么，”说着他站了起来，“实际上，我要去埃瑞沃教堂为亨顿·托利跑趟腿，我得走了。我在王宫……过得不错，说实话，过得不算太好。托利满脑子奇怪的想法，看起来并不打算抵御独裁者的围攻——他几乎不跟伯坎·胡德或艾文·布罗纳说话……”

“我们可怜的护国公忘记了，神不会将重担压在一个人身上，”廷莱特的母亲虔诚地说道，“他会恢复信仰的。他是个好人。”

就连新教徒伊兰都无法认同她的观点，“我们必须为胡德大人和布罗纳大人祈祷，安娜梅西亚。他们也需要神的帮助。”

安娜梅西亚！她竟然直呼他母亲的名字！接下来她还会怎样？

廷莱特从没想到自己竟然会找借口离开伊兰·麦克里，但他发现自己正在这样做。

★ ★ ★

独自生活在挤满了人的南境城堡中，乌闻神父根本没有意识到外面正在打仗，更别说什么世界末日了。

“是的，是的，当然，很高兴——近些天来我们的拜访者少多了！”当他领着廷莱特进入教堂的图书室时，这位开心的老人说道。图书室位于国王的内室南侧，这个房间既是祷告室和冥想室，也兼作办公室。他代替提摩伊德还不到一年的时间，这么多年来，后者一直是埃顿家族的专职神父，“托利大人需要什么？我们有什么可以效劳？”

廷莱特想把自己知道的告诉乌闻神父，一连串令人费解的意外、流言和奇怪的想法。过去的两天里他一直（当然他只在白天活动）在外城的三神教堂看书，“我想知道为什么一些后世预言把南境看得如此重要，你瞧。”

“后世预言？”神父歪着脑袋，头上的一小撮白发倒竖起来，看上去像是个受了惊的孩子，“远古时代的那个异教？那些认为诸神在沉睡的教徒？托利大人为什么关心起他们来了？”

廷莱特打算提前结束这场尚未开始的对话，“他只管发号施令，神父。我只能遵照他的意思去做。”

“当然，当然。”乌闻的脖子上挂着一个剪刀形状的支架，上面架着一副眼镜；他擦掉了眼镜片上的灰尘，然后眯起眼睛举到跟前，“这是科莱蒙——他曾写过那些人，我想，尽管不太详细。但是你肯定在圣殿的图书馆里看过了。”

“是的。我来这儿是因为有传言提到了一块圣石，后世预言认为这块石头出自诸神之手，他们的信仰大多建立在这块圣石之上。阮提斯认为，石头被丢弃在南境地下的某个地方。但是另外一本书上记载这块石头就在卡里尔国王的王座下——就在埃瑞沃教堂！你知道些什么，神父？”

“一块邪教的圣石，在这座教堂里？”他浑身发抖，夸张地做了个三神的手势，“我觉得难以置信——我敢确定从来没听过这样的事。或许你可以找提摩伊德神父问问。我听说他住在海湾另一边的学校里……”

乌闻肯定没有想到，独裁者的围攻部队就驻扎的东境，前往那里是多么困难，就算那所学校还没有被占领军烧掉，“我确信这样做毫无必要，神父。但是我会翻一翻这里的书。特别是你的前任们留下的手记。”

乌闻用怀疑的眼神看了他一眼，“埃瑞沃教堂和王室家族之间的关系不允许外人审查，他们的对话也不……”

廷莱特举起了一只手，“我只想看看手记，不知道你们怎么叫。日记，流水账什么的。”

个头矮小的神父领着他走下楼梯，来到一排摆满厚重的皮面装订书的书架前，“这些是卡里尔统治时期的契约书。希望你有所发现。”

乌闻走后，马特·廷莱特从书架上拉出一摞厚厚的书，坐在地板上翻了起来。他没有把事实全都告诉乌闻，其中最重要的一点就是他曾在书里看到过一件奇怪的事，关于那座雕像是如何来到教堂的。卡里尔国王在某次争端中从芬德林人那里拿来了那块石头，然后把它献给了埃瑞沃。但是为什么？后世预言和其他信徒为什么会认为这块石头跟诸神有关？

最重要的是，这座雕像难道就是亨顿·托利和独裁者所寻找的神石吗？这个想法让廷莱特起了一身鸡皮疙瘩。他真的找到了影响战争走势的关键物吗？

★ ★ ★

一个钟头之后，乌闻神父又回来了，“怎么样，廷莱特大人？有什么收获吗？”

“我想有的，神父。看这个。”他指着一页大声读了出来，“‘卡里尔国王陛下带回了一尊神的雕像到教堂，这尊雕像由未知的石头或宝石雕刻而成；国王从城堡下面的芬德林祭坛上拿走了这尊雕像，并献给了伟大的埃瑞沃……’你看，可能就是这样。但我找不到其他的记载……”

“现在教堂里没这个东西，”乌闻肯定地说，“否则我不可能不知道。”

“你得让我把话说完，神父。近五十年的书里都没有相关的记载，但是提摩伊德在他自己的日记里提到了——这儿，将近十年前：‘卡里尔国王带回来的科涅奥斯雕像被偷了。我通知了奥林国王，把城堡上下搜了个遍。我怀疑是一个下人干的。’后来，他又提到不少下人遭到了审问，还有一些被严刑拷打，但是没有发现雕像的蛛丝马迹。”

“或许打错了人，”乌闻兴奋地说道，“也许根本没有必要，你肯定听说过那个很有名的故事，一个窃贼从佩林的神殿里偷走了一个圣杯，之后圣杯在他的口袋里燃烧了起来，就像是融化了一样……”

“额，如果它烧死了某个人，这个……‘科涅奥斯雕像’，这里没有记载。但真正的问题是，它到底去哪儿了？”

“十年之前？”乌闻摇了摇头，“有人在十年前拿走了雕像，每天从城堡进进出出的不下百人，还有几十艘舰船来来往往……丢了，年轻人，不管那是个什么东西。你可以这样安慰自己和护国公，那玩意儿肯定不值什么钱，就算被偷了也没什么人提起过。”

“我想这个消息不会给亨顿·托利带去什么安慰，”廷莱特一边说着一边向神父道别，“但我会把你的话转告给他的。”

回去的路上，廷莱特一直琢磨着自己该如何告诉护国公。曾经有一座雕像，但是几年前不见了。亨顿·托利肯定不喜欢这样的消息。

直到四个男人从环礁湖桥下的阴影里走出来，廷莱特才有了主意。

“求求你们了，兄弟，我很饿，”他说，“我没钱……”

“但你看起来好像值点钱，”领头的说道，那个家伙是个独眼龙，但肩膀很宽，肚子也很大，“最起码我们可以把你身上华丽的衣服扒下来，大人。”

廷莱特当然有他们感兴趣的东西，比如他打算送给伊兰的公祷书，但是当其他三个人走到领头的身后时，廷莱特突然意识到就算他们抢光了自己身上的财物也不会罢休。但是如果他们杀了他，那他就永远也不会知道科涅奥斯的雕像是否就是亨顿寻找的神石！

廷莱特举起了手，“请让我先把话讲清楚。”他慢慢地把手伸到紧身上衣里，拿出亨顿·托利给他的通行证，“我是为护国公亨顿·托利执行任务的。如果你们觉得现在日子不好过，那就耽搁我一会儿试试，你们会发现什么才是真正的痛苦。”

其中一个人看了看他，然后转身对独眼龙说：“他是为托利卖命的。”

“他是这么说的！”领头的说，但其他人已经开始转身了。

“护国公会把我的眼球摘掉扔到环礁湖里，然后把我的脑袋也扔下去，”一个人说，“我们还是找其他人的麻烦吧。”

片刻之后，廷莱特就回到了王宫后面的他自己的房间，摇醒了帕佐尔。

“起来，老兄，快起来！”他叫道，“关于一尊在埃瑞沃教堂被偷走的科涅奥斯雕像，你还记得些什么？跟我说说。”

突然间被叫醒，帕佐尔一开始有些害怕，接着又有些生气；即便如此，他还是把自己记得的全都告诉了廷莱特。

年迈的宫廷小丑说完之后，廷莱特说：“以佐睿雅安静的脚步声起誓，事情越来越离谱了。”他站了起来，一边踱着步子，一边回味帕佐尔的话，“这桩神秘事件难道就没个头吗？”他最终忍不住抱怨起来，“我现在该怎么办呀？”

但是年迈的宫廷小丑已经再次进入了梦乡。

第二十章

焦土来信

月神科尔斯玷污了佩林的女儿，在他杀死了战神沃洛斯之后，伟大的神灵佩林击垮了他。随着这两个伟大神灵的死亡，战争结束了……

——引自《圣孤传说：其人生平、死亡及天堂的奖赏》

布瑞奥妮在埃尼亚斯王子的帐篷里找到了他。他脱掉了上衣，一位医师正在为他包扎伤口。“您受伤了！”她惊叫道。他那平坦的小腹上有几处伤口，刚刚擦干净，马上又流出血来。

埃尼亚斯摇了摇头，“没什么。我从马上摔了下来，被拖了几米——这些伤口是我自己的盔甲划破的。”他把突袭行动中所穿的盔甲放在了一旁，只穿了一件轻便的链甲。

布瑞奥妮知道在交战的时候坠马可不是件小事，但她知道埃尼亚斯王子一点儿也不在意这些小伤。“您的手下怎么样了？”

“我们遇到了一点儿麻烦，不过没损失一个人——但是看到您更让我如释重负，布瑞奥妮。我几乎都不敢问——您找到父亲了吗？”

她把整件事都告诉了他，至少是个梗概，因为她和奥林之间的一些事只能说给家人听。王子专心致志地听着。

“您找到了他，他的精神还不错，这是个天大的好消息，”王子听完后说道，“真好——但是我想知道他对于仲夏夜是怎么说的。难道独裁者真的对那套迷信说法深信不疑，就算围攻战术几个星期之内就能解决问题，他也要冒险发动进攻？”

“我父亲是听独裁者本人亲口说的。人人都说这个苏列佩斯是个疯子！”

埃尼亚斯眉头紧锁，“我想也是。但是这样一来，留给我们的时间就不多了。您有没有休息一下？”

“我很好，休息过了。”侦察兵在日出之前把她带回了营地，布瑞奥妮倒头就睡，因此整个夜晚，特别是跟她父亲的对话，感觉上就像是做梦一样。

“我们怎么办？”布瑞奥妮问道，“时间不多了，我也看到了西斯营地——人可真多！大约有一万人驻扎在大陆，一半以上都是战士。而且我听说，更多的人已经进入了地道。我认为他们计划从地下通过芬德林镇攻入城堡。”

“芬德林人？”埃尼亚斯茫然地望着她，然后点了点头，“啊，是的，卡利坎的老家。我听说过——传说中的天花板，对不对？您父亲说得对。独裁者仓促行动没有别的原因——亨顿·托利根本没有反击。独裁者的舰队已经控制了整个海湾。我猜要是西斯人继续用大炮轰炸城墙，那么用不了几天城堡就得投降。”

布瑞奥妮怒火中烧，“托利是个魔鬼，但是南境还有其他人，他们不会轻易投降的。”

“我相信您，公主。”埃尼亚斯笑了笑，那是赞同的笑，而非嘲笑，“我已经见识过这个国家王室成员的品格，又怎么会怀疑他们的臣民？但是，我们最快也要到明天早上才能做决定。到那时，我们派到独裁者营地里的探子就会把有关独裁者的兵力的情报送回来，或许还有他的计划……”

“不！”布瑞奥妮发现自己竟然喊了出来，帐篷里的人全都盯着她，“我是说……我父亲……在我们救出他之前，我不想干等。我想到了一个计划，但是如果我们再等下去，他们可能会把他带去我们找不到的地方！”

过了好一会儿，布瑞奥妮才意识到王子正在用奇怪的眼神看着她，他的队长和其他军官也一样。“您不知道？”埃尼亚斯问。

“知道什么？”布瑞奥妮有一种不祥之感，内心的笃定开始碎裂坍塌，“告诉我！”

埃尼亚斯叹了口气，“您父亲已经被转走了，”埃尼亚斯说，“我们的一个探子说，一支超过百人的部队护送着一个囚犯进入了海湾沿岸多石的群山下的地道。”他向她伸出了一只手，但布瑞奥妮却把手抽了回来，“很抱歉，公主，但那个囚犯就是您父亲，奥林国王。我们已经找不到他了——至少目前来说是这样。”

布瑞奥妮从前一晚强忍到现在的泪水如同泉水一般一下子涌了出来，布瑞奥妮知道自己没办法控制。她猛地转过身走出了帐篷，想找个埃尼亚斯或其他人看不到的地方大哭一场。

⚜ ⚜ ⚜ ⚜ ⚜

“你跟她根本争不出个高下。”萨奎丽警告他，但是巴瑞克已经受够了这个加尔人从旁指手画脚，告诉他该做什么，该想什么。他跟着正在撤退的雅萨梅兹和护卫们穿过走廊，朝着扎营的洞穴走了过去。

巴瑞克走到那里的时候，可怕的黑暗女士已经消失在自己的帐篷里。门前的元素精灵不想放他进去，他们通过意念愤怒地对巴瑞克进行警告，但是巴瑞克一直站在那里，对那些家伙的手势以及警告置之不理。焰华告诉他，他在这些人中间拥有一定的地位，因此他决定利用这个特权。元素精灵手中大灯的灯光从覆盖在帐篷顶上的油布中间的缝隙中照射出来，越来越亮，晃动得越来越厉害，但是巴瑞克·埃顿不想被当成下人。或许他很傻，是一个很傻的凡人，但是他曾经历过许多难以想象的磨难，最终幸存下来——雅萨梅兹别想轻易甩掉他。

最终，忽明忽暗的火光摇曳了几下之后熄灭了。元素精灵让到旁边，巴瑞克走过去的时候，他还愤愤难平地进行着抗议。

帐篷里只有雅萨梅兹一个人，她的隐士和护卫都不在场；巴瑞克不知道这究竟意味着她信任自己，还是她根本就没有把自己放在眼里。她盘腿坐在那里，像块石头一样一动也不动，苍白的双手搁在膝头，巴瑞克一看到她的样子，驱使着他尾随而来的那股子信心便开始瓦解了。

“你想怎么样，小血瓶？”雅萨梅兹问道。

巴瑞克已经习惯了各种新奇的聆听和观察方式，一时间他竟搞不清她的话究竟是通过意念还是空气传过来的，但片刻之后他意识到自己能够感觉到一声细弱的回响萦绕在帐篷中。他决定要像她一样大声地讲话。或许她以为对着空气说话，把他当成一个凡人能够激怒他，如果她这样想，那她肯定不知道巴瑞克·埃顿已经不再是从前的他了，“我想跟您谈一谈，我的叔族母。”

“我不是你的叔祖母。你身体里流淌的血液没有赋予你这样的权利，就像偷走王室印章也不能以国王的名义发号施令一样。那份血统——我们家族的神圣血统，是我们的守护神赐予我们的礼物——被你偷走了。”

现在巴瑞克彻底被激怒了，但是他努力控制住了自己的情绪，“别跟我说什么王室印章和王室家族，雅萨梅兹女士。我的家族可能不如你们家族这样古老——至少我们登上王座的时间要比你们短——但是我十分了解国王和王后所具有的权利。这些权利需要付出一定的代价，其中就包括为你的臣民的利益着想。你真的以为拒绝为南境而战对你的臣民来说是最佳选择吗？”

雅萨梅兹歪着头，就像一只苍鹭在盯着一条活鱼，“哈！我竟然被一个乳臭未干的小子给教训了一顿，你才刚破壳而出，羽翼未丰呢。”她咧开了嘴，但脸上露出的却不是笑容，“我已经将事实告诉了我的臣民。我们来不及用武力夺取胜利，最好接受无法改变的事实，要么逃跑，好活得更久一点，要么留下来，等待诸神的黄昏降临。”

“这么说你放弃了？”巴瑞克直直地盯着她，脑中的声音乱成了一锅粥，无数的疑问、秘密、古老传说、几乎被人遗忘的历史、战场事件，到处都有豪猪女士的影子，她置身于所有事件的中心，就像童话故事中的巫婆一样，“不，我不相信。你不会投降。人人都知道你会为了你的人民战斗到流尽最后一滴血，既然你会这么做，为什么还要劝他们这样做呢？有什么我不了解的苦衷吗，雅萨梅兹女士？”

这一次，雅萨梅兹收回了豺狼一般的笑容，瘪着嘴唇，好像在打他喉咙上的皮肤的主意，“你这个讨厌的凡人，巴瑞克·埃顿。你哪里来的自信？瞧瞧你那副德行！你就是个稻草人，是用别人的边角料拼凑起来的——你祖先身上的不朽血液在你的血管中流淌，你被年迈的筑梦者所蛊惑，接过了焰华的天赋，尽管你还不能理解它。我为什么要对你客客气气？大家为什么要搭理你，一个与众不同、但一切都是从别人那里拿来的孩子？”

雅萨梅兹说得没错，但更为重要的是巴瑞克没有发火。她的问题十分虚伪，因为背后的答案显而易见——她根本没有理由跟他讲话，更没有理由为自己辩护。

“那么，为什么呢？”巴瑞克问道，“你为什么要跟我讲话？”

巴瑞克向前挪了一步。他明显感受到了她的力量。焰华在他脑中歌颂起了悲哀、失败和勇气，“你让我想到了一个人，雅萨梅兹女士。”

她抬起了蛛丝一般细弱的眉毛，“是吗？一个凡人？”

“直到最近我才认识了几个神，”他自顾自地在她面前盘腿坐下，“是的，一个凡人。我的老师，沙索·丹-赫兹。据说他是他们民族最伟大的勇士，跟您一样。但是他失去了意志。”

雅萨梅兹的脸上又浮现出了贪婪的笑容，“我可没有失去意志。”

“沙索也这样认为，但是他的确丢掉了意志。你看，我的父亲俘虏了他，把他带了回来。尽管他是我们的老师，最后还成为南境的大将军，但他的心从未离开图安，从未离开赞德——从未离开过去的日子。”

“这么说你认为我被困在了过去？这是你深思熟虑后做出的判断吗，聪明的小王子？”

“我觉得您跟他一样不太完整——从距离来说。在沙索身上，是从图安到南境的距离，对于他来说图安永远要比南境更为真实，尽管他再也没有回去过。而在您身上，我怀疑是从过去到现在的距离——从那个对您而言意义重大的时代，到现在这些奇怪的日子；现在，要想对付更加强大的敌人，您必须要跟那些被您视作背叛者和敌人的人……跟凡人结盟。”

“我所做的一切都是为了我的臣民，”黑暗女王说道，但是不见了之前的从容，“就算你带着焰华几个世纪，也没有资格来评价我……”

“那请告诉我——当伊尼尔把镜子之约拿给你看的时候，你是怎么说的？”焰华沙沙地扇动着记忆的翅膀，已把答案告诉了他。

雅萨梅兹的头再次微微倾斜。据说西斯的独裁者将猎鹰作为他们民族的图腾——这里就有一只真正的猎鹰，双眼明亮，冷酷无情，

“我告诉他绝不能让敌人加快诸神的黄昏的到来。我们别无选择，只能战斗或者投降。”

“但是现在你却让我们投降。萨奎丽王后回来了！独裁者想要唤醒诸神——你自己也说过，这对所有人来说都将是一场浩劫。你为什么不拿起武器战斗，雅萨梅兹？”

雅萨梅兹默默地思索着，那些模糊的念头如同藤蔓一般拉扯着她，“我不会战斗，因为这样做没什么意义，”她最终告诉巴瑞克，“诸神的黄昏已经来临——我看到了。人们……我的臣民，”她恶狠狠地瞪了他一眼，他感觉到自己的睫毛似乎在燃烧，“已经竭尽了全力。我们凭着几十支队伍击败了你们的敌人，他们的数量足足有我们的十倍之多。但是西斯国王的力量比我们强大百倍，而且我们还没有见识过他的祭司和法师的本事。面对这样一支队伍，我们毫无胜算。”

“所以你会丢下南境的凡人——不只是我的臣民，还有芬德林人——让他们独自抗争赴死，而你的人就在一边袖手旁观喽？你就这样书写诸神的黄昏历史最后的篇章？胆小如鼠，麻木不仁？”

“优雅和胆小是两回事，凡人之子。”

“如果你的臣民愿意战斗，你就应该让他们去！当我们假装抱有一丝希望的时候，你可以在一旁优雅地欣赏。”巴瑞克被彻底激怒了，年龄和人生阅历在两人之间造成的那些不可逾越的鸿沟突然间变得无关紧要了，“萨奎丽是来跟你并肩战斗的。我相信她不会眼睁睁地看着自己的同胞被屠杀却连手指也不动一下。”

雅萨梅兹的表情发生了变化，她像是一头受了伤的动物，但仍然拥有攻击的能力。很长一段时间，她根本没有拿眼睛瞧过巴瑞克，但他能够感受到她的愤怒，冰冷而强烈。当她突然站起身来，拿过护胸的时候，他甚至下意识地抬起了手，害怕她扔出一支飞镖来。然而，她只是拿出了一件东西，上面挂着一条黑色锁链，像熔铁一样闪着红光，放在了他的面前。她的意念像翻滚的雷云一般，尽管他能够感受到她的愤怒和绝望，但她还是隐藏起了大半部分。她的心中埋藏着某种其他的情感，深沉而可怕，他说不清楚那究竟是什么。

“拿着战争之印，”雅萨梅兹说，“把它拿给萨奎丽。要是你愿意，自己留着也行，我不在乎。如果我不配进行裁决，那么我也就不配享有指挥权。”

巴瑞克盯着那炫目的光，“但是……”

“拿着！”

巴瑞克照做了。他小心翼翼地伸出手，就像在接近一条毒蛇一样。雅萨梅兹一直盯着他，直到他把那枚沉重的宝贝接到手里，他发誓自己看到了她眼中的敌意，尽管他不明白原因。

“因为我是个凡人？”他问道，“因为我的家族偷走了焰华？”

雅萨梅兹明白他的意思。“全都有，”她说，“而且还有更多原因。如果你愿意，就去战斗吧。这只会让末日更为艰难。就算宇宙逆转，你们取胜了又能怎样？人们还是会死。焰华不会再寻找继承人——加尔人的尊贵血统已经灭亡，剩下的只有萨奎丽了。走吧，渺小的凡人，告诉其他人你是如何奚落豪猪女士，然后活了下来。在死亡将我们带走之前，用这个精彩的故事来消磨时间挺不错的。”

她的话如此不留情面，她的目光如此咄咄逼人，巴瑞克吓得不敢出声。他转过身，战争之印从他的掌心垂了下来，踉踉跄跄地走出了帐篷。

⚜ ⚜ ⚜ ⚜ ⚜

布瑞奥妮还没有蠢到走出营地，但是她不能一整天干坐着，埃尼亚斯和他的教会猎犬队倒是坐得住。她的心中有太多的愤怒和失望。她必须要采取行动。

布瑞奥妮发现了一座可以俯瞰整座营地的山丘，位于岗哨的可见范围之内，然后开始爬了起来。天空灰蒙蒙的，阳光不时从云层后面探出头来，缓缓地漫过头顶，上山的路十分陡峭，她不得不集中精神。到了中午的时候，她终于登上了山顶，感觉好了一些。但是关于她父亲的事情，她还是不敢想太多。经历了千难万阻之后，她曾离他那么近，然后却又再次失去了他！

埃尼亚斯王子和他手下的军官们计划对苏列佩斯留在大陆上的人马发动一次闪电袭击，以切断独裁者的部队的供给。最后一点几乎没什么意义，因为独裁者仍然控制着布伦湾，但至少埃尼亚斯王子可以让独裁者知道，他现在是腹背受敌。

尽管布瑞奥妮没有指望希安王子和他的手下采取进一步行动，但她还是无法摆脱父亲被带入地下这个消息带给她的痛苦。但是他为什么会被带入城堡下面的地道呢？那个南方国王在谋划什么丧心病狂的事情？

她的父亲也告诉过她，当他靠近城堡的时候，那古老的不祥预感又回来了。或许那跟独裁者把他带到这里有关。至于诸神？她的父亲也说过一些关于诸神的事情，还有仲夏夜，还有十几天就要到了。

要是跟他多说一会儿就好了。要是能再次见到他，拥抱他，该有多好啊……两行热泪夺出了眼眶。

布瑞奥妮拿出了莉丝娅的护身符，拿在手中反复看了又看，试图找到内心的平静。这么多的问题，没有一个能够立刻找到答案，或许根本没有答案。太阳时而躲在云层后面，时而探出头来，在天空中缓慢地移动着脚步，坚定不移地朝着仲夏前行着。

虽然爬了山，但当天晚上布瑞奥妮很久都没睡着，听着士兵们说话、小声地唱歌和玩骰子。独裁者派出来寻找袭击者的侦察兵早就回到了布伦湾沿岸的营地，大家暂时安全了。

布瑞奥妮紧紧地抓着护身符。**求求您，亲爱的莉丝娅**，她祈祷，**请帮助我进入梦乡。我觉得如果今晚睡不着，我会疯掉的！**但是当睡眠在深夜来临时，布瑞奥妮没有马上意识到是怎么一回事……

★ ★ ★

布瑞奥妮穿过一块空地，这里曾经是一片森林，深邃、墨绿、幽静——但那是火灾发生之前的事了。现在这里成了一片烧焦的废墟，到处都是焦黑的树干，有的伫立着，有的已经倒下，野草和灌木丛全都被烧尽了，就连土地也被熏得黑漆漆的。布瑞奥妮不知道确切时间，因为她的头顶是一片烟雾，使得灰蒙蒙的天空看起来像是一只浅碗。地上不时升腾起一缕缕薄烟，仿佛这火刚刚熄灭不久。

当她嘎吱嘎吱地走过那片烧焦的残茬时，她才意识到自己还把莉丝娅的护身符紧紧抓在胸前。

布瑞奥妮在一棵银橡树的残骸边发现了这位半神，她看上去就像是一尊木炭雕成的扭曲塑像。莉丝娅背靠着一根树枝，像蒲公英的绒毛一样虚弱苍白。她看起来只有之前的一半大，好像热浪蒸发掉了她体内全部的水分，只剩下皮和骨头。

“有人对我发怒了。”莉丝娅疲惫地笑着说道。

“是谁干的？”布瑞奥妮问。这位半神看上去十分虚弱，她甚至不敢靠得太近。

“我不能说，我被人监视了。”莉丝娅举起了爪子一样的手，“天在听。”

“此事是因我而起吗？”布瑞奥妮跪倒在干枯的大地上，“因为你帮了我？”

“或许吧。”莉丝娅耸了耸肩。这位半神此前一直精力旺盛，但是现在每一个动作都小心翼翼，仿佛生怕稍一用力便会折断自己那脆弱的骨头，“我们没法猜，孩子。诸神在沉睡，所以我们没法理解他们，甚至没法认出他们……”

布瑞奥妮不明白，“我能为你做点什么？”

一抹诡异的笑容爬上了莉丝娅那枯瘦干瘪的脸庞，“听着。我会告诉你我能做什么。尽管……我能力有限。”她往下滑了一下，接着很快又支撑着坐了起来，“终极审判正在到来。它几乎已经到来了。到那时，我们所知的世界将会灭亡。”

“但是……你的意思是说已经太迟了吗？”

“我们已经来不及将事物恢复到本来面目了，”莉丝娅说，“世界已经回不到过去。我们将迎来怎样一个新的世界——你依然能够对它产生影响。”

“影响？如何影响？”

“那不该由我来告诉你。但是你没多少时间了。”

“你指的是仲夏夜吗？我父亲说……”

“人类称之为仲夏，但是在诸神的世界和他们的梦境中，那是太阳开始衰落的日子。每年此时，当日星拉德初次升上天空，战争就会开始。人类把仲夏当成胜利的节日进行庆祝，但事实刚好相反——那正是太阳和光开始由盈转亏的时刻。那是不吉利的一天。”莉丝娅摇了摇头。

“但我们能做些什么？仲夏就要到了。”

莉丝娅的脸上露出失望的表情，“我不知道！我只是个小人物，就这件事来说——一个下人，一个跑腿的——非我能力所及。但是我呼唤了你，或是你呼唤了我，所以我必须要给你一个交代，一些话……”这个年迈的女人闭上了眼睛，布瑞奥妮不禁好奇到底发生了什么事，让莉丝娅看起来如此疲倦，几乎无法呼吸，像根风中芦苇一样在原地晃来晃去。最后，她终于睁开了眼睛。

“翁法洛斯，”这位半神气若游丝地说道，“找到翁法洛斯，它能够连通过去与现在，现在与未来——那是旋转的宇宙的中心。”

“那是什么意思？”

莉丝娅摆了摆手那只枯瘦的手，“能说的我全都告诉你了！”她有些生气地说道，“我的话已经引起了那个人的注意。”

“但我不明白！”

“你必须明白，因为这是我唯一能够……”莉丝娅突然打住了话头，一道红光从天空闪过，在灰色烟雾的映衬下，闪着血一样的光芒，“走吧，”莉丝娅说，“我能做的只有这么多了。永别了，布瑞奥妮·埃顿。如果你能活下来，请为我建一座神殿。”

布瑞奥妮还想再问一个问题，但是焚毁的树林间响起了阵阵惊雷，光秃秃的大地剧烈地抖动起来，霎时间那道刺眼的红光开始膨胀起来。

火，布瑞奥妮意识到。*火焰正卷土重来！*

天空被染成了耀眼的猩红色，如此刺眼如此灼热，布瑞奥妮吓得尖叫，旋即在希安营地的帐篷里醒了过来，大口喘着粗气，双手紧紧地捂着胸口。她摊开手掌，看到那枚护身符已经变得焦黑干枯，仿佛被大火烧过一般。

⚜ ⚜ ⚜ ⚜ ⚜

巴瑞克沉默着走向萨奎丽的帐篷。上百双眼睛注视着他穿过偌大的大厅，所有人肯定都看到了垂在他手中的那块血红色的宝石。其他了解人类的加尔人或许还看出了他脸上的惊讶和好奇。

她把它交给了我，巴瑞克感到十分讶异。*我告诉世界上最年长、最强大的女人她是错的，所以她交出了加尔人军队的指挥权。*

但事实真如表面上看起来那样简单吗？肯定有什么交换条件，这个念头一直困扰着他，尽管他眼下震惊得无法做太多思考。

当巴瑞克走进萨奎丽的帐篷时，守卫们没有伸手拦阻他。她正在默默地跟两个加尔人交谈，但他没有意识到。她抬起头来望着巴瑞克，当她看到他手中垂着的那样东西时，不由得瞪大了双眼。

“我能感觉到她，但我不知道自己感觉到的究竟是什么，”萨奎丽说，“那是给我的还是给你的？”

巴瑞克笑了。他从没想过自己要保留那枚战争之印。他还是不太明白——他可能永远也不会彻底明白，“给你的。你必须做出决定，你的臣民该怎样做。”

“我们当然会战斗，”说着，萨奎丽伸出了纤细的手指，将那枚宝石接到了自己手里，“歪神是我祖父的先祖，众所周知——也是焰华之父。我们不能让他为这个疯子国王所利用。如果诸神的黄昏最终降临在我们头上，我们大多数人都会张开怀抱迎接，谁愿意生活在一个循规蹈矩的世界呢？”她站在那里仔细端详了那块宝石好一阵子，然后将链子小心翼翼地滑过乌黑的秀发，让战争之印躺在她那雪白的胸口前。

“把他们全都召集到这里来——水之子、风之子，以及所有追随战争之印的人。告诉他们，我们正在做最后的抉择。诸神之战即将结束。”

加尔人和他们古老的盟友，屋顶族以及水鸥族，从四面八方赶了过来，聚集在芬德林人神庙附近的一个大山洞里，那是一个宽敞而低矮的大厅，到处都是石灰岩柱子。萨奎丽坐在洞穴中间一口浅狭的小池塘旁边，其他人绕着池塘依次坐定，就像兰德著名的宫廷骑士一样，只不过面前的不是圆桌，而是一块流动的镜面，反射着手中火把和灯笼的光芒。尖塔蝠女王的人在萨奎丽身边站成了短短一排，旁边的是特里带领的水鸥族。加尔人的领袖们围着池塘边剩下的地方坐了下来，他们的人全都跟在身后。就连首席谋士艾希瓦，那个长着一对黑色眸子的女人也在场。只有雅萨梅兹本人缺席。真奇怪，巴瑞克竟然想到豪猪女士肯定在他家地下的某个地方痛苦地独自徘徊着，但是他觉得自己能够理解她。她不是那种会轻易投降的人，但是她却这么做了。她肯定不愿意在自己不在场的情况下做出决定。

"从前我们曾是一家人！"萨奎丽的声音像神庙的石钟一样洪亮和甜美，"从前我们曾唱同一首歌，现在却哼着各自的旋律，但在今天，我们又聚在一起，把我们的旋律再次汇聚成一首歌。黑土之子——在这里他们被称为芬德林人——已赶在我们之前同敌人战斗，但是对于我们来说，他们永远是半加尔人，是我们的家人，不论我们是否曾经失和。水鸥族现在跟我们在一起。我们把他们叫做海洋之子，尽管在过去的几个世纪中，有人迫使他们追随这位或那位神灵，但他们却像大海一样保持着自由。我们很骄傲，他们能够回来与我们并肩战斗。"

"还有雷神之子，他们是最弱小的一群，却拥有巨大的勇气。他们的同族——尖刺仙——生活在阴影大陆，有的生活在野外，有的生活在城市。或许有一天，你们会跟他们重新团聚。或许不能。眼下这样的时局，很难看到未来将何去何从。"

"但我们会跟人类一起并肩作战。曾经，在还没学会尊重他们的力量、又害怕他们的偏狭时，我们把他们称为石猿。但是如果没有他们，我不可能活到今天。巴瑞克·埃顿，城堡王座的继承人，让我找回了生命的真谛，而他也会跟我们一起战斗。如果你们对我们所处的时代有所怀疑，那我要告诉你们，这是因为焰华现在已溶入他的血液。我仔细考虑过了——你们的国王、我的丈夫，他已经死了，但是他的精神，也是历代祖先之精神，仍然活在一个凡人的身上。”

到场的加尔人开始窃窃私语，许多人转过头盯着巴瑞克，他们形态各异，大小不一，每一个都把眼睛瞪得大大的。

“凡人也会在地下跟芬德林人一起作战，”萨奎丽继续说道，“在上面的城堡里，已经有数千人丢掉了性命，只为保护那位拯救过我们所有人的神，虽然他们不知道自己牺牲的意义。然而，这最后的一役我们要让独裁者血债血偿。”萨奎丽宣布，“不论成功与否，不论死活，我们对于凡人大陆的入侵已经结束。”

雅萨梅兹女士在某个地方听到了这番话，愤怒和懊悔一时间重又涌上了巴瑞克的心头，他觉得十分羞愧，差点摔倒在地。

“现在我们得拿出个计划，”萨奎丽说，“独裁者打算于仲夏夜在祖先的弥留之地举行仪式，还有几天就要到了。如果我们能够帮助芬德林人阻止他，他就会错过这个大好时机，然后得再等上一年。一年的时间里，什么事都有可能发生。千万不能出错——他的队伍十分强大，为了达到目的，他会不惜牺牲所有人，因为他一旦拥有了上天的力量，他也就不再需要军队了。到那时他将不可战胜。”

只有几天时间了，巴瑞克心想，他环顾了地洞一周。算上那些躲在阴影里的隐身人，一共也才有区区几百个战士和一千来个加尔人。艾希瓦已经告诉过他们，芬德林人的数量大概在两千名左右，但实际上可能还没有那么多。

“我们会让他们见识到我们人多势众，”萨奎丽仿佛听到了他的疑虑，“但不是在地下——至少最开始不在这里。为了让地上的人见识一下我们的厉害，我们必须在露天对他们进行截击。这些南方人看惯了他们的士兵消失在地道里。他们肯定没有准备好怎么出来。”

“您这话是什么意思，夫人？”老特里问道，光秃秃的脸蛋费解地皱成一团，“西斯人正像虫子一样挖向地下？”

“是的，”萨奎丽说，“但是他们把一半的人马、粮草和舰船留在了地上。所以我们不往下攻，我们要去地面。”

巴瑞克认为这个想法太奇怪。他们不能浪费时间在布伦湾的海滩上战斗！他们能有什么胜算——几百个加尔人、渔夫和老鼠一样大的生物？不论是西斯冰冷的铁矛，还是仲夏的到来，都会让他们毁灭。这个想法让他不寒而栗，他陷入了沉默。萨奎丽的计划根本行不通。

你会看到一切，一声叹息在巴瑞克脑中响起，*如同一股升腾的烟雾。你会看到许多人死去。*

伊尼尔？大人，是您吗？

是的，但是你将再次失去我。我可以想见……那声音只是在巴瑞克的意念中低语，就像一位神父在讲述一个古老的、令人愤怒的故事，而他本人早已失去了信心。*我担心你会失去一切，凡人之子。一切*……

★ ★ ★

回到加尔人营地的帐篷之后，巴瑞克发现有人为他准备好了一套精美的加尔人战甲，甲板是他从未见过的珍珠灰色，还有一顶月桂叶形状的头盔。盔甲并不是新的——上面有很多无法打磨平整的划痕——从他脑中那些嗡嗡作响的声音中可以看出，焰华认出了这件战甲。然而，伊尼尔或某位其他守护者正保护着巴瑞克远离焰华，因此被唤醒的一丝仅有的记忆似乎十分遥远和模糊。

这幅战甲做工精美，他知道自己很需要，但是这份礼物背后似乎隐藏着一个秘密，这个秘密困扰着他。

第二十一章

墨鱼角的召唤

祖米奥斯，许多人称之为长角蛇，退回到他哥哥的城堡里呻吟着，自此以后便再也不敢见光。此后数年间，这片北方大陆便一直饱受寒冬之苦。

——引自《圣孤传说：其人生平、死亡及天堂的奖赏》

“当他们发起进攻的时候，”队长多纳尔·穆里告诉他，“一开始你会觉得他们没完没了，而且全都一个样，就像是撞在防波堤上的海浪一样。你可千万别上当。”

那是费拉斯·范森独自跟这个老兵一起放哨的第一晚。老兵说的每个字他都记得清清楚楚。

“你真的跟他们交过手吗？”

穆里往墙边吐了一口唾沫。结果风向变了，又给吹了回来，“西斯人？啊，小伙子。奥林国王年轻的时候，我曾为他打了两年的仗——当时我也很年轻！围攻赫若索尔。那个老混蛋，帕拉克。他是当时的独裁者。帕纳德是他儿子。”

现在轮到范森来对付帕纳德的儿子苏列佩斯了。虽然名字变了，但是西斯军队的好战脾性却没变，还愈加强烈了。

“你这话是什么意思，你曾经上过当吗？”年轻的范森问道。

“他们不全都一个样。我们北方的队伍，有需要的时候才集结到一起。要是幸运的话，我们可以派出几个步兵拿着长矛先对敌人的战马下手。独裁者手下的常规军不下一万人。为了控制攻下的赞德国家，他必须这样做。那是自赫若索尔崛起以后规模最大的军队，每个士兵各司其职。以沃洛斯神的眼珠子起誓，孩子，你肯定想象不到，竟然有一整个连的人专门负责给独裁者的大象饮水喂食。”

范森从没见过大象。“真的？”

“真的。希望不会遇上这些畜生，小伙子。它们跟一栋房子那么大，像矿井里的老鼠一样，弓箭对他们根本不起作用。我曾见过它们把一个成年人卷了起来，抛到几百英尺的高空，就像古代传说中的石靴怪一样。它们打起仗来就跟魔鬼似的。”穆里停下来又吐了一口唾沫，“独裁者的部队在赫若索尔就是这样朝我们发动进攻的。”跟大多数士兵不同的是，老穆里相信知己知彼才能百战不殆，他现在正努力把这一点教给范森，“首先是赤膊队，按照他们的叫法是步兵团，手拿长矛和盾牌。大多数人来自于西斯的附属国，塞尼亚、赞卡特姆、图安、伊亚尔，但是他们的指挥官都是西斯人。他们像布伦湾的海浪一样蜂拥而上——独裁者可以让他们对敌人连续进攻几个小时。他们后面是投石手、火枪手、还有雷鸣队——他的装甲兵——行动跟风一样快的沙漠骑手。他们冲上来的时候，你只能等着，相信你手中的长矛和盾牌墙。”

“当然，”这名老兵继续说着，他再次往墙边吐了一口唾沫，好像要摆脱掉等待雷鸣队进攻的那段记忆，“该死的独裁者也有自己的特种兵，猎豹卫队，他的私人火枪队和保镖。据说，每个训练有素的猎豹卫队队员都顶得上一小支常规军。”

“如果说独裁者的军队这么强大，那奥林国王是如何打败他的呢？”

“他没有，没有真正地打败他，”穆里承认，“围攻失败了，但那只是因为赫若索尔的城墙十分坚固。如果有一天赫若索尔落入西斯人手中——那么，我希望不要在有生之年看到埃昂其他地区沦陷。”

“他们还击了！”大锤·碧玉大喊着推了一下范森的肚子，撞得他往后退了几步。叫喊声回荡在其他芬德林看守的头顶，先头部队打算挤进地道，拿着火盾的士兵则试图向前推进，“快点！”碧玉大叫。

盾牌队刚赶到不久，西斯炮兵队就架好了火炮，风箱、满是灰泥的炮筒和像章鱼一样的软管奇怪地组合在一起，看上去就像是塞特兰山区的乐器，而不是打仗的武器。芬德林人迅速搭起了一面防火墙，每面反折的盾牌大约是一个芬德林人身高的两倍，上面覆满了被他们称作岩棉的材料，正是这面防火墙拯救了后面人的性命。他们退到了一条十分狭窄的通道，根本没办法快速撤退。西斯人的液体火药刚从火枪管子里射出来便烧着了，溅得盾牌上到处都是。有些透过盾牌之间的空隙溅到了躲在持盾手后面的士兵身上，引起一片痛苦的尖叫声；就连躲在后面的范森，也被热浪烫焦了头发和眉毛。

“十字弓！”范森愿意付出一切代价换来一名柯特长弓手，但是上哪儿去找呢？他只能凑合着用那十几把乌斯汀国王时代传下来的老旧十字弓。但他不得不承认，这些看守们表现得十分英勇。

西斯的第一批火药桶空了，火势达到顶点，然后开始减退，范森赶紧让弓箭手躲到拥挤的通道里，让他们站在保护盾后面。当西斯人用满桶火药换掉空桶的时候，芬德林人持盾手们压低弧形盾牌蹲了下去，好让弓箭手们越过他们的肩膀把箭射出去。喊叫声和火炮上爆裂的火药袋蹿出的火苗给了范森下令冲锋的勇气。

芬德林人像出洞的老鼠一样，从逼仄的通道里倾巢而出，跳进了地洞，一边叫喊一边轮着手中的斧头和锤子，“公会！”“大地长老！”不一会儿，他们就放倒了十几名西斯火枪手和守卫，狭小的洞穴里满是咒骂声、叫喊声，还有金属相撞的声音。但是剩下的西斯人——上百名装备精良的“赤膊队”——冲了上来。

“把那门火炮夺过来反击！”范森大喊。

当他的人退到走廊的时候，范森让他们把火炮丢到一堆烧焦变形的零件上面，这条通道正对着地洞主室。他找到了火炮的引线和扳机，把一根烧着的火柴插到了一根十字弓箭镞里。他从一名正在撤退的弓箭手手中抢过一把弓，然后跟着他们一起匆忙撤出到走廊外。当范森看到西斯步兵开始涌入走廊的时候，他小心翼翼地瞄准，把闪着焰华的火柴射进了火炮的火药袋里。

一阵热浪扑来，火苗和西斯人恐怖的尖叫声让正在撤退的芬德林人爆发出一阵欢呼。

“退回到朝圣者之地，”范森命令道，“他们没那么快跨过我们为他们准备的仲夏夜篝火！”

“我们还没开始挖战壕呢，”碧玉说，“他们的袭击如此迅猛，肯定是知道我们在这儿。但是我们应该在这儿把他们拖上一阵子。”

“我们拖不起。”范森说。他指着燧岩绘制的地图最上方，“看。如果我们控制住朝圣者之地，那他们就可以从旁边绕过去。他们很有可能会找到一条支隧道下去。看到了吗？这条矿工隧道连个名字都没有，但宽度却足够西斯用。”

“燧岩的地图比我想象的有用，”朱砂说，他在儿子的帮助下摘掉了头盔，不停喘着粗气，“我都不知道下面有这么多条不知名的隧道。”

“他把神庙图书馆里的书研究了个遍，还亲自下来勘探过地形，记得吗？”范森仔细翻看着文件堆，直到找到那份脚下的平面地图，“在地下，到处都是通往海洋岛屿的路。”

自愿担任起范森私人护卫的大锤·碧玉低声吹了一个口哨，“那个叫蓝石英的家伙曾在岛上生活？独自一人待在闪光之人的小岛？”他摇了摇头，“没想到他能干出这种事。”

“别小看他，”朱砂拿出一个鼹鼠皮袋子喝着水，“燧岩是个不多见的聪明人。我在他和他妻子的饭桌上学到的智慧比在宗主的议事厅里学到的还要多，就算当着他们的面我也会这么说。”

“但他现在在哪儿？”大锤问，“我以为他跟侍僧和其他不能战斗……或者不愿意战斗的人留守在神庙。”他的表情告诉大家，对于这些他以为不愿拿起武器保卫芬德林镇的人，他抱有怎样的看法。

“同样不要低估我们的盟友，我的朋友碧玉。”范森告诉他，“有一整个团的僧侣勇敢地站在我们这边，虽然他们没有受过训练。我的神啊，他们大多数人手中的武器不过是些锄头、锤子和拐棍！”

“对不起，队长。我无意冒犯。我只是好奇他为什么不在这儿。”

“我知道，碧玉。燧岩·蓝石英有个计划——他自己的想法，一个大胆而冒险的想法——我们让他放手去干。他的计划帮不上我们的忙，但是一旦我们失败了，至少芬德林镇剩下的部分可以得到挽救。”

“他在干什么，队长？”

范森摇了摇头，“很抱歉，但我只能说这么多。公会不许我们说出去——这么说对不对，朱砂？”

大师点了点头，轻叹了一口气，“是的，完全正确。现在变成了公会的事，虽然很疯狂。”

“你的口气听起来像我们肯定会失败似的。”碧玉说。

“没错，”朱砂在儿子甘汞的帮助下把穿着铠甲的身子靠在了一块石头上，“但是我同意了他的想法，而且承诺会帮助他，我确实这么做了。不说这个了。我们没办法帮燧岩，那就想想我们在这该怎么办吧。”

范森展开了地图，“众所周知，我们要尽可能慢地后退，但是我们最终还是会撤退。从帐房到下面的通道。我们要在风之山洞尽可能把他们拖得久一点，我希望，但是我想真正的反击地点将在迷宫。到那时，我们再让他们尝尝我们的厉害。”

“但他们有自己的矿工，更别提那些缩在乌龟壳里的奇怪小生物了。”孔雀石·紫铜在照料完自己的人之后也加入到了对话当中，“这些南方人肯定能在我们周围找到其他的路吗？”

“当然，毫无疑问，”范森表示同意，“不过一旦他们的气势有所减弱，我们就撤退。我们也会在其他的地道里安排岗哨，这样我们就能知道他们是否找到了这些路。但是如果我们佯装全力进攻，然后溃退，那么独裁者就会拿出耐心，我们就能完美地把他引到下面。”

“但是我们这样会把他引到秘境！”大锤·碧玉抗议道。

“我们可以对他们迎头痛击，大锤。我知道这听起来有些疯狂，但是加尔人曾发誓说，独裁者只想在仲夏当晚在那里施展某种黑魔法。我们只要阻止他就行。”

“好吧，你说的对，队长，”大锤·碧玉点了点头，“听上去确实很疯狂。但是你一直领导有方，最开始我还以为大家都会死在你手里呢。我和我的人绝对服从你的命令。”

范森笑了，“没有你的话我们不会成功。”他转身对着在场的其他人，朱砂和紫铜还有几个芬德林人，有些是部落的世袭首领，有些则是范森和碧玉从各级看守中挑选出来的，“这是一场生死决斗……但也是一场舞蹈。我们必须熟悉对手的动作和情绪，同时也要了解我们自己。”

碧玉的信心瞬间消失了，“一场……舞蹈？我的人可不会跳舞，队长。”

“那就把它想象成一种表演。你们芬德林人有没有戏剧和演员？”

朱砂皱了皱眉头，“有一种。焕华共修会会举行一种特别的仪式……”他犹豫了一下，“……在秘境，他们相当于演员。”

“很好，”范森说道，“那就把自己想象成演员吧。主动权在我们手里，我们要给他们演一出反击的好戏，但唯一的方式就是战斗，也许我们会输掉。然后，就算我们可以趁对方疲倦的时候阻击一支更大的队伍，我们也必须要撤退，不管我们多么疲乏，也不管我们的位置多么有利。”费拉斯·范森摊开手掌，表示自己要说的就这么多，“这是我们的任务，先生们。也许对于战场上的人来说，这是最难做到的一件事，但我们必须要跟这些未经训练的部队和新来的人一起创造这个奇迹。我们能否以寡敌众？”他转身看着碧玉，“不用害怕，我的朋友大锤。我们可能会默默无闻地死去，但是世间还有很多糟糕的死法——以及更加糟糕的理由。”

“如果能够跟您一起默默无闻地战死，那实在是我的荣幸，队长。”碧玉好像已经做好准备，马上就要冲出去倒在西斯人的长矛下似的。

“我也一样，”范森说，“但我更愿意大家都平平安安。”

⚜ ⚜ ⚜ ⚜ ⚜

皮尼蒙·瓦什被头顶上的石头惊呆了，他在天空下——甚至是海洋下——走了多远啊！但是在回到地面之前，他只能尽量克制自己不从轿厢里跳下来，乖乖地从成排的营地士兵中间穿过。让他留在轿厢里的并非是那种挥之不去的致命的耻辱感，也不是长达数公里的石堆压在思想和情感上所带来的恐惧，而是透过火盆里升腾起的烟雾盯着他的独裁者。面对他那了无生趣的笑容，瓦什觉得自己的皮囊随时都有可能挣脱骨肉跑掉。

苏列佩斯没有火盆哪儿也去不了，因为那只火盆代表了他的神灵先祖——努沙什——之火。在瓦什本人看来，那象征着古老、有序、正式、尊重，但是很显然，他那年轻的主人并不这么认为。

“你看上去闷闷不乐啊，至高无上的元老，”苏列佩斯说，“难道你那双锐利的眼睛发现了我们进攻的弱点吗？”

瓦什不喜欢独裁者在士兵面前奚落自己，但是就连那些军事长官也不至蠢到笑出来。不管他们私下里怎么看他，他们全都明白皮尼蒙·瓦什的地位仅次于神佑者本人。很多不在场的官员都曾遭到这位至高无上的元老的报复，他们全都消失了，最幸运的也只是不声不响地告老还乡而已。

瓦什故作微笑，“闷闷不乐，神佑者？谁会对这场华丽的冒险闷闷不乐？我只是在担心自己的事情。”

“啊，是吗？你可真自私，老家伙。大家这么关心你，你却一点儿也不愿意跟我们分享吗？”苏列佩斯转过头，对他的俘虏说：“过来，奥林，你愿不愿意听一听我这个好仆人的烦恼？”

瓦什发现这位北方国王的脸色看上去比平时更加苍白。他的眉毛湿哒哒的，好像热病缠身一样。“请原谅，”奥林说，“我没听到。”

“没关系。告诉我们你为什么烦恼，瓦什大臣。”

瓦什深吸了一口气，过了好一会儿才吐出来，“我担心您，神佑者，就是这样。我担心您在地下的安危，这个地方又阴暗又危险，还有那么多可怕的敌人。”

“但是你昨天才告诉我，我一定能克服重重困难取得胜利——我的胜利是上天注定的，今天怎么就怀疑起来了？你在怀疑我吗，元老？”独裁者笑着，但是他眼中的黄色光芒却像努沙什神庙中的大火一样深邃。

他生气了，瓦什突然意识到，**不是针对我，但我愚蠢地被他捕捉到了脸上的表情**，“很抱歉，神佑者。我无意质疑您的胜利，但是您的敌人十分危险，十分邪恶！”

奥林转过头来，病快快的脸上满是怀疑，“什么？我可怜的人民，邪恶？杀掉这些无辜的人还不够，还要中伤他们吗？”

“他说的不是他们，奥林，”独裁者说道，那张善变的面孔上立刻换上了一副高贵的表情，“尽管把管理权交到托利那个畜生手中的人绝非善类。老瓦什说的是我真正的敌人——神。是的，他们强大又残忍，但是他们不像我……有人性的血液流淌在我的血管里！”

这个北方国王跟瓦什不一样，他不怕激怒独裁者，于是问道：“人性，您指的是什么？你总是把神的血统挂在嘴边——我的血管里可能也流淌着同样的血液。”

苏列佩斯开心地笑了，“啊，但这就是问题的关键。诸神的血液已经变得稀薄无力，但却是我要打开的那扇门的钥匙……当门打开之后，力量便会破门而出。那种力量——上天本身的力量——将归我所有。但我身体中流淌的也可能完全是凡人的血液，如果努沙什真的是我的先祖，这么多年过去了，我身体中的神灵血统恐怕早就比你的还要稀薄了。但重要的是，我拥有人类征服者的基因——坚毅、寡言的大漠人，我们凭着自己的智慧和勇敢，将想要的一切牢牢抓在手里。还有谁能想到夺取上天的力量？我是这个世界上最接近神的人，多亏我的人类祖先，一切即将圆满，我会得到意想不到的伟大力量。”

奥林盯着他看了很久，“每次我以为看到了你最疯狂的一面，苏列佩斯，你总能给我新的惊喜。”

“好消息！”独裁者十分高兴，“现在跟我一起去视察部队吧，奥林。他们不喜欢这个暗无天日的地方，谁又能怪他们呢？但我就是他们的太阳，我必须要把阳光洒在他们身上。”

“我可不会发光，”奥林平静地说道，“我只会燃烧。”

“啊，”苏列佩斯盯着他，“你说得对，我的朋友，距离你的家乡越近，你就越痛苦，是不是？噩梦、心跳加速、头痛欲裂？多么讽刺啊！”独裁者摇了摇头，高傲地表示痛惜，就像一位祖父看着粗鲁的年轻人行为不端一样。眼前的独裁者比平素更加让人捉摸不透，瓦什不禁好奇他的主人是如何做到这一点的：苏列佩斯似乎在尝试不同的存在之道，好像人的性格跟祭司的面具一样可以随意改变似的，“你在承受巨大的痛苦吗？”

年轻的独裁者本应立刻被奥林的表情激怒，“我坚持着。我活了下来。”

“毕竟，这是大多数凡人的终极追求，对吗？”独裁者站在那里，大笑着。六个贴身侍从赶紧跑到前面，把那块神圣的蓝色比沙克地毯铺在他脚下：苏列佩斯仍恪守着祭司们的禁令，绝不肯踏上土地。瓦什觉得，一个想要杀掉所有的国王、夺取诸神力量的人，对于宗教仪式竟然如此顾忌，这可真够奇怪的。“来吧，”独裁者告诉自己的俘虏，“陪我一起把太阳的光芒洒在那些饥渴的士兵身上。”

奥林在看守的帮助下站了起来，他踉踉跄跄地朝着瓦什迈了一步，然后抓住了这个老人的长袍，好让自己不至摔倒——至少看起来如此；但是这一下几乎把这位至高无上的元老的腰给拉弯了，奥林凑到瓦什的耳边。

“我知道你不是个傻瓜，”国王飞快地小声说道，“要是你想活命，就去找普鲁萨斯。他会是个好的倾听者。”

一时间，瓦什还以为是自己对埃昂语言的掌握不够熟练——奥林说了一句狠话，他却可笑地听成了别的意思。但是这位国王在被带走之前给了他一个意味深长的眼神，让这位元老本已跳动得略快的心开始像节日的鼓点一样咚咚地跳个没完。

他疯了吗？他竟以为我会背叛独裁者？

但是他的脑中紧接着又冒出了一个罪恶的念头。*他在我身上看到了什么？我的表情出卖了我吗？大家都能看出我的怀疑吗？*

过了一会儿，第三个同时也是最恐怖的一个念头冒了出来：*奥林肯定听说了什么。他是在警告我，神佑者已经准备把我除掉。苏列佩斯只是在玩弄我，就像一只猫玩弄谷仓里的老鼠一样。*

瓦什目送众人抬着独裁者穿过巨大的石室，四角挂着灯笼的轿厢上下起伏，突然觉得自己那大逆不道的想法肯定暴露了，就像从绷带里渗出的血，或是奥林脸上的潮红一样明显。说不定人人都知道了！

西斯大臣被该死的异邦敌人的一番话吓坏了，赶紧回到了自己的帐篷，他需要好好想想这些事。

⚜ ⚜ ⚜ ⚜ ⚜

“我什么也看不见。”范森望着宽敞、低矮的石室，小声对年轻的看守白云石说。有人告诉过他，秘境大部分墙面上都长着发光的蘑菇，这些蘑菇的光芒足以让芬德林人看清脚下的路，但是费拉斯·范森觉得自己的头顶可能也吊着一支水桶，“我在这儿就是瞎子。”

“那是因为你是地面佬，范森队长。”

“我们真是好运气，看守，我们的敌人也一样。”

过了一会儿，白云石低声说道：“我想那些南方人正在突破我们搭建的最后一道石墙。有些人手里拿着百叶窗灯笼——要是他们站得更近一点儿，你也能看到，队长！”

但是范森有意选择了账房另一端的位置作为指挥所。地上堆满了桌子一样大的石块，为他们提供了很好的掩护，范森经过了一番唇枪舌战才到了这个地方。他知道自己最终还是要撤退，但是他打算先把这座石室变成西斯人的墓地，“省省力气面对现实吧，”他告诉年轻的看守，声音十分严厉，“碧玉派你来是要你帮助我的。如果你不听我的，那我就换一个信使，你自己对碧玉解释去吧。”

“对不起，队长。”小伙子显然感到十分意外，他的声音有些发抖，“我……我再也不敢了。”

“是的，你当然不敢。小点声，虽然我是个地面佬，但我也知道声音在地洞里的传播路线很奇怪。”

“你说得对，队长。请您原谅。”

“得了，先这样吧。待着别动。”年轻的看守无疑在极力抑制自己的恐惧。然而，他还是有些分心。

“先生，”一阵沉默之后，白云石说，“一群南方人列好了队，看起来像是……是的，他们正在向前推进。但是这些人不像西斯人。”

“他们有旗号吗？你能看到吗？”

“一匹狼或是一条狗，队长……”

“独裁者的白猎犬队，”范森说，“我一直在想我们什么时候才能看到他们。他们是北方人——来自佩里卡尔，至少他们的父辈来自那里。打起仗来就像受伤的棕熊一样勇猛。有多少人？”

“好像每十人或十二人有一盏灯笼，队长，我能看到……大概二十盏灯笼。”

“这么多？碧玉和其他人到哪儿去了？”

“全都躲起来了。猎犬队的人还在前进，但速度很慢。前面的人手里拿着长矛，但是后面还跟着很多弓箭手。”

“不能让他们靠得太近。等他们走到距离碧玉藏身的岩石之间半程的时候，就告诉我一声。”

白云石眯起了眼睛。四周安静极了，范森甚至能够感觉到自己的太阳穴在跳。*白猎犬队是几百名训练有素的士兵*，他告诉自己，*但他们是在一片不熟悉的大陆上作战，而我的人是在自己的地盘上作战*。不过他仍有些担心，大队西斯人会在这百十来个人后面迂回到上面的地道里，几千名全副武装的士兵挤进更大的石室，一直连到地上的营地，那里或许还有两倍以上的士兵在待命。关于推落石块的办法，芬德林人议论纷纷，这将是一场泯灭人性的行动；不管他们说过多少豪言壮语，也不管他们有多幸运，他们都迈不过这个坎。

“猎犬队走到半路了，队长，”白云石小声说道，把出神的范森吓了一跳，“差不多……差不多到半路了……”

“那就打信号吧！”范森说，“拿着！”他递过一盏灯笼；看守白云石拉起了百叶窗，站在那里把它高高举过头顶。

“碧玉看到了！”

“拿下来吧，兄弟！”范森抬起手，猛地一拉，把他拽了一个趔趄。灯笼在地上滚了几圈，撞到了一个斜坡上，灯油溅得到处都是，三支箭飞了过来，撞在他们面前的石头上。

“对不起，队长……”

“不用道歉，看守，回到你的岗位去吧。现在我们在暗处，他们不会朝我们放箭了。把你看到的告诉我。我们的弓箭手有没有干掉他们的人？”

“干掉了几个，但是好多箭插到了盾里。”

“要是地上没有这些该死的石头，我们就能把弓放得更低一些。你们芬德林人得学会收拾东西。”

“队长？”

“没关系，白云石。多告诉我一些。”

“他们躬着身子，这些白猎犬队的人，每次都趁着他们的弓箭手放箭的时候前进一小段距离。而且……”他突然停了下来，“长老们啊，”他用哽咽的声音说道，“那是绿榄石。我认识他！”

范森给了他一点时间，但只有那么一点，“许多好人会倒下。我们必须要尽可能地放倒他们——越多越好！向我汇报！”

“猎犬队马上就要到达我们埋伏的地方了。啊！现在他们集合到一起了，他们集合到了一起！哦，不，阻止他们！不要！”

四周到处都是交战双方和垂死者的叫喊声，范森几乎听不到这个芬德林人在说什么。“白云石，你要把你看到的告诉我！”

“南方人，白猎犬队，他们到了岩石堆，正在试图把碧玉和其他人赶出来。他们用了长矛。哦，长老们，惨不忍睹！”

“那就别看，告诉我你面前发生了什么就行。把它当成书里面的插图。”

“南……南方人和我们的人在岩石堆那里打得很激烈。有些地方，那些大块头挤到了石头中间，跟我们的人在空地上交手。别的地方，碧玉的人已经开始后退。啊，朱砂带人来增援了——他们全都聚在岩石后面……”他停了下来，使劲向前探着身子，范森伸出手抓住了这个小个子的衣领，以防他从石头上滚下去，“哦，不，队长！南方人过去了！”

“形势看起来怎么样？”

“对不起，长官。有些白猎犬队的人在地洞边找到了一条可以通过的路——他们正在溜过去，而剩下的人则在地洞中间战斗。他们很快就会绕到碧玉的人身后……啊，啊！”

“继续说，小子。”

“形势很不利，长官！白猎犬队的人从我们的士兵两边绕了过去。他们被包围了，我们的人被包围了；他们会全军覆没的……让我去帮忙！”

“不！待在这儿别动。这个该死的暗处！”范森在包裹里摸索了一阵，“我多希望自己能看到啊。把进展告诉我，白云石，而不是你觉得会发生的事。现在白猎犬队把我们的人包围了吗？”

“是的，长官。这边的人跟那边的一样多。到处都是火把围成的圈！”

“很好，”范森举起了一样东西，“你知道这是什么吗？”

虽然什么也看不见，但他敢肯定这个年轻的看守肯定正盯着自己，“这……这是墨鱼角，长官。是一种坚硬的贝壳。就像三神在召唤僧侣们做祈祷时吹的那只一样。”

“那你愿意吹响它吗？”

“长官？”

范森把它交到了看守的手中，“吹吧。吹得越响越好。是时候把这些白猎犬队的杂种们召回到神庙里了。”

过了很长一段时间，一声刺耳的、夹杂着呼吸声的调子在他身边响起，然后变得越来越大，直到胜利的欢呼声响彻整个房间。伴随着号角的余音，孔雀石·紫铜的芬德林人军队突然爆发出一阵怒吼，他们一直躲在一个岩石坡上，就在独裁者的部队刚进入地洞的那个地方的上面，现在他们一下子涌到到了白猎犬队的后面。

“是芬德林人——紫铜的人！”白云石兴奋地说，“他们正在狠揍那群地面佬。”

“我知道。”

“太血腥了，但是他们把白猎犬队逼到了岩石堆里！紫铜的部分手下正朝着入口处射箭，把其剩下的南方人赶出了账房。”

范森点了点头，“是时候再次吹响号角了，白云石看守。你没弄丢吧？”

“没有，队长！”

“很好。那就让他们再听一次。让苏列佩斯本人听到，他肯定躲在上面的地道里——希望这声音会让他毛骨悚然。”

“遵命，队长！”片刻之后，那悲伤的调子再次响起，比之前更加响亮，范森敢肯定，这肯定会成为幸存下来的西斯人的噩梦。

“这些猎犬队员现在知道自己在打仗了！”过了一会儿，白云石大喊道，全然忘记了之前的安静，“其他人没法过来帮他们！看，独裁者的人一个个都变成了刺猬，身上全都是箭！哦，长老们啊，但他们仍在战斗。”他的声音有些颤抖，“血流成河！”

范森决定实施下一步计划。他让白云石从斜坡上下来，去看看刚玉的工程师们是否准备好，在等待年轻看守的时间里，他一直把墨鱼角抓在手里。送他这件礼物的锑师父曾告诉过他，这个号角取材自一头古代生物，现在这头生物已经变成了石头。

*变成石头——就像传说中那个贪婪的商人。一头不会说话的生物也能冒犯诸神吗？*范森不知道自己是否理解了查文和其他人告诉他的故事，但是从他自身的经验来看，他知道神的力量无处不在而且十分危险。他足够了解诸神，因而对于诸神的敬畏超过了其他任何事物，甚至是失败和嘲笑。

“刚玉说他们准备好了。”白云石悄无声息地出现在范森身边，把他吓了一大跳。坐在空荡漆黑的地方，依靠别人的眼睛，这要比他想象中艰难得多，但是黑暗是他们对付独裁者的士兵最大的优势。

“他们现在被打蒙了，我们得马上撤退。”这一次他亲手举起了号角，嘹亮的声音再次回荡在偌大的石室中。白猎犬队退缩着挤作一团，等待着命运之锤的落下。他们似乎根本没有意识到，敌人正朝着账房背面的通道撤退。范森和白云石也加入到了撤退的队伍中。

当白猎犬队最终意识到最后的号角声代表着撤退的时候，他们发出了一阵叫喊声。独裁者手下最精锐的部队跳了出来，孔雀石·紫铜的弓箭手已经撤走，困在门口的人终于跟白猎犬队汇合到一起。

这些入侵者像海浪一样涌过凸凹不平的地面，不时躲闪着暗处飞来的冷箭，当他们逐渐意识到这些奇怪的小人早已全身而退时，复仇的叫喊声变得更加响亮粗暴了。

“把前面六个拿着灯笼的人放过去。”当范森和大家一起离开地道进入账房下面狭长的赭石障地洞时，他对工程师们说道。

独裁者的几十个手下首先从地道里走了出来，他们全都半蹲着，手里高举着盾牌和火把，好看清前面的情况，这时候还用不着吹响号角。指挥官挥了挥胳膊，工程师们便全力向芬德林人从采石场带下来的一根大铁楔撞了过去。铁楔被压弯了，圆木吱嘎吱嘎作响，大家高声呻吟着，一时间他们似乎要输掉这场仗。然而当第一批白猎犬队员意识到情况不妙，抬起头来寻找目标张弓瞄准的时候，石堆晃动着松散开来，出其不意地滚到了下面的人身上，只有那些伤重的幸存者才有机会喊出声来。他们没能叫喊太久。

赭石障和账房之间的这条通道被封了起来，这种状态起码已经有几个小时了。紫铜的弓箭手朝着独裁者的手下射完了余下的箭，中箭的大多数是白猎犬队员，他们全都被困在落石附近，其他芬德林人赶紧上前执行任务，在范森阻止他们之前，痛快地结果了那些无力抵抗的伤员的性命。他没想到，这些小个子竟然有着如此残暴的一面。

当第一盏灯笼被点亮的时候，费拉斯·范森走上前来。他站在独裁者的白猎犬队员的尸体前，他们的甲胄十分精良，胡须也精心梳理过，“看看这些人，”他说，“他们肯定以为死神邀请他们去参加婚礼，而不是葬礼。”

*他们不远万里来到一片陌生的大陆，*他想，*为了杀死他们不认识的人，只是因为一个疯子让他们这么做。*他用脚把他们的身体翻了过去，让距离他最近的几张脸对着地面。*是的，他们跟我一样，也曾是一名战士。我同情他们——但我并不歉疚。*

⚜ ⚜ ⚜ ⚜ ⚜

储君帐篷里的守卫让到一边，目光低垂，至高无上的大臣瓦什觉得他们第一时间看到并认出自己真是个奇迹。还没等瓦什清完喉咙，储君的贴身侍卫，一位跟皮尼蒙·瓦什差不多年纪的内侍就打开了门。

“请进，至高无上的大臣，”这位内侍说道，“我会告诉沙漠之鸾您前来拜访。毫无疑问，他会亲切接见您。”

是啊，瓦什心想，*他当然会，看着我随心所欲地走进来，而普鲁萨斯却毫无反应，只能摇头晃脑，像一头垂死的牛犊一样哼哼叫。*“很好，”他大声说道，这个内侍叫什么名字？老去真是一种诅咒，“如果你进去通报，而他刚好亲切地同意接见我的话，请让我们单独相处一会儿——十五分钟就足够了。”

如果瓦什宣布自己打算把储君装进麻袋里，带着他到太阳底下散步的话，他绝对会在这位内侍脸上看到有史以来最吃惊的表情，“大人，我不明白您的意思。”这位贴身仆人说道。

“对，你不明白。照我说的去做，过一会儿再回来。我不会把你主人怎样的。”

这个面容光洁的男人似乎有些举棋不定，但他最终还是鞠了一躬，走进了帐篷里间；里间以屏风隔出，屏风上用丝线绣着沙百灵鸟在荒漠灌木丛中保护自己的巢穴的故事。他们家族好几代人，没有一个曾到过真正的沙漠腹地。当然，他也没料到自己会来到地下深处，但他现在却站在这里。

内侍撤掉了一块屏风，微微欠身，摆手示意他过去，然后大摇大摆地走出了帐篷，弄出巨大的声响，就算瓦什被蒙住眼睛也绝对会注意到他的离开。

瓦什走到普鲁萨斯坐着的地方，他正坐在自己的移动王座里，与其说是坐着倒不如说是靠着。除了这个内侍和几个侍卫之外，他再也没有其他的侍从了，由此可见独裁者多么奇怪。以前的历代储君指挥的军队仅次于独裁者本人。

但是放在以前，就算是最差劲的储君也能说话，还有点脑子。他们的脑袋不会像煮得太久的蘑菇一样耷拉到肩膀上。然而，如果说可怜的残废普鲁萨斯像朵蘑菇，那他在这里肯定很自在，因为这种东西在地下总是生长得飞快。

“下午好，天之骄子，如果现在仍是下午的话。”瓦什鞠了一躬，“希望不会打扰到你。我只是来这儿找点东西。”他盯着那对空洞的、骨碌碌转的眼睛，想知道自己能否认出来，“奥林国王说我应该听听你的意见。”他可能低估了你——跟许多其他人一样。我相信你不像我们想的那样糊涂。所以，用你的眼睛告诉我，你能否听懂我的话。他是否留了什么东西给我？奥林有没有留什么东西给我？

那一刻普鲁萨斯停止了发抖，好像只要凭着巨大的意志力就能做到一样。他伸长了脖子，好像马上就要从椅子里跌出来一样——被恐惧攫住的他仿佛正在试图逃脱一样。瓦什极力忍住了愤怒。他为什么要跟这么个不健全的人过不去？为什么要让自己丢脸呢？他意识到普鲁萨斯正直勾勾地盯着一个方向，看着他自己的膝盖，他可能正在试图用头指着什么。

瓦什上前一步。储君瘦骨嶙峋的手里攥着一样白色的东西——一张羊皮纸。

“啊，”瓦什说，“找储君帮忙。真聪明。”他伸出手来，小心翼翼地从储君的手里拽出了那张羊皮纸，没有碰到他的手，“敌方国王打算怎样背叛我们敬爱的独裁者？”他说这话是为了防备隔墙有耳，不论是在苏列佩斯统治期间，还是在他父亲和祖父们统治期间，这样的事都不得不防。

羊皮纸上没有署名，从上面歪歪扭扭的字迹来看，这封信写得十分仓促。

拯救你自己还不算晚。请给城堡里的艾文·布罗纳带话。把你知道的告诉他。否则，南境和西斯都会被毁掉。疯子没有同盟。每个活着的人都是他的敌人。

光是看这张字条都已经让瓦什不寒而栗了，储君竟然还把这个不安分的蛇蝎抓在手里。他知道自己必须毁掉它，而且要快。不管有没有记住上面的话，不管是否允许自己去想，他必须确保没有第二个人看过这张纸。艾文·布罗纳！皮尼蒙·瓦什四下看了看，突然感觉自己像是一个小偷，鼓鼓囊囊的口袋里装满了偷来的东西，不得不在大街上慢慢地挪着步子。他敢带着这张字条回到自己的帐篷里，把它扔到火盆里烧掉吗？

有什么东西在近处发出了一声欢快的叹息。瓦什的脑子转得飞快，几乎无法动弹，他心不在焉地看着储君，发现他的嘴巴再次动了起来。瓦什这次留意到了那个奇怪的声音，那是一种鼻腔发出的呻吟，中间还穿插着几个辅音，实际上是有人在说话，只有稍微花点精力，他甚至能够听懂那些话的意思。

“纸纸纸纸……小小小小……”普鲁萨斯结结巴巴地说道，拳头紧握在空气中比划着，好像那只手拥有独立的生命、秘密和哀喜，“吃吃吃吃……”

羊皮纸很小，他在说，*吃下去*。

瓦什十分震惊，但他还是照做了。纸团差点卡在喉咙里，但他最终还是把它吞到了肚子里。

第二十二章

地狱之门

……特希德米跟附近的大多数村庄一样，一年到头饱受暴风雪和寒风之苦，土地上全都结了冰。无处觅食的动物全都死掉了，庄稼全都变黑，消失在了大地上……

——引自《圣孤传说：其人生平、死亡及天堂的奖赏》

阳光驱散了海湾里的雾气，南境城堡里的高塔在阳光下闪烁着光辉，它们伫立在外墙后面，高耸入天空，每一座塔的造型都十分独特，呈现出不同的颜色。若是在平时，这或许是一幅令人难忘的美景，但是对于契妮坦——一个即将被带到自己最害怕的人面前的罪犯——而言，这幅景象却意味着失败、恐惧和不可逃避的宿命，除此之外别无其他：因为她试图摆脱诸神强加于她身上的命运，所以他们执意要羞辱她。

当契妮坦望着渐行渐近的城堡时，某种感受时隔数月又卷土重来，潘西斯尔神父强迫她喝下他那种恐怖药剂时的那种感受曾席卷她全身：整个世界都不牢靠，它就像泡沫一样脆弱，万事万物都在其下等待。此刻她感受到了一样东西。它在她面前如此鲜活，但由于距离遥远又异常平静，尽管远在布伦湾冰冷的水面对岸一公里开外，埋藏在几百英尺深的石堆下面，它仍然在她身边，甚至在她心里。契妮坦能够感受到它的气息——它以同样强烈的方式感受着她。军舰的甲板上难道没有其他人能够像她一样感到它那强烈的、侵略性的存在吗？

你为什么要丢下我，巴瑞克？你为什么不跟我说话？我很害怕！

但悲伤毫无意义。不管在哪里，巴瑞克只是一个凡人。实际上，他跟契妮坦一样只不过是个孩子：他无法把她从苏列佩斯手中救出来，更别说诸神了。

⚜ ⚜ ⚜ ⚜ ⚜

阳光十分猛烈。戴克纳斯·沃知道现在肯定是六月，几乎就快要到夏天了，但阳光还是有些过于强烈，他暴露在刺眼的光线里，就像走在熊熊燃烧的热煤堆上一样。

“第一缕光线，努沙什的奖赏。”他大声喊道。在他小时候，母亲在起床时总会说上这么一句，但他长大之后却鲜少再听到。真奇怪——他有好多年没想起过那个婊子了。剧烈的痛苦让他找回了关于她的回忆。

他们的小船满载着商人和货物，乘着海浪到达了南境大陆的码头，滑进五六艘西斯战船中间。这些战船有的原本就停泊在那里，有的则是后来被护送入港的。其他舰船上的水手，除了那些有任务在身的以外，全都盯着挤在小船甲板上的戴克纳斯·沃和剩下的人。他仍然是全体船员的焦点——一个在独裁者的舰船上拥有一席之地的衣衫褴褛的乞丐——但是沃并不打算采取行动。如果隐宫跑出来的那个女孩被带到了苏列佩斯面前，或许已经被带到了他面前，那么任何行动都无济于事了。

越往营地里面走，落在沃身上的目光落就越多。人们朝他大喊，让他停下来报上姓名，难道他以为乞丐可以随意在著名的白猎犬队的帐篷间来去自如吗？沃知道有几个老战友在跟着自己。通常情况下，他绝不会回头对他们多言。白猎犬队员都不是孬种，但是沃的眼神十分独特，似乎在提醒他们生命中还有很多未竟的心愿，即便是非常强壮凶狠的人也不例外。但他现在可不敢浪费时间。

沃咕哝了两声，被拦了下来；他弯下身子，双手捂着肚子，试着咬紧牙关，不让自己叫出来。那感觉就像是有一块长了腿的热煤在他的肚子里爬来爬去。

老战友们都没认出他来；他看起来肯定真的像个乞丐。但沃最终战胜了疼痛，在士兵们赶来对付他之前直起了身子。他的目的地就在几十步开外的地方，所以他朝着那里走了过去，尽量稳住脚步，掩饰着自己的虚弱，一旦他们发现了他弱点，就会再次追上来把他拉倒，就像一群豺狼围攻一头受伤的狮子一样。或者可以试一试，无论如何，戴克纳斯·沃知道如果有必要，自己会先下手把他们全部干掉——手指插到他们的眼睛里，踢断他们全身的骨头，用尽全身力气扭断对方的脖子……

沃感觉到了嘴里的血腥味。他转过身，抬起胳膊，做好了自我保护的准备，但是盯着他的那些士兵并没有跟上来。他们自顾自地笑着，望着一瘸一拐的他全身抽搐着自言自语。沃羞愤难当。他到底变成了什么样子？有没有笑得东倒西歪？

突然，他全身颤抖起来，肚子像燃烧起来、打了结的破布一样，他转过身一瘸一拐地朝着军需官的帐篷走去。

沃走进帐篷的时候，瓦希尔·泽鲁抬头看了看，但显然没有认出沃：他撇了撇嘴，转身训叱起一个下属来。

“泽鲁，是我，沃，”他靠在门上说道，“戴克纳斯·沃。”

过了好一阵子，泽鲁才终于认出他来，“以努沙什的烈火战靴起誓，真的是你吗？你看起来像是着了火，然后有人用雷神的军刀帮你扑灭了一样。”

“我……”沃再次咬紧牙关，等待痉挛过去，“我需要你的帮助。还有你的建议。”

军需官明白了沃的意思。他支开了身边的下人，“我们一直都很好奇……好奇你的任务。”

“是的，我是为神佑者执行任务去了，”沃告诉他，“一项特殊的任务。我必须尽快见到他。但有些敌人，一些职位很高但十分不忠的敌人想要阻止我……我必须把情报汇报给独裁者！”他摇晃了两下，看样子不像装出来的，就连这位军需官也吓了一跳。瓦希尔·泽鲁是个硬汉，但跟其他军官不同的是，他对谁都一视同仁，而且将残忍当作一种纪律。他没有结婚，也没有孩子。他把白猎犬队当成家人一样对待，一丝不苟地履行着自己的责任。沃总是让其他白猎犬队的成员感到不自在，但泽鲁却最喜欢他——生活严谨、寡言而且具备专业能力。至少他是这么认为的；他并不了解戴克纳斯·沃的其他嗜好。

“我当然会帮你，”瓦希尔·泽鲁告诉他，“以诸神的鲜血起誓，我当然会！是那个老傻瓜吗，瓦什？有一个魔鬼，他自己从没摸过刀或弓箭，却总是把别人折腾得精疲力尽。”瓦希尔·泽鲁摇了摇头，“那种人总是让自己的手下去干道德败坏的事，还认为这没什么了不起。”

“愿努沙什保佑你！”沃暂时摆脱了疼痛，因此他的话听起来像是发自肺腑；他腹部的剧痛突然减轻了，“我会向独裁者汇报您是多么忠诚，在其他人不愿帮助我的时候，是您伸出了援手。”

年迈的泽鲁看上去有点脸红，“没什么，”他说，但看起来十分高兴，“每个优秀的士兵都会这样做，为了我们伟大的独裁者。”

“你有水吗？”沃突然问道。渐渐消退的疼痛让他的喉咙干得冒烟，他觉得自己的头就像烟雾一样轻，“可以喝吗？”他的声音听起来十分渺远。

接着，他昏倒了。

⚜ ⚜ ⚜ ⚜ ⚜

“我的先祖啊！”年轻的祭司上下打量着契妮坦，“我该怎么处理她？”

“把她从我们手里接过去，兄弟，”他左边的士兵说道，“队长说要是我们胆敢调戏她，他就把我们的脑袋砍下来。她要被献给神佑者，或是大祭司。”

“潘西斯尔本人？”年轻的光头祭司直起了身子，好像某种不可思议的东西进入了房间，“还有神佑者？额，当然。也就是说，有人得为这件事负责。”他咽了一下口水，勉强笑了笑，他看了契妮坦一眼，然后就把目光转开了。契妮坦在隐宫待了那么久，当然明白他眼神中所包含的那种所向无敌的野心。在确保把她交给上层之前，他是不会让她离开自己的视线的。

契妮坦在两名卫兵中间倒了下去；身上的铁链嘎嘎作响。实际上，铁链对她来说太大了——西斯部队没想到会俘获像她这么小的女孩——把她的皮肤磨得很痛。她本可以轻易地挣脱，但是本能告诉她现在暴露还为时过早。然而卫兵们却似乎并不担心她会惹麻烦。

年轻的祭司叫作古尼斯。他不只是努沙什神庙的见习祭司，当她背靠神庙帐篷的墙壁坐在地上的时候，他解释道：自己已经被选为正式祭司，但是等到把她送给潘西斯尔——甚至是神佑者本人之后，赞美他的圣名，愿比沙克的猎鹰永远翱翔——他几乎敢肯定自己一定会成为颂祷祭司，那是个很高的头衔。

“但我又没做错什么，”契妮坦抗议道，“我自己也是努沙什女祭司——我也是蜂房神殿的一分子。我还是个处女，你知道吗？如果你这么做我会受到折磨，古尼斯兄弟，我会被杀掉吗？”

古尼斯愣了一下，然后把嘴唇抿得紧紧的，好像害怕有什么东西会从嘴里飞出来……或是飞进去，“如果你是俘虏，那么你要为自己的罪行忏悔，”他说，“人人都知道神佑者是世界上最大度的人，就连诸神都得到了他的原谅！”他点了点头，“是的，把手给我，姑娘。我们一起祈祷，愿你能得到原谅。”

契妮坦没有力气跟他对抗。她任由古尼斯用那湿漉漉的、温暖的手掌紧紧抓着自己的手。年轻的祭司眼中闪烁着光芒，但这光芒却跟她无关，至少跟她的出现无关：他看到了自己的光辉未来。当他开始大声祈祷的时候，契妮坦退缩了。他念的是新教义问答书，是年轻的独裁者本人写的。古尼斯要么野心勃勃，要么是个真正的信徒。不管怎样，他绝不会帮契妮坦。

古尼斯带了两名面色凝重的投石手卫兵，看上去他们宁愿喝下发酵的牛奶也不愿意跟一个祭司打交道——从他们面无表情地上下打量她的目光里可以看得出来——一个骨瘦如柴的女孩，甚至不值得他们去强奸。听到她将被送给神佑者的时候，他们立刻挺直了身子，显然没有想到在遭到革职之前能够有幸见到至高无上的统治者：普通士兵根本没有机会见到神佑者。

士兵们带着契妮坦和古尼斯穿过营地，朝着港口的西南方走去，城市的边界在怪石嶙峋的海滩上戛然而止，岸边有几座供穷苦的南境渔民使用的桥墩。在这里，环绕在港湾四周的青山几乎垂到了水中，风蚀的石柱在山体边缘之上一字排开，有几根从海湾里突兀地斜伸出来，像是不太整齐的牙齿。巨大的岩坡隐约浮现在海滩之上，好像被一把巨大的刻刀削去了半边，裸露出白色和浅灰色的岩石，只有顶端泛着一丝绿意，但吸引她的目光的却是海滩上那一排黑漆漆的洞穴。她知道自己别无选择，只能一步接着一步，朝着黑漆漆的不祥之地走去。

契妮坦小时候，她们曾全家一起外出，去西斯的海滨参加她曾祖母的葬礼。之后趁着大人们饮酒作乐的时候，她的一个亲戚带着她和几个兄弟姐妹来到海边看了潮滩。那是一个与众不同的地方，特别是对契妮坦这样的孩子来说，那里曾经到处都是楼宇和人群。她的一个表兄试图把她拉进一个较大的洞穴入口，虽然弟弟们都同意了，但她拒绝过去。她独自一人待在岩石上，踩着浅滩里的水，好像等了几个小时。最后，别的孩子终于回来了，尽管她为自己的胆小感到丢脸，但没有为错过这次探险而后悔。黑漆漆的洞穴让她想起了爸爸曾经告诉过她的关于大地之神赛加尔的故事，他是伟大的努沙什最大的敌人："他生活在地上，你知道吗？在太阳无法到达的地方，那里十分寒冷，冷得吓人。他憎恨那个地方，憎恨努沙什和尤吉尼后代的其他人将他放逐。所以他总是会把手伸向那些不爱努沙什的坏小孩，把他们扣押起来。"

他经常说起邪恶的赛加尔偷走那些小孩的灵魂，永远关押在他那环境恶劣、暗无天日的地下世界的故事，所以契妮坦一下子就想到，如果走入地下，特别是像这些洞穴一样恐怖的地方，这不啻于自愿献身给那位冰冷、阴郁且易怒的大地之神。

因此，当契妮坦本应恐惧到极点的时候，她却发现自己的体内潜藏着更大的恐惧。当他们走到建在主地洞入口处的精美护柱附近时，她极力压抑着疲惫与惊恐的泪水。崖壁上的裂缝在头顶极力向远方伸展着，她低头盯着自己的双脚，卫兵们跟年轻的祭司完成了交接，带着他们走进了大门。两名卫兵各自拿起一支火把，在大门旁边的火盆里点着了。不一会儿，大门入口和天空的光便被她甩在了身后，契妮坦被带入了无边的黑暗。

独裁者的部队建了一条勉强称得上是路的通道，一直通往主地洞——小型补给车无法通过的狭窄地段被铲平，变得十分宽阔；光滑的石灰岩被刮花，然后撒上了一层碎石，直到这条路变得跟外面那条出入大本营的补给路一模一样。但这不是一条普通的路，它穿过一片石柱仙境，这些石柱大多建在外洞的地板上，当卫兵们举着火把经过的时候，石柱的影子被拉得很长，在洞穴的墙壁上摇曳着。在凹状的前厅边缘，路突然转斜，开始迂回地朝着地下伸展开去，走几步便可以见到一个火把，插在路边的石堆里，把路照得很亮。偶尔，他们会遇到另外一个岗哨或是返回地面的空补给车，不过一路上契妮坦一个人也没见到，除了身边的这三个，急不可耐的古尼斯和两名精疲力尽的守卫，他们大部分时间都在小声交谈。

到了地下几百英尺的地方，一条溪流赫然出现在火光之中，那是墙板渗出的水珠汇聚而成的，契妮坦意识到他们现在肯定来到了海湾的下面。水滴从头顶的几处地方渗落下来，在石头地板上形成一方小小的池塘，然后透过缝隙流淌进无尽的黑暗之中。

当他们穿过这个地洞走进一个更大的地洞时，契妮坦突然看到一段长长的距离，一条小径绕着一个巨大的开放洞穴的边缘向下蜿蜒而去，这个洞穴至少有几百英尺深。石子路被桥梁一样的巨大木板所替代，看起来就像是挂在洞穴边上似的，许多块木板拼接在一起，形成了一条蜿蜒曲折的路，直通向洞穴底部。洞穴里到处都是火把；几十个士兵，或许有上百个，在墙边的几个洞里进进出出，那很有可能是几十条隧道，通往不同的方向，就像四轮马车的辐条一样。从这个高度望去，那些士兵如同蚂蚁一般，契妮坦突然不安起来，感觉自己被带领着，一点一点走入地下，朝着一个非人类走去。

“真令人赞叹，我们的独裁者在这里所做的一切。”古尼斯对两个卫兵说道，“你们短短几天就挖出了这个地方吗？”

两名士兵脸上的表情一模一样，“这里的所有洞穴，还有海湾和大陆下面的洞穴都是我们挖的，”其中一个说道，“说实话，那些矿工根本不用干什么。”

“真令人惊叹。”古尼斯握住双手放在胸前，夸张地祈祷着感谢努沙什。

契妮坦几乎没有看他。当他们走下坡道的时候，脚步声从石子路上的沙沙声变成了木板上的隆隆声，有什么东西从下面爬了上来，虽然无形却异常强壮，像一只冰冷的手一样紧贴在她身上，让她无法呼吸。

它知道她在这里。她能够感觉到它在意念中将自己翻转了过来。它知道她在这里……它肚子很饿。

⚜ ⚜ ⚜ ⚜ ⚜

我曾见过这个，戴克纳斯·沃面对着绝壁和凸凹不平的黑色大门时心想，**这是诅咒之门**。他的母亲曾说过——实际上，他母亲被他父亲杀死的当晚，她曾向他身上吐了口水，并诅咒他邪恶的灵魂将把他拖进诅咒之门，赛加尔的仆人会把他的皮剥掉。沃的父亲很恼火，为了表示自己的不快，他扭断了沃的母亲的脖子。

但在此刻，这不仅是一个抽象的词，他想：**这是一件实实在在的东西。守门人耶蒙肯定在门内窥视着，像传说中一样把皮肤裸露在外面。耶蒙，赛加尔的弟弟——北方人口中的“伊蒙”和“科涅奥斯”——是白猎犬队心目中的英雄，他们认为自己跟伊蒙一样，在一片陌生的大陆上终生为奴，虽然十分强大，但是科涅奥斯的魔鬼王国里的一名俘虏。**

地狱里的兄弟们啊，古老的白猎犬队之歌响了起来，**赶快奔跑起来去战斗，哪个的动作最慢，上天就会带走他！**

沃穿着一件崭新的铠甲，胡子也效仿西斯军队标准精心修理过，他走进了黑暗之中。他的肚子又开始疼了起来，那种感觉就像是有一只肮脏的爪子在抓挠他身体里最脆弱的地方；他尽力走着直线，不让自己像个白天的醉鬼一样踉踉跄跄。山洞入口处的守卫把他拦了下来，或许是他脸上的奇怪神色引起了他们的怀疑，但是泽鲁已经告诉过他白天通行的暗号，所以他们最终还是把他放了过去。

当沃走进地道的时候，痛感变得愈加强烈了。

我受到了诅咒。我失去了筹码。我在独裁者的猎犬队服役，因为我可以在这里随心所欲，但是我不安于现状。我有着更大的野心，因而在独裁者面前获得了一席之地，为他执行特殊的使命，但现在这“野心”正在毁掉我。我失去了手中的筹码，而独裁者则一如既往大获全胜。别人会抢走我的功劳，我将像一头烂掉肠子的动物一样慢慢死掉。

沃不敢再往下想。这没有加剧他体内的疼痛，却让他的精神不堪重负，在他的心中撒下一片红色的迷雾，让他十分困惑，他有些担心自己会跌出大路，掉进万丈深渊。

沃终于在一个洞穴顶端看到了契妮坦，那里被西斯士兵称为赛加尔的帐篷。他知道那是独裁者的女人，虽然她在下面老远的地方，但他就像家人一样认出了她；尽管当她走在两名守卫中间的时候，他只能看到契妮坦那头乌黑的秀发，但他还是像恋人一样认出了她的体型和步态。她那双乌黑的大眼睛半张着，削瘦的脸上带着平静的哀怨，内心恢复了长久的平静，这种平静让沃印象深刻。他从没见过一个女人能够如此长久地沉浸在自己的内心世界中，除了他以前买下的一个妓女，这个女人被前一位主人割掉了舌头。

沃快步走下吱嘎作响的斜坡，斜坡弯弯曲曲地绕着洞穴的外墙而建的。女孩和守卫仍然站在流动的人群中间，对着一堵开着大大小小洞口的墙壁，这些洞口便是地道的入口。他体内的东西同时拉扯了一下他的肚子和心脏。沃摇晃了两下，大口喘着粗气，感觉似有一团烈火从肚子里穿膛而出，要把他彻底烧干。一时间，前面的火把在他眼中变成了一点火星，他甚至无法把空气吸进肺里，但是短暂的眩晕之后，沃发现自己虽然四肢着地，但又恢复了呼吸——还有思考。他站了起来，跌跌撞撞地继续向下走去，但下面的那个女人和守卫却不见了踪影。他们进了地道。

来到洞穴底部，沃的痛感有所减轻，他这才能够再次开口讲话。

"哪一条？哪一条是通往高级长官的住处的？"他向一名赤膊队步兵打听。

那个士兵就算没有认出沃本人，也认出了白猎犬队的徽章，所以他恭恭敬敬地回答，"长官们的帐篷——走那条，那儿。"他指着一个方向说道，"走那条路最快。"

沃让他走开了，然后歪歪斜斜地朝着那条地道入口走去。他知道就算自己赶上他们，也不可能抢回那个姑娘——他怎么能神不知鬼不觉地杀死两名守卫呢？那个姑娘看到他杀人也会出卖他。他的努力，他的痛苦，全都白费了。完全是出于自愿，他走进了诅咒之门。

沃沿着小路向下走了将近一个小时，经常有大堆人群围在某件未完成的工事周围，经过这些地方的时候，他不得不用肩膀粗暴地把他们挤到一边。虽然秘密入侵已经开始，独裁者的工程师和奴隶们仍在地道里忙碌着，将地道拓宽改直。沃可以想象，等到完工的时候，这些地洞将变得跟果园宫一模一样，带着高高的天花板和石料镶面。实际上，如果独裁者坚持自我，整个世界都会成为一个巨大果园宫，每个人都会成为独裁者的士兵、妓女、或是奴隶。

本应该是我。但是他很聪明。他跟我一样能够看透事物的本质，而他生来便拥有无尽的权力和财富。我从没有这样的机会——但本应是我。这一切本应属于我；世界本应属于我，不是果园宫，而是跟整个世界一样大小的沃之宫殿！

沃沿着狭窄的小径徘徊着，一心想着他的世界宫殿和屋子里的财宝，直到达成这个阴谋所需的复杂手段和受害者的数量让他头晕目眩，于是他突然停了下来。一时间，他以为可怕的腹痛又会卷土重来——但那只是紧张带来的一阵刺痛——他慢慢回过神来，终于意识到是什么让他停下了脚步。

这条路已到达尽头。

戴克纳斯·沃望着脚下的黑暗——突然、剧烈的断裂。他差点扑了个空。

沃转过身，小心翼翼地拾级而上，这才注意到脚下是一条十分狭窄的小路，他已经偏离了西斯士兵指给他的那条路好一段时间了。他走到了哪儿？之前有几条隧道在这条路上交叉，但是每一条都比他脚下的这片空间狭窄，所以他直接走了过去。发生了什么事？

沃退回到原来的路上，沿着一个深坑的边缘慢慢走着，深坑越来越浅，最后连回声也消失了。他绕着深坑的边缘一圈一圈地走着，越来越接近洞穴的底部，但再也找不到带他来到这里的那条宽阔的道路。这个洞穴并不算小：为了证实这一点，他走了大半个小时。

接着他又爬上了一条一模一样的石子路，这条路夹在两条长长的混凝土斜坡中间，插在墙壁缝隙里的军用火把不时帮他把路照得更亮，沃不得不承认这里跟他记忆中的不太一样。有些地方根本不像出自西斯人之手。他很好奇这里是否还有异族工程师和工人。

不管怎样，沃彻底失去了赶上那姑娘的机会，至少通过传统的追赶方式是不太可能了。啊，神哪，他意识到疼痛再次向他袭来，腹部备受折磨。

那一刻，他只能站在那里，长长的影子在身后微微晃动，如同国王的加冕礼袍一样。疼痛如此剧烈！他尝到了血腥味。他五脏六腑都在提醒他快点逃走，但他无处可逃……除非他撕开自己的身体……把整个肚子挖出来……

一阵响动让沃如一尊雕像一样站定，杀手的本能足以让他忍住腹部的灼烧，虽然只有那么一小会儿。有人在他下面几十码的地方经过，他穿过一条隐秘的小路，在尽头处转上了另外一条。沃躲到暗处，屏住呼吸，暗中窥视着那个人。

那是个孩子——一个北方男孩，年纪不大，个子也不高，即便是在这个幽暗的地方，他的头发也微微泛着金光，他穿过了地道，好像待在那里让他十分自在。就像是观赏一幅出自他妈妈之手的圣孤雕刻画一样。一个孩子独自一人在这里做什么？这意味着什么？

沃的脑中突然蹦出了一个念头——会不会是诸神的旨意？在他经历了诸多痛苦之后，他们终于决定大发慈悲了吗？引导他找到那个姑娘，这样一来他就能够得到他应得的奖赏？

沃快步向前走去。他已经通过了诅咒之门，除了圣孤之外，没有人能够活着回来，沃的母亲从前总是这样告诉他——现在这里却有个孩子，仿佛是从他母亲的故事中走出来的一般，出现在孩子不该出现的地方。难道这真的是一则神谕？沃认为傻瓜才会往别处想。他决定跟着那个淡黄色头发的男孩。

带着满心的绝望和疑惑，戴克纳斯·沃直起了后背，跟着那个金发的男孩走入了更深的黑暗。

⚜ ⚜ ⚜ ⚜ ⚜

“她太瘦了。你觉得她真是独裁者的女人吗？”

“或许他就好这一口。”

“但是我听说他的第一个老婆的屁股跟母马一样大。”

契妮坦撇了撇嘴，没有理会那两名卫兵，虽然他们就走在她身后，说话的声音很大。

“可是你看看她——还只不过是个孩子呢。”

“但她有红色女巫纹。据说那是暴脾气的标志——她们就像猫一样，你要是敢惹她们，她们就会把你挠成鞋带。”

“噢！这么说来还有点意思。”

年轻祭司古尼斯打断了他们的对话，“行了，”他指责两个卫兵，“你们谈论的是神佑者的女人，这已经是大不敬了，要是我一直听你们嚼舌根，可能还会听到你们侮辱艾瑞莫恩王后，这足够把你俩送上绞刑架了。”

两个卫兵小声地道了歉。古尼斯转过身，把头扬得高高的。

“伪君子。”契妮坦听到一名卫兵悄声说道。

“别碰女人，特别是那个女人，”另外一个小声说道，“小心搞到一个蛋蛋都不剩。”

有的地道十分狭窄，每当对面有车驶过来的时候，契妮坦和她的押送者就不得不后退几步，好让马车通过。大多数马车上都装满了泥土和大块矿石，这些都是从工程师们工作的地方运出来的，但是还有一些马车上装着令人不安的东西，裹在斗篷里的尸体，光秃秃的脚伸在外面，因为他们的靴子被分给了别的士兵，而这靴子也是他们从死人那弄来的。

这群人对于主人苏列佩斯来说不过是一群杀人工具，契妮坦心想，这不就是最好的证据吗？当他们死掉的时候，人们会剥掉他们身上一切有用的东西，然后把他们扔到垃圾堆里。

油布下的尸体让契妮坦的内心矛盾起来。她早已放弃了逃跑的念头；但是当他看到这些北方人正英勇地反抗着独裁者的时候，她又振作了起来。马车上颠簸起伏的这些毫无生气的尸体都是来自西斯或其附属国的年轻人，跟她自己的兄弟，甚至可怜的疯子杰丁毫无分别。

但是假如独裁者攻下了这里，或者实现了他不远万里来到这里的目的，那么整个世界很快会沦为他的贪婪和残忍和牺牲品。很快，就连海洋也无法逃出他的魔掌——他会把所有大陆牢牢控制在自己手中。苏列佩斯十分年轻，而且力量强大，个性疯狂，他有足够的能力把这一切变为现实。

他们来到军队的地下营地边缘。他们距离真正的战场还很远，尽管契妮坦已经嗅到了一些苗头，微弱、遥远的叫喊声，以及偶尔传来的隆隆声，听起来像是大炮。拦下他们的卫兵比前面几道都要小心谨慎，尤其是比押送她至此的那几名乌合之众谨慎许多。一个领班甚至上前盘问了他们，那是一位佩戴步兵肩章的赤膊队军官。

“如果是献给神佑者的女人，我们会带她过去的，”军官说道，“如果不是的话，我们就把她带到猎豹卫队，他们会把她交给首席大臣，他将决定如何处置她。”

“但我必须……”古尼斯开口说道。

“无意冒犯，兄弟，”队长说道，“但在这里你必须按照我说的做。如果这名俘虏十分重要，你为何没有带上级的印章就把她送来了这里？”

“印章？”古尼斯似乎被这个词给搞糊涂了，“你是说我得把她一路带回去交给大祭司吗？”

“我可什么也没说。”这名领班是个身材矮胖、头发灰白的男人，脸上的神情像市场上的小摊贩一样精明，胳膊像摔跤手一样粗壮。他往前走了两步，站到了年轻祭司的正对面；他的个子并不比祭司高，但块头却比后者大，“我的意思是这不合规矩，你没有帮我解决这个问题。”他沉下脸来，四下环顾了一圈，“我至少需要派两个人把她带进去，诸神知道，我这里实在抽不出人手了。”

“但是我有两个卫兵……”

队长笑了，“他们？”他指着那两个护送他们下来的士兵问道，“这两个猪猡？要是碰上一群从地下钻出来的伊斯特魔鬼，他们一点用处都没有！不，你们俩可以转身往回跑，去保卫重要的粪坑。走开，否则我就把你们拷起来，跟这个姑娘一样！”

无须进一步警告，两名卫兵转头便走。当古尼斯恢复呼吸的时候，他们已经走出几十步远了，“那我呢？我受托护送这个姑娘。我必须得陪她进去。”

“受托？”军官看了看契妮坦，又把目光转到了祭司身上，“受奴隶贩子委托？”他再次把目光转向契妮坦，“你会说我们的话吗，孩子？”

契妮坦感到十分意外，竟然有人让她说话，“是的，我是西斯人。求求您，不要把我送给神佑者！我是从蜂房神殿被阴差阳错地带到这儿来的……”

队长瞪了她一眼，“我就问了你一句，不是让你唱晨祷词。我从不干涉神佑者的事，至少是他身边人的事。”他转过身来，打量着身边的那个男人，“是谁送……”

有人大喊了一声，接着传来一声巨响。契妮坦身边的人纷纷转过身去。一辆满载着石头的马车的轮子脱了轨，悬在半空，正摇摇欲坠。片刻之后，马车甩了出去，几块石头掉了下来，那些在下面仰头看热闹的人纷纷跳开了。马车还在摇晃，接着整车东西都翻了过来，掉在下面的石头地板上摔成了碎片，搞得到处都是溅起的碎石。

契妮坦根本不需要别人提醒，她拔腿就跑，一边跑一边挣脱了手腕上的枷锁。没时间去想了，她只能选择最近的一条通往宽敞的大厅以外的通道，朝那里飞奔过去，尖利的石头刺破了农夫的老婆送给她的那双做工粗糙的远境大陆鞋子。

黑暗中不时闪过火把的光芒。她逃跑的时候，大家齐刷刷地转过头来，有些人把嘴张得大大的，活像是一个咆哮的魔鬼面具，大声朝她喊着话。契妮坦知道自己必须避开所有目击者，找个地方躲起来，这是她唯一的机会。

当契妮坦从一名士兵身边飞奔而过的时候，他一把抓住了她，虽然抓得不牢，但还是让她打了个趔趄。当她摇晃着想要把疲惫的双腿收回来的时候，有人伸出了一只脚，她被绊了一下，狠狠地摔在了坚硬的石头地面上。

“你是谁？”当契妮坦呜咽着倒在地上，上气不接下气的时候，有人操着难听的沙漠口音问道，“间谍？”

契妮坦没有起身，至少不记得自己有起身。过了一会儿，有什么东西在她的后脑勺上叮了一下，接着她便失去了知觉。

★ ★ ★

是蜜蜂。她熟悉那种嗡鸣声，身上曾被叮咬过好几次。有一天，蜂群得意扬扬，整个蜂房神殿到处都是它们的身影，与其说人们听到了不如说是感受到了蜂群低沉的嗡鸣声。

那只是一场梦境——一场可怕的梦境。达妮就睡在旁边的床上，她们很快就要起床，一起用冷水冲洗头发。她想把那个愚蠢的梦告诉自己的朋友，她们会一起笑出声来——就像胸部还没有发育的小契妮坦终有一天会被选为伟大的独裁者的妻子！所有的姑娘都会笑出声来，但是契妮坦一点也不介意。她在家里很幸福，而且很安全——蜂群和女祭司，甚至是伟大的天父努沙什悉心守护着她。

但是努沙什的神圣蜂群的嗡鸣声中为何夹着断断续续的低语？

“……是潘西斯尔吗？你召唤了……时间……”

“……太多。大祭司会……比他还要……”

契妮坦的头很痛，膝盖也很痛，胳膊痛得尤为厉害，她想知道是不是断掉了。发生了什么事？

“够了，瓦什，你走来走去的，像个老太婆一样拍着手，搞得我心烦意乱。再说，她已经醒了。”温暖和安心的感觉一时间消失得无影无踪。契妮坦认出了那个声音。

“醒了？”

“你看不出来吗？她的呼吸跟之前不一样了。她躺在那里，像张弓一样佝偻着身子，不想被人注意到。她做到了——至少瞒过了你的眼睛！”那笑声让她的胃里翻江倒海。就像是听到人骨和人皮制成的乐器奏响的音乐。

有人俯下了身体——虽然闭着眼睛，契妮坦还是能够看到那人的影子。不管他是谁，他的身上都带着果香和精油的气味，“你确定吗，神佑者？”

她想呕吐。她想尖叫。

“十分确定。”另一阵笑声，“轻轻拍一下她的小脸。睁开眼睛吧，受惊的新娘！你终于回到了真正的主人身边。”

契妮坦不想睁眼。她不想面对。最糟糕的事终于发生了。

“睁开，否则我就让他们撬开你的眼睛。”他的声音仍然十分温柔，十分克制。她放弃了抵抗，睁开眼睛望着他，内心如同死灰一般沉寂。

苏列佩斯一点也没有变。他比她见过的所有人都要高大，斜靠在一堆垫子上，相貌英俊，皮肤金黄；地上到处都是垫子，灯笼把整个帐篷照得亮堂堂的，四处都挂着昂贵的织锦和镜子。独裁者戴着那顶金色的猎鹰头盔，带着金色指套，穿着金色的便鞋，除此之外再无其他。他那古铜色的皮肤比任何人都要细嫩，整个人像是由皂石雕刻出来的一样。

他举起手，张开修长的手指伸向她，好像能够在十几步开外的地方伸过去，把她搂在怀里，“你的血统十分纯正，祭司的女儿。凭着与生俱来的天赋，你能够感受到迫近的命运，感受到这个世界即将发生的翻天覆地的变化，因此你的天赋把你送回了我的身边。”他笑了，削瘦的脸上闪过一道寒光，如果换做是别人，这笑容会令人十分愉悦，但是在他的脸上却像是鳄鱼的微笑一般。独裁者得到了她——虽然她努力挣扎，但她还是失败了，全部功夫都白费了。

他用一根修长的、戴着金色指套的指头指着她，“你与众不同，孩子，应该得到奖赏。我答应会最后处死你，这样你就可以见证一切——是的，你会看到我将孔雀毛斗篷一样的荣耀披在身上……”

第二十三章
飞翼风暴

小阿迪斯每天晚上都会梦到一群圣马丁鸟在自己头顶盘旋。小鸟告诉他，它们无法着陆，因为大地太过冰冷。它们注定将要永远在天空中飞翔……

——引自《圣孤传说：其人生平、死亡及天堂的奖赏》

就在发起进攻的一瞬间，那些名字和幻象疯狂涌入了巴瑞克的脑中，如同一场梦魇般的宗教仪式，一遍又一遍地展现着先民的历史……

幽灵森林，无梦人披着裹尸布在那里伺机而动，黎明一到便消失得无影无踪，他们精心挑选的歌者唱起死亡之歌，虽然没有风，但整座森林都沙沙作响……

……战栗平原，雅萨梅兹曾身披战甲在这里同敌人战斗，她的战甲微微泛着红光，如同锻造炉中的玄铁……

……巨人界碑附近的叫喊声，和等待着第一位骑士登上蓝狼山脊的恐惧……

这些可怕的瞬间一齐涌入了巴瑞克的脑海，至少是焰华关于这些瞬间的记忆，先民们在生死存亡的时刻进行的每一场战斗，所有漫长而痛苦的殉难，这些都是诸神的黄昏的一部分。虽然闭着眼睛，但这些幽灵依然将巴瑞克团团围住，上千个老老少少的人发出了上千种声音，焰华的所见、所闻和所思如同劈啪作响的火舌一样席卷了他整个身体。

*我们总是战斗，但我们总是失败——即便我们取得了胜利……*一个微弱而干瘪的意念从中蜿蜒而过，他几乎无法从这团记忆与哀叹的云雾中辨认出来———一丝枯燥如尘土的幽默感。*或许有一天我们应该试着以输为赢……*

伊尼尔，大人！你会跟我同在吗？

但是这位亲密的陌生人的声音早已渐行渐远，只剩下一片沉默。

巴瑞克的加尔人战甲跟皮肤一样轻薄，月桂头盔大小也刚好合适。但最轻松的莫过于他自身，他似乎已不再是一个独立的存在——而是强大整体的一部分，如同蜡烛上的火焰。巴瑞克彻底放下了顾虑，甚至变得无所畏惧：死亡不过是肉身的消失，曾属于巴瑞克·埃顿的所有意念和记忆也会像蒲公英一样飘散。*我体内的加尔人记忆，焰华的历任主人……他们也会魂飞魄散吗？*

萨奎丽穿着白蓝相间的战甲向他走了过来。她上下打量着巴瑞克，一言未发，但是他太了解她，轻易便看穿了她内心的不安——得益于歪神的女性继任者们世代累积起来的经验，只有焰华才能洞察到那一丝微妙且细小的迹象，“西斯的最后一队人马刚刚从地面进入地下，”她平静地宣布道，“做好准备。”说完便转身走开了。

“她跟雅萨梅兹不一样，”一个低沉、暗哑的声音在巴瑞克旁边说道，“她不喜欢打打杀杀，即便是别无选择。”

巴瑞克转过头去，发现身材高大的锤脚正站在身边——不只是锤脚，还有焰华的继承者们认识的所有艾廷，稍不留神，巴瑞克的心便会被这些海量记忆覆盖，如同冬日上霜的玻璃一样。艾廷的队长也回视着他，燃烧着火焰的双眼几乎完全被头盔遮挡住了，这给他那丑陋的面容蒙上了一层更重的阴影，“我会照顾你，巴瑞克·埃顿，别害怕。”这头生物的声音如此低沉，巴瑞克误解了他的意思。锤脚拍打着他的斧头，那是一样十分可怕的武器，有半张桌子大小，斧刃十分锋利，“当我在这儿挥舞起儆罪斧的时候，你们都离远一点。它可是个大家伙，需要足够的发挥空间。”他拍了拍那把硕大的斧头，“你很快就会看到，巴瑞克·埃顿，我跟萨奎丽不一样，我喜欢杀人。希望你别见怪。”

“你……你会说我的语言……我们的——你怎么叫我们，阳光大陆人？”巴瑞克问道，“你的阳光大陆话讲得很好。”

“说实话，我们以前曾经猎捕过你的族人，并把他们吃掉，”锤脚坦白道，“我的意思是，为了要了解他们，我不得不跟他们住得很近。”这个艾廷看上去不像是在开玩笑。他摇了摇那颗硕大的脑袋，“谁能想到？”

巴瑞克一时间不知如何回应是好。

萨奎丽默默地打了个手势，黑暗精灵开始前进，悄无声息地沿着凸凹不平的通道跳了下去。锤脚跟在他们后面，步伐十分沉重，震到了巴瑞克的骨头，“跟紧我，凡人，”锤脚咆哮着说道，“最好躲在我后面。按我说的去做。”

焰华的幽灵们在巴瑞克脑中欢快地唱着歌，黑暗精灵们正在奔跑，不一会儿工夫，他们就全都跑出了通道，进入了一条更加宽阔的走廊，这条走廊通往海湾之下，直达对岸的西斯营地——萨奎丽的目标，即大凹地。赶去与独裁者在地下会合的部队已经不见了踪影。

黑暗精灵和锤脚一刻也没有犹豫，他们朝着相反的方向，沿着宽阔的通道，快速向地面进发。多亏身上这件结实而轻盈的加尔人战甲，巴瑞克小跑了起来，他回过头，看见身后的萨奎丽和大家一起涌出了支隧道，锤脚大吼了一声，吓得他一个踉跄，差点摔倒。

就在前面，一队西斯人出现在通道拐角处。看到逼近的加尔人，他们惊慌地喊叫起来，然后迅速在路对面集结好队伍，齐头举起手中的盾牌，端起了长矛；锤脚的咆哮更大声了，儆罪斧在他头顶打着转，即便是在光线幽暗的地道里，巴瑞克也能看到这些南方人全都害怕得睁大了眼睛。每个西斯人都举起了手中的盾牌，但是这对站在锤脚面前的那些人并没有好处：巨大的斧头“啪”地一声落了下来。一些人被压扁在了斧头和变了形的盾牌下面，叫声十分凄惨。

后面不远处的西斯人逃过了巨人的第一波攻击，但没能逃过被活捉的命运，跟在锤脚后面的黑暗精灵迅速赶到，用他们短矛底部的铁钩撕开了这些士兵的大腿和脚掌，几十个皮肤黝黑、蓄着胡子的南方人倒在了石子路上。

接着，这位艾廷大喊了一声，黑暗精灵们似乎心领神会。这些小人全都躲到了石头后面；锤脚一把抓起巴瑞克，转过身去，然后跟他一起卧倒在地上。片刻之后，箭矢如同雨点一般从加尔人的队伍里射了出来，把前排的西斯人射成了筛子。受了伤和将死的西斯人纷纷逃回到队伍当中，搅得队伍乱成一团。

巴瑞克隐约听到了萨奎丽的声音；虽然说不清是通过耳朵还是在意念，因为战争已在他脑中投下上千道影子，他只能理解眼前所见到的场面。

萨奎丽手下最致命的格斗手——魔术师和变形族人——现在也跳了出来。只一会儿的功夫，他们就来到了西斯人中间，用匕首和钩爪抓得他们鲜血直流，这些全副武装、蓄着胡子的男人就像在无人触碰的情况下纷纷跪倒在血泊之中，仿佛是在膜拜那些飞速移动的影子。但是独裁者的战士们可不是胆小鬼——这些人身经百战，什么样的场面都见识过——不一会儿，他们就从先前的奇袭中恢复了元气，开始了反攻。混乱之中，他们叫喊着集结出几支小队伍，逼退了加尔人的几处进攻。靠着墙壁倒下去的人打翻了火把，很快便被践踏得到处都是火星，地道里变得更加黑暗了。

像是在科涅奥斯大厅中战斗的雇佣兵，他大胆地想到。

大地之神，那些声音为他唱起了歌。我们身处大地之神的房间。他的复仇将十分可怕——如果我们失败，我们丢掉的将不仅是我们的生命！……

我们在银光神的城墙上同他和他的兄弟们作战，还有一些声音大声说道，如同风中落叶一样在巴瑞克的意念中飞舞。不要跟死神冰冷的双眼对视！别让他冻僵你的心脏，就像他对银光神所做的那样……

为了白焰！为了微风之神的后裔！

“不。你应该找到你自己，”伊尼尔说道，他的声音比其他人都要清晰，“只要找到你自己。不要理会其他的声音。”

巴瑞克紧紧抓住那个难以捉摸的意念，奋力推开了其他的声音。

找到你自己。

突然，就像刚学会走路的孩子一样，巴瑞克走向了自我，暂时跳脱出那些恼人的噪音。一切都未远离，但是它们却开始变慢，而且越来越飘渺，最后变得如同清风一般不再恼人。

大家需要你。

突然间，巴瑞克看清了一切，就像查文为自己打磨的那块玻璃一样清晰，时间继续向前游走，如同一根丝线将巴瑞克拉回到现实之中。就在不远处，在这块宽阔而漆黑的空间对面，他看到萨奎丽面对着五六个西斯士兵，手中的红色宝石如同漂浮的火星一样跳动着闪着微光。六个敌人，但是她的身体里有一百位王后，一百位祖先，巴瑞克能够感觉到。他能感受到她燃烧的愤怒和冰冷的喜悦，甚至能够感受到战斗的合唱——所有的王后，萨奎丽只是其中的一部分，一曲思想之歌，如此复杂怪诞，他勉强可以听见，谈不上什么理解，尽管那首歌就在他的脑海中。

“白焰！”它同时出现在了巴瑞克的意念和嘴边——太阳神白焰，劫数难逃的银光神的兄弟。白焰，太阳神之剑，雅萨梅兹长久以来一直佩戴着它保护着族人，“白焰！”巴瑞克再次喊了出来，突然看到——不，不只是看到，那是无比真实的瞬间——太阳神向杀死了哥哥银光神、可恨的对手，还有同父异母的兄弟——源雾神之子——的怪兽发起了最后的进攻。一首战歌组曲飘荡在他的脑海中，许多声音齐声唱起圣歌，让他分不清哪一个才是自己的意念，尽管这无关紧要。如同一条逆流而上的鲑鱼，巴瑞克·埃顿一头扎人黑暗和鲜血之中，各种死亡的声音充斥着这个狭小的空间。

⚜ ⚜ ⚜ ⚜ ⚜

布瑞奥妮原本以为经过一年的历练，自己已经可以见怪不怪了，但是当她醒来看到一个跟蜡烛残根一样大的小人站在床头的时候，她还是吓了一跳。她猛吸一口气，坐了起来；闭上眼睛，然后再次张开，但那个小人并不是梦。

“我找这里的头儿，”他对布瑞奥妮说，“我有重要的情报要给你们。”他鞠了一躬，“我是弓箭手比特唐。您是布瑞奥妮公主，奥林国王的女儿吧？”

一百种答案涌上了嘴边，但她最后只是咯咯地笑了两声，“仁慈的佐睿雅啊，”她说，“我是。你是谁？”

“我已经自报过家门了。”布瑞奥妮看到他那张小脸面带愠怒，然后突然睁大了眼睛，“哦，抱歉，殿下！请谅解我们这些粗鲁的侦察兵。”

布瑞奥妮绝不会以为自己还在做梦，但她怀疑自己把智商丢在了某个地方，“你说你是……比特唐？”她摇了摇头，“你是做什么的，比特唐？”黎明的第一缕曙光爬过了帐篷的百叶窗。她听到外面有人走动的声音，新的一天开始了，她还能闻到刚点起来的篝火的味道。燃烧的木头发出的味道让她那饥肠辘辘的肚子一阵抽搐。

“我带你去找埃尼亚斯王子，”布瑞奥妮最终说道，“这些都是他的人。但是我最好把你放在口袋里。”她盯着他，“你是怎么走到这儿的？你是……从天而降的吗？”

他微笑的嘴角还不及一根睫毛大，但是非常迷人，“我是用……是的，女士。我是作为一个情报员来这儿的。我的羽毛坐骑在树枝上待命。”

“你的什么？羽毛坐骑？”

他有些意外地看着布瑞奥妮，“我的鸟，至高无上的殿下。”他开始怀疑她是在拿自己寻开心，“我喜欢骑蝙蝠，说实话。但是太阳升起来之后，我就让它们去睡觉了，然后换鸽子上岗。”

“我不敢保证。”小人告诉埃尼亚斯王子和他的军官们。比特唐在布瑞奥妮的手掌里尽量站着不动，但他每次调整平衡的时候都会让她的掌心发痒，“因为我们的王后和精灵王后都这样说，如果你们看一眼独裁者的营地，你们也许能看到令你们感兴趣的东西。他们建议你们带着部队去。”

“也许能看到？”海克斯轻蔑又有些害怕地看着这个小人，“我们难道会蠢到落入你们的陷阱吗？就凭一个神话故事里走出来的怪物的一句话，我们就会出发去送死？这个……屋顶鼠？”

“屋顶族，”比特唐的尊严受到了冒犯，“你们很了解我们，个子高大的人类——你们曾经用成碗的牛奶和成片的面包供奉我们，乞求我们保护和祝福你们的房子。”

“你的睡前故事中的夜精灵来看我们了，米伦！”王子笑了起来，但他笑的是那位怒气冲冲的队长，而不是眼前这位小情报员，“或许你应该检查一下你的鞋子，看看是否需要修补一下。”

但是海克斯可没这么容易相信他，“你还不明白吗，王子？他们是‘蓝帽人’。您还记得神话传说吗？他们是暮光和雾影的产物。我们不能相信他们。”

“如果你没有忘记，”布瑞奥妮指出，“那些正是这位绅士和他的朋友们的敌人。我们还要再犯下错误，让亲者痛仇者快吗？”

小人被这一幕给搞糊涂了。布瑞奥妮小声地向他解释了一遍。

“那些一定是阿古特里尔的人，”他告诉布瑞奥妮，“豪猪女士把他们派了出来，我出发的时候他们还没有回去，”他说，“我们不知道你们已经彼此相识。”

埃尼亚斯沉下了脸，他听到了，“我们过后再来讨论那件丢脸的事。现在，我们必须要听听你的女主人有什么要说的。萨奎丽王后，是吗？她就是那个让北方闻风丧胆的人——黑暗女士吗？”

比特唐摇了摇头，“不，王后陛下是豪猪女士的女儿——还是孙女……我不确定。但黑暗女士已经不再执掌大权，现在由萨奎丽王后统领加尔人，是她说如果你们赶往南境主城，你们也许会看到令你们感兴趣的东西。”他转身看着布瑞奥妮，“还有你，公主。虽然王后没有带给你任何口讯。仁慈的匹克啊，你和你的家人已经分开很久了！”

布瑞奥妮点了点头，“是的。”

“你还能告诉我们些什么？”埃尼亚斯问道，“我们在布伦湾、西斯人的营地旁边到底能找到什么？”

比特唐动了两下，试图在布瑞奥妮微微颤抖的手上保持平衡，“我不知道，公主。我只能转达主人告诉我的——别的我什么也不知道。但是萨奎丽王后叫我来这里送信，她知道你们在这里，除了她之外我们谁都不知道，所以你们该听一听她的话。”

海克斯轻蔑地哼了一声，“还没有一根胡须高的小人要求我们相信他的加尔女主人。能有什么好下场？”

“你的嘲讽可真是时候啊，海克斯，”埃尼亚斯朝他皱了皱眉头，“这无法帮助我决定下一步的行动。”

“啊，我想起来还有一份情报要送，”小比特唐说，“我要赶在日落之前送到海湾对面的山顶。”

⚜ ⚜ ⚜ ⚜ ⚜

经过十几个回合的较量，鲜血把巴瑞克的剑染红了好几次——第一次是一个倒下的西斯人，他竟然试图趴在地上去刺巴瑞克；接下来是一个南方士兵，刺偏了矛的他非常诧异，但他再也没有机会刺出第二下——巴瑞克这才过了兴奋劲儿，开始觉得自己又像个普通的凡人王子了。独裁者的人几乎放弃了抵抗，正在败退，巴瑞克背靠墙壁，好让灼烧的肺部吸进更多的空气，让战争的狂热远离自己。他身上的每一块肌肉都在抽搐。他记住了刚刚发生的每一个瞬间，但那些瞬间看起来如此遥远，仿佛发生在别人身上。

*就算我可以征服它们，焰华的声音实在太过强大，让我无法长久保持沉默。*但伊尼尔的话让巴瑞克有了主意，让他初次领略到把焰华当成先锋，将全部力量投入到战斗中是什么感觉。

*我能成为怎样的人，*巴瑞克想知道。*我会成为什么样的人？我听得懂加尔人的语言，*他想，*我这只残疾的胳膊也治愈了。我已不再是以前的巴瑞克了。过去的一切已被焚毁得干干净净。*

如果说锤脚正在保护巴瑞克，那他的保护范围可真够远的。这位双眉倒竖的巨人跑到了独裁者的人中间，大吼一声从塞尼亚山上抓起一个士兵当作棍子，直到他从一辆破破烂烂的补给车上拔出自己的斧头。看来巴瑞克的安全在他心目中已不是最重要的了。

巴瑞克再次搬出了他的独门心法，这个技巧能够帮助他平息脑中的声音，让焰华在他意念中投下的阴影变得更加暗淡——一种像是在窥视自己的大脑的技巧。这技巧很难掌握，极容易使他分心，他知道一旦达到自己的极限，对自己绝对没什么好处。

让它穿过你的身体，伊尼尔声音平静地告诉他。*你无法让它发生。你不会成功。就是这样。*

西斯人正在殊死奋战，他们撤回到宽阔的地道里，但每一步都走得那么不情愿，就算没有一百个加尔人国王和勇士的帮助，巴瑞克也知道这是为什么。独裁者的上千名手下驻扎在上面的营地里。这些部队毫无疑问早已发出了增援请求。但是这些傻瓜难道不好奇吗？他们不想知道加尔人为何以如此奇怪的方式——从地下——对他们发起攻击吗？

或许这个独裁者太自行其道。也或许他只是低估了人类。

一头身形巨大、长着胡子的单眼生物突然冲进了加尔人的队伍中，径直来到了巴瑞克面前。攻击者用长矛挑起一个身材瘦弱、皮肤苍白的加尔人勇士（这名勇士像个坏掉的木偶一样在矛尖上来回晃荡），又用隐蔽的盾牌推开了两个，然后快速转向巴瑞克；巴瑞克的剑和其他加尔人的砍刀混到了一起，当他试着抽出来时候，却不小心弄丢了。单眼巨人的长矛突然刺了过来，只差那么一点点就戳到了巴瑞克的肚子上。他把矛尖顺势向上一挑，擦着巴瑞克的胸甲滑过了头盔。巴瑞克赶紧举起盾牌，挡住了他的再次进攻，但是这头西斯巨兽抄起自己那面如同门板一样厚重的盾牌，把巴瑞克推倒在地上。

西斯巨人站在他跟前，咧开嘴笑着，牙齿和豁口一齐露了出来。他踢开巴瑞克的盾，差点把巴瑞克的胳膊拉到脱臼，然后举起手中的长矛对准了巴瑞克的胸口。

形势急转直下，一时间巴瑞克竟然毫无反应。直到汩汩的鲜血从巨人的脖子里喷涌而出，溅落到他身上，巴瑞克才意识到巨人的脑袋已经不翼而飞了。有人砍下了他的脑袋——不，敲下了他的脑袋，然后扔掉了，就像一个孩子用木棍砍断一朵雏菊一样。

“该起来了，小少爷，”锤脚咆哮着说道，“否则的话，你就要错过元素精灵的好戏了。”他上上下下打量着躺在地上的巴瑞克，厚重的下唇如同花岗岩石一样向外翻着，“你身上全是血。干得好。”

“大部分都是你砍掉他脑袋的时候溅到我身上的。”巴瑞克慢慢地爬了起来，身上就像从两层楼梯上摔下来那样痛，“但我要谢谢你。”

锤脚点了点头，把指头上血迹舔了个干净。他的眼睛在扁平鼻子两侧的黑色眼窝中放着光，“我很荣幸。”

⚜ ⚜ ⚜ ⚜ ⚜

布瑞奥妮感到十分震撼。所有的希安贵族都获得了发言的机会。有人觉得接近独裁者的军队还为时尚早，几乎可以肯定这一定是个圈套，不管其手法是多么地不寻常。接着，当他们全部发言完毕之后，埃尼亚斯做出了自己的决定；他们将骑马过去。然后，他们便默默地做好了战斗准备，仿佛他们根本不曾为此事争论过一样。

“多听别人的意见总没坏处。”她父亲以前总是这样说，这就是最好的证明：王子的士兵，特别是那些骄傲的老希安家族的子弟，希望自己的声音能够得到倾听。布瑞奥妮断定，对于一个好国王（或王后）来说，赋予臣民充分表达见解，甚至是反对统治者意愿的自由，根本没有什么可怕的，只要他们仍能够全心全意地投入，就像教会猎犬队那样，尽管他们没有赢得争论。布瑞奥妮有时会觉得，虽然父亲教过自己很多道理，但她在离开南境城堡之后的这段日子里学到的统治方法，远远超过自己在城堡中做公主的那些年。

太阳迅速西斜，他们快马加鞭，终于赶到了海滨的山顶。天气暖和干燥，马蹄扬起阵阵尘土，云雀在林间歌唱。如此美好的世界竟也隐藏着诸多不堪，这在布瑞奥妮看来简直难以想象。

“明天就是仲夏前夜了，”饮马的时候她告诉埃尼亚斯，“我父亲说独裁者计划唤醒一位神灵。你觉得他有什么企图？两天之后会发生什么事？独裁者肯定是笃信不疑。他还没有攻下赫若索尔就撤走了队伍，经由海路来到了这里。”

埃尼亚斯正在听她讲话，但是眼睛却盯着每一位经过他们身边的骑士和步兵。希安的王子生来就要做他们的领袖，布瑞奥妮心想，方式却令她的父亲难以企及，虽然奥林也有很多优点。一想到领导者的责任，奥林国王总是愁眉不展、忧心忡忡。肯德里克以前常对此加以讥讽：“父亲太心软了，不适合当国王。他应该跟其他隐士和圣人去克雷斯山的山洞里隐居。”巴瑞克从没觉得这很好笑，尽管这话总是能够让布瑞奥妮和肯德里克放声大笑，但是直到现在她才明白原因。*与我在黑暗中交谈的那个人怎么可能就是巴瑞克憎恨和恐惧的怪物，这怎么可能？多年以来，他们的父亲一直对他们十分仁慈，她的双胞胎弟弟怎会只记得他的残忍和疯狂？*

“我也没法告诉您独裁者想干什么，”埃尼亚斯的话打断了她的回忆，“但我很害怕。”

一开始布瑞奥妮以为自己听错了，“您很什么，殿下？”

“我害怕西斯的独裁者，就像我从不怕其他人一样——能够让我畏惧的只有上天的终极审判。”埃尼亚斯默默地做了个三神的手势，“我曾反抗过他，您记得——至少是他的手下——这两年我听说了不少他的‘事迹’，比如有些企图反抗他的队伍最后飘到了埃昂海滩上。他像一条受伤的毒蛇一样疯狂，但也像库比拉斯一样聪明，还有整个疯狂的王国支持着他的疯狂念头。”他仍然注视着过往的士兵，但那张英俊的脸上布满了愁云，“但他的疯狂念头究竟是什么？没人知道，布瑞奥妮。我们只能猜，只能等待，只……只能害怕。”

布瑞奥妮还没想好要说什么，海克斯便骑着马从草木丛生的山坡飞奔过来，前后挥舞着鞭子，显然带回了重要情报。

“我的好米伦，一切顺利吗？”埃尼亚斯问道，“不，不用拘礼，直接告诉我！你为何如此匆忙？”

“殿下，您必须过来一下。先头侦察兵说营地遭到了袭击。”

“什么营地？”王子急切地问道，布瑞奥妮的心跳也极速加剧。

“西斯人的营地，殿下。独裁者的人！他们遭到了攻击！”

“被谁攻击？从哪里发起？”

“请您问一问韦塞尔和其他侦察兵吧。”海克斯说道。

埃尼亚斯爬上了马鞍，甚至没有等待马夫的帮忙，好像他的锁子甲只是一件亚麻布衣裳似的。布瑞奥妮意识到自己正在目不转睛地盯着他，于是赶紧爬上了自己的马鞍；跟王子不同，她很感激那个跳过来帮助她的马夫，“我们一边走一边听侦察兵的汇报，”埃尼亚斯戴上头盔之后宣布，“我希望亲自看一看。”

他们找到了一个地方，可以望到最后一道丘陵的后面，西斯人的营地占据了整座海滩和主城，圆顶帐篷密密麻麻的，如同沙粒一样。独裁者的人正在战斗，这一点显而易见，但对手究竟是谁就没那么容易看得出来了。埃尼亚斯观察了一会儿，然后把银色的望远镜递给了布瑞奥妮。她把镜筒前后调整了好一会儿，突然，仿佛极速飞到近前的鹰隼一样，她清楚地看到了整座营地和战斗画面。

“仁慈的佐睿雅啊——有好多巨人！”观看这一宏大而无声的场景如同做梦一般，“那只——我发誓它就是只怪物！难道是独裁者的暴行遭到了报应？”

“我想那些人是加尔人，”埃尼亚斯说，“我们知道加尔人就在南境。那些袭击了商队的加尔人肯定是从这儿来的。”

“但他们住在哪儿？我以为他们撤走了。”布瑞奥妮一点也不了解这只神出鬼没的加尔人军队，他们的盾牌和战甲五彩斑斓，体态也各不相同。岩石山脉一直延伸到布伦湾海岸，她把望远镜对准战斗最为胶着的地方，那里距离山脉边缘的营地最近，“他们从岩石后面走了出来，”布瑞奥妮说，“不，是从地洞里走出来的！加尔人们正从地洞里鱼贯而出，他们打算进入独裁者的营地。有些人已经进去了，但大多数人没法绕过墙边的战场。”她有些畏缩，把望远镜递回给埃尼亚斯，“战况十分激烈。不少人死在了营地的墙边。”

王子的眼神有些奇怪，闪烁着一丝她此前从未见过的光芒，“那我们去帮帮他们吧。我想就算我要求你留下来也无济于事吧？”

虽然突如其来的恐惧让布瑞奥妮有些喘不过气来，但她还是笑着点了点头，花了好一会儿功夫才开口说道，“无济于事！”

埃尼亚斯皱了皱眉头，“那就这样吧。来吧，愿诸神庇佑大家。我们曾经站错了队伍。这次绝不会再犯错了！”

王子打了一个手势，号手吹响了集合号。已经跳下马背的教会猎犬队重新爬到了马鞍上；正在喝水的人赶忙咽下最后一口，然后抹了抹嘴巴。埃尼亚斯在马镫上站起来的时候，所有的马匹都开始雀跃地跺着蹄子。

“安格林前来拯救我的祖先！”他高举佩剑，大声喊道，“现在我们要让他们血债血偿！把这些南方狗赶进大海！”他振臂一呼，策马沿着山顶奔跑起来，跟着侦察兵朝着山脚的营地冲了下去，“为了希安和南境而战！”他高声喊道，“为埃南德国王和奥林国王而战！”

布瑞奥妮匆匆忙忙地祈祷了一句：仁慈的佐睿雅，请把我们安全带出这片危险之地……然后便和其他人一起朝着山下策马狂奔，掀起的巨大声响如同夏日的惊雷。

⚜ ⚜ ⚜ ⚜ ⚜

西斯人十分自大，巴瑞克觉得；他们根本没想到会遇袭，当然也不会想到敌人会从地下出现，独裁者把他那强大的军队当成了铁锤，对着数量众多的敌人乱打一通。他的将军犯了错误，他们恣意挥霍着士兵们的鲜血，自信凭着人数上的优势，就能掩盖大多数的错误……他们是对的。西斯人是一群勇猛而固执的敌人，而且他们的人数要远多于加尔人。一开始没能到达地面的那些加尔人，现在看来好像永远也无法到达了。

萨奎丽的部队成功突破了赤膊队步兵的第一道防线——手持盾牌的长枪兵，他们本打算凭着人数和块头把加尔人击退——赶在两门火炮点火之前成功地摧毁了它们：残骸燃烧了起来，方圆数十码之内都无人敢靠近。

接下来，山坡上发生了一场激战，给了魔术师弓箭手发挥的机会，大堆西斯人的尸体很快就从高处滚了下来。当加尔人最终走出通道的时候，他们慢慢攻上了高顶石室周围的斜坡，来到了多石的海滩。一枚炮弹落在附近，他们损失了三个艾廷和十几个身材矮小的加尔人。独裁者的人并不像巴瑞克想像得那样蠢。西斯人没打算把这一小支加尔人部队堵在地道中，他们搬来了增援部队……还有更多：他们匆忙杀死了几匹自己的战马，但成功地调转了一门混装炮。第一发炮弹没有击中加尔人，却在半山腰上砸出了一个大坑；他们正在填装火药，准备再次开火。

一小队西斯弓箭手赶到了海滩帮忙保护营地，他们扣好弓弦，拈弓搭箭：其他人一边跑向大炮，一边射箭，显然是打算筑起一道新的防御屏障。魔术师们爬上了洞口旁边的岩石，以占据有利位置，避免误伤自己人。

巴瑞克在锤脚巨大身躯的掩护下暂时十分安全，他只能眼睁睁地看着这疯狂的一幕。**我们会被困在山洞里，他想，然后，如果独裁者从地道里再派回一队人马，我们会被活捉，然后像铁匠钳子下的胡桃一样粉身碎骨。**

另外一声巨响传来，一颗炮弹落在了洞口旁，震得大石头到处乱飞。回声渐渐止息，萨奎丽歪了下头，一队变形族部落的勇士冲出了洞口，口中喊着口号，四肢着地匍匐前行，他们把身体缩成一团，飞速穿过凸凹不平、怪石嶙峋的山坡，朝着炮手们飞奔过去。部分西斯弓箭手转身跑开了，但是变形族部落行动最迅速的一批已经离开炮台，很快就赶上了他们，一边唱着歌一边大开杀戒。

西斯弓箭从各个方向射向了他们。三个变形族部落的勇士像掉在地上的粮袋一样倒了下去，另一个兽人拱起后背踉踉跄跄，痛苦地大叫了一声——那叫声就像是一头野兽的心脏被挖了出来，虽然离得很远，巴瑞克还是退缩了。

突然，世界在他周围裂成了两半，仿佛一只摔在地上的盘子一样，至少看似如此。巴瑞克的耳朵似乎给灼热的针刺中了；恢复思考的时候，他什么都听不见了，除了尖锐的嗡鸣和锤脚含混不清的低语。巨人就蹲在不远的地方，但是对于巴瑞克来说，他那粗重的声音就跟老鼠一样细弱，混在巨大的炮声里，几乎听不到。

锤脚抖落了身上的土和石块，“大地的血液——西斯人——又搞来两门该死的大炮。”艾廷的反应更像是烦恼，而不是惊恐，“他们会不断地点火，直到把我们炸成灰……”

又一声巨响传来，洞口再次猛烈摇晃起来。碎片从房顶掉落下来，石块重重地砸在巴瑞克的头盔上，好像一只粗壮的大手在不断地敲打他。他有些头晕目眩，靠在洞穴的墙壁上吐着嘴里的血水和湿土，看着最后一块石头掉在他面前的空地上。长久的沉寂令他十分恐惧，但他并不意外。失败和光荣舍身是人类永恒的主题曲；现在他们终于如愿以偿，实现了信仰。不论是否作为其中的一员，他拥有同样的命运。

世界再次剧烈震动起来。这一次，接踵而来的是无尽的黑暗。

⚜ ⚜ ⚜ ⚜ ⚜

虽然她的父亲跟沙索争论了很多年，虽然她读过许许多多关于勇气和胆量的故事，但布瑞奥妮·埃顿还是没有准备好面对一场真正的战争。一切都混乱不堪——尖叫声、呼啸而过的箭羽、水花一样飞溅的鲜血——如果交战双方都是人类，那么就会很难分清敌友。实际上，布瑞奥妮在出击之前一直在提醒自己，那些如同夜叉般丑陋的生物是自己的盟友，至少拥有共同的敌人——西斯魔鬼。它们有些像猿猴或棕熊一样伏身咆哮着，身上却穿着战甲；有些像虫子一样跳跃着，一下子就跳出几十码远，用手中那细弱的、如钢针般锐利的长矛刺向敌人；还有一些怪物用一块黑布把自己包裹得严严实实，除了一对闪烁着火焰般光芒的眼睛之外，什么都看不到——就像是提摩伊德神父那本古老祈祷书上的彩色插画有了生命一样，里面的妖魔鬼怪全都涌到了这个世界中。

大批西斯人正赶往营地南面，打算把来犯的加尔人困在地洞里，教会猎犬队的第一次进攻直接杀到了这些西斯人中间。很快，他们的抵抗就变强了，布瑞奥妮发现埃尼亚斯的部队被团团围住，他们必须要从这些南方人中间杀出一条血路才能退回来。更多的西斯人源源不断赶往这里，战斗来得太过突然，他们只能匆匆摸起自己的武器。三门西斯大炮已经把对准南境城墙的炮口调转过来，瞄准了加尔人出现的洞口。三门大炮齐齐开火，每一发炮弹都把洞穴入口周围的小山包削掉一大块，变成碎石和烟尘。

现在布瑞奥妮是相对安全的，只要她一直低着头——被埃尼亚斯的人保护在中间，四周都是能力出众的骑手，他们手持长矛和盾牌排成密集队形，正在对付西斯步兵。埃尼亚斯带着几个人在战斗圈之外，他们扔掉了长矛，拿着短剑或斧头。布瑞奥妮看到埃尼亚斯瞬间就打败了两个步兵，先是用盾挡住了一个西斯人的长矛，顺势砍掉了他的脑袋，接着又刺中了一个西斯人的肚子。这个南方人倒下去之后，鲜血浸满了他的前胸，布瑞奥妮赶紧转过头去——倒不是因为那个西斯人，而是因为看着埃尼亚斯拿性命冒险，就像找到自己的父亲却无力救他一样痛苦。

布瑞奥妮身边的一名教会猎犬队员陷入了麻烦。他的脚从马镫上滑了下去；当他努力在马鞍上稳下来的时候，两个西斯人试图把他拉下马来，布瑞奥妮赶紧策马上前。从小到大，她无数次刺中矛靶——她跟沙索为自己的行为产生了争执，她的父亲第一次站在了她这一边——但是希安武士给她的短矛一点儿也不像根刺矛。它太轻了，她觉得自己应该把它当成小时候跟巴瑞克打斗时使用的那把芦苇做成的剑一样；赶到近前的时候，她狠狠地把手中的短矛刺向最近的一个人，正中他的腋窝和胸骨间的关节。短矛扎进了好几公分，主要是借助战马的力量，尖叫的人旋即转身离开了希安骑士。片刻之后，另外一匹载着教会猎犬队队员的战马踩到那个受伤的西斯人身上，很快他就停止了呻吟。

同伴的下场让另一个南方人分了神；当布瑞奥妮拉住缰绳，调转马头向他奔来的时候，他的眼睛睁得大大的。他放开了希安骑士的胳膊和链甲，猛地举起盾牌去迎布瑞奥妮的短矛，擦身而过的时候差点刺中了她。骑士找到了马镫，恢复平衡之后，他很快就给了那个西斯人迎头一击。另一位教会猎犬队队员也策马赶来，这个西斯人还没看到新的危险，脖子便被砍断了。西斯人重重地摔在地上，倒在一堆血液和成的泥浆里，脑袋和身体几乎分了家，只连着一点点皮肉。

战争。真正的战争，血腥、可怕的战争，沙索曾为她描述过、但她从未曾亲见的战争。太可怕了。虽然令人震惊，但最主要的是可怕。布瑞奥妮居然参加了战斗，真是个傻瓜，但她现在已经无路可退。这不是一支歌，更不是一首诗；而是横飞的血肉和屎尿、尖叫着互殴的人，还有嘶鸣不止的马。

布瑞奥妮·埃顿如同陷阱中的兔子一样，心怦怦直跳，为了活命，她不得不集中精神、万分小心。

一个男人压在布瑞奥妮身上，用膝盖抵着她的短剑，朝她的胸部刺去。她不太记得事情是如何发生的了——有东西从背后打了她一下，她踉跄了两下，脚底一滑，然后这个家伙不知道从哪儿冒了出来——但没有关系：再过一会儿，他就会从腰带中抽出匕首杀死她，凭着那副瘦弱的身板，她根本没有办法阻止他。到目前为止，没有什么——她的家人、她的王室血统或是她的保护者，甚至是半神——能够拯救她。虽然布瑞奥妮的胳膊都要断了，但她还是奋力挡回了男人短剑，搞得那个男人手忙脚乱。西斯人姿势奇怪地凑到了她面前，嘴里嘟囔着一些她听不懂的话，汗水从他脸上滴到了她的脸上。他不停地磨着牙齿，胡子好似两束马尾，鼓鼓的眼睛露出大片眼白，他的脸活像一张佐悉蒙节的魔鬼面具。

有样东西从她的头部飞扑而过，那是一道影子，好像有人在太阳底下挥了挥手。当那个男人反跳起来用手捂住自己的脸，她胸部的压力一下子减轻，片刻之后，他发出了一声奇怪的咕哝声，四肢瘫软地从她身上滑了下去。

布瑞奥妮翻了个身，大口地喘着粗气，然后想起了自己的处境——她在战斗中从马上摔了下来。当她用双手和膝盖撑起身体的时候，看到了那个想要杀死她的西斯人的尸体，他的半条舌头露在外面，已经肿得不成样子。他的眼睛里插满了细针。针上还带着羽毛。

那不是针，布瑞奥妮吃惊地意识到——*是箭。非常小的箭*。

现在，叫喊声从四面八方传来，大多是惊恐的尖叫。另外一道影子飞了过去，接着又是一道。布瑞奥妮抬头望着渐暗的天色，眯眼盯着飞驰而过的小小身影。鸟儿。几百只鸟儿轻快地掠过交战双方的头顶，每次一只鸟儿俯冲下来然后飞起，就有一名西斯人捂着脸或喉咙倒地。许多南方人像无头的苍蝇一样四下逃窜，双手护着脑袋，仿佛遭到了蜜蜂的攻击。

小个子男人的同类，这幅疯狂的画面让她联想到。*比特什么的。他说过，鸟儿是他们的坐骑*。

许多西斯人开始朝着营地奔去。那些留在海滩上的很快便发现自己寡不敌众。布瑞奥妮第一次觉得自己还有可能看到明早的太阳。

另外一只鸟儿飞速掠过，翅膀扫到了她的脸上，她听到了鸟背上的骑手歇斯底里的叫喊声，“为女王而战！为女王而战！”他的身后跟着更多人，一场翅膀风暴如同乌云一般压了下来，在不顾一切逃跑的西斯人中间进进出出，把他们绊倒。

*仁慈的佐睿雅！*布瑞奥妮站了起来。*如果能活着回去，我会永远记得这一刻……*

第二十四章
违令的士兵

在另一场梦中，阿迪斯爬到了高耸入云的橡树上。当他爬到树梢的时候，他发现自己竟然能够摸到群星；天上的群星对他歌唱，请求他为他们带回父王……

——引自《圣孤传说：其人生平、死亡及天堂的奖赏》

几个从外城逃过来的难民住在通往安格林厅的楼梯井里，客厅墙上的壁画是康纳德群山和第一任国王的生平。那些挤在楼梯口的人对墙上的壁画一点也不感兴趣，同样也没有兴趣为马特·廷莱特让条路出来好让他过去。

廷莱特不得不从人们的身上跨过去，这让他非常愤怒，但他没有表现出来。有些人饶有兴致地看着他那身精美的袍子，他们无疑是在想自己能在王宫前面草地上开设的临时市场上搞到什么货色。这当然令他十分震惊，竟然在国王的宫殿里被一群蹲在地上的人当成了抢劫犯，但眼下毕竟是非常时期。

当廷莱特经过一个女人身边的时候，她伸出手抓住了他的袖子，“噢，穿着华服的英俊男子，不是吗？”廷莱特飞快地抽回了胳膊。

一个男人注意到了他脸上的急切表情，“喂，你在骚扰我的女人吗？”说着，那个男人便站了起来。另外一个蹲在地上的男人挪到了他前面不远的台阶上，“你没听见吗？我在问你……”

廷莱特竭尽全力用严厉的语气说道：“要是你们敢动我，我会让你们连哭都找不着调。我为亨顿·托利办事。你们想惹护国公的手下吗？”

台阶上的男人跟另外那个人交换了一下眼神，然后向后退了一个台阶，靠到墙上。

“就算是贵族老爷也不能总是随心所欲。”第一个男人说道，但他已经有所动摇了。廷莱特听出了那些蹲在地上的人的语气。他们仍然畏惧托利，但是他的统治力正在减弱。外城的一半已经被独裁者的大炮夷为平地，而护国公压根儿就不想夺回失地。

廷莱特飞快地走上楼梯，然后故意拖慢了脚步，表明自己一点儿也不担心自身的安危。短短一个小时之内（就像南境所经历的那一个小时一样），他想，人们开始发生了变化——变得更加简单，更加粗暴和愤怒，足以让他们干出杀人的勾当。

亨顿·托利正站在客厅的窄窗前，望着下面那个可悲的小镇，占据了曾经的王室花园和内城的每一块土地，直到狼牙塔的塔基。若不是塔基里住着全副武装的士兵，廷莱特觉得他们肯定也会住到那里去。

“啊，我最宠爱的诗人来了，”托利的目光并未从窗前挪开，他好像跟从前一样，后脑勺上长了眼睛似的，“真是个无聊的下午。后天就是仲夏了，你知道。给我多读几行诗。”

“什么……什么意思，大人？”廷莱特赶走了一只苍蝇。房间里到处都是这东西，特别是在夏天。

“鲜血淋淋、报复心切的诸神啊，傻瓜，你是个诗人，我不是。如果你不知道什么是诗歌，那么我该为艺术而感到担心。”

“但我带来了消息，大人……”

托利终于转过身来。他脸色苍白，看起来就像一条溺水的蚯蚓，眼窝深陷，眼周乌青，高高的额头上全是汗珠。他的衣服和头发乱蓬蓬的，廷莱特想到了在楼梯上跟他搭讪的那群人，他几乎要以为那个爱打扮的托利也是刚从他们中间挤过来的。但最令人不安的当属亨顿·托利的那双眼睛。一种明亮而闪烁但又不可知的东西在他的眼中熊熊燃烧——一个可怕的秘密，或许是一个巨大而巧妙的笑话，天地间只有托利一人能懂。

护国公微微弯下了腰，仿佛是在鞠躬似的。他飞快地抽出佩剑，还没等廷莱特看清楚，剑尖离他的胸膛便只有一手宽了。“我不要什么消息……暂时，”托利一字一句地说道，“我要诗。念吧，诗人，否则我就把你的心挖出来。”

“……如果你的耳朵曾听过天国的音乐，”

廷莱特吟诵道，这是休尼的一首诗的结尾部分。

“并非来自于神或人，而是那个将会再次听到的嗓声。是她，那是她，哦，上天的荣耀！是她抢走了甜美的希薇妲的位置……”

“够了。”托利迅速做了个手势，就像一个人摇晃着手把温暖注入冰冷的指尖；当他停下来的时候，那把剑已经重新回到了剑鞘里，“去给我倒杯酒——如果你想喝的话，也可以给自己倒一杯。桌上有瓶不怎么样的佩里卡尔酒。你一看就知道，因为唯一还立着的就只有那个瓶子了。然后你再跟我汇报神石的事情。”

廷莱特从摊在桌子上的一堆空瓶子里拿出了那瓶酒。就在这时，他留意到房间的角落里有一捆奇怪的布条，里面伸出了一只光秃秃的脚。廷莱特从胃反到了嗓子眼，但他强咽了下去，然后闭着眼睛靠着桌子站了一会儿，回过了神来。

“怎么花了这么长时间？”托利转过身来，“啊，他。是的，那个猪猡管家再也不会跟我说我们不需要红酒了。”他突然大笑起来，“当血从他的身体里淌到地板上的时候，我说‘你觉得怎么样？是不是喘不过气来？’他没有笑。”

廷莱特极力强迫自己不去看角落里的那个无声的东西，他把酒递给了护国公，然后飞快地给自己也倒了一杯。

托利心满意足地喝了一大口，“现在讲吧。”

马特·廷莱特尽量把自己一连数天的研究成果描述得言简意赅，但这并非易事。他向托利解释后世预言宗派认为诸神并没有醒来，只是在梦中与人类接触，诸神的衰落就发生在这里，在南境城堡——至少是附近的地方；但托利似乎并没有用心在听。

“石头曾放在这里。就在埃瑞沃教堂，被制成了科涅奥斯雕像。”

“那个绿帽子，”托利愤怒地笑了两声，“你看，老科涅奥斯甚至想要把她囚禁在这里。但他做不到。不，我不在乎什么魔法石头。如果独裁者没有这块石头也能打开通往诸神世界的大门，那我也能做到！我们已经证实，你跟奥科罗斯一样能够念出打开镜子的咒语！你比他强的是，你还活着，而且四肢健全！”

“大人？”廷莱特突然怀疑托利是否听到了自己的话，“我不明白……”

“你当然不会明白，所以闭上你的臭嘴听着。我跟奥科罗斯在一起共处了几个月，了解了许多不为人知的真相。后世预言教徒有一个标志，凭借这个标志他们可以认出彼此——奥科罗斯本人就是其中一员！他们的知识十分神秘，只在本教派内流传……还有为数不多的外人，比如赞助他们研究的，我。

“我们正在谈论诸神之地，诗人——你们这些无聊的诗人经常研究的地方。诸神沉睡和做梦的地方。独裁者想要开启这块大陆，把力量夺到自己手里。但是我跟他一样清楚该怎样做——奥科罗斯已经做好准备，这是他毕生的研究，你看到了吗？——我也集齐了所有必要的物品。神石……那是另外一样东西，一样愚蠢的东西，奥科罗斯已经告诉过我，我们可能根本不需要。魔镜也能帮助我们达到目的，不管那个南方人手里有没有。但是我们需要的，啊，我们现在需要的……是鲜血。”

廷莱特大吃一惊。他向后退了一步，心跳得非常快，“但是，托利大人，我一直努力为您卖命……”

托利笑得更大声了，“你以为我指的是你？你觉得会有神灵享用你血管里的污泥吗，特别是她在沉睡了千年之后？”他把头往后一仰，笑得更加放肆了，几乎已经疯狂，“啊，我一整天都没这么开心了！你的血！愚蠢的诗人！”他转过身，狠狠地甩了廷莱特一巴掌，惊吓过度的廷莱特一下跪倒在地，“别以为，”护国公突然咆哮起来，“你跟我一样。埃顿家族和我身体里的血液才是赞德山的圣水——这是神灵的血液！但是要想打开正确的大门，鲜血必须从一颗跳动的心脏里喷涌而出，我向你保证那血绝不会是我的。”他再次大笑起来，但这一次更像是心烦意乱的咆哮，“不，我们必须找到一个合适的祭品。埃顿家族的人几乎全都离开了这里……但是还有一个人的身上流淌着神圣的血液。”

马特·廷莱特有些糊涂了。他从没见过托利这么说话，好像他对疯狂的古老传说深信不疑，并且打算依此行事一样，“埃顿的血？”托利指的是谁——老梅若兰娜夫人吗？但她是从别处搬来的，不是吗？不是埃顿家族的人，不管那意味着什么——她只是嫁给了埃顿家族的人，就像阿妮莎王后……

阿妮莎。廷莱特差点忘了她。托利摆布了她很长时间，早在廷莱特本人极不情愿地做了护国公的仆人之前他们就有来往。阿妮莎是国王的妻子，而且为奥林国王生下了最小的……

“……孩子？”廷莱特起初感到十分害怕，但现在他觉得十分恶心，“你……您指的不是那个孩子吧？阿妮莎的孩子？”

托利点了点头，“小亚历桑德罗斯。他就是我需要的人。带几个人去把他给我抓来。别伤害阿妮莎——留着她对我还有用。”他再次把目光转向窗外，望着熊熊的营火。

廷莱特希望这不是真的；他希望自己误解了托利的意思，“您想让我偷走王后的孩子——国王的儿子？”

“如果你太害怕而不敢偷走那个孩子，你可以把一切都告诉阿妮莎，”托利挥了挥手，好像偷走一个女人唯一的孩子是件再平常不过的事情似的，“告诉她我打算让神父给予她特别的祝福。不，她会希望跟着一起来。我不在乎，诗人——时间不多了！去把那个孩子给我带到这来。带两个人一起去。你们三个人足以对付一个德沃尼斯女人。去吧，混蛋。赶紧！”

偷孩子的贼，廷莱特拖着脚步走出了护国公的房间，琢磨着自己会被如何推落到黑暗而残酷的火坑，也不知自己将是怎样个死法。

⚜ ⚜ ⚜ ⚜ ⚜

灰·硝石的弟子看上去并不相信燧岩，“你确定只要两头驴子吗？”

“足够拉车的了，是的。”燧岩对着那些排成一队的人点了点头，他们大多是年事已高的采石工，没有办法从事日常劳动，却仍然愿意为了拯救芬德林镇而尽一点绵薄之力。他很好奇，如果他们知道了自己的计划，他们会怎么说；但他也知道在他们离开神庙之前自己还不能告诉他们，在远离诱惑之前一个字儿也不能说，“剩下的就靠脚力运送。我们前面有几条很窄的路，有些地方可能需要我们把驴子抬起来走。”

“我的麻烦事已经够多了，”硝石的弟子说道，“朱砂还有其他无所事事的公会的委员希望我们每天能多生产五桶——五桶！”

在大地上这个安静的角落，人们无疑经常会忘记不远的地方正在发生的事情。但是燧岩心想，也许让硝石和他的助手们离开爆破粉制作地一天，去神庙的另一边看一看是有好处的；在那里，医生们每一刻都在努力工作，就连那些受伤较轻的伤员也忙个不停，他们的脸就像做功粗糙的洋娃娃，眼神像纽扣一样空洞。

“这是战争，你知道。”燧岩只说了这么一句。

“哦，大地长老知道我明白这一点。虽然我们投入了全部精力，但还是得降到五百厄尔以下。你知道要把绳子接到那么长需要多少时间吗？”硝石的弟子摇了摇头，“我知道这是战争。最好是一场战争，好把我给累死。”

火石终于回来了，他爬上了马车上的狭窄座位；他再次神秘消失，搞得欧珀快要精神失常了。燧岩检查了一遍，确信所有的原料袋子都捆好了，然后用鞭子在驴子的后腿上抽了几下便出发了。现在他已经学会了爆破粉的制作流程，也不担心一旦失败，硝石会着火爆炸夺走他们的性命。相反，他倒担心起自己如果在陡峭的山路上出了意外，丢了一麻袋原料，或者——长老们保佑——整车原料的话该怎么办。这点东西可经不起浪费。

这非常疯狂，当然，燧岩知道。整个计划十分疯狂。就算一切顺利，他们也有可能会丧命……但是一切顺利的几率几乎为零。

一位走在驴车前面的工人放慢了脚步，走在他前面的人也跟着放慢了脚步，最后把推车放了下来。燧岩松开了缰绳，因为前面的路上已经没有路障。他担心自己对范森队长和其他人夸大了这次行动的成功率。

“燧岩爸爸？”

火石开口说道。他像往常一样，沉默了很久，燧岩差点忘记了他的存在，“怎么了，孩子？”

小男孩紧皱着眉头，好像在搜肠刮肚想要表达一个奇怪的想法，“我感觉不好。”

“怎么了？是肚子不舒服吗？是不是饿了？”

火石摇了摇头。他一如既往，像在做祈祷的焕华共修会的僧侣一样严肃，“不，我觉得很奇怪。有样东西即将出现，它正在觉醒。”他闭了一会儿眼睛，“不。不是正在觉醒。仍然在沉睡……但是离我们越来越近。”他把细弱的胳膊紧紧抱在胸前，好像突然感到了一股寒意，“它正在变强。每天晚上，我都能在梦中听到歌声。那是我的错。它这样说。是我的错，所以它要出来。”

燧岩张大了嘴巴，然后又合上了。他知道自己要说什么，不管怎样——别担心，孩子，会没事的，或者那只是你的噩梦——那都是谎言。关于火石，最重要的一件事就是千万别对他说谎。他总是能够看穿谎言。从他进入他们的生活开始，从欧珀喂养他、而他像只流浪猫一样依赖他们开始。燧岩总是感觉这孩子比自己懂得要多，而这经常为他带来烦恼，火石已经证实了这一点。

“我能做什么吗？”燧岩转而问道。火石抬头看着他，眼神仍像一个受惊的孩子，一个受到惊吓的无辜的孩子，燧岩的心都要碎了，“我不知道，”男孩平静地说道，“我不这么认为。但有时候我觉得自己不应该在这儿——我应该离开。去远方。”

“你不能那么做，孩子。你妈妈会扔掉一根房柱推倒一面承重墙。不，如果你真的担心，那你就应该待在她身边。这个世界上没有任何东西不怕欧珀，不论是哥布林还是南方人。”

火石笑了，一抹羞涩的浅笑，燧岩总共见过两三次，“你总是这样说，但你并不怕她。”

“哦，我真的怕她，孩子。那个女人很可怕，你想象不到我有多怕她。”

火石仔细地端详着他，拿不准他是在开玩笑还是说真的。燧岩自己也不太确定，“害怕什么？”

“害怕我会让她失望。害怕我会让她伤心。害怕她后悔嫁给我——她本应该接受我哥哥的求婚。哦，他那么爱她，你叔叔岩核。但是她认为他是个木头疙瘩。”他笑了起来，“木头疙瘩——她就是这么说的！多聪明的女人，你妈妈。”

燧岩找到欧珀的时候，她正跟银朱·朱砂还有其他女人坐在一座废弃的院子里享受着清凉湿润的空气，这里以前是大凹地和神庙中间的驿站，不仅距离燧岩选择的动手地点很近，而且空气会从海平面上的通风口直接吹下来，因此这里总是比神庙的其他地方凉爽得多。这也是他们选择在这里制作混合爆破粉的原因之一：就算空气太过炎热干燥致使粉尘燃烧爆炸，他们制造的混合炸药又能有多大的威力？

欧珀和银朱向大家解释了她们的任务，她们需要小心地从砂土中挑出硝石（最后才会加入进去），制成胡椒粒大小的炸药，硝石师父说这样才能使火药燃烧得更热、更快、更加均匀。

“我们每天会来两次，取走你们制成的爆破粉，”燧岩解释道，“这样我们就能各做各的，互不干扰。”

“你的意思说我们受到男人太多干扰了，”看守队长大锤的妻子卵石·碧玉说，她跟他的丈夫一样幽默，“我的意思是说，男人总是来干扰我们。”

“你什么时候正经起来了？”另外一个女人说道，“我们曾听见你蹲在宝石街上，像头走失的母牛一样，在公会大厅外哞哞直叫——‘大锤！大锤！我的心肝儿！快回家来找你的老伴儿！我不想一个人吃饭！’”

几个女人笑得很大声，燧岩甚至担心这会让她们伤到自己。他觉得让火石听到这些有点尴尬，但其实脸红的只有他自己。“行了，好太太们。我们得准备工作了。欧珀，借一步说话？”

欧珀气色不错——脸色十分红润，好像晒过太阳一样。很明显，她一直在努力工作，也在聊天和说笑，“你这就走了？”她问。

“必须得走，我的老宝宝。晚饭的时候我们会回来看看你们这些女士们做得怎样，然后把你们做好的爆破粉带走。硝石教过你们了吗？”

“跟做稻草人一样简单，”她不屑一顾地说道，“我们已经记下来了——银朱写得一手好字。就像你在神庙里看的那些，在书里看到的那样。”她紧皱的眉头突然舒解开来，她直视着他的眼睛，“哦，我的老头，你脑子里全是疯狂的念头！你真的打算用这些炸药炸掉那么大块的石头吗？如果山洞里隐藏着整个世界怎么办？有时候你真能把我吓死。你总是这样。”

“那是什么意思？”燧岩得承认，听到欧珀说自己的脑子里全是疯狂的想法让他有些得意。这当然要比作为岩核·蓝石英不那么成功的弟弟要好得多。

她四下看了一圈，好像害怕有人偷听似的，但那些女人正在从驴车和手推车上卸着火药，一边还偷看着燧岩的人，确保每一包都放到了正确的位置，同时利用这个机会炫耀着自己的新发明，引得男人们忍不住跟她们争论。

“你是我丈夫，”欧珀说，表情如此平静，好像这是个天大的秘密一样，“我爱你，傻瓜，不管你过去给我们带来过什么麻烦——我甚至不愿意去想这一次你会把我们连累得多么惨。”她笑了，眨了眨眼睛，燧岩惊讶地发现里面竟然噙满了泪水，“当你带着你的计谋在战场上……纵横驰骋的时候，你要记得，”她就像是在对一个犯错的孩子说话，“安全地回到我身边。我需要你。答应我好吗？”

燧岩看着她的脸，熟悉又迷人，“我会的——至少我会尽力……”

“不。答应我。”欧珀紧紧地抓着他的手，“不答应我就别想走。说，你会安然无恙地回到我身边。”

燧岩望着她，从前的感觉再次涌上心头——她想从他这里得到一件重要的东西，但是他不知道那是什么，她也无法告诉他，“我答应你，”他最终说道，“我会安然无恙地回家来。”

“很好。”欧珀放开了他的手，赶忙用袖子擦了擦眼睛，“去吧，我们会好好的。我们是芬德林女人——我们会完成任务的。”

“我知道。”燧岩凑过身去吻了吻她的嘴唇，“那孩子应该跟你一起待在这里。我无法照顾好他。我要去的地方有太多岔路，到处都可能掉下去。”

欧珀点了点头，“好。去吧。在我开始抹眼泪之前赶紧走。”

卸掉了爆破粉原料的驴车朝着风暴石之路走去，每遇到一块石头就颠簸一下，坐在上面的燧岩也跟着颠起来。他觉得也许像其他人一样走路或推着空车会舒服一点，但总得有人赶驴子，防止它们把货都颠到矿坑里。

*其他人在哪儿？*他很担心，*范森，朱砂，所有人——他们还活着吗？在下面为了生存而战？*在迷宫和地下生活的日子从未远离他的记忆，那是一种无法摆脱的预感，就像一场噩梦。*我怎么知道他们是否希望我完成计划？我想我可以送个信给他们，就夹在硝石师父做的爆破粉里，然后等着他们用同样的方式给我回信。*

但是如果他们不回信怎么办？如果他们没有办法回信呢？那要由谁来做决定呢？在燧岩看来，自己拿主意简直是无法想象的事情。在秘境追逐他的养子已经够糟的了，但这是一种责任，连大地长老也恐惧不已。

费拉斯·范森已经失去了时间的概念。时间一小时接一小时地过去，没有任何差别。到仲夏前夜至多只有三天的时间，但是范森还没有确切的想法，而且他正忙着为生存而战，根本无暇顾及这些。

焕华共修会的神庙已经变成了一个遥远的记忆，远在他们身后，坐落在他们头顶：独裁者的优势兵力赶得他们沿着五拱门和风之洞之间的曲折小径不断向下撤退，接着逼得他们逃出那个巨大的洞穴，一路向着神秘的迷宫——芬德林人的诞生地退去。

范森的部队拖慢了独裁者的进程，但他们也因此付出了惨重的代价：当芬德林人起初进入五拱门附近的地道时有近两千人，但现在只剩下不到一千人了；他们一边撤退，一边把战死的同胞三四个一组堆在了支隧道中——尸体太多，甚至没法给他们办一个匆忙的往生仪式。

这是范森有生以来见过的最惨烈的战斗，他手下那些身材矮小的反抗者们个个满头大汗、精疲力尽，虽然他们早已饥肠辘辘，却还是被迫连续作战数个小时，朋友和家人的尸体就躺在他们旁边。但最糟糕的是，他们知道失败已经注定。无论他们的抵抗多么英勇，最终都将走向死亡，而且活着的人——他们的家人和邻居——将会更加痛苦。

虽然疲惫不堪，费拉斯·范森还是难以入睡。战争的阴影在他脑中挥之不去，在他的同伴们苦苦思索可能的机会之后很久，他依然醒着，因为他知道他们没有任何幸存的机会。当他终于合上眼皮打起盹儿的时候，他觉得世界上所有的石头正从头顶滚下来，于是一下子就醒了。

他已经接近地底，每个小时都距离地底更近。

“神啊，但你的人十分英勇，大师，”范森告诉朱砂，“我不想让自己的声音听起来太惊讶——他们的表现完全符合我的预期——他们的骁勇给我留下了更为深刻的印象，因为你们并没有尚武的传统。”

“战争并不是锻造勇气的唯一熔炉。”朱砂的手穿过儿子的头发，但是那孩子并没有抬头。年轻的甘汞没有经历最惨烈的战争场面，但他的所见所闻已经远远超过他这个年纪的孩子应有的阅历。他已经从这支临时军队的吉祥物和开心果变成了一个沉默寡言、萎靡不振、惊吓过度的芬德林人，他的目光让范森十分心痛，“但可别搞错了，范森，很久以前我们芬德林人也曾是勇士。”

“我从没听说过。”

“那说明你从没学习过埃昂的历史，先生。”朱砂厉声说道，但范森认为那不过是疲劳所致，并非因为他心存敌意，“我们参加了所有伟大的战争，举个例子来说——反抗我们的亲戚加尔人的战争。”

“诸神之战？”

“是的，但是我们也参加过人类的战争。在安格林时代，我们在所有伟大的王国中做过矿工和工兵，赫若索尔、克雷斯和希安，甚至是这里。你觉得在遭到加尔人入侵之后，是谁继续保护着这里？那是芬德林人的功劳，而且几乎跟现在一样血腥。不管我们怎么说加尔人的坏话，但他们真的非常非常残忍——为了夺回这些地洞和隧道，我们付出了几千条生命的代价。我们把那个时期称之为‘家族战争’，至今还流传着这样一种说法，‘像家族战争期间的少女一样寂寞’，因为活下来的男人没有几个。”他悲伤地摇着头，“如果我们的人能够活下来，那么在未来的几十年里将会再次出现大量的寡妇和老姑娘。”

“要是加尔人站在我们这边该有多好。”加尔人的背叛比他身上的任何伤口都让人烦恼。他对暮光族人判断错误，现在整个芬德林人都在为费拉斯·范森的愚蠢买单，“我还是不能相信！”

“别折磨自己了，队长。”大锤 · 碧玉从磨刀石前抬起了头。他总是频繁地磨刀，把刀锋都磨掉了，“大地长老们自有安排——没有哪个凡人能够像神一样懂得那么多。”

“但是这一次我们要对付的就是神，从加尔人告诉我们的消息来看是这样。”

朱砂哼了一声，“我，加尔人说的话我一点儿也不信，但是没有关系。不管真相是什么，这个南方国王，这个独裁者他认为自己能解放诸神，而且正在向我们的圣地进发。所以我们有足够的理由去拼命。您跟我们并肩战斗，范森队长，这是对我们莫大的情谊。别浪费力气去后悔了。”

范森也希望事情能够如此简单，这样他就可以像控制军队那样控制自己的情绪了，但是这支“部队”可比这些勇敢的芬德林人难管了。

第二十五章
牙齿和骨头

失明的阿里斯塔告诉男孩，他做的梦是诸神的神谕，必须有一个清白之人走进愤怒之神祖米奥斯·白焰的房间，找到丢失的太阳。

——引自《圣孤传说：其人生平、死亡及天堂的奖赏》

他慢慢醒了过来，就像是从埃瑞沃的深水里浮上来似的。

“你为什么要躲起来，巴瑞克·埃顿？”一位魔术师部族的加尔人像个狐狸似的咧着嘴对他说，“还有好多活要干呢。”

“没错，”另外一个也笑着说，“你可不应该睡到这么晚。”

这些四肢修长的魔术师——他一共看到了三个，身上全都长着灰色或褐色的绒毛，四四方方的脑袋活像是《三神之书》之中走出来的笑魔——一边奚落他，一边清理着地洞的墙壁倒塌时压在他身上的泥土和石头。他还能听到洞外激烈的打斗声，但至少炮声已经止息。巴瑞克很想在他们再次开炮之前走出去。

他摇摇晃晃地站了起来，抖落了盔甲上的泥土，第一个魔术师把他的短剑递了过来，剑柄朝外，“或许你想出去用它再捅死几个阳光大陆佬。”那家伙建议道。

“我会的。”巴瑞克仔细检查了一下锋利纤薄的加尔人短剑，上面已经有几处刮痕和凹陷，但是残损得不算厉害，“既然你们把我挖了出来，或许你们愿意跟我一起并肩战斗。”

“荣幸之极，巴瑞克·埃顿，”那家伙说道，灰色的脸上如同古代的皮甲一般闪烁着幽暗的光芒，“哦，当然，我们都知道您的大名。我是长痕。这两位是谜言和黑脊，我的表弟。我们到这里来原本是为了干掉阳光大陆佬，但是现在对手却从你们变成了南方人……好吧，顺其自然。”

加尔人清楚地表明了自己对他的人民的看法；巴瑞克丝毫没觉得意外，“好吧，你们这群长着羽毛的恶棍，”他说，“给我看看你们的本事。”

他们冲出了山洞。太阳已经落山了，只有一抹光晕如同融化的黄油一般挂在地平线上，几颗星星早就爬上了天空。很快天色就会完全暗下来，这对于加尔人十分有利，但即便如此，他们又有多少机会能够打败独裁者实力强大的军队？

巴瑞克意外地发现对着山坡的大炮已经被丢弃在一边，几十只鸟儿从他的头顶飞过，骑在鸟背上的人发出刺耳的尖叫声，他这才意识到究竟是怎么一回事。鸟群朝着海滩近端和西斯营地的木桩俯冲下来，但它们只攻击南方人。有很多小人骑在鸟背上——是尖塔蝠女王的屋顶族，他意识到。那些小人不停地朝南方人投射飞镖，厚重的皮革和米罕铠甲没有办法保护他们的眼睛和喉咙，他周围的西斯人全都用手捂着脸，四下逃窜；更多的人躺在沙滩上一动也不动，身上插满了细小的箭头。

巴瑞克回头望着刚刚他们离开的山洞，但没有士兵跟出来，“王后去哪儿了？”他问那个魔术师，“剩下的人去哪儿了？”

“我们已经是最后几个了，”长痕说，“其他人都在战场上。”

飞在天上的屋顶族只是把近处的西斯人赶回了营地中，但他们的进攻足以让加尔人逃出附近的山洞，免遭被独裁者的大炮轰成炮灰的命运。不过这些西斯人久经沙场，很快便发现了这一点，而且让屋顶族颇感意外的是，他们并没有失去作战能力；有些南方人从营地的篝火里抓起一根熊熊燃烧的木头挥舞了起来，远远看上去好像一面飘动的火焰旗。

长痕和他的表兄清理了地上松散的箭羽，把所有能找到的箭矢都捡到了自己的箭袋里，看上去除了护臂之外，他们身上满满当当的全是箭袋。

“我们得找到萨奎丽和其他人，”巴瑞克喊道，“跟我来！”

他快速跑过沙滩，跳过了南方人在营地周围挖的环形水沟。地上散落着几块阴燃的木头。就在几百步远的地方，一群人马正在破损的篱墙边奋力厮杀。独裁者的营地里又跑出了一百多人，有些用帐篷布蒙着头，躲避着那些鸟人的爪子和箭簇。西斯人显然已经开始重整队伍。

巴瑞克和三个魔术师找到了其他的加尔人，他们正在对付逐渐壮大的西斯队伍，守护刚刚夺取过来的地头，但是每一个南方人倒下去之后，马上就会有另外一个顶上他的位置。独裁者的其他队伍从营地的各个角落赶了过来，正在组织反攻；只消一会儿，他们就会冲下来，如同一场暴风卷走大海的泡沫一般，把区区数百人的加尔人军队消灭掉。

巴瑞克没法停下来去思考他们到底有多少胜算。他已被战斗包围，一根根长矛如同大蛇一般不断向他刺来，胡子拉碴的西斯人不停地喊叫、咆哮着，活像一群围着垃圾堆转的野狗。巴瑞克身上的加尔人盔甲十分轻薄，他几乎感觉不到它的重量，但是要在战斗中活下来却成了一件极难的事，现在有更多的敌人涌向了他们，而且大都骑在马上。焰华似乎已被这混乱惊醒，那些声音几乎要将他的意念淹没。

哭泣山峰，阴郁的人们正在前行……

啊！我的王后，我的妹妹，带上孩子们逃走吧……

灵魂的饮者，请停下脚步面对我们……

巴瑞克 · 埃顿从未经历过的各种时刻齐齐涌进了他的脑海，他发现自己放慢了脚步，这些新的念头搞得他不知所措。一支西斯长矛擦着他的盾牌，插到了他握剑的那只胳膊和肩膀之间的关节。一道火焰擦着他的皮肤和肌腱一闪而过，他踉跄了两下，差点扔掉了手中的剑。一个魔术师——最黑的那一个，谜言——跳了出来，用胳膊挡住了第二个西斯人的攻击，他的胳膊就像是一根硕大无比的充气管子，巴瑞克还是第一次见识。那个魔术师用他手中的长矛——一根只有几掌宽、比短剑稍长的象牙白刺针——刺向了那个攻击者。

“拉沙，”有样东西在他的记忆深处低语，“牙齿。”

魔术师猛地抬起胳膊，用护臂挡住了西斯人的第二次攻击。“奥姆，”焰华的声音低吟道，“骨头。”

拉沙——沙，奥姆罗——纳，拉沙——沙，奥姆罗——纳！过去的一百个世纪里发生过数百场战争，这些战争的鬼魂齐声吟唱。牙齿与骨头，牙齿与骨头！他们无数次在胜利的时刻吟唱起这支歌，但是当他们的盟友倒下去的时候，当他们团结在一起延后失败的来临时，他们会更频繁地唱起这首歌。

你看不到我们，因为我们藏身于黑夜。你无法感觉到我们，直到为时已晚。你无法打败我们，因为我们会把毒牙插进你的喉咙，跟你一同死去——牙齿和骨头，牙齿和骨头！

巴瑞克匆忙跑了几步，跟这些曾经熟悉又十分陌生的盟友并肩作战，他努力回想着沙索教过他的一切。接下来的每一刻都伴随着锋利的刀剑和惊叫的面孔，一时间，就连焰华的歌唱也如同一阵悄无声息的细雨般离他远去。

巴瑞克终于停下来喘了口气，他的肺部在灼烧，汗水刺得眼睛生疼，大大小小的伤口也在隐隐作痛。他为自己的力量和勇气而讶异；就连魔术师也不能与他比肩。

“他们唤醒了你的血液。”一个声音从周围的喧闹中跳了出来，叹息着说道。

“伊尼尔？请跟我说话！”巴瑞克茫然地环顾着四周。南方人正在节节败退，但他们的箭矢仍像急雨一般落在他身边；这些箭簇突然出现在海滨狭长的空地上，就像一种奇怪的农作物般微微抖动着。“他们人太多了，天哪！我要怎样帮助萨奎丽？”

“你要赶快，”那个声音告诉他，“明天一早就是仲夏了。如果那个南方国王把你困在这儿，直到明天早上，他就赢了——他几乎已经达到了目的。”

“赶快？怎么赶快？”

“告诉我的妻子，你和其他人已经完成了在这里的使命。你必须找到通往地下的通道，否则就会来不及……来不及……”国王的声音渐渐微弱，最后归于平静。

巴瑞克没有找到萨奎丽。太阳已经落山，但这不是主要原因。他的视力比从前敏锐得多，黑夜和傍晚对他来说没有什么分别。他小心翼翼地借助之前未曾留意到的光线，原本晦暗的东西在这缕光线下逐渐具有了棱角和色彩。他的肌肉和肌腱已经恢复，足以让他再次投入战斗。历代国王的力量和经验在他体内凝成了一股绳子，强化了他的力量，让他成为了一个全新的、更加强大的人。

如神一般。就是这个词——很多时候，巴瑞克觉得自己几乎就像神一样。焰华就像是融化在他血管中的银水，提升了他的力量，让他充满热情和能量。就算沙索对他精心调教，他也只不过是个十六岁的残疾男孩，绝无可能在这场战争中幸存，但是现在他干掉了五六个敌人，还打伤了十几个，手中的短剑如同闪电一般，一次又一次突破了西斯人的防线。

巴瑞克匆忙赶往最近的搏斗地点，有几个西斯人转过头来看见了他，惊慌得大叫起来。巴瑞克·埃顿的胸膛里涌起一种热烈而兴奋的感觉，好似有一双火焰之手捧住了他的心脏。

他们害怕我！

当巴瑞克接近战场边缘的时候，终于看到了萨奎丽和锤脚，还有几个领路的人。王后和她的朋友们在西斯营地中心陷入了混战。月亮爬上了树梢，虽然不够皎洁，但足以让他看到所有的色彩、细节……以及一切。他甚至能够看到萨奎丽正在对付——或者说是正在毁掉——的那个人的脸；如果说巴瑞克的剑好比是一道闪电，那么王后的长矛要比巴瑞克的闪电迅速、凶狠得多，就像是划破赞德山顶的雷电。

但是西斯人数量众多，足以把萨奎丽和艾廷活活埋葬。一队骑兵从被围困的营地远端赶了过来，正朝着加尔人飞奔而去，这些新赶来的士兵与之前的守军不同，他们的装备更加精良。他们五六个一组端坐在马背上，五颜六色的战旗烈烈招展，马尾劈啪作响，皮带与马刺碰撞在一起，发出刺耳的响声。

巴瑞克正瞧着，三个骑兵突然兵分三路向他袭来。理智本应让他退回到其他加尔人中间，但巴瑞克的心已被点燃，无法让他做出理智的决定。

我已经奔跑了很多年。再也跑不动了。我的血液就是我的旗帜——如果他们需要，让他们来拿走好了！

“为白焰而战！为库比拉斯而战！”巴瑞克大喊着跳了出来，好为自己留出足够的空间来对付逼近的西斯骑兵。有样黑色的东西朝他飞了过来，他顺势趴倒在地，一支冷箭在耳边呼啸而过，“为歪神的而战！”他大喊着，又站了起来。

巴瑞克身后的海湾里传来了一阵隆隆声，但是他没时间回头去看了。第一个骑兵已经到了他跟前，身子探出了马鞍，挥舞着一根铁头的长棍。巴瑞克用盾牌挡住了他的攻击，然后举剑砍向骑士的后背，但也只是擦到了西斯人的盔甲。闪过那个骑兵之后，巴瑞克开始对付另外两个，他们都拿着小头的长柄斧。他没有后退，而是向前跑去，让他们的斧头轮了个空。他佯装攻击其中一个，然后猛地用剑刺向了另外一个人的胸口，那个西斯人紧紧抓住缰绳才没有摔下来，但痛苦地大叫着，血流如注。

巴瑞克身后传来更多雷鸣般的响声，他用眼角瞥了一下，看到加尔人中间蹿起了一条火舌，伴随着滚滚的浓烟和飞扬的尘土，还有几个人被抛到了空中。港口的船只！独裁者的人正在发射码头的大炮，但是他们过于急切地想要消灭加尔人，也打死了不少自己的人。

巴瑞克身后的骑兵已经转过身，准备再次向他发起进攻，但这一次行动要慢得多，他打算好好利用己方的人数优势。

给他们来个出其不意，那些声音怂恿他。巴瑞克的脑中闪现出一千种行动方案，好像他能够同时读完一本书里所有的内容似的。他向后退了几步，然全速向前奔跑，从中间那个骑兵的狼牙棒下滚了过去。他过去的时候顺势抓住了那个人的手腕（如果是在以前胳膊残疾的时候，他根本做不到这一点），然后死死扭住，把鞋跟插进了土里，这样一来战马的力量就足以把骑兵从马鞍上拉下来。骑兵的半边身子落下了马，但脚还卡在马镫上，他无助地翻腾着，直到巴瑞克赶了上来。他跳到马鞍上，然后转过身，对着那个尖叫的男人的脚踝一阵猛砍，直到他的脚跟身体的其他部位分离开来，齐齐掉到血淋淋的沙地上。

巴瑞克一脚踩住马镫，控制了战马，然后便径直朝着那个之前被他刺伤的骑兵奔去，倒不是因为那个人的叫声让他心烦，而是因为他的心已经冰冷麻木，不希望拖泥带水，但是还没等巴瑞克抓住他，受伤的骑兵就抓着自己的喉咙，从马上栽了下来，脖子上插着一根加尔人的箭矢。那个最后的骑兵现在正面临一场特殊的战斗，他突然转过身，策马朝着营地边上更为安全的西斯队伍奔去。

巴瑞克爬到了马背上，十几位国王用自己的经验帮助他稳住了西斯战马，他看到魔术师正在跟一队南方人交手。

“长痕，谜言，黑脊——这里！”

等待他们的时候，巴瑞克看到一群西斯人正在撤退，却并不急着逃跑：他们好像正在一位军官在指挥下，朝着城堡和海港中间的营地中央的大帐篷跑去——独裁者本人的大本营或是另外一位西斯高官？或许是更致命的武器，比如一门巨型大炮？也可能关押着重要的犯人。“快点！”他对着加尔人大喊道，“这些西斯人正在隐藏什么东西。我们得抓住他们。”

三名魔术师追上巴瑞克的时候，他正被团团围住，试图突围。当他和加尔人们最终冲出一条血路的时候，巴瑞克看到城堡和营地交界处的山坡上发生了一件可怕的事情。一支队伍从山顶冲了下来，他们一边唱着歌一边高声喊叫着。是敌人吗——还是不期而至的盟友？会是谁呢？他们的口音听起来像是北方人！一时间，巴瑞克以为是焰华向他展示了某段关于冷灰沼泽地的尘封记忆，某段人类和加尔人交战的场面，但那不是古代的加尔人战争，它就发生在眼前。

他们一路杀出了重围。黑脊发现了一匹无主的战马，于是他爬上马背，对着受惊的马耳语了几句，然后伸出纤细的胳膊帮助谜言爬上马背，在自己身后坐稳。长痕也找到了一匹坐骑；前一位主人的断手还挂在缰绳上，不时地撞击着马腿。

“他们很勇敢，这些阳光大陆佬，”长痕朝着那只断手点了点头，“但是这样的战斗没什么意思。我很怀念过去，那个时候大家都像正派的武士一样一对一地决斗”

“他们死后，你还有时间去吸干他们的骨髓。”黑脊的语气中流露出些许渴望。

巴瑞克用血淋淋的剑指着远处，“看！那些南方人撤回去保护那顶帐篷了。我们去看看他们打算给我们瞧什么。”他跃马扬鞭疾驰而去，几个魔术师跟在后面，一边笑着一边哼着歌儿。

西斯的战马飞奔起来，野性的力量如同细颈瓶里流出的油脂一般在他身下流淌。突然有样东西朝着这边飞了过来，几乎和他擦身而过，他不得不俯身紧紧搂住偷来的战马的脖子，躲过了一劫。看到他们，守卫帐篷的士兵赶紧放箭，却没有一个人逃跑。到底是什么让他们甘愿舍命守护？巴瑞克的心跳得更快了。他们真能这么幸运，抓到独裁者本人吗？

几名守卫消失在了帐篷里。巴瑞克和魔术师来到了剩下的人中间，冲散了他们的队伍。谜言一跃而起，戳穿了一个守卫的眼球，干净利落地干掉了他，而他的两位表兄则正在合力对付剩下的人，巴瑞克跳下马鞍，奋力挤进了帐篷门帘。

五六个人挤在这座豪华的帐篷一角，里面挂满了油灯，亮如白昼。在他们身后，站着一个黑头发的小人，几乎完全被守卫们挡住了。巴瑞克感到热血沸腾——圣洁之血，神灵之血。他平静地把剑提了起来，好像一下子就能干掉所有的守卫似的，但在那个激动人心的时刻他并没有必要这样做。

“小心——你会越过……”伊尼尔默默地警告他，但是在一片胜利的咆哮声中，他几乎没有听到伊尼尔的话，“找回你自己，凡人之子。”

哦，但是我已经找回了自我，巴瑞克想。*我还找到了我们的敌人*，“出来，苏列佩斯，你这个懦夫！”他冲着藏在守卫身后的人大喊，“你视人命如冰冷的石头，把他们扔向我们。你敢跟我掰一掰手腕吗？”

走出来并不是巴瑞克预料中的人。实际上，那根本不是个男人，而是一个女人，身材壮硕，一头黑发剪得很短。她显然是个西斯人，但身材明显要比那些守卫更加高大。一对小眼睛里泛着凶光。

“你是谁，小跳蚤？”她厉声问道，带着浓重的口音，声音听起来十分低沉沙哑。

“独裁者的死期到了——如果你敢把他藏起来，那也将是你的死期，女人。”

那个女人笑了起来，露出两排洁白的牙齿，“我不是独裁者的老婆！我是塔妮莎——隐宫的御用总管！”她抬起那双大得有些出奇的手，一只手里握着一柄长剑，另一只手里拿着一根丝绳，“来吧，我要送你下地狱。”

如果是在以前，巴瑞克肯定会犹豫到底是否应该跟个女人对打，但是现在的巴瑞克挥舞着手中的短剑，猛地向前跃去。守卫们全都挡到他面前——显然那个总管的命比他们自己的更值钱——他突然意识到自己遇到了麻烦，就连焰华教给他的那些技巧也无济于事。他奋力杀死了两个守卫，但是另外四个把他团团围住，总管塔妮莎拿着长剑，设法绕到了巴瑞克未设防的一侧，这时三个黑影突然闪了进来，黄色的眼睛里冒着金光。

“需要帮忙吗，巴瑞克·埃顿？”长痕问道。

巴瑞克躲开了一次打算砍掉他脑袋的进攻，绕开了那个女人的长剑，“是的，感激不尽。”

片刻之后，几个魔术师冲进了守卫中间，象牙白色的“拉沙依”穿透了西斯人的盔甲，插进了他们的身体里。巴瑞克跳过一个倒下的守卫的尸体，直奔那个大块头女人而去。她迅速转过身，从金色的胸甲里掏出了一样东西。

“独裁者在哪？”巴瑞克问道，他的短剑距离她的后背只有几英寸，“他在哪儿？”

她慢慢地转过身来，手中捧着一块浑浊的水晶，像城堡里的滴水兽一样咧嘴笑着，“这东西可以保护神佑者，”女人心满意足地说道，“神佑者已经走了——让我来杀死你！”巴瑞克目瞪口呆，塔妮莎突然把那块浑浊的宝石扔到了嘴里，仿佛那是一块肥美的肉。

沙尘从帐篷的各个角落钻了出来，扬到了空中；漫天的尘土让巴瑞克没法睁开眼睛，但是那些沙尘从他身边疾驰而过，好像那个女人才是它们的目标；沙尘盖住了她的整个身体，她全身上下覆满了小石子。一阵飞沙走石过后，灯笼熄灭了大半。守卫们突然放弃了巴瑞克和加尔人，转过头惊恐地大喊着，朝帐篷大门跑去。

塔妮莎的身体越来越大，但完全走了样，她不再是一个女人，只剩下一个模糊的身形，跟艾廷一样高大，而且还在继续生长，棒子形状的胳膊上突然生出了尖利的爪子。它的眼睛像是被迷雾遮住的星星，嘴巴像是一个无底洞。一名魔术师抓住了一个没来得及逃走的倒霉士兵，朝着那个怪物扔了过去；那个怪物用砖头一样的爪子一把抓起那个尖叫的西斯人，送到血盆大口边，一口吞到了那个倒霉蛋的肩膀。那个南方人的身体剩余的部分掉在了怪物的脚下，另一名魔术师拿起一盏油灯丢了过去，打在怪物那坚硬的皮肤上反弹了回来，沿着帐篷的墙壁洒下一片火星。

“快跑！”长痕一边踉踉跄跄地往帐篷大门处跑，一边大声地喊道，“我们干不过吞石兽。”

火焰燃烧了起来，巴瑞克奋力穿过浓烟，跟着魔术师跑出了帐篷。过了一会儿，怪物像一头受伤的公牛一样发出了一声惨叫，冲出了熊熊燃烧的帐篷，扬起一阵火焰。

*我该向谁祈祷？*巴瑞克一边拖着脚步一边苦苦思索。*诸神正在沉睡！*密密麻麻的箭呼啸着从他身边飞过。其他加尔人正在赶往这里，尽管几十只箭射中了怪物的身体，但最后全都弹开了，而且那个怪物似乎毫不在意。就连焰华的声音也在困惑或恐惧中沉默了。

“转身，快跑，巴瑞克·埃顿！”长痕大喊，“我们根本没办法杀死这样一头庞然大物。它太强壮！”

“不！要是我们对它置之不理的话，可能会有几十人丧命于它的魔爪之下！”巴瑞克大声回应道。怪物抓住了黑脊的坐骑，魔术师跳开了，但那个吞石兽还是把战马活生生地撕成了碎片。巴瑞克用尽全力大叫着，一方面是为了盖过那匹战马的恐怖嘶鸣，一方面也是为了给自己壮胆；他抽出短剑，迎面向着怪物奔去，一剑砍在了它的胳膊上。就像是攻击一堵石墙一般；怪物根本无动于衷。其他的加尔人也加入进来，纷纷用手中的长矛刺向那个怪物，但结果跟巴瑞克的遭遇差不多。吞石兽抓到了几个靠得过近的加尔人，以惊人的速度和力气把他们撕成了两半。巴瑞克捡起一根长矛掷了过去，但也被弹飞了。身形巨大的怪物背对着熊熊燃烧的帐篷，每只手里抓着一个受害者。巴瑞克分不清那些支离破碎的尸体到底是战马还是加尔人。

怪物把咔哒作响的血淋淋的爪子伸向了巴瑞克，他只能不断地后退，直到怪物像一个饱受蚊虫叮咬的人把他像扔蚊虫一样扔到地上。这一摔让巴瑞克半天没有喘上气来，他的眼前一片黑暗，好像跌入了一条冰冷而幽暗的河中。巴瑞克感到焰华聚拢在他周围，仿佛要把他轻轻推入前方的黑暗中，但他突然听到了一名魔术师的痛苦喊叫声，巴瑞克奋力向着光明的世界游了回来。

当他努力站起身的时候，一只巨大而冰冷的手抓住了他，就在吞石兽把他送到嘴边的时候，巴瑞克闻到了一股铁水般的腐臭味。巴瑞克失去了大部分力量，如同一只漏光了锯末的填充娃娃。透过余光，他看到了燃烧的火焰，但是现在火焰蔓延到了意想不到的地方——海湾的水面，独裁者舰队上方的战旗熊熊燃烧。他不明白是怎么一回事，而且自己就快要死掉了，所以他并不太在意。一个声音从他的记忆中跳了出来——不是焰华，而是年迈的沙索在大声地斥责他：“当你累了的时候，你总是要求我放你一马，但是你的敌人可不管这些！”

怪物以为自己已经杀死了我！

怪物的黑色咽喉就在他眼前。巴瑞克知道自己只有一次机会。他在怪物的爪子里振作起精神，奋力把剑插入了怪物的嘴里。

巴瑞克的短剑不见了，随着怪物的抽搐从他手中滑落了下去。怪物丢下了巴瑞克，暴跳着向他奔了过来，发出恐怖的咆哮声，天空似乎就要被撕裂，那愤怒和痛苦的号叫似乎永远也不会停止。怪物大口喘着粗气，猛烈地咳嗽起来，嘴巴里汩汩地流着血。一块血淋淋的、烟灰色的石头倒在了巴瑞克旁边的沙滩上。接下来整片天空，或者说跟天空一样巨大而漆黑的东西，压到了他身上，他失去了知觉。

第二十六章
燃烧的舰船

特希德米的村民不想让男孩去冒险，因为他们非常爱他，但是圣孤阿迪斯明白这是诸神对他的考验。

——引自《圣孤传说：其人生平、死亡及天堂的奖赏》

布瑞奥妮的希望瞬间破灭了。当码头上的西斯人在从天而降的屋顶族和鸟儿的攻击下四下逃窜的时候，一队骑兵从城里冲了出来，沿着市集大路朝港口飞奔而去。

布瑞奥妮加入了埃尼亚斯和剩下的士兵的队伍，调转马头来对付这支新的、威力更大的冲锋部队；附近的加尔人也加入了他们。有些加尔人骑在马背上，那些战马美丽而修长，好像她在古老的镶嵌画中看到的生物一样，端坐在马背上的骑手们比他们的战马还要奇怪。有些甚至根本不是人类，而是一些狐狸、野狼和森林野猫，他们的出现让希安战马受了惊。

“别灰心！”埃尼亚斯对自己的人说道，当加尔人来到他们中间的时候，他们的队形已经有些散乱了，“这些是我们的盟友！我们将一起把那个南方的猎鹰拉下马！”

他们在市集大路和临港公路交界处与进攻的西斯人相遇。两队人马兵戎相见，刀剑的撞击声和人马的嘶喊声让人心碎，不远处的布瑞奥妮只想用手捂住耳朵，直到那些恐怖的声音安静下来。

*我为什么如此固执？我为什么认为自己应该像个男人一样奔赴战场？*她退缩了。

但就算是最勇敢的骑士也会害怕，她突然想到，*就连埃尼亚斯也不例外*。她为何会出现在这里，这一点也不重要——她已经来到这里。

布瑞奥妮没有时间去想别的了，她一心只想着活下去，挡住敌人的进攻，或是帮助自己的盟友——她用手中的刺刀狠狠敲向一个西斯人的头盔，把他从马鞍上推了下去，从他的长矛下救出了一个身材壮硕的大块头生物。但那个大块头并没有停下来感谢她，而是匆忙地赶往了另一处战场。

布瑞奥妮远远地看着战斗最为激烈的地方，矮小的身材和有限的防守范围会让她吃亏，她只能在必要的时候做出攻击。如果这些南方人成功地挤到另一边，那么布瑞奥妮的同伴和盟友将会被独裁者的两队人马夹在中间，很快就会被挤死。火把从田间和城里朝着市场大路照了过来——几百名、甚至是上千名独裁者的步兵正在赶往这边的战场。埃尼亚斯完全沉浸在战斗之中，并没有发现这一点，他正在为自己的生命而战——除非发生奇迹，否则他们绝不可能逃脱这个梦魇，只有死路一条。

接着，她身后的海湾突然火光冲天。

不，不是海湾，布瑞奥妮一边努力稳住受惊的战马一边回过头去。火舌蹿上了桅杆，沿着卷起的船帆朝着最近的西斯战船蔓延；就在她观望的时候，十几艘战舰，或大或小，相继燃烧了起来。那火焰像是有了生命一样，似乎要越过整个海湾，每次有两三艘战舰被点燃，不一会儿十几艘舰船便一齐燃烧起来，摇曳的火光将整个战场照得明亮，仿佛落日又重新升起来了。在她周围，人们大声地喊叫着，或是诧异，或是惊愕，或是恐惧。

在世界末日来临的时候，交战双方借着猩红色的火光再次冲向对方。西斯人已经无处可逃，只能铤而走险。战斗形势不断发生着变化。很快，加尔人和希安人就做好了打败西斯人、把他们从营地里赶出去的准备；过了一会儿，形势又发生了剧烈变化，希安人和加尔人被逼到了布伦湾边缘，反过来成了孤注一掷的一方。

一道劈啪作响的弧形火焰从布瑞奥妮身后跃了出来，把最近的一座西斯帐篷点着了。接着几十道火舌蹿了出来，有些击中了海边的房子，点燃了椽木和屋顶。还有几道甚至飞到了城里的瞭望塔上，不一会儿，瞭望塔也燃烧起来，像是一座巨大的火炬。

火焰箭！攻击来自于哪里？海面？整座港湾像沥青一样又黑又亮，一道道火光在船只和水面上晃动着。独裁者的船全都烧起来了，幸存者纷纷跳到水里逃生——会是谁放的箭呢？

片刻之后，她的问题便有了答案。一些狭长而漆黑的影子缓慢滑进了海湾，几个黑影推着十几艘狭长的小船通过了浅水区，然后便松开了手，他们一边朝着岸边跑，一边大声呼喊，朝着西斯营地放出了更多火焰箭。他们为什么要帮忙？他们是谁？

水鸥族！当第一批胳膊细长的陌生人跳上岸、朝着最近的西斯人扑过去的时候，她认出了他们。

“为艾格耶瓦尔而战！”他们尖叫着用手中的鱼叉和一种奇怪的剑朝着敌人一阵猛刺，那种剑很短，但剑刃很厚，跟屠夫用的砍肉刀差不多。最新一轮的进攻让南方人始料未及，慌乱之中，他们只能踉踉跄跄地向后退。

布瑞奥妮想要大喊一声，“埃瑞沃——还有埃顿！”她尖叫着，策马回到了战斗最为激烈的地方。

巴瑞克看着那个女孩缓慢穿过混战区，仿佛自己变成了一只翱翔在天空的鸟儿一样，遥远又淡漠。他看到她的路还有那么远，但是他无法开口告诉她，也不知道自己是否应该告诉她。那个黑发的女孩看起来很熟悉，但是他叫不出她的名字。这让他有些沮丧，尽管他说不出原因。

“她很珍贵，”一个声音告诉巴瑞克，“比你想象得更加珍贵。”是盲眼的国王在说话，他知道，但是他不明白这个不知名的年轻女孩对自己来说为何意义重大。

“终结的最初，”国王告诉他，“最初的终结。”

什么意思？为何如此令人费解？

“不要遗弃她。”国王说道。

巴瑞克想问，这是什么意思？却无法开口。他或许已经变成某种沉默的生物，一只鸟，一匹马，眼前的事物早已超出了他的理解。

“终结的最初，”那个声音说道，这一次要平静得多，辽远得多，“最初的终结。死者的婚礼。生者的希望……”

什么意思？他仍然无法说话；这句话一直停留在他的脑海中，停留在他那孤独无依的意念中。

“不，巴瑞克·埃顿。”

这一次的声音听起来有些不同，似乎更近——那是个女人的声音。难道是那个黑发的姑娘吗？她终于注意到了他吗？

“回到我们身边，巴瑞克·埃顿。回来。现在还不是踏上这趟旅程的时候。你走错了路。”黑暗开始像沙漏中的沙子一样缓慢流走，接着出现了一个崭新的明亮世界。

“不，”巴瑞克终于喊了出来，“她会迷路的！她会迷路……”

“她还有机会，”有人对他说道——另外一个女人的声音，更加低沉而且更加熟悉，“别放弃希望。”

一个人正俯身望着他，那是一张苍白的鹅蛋脸，嵌着一双漆黑的眸子，表情冷静而耐心，仿佛是雕刻在大理石上的一样——萨奎丽，加尔人的女王。

“希望？”巴瑞克问道。他觉得头晕眼花，身上也痛得厉害。一道影子，他记起来了——一道巨大的影子压在了他的身上，把他推向了黑暗，“好黑！”

“万变不离其宗，”萨奎丽说，“你所看到的，你所害怕的，你所斗争的。纵有成千上万种形式，但万变不离其宗。那就是遗忘。记住这一点，巴瑞克·埃顿。最坏的结果也只不过是你将不复存在。真的有那么糟糕吗？”萨奎丽已经脱下战甲，穿着一件闪闪发光的白色丝质长袍。一个身材矮小的加尔女人站在萨奎丽身边，那张棱角分明的脸和动物一般的眼睛让她看起来既不像人类也不像王后那样吓人，“这是日暮·珍，”萨奎丽说，“她是个治疗术士。”

“乌拉亚努，”焰华的声音低声说道，“她的抚摸会增强人们的力量。”

“怎么回事？”部分记忆丢失了。他是怎么来到这里的？

“你干掉了吞石兽，然后你便倒了下去。”

“那个东西，那个女人……或者说……怪物……是谁？”

萨奎丽摇了摇头，“独裁者的一个小卒。她从主人那里得到的那块石头实际上是一件强大的武器。银光神的月宫塌陷后遗留的一块碎瓦片——库里克科尔斯，有人这样叫它。瓦片原本可以打开大门，让人通过虚空之母的密道，而这些碎片具有同样的作用。但它们所开启的大门却往往通向不那么令人愉快的地方，大门被打开之后，那里的怪物就会跑出来，占据吞下石头的人的身体。那就是你所看到，所抗争的东西。”她转头问那个加尔女人，“这个凡人之子的伤势如何？”

“那个怪物垂死挣扎着压到在他身上，这一点比较糟糕。”小个子女人说，“他不会死，王后，但他需要休养。”

“他会得到休养的。谢谢你，日暮·珍。”萨奎丽伸出手，用冰冷的手指抚摸着巴瑞克的额头，“你很勇敢，凡人之子。你干掉了一个可怕又残忍的敌人，避免很多人……”

巴瑞克突然想起了在遭遇吞石兽之前发生的事，“独裁者——那些士兵——怎么样了？他被打败了吗？”

“那个南方国王不在营地里，”萨奎丽告诉他，“但我认为你已经猜到了。他带走了最精锐的部队，进入了地下，所以危险还是一如既往。我们得跟那些不期而至的盟友一起对付独裁者留下的军队，虽然他们的人数要超出我们好几倍。”她告诉巴瑞克他们的计划取得了成功，那些骑在鸟背上的弓箭手和水鸥人是如何用火焰箭和幽灵般的小船打了西斯人一个措手不及，“我们的近亲发起了出其不意的进攻，因而拯救了我们，”萨奎丽说，“那些南方人断手断脚，幸存下来的人都逃到了山里，所以我们暂时是安全的。”她轻轻地摇了摇头，那头乌黑亮丽的秀发几乎纹丝未动，“我丈夫说得对。他经常告诉我，总有一天我们会跟再次跟那些关系决裂的亲戚并肩作战。我敢肯定，他只是在期待一些不可能发生的事情。”

“你呢？”巴瑞克问道。他十分疲倦而且全身酸痛，但是他觉得自己与王后之间的关系比从前更加紧密了，“你怎么样，萨奎丽？你休息过了吗？”

“我刚刚从一百年的沉睡中醒来，巴瑞克·埃顿。在我们赢下这场战斗之前，我都不需要休息。”萨奎丽十指交叉聚拢，静静扣在一起，这表明改变的时刻已然来临，“现在时间对我们来说非常宝贵……我们没有什么时间了。我这就去见那些帮助了我们的人类士兵，跟他们商讨一下接下来的行动。我希望你能陪我一起去。”她看了他很久，“但是如果我把你带出去的话，日暮·珍肯定会怪我的。你差点死掉，刚刚捡回一条命。”萨奎丽犹豫了，脸上的表情让他感到十分陌生，“除非你愿意错过跟你的族人说话的机会。”

巴瑞克摇了摇头。一想到这儿他就没了精神，“我已经不太记得怎么跟我的族人交谈了，而且我也不觉得有什么必要这么做。他们到底是谁？你知道吗？”

萨奎丽再次陷入了思考，“这支队伍受希安的王子指挥。有人告诉我说他的名字时埃尼亚斯。”

“埃南德的儿子？我知道他。据说他是个不错的人。”巴瑞克把头往后一仰躺倒在垫子上，“如果你真的需要我，那我就尽力，跟你走一趟……”

“你已经说服了我，”王后说，“躺着休息吧，快点好起来。”萨奎丽俯下身子，亲吻了一下他的额头，干涩的嘴唇像纸片一般。

萨奎丽离开之后，那个名叫日暮·珍的治疗术士回到了巴瑞克身边，手里端着一个杯子，“喝下它，”她说，“我觉得它不会对你造成什么伤害，只会让你好得更快。”

巴瑞克盯着她。现在他真的感到十分疲倦，强打起精神睁着眼睛，“你觉得它不会对我造成伤害？”

她也生气地回望着巴瑞克。她有点像只猫，一只活了很多年，见过许多失望时刻的猫，“我从没给凡人喝过我的药。就算你痛苦地死掉，你也应该感到满足，因为我至少知道不该给下一个凡人吃什么药。”

巴瑞克不由自主地笑了起来，“要是你把我弄死了，你觉得谁还会请你治疗凡人？”他把杯子举到嘴边，闭上眼睛去尝试那不同寻常但也并非完全让人无法接受的味道。

“你之所以来找我并不是你自己的选择，巴瑞克·埃顿，”治疗术士说，“我怀疑在未来的日子里需要我帮助的那些人跟你不会有什么不同。”从表情来看，她不像是在开玩笑，更像是听天由命，“说实话，我觉得还会有更多死者和将死之人来到这里。现在把它喝光，小红毛。”

这个名字和它所代表的含义让他有些费解。他躺了下去，闭上了眼睛，“奇怪，”他告诉术士，好像她仍在那里似的，“我确定有人这么叫过我……但我记不起是谁……”

⚜ ⚜ ⚜ ⚜ ⚜

西斯人的武装商船，或者说商船的残骸，被海浪冲上了沙滩，但是这艘大船仍然像佐悉蒙节的篝火一样熊熊燃烧着，让希安士兵在海滩上点起的营火相形见绌。

南境城堡就坐落在对岸。布瑞奥妮已经离开那里太久，心中竟然有了一丝陌生感——她的家就在海湾对面等待着她。在商船巨大的火光中，布瑞奥妮和埃尼亚斯还有他的队长们点起的火堆显得有些底气不足，城垛上的火把比烟雾缭绕的海湾上空的星星还要亮。

“您暖和过来了吗，公主？”埃尼亚斯问。

布瑞奥妮差点笑出来。就在几个小时之前，人们还在试图用长矛和短剑把她杀死，“我很好，谢谢您。他们什么时候来？”

“信使说……”埃尼亚斯停顿了一下，“看，他们来了。”

在商船冲天的火光下，一只奇怪的队伍正沿着海滩朝他们这边走来。有些在自己的篝火边扎营的希安士兵站了起来，匆忙地跑开了，尽管加尔人没有靠近他们之中任何一个。布瑞奥妮不明白他们为何如此警觉。眼睁睁地看着这么多形态各异、步法奇特的怪物从身边经过，或是跟他们闪闪发亮的眼睛对视——橙色、黄色、还有鬼火般的绿色——没人能做到这一点，他们感觉到有些事已经永远改变，但未必是朝着最好的方向发展。

这些陌生人走到王子的篝火旁停住了脚步。一开始布瑞奥妮很奇怪，但接着一个身穿白袍、体型纤细的人站了出来。

“我们能跟你们一起烤火吗？”这个女人的声音十分悦耳——她讲完了好一会儿之后，布瑞奥妮才明白她的意思，“我是萨奎丽，库 - 纳 - 加尔的主人。你也可以把我称之为这些人的王后。”

“当然，殿下，”埃尼亚斯说，“欢迎来到这里。”

萨奎丽召唤了一小群人跟她一起来到了篝火前；剩下的人（最多二三十个）立即席地而坐。王子的手下这才放下心来，纷纷回到自己的帐篷，享用他们的晚餐，并包扎他们的伤口。他们已经把战死的兄弟埋葬。希安损失了很多人，但是西斯人损失更为惨重。

加尔人王后跟布瑞奥妮想象得不太一样。她很美，这是当然，皮肤像白雪一样晶莹剔透，眼睛又大又黑，布瑞奥妮根本不敢跟她对视超过一秒。尽管萨奎丽的美丽的面容、冷静的头脑和恬静的个性让她远远胜过任何一位凡人君主，但她的个子实在算不上高挑。布瑞奥妮至少要比她高出半个头。就连加尔人女人的优雅也无法掩饰她的疲倦。

埃尼亚斯拿出了一些酒，让布瑞奥妮意外的是，萨奎丽和她带来的绝大多数人都接了过去,尽管有些加尔人根本没办法使用杯子。趁着手下的人倒酒的时候，埃尼亚斯清了清喉咙。

“那么，萨奎丽王后，”他说，“非常感谢你们今天帮助我们对付西斯人，但是在我们开始正式谈话之前，我必须得搞清楚一件事。我们是否还在交战，您的子民和我的子民？”

加尔人王后紧紧地抿着嘴巴，看起来像是在笑，“这是个很好的问题。”片刻之后，这个加尔人女人把目光移到了布瑞奥妮身上，布瑞奥妮无法正视她的眼睛，只好看向别处；她对自己感到十分生气，“埃尼亚斯王子，”萨奎丽告诉他，“答案就取决于我们今晚的谈判结果，就在这堆营火旁边。但是你必须明白这一点！就算我们可以继续做盟友，我们也永远不可能成为朋友。”她再次把目光转向布瑞奥妮，“你的人——尤其是生活在这座城堡里的人——从我们这里拿走了许多无可替代的东西，因此绝不可能得到原谅。”布瑞奥妮发觉，加尔人女王的腔调让周围的希安骑士警惕起来，“但我不是雅萨梅兹，你们见过并让你们心惊胆战的那位黑暗女士，”萨奎丽告诉他们，声音再次变得庄重起来，“她才是在南境作战的人……尽管我得承认我没有阻止她。她对你们的怨恨永远无法化解。但是在这件事情上，我已同她决裂，而我的子民选择追随我。”萨奎丽摊开双手，“所以，希安王子，只要我们并肩作战，我们的子民就会和平相处。不会再有背叛。至少我们不会这样做。”

埃尼亚斯点了点头，“我们也不会这么做，我发誓。那么，就让我们放下过去，讨论一下目前的状况吧。您有什么计划？独裁者真的像我听说的那样已经去了城堡地下吗？”

“明天就是仲夏前夜，”萨奎丽说，“接下来就是仲夏，当仲夏结束的时候，我们所担心的时刻就会降临。时间逐渐消亡。太阳开始缓慢离开大地及不和谐的欢乐精神。”她抬起一只手，仿佛是在警告所有人，“如果南方国王，独裁者苏列佩斯，打败了那几个仍在奋力抗争的芬德林人，在仲夏午夜的城堡地底实现了他的目的，那么他就能够举行仪式。他会开启梦境之门，解放出诸神。”

“我从没听说过这样的事，就算是在神话故事里也没有，”埃尼亚斯说，“他为什么要这么做？”

“据说这位南方国王希望能够控制一位神灵……但是这个苏列佩斯或许无法驾驭他想象中的力量。”加尔女人平静地说道，但火堆旁的人听得十分紧张，“他可能会开启一扇永远无法关闭的门。没有什么……没有什么……可以保证走出来的诸神会醒过来而且神智健全。”萨奎丽做了一个奇怪的手势，用手捂着两边的脸颊，“不管怎样，可以确定的是，如果通往诸神之境的大门被开启，这个世界——我们的世界——就会遭殃。”

“我们会帮助你，这是当然的，”埃尼亚斯说，“尽管一切看起来都那么奇怪，但我今天的所见所闻足以让我信服。我们必须跟你们并肩作战，阻止独裁者的阴谋。”

“是的，你们必须跟我们一起作战，”萨奎丽说，“但是不需要跟我们并肩，我认为。你们的骑士不适合在城堡地下作战……”

“为何如此贬低我们？”海克斯厉声问道，“希安的勇士曾经凭着一座木制的守卫塔，数次击退兵力超过我们几倍的西斯军队——你们今天在战场上见识过他们的厉害了！他们无所畏惧！”

“你误会了我的意思。”萨奎丽跟这位希安贵族对视了好一会儿，直到他愤怒又羞愧地低下了头，“我并不是说他们没有能力或是不够勇敢，我的意思是，他们不适合。他们能像我们变形族部落一样在黑暗中看得清清楚楚吗？他们能像深渊艾廷一样用手指捏碎石块吗？”她伸出了手，掌心向上，“你们的人十分勇敢，但最优秀的都是骑士。在漆黑陡峭的地下，他们很快就会失去自己的优势。而在天空下，在南境，他们可以确保护国公托利的人不会跟独裁者联合。”

“没有一个北方人，不管他多么腐败，会做出这样的事。”埃尼亚斯抗议道。

“但他已经这样做了，”她的语气十分平静，布瑞奥妮知道埃尼亚斯会相信，“我们很幸运，他们两个为了一样东西发生了争吵。但是亨顿·托利那样的人看到战争的进展后，会猛烈反抗以求保命。如果他在我们后方进行偷袭，就会拖慢我们的行动速度，给独裁者留出充裕的时间……”

“但是你对于凡人的计划和动向怎么会了解得一清二楚？”布瑞奥妮问道，“关于托利和西斯人？”

“我也十分了解你，布瑞奥妮·埃顿，”加尔人王后说，“别忘了，到目前为止我们双方还在交战。你可能对加尔人知之甚少，但是那并不代表加尔人对你们也知之无多。我们很早就……”她没有说下去。

“间谍？”布瑞奥妮问，“所以——你们，也一样？在这个日渐衰落的世界上，还有没有染指我的家族的人吗？我为什么要相信任你，女士，并以此来决定如何保卫我的城堡？”

“信任？我告诉你的，你全都可以用自己的眼睛去看。埃尼亚斯王子，你的人大部分都是骑兵——在黑暗又狭窄的地道中绝无用武之地。去城堡吧。找到托利，杀死他或者把他关起来。完成这个任务之后，你们可以经由通往芬德林镇的大门增援我们。”

布瑞奥妮转身望着埃尼亚斯，“不能那么做！”他脸上的表情让她想要大声喊出来。他当然不会这么轻易就相信这些加尔人，就在几个星期之前，他们还试图推翻南境，杀了那么多无辜的百姓！

“等等，我开始有些明白了，”加尔人王后说道，“是你的父亲，对吗，孩子？他是个关键因素。”萨奎丽牢牢地盯着她，这一次布瑞奥妮没有办法再逃避了，“你想跟我们一起进入地下，因为你的父亲在那里——你希望能够把他从独裁者的魔爪下救出来。”

“不是！”布瑞奥妮否认，尽管加尔人王后说得完全正确，“你根本不了解他！”

“恰好相反——我对你父亲的了解要比对其他任何凡人的了解都多。但这不是重点。”萨奎丽伸出手，抓住了她的胳膊。布瑞奥妮想要摆脱，但突然像变得像婴儿一样无力。加尔人王后的声音变得有些沙哑，“看着我，孩子！你的家人是很多事情的关键，但是我可以告诉你——不应该由你拯救你的父亲。我也不是我的子民的灰鹭——我无法看穿未来的面纱——但是我对事物的必要性具有强烈而清晰的直觉。别为了一场自私的赌博而浪费你手下的勇士的生命，布瑞奥妮·埃顿。找到并解救他是我们加尔人的使命，但是不管你是否在他身边，他的命运都会降临在他身上。”

布瑞奥妮的眼里噙满了泪水；她眨了眨眼睛，然后擦掉了眼泪。

萨奎丽的声音已变得更加平和，几乎是带着善意，“我不能说自己为你感到难过——不管你的家族曾对我们做过些什么——但是我了解失去的感受，也了解困惑的感受。很长一段时间里，我不知道该去憎恨还是遗忘。现在我开始相信憎恨毫无用处……但遗忘同样如此。那些轻易遗忘的人只不过是命运的玩具。”

布瑞奥妮的泪水再次喷薄欲出，“但我该怎么做？”她问道，甚至不确定自己在跟谁讲话。

“活下去，布瑞奥妮 · 埃顿，”加尔人王后告诉她，“活着并铭记。铭记并学习。”

⚜ ⚜ ⚜ ⚜ ⚜

黑发的女孩从他身边跑开了。不管他怎么喊她，怎么安慰她，她都不肯停下来，好像他已经变成她害怕的东西。他没能立刻意识到他们身在何处——一开始他甚至不确定那是一个具体的地方——但是在追逐她的过程中，他逐渐认出了南境的城墙和石地板。

他现在身处肖像厅，站在萨那苏王后的画像前，这幅画曾多次吸引他。现在，望着祖先那乌黑的眼睛，他第一次发现她的表情并不像他想象得那样冷漠和高傲，而是十分复杂——失落、恐惧、愤怒，或许还有一点点希望；更奇怪的是，画像竟然动了起来，好像背后有什么东西要浮现出来。

他朝着红头发的王后伸出了手，开始剥掉表面的那一层油彩。他意识到，那根本不是一幅画——是泥土，只是泥土，但是他刮掉得越多，便会发现更多。他能感觉到泥土在他手掌下流动，所以他加快了速度，挖得越来越快，直到手指碰到了一样坚硬而冰冷的小东西。他从土堆里把它挖了出来，发现自己正捧着一尊那位黑发女孩的塑像，她的表情因恐惧而十分僵硬。但是，正当他凝视着它的时候，塑像突然变成了一捧金色的甲虫，在他手中翻滚起来，然后像溢出的珠宝一样滚得到处都是。他喊了出来，试图抓住它们，但是不一会儿它们就消失在了泥土之中，无影无踪。

⚜ ⚜ ⚜ ⚜ ⚜

“时间不多了，埃尼亚斯·卡拉里奥斯。”加尔人王后说。燃烧的船只发出的冲天火光让聚在这里的人的影子像恶魔一样跃动不已，“你做出决定了吗？”

“求求你，不要轻易相信他们，埃尼亚斯！”布瑞奥妮祈求道。

“抱歉，公主，”他说，“非常抱歉，您必须相信我，但是我得把我的人的安危放在第一位，还有，我的祖国。也就是说我必须相信自己的直觉，而我的直觉告诉我加尔人是对的……”他提高了声音，“我们就按您说的做，萨奎丽王后。”

“很好。那么我们在这儿的任务就结束了，”萨奎丽说，“其余的南方人分布在山里。他们不会这么快回来。”

布瑞奥妮没办法开口说话。他们要丢弃她父亲的命运于不顾。一时间，她想了好几个计划，如何单枪匹马地救出他，但是布瑞奥妮知道不能让埃尼亚斯和希安士兵在自己缺席的情况下去拯救她的家乡。于是，她只好作罢。

“但是如果他们看到我们势单力薄，那些隐藏在山里的西斯人就会卷土重来，”埃尼亚斯对萨奎丽说，“到那时该怎么办呢？”

“你可以到对岸去，这样他们便无可奈何了，”王后向他保证，“我们的盟友会负责……”

“盟友？”埃尼亚斯问，“这些盟友是……”

布瑞奥妮宁愿戳瞎自己的眼睛，也不愿让这个加尔人女人看到自己努力抑制愤怒的泪水的样子，但是当她开始把这次愚蠢而卑鄙的会议抛在脑后的时候，一个高大的身影蹒跚着从加尔人营地的帐篷里走了出来，沿着海滩一直朝着篝火的方向走了过来。一开始，他那僵硬的动作让她以为那是一个加尔人，但是当那个身影走近的时候，她发现除了那跛行的奇怪步态之外，那个纤瘦的身影看起来非常像人类。他的头发似乎是火焰一样的红色。

多奇怪，她想——**真像巴瑞克……**

她站在那里，有如被雷电击中一般，她弟弟一瘸一拐地经过她的身边，朝着加尔人王后走去。巴瑞克穿着一身宽松的衣裳，衬衫和裤子都是白色的，比他的皮肤颜色稍暗，他看起来比她记忆中更加苍白，而且比布瑞奥妮上次见到他的时候长高了一头。毫无疑问，那肯定是她弟弟。

“萨奎丽！”他走到王后身边喊了一声，“萨奎丽，我现在明白了！”他注意到其他人正在盯着自己，尽管还没有看到布瑞奥妮，做了一个她看不懂的手势，“请原谅。”他转头对王后说，“契妮坦！那个女孩的名字叫契妮坦——她在这儿！她就在这儿，我想她肯定在城堡下面！我把她给忘了——但是怎么会这样？我怎么会忘记一个如此重要的人？”

萨奎丽还没来得及开口回答，布瑞奥妮就推开了围在火堆旁边的加尔人，来到了他的面前，“巴瑞克？真的是你吗？”那分明就是他——绝不会错！她张开胳膊向他扑了过去，“巴瑞克！”

让她意外的是，他没有任何反应；好像她拥抱的不过是神庙里的一块圣人石雕而已，“这位是谁？”他向后退了一步，把她的胳膊推开了。

她惊讶地望着他。毫无疑问，面前的那张脸就像是镜中的自己——她的弟弟，她的双胞胎弟弟，“巴瑞克，是我，布瑞奥妮！你姐姐！你认不出我了吗？”她十分震惊。难道她的变化那么大吗？

接着他的眼神发生了变化……但并不像她期待的那样，一点也不像。她看到了一丝记忆的光芒，但同时还伴随着怀疑和愤怒，“啊，当然——布瑞奥妮。你好吗，姐姐？好久没见了。”

“好？”她猛地向后退了两步，好像被他扇了一巴掌似的，“巴瑞克·埃顿，你怎么了？你为什么这样对我？从我们分开的那天起，我就一直在担心你，而且为你吃了不少苦。你现在是要告诉我，你从来没有想念过我吗？”

巴瑞克没有回答，他转过头望着加尔人王后，眼神十分无助，仿佛在寻求帮助。

“你们分别以后发生了很多事情，”萨奎丽说，“毫无疑问，当这一切结束之后，你有很多话要跟你姐姐说，巴瑞克·埃顿。但现在我们的时间不多了。”

巴瑞克点了点头，好像这是一句完美的结语，“祝你安好，布瑞奥妮，”他说，接着又朝埃尼亚斯点了点头，“当然，也包括我们的其他人类盟友。萨奎丽，等你回去之后我必须要跟你谈一谈。我能感觉到契妮坦。她就在这儿——我确定独裁者抓住了她。”他停顿了一下，好像还有很多话要说，接着便转过身，一瘸一拐地朝着加尔人的营地走了回去。

布瑞奥妮望着他的背影，心痛得像是吞下了一把冰冷的石头。不一会儿，她的弟弟就再次消失在了黑暗中。

TAD WILLIAMS

雾影四部曲【Ⅳ】下卷

雾影之心

SHADOWHEART

[美] 泰德·威廉姆斯 著
李迎春 张妍妍 译

西南師範大學出版社
国家一级出版社 全国百佳图书出版单位

目 录
CONTENTS

第二十七章
万事俱备

阿里斯塔已年老体弱，无法与他同去，于是阿迪斯骑上村民赠予的白马出发了。他随身只带了一名侍从，其名为莫罗斯。

——引自《圣孤传说：其人生平、死亡及天堂的奖赏》

哥布林们正忙着拆除雅萨梅兹的帐篷，一看到元素精灵过来，马上齐刷刷地跳到一边给他们让路，等他们全都过去后才回去继续干他们的活儿。雅萨梅兹的隐士长艾希瓦和其他人并没有对此投去更多的关注，因为他们都知道哥布林极为小心谨慎，尤其是那些在宽敞的地方工作的更是如此。

只有几十个小家伙还留在名为砂银舞厅的大洞穴里，他们大多跟哥布林一样在拆除营地，毕竟那些东西总不会自行瓦解或是消失不见。洞穴里充满了奇怪的味道和声响，扬起的灰粉闻起来就像花草在燃烧一样；有的工人正在扑扇翅膀，代替着说话进行交流。

刚到的那些元素精灵来到了雅萨梅兹跟前。“向您致敬，伟大的女士。”不屈石风度翩翩地致礼，“我们应您的召唤而来。”

“真是这样吗？”黑暗女士用一种特定的语调说道，这样元素精灵就能看见一束冷冷的蓝光，“我之前也曾召唤过你们，却没有收到过如此迅速的回应，事实上，我没有收到过任何回应。”

不屈石摇晃了一下，闪烁了起来：“伟大的女士？”

“你们向来信守族内的古老誓言。”雅萨梅兹说道，“不管是对我还是焰华都一样。”

“当然，尊敬的女士。我仍坚守誓言。”

“大概吧。但我本以为你带来的族女会跟你一样忠于朋友，勇敢无畏……而不是像这种人。”

较小的那个元素精灵颤抖了一下，闪过一阵黄绿色的光。“我的女主人啊，您疑心我对族人的忠诚？”

“我并不是要谴责你，影釜，但我真的很想知道你为什么不回应我。我曾召唤过你三次，但是我没有从虚空里收到任何回应，一次都没有。”

黄绿色的光再次闪过。“这就意味着我背叛您是吗，我的女主人？”

“族女！”不屈石明显有些焦虑不安，他衣衫下的火焰像在风中摇曳，“你不该这样和神的女儿说话。”

“即使女半神说我是叛徒，我也不该这样这样说话。”

看着这离奇对峙着的二人，隐士长艾希瓦隐隐有些恐惧起来。元素精灵是最后加入同盟的，也是最凶猛的种族。据说他们拥有着连焰华王朝都畏惧的力量，不屈石的子民会是凶险的敌人。

“影釜，你为什么如此愤怒？”隐士高声问道，她小心翼翼地合起双掌，做出祈祷的手势，“我们这样内斗可不太妙。”

“但雅萨梅兹女士确实让人怀疑，她是否还像从前那样，坚定地站在子民这边？”较小的元素精灵说道。

“族女，我不太明白你的意思。”不屈石说，“我们显然得找个地方好好谈谈，让你解释一下你的这些不当言行。”他转向雅萨梅兹，长袍因为恼怒而翻动不止：“原谅我，尊敬的女主人，请您宽恕我的族女。”

影釜头巾下的焰光变得刺眼，她伸展双臂，几乎直抵洞穴的顶部。她在重塑自己。最后，她把自己变成了一个怪模怪样的翻版雅萨梅兹，脸上是一片吓人而空洞的光芒。“您为什么放弃了战争之印？”她说道，“告诉我们原因，女士。”

“以你的身份，根本不配知道答案。”她非常不屑，态度冰冷得就像一场猛烈的雨夹雪，“我为子民做出最明智的抉择。”

“您为萨奎丽祈祷，还向她派遣援军，她可是叛徒伊尼尔的妻子和妹妹！那个在库－纳－加尔与人类交好的叛徒伊尼尔。”影釜十分尖锐，毫不让步，“如果您还需要更多证据的话，那就是她已经把一个人类带到我们中间，甚至与他共掌国是！一个凡人！他们一定会任意妄为，到时候我们就只有一件武器能用来摧毁这个南方自大狂和他的阴谋了。”她挥起戴着手套的双臂，让炎卵出现在球状光辉之中。“别想把它从我这儿拿走。”她警告着，“这只是个幻象，但炎卵已经属于元素精灵，我们必须保证它用于正途。”

“话扯远了……”不屈石说。

“你矢口否认的叛徒行径已经暴露无遗。”艾希瓦说道。

“你这个隐士算什么东西？”影釜唾道，“骨头和泥巴捏成的玩意儿，更不用说你还是个无梦者，你们全族都是叛徒！”

“够了。”雅萨梅兹厉声打断了他们，尽管她并没有发出真正的声音，这时哥布林正在一旁搬运着她的帐篷，听到这话后吓得跌坐在地，抱头打滚。“都给我闭嘴。你们知道自己在跟谁说话吗？”雅萨梅兹向前走了一步，这一步并不大，但元素精灵的长袍还是像被一阵大风吹起似的剧烈翻腾起来，“我是漫风山之主雅萨梅兹，歪神的女儿！你们竟敢对我指手画脚？”

“您扔掉了战争之印！”

“我把战争之印交给了萨奎丽，她是我家族的最后子裔，焰华的炉床！那战争之印本来就是她和她的丈夫给我的。”她伸手一挥，影釜造出的炎卵幻影就消失了，“让我告诉你们往后会发生什么事，你们会明白的。如果不臣服于我，虚空将忘记你们，风不会再带着你们飞翔，黑暗也不会允许你们藏身其中。”

“我们曾向焰华起誓，我们始终是它最坚定最强大的盟友。”不屈石有些焦躁，慌忙说道，“这只是一场小口角，女士，只是战争中的火焰与阴影引发的小小误会。”

雅萨梅兹冷眼看着他，完全不理会。“我的确不知道世界末日时将会发生什么，也不知道届时我会在其中扮演怎样的角色，但我很明确地知道你们会是怎样。影釜，在我改变计划之前，你要确保炎卵万无一失，明白吗？”

元素精灵的焰光很阴沉，略带绛紫。“我决不……”

雅萨梅兹打开双手，于是影釜飞向空中，变得越来越小，最后变成一团冒着火星的黑坨，只比炎卵大一点儿。

“在我下令之前，一定要确保炎卵毫发无损。”雅萨梅兹的话语掷地有声，“否则它就无法发挥效用，因此我要用我们所有人心中的火焰将你束缚，命令你必须对我言听计从，你明白了吗？”

绛紫色的火焰刚熄灭就又窜动起来，渐渐膨胀成一片深蓝色。“懂了。”影釜最后说道。

“同意吗？”

蓝色加深成了紫罗兰色。“我同意。”

雅萨梅兹放开手，让元素精灵回到常态。“此外，下次我召唤你，你可得立刻跑来，知道吗？”

“遵命。”

“那就好。我还有别的事要忙。”雅萨梅兹后退了一步，那些使他们畏缩的压迫感瞬间消退了，“这很可能是人类的末日，别让你心里的小算盘和小恩怨扰乱你——更别扰乱我们。”

然后她转身走出洞穴，艾希瓦跟着她走了出去，临行前还不忘厉声警告他们。

不屈石觉得很难堪，他闪烁着焰光，终于吐出几个字："刚才你是怎么想的，族女，竟敢冒犯黑暗女士！"

"如果我们继续放任她，她会出卖我们所有人，我有预感，很多族人也都这么想。你是老眼昏花，轻信他人。当人类全部死光——是的，全死光后，与人类为友的焰华王朝也就覆灭了，到那时，大地和地上所有的声色就都是我们的了！"

"你想怎么骂我都行，真是年少无知。如果你多管雅萨梅兹的闲事，她二话不说就能弄死你，她可是神的女儿！"

"她是比我想的要厉害一点。"影釜表示同意，"但她已经把最犀利的武器交给我们了。"

"千万不能用它来和她作对。"不屈石厉声打断道，"这简直愚蠢至极，她会察觉然后弄死你的，我们全族可能都要遭受灭顶之灾！"

"我们可是元素精灵。"族女朝他呵斥道，"绝不能让元素精灵沦为焰华王朝的走狗。在我没有带着一群兄弟姐妹过来之前，我不会傻到再去挑衅雅萨梅兹。眼下她还可以对我颐指气使，但事情不会一直这样。"

说着，她回到了虚空当中，不屈石只好跟了上去，一边咒骂着她的年轻气盛和行事冒失。

⚜ ⚜ ⚜ ⚜ ⚜

和漆黑的地底深处的许多大洞窟一样，风穴也非常宽敞，尽管独裁者的军队人数众多，但要征服它却不是件容易的事。几小时前，他们刚把芬德林抵抗者驱赶出去，先头部队继续向深处推进，而皮尼蒙·瓦什和这批移动大军的其他人在后方扎营。

这个大洞窟十分诡异，风声尖利地呼啸着，穿行在穴顶的缝隙当中，不断发出嗡嗡的声音，瓦什觉得他们就像是在手摇风琴的风箱里。战役已经结束，西斯人燃起了火把，他们发现洞穴的一侧有一道裂缝，一大块用来铺地板的石灰岩已经土崩瓦解，跌到了深渊里，如今只能看见一点断裂的边缘，还有深不可测的黑暗。

此刻皮尼蒙·瓦什的身边有成千上万个西斯战士，他的情绪本该有所缓和，但事实上却并没有什么好转。他现在的心情和梦见大地崩裂没什么差别，周围的人都和他一样绝望，他觉得自己正被他们裹挟着，逐渐步入令人窒息的死亡。

不过，他还是很高兴能有个地方让他待上一会儿，不必像钻桌子那样从一边爬到另一边。虽然由于烟在狭窄空间里挥散不去，火把的光看起来还是很暗，但这也使高高的洞穴顶部泛着柔和的辉光，使整个空间散发出奇妙的美感，和他们曾经穿过的任何洞窟都不一样。

但我还是只想回到地面上去。

瓦什走出帐篷，被囚的国王已经在那里等着他，于是他支走了两个给他整理长袍的男孩。现在他随身只能带一对侍从，这使他变得十分克制，即使他们真的做错了事他也不敢打，生怕把人给打跑了，那他就只剩下一个侍从了，也可能一个都没有了！

“为您效劳，奥林国王。”他说，暗自希望他别再跟他谈那些关于储君的事了，虽然瓦什也在掂量着自己对普鲁萨斯的了解程度。

北方的统治者看上去病快快的。自从抵达南境以来，他的身体就一直不大好。后来独裁者拉着他深入地下，朝着只有努沙什和诸神知道的地底深处昼夜兼程，他的身体状况更是急转直下。“请吧，瓦什大人。”奥林国王微笑着，脸色苍白而虚弱，“告诉我，今天独裁者是否也打算来？”

这个问题有点蹊跷——北方的统治者总是竭尽全力避免和独裁者接触——瓦什今早起来后连口茶都还没喝，头有些痛：“这我可没法说，奥林国王。如果我们运气好，陛下不久就会来见您。您为什么这么问？”

奥林国王虽然面有病容，但分明带着怒意，他揩了揩前额上的汗，挤出一个微笑，说：“我只是非常好奇，不行吗？”

瓦什心里有些不是滋味儿。他并不在乎这个北方佬，可是要硬着头皮跟这个快要死的人一起消磨时光，还是让他觉得很不自在。这似乎有损于他的名望，但另一些事情比这更令他心烦，瓦什说不出那是什么感受。他见识过不少将要被砍头的人，但是从未在死刑令下达之后还被派去跟那些人坐着聊天，还得确保他们活得畅快，简直就像在招待贵客般殷勤周到——除了那条死刑宣判。他对现在的境地感到尴尬，也深为自己鸣不平。

奥林国王转头走了几步，卫兵紧紧跟在他身后。瓦什忽然想，这个北方佬是不是有什么阴谋诡计，但他随即又打消了这个念头。很多原因都会让奥林国王的行为显得古怪，他可能只是跟瓦什一样，仅仅因为头顶上铺天盖地的岩石和灰土，就觉得心烦意乱。退一万步说，即使奥林国王想做点什么，那也不会成功，毕竟他被独裁者的三位猎豹护卫监视着，而且他们每个都全副武装。他觉得自己多虑了——这个人看起来的确身体抱恙。瓦什决定去问问卫兵，奥林国王的胃口如何。如果他在独裁者下令之前就死了，瓦什可就大祸临头了。

一阵尖锐的笛声响起，在洞穴内回荡不止。独裁者的大帐打开了，里面飘出一阵味道浓烈的烟雾。努沙什祭司爬了出来，瓦什就着昏暗的火光看见他们正努力忍着咳嗽，念念有词地祈祷着。一行人在他们之后鱼贯而出，搬着一组长长的木板，这些木板被打磨得很光滑，上面雕刻着纹饰，还绘有彩画——这就是所谓的御道。一群训练有素的杂耍演员敏捷地跑出来，平平整整地躺在地上，然后把御道放在身上，用前额和手脚稳稳地托着它，以便让独裁者在上面行走。瓦什知道独裁者不会用御道走太远，因为那就意味着托最后一截御道的人需要背着沉重的木板快步跑向前方，然后倒在独裁者脚前，这会打扰独裁者的宁静心情。

“你在忙什么？”苏列佩斯穿戴整齐地走来，他并不像往常那样身披战甲，而是戴着扇贝形的大高帽，披着太阳神祭司的猩红长袍，脸上还绘着灰彩。他摆好架势，如吟诵般说道：“愿黑暗与你擦肩而过。”这是一句日常问候，今天是西斯的篝火节，北方的异教徒称其为仲夏夜。第二天太阳就会步入死亡。

“愿黑暗与你擦肩而过，独裁者。”瓦什至今仍记得自己小时候非常害怕这个节日，特别是到了晚上，黑暗中到处都是哀哭声，还有绘着灰彩的祭司唱着圣歌。到了午夜，男男女女的野人（在幼年的瓦什看来，他们就是些野人，他没有意识到这些人只是普通人，因为他们一连好几个小时都在豪饮着、舞蹈着）聚集在一起，冲上街头，点燃篝火，把那些仍在屋子里的人强拉出来，加入他们的队伍，制造出各种噪音来吓跑恐怖的死神赛加尔，不让他把月亮从努沙什的兄弟——月神宵释——手中夺走。直到旭日东升，烟日到来，狂欢的人群才四散而去，疲惫不堪地陷入睡梦当中，街道上没有了大人，完全是孩子们的天下；瓦什还记得他和弟弟们跑在街上的感受，那时整座城市恍如死城。

“是啊，瓦什，在地底深处过篝火节真是奇妙，我们明明连太阳都看不到。”独裁者虽然这样说着，却仍然兴致盎然。他又继续对奥林国王说道：“我听到你提了我的名字。”他踏着奴隶托起的御道向前走了几步，每一步都让托着他体重的人发出一声轻轻的叫唤。独裁者的块头并不大，却十分高挑。“你看起来郁郁寡欢，奥林国王。”苏列佩斯对着这个北方人说道，一边朝着他俯下身，就像父母在关心自己的孩子，“我们怠慢了你吗？还是奥林国王心有所想，有求于我？”

奥林国王点着头，深深地鞠了一躬。他从前总是远远地避开苏列佩斯，除了必要的社交礼节外尽量避免与他接触，因而这鞠躬显得十分诡诞。“正是，正是，我求求你……去死吧！”

来自北方的国王忽然斗志昂扬，朝着独裁者扑了过去，瓦什惊恐万分地看着这一切。他的动作十分敏捷，苏列佩斯完全没想到这个年纪的人居然还能如此灵敏，卫兵也惊呆了。奥林操起一个家伙朝独裁者的腹部揍过去。他的武器碎了。

奥林国王退了下来，手中是一块长长的、边缘参差不齐的碎石，瓦什惊恐地看着血水从他紧握石刃的指间滴落，但很快他就放心下来，他发现这些殷红的血其实是奥林国王自己的。

奥林国王嘶哑着嗓子咒骂，跌跌撞撞地跑开。三个卫兵用上膛的枪瞄准着他，其中两个举着步枪，另一个用的是火绳手枪，这是独裁者的高级卫兵才能配备的武器。更多的卫兵朝这里集合过来，准备将奥林就地正法，然而苏列佩斯却命令他们不得轻举妄动。

“不要伤着他，我没事。”独裁者命令道。他撩开长袍上的衣褶，露出里面的背心，“奥林国王，你没有仔细了解我族的风俗，实乃一大憾事。”苏列佩斯站在原地，面露得意之色，就好像那个碎石片并没有刺到他。“篝火节这一天，独裁者必须打扮成太阳神的大祭司，这意味着他得把全套的法衣都穿戴在身，穿个里三层外三层。”他得意地大笑起来，快活得像个孩子，“我再也不抱怨要穿着这一身热烘烘的内衬了！”

奥林国王扔下那片碎石，转身朝着地面陷落成断崖的地方跑去。握着枪的猎豹护卫瞄准了他的背后，然而独裁者再一次阻止了他。

“他知道自己跑不掉，就让他享受一下片刻的自由吧。”

卫兵不情愿地放下枪，看着北方国王站在深渊的边缘。他久久地看着脚下，然后重新抬起头面对着独裁者和卫兵。“你是走了狗屎运，苏列佩斯，我伺机杀你已久，但你肯定是受了神灵的庇佑。”

“对呀，神灵保佑我。”独裁者大笑着附和道，“因为他们怕我！”他朝奥林国王示意：“接下去你打算做什么呢，国王大人？”

“我要做的这件事，你无法阻止。”北方国王衣冠不整而且面色苍白，他冒着虚汗，近日来的身体欠佳全都在脸上表现出来，沉重的呼吸也说明了这一点，“只要后退一步，我就能要了自己的命，没有了萨娜苏的血液，你还怎么完成那肮脏的符咒，你的雄才大略要怎么施展？”

瓦什看着奥林国王的脸，知道他一定会践行这个打算，有一刻他甚至喜出望外。*如果奥林·埃顿就此死去，独裁者说不定会放弃这个疯狂的计划，那我们或许就能回到赞德，好好地活下去了。*

然而独裁者看上去丝毫不为所动。“好样的，奥林国王，这出戏真不错，就像你们在佐悉蒙节庆典上的表演，不是吗？”

“我不会再对你俯首听命，你的疯狂行为和阴谋诡计将不会得逞。”北方国王站在悬崖边上，甚至用不着后撤一步，只要向后一倒就能掉下去，谁也拉不回来。

“这也谈不上是阴谋诡计，跟你的英雄事迹也没什么不同，我只是在等待时机。如果昨天或是前天这样威胁我，那我麻烦就大了，不过现在……”苏列佩斯摇着头，轻声笑了起来，“你还是再等等吧，看看你所信奉的神灵会怎样降咒于你，然后弃你而去。”

“你这话是什么意思？”

苏列佩斯转过身，向离他较近的一个卫兵耳语了一阵子，那人就去取来了独裁者华丽的、绣着金丝的华盖。“你做了个错误的决定，奥林国王，我并不是非得有哭泣女王萨娜苏的血液不可，她的祖先哈比里的血液也行……”独裁者笑看着奥林国王脸上沮丧的神情，“神灵在加尔人之外也到处撒种，他曾在赞德山与他的敌人周旋过很久，和女人或者其他女神，要么就是女半神有过一两个孩子，后来这些孩子跟人类结了婚。不过这都无关紧要，在赞德我们经常听到有关哈比里遗孤的传说，后来我的祭司和我终于证实这些谣言竟是真的。所以从昨天开始，你就不再是打开天堂之门的唯一锁钥了，过来看看吧！”

卫兵带着一个打扮得像隐宫新娘的女孩走来，把她带到苏列佩斯跟前，粗暴地让她跪在托着御道的奴隶旁边。

“你想必还记得蜂房神殿的契妮坦吧，奥林国王。”独裁者像是在国宴上互相介绍一样说道，“现在的她和我们初次见到她的时候一模一样，头发上显示着她的血统。”他弯下腰，伸手把女孩的头发拉过来，光亮的黑发里还有一缕异色的头发，泛着火焰般橙红色的光芒，犹如一道格外醒目的伤疤。“所以你就自由地往悬崖下跳吧，奥林国王，我会铭记与你的最后谈话的，而现在我有了她，用不着你的血了。”

北方国王看看得意扬扬的独裁者，又看看目光迟滞的女孩。“原来是你，孩子。”他说道，“原来我之前想的没错，你我的确有一些关系。”

她看了他一眼，然后继续满怀恐惧地盯着独裁者。

片刻后，奥林国王举起了双手。“我投降了，你可以任意处置我，苏列佩斯，但我也恳求你的恩赐。如果你能释放这个姑娘，我就干脆地死去，毫不反抗。她还只是个孩子！”

“她是个有着古老血统的孩子。”独裁者说道，“不过奥林国王，你无权要求我。”

女孩抬起头，此刻她才明白事态。她瞪着黑色的大眼睛看着奥林国王喊道：“快跳！”像是为了表示自己的确知道事态一样，她又补充道："勇敢地死吧！这样您就自由了！"

然而这些话语并未激励奥林国王，反而让他萎顿地跪了下来，碎石从他手中落下，当卫兵把他从悬崖边上拖走并反绑起来时，他也没有反抗。

"别伤着他，不过得把他锁起来。"独裁者向瓦什笑道，"总不能嘉许他的恶劣行径吧。"

"你就没有什么廉耻吗？"当独裁者和瓦什走过身旁时，奥林国王说，"牺牲一个孩子来达成你的愿望……"

"为了达成所愿，弄死一百万个孩子也在所不惜。"苏列佩斯平静地答道，"所以我会成为神，而你和你的国人只能消失在历史的尘埃中。"瓦什觉得自己一定是露出了惊愕的神情，因为独裁者继而朝着他这个佞臣讲解了起来："百万个孩子算什么，我的老朋友，即使是一千万个又怎样呢。我会毫不犹豫地摧毁一切活着的东西，只要它们忤逆了我的意志。"

瓦什假托还有要务在身，很快就告退了。独裁者和他的军官们讨论着继续进军的方略，并没有发现他已经走了。

⚜ ⚜ ⚜ ⚜ ⚜

马特·廷莱特以为自己的情绪已经不能更低落了——这些天来他一直跟在亨顿·托利这个护国公屁股后面，对他唯命是从，不但得陪着看各种烦人的娱乐消遣，有时还得亲自参加，他累得精疲力尽，觉得自己不会再为任何事感到震惊。他想错了。

抱着年幼的亚历桑德罗斯王子已经够惨的了，小家伙在他臂弯里扭动着，满屋子都是他的哭声。还好他不用负责让阿妮莎王后保持克制，否则就真的没辙了。在接手照顾婴儿的大业之后，这个任务就交由两个卫兵去处理了。王后在他们臂弯里又哭又闹，完全控制不住，不过王宫的楼上可能已经空了，因为自从军队去了大厅之后，人们连打开门看热闹的劲儿都没有了。廷莱特觉得他们可能已经习惯了这个女人的哭号声，所以当她在夜晚被强拉出王宫时也没有人在意。

*可我为什么要为虎作伥？*他想着，*没人比我更清楚他是个什么货色。我该想办法杀了他，即使丢了性命也在所不惜。*

但问题就在这里——廷莱特还不想死，即使是为了清除掉亨顿·托利这种杀人如麻的渣滓也不行。其实他对护国公十分畏惧，甚至认为即使自己全副武装，也未必能得手。他总觉得托利会逃过一劫，而他要用自己的方式，让托利痛苦不堪地慢慢死去。

*所以你要与他同流合污？*他问自己，*以佐悉蒙的七弦琴起誓，你到底是个怎样的人？*

*实话实说吧，你是个懦夫，*廷莱特对自己说道，*是个苟且偷生的懦夫，不过如果我死了，谁来照顾伊兰？谁来保护她不重新落入托利的魔掌？*

但他知道自己并不是真的为了伊兰而苟且偷生，懦夫才是他的本色，没必要遮遮掩掩的。

阿妮莎王后又跟卫兵扭打在一块儿了，她正试图抱走廷莱特手里的孩子。“阁下！”她朝着廷莱特哭喊道，“阁下，我不知道您是谁，但您看上去温和善良。能帮我摆脱他吗？帮帮我阁下！我可怜的小宝贝吓坏了！”她朝着哭红了脸的婴儿扒过去：“让妈妈抱抱！让我抱抱他！”

廷莱特觉得自己肯定是糊涂了。让她抱抱孩子又能怎样呢？为什么就不能让阿妮莎抱着孩子？

因为她很可能宁愿把这孩子杀了，也不让他落入托利的手中，廷莱特这样对自己说道，随即被这个念头吓到了。这不只是因为他发现自己竟能相信这个说法，也因为他知道这就是真相，而他却要把婴儿交给托利。**别犹豫了**，他对自己说，接着假装有一大群廷莱特站在自己面前献言，**抱着这个婴儿就能保全性命，别管这个歇斯底里的女人了**。

“求求你，求求你阁下！”当卫兵们朝着托利的房间走去时，她声嘶力竭地大喊着，连声音都变了。“诸神和至高无上的圣三神啊。”她尖叫着，“还有佐睿雅和地下所有的恶鬼，降咒于这个偷走我宝贝的恶魔吧！诅咒他！”

廷莱特觉得最糟糕的其实是他搞不清这个女人所指的恶魔是谁，是亨顿·托利呢，还是他自己，而且他实在看不出他们有何不同。

“您这样子是成何体统？为什么又叫又嚷，又没人要伤害您的孩子，回房间里去。”托利比廷莱特上次见到时更平静。沐浴后的他穿着一身干净的紧身衣裤，仿佛又变回了以前的亨顿 · 托利，但目光里却压着一分凶悍，他不停地来回走动着，指指点点。

阿妮莎竭尽全力地想相信他的谎言，但却毫无办法。“你为什么要夺走他，托利大人？为什么这样对我，我日夜向你进善言，朝夕相助。”阿妮莎在状态好的时候，声音雄浑有力，此时却很微弱，“把他还给我吧，你想要他的时候，我带他来见你。”

“我现在就需要他，可爱的阿妮莎。”托利的脸上虽然挂着微笑，却也明显带着一丝不耐烦。他抱婴儿的姿势很别扭，像个挑剔的学究抱着一头脏兮兮的猪一样。“不多说了，回您的房间去，我保证一会儿就把他安然无恙地还给您。”

“但你为什么要带走他，你想干什么？”她试着以微笑相待，但笑容却充满苦涩，“这么小的孩子对你来说到底有什么用？”

“是啊，但我就是要他，请王后信任我。您丈夫死后，我不是一直在辅弼您吗？在艰难的时刻里，不正是我为您指明了道路吗？难道我没有向您发誓，亚历桑德罗斯将会继承其父亲的遗志？”

“但是你为什么要带走我的孩子？”她挣脱了卫兵，跪在亨顿·托利跟前，那景象就像一个烂醉如泥的人求着再喝一杯似的，让人不忍直视。

“够了，我没有时间事事都向你解释。回你的房间里去，阿妮莎。”托利耗光了最后一点耐性，撕下了他那副寻常而淡定的假面具。

“不！”她朝他爬去，用力拽住托利的腿，“我求求你了亨顿！别这样做，别带走我的桑德罗斯！”

“仁慈的诸神啊！你们这些傻子就不能把她拽走吗！”托利踢开她，不让她碰到那个号啕大哭还不停扭动着的婴儿。他试图往王后的肩膀上踹一脚，而她仍然哭着向他爬来。最后卫兵拽住了她的脚制服了她，并一直摁着这个不停哭泣的女人，防止她再次朝托利爬去。

“把她带走。”他说道，“把她锁在房间里，啊，不行，她会无事生非，会把这儿搅得鸡犬不宁。把她扔进楼下的禁闭室里，给她一个小女仆，管着她吃饭！除非我传唤她，否则我再也不想见到这个女人了。”

卫兵拽着王后走了出去。虽然阿妮莎身材娇小，但是要拽走她却也不容易。她一路上都在打闹不停，何况即使托利有令，卫兵们也不敢粗暴地对待国王的妻子。

当卫兵们终于把她带走，阿妮莎悲戚的哭声逐渐消失在远处之后，托利把哭着手脚乱蹬的婴儿放到了床上。

“你会给婴儿换尿布吗？”托利忽然问廷莱特。

“大人您说什么？”廷莱特怎么也想不到会有这天外一问。

“这小东西很不舒服，肯定是要换尿布了。得找个懂这一行的女人才行。”护国公嫌恶地摇着头，“藏书阁这么小，我可不想跟这个臭烘烘的家伙在一起。”

“大人要去藏书阁？”

“我们得去念一堆咒语，还得捣出一锅药来，伺候这个小孽畜。”托利嫌弃地看了小小的亚历桑德罗斯·埃顿一眼，“奥科罗斯向我解释过，虽然我不怎么记得他说的话了。没关系，他的书和论文全都在我们这儿，你也算是……某种意义上的学者嘛！离独裁者那见鬼的仲夏夜还有一两天时间，这就够了，毕竟我们已经有了这个带魔力的王室骨血。”他忽然大笑起来，笑得十分大声，尖锐刺耳：“太棒啦，有了这小孽畜，就万事俱备啦！”

第二十八章
比预想的要好

孤儿踏上通往北方的漫长道路，一路上他和莫罗斯遭遇了劫匪、野人、恶鬼，还有心肠歹毒的妖精。

——引自《圣孤传说：其人生平、死亡及天堂的奖赏》

芬德林人正在穿过地下迷宫后撤，在费拉斯·范森看来，这场战役和他以前经历过的那些一样糟糕。他很怕面对加尔人，在雾影线背后的时候，他几乎一直都迷茫绝望不知所措，还有他的第一仗，当时老上司多纳尔·穆里在南境的乡野上和强盗头子对峙，那是他第一次面对想要置他于死地的敌人，把他吓得不轻。不过眼下的战役有着与之全然不同的另一种恐怖。这场恶战里有许多包围战，两军之间真刀真枪地近身肉搏。范森汗水涔涔、摇摇晃晃、浑身无力地硬撑着，稍不留神就会丧命。在战场的某些地方，人们全都挤在一起，一个人即使被杀死了也不会倒下，这种状态一直维持到他们和芬德林人开始撤军。有几次范森和他的队友杀死了西斯军人，却无法把他们的尸体推开，但最后南方军终于还是后撤了。这真是一场令人不安的近身战，因为此时长夜将至，黑暗的季节到来后弓箭手完全发挥不了作用，所以多数的战斗都要靠肉搏。人们揪着自己能抓住、嗅到，或是视野里若隐若现的敌人，与之厮打在一起。西斯人有着棕灰色的脸，胡子拉碴，戴着圆锥形的头盔，铠甲上有着层层叠叠的鳞片，看起来跟那些在他们身后战斗的芬德林人长得一样。两班人马互相厮打着朝地底深处前进，就像一群跳着复杂舞蹈的侍臣。抵抗者交出了土地，而进攻方则继续推进。在范森看来，这整场战役就像是一场对死亡与黑暗之神科涅奥斯的朝拜。

还有比这更奇怪的战斗方式吗？范森心想，**还有比他们更混乱的士兵吗？**

几小时的血腥战斗之后，范森的部从终于用上了日益供不应求的爆破粉，他们把地下迷宫的前方炸掉了一大块，落在独裁者的军阵当中。这次爆破让迷宫中心的洞窟入会厅被断墙的碎块埋没，截断了贯穿迷宫的唯一道路。后撤到安全地带之后，他们总算能见缝插针地休息一会儿，让对方的西斯苦役一点点清理拦路的碎石块，挖通道路。

“但我需要更多的信息！”范森向流石师父说道，这位师父跟其他芬德林人并肩作战。此时地下迷宫的许多通道都已露出裂缝，很快就要崩陷，范森把部从后撤到了启示厅，这是一个宽敞而低矮的洞穴，年轻的芬德林人在这里精疲力竭地守卫着，最后他们会一直后撤到闪光之人遗迹的秘境当中。“你为什么不告诉我这些隧道的名字？”范森说，“燧岩唯一没有在地图上记录的就是它们。明明有这么多条路，我们完全可以绕到南方军的背面，或是侧翼去攻击他们！”

“还不就是因为这些隧道本来就没有名字吗！”年轻的流石师父鼻青脸肿，几道长长的疤痕让他不成人样，“我告诉过你，卫队长，我跟兄弟们会把通往地下迷宫的道路牢记在心，这样我们就能引导着仪式主持者在其中穿行，但我们从来不会去记这些迂回小路或是盲肠道的名字。你听不懂吗队长？这地方又不是我们芬德林人造的！”

范森震惊了。“不是你们造的？那是谁造的？”

流石师父耸耸肩。“可能是加尔人吧，也可能是你们所信的神，也就是那个疯了的南方国王想要复活的那位。总而言之，我们全都不认路。”

费拉斯·范森真想休息一会儿，但其实他在这场撤退中已经停下来休息很多次了，于是他只是小睡了一会儿，之后就在临时搭建的帐篷边散步，一边看着他的部从，一边想着怎样才能多照顾他们一点。这一路上已经有太多人牺牲，留在队伍里的也伤残过半，需要救治。这个宽阔的洞穴里有一端相对较窄，范森在那里来回走了一阵子，看芬德林人建造城墙，等到他们从启示厅撤退时，这道墙就能充当掩体——如果那时还有人能活着撤退的话。

范森心情沉重地回到自己的篝火旁。“神啊，我快被逼疯了！”他说，“我们只剩下最后一点爆破粉了，等到敌人把这些碎石清理干净，我们就只能和他们短兵相接了。我们到底为什么会轻信燧岩那个见鬼的策略——之前到底浪费了多少爆破粉？”

“请镇静下来，队长。”碧玉对他说道，“我们自会看到长老为我们所做的安排。”

“但我们只需要拖住敌人一两天，这样独裁者就来不及实施他的疯狂计划了！”范森一副自信受挫的样子，“紫铜，我有没有算错时间？”

“我们的饮用水也许不够。”孔雀石·紫铜说道，“但水时钟还是能运转的。”他悲伤地摇摇头：“芬德林镇上的人们这时候想必正在为庆祝仲夏夜而举杯畅饮。”

“我的天啊，这些住在黑黑的洞里的人为什么还在乎夏天？”范森一副怒气冲冲的样子。

这时朱砂的儿子甘汞跑进了营寨。大家都很喜欢他，但现在他们太过疲惫而且情绪低落，谁都没有看他一眼，不然他们就会发现甘汞脏兮兮的脸上爬满了泪水。

“队长，快来！”他大喊道，“赶快带人来！我爸爸需要您！他在入会厅！”

“什么？”范森立刻跳了起来，“但他只是去帮忙把碎石推到隧道里啊……”

“西斯人用了爆破粉！”甘汞说道，拽着范森走出营寨，“他们把地下迷宫的整道墙都拆了，还抓住了我爸爸！”

“佩林的胡子！”范森说道，“最可怕的事情发生了，独裁者终于耐不住性子，打算大举进攻了！紫铜，带上你的人，大锤和白云石把其他人也带上，跟在我后面！”

“要快！”甘汞喊着，“赶紧！他们会杀了我爸爸，我爸爸会被杀掉的！”

范森不知道该说些什么才能安慰这孩子，他本以为南方军至少要到明天才会杀过来，现在一切都要结束了吗？芬德林艰苦战斗了这么久，到头来却是一场空吗？*但不管怎样，不该放任朱砂一个人去牺牲*，他这样想着，*如果非输不可，就让我们战斗到最后一刻吧。*他为自己的战友感到担心，却又心怀某种无济于事的乐观。*让一切顺其自然*，他跟在年幼的甘汞身后跑着，*只有诸神知道人的命运。*要不是照顾到这个备受惊吓的孩子的心情，他会大喊：*正如我父亲在谈及先祖时所说——如果你生性并不怯懦，那么慷慨赴死总好过苟且偷生！*

布瑞奥妮好不容易睡了大约一个小时，但见面后弟弟的反应给她带来的打击仍使她心下茫然，她拿过靴子穿上，摇摇晃晃地站起来。他到底经历了什么？巴瑞克像不认识她一样走过她身边，仿佛他们不曾在南境一同长大。她的心就像被战场上的飞箭射中那样疼，没有人来得及提醒她趴下，她就被杀了。

外面仍然很黑，她身边的教会猎犬队和步卒正在拆除他们好不容易搭起来的小帐篷。长而低矮的小船搁浅在海岸上，每只船旁边的沙地里都插了至少一支火把，整片海滩闪烁着星星点点的光，布瑞奥妮觉得自己仿佛在穿越一片火光的密林。水鸥人们在船边等候着，许多人身披腥味刺鼻的干鱼皮盔甲，手里拿着弓箭、长叉和长矛。在布瑞奥妮看来，这些兵器更像是捕鲨用的工具。

但她知道这些水鸥人绝对不好对付，他们所做的事也绝非只是杀死一些南方军那么简单。独裁者的舰队遭到了火攻，一些舰船仍在布伦湾里燃烧着，吃水线以上的部分几乎烧光了，这些冒着火星的焦黑废船诉说着刚才发生的一切。

埃尼亚斯迈着大步走过沙滩。“我已经派人扫清了城池，我敢肯定那些西斯人真的逃到山里去了，城里连一个西斯人的影子都没有……”他走到她身旁，“你还好吗，布瑞奥妮？”

“怎么能好呢，我弟弟就像不认识我一样。”

王子看起来迷茫不知所措。*但这并不是他所能解决的问题*，布瑞奥妮想着，尽管她也觉得这样对他并不公平，但此刻她也顾不上了。“我曾见过那些在战争中饱受创伤的人，公主……”

“他没有疯，也不是战争让他变成这样，是那个叫萨奎丽的加尔女人干的，她对我弟弟下了咒。”布瑞奥妮向四下看着，“那些西斯人哪儿去了？”

“他们撤退了。”埃尼亚斯说道，“跑回山洞，回到城堡下的地底深处去了。”

布瑞奥妮的眼里又涌出了泪水，模糊了火把的光和埃尼亚斯的脸，还有那些在浓烟背后隐隐闪烁着的群星。她紧紧地握着拳头，擦干眼泪。“别。”她说道，“别说了，我们还是去做些必须要做的事吧。”

“差不多全都准备就绪了。”埃尼亚斯说着，“只有一些等着我去办的事……”

“去办。”她说道，“别担心我，埃尼亚斯，我可不会跑到海里自沉，我生性坚强。”

“我没那样想过……”

“去做您的事情吧。”她转身背对着他，头也不回地朝着那些搁在岸上的船走去。她来到最近的一艘船旁边，然后开始沿着那一盏盏火把在海滩散步，试图忘却那些令她怒不可遏又痛苦不堪的念头，不让它们袭上她疲惫的心。水鸥人双眼圆睁，面无表情地看着她走过。

“布瑞奥妮公主？”

她停下脚步，在一个全副武装的水鸥人跟前回过神。这个人的光头使他看起来怪怪的，但她忽然发现，“他”其实是个“女性”。

“也许我见过你。”布瑞奥妮就着昏暗的火光眯起眼，“仁慈的佐睿雅啊，是你吗，埃娜？族长的女儿？”

女孩点点头。“您还记得我，我真是太荣幸了，我们只相伴过一两晚。”

“那是我生命中最可怕的晚上——至少是迄今为止。”布瑞奥妮感到头皮发麻，“不过你为什么全身披挂，混在男人堆里打仗？”

埃娜笑了起来。“我也想这样问您，看来我们都想在世界末日里干点大事。”

“世界末日？”

水鸥人女孩耸耸肩。“总归要来的，艾格耶瓦尔已经发出了启示。”脱下头盔后她的面容更加清晰可辨，双眉高挑，睫毛浓密的双眼透着庄严，这唤起了布瑞奥妮几乎忘却的记忆。“沙索大人还好吗？”埃娜询问道。

那是一段布瑞奥妮本想压在心底的记忆。“他死了，愿诸神赐予他安眠。他是个正直的人，当我们的住所遭受攻击时，他死于兰德港的大火中。”布瑞奥妮确信那场火是亨顿·托利的旨意，有人故意袭击地方长官。布瑞奥妮曾经为埃尼亚斯王子放了萨奎丽女王一马而愤恨不已，但至少现在她能跟托利这个叛贼单独见上一面，而不必理会希安军和加尔人。沙索有恩于整个埃顿王室，对布瑞奥妮本人来说更是恩重如山。

“我深表遗憾，公主。”埃娜说道，“沙索大人是个勇猛的老者，我等海之子与他友谊长存。”

“说实话，我没想到你们竟然这么了解沙索大人。他走进你们父亲的长屋时，二人就像故交老友一般。”

“他们一起经历过很多事情。”埃娜说道，“但现在不便详谈，我们必须在黎明前穿过这片海滩，至少这样能阻止西斯人拿起他们拖回山里的武器向我们开火。如果能跟随您一同返回家乡，那真是我的荣幸。”

“谢谢你埃娜。我回去收拾一下行李。”

布瑞奥妮走过船板回到临时栖身的帐篷里，埃尼亚斯和他的部从正与水鸥人做最后的整备。她真的想保持镇定，怎么说她也是埃尼亚斯的智囊，然而她内心苦楚难支。那位身材高大的演员多文·比奇曾向她预言，她能再次跟父王说话，这的确实现了，但那次在监狱里的对话是否就是他们最后的交谈？如今她找到了巴瑞克，他却对她不理不睬，在最黑暗的那段日子里，她想着要与他们相会，以此来获得前进的动力，现在她与他们近在咫尺，却无法真正拥有他们。这痛苦几乎要将她击溃。

要坚信我终能与他们重逢，这至福终会到来，此外我别无他求。

但布瑞奥妮还是无法说服自己。你可以沉湎于这个故事当中，诸神和人们始终眷顾着你，她对自己说道，或者干脆承认，你所在的世界早已面目全非，诸神已死，群魔可憎，自有人来搭救你的父亲，而这个故事的结局无人知晓。

⚜ ⚜ ⚜ ⚜ ⚜

燧岩在狭窄的通道里加班加点地工作着，他怒气冲冲但又惶惶不安，因为他和工人们已经开足马力，然而这任务还是不可能完成，结果现在又有一封紧急文书发到，锑师父非要他立刻过去挖土。半天的时间就这样白白浪费了，要是遇到什么不顺利的情况，时间还会更长。

他遇到了十来个从坑里走来的芬德林人，这些芬德林人多半推着一车车泥土走着，另有几个芬德林人的工作他则实在难以搞懂。不过，见此情景，燧岩觉得好些了，至少工事仍在进展当中，至少锑师父尚未因为紧急情况而让工事完全停下来。此外，在寻找锑师父的途中他还好好地巡查了一下现场，以确保一切有条不紊。两列芬德林工人从他身旁经过，一列往外面，一列往工地。往外走的芬德林人们推着装满废弃砂石的斗车，有不少人已经倒空斗车，就近装上了一袋袋新鲜的爆破粉。

这时，他在一群工人中间看到了锑师父，站得离最大的通道很近。那是最初开挖的通道，和一条巨大的裂谷连通，直达地底深处的海洋。一些工人不无嘲讽地给它起了绰号，叫它“燧岩的烟囱”，燧岩认为它就是杰兹卡尔深矿，通往世界的尽头。那个身材高挑的师父看上去比实际年龄苍老很多，他身旁的还站着两个芬德林人，燧岩一看到这两个人就觉得肚子上好像被揍了一拳似的，一阵难受。其中一人叫镍，是焕华共修会的下一任会长，燧岩很不喜欢这个毫无幽默感的人，从初次会面起就很不喜欢他。另一个是燧岩自己的哥哥岩核，他是蓝石英家族的大师。但是平心而论，比起镍，燧岩更讨厌岩核，像他这么讨厌的人简直世上罕有。

“好家伙啊，真是好家伙。”岩核看着燧岩走上前，“幸好爸爸已经死了，不然让他看到你干出这么有辱家门的事，他老人家该有多生气。”

“见到你真高兴，哥哥。”燧岩向镍师父点点头，后者只是皱了皱眉，他继续走向锑师父，“我应您的召请前来此地，但如果您和这两个……杰出人士还有要务在身，我可以再等等。”

“我找你来其实是为了……”锑师父开了腔。

“我们之所以在这里，可全都是因为你。”镍说道，“或者说是因为你要干的事。这太危险了，对我们的公会尤其危险。你要是弄下去太多石头，我们全都会死的。我决定不让你这么干，今天就停工。”

燧岩盯着锑看了好一阵子。“什么……你说什么？停工？什么停工？”

“就是说你在做的这些事，全部停工。”镍指着那些正在推废弃砂石的工人们，“不能在离经院这么近的地方做这么危险的事。”

燧岩真想一把揪住他的长袍领子。“可是……可是你知道这工事的目的。”但也可能他并不知道？或是燧岩他自己发了疯？他敢向天发誓，当时镍也参与了这项任务的讨论，他和朱砂激烈辩论，但最终同意了他的决议，“这可能是我们唯一的自救方式！朱砂也已经许可了。”

“他许可了吗？”镍皮笑肉不笑地说道，“我不记得有这种事，我隐隐约约只记得你有一些不稳妥的计划，比如用爆破粉把石头炸下去，用来抵抗敌人。不过我完全不相信朱砂大师会允许这种疯狂行径。”

“你……你这个骗子！当时你也在场！你从头到尾都在场，朱砂和范森都同意了，你知道得一清二楚！”

“听好！”岩核师父说道，他宽阔的下巴因为愤怒而抖个不停，“你不能这样对镍师父说话，他可是个重要人物，你又让我丢尽了脸，燧岩老弟。”

多年以来，燧岩一直都想照着哥哥的眼睛揍上一拳，他觉得此刻正是时候，但很快冷静了下来，这么做的代价太高，何况他自己还有重要的任务。“当时其他人也在场，比如众人仰待的孔雀石·紫铜，还有其他一些司令官。”

“现在他们在这儿吗？”镍摊开双手，“我怎么没看到？如果你声称自己是在替公会做事，握有朱砂的特许，那么阿斯提昂呢，在哪里？”

燧岩顿时哑口无言。镍所说的阿斯提昂是一枚星形印章，它代表石匠公会的权力，可以处理芬德林镇的一切事务。但镍说得对，他的确没有阿斯提昂。“朱砂和其他人忙着撤退，去把守芬德林秘境，来不及把它给我——这你是知道的！”

“我对此一无所知。”镍摇摇头，“这里只有你的一面之词，而相信这一面之词的风险太大了。”

“尤其是像我弟弟这种人，更是不可信。”岩核师父打着官腔，“他曾因行事愚蠢大胆而被宗主叫去见面。”他点着头。“既然朱砂不在，我就是最高级的公会成员了，我判决镍的反对有效。在制造出另一个阿斯提昂之前，这项工程必须立刻停工。”他得意扬扬地笑着，“祝你好运，燧岩。”

“请让我带您回寺。”镍说道，“大师莅临此地，我等荣幸之至，您一路舟车劳顿，我有一瓶上好的蘑菇酿珍藏，以前人们管它叫麦克梅，请务必赏脸喝一杯。”

“不胜荣幸。”岩核的圆脸上洋溢着得意的表情，“我就喜欢好酒！只可惜我弟弟无法同行。因为他得把这儿的工事停下来，可有的忙了。”他严厉地看着自己的弟弟：“但我会回来的，如果再有一个小工在这里开挖，你就是整个公会的敌人，燧岩！”

镍师父和大师走后，燧岩两手抱头地坐在地上：“我哥那个蠢货！还有镍，他搞什么鬼？他明知道我们在干吗，也知道这工事的目的！或许长老不会让我们得偿所愿，但这却是我们唯一的希望。”他迷茫而悲痛地看着周围挖着坑的工人们。“要是停工了，那事情就麻烦了，定会引发一场惨剧啊。”他眨着眼睛，“千沟万壑做主！真不敢相信镍如此鼠目寸光。”

锑师父叹着气坐在他身旁。“他绝对不是鼠目寸光，我告诉你，镍是公会中的智者，所以他年纪轻轻就能当上下一任会长。”他絮絮叨叨了一阵子，“我想他不认为范森他们能赢，但他也不想用你的计谋，他也许是想孤注一掷，看看能否与入侵者媾和。”

“不然就是亨顿·托利主动出面。”燧岩不满地皱起眉头，“我认定他就是个出尔反尔的人，差不多够得上是叛徒了。”

“你说镍？”锑惊讶道，“他为人的确自私而且无德，但怎么看都不是叛徒啊。”

“够了。”燧岩嫌恶地摇摇头，“再多说什么也没用。总之我们必须从朱砂那儿拿到阿斯提昂，否则我哥就会禁止工事，他一定会说到做到。这样一来，我们连这点渺茫的希望也没有了。围城战以来，公会的成员都各自在家，根本无法召集他们重新弄出一个阿斯提昂来！朱砂是我们唯一的靠山，可是他的拥护者们大都追随着他和范森在打仗。至于我哥那伙人，除非打仗打到家门口，否则他们绝不会走上战场。”他压低了声音怒吼着：“要真是打到家门口，那就太晚了！”他站起身：“我得想办法去找朱砂要到阿斯提昂。”

“但如果不能及时召集各位成员，你根本无法见到朱砂。”锑丧气地说道，“他离我们如此遥远，而且还隔着成千上万的独裁者的军队。”

燧岩感到自己就像一座负荷过重的拱门，只要有一道裂痕，整座门就会轰然崩塌。“这儿的进展怎样？完工了吗？”

“大概还得两三天？”

“范森希望一天之内完工。”

锑冷笑道：“不是我要冒犯你，燧岩先生，我只是怀疑这件事不在我们的能力之内。还有好几码的石头要挖，等着我们把它们搬到泥石径去，而末径那边的工作量还得翻倍。遗憾的是，我们不能用爆破粉炸开洞来塞进爆破粉。”他轻笑了起来。

燧岩的郁愤表情瞬间变成了纯粹的恐惧：“长老在天有灵，锑老兄，不要笑我！如果还没准备好就把末径炸毁的话……”

“我明白，我明白。”年轻的师父抚着掌，“不过说实话，如果我们瞒着镍这样做，我没什么意见。但是你说，这一来我是不是就成了焕华共修会的坏分子？”他又笑了起来，笑声里却带着沉郁：“话说你的妻子和其他女士们近况如何？”

“很不错，真的。她们令我大吃一惊。”燧岩意识到自己该行动起来，着手处理那些麻烦事，只是他虚弱得像失去了支柱，“我估计今晚之前就算造不出六十管爆破粉，也差不多能到这个数。银朱的领导才能和她的丈夫不相上下，如果性格能甜美一点就更好了。她和欧珀率领着那些击鼓的妇人，还有灰·硝石一帮人。你还记得吗，几年前公会大厅的一角坍塌了，人们是怎样站成一排，彻夜传递着一捧捧石头的？那就是女士营地如今的景象。女人也是能出工出力的，锑师父。”

“我并没有怀疑这一点。”锑说道，“我家里人数众多，母亲拉扯着九个孩子，但是当我淘气时，她总能腾出一只手来弹我脑门教训我。”

燧岩微笑了起来。“是啊，我像个矿床上的燧岩矿块那样呆坐在这里也有一阵子了，我们最好确保这儿的工事安全妥当，同时想想接下来要做什么，阿盐去哪儿了？”锑是燧岩的耳目，这个工程的工头则是盐 · 硝石，他是硝石和硫黄的侄子。“话说回来，查文又在哪里？”

锑疑惑地看着燧岩。“你在说什么？查文不是跟你和女人们一起去了弹药库吗？”

“没有啊。”燧岩感到势头不妙，“他肯定没有去，他说他要到这儿来给你帮忙，因为他太高大了，又笨手笨脚，只会挡着那些聪明伶俐的女士的路。你知道他说话的方式，他没来你这儿？”

“根本没来。”锑断然摇摇头，“这儿的工人还不到一百人，全都是退休了的成员，我们带饭来工地一起吃，晚上一起回到经院休息，我从来没看见查文，哪儿都没见过他，他有我们两倍这么大，不可能注意不到。西斯人攻入我们的通道之后，就再没见过他了。”

“长老保佑。”燧岩咕哝道，“看来他是在地底深处迷路了，可能被独裁者的士兵包围了，还有那些狰狞的怪物，还有……还有……”

一个令人恐惧的念头出现在他的脑海：查文来到芬德林镇后一直举动反常，也许他为了镜子而叛变了。或许他已经效忠于一个能让他拿回镜子的人，他渴望得到这面镜子，就像醉鬼渴望一杯苔藓酿一样。更坏的可能是，他已经把范森和朱砂的计划——甚至包括燧岩自己那个不可靠的方案——泄露给他们最大的敌人，西斯的独裁者。

“他不会那样做的……”燧岩低声地说服着自己。

“你刚才说什么，蓝石英？”锑问道，“你看起来脸色不好，我给你拿点东西喝？”

“不用，不用。”燧岩忽然感到一阵毛骨悚然，“什么都不要给我，什么都没用。”

⚜ ⚜ ⚜ ⚜ ⚜

“南方人会在天微亮的时候从山上下来。”萨奎丽回到巴瑞克的帐篷时说道，“他们人数众多而且武器精良，这些军人敬畏他们的主君，必定不会擅自行动。更何况，如果独裁者在地底取得胜利而他们在地上却毫无建树，他们十分明白独裁者会怎样责罚他们。”

巴瑞克试图从行军床上挣扎起来，然而在沙滩上的行走已使他疲惫不堪，他努力坐端正，让自己看上去不像身患残疾的样子。“那意味着什么，萨奎丽？我们还得跟他们打一仗？”

“那意味着此地不宜久留，否则我们就得打一场无意义之战，而让西斯人捡便宜获得荣耀。你现在有力气吗？”

“我可以慢慢走。”他犹豫地说道，“姐姐，那是我姐姐。”

“我看见她了，是你姐姐。”

他不大记得自己曾经对她有着怎样的情愫，症结正在于此，不过他知道自己再也不会有这样的情愫了。“她跟我相处得不愉快，为什么会这样？”

“可能因为你再也不是她记忆里的那个孩子了，而这使她害怕。也可能是因为你必须担负起新的责任，更大的责任，或是你已经有了某些她无法捕捉的转变。”萨奎丽十分冷静，“谁说得准呢？”

“我苦思冥想，却找不到答案，这感觉就像是丢了什么重要的东西，我把什么东西丢了……”

她抿着嘴皱起眉来：“不要劳心去想这个问题，巴瑞克·埃顿，我们还有很多事要做。南方的追兵一直追着我们，事实上，他们快要抵达最深的地方了，也就是祖先的弥留之地。”

巴瑞克竭尽全力地甩脱这些因为见到姐姐而产生的念头。人之将死，想这些有什么用呢？“但事情好像毫无希望——你对我说独裁者要做的那些事，仪式、符咒之类的事，他明天就要做了……”

“他会在午夜过后不久开始着手。”萨奎丽说道，“也就是一年开始终结的时候。”

“我们怎样才能阻止他？他的洞窟里有成百上千的人，你却让我的姐姐和希安人在城堡里与其他人类兵戎相见，那是我们唯一的盟军。为什么要这样？现在我们还有什么机会？”

“当然是毫无机会。”萨奎丽的面容依旧冷酷，“不过还有许多与我们切身相关的事等着我们去做，我本人也必须决定自己的死亡方式。”

巴瑞克出神了好一阵子。“你要……赴死？”

“此事说来话长，我只是想，剩下的一半焰华已经回天乏力了，它甚至不足以扭转这场实力悬殊的战局，但至少我还能挫败一点独裁者的气焰。如果我不在这里统率千军，我的死亡就毫无价值。”

他咽了咽口水。“那……我呢？我也得死吗？”

萨奎丽做了个故事讲完了的手势，这是加尔人表达耸肩的方式。“我所说的事此前从未有过，当我的一位先人在战场上阵亡，总有他的继承者接过焰华的权柄，而现在的一切孰能逆料？我将无牵无挂地死去，至于你……”萨奎丽耸耸肩，“你的角色是此前从未有过的，焰华的历史中没有出现过，深渊图书馆中也未曾记录过。”她像个露出獠牙的狼那样笑了起来：“尽管如此，我仍然希望你不要死得轻如鸿毛。”

他点点头，自从他遇到姐姐之后就时常心有不安，现在他要驱散这种思绪。“所以我们要奋战到死。”这话听起来稀松平常，却又笃志不移，“即使不知道是胜是败，不知道契妮坦的命运如何。”

“也可能在死前找到你的南方女孩。”萨奎丽的语气并不是很肯定，“至于其他的事，我们肯定也赢不了。世界上已经没有多少加尔人的力量了……只剩下你所谓的魔法能起点儿作用。然而你我仍有必须要做的事,我丈夫选择你来率领诸王的焰华投入最后一战，因而我把这件铠甲交给你，这是我的儿子加尼亚曾经披挂的战袍，虽然他在南境死于你的祖辈之手，铠甲也没能使他逃过一劫，然而在我心里，他始终是个高贵而值得爱戴的人，胜过所有神灵。”她拉着巴瑞克的手按在铠甲上：“你会与我并肩作战吗，巴瑞克·埃顿？”

巴瑞克感觉自己就像是一个被烈火锤炼过的陶瓷花瓶，心里突然出现一阵空虚。那些他曾经为之担惊受怕，绝望地爱恋着的东西全都消失不见了，那些记忆全都变得模糊不清，难以忆起。

他慢慢地点了点头。“我将与你并肩作战，萨奎丽，我会的。你是我的家园，此外我别无栖身之地。当死亡到来时，我将与你一同赴死，愿诸神赐我们这样的命运。”他努力地微笑着，但看上去还是很僵硬，“毕竟这样的结局比我预想的要好。”

第三部分

猫头鹰

THE OWL

第二十九章
石雕人像

经过一年多的长途跋涉，他们抵达了名为永冬围城的恐怖城堡，莫罗斯惊恐不安，不敢继续前行，于是他把孤儿丢弃在城门口。

——引自《圣孤传说：其人生平、死亡及天堂的奖赏》

陆地上的城市燃起火海，而水面上，西斯舰队也燃着星星点点的火焰，这火焰把深黑的夜照得恍如清晨。一些船烧得面目全非，只剩下吃水线以下的部分，热气呲呲地冒着，朝着黑色的天空蒸腾而去。

我从未想过自己会以这样的方式归来，布瑞奥妮看着陆地逐渐远离自己，埃娜则奋力地划着桨。她身边的船只像龙虱一样朝着城堡涌去，埃尼亚斯和他的部从已经跳上登陆艇，驳船载着战马，二十艘水鸥人的快艇精锐穿过海湾，袭向南境城堡。

布瑞奥妮和埃娜都不太想开口说话，这趟沉默的旅程直到第一艘船靠近堤坝时才告结束，高大的外城门和米德兰山的断崖之间只有几步路，布瑞奥妮让埃娜搀扶着，走到了湿滑的礁石上。

“可我们要去哪里？”布瑞奥妮问道，高大的巴西利斯克城门像个愁眉深锁的庞然大物那样俯瞰着她们，虽然它曾是她回家路上的最后一个路标，但她从未想过走在这个令人生畏的巨像下是什么感受。“怎么到城里去？”

“您不能从我们水鸥人的路径进城，殿下。”埃娜微笑着说道，“那是我们的秘密，在当前的情势下也是如此。但这秘密对您来说其实无关紧要，殿下！重要的是您终于回家了！”

“但这里的人并非每一个都待我友善。”布瑞奥妮说，而埃娜却已经重新把船从礁石上推到海里，停在了适航水域。

“保重，女王！后会有期！”水鸥人女孩喊道。

布瑞奥妮本想大喊“我只是个公主”，又觉得还是不要发出太大的声音比较好，于是作罢。其他水鸥人的船也都冲向海滩，把它们的乘客送上大堤，等埃尼亚斯的军队尽数登陆后，他们又回到了开阔的海面上。水鸥人的船队里传来歌声，深远悠扬，在海浪拍击礁石的声响下渐渐听不真切。那是一种布瑞奥妮不懂的语言，她也只能从音调来判断这是一首歌，它的音律起伏，一如水鸥人在海上的身影。水鸥人到底是些什么人？萨奎丽那家伙说他们与加尔人有亲缘关系，但这似乎不可能。这些水上民族是南境的子民，他们生息在这里已有几个世纪，早在加尔人被流放到雾影线之前他们就已在此繁衍，并且生活至今。

埃尼亚斯从夜晚的雾色里走来，他高大而坚毅，有那么一瞬间，布瑞奥妮还以为是自己的父王回来了，惊愕不已。“公主，您还好吗？”

“我很好，殿下，谢谢关心。”离破晓还有几个小时，他们没有灯火，只能就着海岸上舰船燃烧的光辉，还有远处陆地上的星火来认路。“这里看来并不适合扎营。”布瑞奥妮指着他们跟前的高大城墙说。城门本身就有一棵大树那么高，环绕着一道道巨石，显得十分冷峻。“你有办法让我们进城吗？”

“好吧，我们回城的时间有点晚，不过也许还能把看门人叫醒。”埃尼亚斯喊来一个部从，片刻后一个号兵举起了号角。公主还来不及说什么，他就吹起了冲锋号。布瑞奥妮吓了一大跳，双手抱头躲到一旁。

过了一阵子，城门顶上冒出一个脑袋，继而又冒出三四个。头戴钢盔的卫兵像战场上的脓包那样蹲伏下来，城墙就像婴儿长着几颗牙齿的牙床。

“谁在那儿？”其中一人高声喊道，他们在高高的城墙上，风几乎把说话的声音撕碎，“是独裁者的人吗？想要一桶水来灭火？我们会把水送下来的，但你们不得进城！”

“我们不是西斯人！”埃尼亚斯大喊道，“是友军！让我们进去！”

“友军！胡扯！”对方也喊道，“你们随便跑过来，冲到古老的巴西利斯克门跟前，就敢号称自己是友军？以为我们会放你们进来？那你真是疯了，我看你就是个疯子。”

“我是疯子，她也是疯子！”王子喊了回去，“我觉得自己是希安的合法继承人啊！而她呢，觉得自己是这座城堡的女主人！”

“诸神在上！”布瑞奥妮惊恐地向埃尼亚斯低语道，“你疯了吗，他们是托利的人！”

“可能是吧。”他愉快地说道，“也可能不是，我们来证实一下。”

“你在说什么蠢话！”城墙上的人厉声否认，“什么女主人！你这个女主人就像个荡妇，而你，你这个渔民，不过是个酒鬼！给我回船上去，滚得远远的！否则我们就要用弓箭了！”

一个希安士兵拈弓搭箭，瞄准城墙上的卫兵，但埃尼亚斯按住了他的手，快速地说了一句：“由他们去。”

“但是殿下！”士兵执拗道，“他们说要……”

“我知道。”埃尼亚斯提高了声量，“你们这些家伙才是跟在老绞索之神屁股后面的走狗呢。我是希安的埃尼亚斯王子，开门！

我是你们国王的友军！”他对布瑞奥妮低声说道：“接下来就有好戏看了！”

这时宏伟的城门上方冒出了更多的脑袋，一些人举着火把凝视着下方的黑暗，想看清这些来访者。布瑞奥妮向佐睿雅默默祷告着，祈求她的护佑。城墙上的警卫室和两旁巨大的瞭望塔里应该藏着一些人，埃尼亚斯的人虽然比他们多，但如果城墙上的弓箭手开始射箭，他们既没有掩蔽体，也无路可逃。现在水鸥人已经走了，他们除了城门前的这片狭长陆地之外别无其他容身之处。

“真的是希安的王子！”城门上的一个人喊道，“我看见他的旗帜了！真的是他！”

“其中一定有诈！”另一个人喊道，“他们可能是叛军！”

“快开门！”有人喊道，“放他进来！他们弄沉了独裁者的船！”

“谁敢靠近吊桥索我就杀了谁！”一个人大喊着，随即许多人也跟着喊了起来，城墙上排列成队的士兵乱成一团。布瑞奥妮惊恐地发现有人从十几米高的警卫室顶上跌了下来，砸在埃尼亚斯一伙人的面前，发出沉闷的钝响。

城门上的火光摇曳，两旁瞭望塔的缝隙里也能看见有光透出来，人们举着火把跑进跑出，巴西利斯克之门上的一座大钟开始发出警报，但随即又变为沉默，因为敲钟人被打死了。渐渐地，附近的城墙上也亮起了火把，城门一带的战斗引来了其他卫兵的注意。

“列队！”埃尼亚斯命令道，“举盾——敌军随时会射箭！”

布瑞奥妮很高兴自己成功把盾举过了头顶，因为她的手臂在不久前还疼痛不堪，她原以为自己也许宁愿被射死也举不起盾。零星的几杆箭射了下来，然而这些箭大多不是从城门顶上射下来的，只是城墙上一些惊吓过度的士兵在朝着黑暗乱射。

最后，骚乱终于复归平静，巨大的城门吱吱呀呀地打开，埃尼亚斯领着部从向后让开，以防止敌军向他们冲过来。吊闸颤巍巍地升起，一撮人影举着火把来到卵石铺地的城门口，这里十分开阔，足够让十来个人策马而过。

“真的是您吗，埃尼亚斯王子？”一个举着火把的人问道。他蹒跚着向前走了几步，举起火把想要看个清楚。风从海岸上拂向城门，火光在风中闪动着。

“对，是我。我们认识吗？”埃尼亚斯迈着大步往前走去，布瑞奥妮急忙跟着他走上前——他有一种笃定的自信，在这种情势下，这份自信胜于任何希安盾牌的保护。

“不，殿下。但是作为真正的南境人，我们很高兴能见到您。是您烧退了西斯人的舰队吗？”

一群卫兵迅速包围在埃尼亚斯一行人左右，但令布瑞奥妮欣慰的是，他们的神情看起来并不是想战斗，而像是在准备欢庆节日。有几十个人从最近的警卫室里爬下城墙前来看个究竟，但战斗总算是告一段落了。有十来个人阴气沉沉地坐在地上，背靠着城墙，被一群手持长矛的人监视着；另一边地上躺着几个身体扭曲的死人，制服上的血迹十分醒目。

刚才说话的士兵看见埃尼亚斯的部队正在查看死者，便说道：“他们都是托利的手下，这些人渣。其中一个想去敲钟，其他人想去给护国公和他的走狗通风报信，那些人全都躲在王宫的地洞里。您这次前来有何打算？是要驱逐那些该死的夏土卫士吗？若是如此，愿诸神保佑您，殿下。”他眯着眼，注视着埃尼亚斯一行人，仿佛这么做就能弄明白远处的海滨上发生了什么似的，“独裁者的一方呢？他们的舰队怎么了？”

“说来话长。”埃尼亚斯说道，“我的部队需要食物补给，还需要找个地方休息。”

“马上给您准备，殿下……”领头的人刚这么说，布瑞奥妮就从阴影里走到了火光前。

“我不能偷偷摸摸地回到我的王宫。”她说，“你们向希安军队打开城门，但功勋不仅于此——你们也迎来了埃顿王室的回归。”她摘下头盔，虽然头发已经剪短，她还是希望他们能认出她来。

周围的士兵听见女性的声音，都转过来看。领头的人跛着脚向她走去，跪在她的面前。“赞美三神。”他说，“奥林国王的女儿在此。”

其他围着她的人先是窃窃私语，接着也开始向她下跪。

“快起来。”她说，“大家不要跪，都快起来！我暂时还不打算暴露行踪。我们现在得先熟悉情况，制定好下一步方略。”这些人仍然记得她和她父王的名讳，这让她深感欣慰，但其实光是看着他们脸上洋溢的希望与快乐，就足以告慰人心了。“能听见我说话的人们啊，全部过来，一个也不要落下。派出几人去守备城门，其他人跟着埃尼亚斯王子和我来。”

“内城是亨顿·托利的军营，殿下。”一个卫兵说道，“虽然您在外城这儿很安全，但托利的拥护者大都聚集在王宫里，公主殿下，他们手里还有我们许多人的妻小。”

“所以我们必须缓慢行军，不能大张声势。”布瑞奥妮说，“带我们去一个可以休整的地方吧。”

几个南境卫兵欢呼了起来，其他人立刻示意他们安静。跛脚的头领抬头看着布瑞奥妮。

“真的是您本人吗，公主殿下？”他问道。

“正是我本人，父王还活着，埃顿王室尚未让出王权，也未将臣民遗忘。”

“所以一切都会好起来是吗？一切都会重归正轨吗？”

布瑞奥妮看着他，忽然感到肩头一沉，她的身份与使命像巨石一样压在身上，令她沉默了一阵子。“那取决于我的力量大小。”

最后她咬紧牙关说道，“而我将竭尽全力。”

⚜ ⚜ ⚜ ⚜ ⚜

与姐姐相遇的事情仍旧困扰着巴瑞克，虽然他也说不清那到底是什么事，但肯定不是闹情绪，至少不是那些让他困惑不解的情绪。在接受焰华之前，他时常被一些难以辨认的情绪困扰，但现在不是这样。不过此刻他的确很难集中精力去听萨奎丽讲话，后者正在讲着雅萨梅兹的事。

“……所以她会在大洞窟里跟我们会合。”

“但我还是不懂，雅萨梅兹为什么不和我们一同抗击西斯人？她是天生的战士！”

萨奎丽有些不悦，面露愠怒，然而她所陈述的话却直截了当：“我猜她是想看看我将如何调用战争之印，如何统御千军。也或许她有自己的事要忙。”

“比如什么事？”焰华的记忆把巴瑞克拖入思维的漩涡当中，他按照伊尼尔教他的办法任由其袭来，让它们像鱼群一样绕着他游。

“比如她的谏官们意见不一，我猜测。雅萨梅兹和我的丈夫之间存有异见，这你是知道的。但你也许并不知道，或者说尚未从焰华给予你的信息中察觉真相，他们的异见所导致的后果绝非军队一分为二这么简单。”

“那就说给我听吧。”他这样讲道，而其真正的意思则是“**请领我走进你的思维**”。他发现自己思考时经常会代入加尔人的观念，而其分量竟与他的母语相等。

“一开始，伟大的雅萨梅兹曾警告过我们，一定要趁早把人类从这片大陆上赶出去，否则后果不堪设想。然而她的年纪和阅历逐渐改变了她，如今她对人类已不再视若仇雠。不过我们当中仍有为数不少的人，尤其是那些更野蛮的人、变形部落和元素精灵，仍然希望看到你这样的人类从这片大陆上永远消失。”

“那么雅萨梅兹为什么领我去见伊尼尔国王？”巴瑞克问道，“这是否意味着她对于我的子民态度有所改变？还是说，她认为让我活着能……能对加尔人有利？”

他感到萨奎丽的思维变得一片空白，又仿佛云深雾绕，那是另一种耸肩的方式。“这我的确不知道，我曾试图探问她的想法，然而她守口如瓶，即使对我也是如此。”此刻她向巴瑞克展示了些许她的内心痛苦，“世事变幻无常，我曾一度敬爱雅萨梅兹甚至多于自己的母亲。”

巴瑞克并没有追问，然而萨奎丽继续想了下去，她的思维去往了一个充满伤痛和迷茫的地方，巴瑞克难以理解这到底是怎么回事，那情绪如此私密而又直白，有着无边无际的沉郁，他不想再向前一步。

“我们的末日近在眼前，巴瑞克。”最后萨奎丽终于停止思绪，“曾经确信无疑的事现在全都无法定论，唯有这场失败在所难免，这就是我们所有故事的结局。”

黑暗女士在一个被芬德林人称之为重晶石旧域的地方会见了他们，她的卫兵持着火把，火光让石英岩矿脉反射出闪电般的光辉。巴瑞克不禁想到，这灯火辉煌的排场是否为他而设，毕竟多数加尔人常年在这里穿行，因而即使摸黑也能找到道路。

雅萨梅兹走下粗糙的石阶来到洞穴底部，萨奎丽举起双手向她致礼：“我们重逢了。”

“是啊，我们重逢了。”雅萨梅兹神色严厉地看着巴瑞克，“如今你要与自己的族人兵戎相见了，你仍然要与我们站在同一阵线吗？”

“我的族人？”巴瑞克愣了好一阵子才意识到她指的是西斯人，也就是独裁者的军队，“他们对我来说毫无意义，只是纯粹的侵略者。如果我能一剑杀死他们，我将毫不犹豫。”

雅萨梅兹看了他许久，沉默不语。“时间紧迫。”最后她只说了这几个字。

这定论出人意料的简短。加尔人做出一个决定或是做一件事，通常都能拖个几天的，巴瑞克已经逐渐习惯了这一点，然而战争之印交到萨奎丽手中之后，情形似乎有了极大的转变：雅萨梅兹并不时常提出建议，也几乎不反对萨奎丽的决议，她放手让萨奎丽自己谋划战略，发号施令。

“我们将在地底深处与南方人展开殊死搏斗，直到最后一刻。”萨奎丽对所有副官说道，“不过敌人数目众多，我们不能仅凭蛮力获胜。即使范森和元素精灵还活着，让我们可以从两侧夹击南方人，独裁者的军队也太庞大了。正面对抗绝非明智之举，眼下最重要的就是抓紧时间，因为对方位于比我们更深处的地方，已经在通往深渊的门口了。”

焰华的思绪与记忆涌进巴瑞克的脑海，旋即一片寂静，伊尼尔王教会了他如何去寻找那些相关的信息，它们有着一种微妙的精确性，恍如鲁特琴弹奏出的音符。他开始明白：“然而歪神……已经死了。”他心绪不宁了起来，为这所有意义、记忆，以及亘古的祈愿与苦难，这感觉难以言表。他是雅萨梅兹的父神，正是他的子嗣发起了诸神之战，他的血流淌在他和萨奎丽的血脉里，如今他已死去。巴瑞克避开了雅萨梅兹和一些其他人刮来的恼人阴风。“他战胜了旧神并将之封禁，然而独裁者却想让旧神重见天日。”

萨奎丽点点头。“独裁者和多数人类一样，对于这些旧神的恐怖力量茫然无知，也不知道他们在噩梦之墙的彼侧已经等待了多久。”

“也不知道他们多么渴望良机的出现。”雅萨梅兹站着，黑色的盔甲覆盖在她身上，使她看起来就像一道影子，有那么一刹那，她的面容就像从黑暗中的明月，“无论人类犯下了怎样的罪行，我都不允许这片清白无辜的大地遭受如此的恐怖。是时候了，我们不能再迟疑，你有什么愿望，我的孙女？”

萨奎丽顿了顿，好像忽然被豪猪女士——雅萨梅兹粗鲁地撞了一下似的。“我们需要更好的战略。”她转而对艾廷说道，“辛斯魁，我们与南方军作战时你们一直在此地工作，有什么发现吗？”

锤脚之子的声音隆隆作响，就像一场缓慢的雪崩。“通道往下通到歪神的创伤之地，然后步入地渊的最深处，我的主人。一些通道仍然有待清理，当我们走过独裁者的地盘时，战斗就不可避免。但是如果能巧妙地与敌人周旋，并且不断地疏通通道，我们仍然能够在祖先的弥留之地击败人类。”

“那就依计行事。”萨奎丽舒了一口气，这是巴瑞克所知的她发出的最接近于叹息的声音，“明天是最后期限，或许也是我们的死期，让我们每个人都竭尽全力。”

⚜ ⚜ ⚜ ⚜ ⚜

戴克纳斯·沃如痴如醉地看着那些怪物列队前行。他在黑暗中跌跌撞撞地走了很久，连火把的光芒都能让他不停地眨眼。他们在寻找什么？这些真的就是西斯人所说的“帕里克”，也就是他的母语所指的精灵吗？他们在城堡底下干什么？他本以为独裁者已经把他们尽数赶走了。

沃摇摇头，把这些迷惑从脑子里驱散出去。这和他有什么关系？他在黑暗中徘徊了这么久，几乎忘了自己是谁。灼热的疼痛从他的腹部一直蔓延到全身，像毒药一样提醒着他身上所发生的事，提醒着他为什么还在苟延残喘，步履蹒跚，即使他身体的每个部分都渴望着躺下，想要接受死亡带来的甜美解脱。

如果死亡是一种解脱的话，那我就能解脱了。在黑暗当中待得太久，沃又开始听见他母亲的声音，跟他耳语诸神的故事，警告他不要接近巨蛇或其他雾影线上的妖魔鬼怪，以免死后被它们猎食，无法投入父神努沙什的怀抱。

这些匪夷所思的东西在地底深处的洞窟里暗中行军，这不就证明了即使在平凡的生活中也会发生一些奇怪的事情吗？它们长着蝙蝠的翅膀、土狼的脑袋，其中有些还像沙漠深处的蛇那样全身覆盖着鳞甲……而它们的眼睛闪着灼热的光芒，就像燃烧的煤炭。它们无疑是能发现他的，即使他躲在高高的洞窟岩壁上的石头后面。这里离洞窟的地面约有一百英尺，他沿着一条狭窄的小径来到这里，小径的前方再无道路。许多次沃都险些失足摔死在这个阴暗而古老的鬼地方，他认为自己还活着肯定有什么特别的原因。一定是因为诸神显灵，对他心怀怜悯，除此之外别无其他解释。而当他完成自己的伟业之后，诸神肯定会嘉许他。在这个黑暗与死亡的领地上并无凶猛野兽能猎取他，也没有毒蛇能将他吞噬。

他脚下的景象已经持续了很久，像是成了某种沉默的仪式。这些长相古怪的家伙振作起精神，朝着地底的更深处迈进，前往沃将要前往的地方。他决定跟在它们后面。对于一个在黑暗中行走了这么久的人而言，即使是遥远的火把光辉也足以指引他的前路。即使为了避免被发现而与之保持一段距离，它们的秘密行军发出的声响，也足够让他跟上去。

像是为了提醒他这种冒失行为会带来怎样的苦果一样，一阵灼热的疼痛使他面容苦涩，整个人弓了起来，差点跌下矿层。这痛苦持续了很久。

他想起那个有着一缕红发的女孩，她曾试图杀了他，现在就等在地渊深处。伟大的苏列佩斯也在那里驻守，甚至还有诸神都在等待着戴克纳斯·沃前去，他可不能爽约。

最后一个妖怪走出了洞窟之后，沃的疼痛消退了，他开始小心地攀上岩壁，悄悄爬下那高踞在墙上的地方。

⚜ ⚜ ⚜ ⚜ ⚜

巴瑞克在黑暗而狭长的道路上长途跋涉了很久，差点开始做起白日梦来，这时萨奎丽终于下令安营扎寨。他们沿着一个圆形的巨大深坑的峭壁走着，这个深坑只比南境城堡的内城城墙小一圈，如果将火把投入坑中，则远远照不到它的底部。

“这里就是创伤之地。”萨奎丽站在一边，看着管家搭着帐篷，“歪神最后一场战斗就是终结在此。”

“这个……洞？”焰华的记忆像泡沫般地涌向他，然而眼前的景象与记忆里的大相径庭，“我们就在这里？”

“不是。”萨奎丽朝着悬崖边走去，“在这里投下一枚石块，它要下落很久很久，你才会听见石块跌在坑底的声响。然而穿过众多幽回宛转的狭缝，地底深处就是祖先的弥留之地。换言之，这里是我们最后一程旅途的起点。整备停当之后，我们就要从这里爬下去。”

“一直爬到坑底？”巴瑞克想着那个不断下落的石块，完全无法想象它到底有多深，“上哪儿找那么长的绳子呢？这世上恐怕都没有吧！”

萨奎丽勉强扯出一个笑容：“我们先爬到下面的一条通道里，然后穿过通道，随即再回到创伤之地，这会花费一点时间，不过我们最终会到达敌人……和我们的友军所在的地方。”她掌心向下又做了一个手势，“现在你还有一点休息时间，小男孩，军队准备出发时我会通知你。”

他努力地听从萨奎丽的建议，却着实心绪不宁，而焰华的声响在耳边低语，使他倍感疲累。他起身漫步在加尔人中间，看着他们劳碌的身影，为他们奇怪的外形惊诧不已。焰华的歌咏曾让他以为这些加尔人有着寻常而令人熟悉的体貌，而眼前所见却与之相去甚远。他沉默不语，直到一个加尔人与他交谈，此刻他仍然不知道他在这些奇异的先民当中的形象。他感到有一些加尔人的脸上流露出愤怒的表情，其他人则好奇地看过来，这让他意识到自己的出现至少是一种打扰，正如在巴瑞克看来，这些加尔人也不尴不尬。

我为什么在这里？我当然不是他们的王子，但我也不是泛泛之辈。我有着他们王族的血脉和记忆，但我对他们却知之甚少，甚至少于对遥远的西斯农民的了解。

最后他走向峡谷的边缘站定，在那里沉默良久，试图搞懂地底下为什么会有如此巨大的洞坑。他的家族已经在这片土地上统治了几个世代，为什么对这个洞坑一无所知？还是说只有巴瑞克困守在自己的谜团当中，而这个洞坑里的每个人都知道？

“大人？”有人说道。这是个小心谨慎的称谓，在加尔人语言里，这个词没有领袖或是统治者的意味，它仅用于指代一个身份不明的外邦人。巴瑞克转过身，看见身后站着三个哥布林，他们的眼睛闪闪发光，正在严肃地仰视着他。

“怎么？”

“我们正在旁边的通道里依照白衣女王的旨意工作，刚好就闻到了人的气息，确切地来说，是一个人类的气息。”

巴瑞克想了一阵子，一开始他以为他们在对他冷嘲热讽，或许是在暗示他去洗个澡：比起巴瑞克的子民而言，加尔人很爱干净，这一点他早已知晓：“一个人？”

“是的大人，是个像您这样的人类，不过长得不一样。”哥布林互相推推搡搡，大眼瞪着小眼，最后那个被选为发言官的人说，“比您老，个子小一点儿，您能过来看看吗？”

巴瑞克跟着他们走下峡谷。“你们怎么打发他的？他是俘虏吗？”

哥布林露出震惊的表情。“不，大人！”三个人里的发言官说道，“没有您的命令，我们不敢碰他半根毫毛。”

“王后日理万机。”另一个人说道，同时看了方才一直在说话的那个人一眼，“而我们又害怕黑暗女士。”

“别说话，傻帽。”第三个人咕哝道，但她说了什么就听不清了。对于这些哥布林，巴瑞克仅仅能用焰华向他低语传授的知识来辨认谁是男的，谁是女的。

他们带着他走上一条弯弯曲曲的小路，越过加尔人的军营。在营地边缘，火把的辉光暗淡，拖着长长的影子。巴瑞克想起自从走上这趟暗无天日的旅程，他就很少见到阳光了。

真想留在宽广的蓝天之下，越久越好……

他的思绪被一段记忆打断，那是布瑞奥妮与他的童年，他们奔跑在麦海伦山岩明亮的山坡上，白色的薮后花有着齐膝深的高度，大片盛开着，宛如大海在脚下澎湃。这记忆像刺向心扉的一把匕首，闪着寒光而令人痛苦。他感到焰华的记忆蜂拥而来，就像飞落在灌木丛上的蝴蝶群，然而的确有一刹那，他迷茫而悔恨不已。是否焰华掩藏了什么与他相关的东西，使他与他自己的生活相剥离？

片刻之后，所有这些推测都烟消云散，另一伙赤脚的哥布林军士出现了，他们至少有六七个人，正在用细长尖锐的矛刺着一个身材足有他们两倍大的人类。巴瑞克想了想，认为这可能是一个掉了队的西斯士兵，然而这个人有着一张圆形的脸，和巴瑞克一样苍白。

巴瑞克凝视着他，那个人也凝视着巴瑞克。

“王子殿下？”那人最后问道，“是您吗？您还安好吗？真的是您吗，巴瑞克王子？”

巴瑞克花了更长的时间来想他是谁。“查文。”最后他大声地唤着他的名字，声音嘶哑，“医生，你在这里干吗？”

“巴瑞克王子，真的是您！”那人凝视着他，仿佛大梦初醒，片刻后他又露出了悲喜交加的表情，忽然，他张开双臂，朝着巴瑞克蹒跚着走了过来。巴瑞克向后退了几步，以免被他抱到。“您长得如此高大，王子殿下！”查文说道，“说的也是啊，也快有一年了……”他摇摇头。“您是怎么来到这里的？您和精灵相抗，到底怎样才能逃过一死？”他指着那些哥布林，此刻他们正为这个逆转剧情大惑不解，“您是被捕了吗？看来没有，某种意义上，您反倒让他们成了您的囚徒……”

巴瑞克对这个矮壮男人的喋喋不休越来越不耐烦。“我在问你，你到底在这里干什么，这里是加尔人军营的腹心地带，我们正在打仗，而你不是这里的人。”

查文瞧着他说：“您为什么这么冷酷，王子殿下？为什么这么震怒？我又没做什么，您不在的时候，我在尽心尽力地帮助您的家族——我还救了您姐姐的命！”

巴瑞克的脑中充满了疑惑不解，焰华的声音响起，与他自己的记忆相互混淆。他甚至不知道自己为什么要对这个医生发火。“我最后再问你一次，查文——你在这里干什么，在我们的营地外鬼鬼祟祟地干什么！”

“鬼鬼祟祟？我……”查文摇摇头，然后沉默了下来，“我向您坦白，巴瑞克王子——我也不知道自己为什么在这里，坦白说我也很糊涂，可能是迷路了。”他慢慢地朝四下看了看：“说的是啊，我在哪儿？我记得我本来是跟燧岩他们在一起的。”

巴瑞克不认识这个名字。他正准备无视这个人，此时一个哥布林拉住了他的衣袖说：“他藏了一个东西，大人，我们看见过，在他的法袍底下藏着一个小石人，我们担心他是要用这玩意儿砸您。”

“胡说八道！”查文喊了起来，但他的神色更像是恼羞成怒。他两手护着自己的腹部，像是要抵挡对方的攻击一样。

“查文，把他们说的东西给我看看。”

“可是……它不是……”巴瑞克看向他的眼睛，这让查文很惊恐，于是把它从长袍里拿了出来。原来是一个水晶的小雕像，是一只猫头鹰蹲伏在一个人的肩膀上。雕像不算精美，上面还有一道道粉色、灰色和蓝色的条纹。焰华的声音在巴瑞克的脑海里回想，刺耳而响亮，和巴瑞克自己的迷惑混成一片。

“我……我之前在某个地方捡到这个东西……”巴瑞克盯着它看了会儿，然后打量起查文，他仍然半梦半醒，像是被硬拽出被窝似的，带着一股起床气，但这股起床气马上发泄了出来，就像干燥的易燃物串起一道火焰：“它是埃瑞沃圣堂里的东西，看来有人偷走了它。”巴瑞克的脸色变得不自然起来，但是他不知道自己到底露出了怎样的表情：“是我偷的。后来布瑞奥妮还和我一起把它扔进了海里，你是怎么找到它的？”

“我也不知道，殿下！”查文用力摇头，“不对，我是知道的，我当然知道！是水鸥人给我的，他们的牡蛎潜水员在水里发现了它，然后……他们觉得我能告诉他们这玩意儿值不值钱，我从他们那儿弄到的。”他抬头看着巴瑞克，一脸深思熟虑，同时又夹杂着一些更深的忧虑与疑惑，就像动物感到恐慌时的样子。“我从未见过这样的东西，它是全知的大地之主科涅奥斯·欧拉诺萨斯的塑像，我……我非常想得到它。”

“你非常想要这尊阴暗死神的雕像，于是你就带着它在地底深处到处跑？你到底在城堡底下干什么，回答我！你到底隐瞒了什么？”

查文恐惧地说：“王子殿下，您这样子真让我害怕，我什么都告诉您，保证都说出来！我会回答您的每个提问，我会的，请带我到您的营寨里给我点儿水喝好吗？我口渴得要死，真不知道我已经在这鸟不生蛋的通道里迷路了多久……”

“让你到我的帐篷里，你可就麻烦了。”巴瑞克说道，“精灵王后萨奎丽会盘问你许多问题，如果你运气太背的话，还会见到雅萨梅兹，人称豪猪女士，你可别吓得尿裤子。”

巴瑞克紧紧盯着查文，然后向哥布林哨兵致谢并遣散了他们。那群哨兵逃也似的离开后，巴瑞克对查文说：“首先……”

医生惊讶地张大着了嘴：“你跟他们说话了！但是我没有听见你说话的声音，你是怎么办到的？”

“这无关紧要。”巴瑞克摆摆手，“首先，你得先把这尊雕像留在我的帐篷里，然后我们再去军营。眼下我还不想让萨奎丽他们知道这东西的存在。”他拉着查文的手肘，沿着巨坑修筑的石阶小路往下走了一段。

“呃……我不明白您的意思，王子殿下。”查文说道。

“你不懂。”巴瑞克推了推他，让他走得快点儿，“因为你并非诸神的血脉，亦非怪物的后代，你和我们不同。”

第三十章
血腥行动

当他踏进城堡的那一刻，女神祖丽雅认出了这个孤儿。她是独角蛇祖米奥斯的姐妹，她对这个孤儿心怀怜悯，为他拥有的青葱岁月，也为他内心的天真善良。

——引自《圣孤传说：其人生平、死亡及天堂的奖赏》

“我们即将迎来世界末日。”孔雀石·紫铜说道。这个高阶的芬德林人每时每分都在变得更加憔悴，他的铠甲凹陷了下去，布满尘灰。他的头发蓬乱，一侧的头发还全都烧焦了，那是在与西斯人对阵中被战火伤到的。“这些天来我们拖延了南方军的进攻，但是等他们把我们扔在地下迷宫中央的石头全部挖空之后，他们就无所阻挡了，到时我们就得背水一战。”

范森喝了一小口皮水袋里的水。当独裁者的军队在地下迷宫缓缓穿行而过时，芬德林人用爆破粉来阻挡他，但爆破粉同时也炸坏了这座古老建筑的水渠，他们没有足够的饮用水可以喝，也没有别的办法去开采水源。“我们还得拖住他们多久？”

“不太久。”紫铜说道，“刚才我看见师父们用小时蜡烛来看时间，仲夏夜已经过去了，卫队长。在地面上的仲夏夜已经迎来晨曦，今天我们即将迎来生死之战，成败在此一举。”

“我也希望能一举定成败，比如抛起一枚硬币，由它来决定生死。”范森皱着眉头，这让他的下巴疼了起来，之前一个西斯人用长矛挑下了他的头盔，在他的下巴上留下了伤痕。不过还好并不是眼睛被挑到。“比起这个，我们能活着看见明天的太阳的机会要小得多，紫铜伙计。”

朱砂·水银在不远处辗转反侧，在浅浅的睡梦里低声说着梦话。西斯人在地下迷宫中央的入会厅里用了爆破粉，把他震得跌倒，还炸死了十几个芬德林人，而范森和大锤·碧玉及时救下了负伤的朱砂大师，把他和其他几个幸存的芬德林人拖出事故地点。伤口让朱砂发起烧来，这一度是危及他性命的最大因素，但现在热度已退。他躺在启示厅里的一个临时搭成的担架上，这是地下迷宫最后一块有屋顶的地方。他身后是敞开的露台，其上方和下方皆是空荡荡的洞窟，连接着深渊之海，以及海中竖着闪光之人遗迹的岛屿。

看守队长大锤·碧玉蹒跚地走来，躬身来到他们旁边的地上。他的脸上挂满了干枯的血迹和泥土，秃顶的脑袋上青青肿肿，还有一道道十字形的伤痕。这副模样让范森觉得，他是不是想赤手空拳地用自己的脑袋去撞垮那道墙。

“这里离路的尽头只有几步路。”碧玉实话实说，“我刚刚从那里来。”

“你说露台？”范森问道，“这我知道，我看见它了……”

“当敌人攻破隧道之后，我们还能在那里拖延他们一两个小时。侦察的人说敌军就快来了，有成百上千人。”碧玉看着一群芬德林人疲惫地打着桩，为了最后一战在启示厅筑起街垒，“如果我们必须再次撤退，至少不用走很远。”

“范森……”朱砂从担架上醒来，朝他伸出手，“范森卫队长……”

“我在。”他俯身向大师看去，朱砂的一条腿伤势严重，即使他逃过西斯人的杀戮而奇迹般地生还，这个芬德林人也免不了要失去一条腿。

“我的孩子……在哪里？”朱砂问道。

“甘汞他很好。”范森倾身向前，拉起他小小的、粗糙的手掌，“我们让他休息去了，也让他吃点东西，他在你身边忙了一整天了。”

“真的吗？他还好吗？”朱砂的双眼充满泪水，“你保证不是为了安慰我这个将死之人才这样说？”

范森摇摇头说：“你不会死的，大师。你的烧已经退了，最要命的时刻已经过去。而我以军人的名誉保证，甘汞的身体很好——至少，跟我们这些缺衣少食又无法睡眠的人差不多好。他是个勇敢的小伙子，你就快醒来时我们让他休息去了，那时他还很不情愿呢。”

朱砂最后相信了这个说法，他重新躺下，很快就又睡着了。

“最后会发生什么？”孔雀石·紫铜忽然问道，“之前我没有仔细想过这些事，但我们最后会不会像一些人所说的那样，在黑暗中长眠几千年，还是立刻就会起死回生，站在主神的王座跟前？”

范森只能摇摇头，然后又生气起来。如果那些讨厌的加尔人守信用的话，就不会有今天的事了。他忽然对精灵们产生了一股由衷的厌恶，那个叫艾希瓦的家伙看似对他彬彬有礼，其实把他算计得清清楚楚，她居然还说加尔人绝不会背弃盟友。

不过我想在某种意义上她也的确道出了真相，费拉斯·范森想到，*毕竟你们并未真正成为过我们的盟友，又谈何背弃？*

“现在我要倒头睡一觉。”他沉重地说道，“稍微打个盹。如果独裁者的军队来了，你们谁能做个好人，把我叫醒？”

奥林·埃顿呻吟着，脸上满是斑斑涔涔的汗渍。

皮尼蒙·瓦什向这个行尸走肉般的人鞠躬行礼道：“大人，如果您有任何需求，请跟我说。”

“你的意思是，除了能让我双手自由以外的任何需求？”这几天来奥林消瘦了不少，脸颊凹了下去，胡子蓬乱而纠结，但双眼仍然炯炯有神，因而当他凝视着瓦什的时候，瓦什感到十分不自在。

“这您可怪不得任何人，是您咎由自取，奥林国王。”瓦什说，虽然他明白这是事实，但要说出来并不容易，他得表现得像个前朝重臣斥责晚辈的王子一样才行，“您试图行刺独裁者，所以肯定得把您锁起来。”

奥林国王只是苦笑。“如果你还有一点智商的话，你和全体西斯子民会助我一臂之力，那样这个魔头现在就已经完蛋了。”

瓦什听见这句话时，着实为自己心里也有一丝这样的念头而打了个寒战，但他自然也无法表现出来：“您真是冥顽不灵，奥林国王，独裁者就如同我们的太阳，诸神赐予独裁者身体康安，每个西斯人都心怀感激。”

“同时每个西斯人也暗中盘算着，要是有人完成了我没做到的那件事，他们该怎么办。说说看，你们的储君怎么样了？”

瓦什瞬间就觉得自己那颗衰老的心脏像鸡蛋一样裂开了。他警惕地朝四下看了看，然而附近并没有士兵或是官员，只有看守奥林国王的狱卒。话说回来，谁又知道奥林国王会不会当着独裁者的面，说出这些足以为他引来杀身之祸的话呢？瓦什大臣变得万分惊恐，开始认真思考怎样神不知鬼不觉地弄死独裁者的囚徒。

“你是否已经向他转达了我的意愿？”奥林国王质问道。

愿诸神诅咒这个人！他的固执简直丧心病狂！“不要跟我说话，大人，您是想让我在陛下面前失去信任吗？您不会得逞的，陛下知道我对他死心塌地。”

“那我可办不到。”奥林国王面带笑容，卫兵打掉了他的一颗门牙，他反倒引以为荣，“你是个精明人，瓦什。想想看，一个和你年纪相仿的人为什么要把宝押在苏列佩斯这样的疯子身上？我敢肯定你已经照我的意思去办了，而且我深知，你的脑袋里装满了各种各样的新念头。”

瓦什心神不定地朝周围看着，这些令人惊悚的事情就没完没了吗？他当然对普鲁萨斯那个瘸腿的储君说了，没有人想过普鲁萨斯竟然有一呼百应的能力。奥林在某种意义上的确是对的，那就是皮尼蒙·瓦什并不是个傻瓜，此外，如果瓦什尚未结交什么能将苏列佩斯取而代之的人，那么他是一定要去结交的。瓦什对于此事的了解程度之深，远远超过了奥林国王会震惊的范围。不过，他还没有傻到会把这些事情跟奥林国王这个快要死的人商谈的程度。

“我完全听不懂您的意思。”他对奥林国王说道。“而且我并不想知道这些,对了！”最后他总算想到了一个地位足够高的人,“大祭司潘西斯尔来了，这个人说话可是很有分量的。”

“如果诚如你所言。”奥林国王说道,“那你该给自己留后路了,瓦什大人。但愿你的后路足够宽广，因为当世界末日到来，就会有无尽的杀戮，而世上甚至没有能逃过这一劫的地方。”

瓦什对留后路之类的说法感到十分厌烦，也早就厌倦了奥林国王的说教，他转身背对着这个北方人说：“潘西斯尔大人，请再等一下……”

“恕难从命啊，瓦什大人。”大祭司并不停步，身后还跟着一串穿着长袍的随从，他挥着厚厚的手掌，“此刻我正要去履行一项陛下钦定的重要事务，时间紧迫，无法停下来与您详谈。”

混蛋，瓦什差点对这位丑陋却又自我感觉良好的尊贵祭司出言不逊，他原地站了一会儿以平复自己的愤怒，然后匆忙跟上潘西斯尔，说道：“我跟着您一块儿走吧，老友，就让奥林国王跟他的狱卒愉快地待一会儿好了。”

瓦什总是感到力不从心，尤其是早上起床时的痛苦阶段，不过幸好大祭司潘西斯尔是个走得比米罕海龟还慢的胖子。瓦什追上了几步之外的祭司，然后低头穿过一道通往廊道的低矮横梁。这里是举办庆典仪式的地方，所以比较整洁，它的门和天花板都比迷宫的其他洞窟要高出不少。一想到这些小生灵是怎样住在这些黑暗而狭窄的小小城市里，瓦什就不寒而栗。像他这样的身材，要是生活在这里就只好常年跪着走了。

*不过这里的事很快就能结束，然后我们就能回国，再也用不着看到这令人痛苦又阴森恐怖的地方，还有这丑陋的小生灵。*他再度向自己保证到。

潘西斯尔走得慢了些，他说话的腔调听起来就像自己做了多大的牺牲似的。“瓦什大人究竟有什么事要说？”

“只有一件简单的小事，潘西斯尔，不过我想……”瓦什说到一半又躲到廊道的一个较低的位置上，那里有军需部随意画下的记号，“还是另找地方再谈比较好，如果在这里窃窃私语被别人听到就不好了。”

“我知道了，是您和我们这些斗志昂扬的人不一样，不愿意与陛下共同在前线奋战？”

瓦什对潘西斯尔那厚实的背部沉下脸，心里大骂他是个自以为是的胖子。瓦什听说祭司在这场有着不祥预兆的行军途中抱怨过好几次，说他无法按时饮食，或是潮湿寒冷的北方天气损害了他的健康。有一次瓦什甚至听到大祭司大人说俘虏的小孩子的哭声打扰了他的午睡。*他还说自己斗志昂扬，装得真像！*“我的确没有您这样的健壮体格，无法在探险中体验到无尽的乐趣，老友。”他对祭司说道，“不过我的消极态度却是对事实更有益的，我不会对我们所处的劣势置若罔闻。”

“那可真好，您跟着来吧，在我抵达神殿之前我们还有一点时间可以讲讲话。”

皮尼蒙·瓦什心里的怨气差点骂出了声。祭司大人选定的神殿在两层楼上，要走几分钟才能到达。“您真是个好人。”他说道，新的神殿占据了这座地下迷宫当中最大的洞窟之一，此前曾是北方伊斯特人自己居住的地方，独裁者的军队几天前才占领了这里。瓦什满脸堆笑地跟在祭司后面蹒跚而行。

瓦什发现，独裁者最近抓来的囚徒在这座神殿里的地位仅次于努沙什：囚禁他的笼子被放在屋子的正中央，而不远处，就是安放着太阳神的金漆木雕像的神龛。那个叫秦坦还是裙坦的女孩——她叫什么并不重要，她只是个小祭司的女儿。她跪在笼子正中的一团稻草上，两手被反绑在身后，黑色的长发垂在脸颊旁边，她显然很生气。瓦什能够认出她，是因为她头上有一绺火红的头发。

“原谅我得失陪片刻，瓦什大人。”潘西斯尔已经穿上了全套的法衣。“法事必须准时举行，每天都是如此，无论晨曦初露，还是正午，或是晚间。”他大笑了起来，“即便——在这些洞眼儿当中的晨与昏只能依靠神智来辨别。”

他管这里叫洞眼儿，瓦什有些不寒而栗，这广阔无垠而又古怪陌生的地下世界，居然有人把它轻描淡写地说成是洞眼儿！这里有着巨大得回声不断的空间，还有魔鬼般狰狞的形状和刻在岩壁上的符咒，潘西斯尔难道感觉不到这是一个让人饱受痛苦的地底深处吗？洞眼儿应该是瓦什的夏季别墅附近的海中礁石上的浅浅的小窟窿，而这里却大得像是整个世界。

女孩的囚笼并未上锁，然而她一动也不动。一位年轻祭司捧着一个热气腾腾的碗走向潘西斯尔，后者将之凑在鼻尖下闻了闻，吸了一点蒸腾而上的热气，然后点点头，用十分夸张的态度把它交回给年轻祭司。年轻人把它拿到囚笼前，举着递给笼中的女孩，她并没有接过碗。这一来一去看起来就像默剧，他对她打着手势，好像自己并不介意与她交谈似的。

潘西斯尔走到瓦什身边说："和往常一样，如果犯人里有人不恭不顺，我们就得杀鸡儆猴。她想保护那些被独裁者带走的孩子，所以她会死得很快，这就是常理。"他大笑着："话说回来，如果这一切都是为了辅弼独裁者陛下，就谈不上过激，对吗，瓦什大人？"

"当然，当然。"瓦什一边说着，一边看着那个女孩。她完全不像是这场仪式当中的重要环节，因为她看上去很阴郁，而且惊吓过度。说真的，瓦什并不喜欢凌虐儿童，至少他不主张不以规训为目的的体罚。独裁者的神秘计划逐渐让他反感起来。

瓦什摇摇头，生气自己为什么要胡思乱想。"问题是，潘西斯尔大祭司，我在想……您是否和我一样……有无法言说的话？"

潘西斯尔回头看着他，眼神很平静，接着小心翼翼地说："瓦什大人，您的意思是……"

"每天我都给在地面上的部队回信，向下属发布命令，回复那些希望与独裁者陛下往来的人，我想您也与我一样。"

潘西斯尔耸耸肩。"我手下的祭司多半都集中在这里。"他说道，伸出宽厚的手掌指着这片神殿，这里布满了蜡烛和各种装饰，法器的形制和太阳神殿以往的样子略有不同，"这些太阳神的祭司保佑着我们的军队，不过他们很少接受我的指引。"

"所以现在的形势对您来说并不明朗，而在我看来却十分清楚。"

"现在的形势怎么样？"

"现在，我发出的信已经很久没有回音了。我收到中军大帐的公文回信已经有两天，我问过情报部门，他们说最近两天来已经派遣人员前往地面，但眼下既没有回音，也没有地上来的人。"

潘西斯尔的脸上仍然不动声色，然而瓦什认为他的表情里显露着某种忧惧。“不管怎样，我还是相信没什么事，可能只是他们的任务出了点小差错，也可能只是通信兵被山体滑坡挡住了道路。”

“那为什么信使没有回来报信说明是哪里塌方了呢？”

“这我可说不好，此事必须提防着，瓦什老兄，不过我认为，也不必过度担心。”

女孩的哭泣声让瓦什分了心，年轻祭司没好气地俯身向她低声说话。瓦什的眼睛终于适应了神殿里的昏暗光线，现在他终于能看清他们使她屈服的手段绝不仅仅是恫吓。她鼻青脸肿，上臂也尽是伤痕，衣衫褴褛的袍子下面想必也是伤痕累累。

“我……我不能完全认同您，潘西斯尔大祭司。我觉得这事儿不好说……”瓦什仍然瞥着那个伤心哭泣的女孩，“她怎么这么伤心？”

“什么？我明白了，那是因为太阳血剂的味道使她身体难受，由于事态紧急，我们没那么多时间慢慢地喂她。”

瓦什摇摇头说：“您的意思是，太阳的血？”

“因为她要代替北方国王成为这场仪式的祭品。北方国王是诸神的直系后裔，其间只相隔几代人。”潘西斯尔严肃地点着头，“她则是个杂种，血脉跟哈比里比较疏远，所以我们这样做，就能尽快使她体内的太阳血液达到某个浓度。”女孩呻吟着，那声音里饱含真切的痛苦。潘西斯尔略微笑了笑说：“不错，她已经喝下了药剂，您不会想看她开始产生幻觉的那一刻的，那景象对于一般人来说有点不太好接受，她会大声喊叫，全身抽搐，您不妨想象一下。”

瓦什曾主持了几十场严刑拷打或行刑（这并非他自愿为之，而是出于职责），此刻他对潘西斯尔侧目相看。“说的是啊，听起来是挺可怕的，多谢您的提醒，不过我还有一些事要和您商量。”

“还有一些事？说起来，负责和地面部队保持联络一定让您十分操劳，也许您可以跟军事执政官商量一下，他肯定会重视您遇到的困难。”

瓦什点点头。“这倒的确是个好主意。如果信息传递不畅是因为一些更为危急的原因，我想我能够应对……”

此刻轮到大祭司对瓦什侧目相看了：“您说危急？真的吗？会有怎样的危急情况？”

“比如地面部队正在酣战，或者是城堡里派出一支部队穿过伊斯特城来袭击我们，甚至切断了我军的补给线。”

潘西斯尔盯着他看了一会儿，突然迸发出一阵大笑，除了那个正在哭着呕吐的女孩，神殿里的每个人都回头看着他。“切断我军补给线！就凭他们，这一小撮士兵？他们用什么来切断？骑着扫帚用玩具刀切断吗？”他笑得肚子都痛了，“天哪瓦什，我的朋友，如果我说您对战争所知甚少，请您不要介意。我们已经彻底摧毁了他们的老巢，等我们走了以后，他们还得继续向路过这里的每个外来者屈膝投降呢！”

皮尼蒙·瓦什心里十分生气而又羞愧，脸上却还是很平静。他向潘西斯尔鞠了个躬，感谢他分享这份智慧。当他走出神殿时，女孩的啜泣声和哽咽声仍然在他耳边徘徊。

⚜ ⚜ ⚜ ⚜ ⚜

范森先用沙子尽可能地把自己擦干净，然后才穿上盔甲。这是他从老队长多纳尔·穆里那儿学来的习惯，他总是坚持“不要错过任何一个把自己弄干净的机会”。大多数士兵并不介意自己身上很脏，而范森不喜欢那样。但是现在，周围满是血与汗的臭味和其他令人不快的东西，他却不介意——对一个士兵来说很容易就能习惯和那么多男人挤在一块儿，尤其是在迷宫这种狭窄幽闭的空间里——他正被一种恐惧感所扰，他怕那群没有受过军事训练的芬德林士兵快要放弃了，毕竟他们已经和绝望的逆境英勇奋战了那么长时间。

但是他，费拉斯·范森，不怨他们任何一个人。大锤·碧玉的看守队是他一手带起来的，而现在只剩下了一半的人。孔雀石·紫铜的近卫军也折损过半，死者当中还有紫铜的小叔子，当时他正在大声呼救，结果背上就被砍了一刀。如果紫铜能活到战争结束，他还得向弟妹传达这一痛不欲生的噩耗。其他芬德林人多半是师父，他们从未想过此生中有一天要离开神庙，投入到这场与大个子们相抗争的战斗当中。其他人则是志愿兵，这些年轻的芬德林人甚至还来不及加入石匠公会就上了战场。

在大师的儿子甘汞的看护下，两个师父小心翼翼地把朱砂绑在担架上，范森看着他们。过去的几天里，即使有他这样战斗经验丰富的人领导着他们，还是经常需要紧急撤退，虽然无法预计撤退的时机，但芬德林人对此也习以为常了，而且撤退必定会发生，所以他们总是事先做好一切应对准备。流石师父蹲在他们旁边，领着其他一些焕华共修会的成员在祈祷。祈祷结束之后，范森把他叫了过来。

“如果我曾对你责罚过度，请你原谅我。”他对这个年轻师父说道，“事实上你做得很好，我为你们所受的不公正待遇深表歉意。”

流石试图露出一个勇气十足的笑容，却并没有成功。“信仰使我们知道，在眼下这种时候，过去和现在是紧紧相连的，因而那些留名于青史的人必定饱受磨难，当我们即将在永恒的烈火中永生时，必定是痛苦的。”

范森不是很明白这番话的意思。他对于诸神的见解从未比神父们灌输给他的那番话更高明，同时他对于神学里复杂的层级体系深感怀疑，并不认为神灵就高人一等。他点点头，然后转移了话题，这是他能想到的最好的回应。“我们只能在最后一个洞窟里展开防守，就是你们说的启示厅，然后我们就彻底失去地下迷宫的阵地了。”

“卫队长！”白云石麾下的一个士兵满身是汗地小跑过来，“敌军就要突破最后一道石堆了！哨兵说他们很快就会冲到我们面前！”

范森觉得这消息就像三连音的最后一个音符，是他等待已久的结局。很快他就再也不用为自己的错误而忧惧不已了，很快他就不必再看着手足兄弟慷慨赴死。他已经交出了生命的所有，因而可以毫无愧疚地死去……是吗？

“全体到大厅里集中！”他大声喝令，尽量让所有人都听见，之后又让那些听到他说话的人传令下去，“火把都浸上油，全员到第一道街垒处集中，我们将在那里拉开战线。”

碧玉咧出一个笑容，看着流石师父那前途未卜的表情。“我们的确会永垂不朽。”看守队长说道，“我们的故事会在芬德林镇和西斯人的城市里一直流传下去。”

大厅里的恐惧情绪像水池里的涟漪一样扩散开来，然而没有人犹豫不前。“我们会在这里死去，对吧？”流石小声说道，“这里是我的发迹之地，正是在这座大厅里我成为男人。”

“无人知道自己的死期，也无人知道诸神的旨意。”范森耸耸肩，“而现在即使诸神也困惑不解。一年前我以为自己在雾影线下必死无疑，而死期并没有到来，谁知道接下去会发生什么呢，流石师父？戴好你的头盔，再喝口水，暂时你已别无选择。”

⚜ ⚜ ⚜ ⚜ ⚜

皮尼蒙·瓦什完全不知道祭典会搞成怎样，它就和他的主人经常冒出来的奇怪念头一样——通常都是些庆典活动，这些庆典显然是宗教性质的，可是场地上站满了独裁者的卫兵。瓦什确信此事已经告知潘西斯尔，以便让神殿准备就绪。

让瓦什感到由衷欣慰的是，这一次北方国王并不在席，有着一绺红色头发的女孩也被带出了洞窟，此地就只有太阳神的神龛能与独裁者的光辉分庭抗礼——不过没有什么东西能与苏列佩斯相匹敌。在那身装腔作势的金质铠甲和高耸的鹰形头盔的衬托之下，这个身材高大的统治者看起来确实比芸芸众生要高贵得多。独裁者目光如炬，眼神当中有着一分橙色的火焰，在王冠下熠熠生辉。二十四位猎豹卫队的卫兵为他开道，护卫两方，守备后防。瓦什一眼看过去，这种像笼子一样的队形仿佛把独裁者关在了里面。然而苏列佩斯站着的时候，还是比任何一个身材魁梧的禁卫都高出一头，乃至于这个由人组成的牢笼几乎无法装下他。

瓦什完全不知道独裁者有着怎样的计划，他已经完成了独裁者指派给他的所有工作，此刻正急不可待地想知道独裁者的打算，有时他真觉得侍奉一个像苏列佩斯一样反复无常而又凶残嗜杀的君主的自己，简直像一只在风中飞行的孤鸟。当风向改变，当和煦上升的暖风变为下降气流，把他吹向地面，他只能奋力地向上飞，然后心中祈祷着能再飞高一点。

独裁者对禁卫军官命令道：“你遵旨将他们带来了吗？他们在这儿吗？”

他鞠了一躬，摇着油光铮亮的脑袋说：“他们正在外面等候您，陛下。”

“不错，把他们带来。”

两个猎豹卫队走了出去。其他的禁卫虽然全神贯注地侍立两旁，却也表现出对这件事的好奇来，心想着到底会是什么事，让独裁者大摆排场地安排如此多的禁卫在此。很快，三个体型壮硕的妇人被带进了神殿。从外表上看，她们都是西斯人，每个妇人都跟猎豹卫队的一样高大威猛，也与他们一样目光坚毅，神情沉默。禁卫们睁大眼睛看着她们，有人甚至猜想，这莫非又是独裁者的某种诡诞的玩笑？

苏列佩斯挥舞着他那修长而指端尖细的手指，沙漠祭司阿拉特扛着一个缀满象牙雕刻的箱子走了过来。苏列佩斯点点头，无视了他的到场，但教士还是遵照他的旨意，朝着女人们径直走去，从箱子里拿出一点东西交给她们。随后教士回到独裁者身旁，瓦什看见，每个肌肉虬结的女人都拿着一个蜜橘大小的水晶体。

“你就是豺妇克芭娜本人吗？”独裁者朝最高的那个女人问道，她的头发被剪短了，甚至比大多数男人都要短，“你就是那个杀了丈夫和全家，因而被判死刑的女人？”

她撇撇嘴，冷笑道：“就是我，独裁者陛下。”

“我记得你，你徒手就把他们干掉了，对吗？”他满意地点点头，“现在你们三个人各有了一件法宝，它能让你们像神灵一样威风凛凛，像月神宵释一样孔武有力，足以杀死战神沃洛斯。此外，如果你们能活着回来，就能重获自由。”

女人们怀疑地看着他，那神情就跟几头野生动物差不多。瓦什也不知道这件事的来龙去脉，不过他禁不住地想象，和月神宵释一样孔武有力是个什么情况，这个神灵被另一个比之更强大的神灵杀死，并取而代之。这些天来，皮尼蒙·瓦什心里总想着一件事：强权者的侍从通常不得善终，也无人缅怀……

独裁者继续说道：“虽说在平时，他们的无力抗争是徒劳的——毋宁说这抗争根本不值一提——但现在事情紧迫，我不愿让那些伊斯特杂种和他们的南境将军拖延我的行动，这就是我赐予你们库里克斯之石的原因。”

库里克斯？瓦什不寒而栗地想着。他听过很多古老的故事，知道这种魔法的威力足以导致大片死伤，甚至连其持有者也可能招致杀身之祸。

独裁者激励着他的喽啰们，声音缭绕在四周，回响不绝。“有了这些石头，以及阿拉特教给你们的咒语，你们就是女魔头再世！你们能将我的敌人像杂碎一样撕成两半，他们会在你们跟前哀号不已。你们将大开杀戒，让敌人片甲不留，直到太阳再次从地面上升起又落下，我将站在诸神的前面，夺取他们的伟力。而你们三人，将成为我最忠实的仆从。”

豺妇克芭娜首先向独裁者行了跪礼。“万岁，苏列佩斯！”她喊道，“万岁，陛下！”另外两人也附和着她的喊叫。

“我就是万岁至尊！”独裁者大笑着说道。

第三十一章
前往芬德林镇

祖丽雅告诉她的兄弟祖米奥斯，这座大房子里的奇怪气息，只是一只藏进这里取暖的老鼠发出来的。

——引自《圣孤传说：其人生平、死亡及天堂的奖赏》

“我不会让你干什么事的。”锑师父对他说道，“抱歉，燧岩，我必须阻止你，否则朱砂他们绝不会放过我的。”他脸色惨白：“天哪，那些共修会的长老们，还有欧珀会怎么对付我！她会朝我扔抹布的！”

“你拦不住我，年轻人，除非你把我绑起来，再坐在我身上。”他皱着眉头，“别夸大其词了，你以为我就不怕吗？”

“可是……可是地上在打仗！”

“这儿也在打仗，我们的战友正在奋力战斗，甚至面临死亡。为了他们，我必须尽我所能地做点什么。”

“可你要怎么说服镍师父？他是个顽固分子，还是你的死对头。”

“他当然不会听我的——但他会听从战争之印的调遣。”他收拾好行装，站起身来，把背包甩到肩上，“镍是个讨厌鬼，但他不是叛徒，我的兄弟也不是，即使我更讨厌他，但他们也是在遵循共修会准则而行事。”燧岩想起自己的哥哥岩核大师，想起他怎样走过来，然后立刻站到镍一边的情景，这仍然令他伤心不已。“不，如果要拯救人民于水火，就得用正确的办法，要用芬德林人的办法——我们的行为必须获得批准，并记录在案。”他用手臂拍了拍这个大孩子，“无论如何都要让工事进行下去，锑师父，尽可能悄悄地做。我走后他们可能就不会来找你了，但我会确保他们知道这些。”

“那您的妻子和孩子怎么办？”

“我自会安排他们，年轻人。朱砂他们已经深入地下，濒临绝境，我至少也会鼓起勇气，当面告诉欧珀我的计划。”

锑师父紧紧握住燧岩的手，担忧地看着他，就像要送一位朋友踏上黄泉路那样哀伤。

“你说什么？你别想走，要想走出这扇门，就从我身上踏过去。”欧珀正在制造枪火药，她跑到门边上挡住去路，才刚开始说话，工友就全都偷偷跑走了。她们敏锐地觉察到一场家庭风暴在所难免，连那位众人敬畏的银朱也跑了，燧岩真希望自己能跟着她们跑掉。

“你这样不明智，亲爱的。”他这样说着，并没有察觉自己心如铁石，“我没有办法，原因我已经和你解释过了，如果我迟疑不决，就要坐失良机。”

“什么理由都不行，这事情太疯狂了，而且也太危险了，你为什么要冒生命危险去做呢？”她两手在胸前抱定，显然不肉搏一番，她是不会让步的。他对妻子涌起绵绵爱意，但同时也盘算着逮住时机，趁其不备逃走。

“你听我解释，亲爱的……”他乞怜道。

“我不听，不听，就不听！”她心烦意乱地打断了他，这时火石从洞窟深处走来，他揉着眼睛，头发因为睡意未散而乱作一蓬。“孩子，是我们声音太大了吗？”她说话的声调怪异，“快回去睡觉，妈妈很快就来，我和你的捣蛋爸爸还有点事儿要聊。”

“让他走吧，欧珀妈妈，我……我梦见了一些东西。闪光之人燃起烈火，和太阳一样酷热！每个人都在惨叫。让他走吧。”

“你胡说些什么呢？”欧珀皱着眉头，想把孩子带回去，“你做了个噩梦，孩子，回去睡觉吧。”

“我不。”他固执地站在原地，他已经长得比燧岩还高出一头，几乎和年轻的小巨人锑一样高大，想要让他走可不那么容易，“燧岩爸爸必须去完成任务。”

燧岩走上前几步，拉住欧珀的手臂说：“这孩子的梦魇一直是正确的，在许多事情的预测上……”

她并不生气，却满怀恐惧地说：“不！你再也别想走了！我不会再让你走的，你想过这对我有多残忍吗？”

燧岩摇摇头说：“我只能猜测，不过我知道你会想我，一如我想你。”他又上前一步，把她环在臂弯里，这时她挣扎着，把脸扭向一边，“请听我说，我的挚爱，别让我如此为难。如果不是万不得已，我是不会这样做的，然而我牵系着众人的生命，也肩负许多责任——整个芬德林镇可能都系于我一身！”

她躲到一边，仍然背对着他。“那你就……就走吧。但别指望我会像故事里深明大义的老婆那样，默默地哭泣，还朝你挥手再见，滚吧，我诅咒你！”

“不！”这些话让他感到不安，“别让我的头上盘着咒语，欧珀。”

“滚出去。”她挣脱他的怀抱，他还想抱她，却被她打了手，她不肯看他的眼睛，“滚！”

他吻着孩子的额头，抚摸着他浅黄色的头发，离开了他们的临时住所，走向芬德林镇。某种意义上，欧珀是对的——这是一趟漫长而艰险的旅程，只有大地长老会才知道他在死前会遇到怎样的妖魔鬼怪。他趟过深及胸部的水流，在泥泞的河床上蹒跚而行。

"站住，燧岩，等等！"

他转过身来，看见欧珀大步追了上来，她两手拽着裙子的褶边以防止摔倒。他还没来得及说话，她就已经跑了过来，伸手抱住了他。她瘦小的身体与他紧紧地贴在一起，这一刻他几乎无法呼吸。

"我收回前言，收回前言。"她泪眼婆娑地说着，"请当我什么都没说过！你是我的男人，蓝石英，我深爱着你。但如果你敢让自己遭遇不测，我一定会诅咒你，让你像个长满跳蚤的老鼠那样跳着，哪怕你站在长老们跟前！我说到做到！"

他没有多言语，只是久久地搂着她。最后他们终于拥吻，低泣着道别，欧珀转身回去，再没有看他一眼。

⚜ ⚜ ⚜ ⚜ ⚜

布瑞奥妮本以为能迅速占领她的旧宅，结果却在一开始就陷入了苦战。她和埃尼亚斯穿过独裁者燃烧着的舰队，抵达外城墙，亨顿·托利的忠实仆从们着实大吃一惊，随即逃往内城。拜坎·胡德领着手下押着几百个平民为他们服役，强迫他们抬起那些在加尔人进攻中残存的大炮，搬到内城墙上。布瑞奥妮迎来了她回到南境城堡后的第一个日出，拉文之门上的塔楼里，枪炮正待隆隆响起。

"巴西利斯克之门上有我们的长炮。"在北环礁湖的一座商贩的高大房子里，埃尼亚斯和副官一起打着掩护。从这里最高的窗户望去，能看见拉文之门上飘来的烽烟，不过胡德的守军还不知道敌人在哪里，只是胡乱放着冷枪。从海上飘来的晨风温暖潮湿，有着血一样的咸腥味儿，天气似乎一日之间从春季转到了夏季。“安排一些人防止独裁者的军队反扑，其他人今晚向内城发起攻击。”

布瑞奥妮摇了摇头。“托利把无辜的百姓作为人质，我不能向自己的臣民开火。”

埃尼亚斯点头表示赞成。“对此我深有同感，公主殿下。但您真的能照顾到这么多吗？如果您父王所说的都是事实，那我们就只能扛到明天午夜，那时独裁者就能……那时独裁者就能为所欲为了。”

“但独裁者正在城堡的地底深处，萨奎丽那个巫婆是这么说的。”

他略显无奈地耸耸肩。“精灵王后说了什么，您比我更清楚，不过我也记得她说过‘这里的每一场战斗都与大局紧密相关’，她说过这里的激流险滩遍布各处，像蜘蛛网一样彼此相连，却无人知道其具体的相连方式。”

布瑞奥妮解下那根吸纳额前汗水的发带，又重新绑上，一想到那个俘获了她弟弟的精灵王后，她就愤恨不已：“我才不管，我不会向我的臣民开枪的，除非他们变为托利的仆从。然而如果从这里一炮打过去，又怎么知道他们是否已改旗易帜。”

海克斯勋爵是埃尼亚斯王子的朋友，也是他的副官，此时他清了清嗓子说：“听我说，布瑞奥妮公主，眼下并非普通的围城战，我们不能静待守军出降。据我们所知，托利用几个月的时间在城中储备补给，您认为，我们只在这里颐指气使，他们就会乖乖投降吗？”

“米伦。”埃尼亚斯示意他注意言辞。

“殿下，请不要阻止我，这话必须挑明。”年轻的贵族男子重新转向布瑞奥妮，“王子殿下出于感情或礼节的考虑而不便说出之言，就由我来一一阐明。如果精灵王后所言属实，公主殿下，您的妇人之仁反而会陷您的子民于死地。”

“米伦，你言过了！”

“让他说，埃尼亚斯。”布瑞奥妮出手制止，“他是一位忠实的谏臣，忠言逆耳。”她又对海克斯说道，“如您所言，大人，眼下的确陷入了困境。但我不能让人们朝着我的城堡腹地肆意开火。托利押着许多我的子民作为人质，他的军队里也有不少人认为他们是在跟独裁者、精灵或是其他入侵者作战，是在保卫自己的家园。我不能只为了让自己返回家园，就让他们做出无谓的牺牲。”说到这里，她忽然皱起眉头，她的父王曾无数次告诉她，“贤主也难免两手沾满鲜血”，那时布瑞奥妮以为，父王的意思是战争难免有死亡，此刻她才窥知其真义：奥林国王说的是，君主的每一个决议，都必定会让一些人遭受苦难。“请容我再考虑片刻，但愿您有一颗善良的心。”没等海克斯再度开腔，布瑞奥妮就这样请求道。

“您需要独处一会儿吗？”埃尼亚斯问道。

“我是真想一个人静一静，殿下。”她感激地说道，“我不会请您回避，我会自己出去走走。”

“但请别走出院子！”

“当然不会，埃尼亚斯王子，我保证。”

她走下楼梯，走过哨兵和其他军士身旁，茫然地看着他们一个个从她眼前消失——布瑞奥妮自幼在王族中成长，对于他人的敬意早已习以为常，但此刻他们全都避免与她目光接触，这让布瑞奥妮深为不解。这状态和从前不同，从前只有极其胆小或心怀愧疚的人，才会不去看她，自从她出落得越发有女人味，她也习惯了男人们不由自主地上下打量她的目光，现在到底出了什么事？

她认识到，*他们是埃尼亚斯的部从，他们以为我是埃尼亚斯的附庸*。

这个想法着实使她困扰。

她来到一楼，走过人头涌动的庭院，直抵大门。这座房屋的主人是一名商人，想必他十分富有——布瑞奥妮相信自己曾在法庭上见过他，虽然她不大记得他的样子——他身家百万，足够为埃尼亚斯和他的麾下大将提供给养。这么想着，布瑞奥妮踏上了门房的楼梯。

她离开的这些时间里，外城的景象变得令人惊异，就像噩梦般阴森恐怖。加尔人入侵了这里，完全占领了城堡，将之洗劫一空，精灵撤退后有些人又回到家园，却遭到了独裁者巨大的大炮的炮轰，旋即又逃往内城。

曾经，南境城堡的外城像特希斯北方的每座城市一样，美丽而繁华，如今却毫无生机，有如烧焦的累累白骨。成栋的房屋毁坏成了木梁和砖块，有的则已经燃烧殆尽，只有烟囱还像守墓人那样伫立着。最高大的建筑几乎都倒下了，仍然屹立着的楼宇焦黑而荒芜。布瑞奥妮看着这片断壁残垣，禁不住潸然泪下。

但是哭也无济于事，她这样告诉自己，*仔细想想你该怎么做，集中精神！*

眼下的困境十分明了。从白岸路往前看，几乎看不到内城墙。视野里只有拉文之门的塔楼清晰无比，连上面的士兵都能看得一清二楚，他们像花园围墙上的蚂蚁一样爬来爬去。然而内城墙十分高大，也很难打开一个缺口。且不论艾文·布罗纳是不是个叛徒，这个暴君的确善于保养城池，城门和瞭望塔都打理得很好。

布瑞奥妮不禁想着，眼下布罗纳在哪里呢？如果他知道她还活着，会怎样做？他叛变的程度有多深，是否已经与托利狼狈为奸？还是说，他愿意与她联手，让城堡回归埃顿王室的统治？想攻破内城墙的话，就要仔细考虑布罗纳的存在：布罗纳并不知道费恩·特奥多罗斯已经泄密，也不知道布瑞奥妮对他了如指掌。

然而眼下这些信息对她并无用处，除非她能给城墙另一侧的布罗纳带个口信，而且他还得站在她这边才行。毕竟这样一来，布罗纳就能轻易地将她和埃尼亚斯送入圈套。此外，或许布罗纳也在托利的监视之下？这一切都无从得知，因为布罗纳那个人高深莫测。“有些事我做不到，布罗纳却做成了。”布瑞奥妮的父王有几次这样说道，却从未向她和弟弟解释其意。布瑞奥妮·埃顿开始揣测这句话的意思。

布罗纳这个人诡计多端，一想到这个人，布瑞奥妮就想起一些旧事——很久以前，或者说，在今天看来那已经是很久以前的某个夜晚，那时肯德里克已经亡故，但一切尚未偏离正轨。布罗纳宴请布瑞奥妮和弟弟来到他家里，也就在这一夜，费恩·特奥多罗斯看到了布罗纳的计划，知道他想把埃顿王室全部囚禁，并且斩草除根。这段记忆在脑海里泛起，却另有一事引起了布瑞奥妮的注意。

父王的信！信里有一页被偷了，那晚布罗纳把这一页交还给他们，说是在他自己的文件里找到的，同时声称自己与此事毫无关系。布瑞奥妮当然怀疑他的清白，不过她更在意那封信，信里讲的是地下水道的防御，奥林国王很担心地下水道会成为守城的薄弱点——这封信能对她有点帮助吗？

她记得布罗纳已经修好了父王所指的薄弱点，因而大失所望。布罗纳用金属格栅盖住了那个地方，格栅的窟窿很小，再瘦小的孩子或是再狡猾的水鸥人，也无法穿过它。事实上，在几小时前，水鸥人就发誓说他们无法穿越内城墙。她敬爱的父王就这样不知不觉地，切断了她拯救王室的唯一道路。

但随即她又想出了另一个办法——这个办法十分诡诞，埃尼亚斯肯定要为之大皱眉头、不敢苟同，但是考虑一下水鸥人给她的馈赠，布瑞奥妮越想下去，越觉得这是她唯一的计策。

她忽然转身向着城门跑去，甚至不小心撞到一个希安骑士身上，后者满怀愧疚地单膝跪下。“免礼。”她说着，“阁下大名？”

“在下史蒂芬纳斯爵士，公主殿下。”他也和其他人一样避开她的目光，这让她大为恼火。

“听着，找五六个勇敢的部从来，让他们全都换上便衣，在这些荒芜的房屋里集中。一小时后带着他们在这里见我。”

“您说什么便衣？什么房屋？”

“天哪，史蒂芬纳斯阁下，希望是我口音难辨，而不是您头脑糊涂。没错，就是穿上普通人的衣服——但是要带上家伙。我去告诉你们的王子，我要带你们去办个小差事。”

⚜ ⚜ ⚜ ⚜ ⚜

燧岩小心翼翼地绕着神庙走着，他并不怕再次碰到他的哥哥或是镍——至少他是这么以为的——而是深恐自己无暇与人搭话，而神庙的守卫们又都是些庸庸碌碌、心胸狭窄之辈。于是他悄悄溜进神庙前庭的蘑菇花园，然后绕过厨房的一侧，这时他闻到了麦芽酒窖里飘散出来的香味，即使在这风雨飘摇的时节，干烘炉上仍然回荡着酿酒的气息，这让他不免有一阵后悔。他最后一次坐下来和朋友们喝一杯是什么时候的事了？他最后一次从容行事，而不是挣扎着保全家人安危，或是在恶战中协助范森他们，又是什么时候的事？眼下的日子根本不能算是生活。

在诸神和半神战斗的时候，燧岩向自己提醒到，*凡人真应庆幸自己能苟且偷生*。他向大地长老祈祷着，走向神庙背后那条通往瀑布楼梯的小路。

他花了大半个早上，沿着迂回曲折的道路来到丝绸之门，继而走到芬德林镇的郊外。这条路十分荒芜，他走在宽阔的贫矿大街上，看不见一个从外环隧道放工归来的工人，也没有从烘干房里归来的妇人，连一个想赶在午饭前再找到一个顾客的手工艺品小贩都难找到。**这些街坊邻里真的这么害怕？**燧岩心想，**战争离这里还远着呢，这真是太奇怪了。**

他在盐湖旁边站定，环顾四周却空无一人，连小圆石都不在。此时他开始犹豫是否要前往芬德林镇的中心。那里发生了什么？根据欧珀的说法，大约十天前这里还安然如旧，人口虽然减少了，但是镇上的生活和往常一样。

他来到公会区的外围，在宝石街的后街里找到一个打盹的灯夫，燧岩叫醒了他。

“这儿是怎么了？”燧岩问道，那个人从地上跳了起来连忙道歉。“安静点！我才不管你在做什么，告诉我这儿发生了什么？人都上哪儿去了？”

灯夫这时候才相信自己并没有危险，于是他招呼燧岩挨着他坐下。“问题是，你在这儿干什么？你有许可证吗？你有没有公会准许你在此时出门的许可？”

“你在瞎扯什么？”

“你居然不知道？自打大个子们来过这儿，就没人能随随便便地上街了，必须有公会许可证才行。”

“等等，你说的大个子是指什么人？”

那人并不想多说话，但他也不想看着燧岩大惊小怪地喊叫，于是他简短地解释了一下，说是自从海滩上那些南方人的船着了火之后（这是头一桩让燧岩大为惊骇的新闻），新来的希安军人就忽然占领了外城，达斯汀·克劳领着亨顿·托利的一些死硬分子强行进入芬德林城门。宗主们和其他芬德林首领对此发出抗议，却被关押在自己的公会里。

燧岩本来打算去找一个富有同情心的宗主，指望他会给一个阿斯提昂，以便完成自己的伟业，现在这个任务即使不是毫无胜算，至少也变得希望渺茫。只有一条路能达成所愿，他曾经粗略地想过这个计策，旋即因为它太危险而弃之不用，然而现在他没有其他的选择。

燧岩坐在地上想着这桩离奇的新闻，这时灯夫趁机跑掉了，燧岩并没有拉住他——因为他有很多事要想。他是否该从族人里找一个可靠的人，提心吊胆地在达斯汀和他的喽啰的鼻子底下跑来跑去？还是说，干脆离开芬德林镇前往城堡，另寻一种办法？不过即使他想出另一个办法，其风险也太大了。

我似乎在实行一项徒劳无功的计划呢，他反思到。

想到这里燧岩就头疼，何况他已经走了几个小时，此刻又饿又渴。他真想被人杀死算了，最好现在就动手，他已经痛苦难耐。他站起身来，尽量低调地沿着宝石街走下去。他朝着芬德林城门走去，门洞里石制的树木和上面的岩穴俯瞰着他的身影。

他熟悉的城门轮廓，如今面目全非，只需远远一瞥便能发现这一点。一队队卫兵把守在这里，他们的营寨、用碎石堆起的街垒，无不彰显着城门的作用：与其说城门是作为典礼的通道，不如说是一种将某些人驱逐在外，或是将某些人围困在内的建筑。

至少有十来个从城堡来的卫兵在这里把守着，战壕从开阔地上一直挖到了南境城堡的外城。燧岩能听见大炮的声音，那就是这些卫兵在此把守的原因。炮声并不频繁，但足以让燧岩琢磨着是否要转身原路返回。交战双方到底是谁？这些守军也许正在跟西斯人作战？甚至是在抵抗加尔人？如果精灵们胆敢冒出地面，肯定会被攻击的。

这是一出戏剧，他这样想着，*只是跟查文说的那种喜剧不同，没有乔装打扮的公主、私奔的恋人。这是一出他所钟爱的灾难史诗剧，人们在剧里惊呼着，画面上有染血的绷带，到处是硝烟和炮火。你最喜欢的戏剧如今正在别人身上切实发生着。*

燧岩朝着城门匍匐前进。尽管炮声离洞口还很远，但这里的卫兵仍然无视那些芬德林平民的乞求，禁止他们出城。

“我说过了，你们这些贱民，只有公会成员才能进出此地。”一个卫兵咆哮道，他油光满面，脾气暴躁，显然是因为午餐时间被中途打断，“无人例外。”

“不过今早有两个人回来了，他们在老城墙上工作，受了伤。”一个人在后面喊道，“得有人顶替他们呀。”

“会有人来挑选替补，等他们今晚回来之后。”那个油光满面的卫兵说道，“你们急什么？就这么不想在城里待着？”他大笑着环顾四周，跟同伴们一起笑话他们，“你们的城里，嗯？”他朝这些摇尾乞怜的人们说道：“马上滚蛋！不然小心我揍你们！”

芬德林人怨声载道，却并没有立刻散开。燧岩见状也头痛不已。他要怎么在卫兵的站岗下通过这里？这就跟找一个心慈手软，而且还能给他颁发战争之印的宗主一样困难。

城外的大炮又开始隆隆作响，燧岩打算躲进一个安全的地方，好好想想接下来该怎么办。这时有个东西在洞窟外面撞得粉碎，发出雷鸣般的响声。亏他之前还以为这只是虚张声势，真是太幼稚了。瞬间道路坍塌了一半，巨大的岩石碎块把卫兵的临时警备室压扁了，营寨也被压塌了，里面的人也都被砸死了。碎片飞到空中，砸伤了其他的卫兵和芬德林人。幸免于重伤的芬德林人拔腿就跑，逃到洞口里的安全地带。而那个方才还在喋喋不休的卫兵，此刻满身是血地瘫倒在一堆碎石上抽搐着。

机不可失，他想到，*但愿长老已经为我指明道路*。

当然了，长老会也用这一片瓦力残垣向他指明了，哪条路是行不通的。通往洞口的道路一片混乱，到处是碎裂的石块，空中弥散着灰尘，这时大炮仍然在外面响个不停。

燧岩向着前方抱头鼠窜，又被满地的碎石绊倒。他迈过一具被埋在石块下的尸体，那尸体肤色惨白，上面血迹斑斑，满是泥浆。他甚至无法分辨，这到底是一个芬德林人，还是达斯汀·克劳的卫兵。

他走到外面后仍然低着脑袋，在内城那高大而苍白的城墙之下，就是芬德林镇的入口，大炮的炮弹炸烂了那上面的古老石壁，爆炸击起的尘灰落下，积得和门内一样深，不过当燧岩的头顶上忽然出现一片久违的蓝天时，他还是震惊了，那是他和火石前往烘干房以来，第一次看见天空的模样。

我真想向长老祷告，让屋顶族人……

他没有再想下去。

“就是他！”一个陌生的声音喊了起来，旋即有人从背后把燧岩按倒在地，抢走了他的包袱，“抓住了。”燧岩的脸被摁在地上，抓住他的人把他塞进麻布袋里绑结实了，随即一路跑跳着把他扛走。

“放下我！”他喊着，“不是你想的那样！我有要务在身！事关几万条人命！”

“闭嘴，不要吭声！”抓住他的人咆哮着，把麻袋重重地摔了下来，疼得燧岩连牙齿都打战。他安静了。

第三十二章
留下摆渡钱

祖米奥斯吃了蛋和粥，坐回到椅子上。孤儿安静地吹着长笛，直到神灵昏昏而睡，但装着太阳的盘子仍然被这蛇怪盘在身下。

——引自《圣孤传说：其人生平、死亡及天堂的奖赏》

雷夫从未如此高兴过。这一天他终于十七岁了，他的父亲，刮船之沙家族的首领，今天终于把那艘精美的海豹皮船传给了他。雷夫对这一刻期盼已久，现在起他也是个能戴上项链的成年男子了！再也没有人能否认他做出的成就，轻蔑地说“他只是仗着他爸厉害。”

他已经在族人当中树立了威望，不仅仅作为一个渔夫，更是一名战士。那最先向南方人的舰队投出火把的前锋，不正是他吗？多次在加尔人恫吓下奋力抗争的勇者，不也是他吗？那个冲到豪猪女士的麾下，把加尔人贵胄从山间带出来的人，不都是他吗？如今这条海豹皮船终于归他所有，童年时他一直期待着这一天的到来，梦想着用沥青一遍遍地擦拭着它，好让它保持着鳗鱼般光滑而海水不侵的船身。最重要的是，现在他所有的战绩将不再归功于他父亲名下，他有了自己的船，很快还会有自己的居所。那样他就能把埃娜从她那凶残的父亲身边带走，娶她为妻。等有了足够的钱之后，他们就举办婚礼，此后他再也不听凭任何人的支使，只一心循着海风，聆听埃娜的心愿。

他沿着一条源自西环礁湖的秘密水道划船，来到通往艾格耶瓦尔之肩，也就是陆上人所指的麦海伦岩石小岛的海上。不过雷夫并不打算接近烘干房一带，或是这座岛屿的任何一方。水鸥人的宵禁已经开始一小时了，他可不想在成年的第一个晚上就惹麻烦。他觉得自己的老爸麦考不会为了追回海豹皮船而跑这么远——他可不愿意在祭典的竞争对手特里·长指头和暮返之潮家族跟前丢脸——不过雷夫也知道，这个老头儿会不含糊地采取任何的替代惩罚，很可能意味着他要被暴打一顿。雷夫再也不想挨打了，所以尽管他高兴得就像张满的帆一样，但在第一次乘着自己的船出海时，他并没有放声歌唱或是手舞足蹈。

南方人舰船上的火焰逐渐熄灭了，只有一些漂浮在水上的船体残骸仍然冒着灰烟。雷夫远远地绕着一艘船划着桨，想知道它是不是他用点燃的长矛射中的那一艘。这是他一生中做过的最刺激的事（也许只有他和埃娜打算做的一些事能比这更刺激点儿），直到现在他还不敢确信，这样做到底对不对。不过那些碌碌无能的水鸥人首领，比如暮返之潮家族的特里之辈忽然改变了立场：曾经他们只是默默无闻地听任加尔人所做的事，现在却走上战场，谁能猜到会变成这样呢？雷夫曾多次问过父亲，是什么使事态变得如此，但麦考只对他说："他们伸出援手，我们尽释前嫌。""有什么前嫌？"他问道，这时父亲总是让他闭嘴去捕鱼。

但这又怎样呢？无论谁打赢这场战争，对雷夫而言都毫无意义。在必要的时刻，他宁愿收拾所有家当，载着埃娜一同摇桨出逃，沿着海岸线远走高飞。他想海王的子民是否也该回到范特群岛了？他和他的爱人肯定能找到一个荒芜的礁石小岛，不问世事地度过一生。

雷夫沉浸在各种空想当中，摇着船穿行在燃烧殆尽的废船间，看看有什么值得打捞的东西。昨晚他就这样从水面上捞起了一桶南方产的蜂蜜，木桶只是轻微烧焦，内里的蜂蜜仍然被封蜡和棉布妥善封存着。父亲对此很开心，告诉他这桶蜂蜜至少值好几个银币。事实上，雷夫认为正是因为他发现了这个好东西，麦考才终于把船送给他。这真是行了大运，他伸手拍拍海豹皮船那坚固而精致的船骨，再有一桶蜂蜜，雷夫就能自己卖掉它，这样或许就有钱给埃娜买下一条结婚项链了。

他穿过阴气森森的港湾，沿着马林沃克海岬下的海岸划着船。太阳很快就要升起，他很清楚自己不能在外头待太久，因为在阳光下很难神不知鬼不觉地回去。他想到自己可以假装是在清洗海豹皮船的时候睡着了，少年时他经常这么干。

然而海滩上一些正在蠕动的东西打破了雷夫的计划，他凝视着，试图看清那是什么——这些庞然人物站在靠近水陆交界的地方，破碎的布条在清淡的微风中徐徐摆动。那到底是什么？一些被冲上海滩但还能一用的船体残骸吗？是不是有人找到它们，正准备回头来把它拖走？所以它们都盖着破烂的布条？真的有人认为，这些东西就该归他所有？

雷夫埋头划到尽量靠近浅滩的地方，他仍然留在船里，看着那个东西。它的外形像个站立着的人，海浪在他脚下拍打着礁石，它一动不动地站着，破烂的布条在身上随风飘扬。那是一尊雕像吗？或是个在这里慢慢死去，却仍然保持站姿的孤独的流浪者？以前雷夫也在海滩上找到过尸体，他们多数是淹死的，也有一些死因不明，好像是专程找个僻静的地方寻死一样。但他从未发现过一具尸体是站着的，雷夫惊恐地颤抖了起来。

这时这个人影转了过来。

雷夫气喘吁吁地划着桨，把船划出海滩。那东西是活的，那东西是故意站在这偏僻漫长的海滩上的。

雷夫盯着那东西看，它缓慢地抬起一只手向他召唤着，而雷夫呆若木鸡。那东西把手臂抬得更高，做了一个手势，动作夸张而僵硬，看来这个身披着随风摆动的斗篷的东西要么特别老，要么特别虚弱。毫无疑义的是，它在向他打手势。

“你想怎样？”雷夫向他呼叫道，“还想活命的话就别碍着我！我一不小心就会敲碎你的脑袋！”

但那个人影只是再次招呼他上前。出于好奇，雷夫对他友善了一点，熟练地操着桨向他划去。船只靠近它的时候，雷夫打量着这个幽灵似的家伙，至少眼下它看起来就是个幽灵的样子。深色的连帽长袍盖住了他的脸，长袍的边缘十分破烂，一双手被破旧的亚麻布绷带缠绕着，完全看不到肤色。雷夫嫌恶地又打了个寒战，海浪平息了一会儿，这时他终于听见那人的声音，至少是一阵沙沙的喘息声。那声音令人不安，但这说明了他还没死。

“你有什么事？”雷夫再次问道。

陌生人伸手指着他的船，慢慢地用绑着绷带的手指向海滩中央的城堡，雷夫只看见他的瞳仁里闪过淡漠的一瞥，但这意思十分明了。

“你想让我……带你去那儿？”他虚张声势地大笑出声，假装比那个陌生人更勇敢，“开什么玩笑，啊？我为什么要载你过去？你给南方人当探子吗？那你肯定干得不好，看看你这身绷带和阴气沉沉的奇装异服，活像从石神节游行上跑出来的！”

那人只是再一次指向那里。

“我问你凭什么，凭什么我得带你去？”

头戴兜帽的陌生人垂下手，过了一会儿，他摸摸索索地解着长袍上的绳结。雷夫心想，*我才不关心这货的斗篷下藏着什么*。他往回划了几下跟那人拉开距离，然而这个家伙却无法解下长袍。雷夫停下来任由船只漂浮海上，把船桨树在空中，心想这个怪人到底在干什么。

最后那人总算把腰带结解开，但他并没有脱下长袍，而是从绳结里拿出一个东西，在逐渐亮起的晨曦中举着。他把它伸向雷夫，好像它能跨越他们之间的距离。雷夫呆若木鸡地看着，那是个足有牛乌贼的眼睛那么大的金币。

“你是说，你把这个给我？”最后雷夫说道，这话连他自己听来都毫无底气，“让我带你去那边的城堡？”他指着城堡的方向。披着斗篷的人影既不点头，也不说话，只是再次把这枚金币伸向他。“那好，说好了，但有一条你得记住——我可是有刀的！”他拿出一把杀鱼刀，“别想对我耍滑头，不然你会后悔的。”

他花了好一阵子才把那人弄进船里，那人是个跛子，至少他像跛子那样一瘸一拐地走路，像冰柱一样孱弱易碎。雷夫把他拖到船上的长凳上坐下，旋即收下了金币。那人手上的绷带肮脏不堪，金币却铮然发亮，货真价实，而且十分漂亮。交了钱之后，陌生人迅速低下头，下巴贴到胸前，让帽兜遮盖了全脸，看上去好像睡着了。

雷夫卖力地划着桨，想赶在太阳爬上山顶之前划回去，好找个地方让这个有钱的疯子弃船登岸，他再赶着回家。就算他爸发现他晚归，要拿鞭子抽他，雷夫也无所谓——因为他赚钱了。现在他能给埃娜买一条项链，一件水鸥人没见过的最盛大的礼服裙，上面缀满比夜空里的星星还要多的贝壳。

⚜ ⚜ ⚜ ⚜ ⚜

当你失去自由时，感受时间的缓慢流逝是一件很古怪的事。契妮坦逐渐认识到，她一生中的多半时候在过着囚徒般的日子，起初是在蜂房神殿，尽管人们对她十分友善，然后是在隐宫，最后在赫若索尔她体验过短暂而令人目眩的自由，接着又被戴克纳斯·沃那个恶魔抓住。从那时开始，她甚至试图逃离他的魔爪，但诸神似乎也不愿意允她自由，于是现在她坐在这里，无论她有过怎样的努力，曾经勇气十足，也做过重大牺牲，但现在的她就只是世界上最危险的疯子的一个囚徒。

她挪了挪身子，试图坐得不那么难受，但是她两手被反绑在后，无论怎么都不会舒坦。大祭司的仆人们在她身旁来来去去，他们才不管契妮坦的牢笼里有没有几件家具，或是吃剩下的饭食。

不会有人在意我的，她想到，**我就像一头用于献祭的动物**。人们更重视她在接下来的仪式上的作用，才不理会她此刻的身心苦楚。

不过那将要发生的仪式是什么？独裁者打算对她怎样？又要怎样对待那个可怜的北方国王奥林国王？她仔细地听过所有在她周围的对话，尤其是潘西斯尔那个肥胖的老妖怪说的，却仍然不清楚独裁者想要干什么。

祭司们又在灌她药了，她本来想说些什么，却只能绝望地呻吟。那些所谓努沙什的琼浆玉液像一道处处蔓延的闪电，让她从头难受到脚，浑身灼热，头痛欲裂。她记得潘西斯尔管它叫“太阳血”，被囚禁之后，这东西让她受尽折磨，现在她又一次经受这屈辱的感觉，受那些灌入她脑中的恐怖思绪的折磨。她能感受到自己的嘴不受控制地张开，但却喊不出声来。她十指弯曲而绞痛着，直到她遏制不住地扒掉了自己那身破破烂烂的袍子。契妮坦扭曲地倒在地上，意识却像在遥远的地方看着这一切。她看见周遭世界向两旁退去，最后她闭上眼睛，世界消失在黑暗当中。

汩汩、汩汩、汩汩。

那是她自己的血液的缓慢脉搏，祭司们的药剂发作了，她红色的血管里仿佛奔腾着太阳神的神圣血液。她能感受到这血液沉沉地流过，像熔银灌进一具精巧的模子那样，灌进她的体内，直到契妮坦身体的每个部位都发着抖，流着这致命的、尊贵的太阳之血。

此刻在黑暗当中有什么东西发现了她，这东西并不明显，但它揭去斗篷，露出隐藏在斗篷下的真身，看起来像一条生活在水中的巨大的奇鳍鱼，或是天空中巨大可怖的雷暴，它极大地扩张着，就在此刻，契妮坦感到自己能够理解这东西。

这个巨大而冷酷的东西盯着她，让她越发惧怕起来。它像逐渐蔓延的油污一样朝她扑来，她瑟瑟发抖，仿佛只要再靠近一点，她就会烟消云散。但它没有继续靠近，契妮坦忽然明白，这个怪异的神灵想从她这里得到点什么——那是她从未察觉的东西。以往她能够辨认出那些想要猎食她的东西，而她就像个倒霉的猎物，只能束手就擒，指望那些冷酷无情的猎食者对她手下留情，此刻她的恐惧感却全然不同。它不同寻常，并不想吞噬她，而是想利用她，它想要寄生在她的体内，然后回到阳间。

契妮坦知道，她是无法与这强大而毫不仁慈的怪物并存于世的——它寄生在她体内的每一刻，都让她的意志更加衰弱而逐渐崩溃。然而她也知道，这正是祭司们给她灌下太阳之血的目的所在：他们让神灵附身于她，这个邪神几千年来都无法在人间横行，此刻却舒舒服服地寄生在她身上，她则无法阻止这一切发生。当午夜到来，她或是奥林国王就要成为这个邪神的替身。

契妮坦想要尖叫，却还是发不出声音来，她不顾一切地想在黑暗中逃跑，然而那东西毫无声息，任由她跑着，它不慌不忙，毕竟再过一阵子，它就会把她完全占据。

⚜ ⚜ ⚜ ⚜ ⚜

燧岩的两手被麻利地反绑在后，脑袋上套着麻袋，在坑洼不平的路上走着。大炮仍然在他头上隆隆作响，但声音稍微小了点儿。

燧岩听着海浪的声音，猜测他正被运往北环礁湖。抓住他的那伙人沉默不语，虽然对他非常粗鲁，但也没故意虐待他。他心情沉重地想着，这些人恐怕是军人，这意味着他们是托利的手下，他们迅速而敏捷地逮住他，说明他已经暴露了。

他十分惊讶，认为自己再也见不到欧珀和火石，也将与芬德林镇永别了。如果被处决，他就只能死在这个臭烘烘的麻袋里，到最后都只能看到一片黑暗。

燧岩站定不动："告诉我你们要带我到哪儿去，否则我一步也不走。"他瑟瑟地说道："要杀我的话，至少让我死个明白，至少让我知道真凶是谁。"

"快走，小矮人。"一个人咆哮着在他背上推搡着，燧岩只好又踉踉跄跄地走了几步。燧岩分辨不出他的口音，听起来像是克雷斯雇佣兵。燧岩听过一些传言，自从加尔人的大军朝着南境城堡推进，亨顿·托利就一直在向国外寻求援军。

最后他被带进一扇门内，脚踩在地板上吱嘎作响。一双大手抓着他的肩膀，把他摁在凳子上，片刻后套在头上的麻袋被取下来了，他头晕目眩了一会儿，看着椅子对面的陌生人。乍看之下，那身盔甲使他看起来像个男人，从面容上看，他十分年轻，随即燧岩发现，那其实是个女人，她不露声色地上下打量着他。那陌生人有一头金色的短发，严峻的面庞上灰迹斑斑，看上去全然不像个女人。

"只有一个？"那女人问道，燧岩觉得自己肯定在哪儿见过她，"你们花了这么久，就带回这一个？要是他不知道怎么办？"

"根本没人出来！"那伙人里的其中一个辩解道，他的口音比其他人要轻，"您也看见了，殿……我是说，大人。托利的手下看得很紧，今天根本没人能出来。但刚才一枚炸弹落在卡利坎的门洞上，于是这家伙急匆匆地跑了出来，就被我们抓住了。"

“史蒂芬纳斯，他是个芬德林人，我们南境人管他们叫芬德林人，而不是卡利坎人。”她转身过来，更仔细地打量着燧岩。“别怕。”她说道，“他们没把你怎样吧？别跟那些人计较，虽然我说过要他们手脚轻点儿的。”

“是没把我怎样……但我就非得来这儿吗？”

“非得来，因为我需要你的协助，非常需要。”

燧岩终于认出她来了，他不假思索地叫了出来：“千沟万壑做主！不管您有何吩咐！布瑞奥妮公主殿下，我一定竭尽全力完成任务！您总算回家了！”

她眯起眼来：“这儿已不再是我的家，至少现在还不是。你叫什么名字？”

“我是蓝石英宗族的燧岩。您哥哥斩杀飞龙的时候，我们见过面的，那时您的……您的马还差点踩到我呢。”

“仁慈的佐睿雅啊，我记得这事！那个人就是你？”她笑了起来，这一刻燧岩再次确认，她就是记忆中的那个少女，“你真的愿意助我一臂之力？”

他耸耸肩：“当然啦公主殿下，令尊是我们的国王，他也一起回来了吗？”

公主抿了一下嘴说：“我也希望他能回来，不过此刻国王正在我们脚下的某处，被西斯人囚禁着。”

燧岩心里一阵难受，差点儿哭出声来。“那些西斯人真是坏透了，公主殿下！他们肆虐了芬德林镇，像虫子吞噬苹果那样，进犯我们的神圣领地。我非常乐意协助您，巴不得马上去收拾那些南方人——您只要告诉我应该做什么，我一定立刻照办。”他慷慨陈词，脑子里却仍然响起欧珀的话音：“别逞能去对付那些大个子们，蓝石英部落的燧岩啊，你还有自己的要务在身，事态紧急！”

“不过，我们还没有跟西斯人交战……”公主满怀遗憾地说道，

“我的敌人就在眼前，他是亨顿·托利。不过希安王子和我无法攻入内城，城墙太结实了，我被自家的坚固城堡关在门外，只能在海滩上流离。”她苦笑着说道。

“殿下尽管吩咐。”燧岩逐渐开始明白事态。

“燧岩，我需要一个芬德林人，任何芬德林人都行，却没有想到那正是你。我需要尽快找到破开内城的办法。”她看着他，目光锋利而笃定，“如你所见，我已变得世故，不像往年我在这里时那样不谙世事，我遇到了你们的近亲，特希斯的卡利坎人。他们有时会瞒着自己的君王，我想，你们也对我的家族有所隐瞒。”

“隐瞒？”

“比如前往城堡的地下暗道，或是水道，暗门？比如那些大个子们——你们不是管我们叫大个子吗？——那些大个子们不该知道的东西？现在我必须知道，燧岩·蓝石英，我必须知道该怎么才能派出足够的人，打开内城的城门，让军队进去。”

燧岩琢磨了一会儿，对眼下的事态更明白了。布瑞奥妮在向他打听风暴石之路，尽管她不知道这些路到底叫什么。燧岩觉得这秘密并不应该由他来和盘托出。几百年来，他的族人都对南境城堡的王族们隐瞒此事，即使眼下情势危急，他也没有权利说出来。可是他还有自己的要务在身，眼下已经没有时间回头尝试别的办法。

“要是您赢了，能不能让我的同胞回到芬德林镇？现在托利的手下占据了那里。”

布瑞奥妮笑着说：“我会立刻让你们返回家园，我以埃顿王室的名义向你起誓。”

“我将尽我最大所能帮助您，我也以蓝石英宗族的名义起誓。”

她的笑容略带留恋：“看来我们都肩负家族荣耀，燧岩。”

他们来到新墙和高大的外城墙之间，这里连通着东边与西边的环礁湖，被挤在两道高墙的狭缝里，阳光无法从任何一侧照射进来，即使在夏天，街上每天也只有一两小时的日照，因而只有最穷的人栖身于此。查文的天文台无法看到新墙的这一头，但春之塔就在他们头上屹立着，燧岩猜想托利的人就在上面巡查，只是他们贴着塔基，肯定不会被发现。

“我再说一次。”他小声对布瑞奥妮说道，“让您的人小声点儿，声音会让石头乱跳起来。”

他领着他们走过一条窄仄的小街，来到街道尽头一座废弃的屋子里，燧岩在心里祈祷着自己没有认错地方。当他想走出查文的房子，但并不想走出城堡时，他偶尔会走这条密道。他扒开一堆建筑废料，打开井盖，布瑞奥妮满脸惊讶，这使他觉得很高兴。

燧岩领着布瑞奥妮和她的手下穿过井道，来到密道里。走了一会儿，他们便来到天文台的地下室，一个士兵用匕首撬开门闩，他们继续走了进去。

燧岩看着墙上的帘子，想起他和查文曾经躲在这里，逃避亨顿·托利和奥科罗斯，如今想来恍如隔世。布瑞奥妮看起来也沉浸在自己的记忆里。“这里真的是查文的房子？”她小声问道，“难以置信！”

“上回我来的时候，这儿是有人把守的。”燧岩对她警告道。

现在这儿也有人。他们冒出地面时，其中一人刚刚上完厕所，踉跄地倒在希安军士身上。一个卫兵向燧岩扔出长矛，差点把他像小乳猪一样刺穿，但他还来不及喊同伙，希安军士就包围过来，拿下了他。

“托利的走狗。”布瑞奥妮小声说道，踢开了脚边的死人，“我回来之后总是看到这些恶心人。”

他们穿过天文台，一路上没有撞见任何人。燧岩没有带他们走前门，而是绕到底下一层，从天文台的另一条密道里钻出去。这条小道通往某座小房子的地下室，它在内城墙里面，离查文的住所有一点距离。“连查文都没察觉我知道这条密道。”燧岩说道。他没有说这条密道其实是火石发现的，他们之前就来过这里，那时火石就发现了它。

“真没想到，南境城堡像兔子窝一样到处都是暗道。”布瑞奥妮惊讶地说道，“你别见外，蓝石英大人，我只是真的很惊讶。”

“我们才不是兔子呢。”燧岩说道，“我们只是身材娇小，而且喜欢打洞。”

“你别误会。”布瑞奥妮重复着，“我实际上是为我的芬德林子民而高兴，也为你们的洞窟而高兴。”

内城的街道上没有几个人，这在仲夏将要来临的时节是很奇怪的，往常到了这时候，街面上都充斥着欢庆的人群，此刻却只有大拨的军队驻扎在每个主塔上，甚至连狼牙塔顶部的外墙装饰画旁，也站满了军人。

“如果您没有别的事，我就得走了，公主殿下。”燧岩说着，此刻他们正站在通往天文台的走廊阴影里，布瑞奥妮的人熄灭火把，在几级台阶下等待她发号施令。

“你要走？我还有别的事得要你干呢，燧岩。”公主的语气不算很和善，燧岩挺害怕她因此而生气，毕竟他真的不能再耽搁了。

“我愿意效劳始终，殿下，但我也有要务在身，这事和殿下您的一样重要，说实话，这事比您的还更要紧些。它牵系着您的子民，也事关我的族人，而时间所剩无几。”

布瑞奥妮斟酌着燧岩的话语：“不错，时间所剩无几——这是显而易见的，去完成你的任务吧，如果我们都能生还，但愿有一天我们能好好聊聊今晚的事，芬德林人燧岩啊，因为你还欠我很多问题没有回答，比如说，你看来很熟悉医生的房间安排。”

“我……我去过那儿……去过一两回。”

“我看也是。你能保证你会回来跟我说吗？”

“那是我的荣幸，公主殿下，但是，那得我们都生还才行，殿下保重！您的子民期待您安然无恙地凯旋。”

她安静地笑了起来。“我敢肯定，你的族人也期盼你平安无事，愿佐睿雅赐你好运。”

“愿大地长老赐福于您，殿下。”

随即布瑞奥妮步伐轻巧地跑下阶梯，只有燧岩留在查文的门阶之上。

★ ★ ★

月亮高悬在空中，此时接近满月，看上去就像个发光的白葡萄似的洒着大片的光辉，让燧岩看得一清二楚。他躲在城墙的影子里，朝着内城走去。大炮总算停了，但他仍然能听到墙上的哨兵正朝着外城的希安军人大喊，声音粗鲁无礼。

这座城堡已经不再是他记忆当中的模样，大部分城池在转瞬间灰飞烟灭，城里瓦砾遍地，昔日漂亮的绿地早已荡然无存，取而代之的是几十个难民营，这些难民营肆意铺展着，一直铺到王室寝宫的小山下为止，一支哨兵队在那里把守着，亨顿 · 托利显然不想让穷苦农民在他的门前安营扎寨。

燧岩藏在影子里，像一只兔子似的一动不动，静静听着那些陌生的声响。他小心翼翼地在月光下走过内城，随着月亮逐渐爬高，它的光彩变得黯淡而冷清。寝宫的角楼上响起午夜的钟声，他来到城墙的一角，停在埃顿王族那座饰有象牙的教堂跟前，这是他唯一能想到的地方。他现在的任务比起被大炮轰成碎片，或是被弄死在麻布袋里艰险得多——他得爬上屋顶。

燧岩憋足了一口气，眼冒金星，浑身冒着大汗，连阴冷的晚风都吹不走。最后他总算跨过宽阔的水沟，站到了屋顶上。他躺在地上喘了好一会儿的气，最后终于坐起身，揩着前额的汗。屋顶上空空荡荡，两个烟囱之间架着一根杆子，上面晾着洗晒衣物。

燧岩鼓足勇气，大喊大叫了起来："屋顶族人！尖塔蝠女王的子民！我是芬德林人燧岩——是你们的朋友！请帮帮我！"

四下一片死寂。燧岩又喊了一遍，这声音肯定能传到屋顶族人的院子里，或是飘过他们窄仄的街巷，让他们听见，说不定已经有人忙不迭地向托利的军人通风报信。然而屋顶上仍然毫无动静。燧岩等了很久，直到月亮落在最近的一座高塔背后，他正要躺下休息一会儿，却听见一阵瑟瑟的响声，循声望去，羊皮纸一般的月色背景之下出现了一个身影，有一个小东西正蹲在他头顶的屋檐边上。

"你在这儿大喊女王的名讳，是想干什么？"这个小家伙质问道。燧岩朝着屋顶爬了几步，试图压低声音对他说话。那个小人儿审视着他，燧岩心想他一定在窃笑，因为眼前这个又高又笨的家伙贴着地面趴着，好像一阵失魂风就能把他吹起，吹得远远的。

这个屋顶族人是个水槽侦察兵，但不是燧岩之前遇到的那个。不过他好像也知道燧岩的大名，燧岩对他如此这般说了一通，后者只是点点头说："务请稍等片刻。"然后就跳下屋檐，消失在长长的屋檐边上。

燧岩吁了一口气安定下来，摆开他随身携带的面包和蘑菇。"务请稍等片刻，蓝石英先生。"他学着那个侦察兵的口吻自言自语。**务请。说真的，我们几个着急又能怎样？反正到时候整个世界都会终结，不是吗？**

第三十三章
战斗突破点

祖米奥斯酣睡了过去，孤儿趁机从太阳上偷走一小片，然而太阳温度太高，人类的双手岂能捧得住……他用祖米奥斯盘子里的蛋壳兜住这一小片太阳……逃出城堡。

——引自《圣孤传说：其人生平、死亡及天堂的奖赏》

“不能再浪费时间去追击独裁者了。”雅萨梅兹命令道，她的语气非常坚定，“我们的时间不多了，这不是普通的围城战，我军已经切断敌军的补给线，但是那个南方君主却一副毫不在意的样子。”

“所以我军唯一的获胜希望，就是按照计划，继续向下推进。”萨奎丽伸出手指，“运气好的话，我们就能绕到他们前面，抢先一步抵达祖先的弥留之地。”

“但即使到了那里，敌军也还是有人数优势。”巴瑞克指出真相。

雅萨梅兹看都不看他一眼。“我们不怕他们人多。”

“速度是我们获胜的唯一希望。”萨奎丽说道，“我们得穿过风穴下面的斜坡，虽然那里是西斯人的地盘，如果附近还有抵抗军的话，那条隧道里就会有很多西斯军人。这样一来，我们就得一路杀过去。这条隧道十分开阔，对我们不利，但如果杀出一条血路，就能取道大矿坑，加快进军速度。”

“我们必将杀出一条路，让敌人闻风丧胆。”雅萨梅兹说道，“我们能像长矛一样贯穿敌阵，《虚空火焰之书》将赐我们力量。”

焰华充斥在巴瑞克的脑中，泛起一段有关《虚空火焰之书》以及将其记录下来的恒常之火的记忆。他还想起许多加尔人耳熟能详的东西，然而雅萨梅兹却让他想起他的老师沙索·丹-赫兹。雅萨梅兹说“像长矛一样贯穿敌阵”的时候，字字句句就像沙索说过的话，他曾多次这样教导他。

“军队是国家工具，孩子，精锐部队则是十分有用的工具。在紧要关头，它能所向披靡，也能坚不可摧。不过如果摆出尖刀阵，让攻击力聚集于一点，就能轻易攻破敌方守军，就像无论多坚硬的胸甲，都会被长矛刺穿一样。你看，阵型越窄，攻击性越强……”

雅萨梅兹用那双冷酷而年轻的眼睛看着巴瑞克，后者却从中看见了沙索的目光，这感觉十分诡诞，却无法削减目光的真实。这两个英勇的战士都有着宁死不屈的秉性，但也同样会为自己的信仰犯下错误。

他认为沙索在肯德里克之死一事上是完全清白的，正如布瑞奥妮所言，有过错的反而是巴瑞克自己。他真希望自己能向姐姐坦白，好好地和她说话。他感到一阵痛苦，从未有过的悔恨此刻在他心中蔓延开来，这突如其来的哀伤如此深刻，令他无法呼吸。

我想回家。巴瑞克随即被自己的这一想法震惊了。竟然在这种时候？自己明明已经改变了那么多？而且那座南境城堡，还有城堡里的人们，从未真正使他有过家的感觉，他也从不关心那里的一切，但为什么他如此渴望回去？

“废话少说，出发吧！”他大声说道，雅萨梅兹烦躁地白了他一眼，“事态紧急，坐着检讨以前浪费的时间，检讨那些不必要的错误，一点意义都没有。”

⚜ ⚜ ⚜ ⚜ ⚜

“老朋友啊。”小人儿骑着白老鼠，在屋顶上冒了出来，“我才刚向女王通报，说根本没见着一个芬德林人的影子，结果你就来啦！”

“比特唐啊。”燧岩完全笑不出来，“你够威风的啊，这老鼠可真漂亮。”

“它来自女王的御苑。”他骄傲地说道，“类似于我的奖赏。”

“真高兴你没有白费力气，女王能让你再帮我一次吗？”

那小家伙歪着脑袋，老鼠在一边给自己洗起脸来。“你有什么难处？告诉我，我好去跟女王报告。”他正经了一点，“你懂的，几百年来——整整几百年来！我们屋顶族人还是第一次与先民并肩作战。”他开始历数他刚立下的丰功伟绩，但燧岩打断了他。

“真难得加尔人摆明了立场，但我现在交给你的这件事，才是最重要的。”燧岩赶忙向比特唐说了事情的原委，但后者却有点心不在焉。“到地图上我圈着的地方，把阿斯提昂交给我，要快！”他把一小片羊皮卷地图交给比特唐，“如果我不在，就交给锑师父。”

“这个事情非常重要？”

“非常重要。”

比特唐将信将疑，但并没有表现出来。“我会认真对待的，燧岩老兄，但我得有女王的批准，走吧。”

“我们走，你带路。只是我不太擅长攀爬。”

“不太会爬？”比特唐大笑了起来，“你得像条只有一条腿的狗，勇敢地迈出这一步！”

在矮人墙下，燧岩在危险的屋顶瓦片上缓慢地挪动着，对自己提醒到，**就不得不低头，哪怕我一巴掌能拍死他呢，哪怕他出言不逊**。

⚜ ⚜ ⚜ ⚜ ⚜

加尔人把西斯人打得猝不及防。当时几百个南方人正在朝着洞窟深处挺近，忽然一大拨精灵毫无预警地出现在他们跟前，把人群劈开巨大裂缝，大得连身材壮硕的艾廷都能挤过去。锤脚和他的表兄首先突入敌阵，他们咆哮着挥舞着手中利刃，情状极为恐怖，一些受惊的南方士兵跌倒在地，直接吓死了。白刃战随即展开，加尔人战斗着，撕裂那些比他们身材高大许多的西斯人的阵型，于是他们就能突破到隧道的另一边，前往另一条通道。

血肉像雨点一样横飞着，落进站满沙漠军人和精灵战士的沟渠里。艾廷，怨灵们，变形部落在昏暗中撕扯着，一些艾廷负伤倒下，就像未能战胜蚂蚁围攻的甲壳虫那样，但他们仍然造成了西斯人的大量死伤。最后，一个西斯指挥官出现了，他可能是这群人当中军阶最高的，他命令人们向着隧道的另一头撤退，并且纠集了一帮弓箭手，向加尔人发射箭雨。精灵们连忙躲在艾廷身后，把他们作为坚固的肉盾，这样一来，他们就无法穿过这条宽阔的隧道了。

巴瑞克仍然困守在侧巷里，眼睁睁地看着这一切，盘算着他们怎样才能逃过一劫。加尔人没能突破到隧道的另一头，反而被西斯人围困在当中，后者已经控制局势，还会有更多的援军抵达。萨奎丽的战士们杀了再多西斯人也好，还是会被围困在原地，最后被打得溃不成军。

萨奎丽为什么不让雅萨梅兹领兵？黑暗女士可是攻无不克，美名远扬。巴瑞克不依靠焰华也能记得她的功勋，他听一些幸存者讲过，雅萨梅兹在与远境王国对战时，曾经手提单刀一路斩杀无数敌人，所过的城镇中，挡路者一律被她杀死，有时甚至能以一敌五。而焰华则告诉他更多的事情，那声音仿佛将雅萨梅兹幻化成胜利的火焰，她是让大地颤抖的长鞭，是神的女儿！一段更为久远的记忆泛起，连焰华都摇曳着黯淡了几分，他看见很久以前的雅萨梅兹，当她发号施令时，头上环绕着绿色的火焰，她吞吐气息，让火焰蹿成长长的一道，或是零散的几颗星点。月神银光的神殿就屹立在这熠熠生辉的火光当中，战场上的人类与加尔人胶着成一团，雅萨梅兹在一片血雾当中躬身而立，推开一具具被她杀死的无头尸体。此刻萨奎丽却并不派出雅萨梅兹这张王牌，这究竟发生了什么事？

巴瑞克不敢细想，他有自知之明，也有知人之智。他知道这些出身于加尔王室的女人们，尤其是那些握有焰华的神力的女人，勇毅并不逊于她们的丈夫。最明智的选择就是相信精灵王后。

有问题就要提出，他脑中闪过一个诡秘的声音，像是来自伊尼尔的召唤，他站在一棵高高的树上，发出鸟儿一样的鸣叫，*只要坚持立场，据理力争就好，女王可不喜欢事后诸葛亮！*

西斯人的第一拨箭雨刚刚停下，就在这时，萨奎丽的军队一跃而起，冲向隧道中段，火把的光影交错的地方。巴瑞克此次也一起冲了上去，他追忆着焰华的旧日辉煌，大声喊着一些连他自己也一知半解的东西。

人们的脸在刀光剑影里扭曲着，盔甲撞着盔甲，发出叮当的响声，有的刀锋上还挂着一大块肉，令人不寒而栗。巴瑞克惊恐万分，同时却坚如磐石，有着钻石般冷酷清晰的意志。一百位君王的辉煌历史此刻都在他脑中盘亘，有的君王和雅萨梅兹一样英勇善战。他们的英灵唱着欢快的歌谣，他们的血脉攫住了巴瑞克，在他的血管里奔腾。他没有拒绝这些英灵，而是让他们带着他，完成一系列复杂万端的攻击和防守，起初他的意志根本跟不上这杀戮的节奏。他用鹰尾挡住敌人挥来的剑，再伸腿把这个西斯人踢开，把他打翻在地。随即巴瑞克一个转身，掣着刀在他脖子上一抹，然后握紧沾满血的刀柄，迎击下一个敌人，名为拳刃的匕首一出，直抵其下颚。他几乎贴着那人的脸，能听见他的喘息声，感受他死前呼出的那口气。

巴瑞克挥着剑，挑断敌人的腿筋，在他倒下时一脚踏上他的脖子，同时用盾牌挡住另一人朝自己刺来的长矛。他发现自己正在不假思索地随着剑器起舞，仿佛自己是穿过隧道的一道热气，刀剑在他的翻腾之下，恍如镶金的边缘。他像划过夜色的一块烙铁，灼热而光亮，所过之处会让人眼里留下它的光影，直到它已遁去多时。在这下意识的战斗中，他几乎失去自己对于身体的控制，古老的记忆在他脑中闪回，身体不由自主地动着。但他还是发现，即使他杀死或砍伤再多的人，即使他的战友歼灭再多的敌军，都有更多的人涌了上来。他们来自四面八方，潮水般浩大地向着这条隧道涌来，把他们环绕在当中，形如瀚海之中的一座孤岛。

但我们杀不了大海啊，萨奎丽，你在哪儿？

*我在这儿，小子，在你背后痛击那些跑出洞的西斯人呢！但现在我要加入你啦。*萨奎丽的思维相当顽劣，巴瑞克从未发现她还有这一面——看来她很适合战斗。

他们人太多！杀了一个，就有三个顶上来！

和我们的人数比起来，人类一直很多！你们这些家伙比我们能生，自从诸神走了之后，你们就根本没有天敌啦！

巴瑞克完全搞不懂她在说什么，*那怎么办？*

*战斗到底。*这并不是空口无凭，巴瑞克实实在在地感觉到她的决心。加尔人对苦难有着坚毅的忍耐力、顽固的斗志，这些品格使他们绝不放弃斗争。*你给我记好了，没必要干掉全部西斯人，我们只要穿过隧道，进入远方的通道就行。我们将从天而降，痛打敌军统帅，留着他们在这里像蚂蚁似的打扫战场！*

巴瑞克正为自己的生存而战斗，他觉得萨奎丽疯了，战场使她变得豪迈而狂乱。一种孤苦无依的感觉涌上他的心头，几乎使他窒息，这感觉其实一直都在，只是他没有发现。只有焰华的声音警醒着他，他还没死——此刻正有两个西斯人朝他扑来，意图取他性命。

他掣出鲨鳍剑用刀柄挡下一击，转过剑身双手横削过去，其中一个敌人被迫向后远远跳开，巴瑞克趁势举起盾牌，砸在另一人的脸上。匕首一剜，结果一个。

沙索会喜欢这种战斗的，巴瑞克想，*让人置身绝路，以迅雷不及掩耳之势决一生死*。

他挥舞手中的剑，无路可走地回到忘我的战斗当中，几杆西斯人的火把掉落在地，隧道变得越来越暗，显得格外幽深。

很快就得摸黑着打了，巴瑞克想到，*这真像死人在墓地里苦斗*。

⚜ ⚜ ⚜ ⚜ ⚜

乌塔用尽全力才把那个脆弱的老妇人控制住，此时梅若兰娜仍然昏睡不醒，她奋力挣扎着，差点把佐睿雅修女甩到屋子的另一头去。“不行！不行！不行！不行！”公爵夫人发出一连串的呻吟声，听起来活像一头野兽，而不是个地位崇高的贵妇人，“他们要走了，要走了！”

“梅若兰娜！”乌塔俯下身朝向公爵夫人的脸庞，这样一来，无论她怎样神志不清，都能听见乌塔的喊话，“梅若兰娜！你做噩梦了，醒醒！”

“别走！那个人不可信……他才不会……”她的声音渐渐平复下来，又在被窝里抱坐了一会儿，闭着眼睛像是在聆听什么遥远而重要的声音。乌塔连忙把被单盖在梅若兰娜苍白的腿上。“你不能那样！”那个老妇人又说了起来，但这次她含混不清地咕哝着，像是刚睡醒的样子。

“没事。”乌塔放开她，坐在她身旁将她的手握在掌心里，“您这是做噩梦了，公爵夫人，醒了就好了，一切都好好的。”

“并不好。”梅若兰娜的眼睛眨了几下，睁开了。她惊魂未定地看着乌塔，但至少清醒了过来。“一点也不好，糟透了，他要来带走他们了。”

“他是谁？要带走什么？”乌塔摇摇头，“那只是个梦，没事的，您蹬起腿来像一匹烈马呢。”她握着她的手贴在自己的脸颊上，那里开始隐隐作痛，“您没睡醒时手还乱动呢。”

“我不是故意的。”梅若兰娜嘴上这么说着，其实她对乌塔那肿胀的脸颊一点也不关心，“那不是个梦，绝对不是，它太真实了，是神在托梦给我！”

乌塔深吸了一口气：“我能听听吗？”

“我……我尽量描述一下。它太可怕了，我只记得那些恐怖的情节。”

乌塔不禁想到，梅若兰娜夫人的气色比几周前好多了，可能是战斗重新开始，使她精神又振作了一点。乌塔曾在这个看起来决意寻死的老妇人身上看到这种精神，她仍然打算奋斗，不是以战争的形式，而是为了其他一些东西而挣扎着，比如家庭又或是经济困难。许多人遇到这样的困境往往束手无策，很快步入死亡，梅若兰娜属于另一些人。他们像是快枯萎的鲜花得到一场甘霖，因此复苏过来。

“您说吧。”乌塔此时也醒了过来，*已经是下半夜了*，她想着。外面的大炮总算停火了，军队的口号声也停了下来，直到黎明都不会再度开战。这些永无宁日的战争毁了无数节日庆典，仲夏夜只是接下来要被毁掉的一个。

“是石神节。”梅若兰娜忽然说道，好像她也关心这些神圣节日一样，“我梦到了石神节，一定是石神节，因为梦里人们聚集在街上，全都穿着黑色的衣服，手里挥舞着骨头。我还梦见了马车，那架高大的神圣马车吓坏了我，它的车门紧闭着，虽然它通常都不开门，但这时车里藏着什么东西，活的，藏在那硕大无朋的黑木箱里，木箱就在车顶上。街上人潮汹涌，人们拉着缰绳让马车缓缓前进，只有我发现这不对路——马车里不是只有神灵，它还会带来厄难……带来，厄难。”这厄运仿佛真的降临在梅若兰娜身上一样，让她愁容满面，而她凝视着远方，似乎完全没有看到乌塔和她自己的卧室。“于是孩子们全都……是的，街上有孩子！是些很小的孩子，我想他们并不知道状况，他们还是孩子，所以只是尽情地……高兴着。缰绳发出吱嘎的响声，马车轮子也吱嘎地响，马车开动了，科涅奥斯祭司全都坐在车顶上，漫无目的地跑着，全都看不见那些孩子！只有我能看见！”这时她的眼圈红了，眼里饱含泪水，“我想告诉他们！我想说‘别开太快，路上有孩子’，但谁也听不见我说话！”

梅若兰娜低声抽泣了起来，乌塔把她的另一只手也握着，给她捂着手：“没事的，他们没事，那只是个梦。”

“那……那不是个梦！”梅若兰娜说道，“所以我才要说出来。那梦境太过真实，绝不仅仅是个梦境。”

“那它还会是什么呢？别怕。”乌塔这时已经想睡觉了。再过几个小时，外头又会开始打仗，兴许就会有大炮弹落在她们这个小小的房子上，她得时刻警惕着。她甚至开始搞不清楚作战双方是些什么人，而想要找个明白人问问，也日渐困难。“您该睡觉了……”

“那绝不是个梦，你听我说，那是个谶梦，是一种神谕。肯定是神谕，孩子们现在很危险，每个孩子都很危险。诸神让我去拯救他们！”

乌塔努力不让自己发起火来。让这个生病的老妇人高兴起来是一回事，她情愿无偿地陪伴她，但是大半夜的，她还得疲惫不堪地坐在她床边，听她啰啰嗦嗦地把自己比成佐睿雅，真是让人受不了。“这事听起来很严重，我的梅若兰娜，我们明天白天再从长计议，诸神说您现在得睡觉了。”

至于这个老贵妇人听进多少，也只有天知道了。明天早晨，第一道晨曦初露时，战火就会重燃，乌塔修女睡了一会儿，醒来却发现梅若兰娜已经起床梳洗停当，离开了住处。

巴瑞克感到自己是在多线作战，记忆当中的那些战斗再次涌上心头，而此刻战场上的种种凶险扑面而来，让他头脑发胀。西斯人一浪接一浪地涌过来，他和加尔人奋力求生，而敌人仍然从隧道的两端汹涌而至，像江河奔腾一样把前一拨士兵冲到岸上。

他看见女王略微休息了一会儿，这说明鏖战已经持续很久了。他从未见过一个疲惫的加尔人，尽管焰华曾告诉他，加尔人的确也有困顿的时候。她被锤脚那高大的儿子守护着，他的脸上长满皱褶，脸色像破砖块般通红。艾廷朝着巴瑞克走来，朝他抡起一掌，险些要了他的脑袋。

“别这样，辛斯魁。”萨奎丽向他说道，“他只是个小人儿。”

“你以为我会不知道吗？”巨人回了一句。

“雅萨梅兹为什么不在阵中？”巴瑞克质问道，“元素精灵又在哪里？他们能把整个隧道照亮，我们就能一举赶走这些南方畜生们。”

“元素精灵……此时不在我麾下。”

巴瑞克十分震惊，却也感到萨奎丽心里对这层关系破裂的不满和伤怀，但萨奎丽隐瞒了更漆黑深邃的思绪，此时焰华几乎完全安静了下来。“那雅萨梅兹也？”

“她有更重要的事，不能在这里耽误时间，尽管我们太需要她了。不，我得像她一样强悍。”

“要是我们穿不过这条隧道怎么办！”

“我们会穿过的，我在等待敌人自乱阵脚的时机，就在我们说话的这会儿，那些从后面来的南方人已经被弄糊涂了，骗术师们成功转移了他们的注意力，而这里的西斯弓箭手也快没有箭了，我们正好见机行事。”

巴瑞克还来不及问更多问题，萨奎丽就发出一个高音信号，这时巴瑞克就像此地所有加尔人一样，感受到了她的意志。“全军，前进！”

从这一刻开始，巴瑞克·埃顿就无暇多想了。加尔人大军汹涌地向前冲去，他们乍看之下毫无章法，简直是一团乌合之众，等到西斯人发现他们其实井然有序时，加尔人已经像一杆铮亮的长矛，穿透西斯人的守备，突向隧道的另一头。艾廷和那些尸体惨白的怨灵们开道，其阵势异常恐怖。西斯人全力抵抗，他们的卫队长大喊着要坚守阵地，决不退让一步。但是手拉着手，组成人墙的西斯军人三三两两，不敢去对抗魁梧的艾廷。艾廷轻松突破了西斯人的阵线，他们用大棒和巨斧一阵猛打，每抡一下都把两三个西斯人扫到地上，或是甩到空中，就像猎犬逮兔子一样。倒地的西斯人被怨灵砍翻，或是被一大群翠火之子撕开喉咙。他们轻而易举就得手了，像杀死一个睡梦当中的人那样容易。

但这仍然只是侥幸脱险。一旦西斯人搞清这场突袭的状况，先一步从两头集中过来，用尸体堵住隧道的彼端，加尔人就会成为这条大隧道里的瓮中之鳖。

巴瑞克在萨奎丽几步之后战斗着，用尽全力为女王断后。她稳稳当当地踏步向前，突破敌阵继而发起攻击，动作就像神殿祭司举行一场古老仪式那样淡定。巴瑞克心中又响起焰华的声音，它们似乎也在焦虑不安地看着她，视之为王者之中的王者。她正在与块头足有自己两倍大的敌人交战，但仍然所向披靡。巴瑞克也不顾性命之危，不时看着她。萨奎丽像一道白色的火焰一样穿游着，敏捷地在深黑的阴影当中穿梭着，那身影光芒万丈，恍惚中，巴瑞克似乎能看见她那只天鹅的光影。

前往更远处通道的入口只剩下了一小撮敌军。萨奎丽一声令下，艾廷们就扑向他们，瞬间就把入口清理干净。加尔人军队的后部也匆忙前往主隧道，跟随其他人走向通道，查文医生和其他非战斗部队在队伍最后。雅萨梅兹和她麾下的乌衣卫兵最后前来。她看都不看巴瑞克一眼，一件斗篷盖住了她的头和脖颈，她的脸色像暴风雨一样不善。

所有人都进来了，雅萨梅兹的卫兵转身把守着洞口，此时外面西斯人重新集结起来，正朝着洞口扑来。“不能让他们尾随在后。”萨奎丽的声音在巴瑞克的脑壳里回荡着，“锤脚，你伤得严重吗？”

巨人大跨几步上前，其他人连忙闪到墙边上。他的大盾边缘被砍崩了口，头盔也破旧不堪，然而他的双眼仍然坚毅，在面甲下闪着炯炯有神的目光。他身上有十多道伤口，淌着深黑的血迹。“并无大碍，我的女王。”

“这洞口就由你和你的族人把守，如果西斯人紧随在后，我军就没有胜算。我需要时间，深渊王子锤脚。”

“第一花的女儿啊，我和我的儿子们将为您战斗到最后一刻。”他说着，“深渊众位，随我来！”他大吼着，辛斯魁和五六个艾廷跟着他走上前，立刻顶替了雅萨梅兹的卫队守卫入口。他们庞硕的身躯将整个隧道都堵住了，就像是在一场很久以前的雪崩当中被卷进来的那样。“快走！赶紧走！”锤脚声如洪钟，这低沉而洪亮的声音震得巴瑞克脑壳发麻。

萨奎丽转身而去，眼里并没有泪水。“前进。”她只对众人简短命令道。

巴瑞克回头看着那些艾廷。锤脚在一块巨石上磨着斧子，他也看见了巴瑞克，抬起一根硕大的手指向他致意。

“给我好好保护女王，小人儿。”巨人吼道，“别让我们死得不明白。”

巴瑞克转身跟上其他加尔人，前往酷热的地底深处。

第三十四章
归途

莫罗斯这个奸猾的仆人骑着闪闪发光的白马逃跑了……孤儿只能一路步行。他用蛋壳装一小块燃烧着的太阳碎片，回到如今被称为希安的地方。

——引自《圣孤传说：其人生平、死亡及天堂的奖赏》

仲夏夜已经过去，仲夏节的朝阳高悬在空中，他们还是没有攻陷城堡，至于脚下深处此刻发生了什么，就只有诸神知道了。

布瑞奥妮和埃尼亚斯领着教会猎犬队，穿过燧岩指引的秘密通道，在拉文之门内侧的空荡街道上急行军。大炮声再次响起，街道上空无一人。布瑞奥妮本以为王宫的觐见厅会涌来一股伏击，然而这个倾颓的建筑只是一片死寂，其畔巨大的墓场也杳无声息。城堡里的亨顿·托利就这么自信能扛住所有进攻吗？或者他打算把布瑞奥妮的臣民作为人质，让她忙得团团转，直到他找到机会逃走？布瑞奥妮明白，托利无疑知道城里有个领着希安军队的埃顿王室成员，他也肯定知道自己的统治已经结束了，但他可能还想孤注一掷，垂死挣扎一番。她在设想过他们会以怎样的方式面对面，比如跟这个篡位者愚蠢地单挑，或是等他一现身就把他射成箭垛，她甚至想过与他谈判的情形。但越想下去，她越觉得自己在面对托利时得克制情绪。几个月来，她总是梦见托利那不可一世的笑容。

布瑞奥妮、埃尼亚斯、教会猎犬队，现在队伍还因为加入了南境守军而壮大起来。他们绕过巨大的平民区，来到几乎干涸的小湖边上，观察着城堡的守御工事。装饰华丽的王城已经陷落于战火，看起来十分陌生，乃致让人心痛，这感觉就像一个家系源远的贵族被迫穿上铠甲出征，而铠甲早已老旧不堪用。王城里巨大的草地和花园如今荡然无存，裸露的地表上只有一道道沟壑。城堡底层的墙上钉着木板，堆着石条，用以保护窗户。在这座宏伟的四方形建筑的四周，每个角楼都安设着大炮。布瑞奥妮盘算着枪声何时停歇，她手下还有几百位希安军人可供调遣，但冒着屋顶兵站里射出的大炮弹和弓箭来围攻城堡十分困难，而且时间也会拖很久，不到迫不得已，布瑞奥妮不想出此下策，只是眼下并无其他办法。

“我们得给敌军一个投降的机会。”埃尼亚斯低声说道。

“不行，托利来谈判只是为了争取时间。他是个魔头，我们必须攻下王宫，没有别的路可走。”

“我可不这么想。”埃尼亚斯的声音提高了一点儿，“公主，我相信您对托利这个人了如指掌，但我不能让我的部下白白牺牲，却不给敌军投降的机会。如您所说，不能殃及无辜。如果您不敢面见托利，就跟海克斯他们待在这里。”

布瑞奥妮感到两颊发烫。“我并不害怕与他面对面，埃尼亚斯，但如果您要跟这个篡夺我王国的败类媾和，别怪我一剑刺穿他的狗头。”

“我不容许您在休战期间这样做。”他的话音坚决，“您不能这样，公主。”

布瑞奥妮紧咬牙关，咬得下颌隐隐作痛。“好极了，我会老老实实地待在后面，您去议和吧。”

王宫前门里走出来一个人，手里举着一杆用床单做成的白旗。令布瑞奥妮惊讶的是，那个人是南境城堡的大主教塞斯尔。布瑞奥妮前次见他的时他还不算老迈，此刻却两颊消瘦而发黑，布瑞奥妮甚至怀疑他是不是已经重病缠身。

“两军交战，不斩来使。”他说着走上前，“想必殿下就是埃尼亚斯王子，请听我一言。”他走了过来，目光偶然与布瑞奥妮交会时，他的瞳孔一下子放大了。但塞斯尔并没有与布瑞奥妮交谈。

“您是托利的使者吗？”王子问道，“我允许他立刻投降，他想必深明此刻已无周旋余地。他的公主也在阵中，前来复辟她的王国。”

“我来为我父王夺回王位，他仍然在世。”布瑞奥妮尽量清晰大声地说道，以便让王宫顶上的守军全都听见，尤其是托利的人。

“我的老天爷，您居然在这儿，公主殿下！”塞斯尔的表情与其说是惊愕，不如说是恐慌，好像在种战火纷飞的时候能幸存下来都是过错，“我没看错吧？如果知道您还活着，百姓们得有多高兴啊！”

“够了。”布瑞奥妮说道，“会有时间来让你高兴的，主教大人，告诉我，篡位者托利让您带了什么话来？他打算投降，而不殃及无辜吗？”

“但……但问题就在这里。”塞斯尔说道，“他不在王宫里！”

“猪头！”布瑞奥妮按捺不住怒火和失望，“他滚哪儿去了？”

“我仍然是教廷之主，”塞斯尔生硬地说道，“侮辱我，即侮辱圣三神本尊。”

“向您道歉，大人。”布瑞奥妮自责地说道，“请宽恕我。”

塞斯尔满意地点点头。“公主殿下，从昨天开始，王宫里就没有人见过托利。他一定是藏在某处，或者偷偷地乔装逃跑了——最近王宫里住了好些陌生人和难民，他很可能已经丢下王宫逃走了。”

“跑了？”

埃尼亚斯举起手说：“那么大人，这里到底是谁掌管着，托利的副官们哪儿去了？”

“胡德总管一小时前跑了，很可能往城堡的最南边跑了，就是靠近夏之塔的那边。他带着伸缩梯，可能是要和手下翻过城墙，在芬德林镇跟达斯汀·克劳会合。”

埃尼亚斯立刻派了两队士兵在王宫一带全速搜寻，试图截住胡德，他自己则和布瑞奥妮带着一小伙人跟随大主教进入王宫，他们警惕地四下观察，唯恐圣三神大主教让他们落入圈套，但是众多的人涌出来向他们问好，当中有朝臣，甚至有南境城堡的守军，他们全都面露饥色，瘦骨嶙峋，迫不及待地欢迎他们的救世主。当他们知道布瑞奥妮也在阵中时，全都喜不自胜。埃尼亚斯和布瑞奥妮一行人在蜂拥而至的人群当中几乎迈不开步，一个身材娇小的妇人拨开人群走上前，像个幽灵一样哭号着，她没有搭理布瑞奥妮，而是扑通一声跪在希安王子的脚下。

“他带走了我的宝宝！”这个妇人哀号着，“他把我关起来，偷走了我的可怜的亚历桑德罗斯！快阻止他！”

布瑞奥妮瞥了她一眼，“阿妮莎？”

她大吃一惊，而她的继母也十分惊讶，听见她的声音时，那妇人一边哭喊着一边跳了起来：“布……布瑞奥妮？真的是你吗？我们……我们还以为你……”

“我知道你会这么想。你刚才说他带走了你的小宝宝，是怎么回事？”

“我的亚历桑德罗斯！奥林国王的孩子！亨顿·托利把他偷走了！诸神在上，有人能救救他吗？”

这时王宫里的人们也开始各自倒着苦水，哭声此起彼伏，弄得布瑞奥妮无法静心思考。“肃静！”她大声说道，“全体肃静！阿妮莎，告诉我具体情节——不要遗漏任何细节。”

“他带走了我的婴儿，说是要用他的血——他说亚历桑德罗斯的血有魔力，能唤起神灵，我也不知道那是什么意思，我完全听不懂他的话！”她放声大哭了出来，直到布瑞奥妮用力地摇晃她。

“你干什么。”埃尼亚斯问道，“别伤着她了。”

“要不然她得哭上个把小时的，我们可没有时间听她继续哭闹。”她转身对王后说道，“阿妮莎，听我说，如果你要我帮你夺回孩子，就得告诉我亨顿·托利在哪里！”

“可我不知道呀！”王后哀哭着说，“她把我反锁在寝宫里！”

“他逃出王宫了。”另一个熟悉的声音响起。

布瑞奥妮转过身，看见身后站着一个高大的男人，朝臣和士兵见他走来，都让出一条道，“布罗纳大人。”她说道，“看来，您别来无恙。”

“布瑞奥妮公主殿下，听您这口气，莫非对我有所不满？我倒是很高兴能再见到您。”这个贵族老头比从前更肥了，稍微走几步楼梯都能让他面色潮红。他的肤色蜡黄，显然身体欠佳，“不过我们现在还是不要争辩什么了，我的手下听闻托利要带着那孩子去召唤神灵，就像阿妮莎王后说的那样。几小时前，托利带着几个卫兵离开了王宫。”

“我们没有发现他的踪迹，巴西利斯克之门上的守军也不会放走城里任何一个人。”布瑞奥妮说道，“他肯定还在这里。埃尼亚斯，给我几个您的部下——史蒂芬纳斯阁下对我尽心尽责，我请求您再让他助我一臂。我会找到托利的。”

“我跟您一起去。”埃尼亚斯说道，“其实我想说，让我去追讨这个篡位者，您留在你父王的宫殿里主持大局，这样更好些。”

“在抓住亨顿·托利，让王子平安归来之前，这里有什么大局要主持的呢？只有埃顿王室的人有权处置逆党——而我就是这里唯一一个姓埃顿的。”

“但这样太冒失了，布瑞奥妮！我怎能让您一个人……”

“不，您凭什么安排我！”布瑞奥妮朝着他上前一步，“不行！您是希安王子，但不是我的丈夫、弟兄或是父王。我要带上您的几个精兵一起去——我并不傻，埃尼亚斯，但托利必须由我来抓。”

埃尼亚斯的脸因为愤怒而绷紧，直到按捺下来之后，他才说道："那就让海克斯跟着你，公主，我为您的决定深表忧虑。”

“您的决策也不怎么样。史蒂芬纳斯阁下，带上你的人，跟我走——我们得抓紧时间了。”布瑞奥妮转过身，却看到艾文·布罗纳走向埃尼亚斯。这个老头儿身材高大，跟埃尼亚斯耳语时甚至得弯着腰，看上去就像一头体格壮硕的熊在扑食人类。布瑞奥妮感到胃里一阵翻滚。

“我改变主意了。”她对海克斯说道，“米伦，你得留在这里，你在这里能发挥更大的作用，不要跟我走。”

海克斯迷惑不解，有些生气："您这是什么意思，公主？埃尼亚斯王子命令我要和您同行。”

“就这一次，违抗一次吧，你好好辅佐他。”布瑞奥妮说道，“不要让他跟布罗纳独处——那人不可信。安排谁留下谁走是一件很微妙的事，而且也不见得能安排得妥当，但埃尼亚斯这儿或许会发生一些别的事，一些……不太好的事。”她这样说着，同时也想着此事是否会被她言中。布罗纳真的会当着一群希安军人的面打倒埃尼亚斯吗？布瑞奥妮无法确定，但她知道绝不能轻视布罗纳，这个人曾矢志要屠戮整个埃顿王室。如果这位兰森德伯爵决意如此的话，眼下也许是他最后一次篡夺王权的机会。“海克斯大人，请你……留在你的王子身旁，小心地守卫着他。如果他发现你没有跟着我，并且责怪于你，就说是我命令你留下的。”

海克斯眉头紧锁。“好吧。”他没有执意待在布瑞奥妮这儿，而是立刻回身，时刻关注着埃尼亚斯和布罗纳。

布瑞奥妮立刻带着史蒂芬纳斯和他的部下走出王宫，她认为托利有可能去一个地方：芬德林镇的大门。那里仍然由托利的军队把守，况且那底下的洞窟既然能容得下几千个精灵和西斯人，也必然能让托利藏身其中。问题也就在这里——她要怎么在这些漆黑的洞穴里找到托利？她是否能把托利生擒，进而找回她的父王？

托利。布瑞奥妮狠狠地诅咒着这个名字，言辞里饱含怨毒。这个人会否会负隅顽抗，一心要置埃顿王室于死地？她与托利有不共戴天之仇，但仍然有一股恐惧感蛀蚀着她的内心：她福大命大地避过许多次大难，但宿敌从未停手，到最后都要给她致命一击。光是想想亨顿·托利仍然活着，布瑞奥妮就不寒而栗。

⚜ ⚜ ⚜ ⚜ ⚜

大裂谷旁，加尔人的营地上方笼罩着巨大的沉寂，这不仅仅是因为人们沉默地交流着，也是因为已经有太多的人为了夺下通往此地的道路而死去。萨奎丽正在与她的一些谋士协商，但这会议断断续续，不如说是以开会为由趁机休息，巴瑞克也很久没有出现在会议上。加尔人的思绪，乃至他心中焰华的声响，此刻都如浩大无边的沉思，准备迎接不可避免的厄运到来。

“我们能不能谈一谈，巴瑞克·埃顿？”

他抬眼看去，惊讶于这个人真的开口与他说话，那是隐士长艾希瓦。他对她说，*你不必发出声音，我能听见你说话的*。

“我知道。”她小声地说道，“但有时不必告诉别人，你能做或不能做什么，巴瑞克王子。否则如果你受到伤害，他们也很容易淡忘，也不会再管。”

巴瑞克笑着说："你是个聪明人，艾希瓦。"

"不然我怎么当得上雅萨梅兹的谋士？"她说道，"事实上，我要跟你谈的就是她本人——以及另一件事。"

巴瑞克朝四下看看，以确保他们周围没有别人，即使是变形部落的顺风耳也听不见他们的密谈。确定安全无虞之后巴瑞克才说："接着说。"

艾希瓦深吸了一口气，犹豫着这些话该从何说起。按照人类的眼光来看，她长得十分漂亮，除了那身铅灰色的皮肤，和深邃而有着慑人光彩的蓝眼睛。"我的主人有些忧虑。"

他差点不顾这洞窟里弥漫着的忧郁气息放声大笑起来。"你这话是什么意思？我们跟那些可笑的东西绝望地战斗了这么久，而你主人的父神已经死了，到明天，或许我们所有人都会死去，这就是她守护多年的焰华的终局。难道她还指望我们能庆贺些什么吗？"

换作别人，或许会被巴瑞克的这番放肆言论惊得说不出话来，甚至愤怒不已。然而隐士长却很平静，只等着他把话说完，这才重新开口："我主漫长的一生都在等待这一刻——我们与你族之间的持久战不是偶然的，但现在事态改变了。她不只是忧虑，而是……"她走上前向巴瑞克弯下身，压低声音说道。这个动作与人类别无二致，巴瑞克虽然早就知道人类与加尔人拥有共同的祖先，但此刻他才终于亲眼见证这一点。"……我的女主人雅萨梅兹十分迷惑，巴瑞克·埃顿，我侍奉她这么久，还从未见她如此迷惑过。尽管我在她跟前只是小辈，但是我跟从她的年代，可以从令曾祖年幼时起算。"

"迷惑？她为什么迷惑？你又为什么要跟我说这些，而不是告诉萨奎丽王后？"

"因为我也不知道它意味着什么——这就是我惶恐不已的原因。每当雅萨梅兹笃志不移，坚决执行自己的任务时，我都能感觉到她的思绪就像受惊的鸟一样疾飞而去。"

“她是害怕吗？害怕世界末日的到来？”

艾希瓦的笑声空洞，令人不安。“原来拥有焰华的人，也会问出这么愚不可及的问题。当然不是，她并不是为自己而害怕，也不惧怕她族人的未来。她的一生都在为这场死亡做准备。”隐士长闭上了眼睛，重新睁开时，她的语言有了微妙的变化，“至于萨奎丽——她知道雅萨梅兹的想法。她们的思绪就像两棵扭缠在一起的双生树。但萨奎丽并不会表露出来，这或许是因为她是对的，或许是因为，质疑像雅萨梅兹这样强势的人，是不合适的。而我却缺乏这样的镇定自若，或者说大智慧。”

巴瑞克不知道说什么好。虽然他有焰华的帮助，但他对加尔人的了解也只是皮毛。如果他还能活下去，就能经年累月地了解他们的真实生活。“那么我能帮上什么忙，忠诚的臣子艾希瓦？”

“我不知道，巴瑞克·埃顿。我想眼下不应该做任何事，只是终于有人知道了我的想法，这让我如释重负。”

这句话也太像人类了，巴瑞克呆坐在原地，思考着他所处的这个诡异世界。

“你说，你还有别的事？”

“其实还有两件，一件小事，一件大事。我想问问你——你见过凯因了吗？”

“我没听过这名字。”

“他是……雅萨梅兹的一个亲戚，跟我们在一起很久了，包围战时他一直都在。现在他不见了，雅萨梅兹和萨奎丽都没注意到，但我觉得这很奇怪。”

“我恐怕帮不上什么忙。”巴瑞克似乎想起了这个人，他长得有点像加尔人和人类的混血，至少看上去是如此。他时常站在雅萨梅兹身旁，但巴瑞克想不起来自己有没有跟他说过话。

“好吧，但愿我的另一个问题能得到好答案。你对那个查文·优洛斯了解多少？他是你带来的。”

巴瑞克的心咚咚直跳，他知道隐士长肯定发现了他神色不对。“为什么这么说？他并不是我带来的，我只是看见他在我们营地边上来回走动。不过我和他算是旧相识，他是南境城堡的医生。”查文还带着一个奇怪而熟悉的小雕像，现在它就在巴瑞克的某个铺盖卷里，但他没有对隐士长说起。

“我看他可不是普通的医生，跟你在一起时，我不止一次感觉到他的存在。”

“这话又是什么意思？”

“你身携焰华，因而在我眼里不再是独立的个体，而是许多物事的杂丛，这用几句话很难解释清楚。”她用沉默交流的方式和他说了一会儿话，巴瑞克发现自己的思绪里有一些闪闪发光的东西流到了艾希瓦那儿。*所以*，她对他说道，*我知道那不是个普通的医生，他关系到很多东西*。就在这时，巴瑞克瞥见了艾希瓦对查文的了解，他就像一个栖身在巴瑞克之内的人影，怀揣某个阴暗不明的东西。巴瑞克心想，*那东西会不会就是那个小雕像？那雕像有什么作用？*他向盟友隐瞒此事，是否已经铸成大错？

巴瑞克差一点就对艾希瓦和盘托出了，但是他羞于启齿自己私藏此物的原因，而且他对这个雕像也很好奇，不想这么快就将它交出去。所以巴瑞克并未坦白，反而向艾希瓦问道：“你会跟萨奎丽说吗？”

“这可难说。”艾希瓦抬起她纤细的灰色手掌，交叉在胸前鞠了一躬，“没多少时间了，我也在想自己是否太关注细节，而忽略了宏观整体。死亡是一件难以接受的事，想想这些人全都会和我一同赴死，再没有人会在阿热诺山的斜坡上翩然起舞，当仲冬之时，也无人会在寒海上的洞窟里唱歌。祝你在接下来的时刻万事如意，巴瑞克·埃顿，希望你能死得干脆点儿。”

说罢艾希瓦转身离去，像幽灵飘过一片被遗忘的教堂墓地。

⚜ ⚜ ⚜ ⚜ ⚜

最后，布瑞奥妮带上了埃尼亚斯的七个圣殿守卫：史蒂芬纳斯爵士，一个叫杰那达斯的骑士，以及五个步兵。史蒂芬纳斯好像觉得很荣幸，布瑞奥妮心想，也许他以为自己能亲手抓住亨顿公爵，等到他衣锦还乡，就可以在这场混乱恐怖的乱战里挖出几件可以吹嘘的事情。

他们走出王宫时，仲夏日的太阳已过午后，正向着西边的城墙滑落。大炮仍然隆隆作响，炮弹照旧砸在城墙和瞭望塔上，有些炮弹就落在身旁，布瑞奥妮甚至能听见石头碎片飞过头顶时发出的呼啸声。但她不知道这是谁在开炮，是达斯汀·克劳部署在芬德林镇上的人知道了希安人已经攻陷王宫，因而向内城开炮吗？或者是布伦湾上残存的两三艘西斯舰船，出于怨恨而漫无目的地朝着城堡开炮？

但更要紧的问题是，亨顿·托利在哪儿。她猜他可能一天前就逃出了内城，当时的局势已经明了，希安人绝不会轻易背她而去，但是守在拉文之门和巴西利斯克之门的王室支持者中没人见过他。这意味着亨顿可能是乔装出城，或者仍然藏身在内城里的某处，一旦局势混乱，他就会偷偷跑出来。不过，正如那个叫燧岩的芬德林人所说，有很多条密道能够进出城堡，布瑞奥妮根本猜不到这些密道在哪里。她想，即使自己能幸免于难，成功复辟王室，她也无法在这里安睡，除非有人把这些密道一条条地记录在册。

内城里仍然聚集着大批的难民，这些无家可归的人来自王畿，来自南境大陆，也来自城堡的外城。他们在这些臭烘烘的人群当中举步维艰，每走一步都有人在身旁惊慌不定、窃窃私语。有的人认出了布瑞奥妮，或自以为认出了——布瑞奥妮并未停下来向他们致意——过了一会儿，她用一块布遮住了脸。她正在搜寻亨顿，可不能让一群焚香祷告的人和好奇分子跟在队伍后头。

她还是想不通亨顿为什么要带走襁褓中的亚历桑德罗斯，布瑞奥妮的继母阿妮莎深受恐吓，说他要拿这个婴儿去献给神，还提到他的血有魔力。他的父王也说过类似的话。亨顿·托利也跟西斯独裁者一样发了疯吗？还是说，他根本就是另有目的？

笨蛋，别想这么多。她告诉自己，想来想去只会让自己更加害怕，眼下最要紧的是找到亨顿·托利，即使没有这些怪力乱神，她也要尽快找到他。

几小时过去了，太阳的余晖消失在南境大地上。布瑞奥妮和史蒂芬纳斯等人在花园搜寻了很久，最后一无所获地回到了城堡中央。从海上刮来的风变得更大了，这个夜晚十分温暖，但天上浓云密布，空气潮湿，预示着一场暴风雨即将来临。

大炮声仍在咆哮，他们穿过柱廊，来到军械库和觐见厅之间的狭窄小道上，布瑞奥妮注意到在觐见厅旁的埃瑞沃圣堂的一角上有一棵大树，树杈上挂着什么东西，它在风中单薄地摇曳着，像是要奋力挣脱它，飞到屋顶上。布瑞奥妮心想这东西可能无关痛痒——毕竟城堡里到处飘飞着碎布片，但是当大炮响起时，她仍然瞧着它。一枚硕大的炮弹缓慢地飞过他们头顶，像科涅奥斯那骨瘦如柴的女儿般尖叫着，落入他们身后的人群当中，片刻后，觐见厅的墙被炸碎，飞溅的碎石和死尸一同被抛了出来，足有马车那么大的碎片压倒了杰那达斯爵士和三个希安步兵。

史蒂芬纳斯、布瑞奥妮和另外两个步兵奋力想把他们挖出来，却发现毫无办法。一个衣衫褴褛的神父和几个难民跑了过来，向尸体祈祷。其他人则就着灯光挖着，试图挖出被埋在正殿墙下的遇难者。

布瑞奥妮受不了这里飞扬的尘土和血腥味，最后不得不跑到一边去喘口气。就在离她一臂之遥的地方倒着一块墙，压住了杰那达斯，而布瑞奥妮幸免于难。曾经她认为死是一种个人经历，作为埃顿王室成员，她能够勇敢面对，但她不曾料到死亡会如此猝不及防，在一瞬间夺走不止她一人的性命。

布瑞奥妮意识到自己跑得离废墟太远了，此时天气忽然变得寒冷，她有些瑟瑟发抖——作为一个公主，她实在不该逃跑的，她的子民都在这里，她怎能因为内心的恐惧而弃他们不顾。

她转身回头，看见先前挂在树上的那个单薄的东西正在迎风招展。它被炮弹震了起来，又飘摇着落到树杈上。那是个围巾之类的东西，无疑曾是某位女士的珍爱之物，如今被落在了这里。布瑞奥妮走过去把它拉下来，惊讶地发现它竟如此精巧夺目，而且用料上乘。炮弹炸毁了硕大的石头，这条围巾却毫发无损。

她心不在焉地看着这做工上乘的织物，心想它可能藏有某些秘密。要说这是羊毛围巾的话，它也太小了，上面的主人姓名被绣成花鸟纹案。这不可能是围巾，应该是在宗教仪式上用来包裹婴儿的小毯子，它上面有四个非比寻常的字：OABE。

布瑞奥妮意识到这很可能就是亚历桑德罗斯的襁褓，她的心跳几乎要停止了，赶紧深深地喘了几口气。如果不是出身王廷，哪个孩子会有四个字母代表的名字？而如果这孩子不是亚历桑德罗斯，名字里又怎么会有他父王奥林的字，况且阿妮莎的父亲叫本尼迪克托斯，正符合这孩子名字里的字。

如果这几个字母分别代表：奥林 · 亚历桑德罗斯 · 本尼迪克托斯 · 埃顿 (Olin Alessandros Benediktos Eddon)，那么它就是小亚历桑德罗斯的襁褓无疑。

“史蒂芬纳斯阁下！”布瑞奥妮大声唤道，“来我这儿！”

她的呼喊声听起来十分急切，史蒂芬纳斯和两个步兵立刻放下死去的同伴，赶到她身边。布瑞奥妮把这块襁褓拿给他们，他们互相传看着，旋即在这片倾颓的墙下四处扒寻。这里光线昏暗，胡乱生长着几棵老树，即使是无家可归的难民，也不会选择住在这里。

“他藏在墓穴里？”史蒂芬纳斯问道。

“很有可能，这里有许多墓穴可供藏身，有的墓穴还十分巨大。”布瑞奥妮也认为这个想法很古怪，但她继续推测了下去，“我敢拿性命打赌，亨顿带着我的弟弟躲在里面。”她转而向幸存的两个步兵说道：“立刻到王宫里，把位置通报给埃尼亚斯王子——请他派人手来。”

“我们要去哪儿？”史蒂芬纳斯茫然地看着教堂前的荒凉庭院，“为什么不等王子一起去？”

“因为那还得花上几个小时，也可能我们弄错了。如果亨顿不在里面，我们还得到别的地方找。你还不明白吗，他手上有我的家人作为人质！”她转身向那个通信兵说道，“快去，立刻动身！”

通信兵马上启程，布瑞奥妮对她仅剩的两个同伴说道：“跟紧我，我比你们熟悉地形。”

“得有火把。”史蒂芬纳斯爵士说道。

“不需要火把。”布瑞奥妮对他说道，“火把会暴露我们的行踪！我们得悄悄地进去，你还不了解亨顿·托利这个人吗？他阴险歹毒，随时会置你于死地。”

他们走向那座古老而倾颓的墓门，布瑞奥妮在嘴边竖起手指，提醒他们万万不可作声，然后她在前面带路，领着这两个不情不愿的士兵前往死者的安息地。

第三十五章
他的鸽子小乖乖

孤儿在漫长的边界上长行，就在这时，灼热的太阳把蛋壳烧成了灰，逃逸在空气当中……

——引自《圣孤传说：其人生平、死亡及天堂的奖赏》

费拉斯·范森真不想有这番对话。

“怎么一副闷闷不乐的样子啊，卫队长？”他正在磨着战斧，有人这样对他说道，“是不是家里藏着一个鸽子小乖乖，想回去看她啦？”大锤·碧玉的声音听起来十分悦耳，脸却像烧焦了的肉块一样难看，他那粗矮的得力助手白云石蹲在他身边。

“你说什么呢，什么小乖乖。”范森听了一点也笑不出来。他在情场上运气太差，跟他在这场无望的战争中的运气不相上下。他被诸神愚弄太久，乃至于都快忘掉自己也曾经历过暴风骤雨般的爱情。

“就是你的小美人儿呀，卫队长。”碧玉有点不悦地补充道，“你懂的。”

如果还能活着回去，我一定要向她告白，范森忽然做了个决定，**如果我没有因为这胆大妄为的告白而被砍头的话，就远远离开南境**

城堡，即使一无所有，静待纷繁万物前来扰攘，做好准备度过空虚的余生，也无怨无悔。“无可奉告。”他大声说道，“现在几点了？”

“报时的人说现在还差一小时才到正午。”碧玉回答道。

“很好。”范森点点头，“仲夏日还没过呢。”鉴于他们还得在这里跟西斯人死磕到午夜过后，这可不是个好消息。“说到女人缘，你的运气怎样啊，碧玉老兄？看守队长大人想必是情场老手，家里肯定有个美人日夜盼你回去吧？”

大锤·碧玉一脸苦相。“我娶到老婆了，还能是老手吗？”

白云石咧嘴笑着说：“你当心你老婆揍你，大锤。”

“你的进展怎样，白云石？”范森问道，他抓紧一切机会转移注意力，不让人们去想眼前的困难，“有没有一个碧玉所说的……鸽子小乖乖？”

这个小个子皱起眉头：“卫队长啊，我给你坦白说，芬德林镇上的姑娘们全都不了解我，她们觉得我这种唯唯诺诺的人不会有自己的想法。但其实呢，我想弄个小酒馆，攒上第一桶金，等到市场重新兴旺起来了，就去做生意，再给自己找个姑娘，哪怕她还没对我有意思。找个西礁姑娘，这些塞特兰的芬德林人虽然不太俊俏，但我听说她们温柔体贴……”

这时流石师父回来了，他蹲在范森旁边，碧玉和白云石则回到了队伍里。

“卫队长，我不知该不该说。”征得同意后，年轻的师父说道，“我应当对长老会的召唤感到荣幸，这是至高无上的荣耀，但我心里恐惧万分，我不想死。”

“像你这样风华正茂的小伙子，要说不怕死，那才奇怪呢。”

“我非常怕……我本来以为死亡会……至少不像现在这样……”

范森伸手拍拍他的肩膀：“别灰心——你还活着呢！只是不管今天还是五十年之后，我们最终都会站在伊蒙的门前。”

“我们称那个神为诺什拉。”流石说道。

“……那我们就都会站在诺什拉的门前。”范森继续说道，“等待他的主君，死神的垂顾。”

“你还真有情调，卫队长。”师父的声音仍然颤抖着，却明显地高兴了起来。

范森却忽然泛起一段记忆，这记忆使他震惊不已，他像一只被小狗叼着的老鼠那样无助，久久喘不过气来。“伊蒙的大门”，他是到过那里的，至少他在意识里曾经清楚地看到过它的模样，黝黑的石块堆砌起的大门巍峨如山，上面有着华丽的装饰，连接着冥王所在的那座外观朴素的石殿。四周飘着红色鬼火，亡灵城的阴影高大幽深。那想必就是伊蒙的大门，他或许真的见过。但他是在什么时候见过的？为什么这幻想如此真实？

*什么时候并不重要，是不是个梦境也无所谓。我的确见过它，我曾在鬼门关前走过一遭，然后又回到人世。*诸神是否有话要对我说？费拉斯·范森侧耳聆听着，恍惚间仿佛听到了圣堂唱诗班的回响，他感到有一种比他更强大的力量使他振作起来，令他心无所惧。

无论我的命运如何，我这一生都不算是碌碌无为！

大厅深处发出巨大的声响，沉闷的爆炸几乎将火把吹灭，大量碎石滚落而下，堵塞了远处的入口。这次进攻更加猛烈，费拉斯·范森的耳膜被震得刺痛，良久无法听见声音，让他无法集中精力思考。洞窟的另一头灰尘满布，石块崩裂，几千吨的巨石瞬间化为碎屑。

范森立刻发现，独裁者并未派遣他的常规部队，也就是那些赤膊队前来。灰烟背后，入口处出现了一排巨大的盾牌，它们像蛇的鳞片一样契合在一起。这些重装的军士手持铮亮的长矛，像刺猬的刚毛一样挺立着，队伍缓缓向洞窟深处开进。他们体格高大，盾牌上绘着狰狞的狗头——那是独裁者最令人闻风丧胆的杀手，他们是这场战役的前锋。

敌军咆哮着向前推进，只是在范森几乎失聪的耳朵听来，也不过是比较大声的呻吟，这些凶猛的白色猎犬部队蜂拥而至，冲进了启示厅。

这个午后像一场持续数年的风暴那样难挨。范森和他的部从尽全力守住石块堆成的第一道街垒，然而尽管有这道高墙的保护，还是有十多个芬德林人阵亡了。战斗的间歇中，他们的尸体被拖到一旁，后面的人穿上他们的盔甲，拿好他们的武器重新上阵。到如今，所有人都已披挂上阵，面对这样的残酷事实，范森突然觉得很可笑，居然这么快就穷途末路了。最后街垒的最右端被大批西斯人攻陷，敌军蜂拥爬上城墙，他下令撤退，领着芬德林人后撤到第二条街垒上。

“死守此地！”他大声喊道，“举起长矛，弟兄们，举起长矛！”

他们拼命死守着第二道街垒，时间混沌地流逝，呐喊声恍如细小的噪音，就像他们头顶上方潜伏着的海浪声。

天空与大海，范森想到，**天哪，真想再看一眼这样的景色！还有布瑞奥妮·埃顿的面容！**如果你能敬爱一位对你全无所知的神灵，那为什么不能这样眷爱一位王族公主？这爱恋怎会因为得不到回应而削减分毫？

更多的芬德林人阵亡了，碧玉的那位勇敢的小侍从白云石也在其列，更多的人补上空缺，接替死者继续战斗，连那些原本在照顾伤患的师父们也都持枪上阵。三个焕华共修会的成员冲上前线，他们从未接受过训练，被独裁者的军队推过来的油灯烧得全身是火。他们惨叫着在人群里到处逃窜，范森能感觉到这叫声就像毒液一样蔓延在芬德林人的阵中，让他们丧失斗志。他知道，他们随时可能被敌军突破，被迫后撤到露台上，这样一来敌军就会控制整个局面，他们将任人宰割。范森跑上前摁住了一个从他身边跑过的浑身是火的僧侣，然后趴到他身上，努力用自己的身体和泥土来扑灭火焰。当他坐起来时，发现芬德林人正用奇怪的目光呆呆地看着他。

“别光看着！”他大吼道，“来帮忙灭火啊！叫医生来！守好你们的街垒！”

被范森这一喊，芬德林人仿佛回了魂，重新振奋了士气。有人上来抱着那些着了火的僧侣就地打滚，扑灭了他们身上的火，然后把他们拉到洞窟的后方。直到他们向后撤退到第三道街垒时，芬德林人才总算振作起精神，可以听凭范森调遣。

第三道街垒是守不了多久的，更不用说规模更小的第四道，西斯人仍在大批大批地涌进洞窟里，他们清扫了两道街垒之间的障碍物，随即越来越多的敌军向着芬德林人的阵营涌了上来。这些南方人现在有了足够的空间来拈弓搭箭，虽然芬德林人躲在街垒后面，弓箭对他们杀伤甚少,但是那些在洞窟后方的芬德林人则无处藏身。朱砂的儿子甘汞还小,他本想把父亲的担架拖到一个更安全的地方,不料遭了冷箭。师父们把这个受伤的少年抬了下来，范森等人只能一次次瞒着垂死的朱砂，骗他说甘汞会没事的，尽管他们自己也无法相信。

地面上淌着血，古老的石板像冰一样脆弱，在第四道街垒上，六七个芬德林人阵亡了，他们当中有不少是卫兵，那是范森麾下最有经验的战士。这些小人儿凭借有利地形勇敢地战斗着，但独裁者的指挥官招呼上一拨又一拨的敌军，他们训练有素而装备精良，斗志高昂地投入战斗。

末日般的午后和夜晚到来了，范森不确定他们到底能守到什么时候。他深知己方能做的至多是拖慢西斯人的进攻速度，不过从眼下的局势看来，如果不发生什么奇迹的话，他们甚至连一小时都坚持不了。照这样下去，范森和他的芬德林部队会在午夜到来前全军覆没。

“后撤！”他大喊道，“到最后一道防线上去！”

范森领着几个卫兵殿后，让其他人先行撤退。芬德林人踉踉跄跄地走过他身旁，唯恐落在队伍最后。他们面色苍白，神情恐慌。这些脚手架工人、采石工和雕刻工当中没有一个当过兵，但此刻他们殊死抵抗，保卫他们小小的家园，保卫着那些正在失去的东西。费拉斯·范森眼见这一切，只能压抑着胸中的悲痛和怒火，不让它将自己击倒。

范森等人回到队伍当中，这时一支箭从后方射中了碧玉的腿。他身子一歪，掉了队。就在这时，一个西斯士兵逮住机会，跳到两条街垒之间的无人地带，轻轻松松地将长矛刺向碧玉的背部，就像用鱼叉叉住一条干塘里的鱼一样，然后马上又跳了回去，碧玉则踉跄一步，跌倒在地。

范森来不及细想，迅速翻过街垒冲向他的伙伴，那个西斯人一脸意外，范森轻蔑地看着他，接着猛然一拉他的长矛，他便失去了平衡，踉跄着向前走了几步，这时范森抽出短斧抡了过去，连着头盔把那人的脑袋劈成了两半。

更多的西斯人冲了过来，范森的人马在街垒后面向他们投掷石块，范森搀扶着碧玉，踏着湿滑的血迹跑回街垒背后。他把这个看守队长交到人们手里后马上闪身躲到一个街垒后面，敌军的箭雨纷纷落在他身旁的石壁上，凶残而恐怖。

他朝着受伤的碧玉弯下腰来，但为时已晚：碧玉已经停止了呼吸，两眼仍然睁着，但再也看不到东西了。范森感到五脏六腑一阵绞痛。

“愿长老赐你安宁，大锤。”他轻轻说道。

西斯人没有继续进攻，但范森知道他们很快就会再次发起攻击。芬德林人恐惧地看着他，精疲力竭而满心绝望。最后的一道街垒建造在洞窟最窄的地方，规模较小，但墙体是最高的。在它背后，就是洞窟唯一的出口。满打满算，范森手下还有两三百个可以投入战斗的人员，其中很多还是伤兵，范森自己也挂了彩，浑身是血。他看着这些芬德林人，琢磨着自己该说什么，却又说不出来。

“各位请振作。”最后他这样说道，“振作起来，不要畏怯，今天我们将战死，别无他途。那些南方人比你们高大两倍，人数则十倍有多，但我们重创了他们，此后但凡谈及我们的名字，或是这座启示厅，他们亦将闻风色变，震惊于我们竟能如此重创他们。”

人群里发出一阵轻小的说话声，甚至有人在强颜欢笑。

“话就说到这里吧。”范森对他们说道，“朱砂还在营里——他只是有点不舒服，但仍然在世。孔雀石·紫铜呢？他穿着盛装在此——对吧，紫铜大人？”

紫铜闻声，清了清嗓子：“我在，卫队长。”

“看守队长碧玉此刻已在诺什拉的门前，和我们先行一步的战友在一起，看着我们接下来的一举一动。别让他们失望！振作起来，各位，振作！”

芬德林人挣扎着站起身，范森抬高声音，让洞窟后方的人们也能听见：“肩并着肩，挺出长矛！手里还有盾的人，举盾，掩护战友！务必坚守阵地，绝不退让一步，直到我下令撤退。我们的性命皆系于此。”

“捍卫城墙！”有人在阵中喊道。西斯人搬出攻城锤开始拆毁街垒，芬德林人见状赶忙回到阵地，仿佛刚才的停火从未发生。范森看见墙顶上有一张人脸，他将短斧抡过去，一个西斯人翻身而下，并未受伤。他逡巡着寻找芬德林人的防守漏洞，而范森则无暇顾及更多，只急于奔命。

费拉斯·范森的左臂受了伤，无法抬举过肩。他的腿也挂了彩，虽然仍能站立，但每次移动重心都让他的膝盖一阵剧痛，就像是被灼热的针扎了一样。

西斯人的攻城锤已经在最后一道街垒上撞出几个大洞，范森能看见其下闪动着人影和火把的辉光。另一端街垒也摇摇欲坠，墙上的石头滚落在地，有一块大石头正好砸在一个伤兵的腿上。战斗场面十分可怖，即使伤者也难找到安全地带。范森从未觉得像现在这样浑身乏力，即使在雾影线的时候，也没有这样疲惫过——他耗尽力气，只记得自己身在何处，周围正在发生着什么，从街垒两端架设起来的长梯绝非梦境，而循着长梯攀爬而上的敌军，与死神别无二致。

赤膊队的士兵从街垒的高墙上飞身而下，抡着弯刀和手斧围攻过来。范森意识到自己正像个醉汉一样呆看着他的部下，看着那些英勇无畏的人们死去。

“时机已到！”范森大吼，“穿过门口后撤！回到露台上，撤退！”

这次撤退的路线很短，范森连拖带扯地把手下人从战场上拉出来，而其他一些早就在等着这一刻的人，此时正迅速朝着启示厅后方的门洞跑去。队伍已经溃不成军，人们互相踩踏着，而越来越多的西斯人越过最后一道街垒，朝他们扑来。

“赶快！”范森从石板上拾起一杆长矛，英勇地抵挡敌军，让剩下的芬德林人也得以脱身。这一天里范森全身多处挂彩，要是换作平常，他早就跟伤兵们一同撤下火线了。但现在他是队伍里最身强力壮的人，他深知自己一举一动都被人注目：这么多场战斗下来他仍然屹立不倒，这让芬德林人有了无尽的勇气。但范森也明白，此时即使再有百般的战术，也回天乏力。每个人都得勇敢地交出生命，却无人知道是否死有所值。

范森和孔雀石·紫铜，还有紫铜的几个家人是最后穿过门洞的，他们来到宽阔的石台上，这里就是芬德林人所说的露台。它位于支撑起地下迷宫的石壁崖畔，大约一百英尺之下，就是激荡着广阔无边的深渊之海的洞窟。把它称为洞窟，无异于把恢宏壮丽的三神圣堂称为棚户，把赫若索尔称为小村。这个洞窟几乎跟南境城堡的内城一样大，深度则无人知晓。它的顶隐没在黑暗当中，即使是在这个露台上，抬头也无法看见。

这个洞窟的中央，闪烁着深渊之海的辉光——范森曾听加尔人称之为“银海”，大洞窟的墙壁上有很多闪闪发光的石块，反射着微弱而稳定的光芒，从露台望去，范森能看得见独裁者的军队，他们一路砍杀，正朝着深渊之海中央的一个小岛上进发，岛上有一尊名为闪光之人的水晶遗迹。

“队长小心，他们来了！”孔雀石·紫铜大声喊道。范森叹了口气，转身背对着露台的石头栏杆，为了防止轻易被人推下去，又往前走了几步。他知道手下有些人宁可从这里跳下去，也不想死在西斯人的枪下，对此他并不愿过多评论，但那绝不是范森自己的做法。

灰烟漫过启示厅的门洞，飘荡在露台上。范森起初以为这是西斯人破坏街垒而造成的扬灰，但这灰幔也太大了。浓烟滚滚中出现了几个人影，在烟幕的映衬下，黢黑的身形看起来更大了，就像是可怖的怪物，而不是人类。

但那的确是个怪物，片刻后范森的心跳平复了下来，他发现这东西如果不是魔鬼，至少也该说是毫无人类的特征，它每分每秒都在膨胀得更大，这个不断扩张的阴影汹涌奔腾，奇谲怪诞。

阴影咆哮着发出可怕而低沉的声音，听起来像是有人在说话。此时又有两个阴影出现在它身旁，其中一个还把手放在嘴边，像是在吃着什么东西。这三个怪物像是人形的旋风，洞窟里的灰尘和残片都缭绕在它们身旁，勾勒出它们的轮廓，像苔藓覆盖石头一般将它们包裹得无比严密。这些阴影变得越发宏大，范森呆若木鸡地看着它，而身后的芬德林人则惊恐地尖叫起来。

“该死的西斯人！”范森抱怨道，“紫铜在哪儿？带上你的长矛兵过来！”

范森毫不迟疑地挥动短斧，朝着离他最近的一个怪物抡过去，但斧头砍在这团盘旋的阴风上，就像雪球砸向碉堡一样毫无杀伤力。范森从一个目瞪口呆的芬德林人手上抢下一杆长矛，冲向这些怪物，像见到野猪一样猛刺过去，但怪物并不躲开。三个阴影变得异常巨大，漫无边界，却仍然迈着两条腿向前走着，用它们足有送餐托盘大的利爪攻击挡路的人。它们的步伐也异常矫健，其中一个再向前迈一步，就会绕到范森的后面去。

“公会成员们！快去增援队长！”孔雀石·紫铜大喊道，“大地长老们都在看你们的表现呢——别让他孤军奋战！”

芬德林人纷纷赶到范森身旁，勇敢无畏地刺向那些怪物，一边闪避着那石头一样坚硬的爪子，但有些站着的芬德林人因为躲闪不及，被划成两半，还有一些则被怪物一反手扔到范森身上，其力道之大，让范森也跟着打了个滚，他试图爬起身时，脑袋磕在露台的石栏上，只觉得晕头转向，眼前的景象都像水中的倒影一般晃动不定。

一个小小的白色身影从黑暗中落了下来，但范森无法做出任何反应。那诡异的怪物不断变化着形态，芬德林人惨叫着，被它们击倒，范森只能疲于应付这些怪物，片刻后才发现自己眼前站着一个纤小的女士，她穿着白色的盔甲，刚才攀援而下的那条绳索仍在她身旁晃荡着。

“我们对您照应不周，费拉斯·范森。”她的声音甜美而镇定，范森甚至疑心自己是不是在做梦，“现在才出手补救，但愿为时未晚。”

她显然是个加尔人，但范森从未见过这个人，他真以为自己是在白日做梦，或是快要死了。“请问……请问您是？”

“我叫萨奎丽。我现在得走了。”

黑暗中有更多的身影顺着绳子落在了范森周围。他们跳到露台上，旋即敏捷地冲上前去，攻击那些张牙舞爪的怪物。范森想站起来，但眼前天旋地转，他又倒下了，只能趴在石头上听着战斗正酣的各种声响，听那坚硬的爪子划在加尔人的光滑盔甲上的摩擦声。刀光剑影映照在地下迷宫的嶙峋山石上，一道寒光迸发成十多条——确切来说，是数百条——更多的加尔人从天而降，像蜘蛛一样步态轻盈地落在露台上。

一杆羽箭射进怪物的眼睛，箭身整个没入其中，把它杀死了。它挣扎着，一边扭动身体一边发出呻吟声，过了很久才终于断了气。另一个怪物也瘸着腿，它被一杆长矛刺中了，随即疯了似的向前滚动着，它的哭号声就像逐渐歇止的雷声，就这样滚了一路。最后这怪物停在露台中央，体内忽然着了火，发出一阵巨大的浓烟，它死了，尸体像一座被烧焦了的烟囱。

范森的手臂和腿都抽搐着，他坐起身来，试图搞懂这里到底发生了什么事。独裁者的军队哪儿去了？为什么他们停止了攻击？在加尔人的驰援下，他麾下的芬德林人真的战胜了西斯军队吗？

一个身披灰色加尔人盔甲的高大军士穿过露台，朝他走来。“费拉斯·范森。”他蹲在范森身旁说，“诸神在上，真没想到我还能再见到你，真没想到。”陌生人脱下头盔，范森忍着身上的疼痛呆呆地看着他的一头红发，认了好一会儿。

“巴瑞克？”最后他说道，“您是巴瑞克王子？真的是您？”

王子的目光冷峻而严厉，看上去足足老了十岁。“正是我本人，队长，你的伤势如何？没有致命伤吧？”

“我……我想或许没有……”范森惊愕不已地摇摇头，“话说回来，您是怎么来这儿的？您是怎么逃出雾影之地的？”

巴瑞克露出一丝笑意："看来我们俩都有许多原委要互诉。"他才要开始说，一个加尔人女人急匆匆地过来了。范森认得她，她是雅萨梅兹手下那位灰色皮肤的谋士，艾希瓦。

"范森队长。"她说道，"真高兴您能幸免于难。"说完她转身面向巴瑞克："萨奎丽说我们不能耽搁。正如她所担心的，这只是佯攻，他们去了别的地方。"

"什么？"范森挣扎着站起身来，他真不喜欢自己这软弱的样子，"你说谁去了别的地方？"

"就是那些南方人啊。"艾希瓦说道，"独裁者的这些吞石兵显然是想杀了你们，但独裁者本人却没有等着看你们怎么死。他们很可能已经沿着楼梯回到了地下迷宫里，准备穿过深渊之海，踏上那座诸神曾争战和死去的小岛上——也就是闪光之人所在的那个岛屿。我们在这儿打仗的时候，独裁者和他的祭司、军队正在坚定地往那儿进军。他们已经悄悄地从我们脚下离开了。"

"尽管你们英勇万分，我军也及时赶到，范森卫队长，但我们还是输了。"

第三十六章
短刀落下之时

可怜的孤儿只能用橡树叶子把太阳的碎片包裹起来，但这些叶子最终还是烟消云散，孤儿别无选择，只能用自己柔软的双手捧起这灼热的太阳。

——引自《圣孤传说：其人生平、死亡及天堂的奖赏》

“这东西真漂亮，对吧？”亨顿·托利把一柄小刀举到马特·廷莱特眼前，在他视野里晃来晃去。小刀离他太近了，而且刃上寒光闪闪，廷莱特完全看不清。它有廷莱特的小臂和手掌那么长，细长的玉石刀柄上镶嵌着神秘的金色符号，剑身比之更为细长，上面也刻满了金色符文。“我听说这是伊斯特刀，出自赞德的南部。”托利说道，“刀名叫‘筑魂’，我们来试试吧，看它是不是也能筑一位神出来。”他大笑了起来，笑声却很干涩。托利脸色苍白，浑身冒汗，他往常的自信都已荡然无存，这些天来的事情使他心神不定。“想想看啊，诗人！这把刀在赫若索尔的墓穴里长眠了千年，你是第一个唤醒它的人，不值得为它写点诗吗？”

那柄刀就在廷莱特的脸边上，让他不禁怀疑亨顿·托利是不是要拿他来试刀，尽管他嘴上说着不是。廷莱特朝士兵们看看，三个全副武装的卫兵身穿夏土卫队的队服，那是托利选拔出来的卫兵，但他们全都不敢看过来。托利的神智不正常，就像他惨白的脸上的铅灰色瘀伤一样明显，谁也不想引起他的注意，让自己陷入险境。

“您……您要我做什么？”廷莱特根本不想碰到这把刀，它绿色的刀柄上覆盖着一层死气沉沉的铜锈，看起来更像是有毒的了。

“当然是跟着我。”托利放下短刀，指着通往埃顿王族墓室的楼梯。现在太阳已经落到山背后了，这条暗道就像一扇通往虚空的门，在前往诸神脚下的路上，首先要路过一片空虚之地。“我们还有事要干，白痴，还有几小时就到午夜了，如果我们想把苏列佩斯那条老狗打败，从而占得先机，就片刻都不能耽搁。”他向其中一个卫兵说道，“等巴克尔来了，立刻带他到底下来找我。”

卫兵点点头。托利说完转向马特·廷莱特：“现在就出发，带上那个小崽子，赶紧动身！”

廷莱特的胃里一阵翻腾，他真担心自己会吐出来。婴儿篮里的那个小王子蠕动着，他把篮子抱得更紧，跟上亨顿·托利走下阶梯，前往墓穴。

托利领着他们前往古老的墓穴当中，这座洞窟就在从外数起第一座洞窟的后面，奥科罗斯·迪欧克蒂安就是在这里死的，马特本人则在这里被走回来的亨顿逮个正着。这座墓穴比之前的洞窟更宽大，六边形的石质墙体直抵天花板，每一面墙上都是蜜蜂巢一样的棺材龛，每座龛里都有自己独立的结构。这些古老的棺材上鲜少雕刻着墓主的容貌，很多甚至连铭文都没有。棺材里是曾主宰南境城堡的国王及其王后，如今他们名姓不可知，音容不可晓。

“近几百年来这里再也没有葬进新主。”托利说道，他两手背在身后，像个到处游逛的懒汉一样，慢慢地走在这座六边形的墓室里。“据说墓穴的前室是凯里克修筑的，这意味着伟大的安格林也葬在此处，就在这其中之一的棺材龛里，葬着他的残躯敝体。”托利朝廷莱特望去，想看看自己这番渎神的言论有没有令他惊骇万分，“但是天知道是哪一个！”托利大笑起来，“无论他生前有着怎样的盛名，死后都只是无名的尘土。”这时廷莱特怀里的婴儿开始哭个不停，他的啜泣声变成单声的哀号。“佩林的胡子啊，诗人，你就不能哄哄这小崽子嘛？”托利的眉毛拧成了结，“让他静一静。”

马特·廷莱特小心翼翼地哄着这个小家伙，像他这样的大男人，有哪个知道怎么哄孩子的？“这孩子非得在这儿吗，大人？”

“你胡说什么？他当然得在这儿——没了他，还怎么举行仪式啊？这就像巧妇难为无米之炊！”托利不耐烦地闭上眼睛，廷莱特以为他不会闭那么久的，过了好一会儿，托利才又目露凶光地说道，“我不是说了吗，让这崽子安静下来。”

廷莱特想不出别的办法，只能把自己的一根手指伸给婴儿含着。他记得布丽吉德就是用这个把戏，让他姐姐的孩子安静下来的。小亚历桑德罗斯含着他的手指又哭了一阵子，最后总算不吭声了。

托利伸出手，一个卫兵把自己扛着的麻袋交到他手上。“还有个蠢材在哪儿？他也该到了。”

“大人？”

“你给我闭嘴，诗人，不是在跟你说话，知道吧？”

他露出严厉而令人不安的目光，递给他麻布袋的卫兵在他眼皮底下瑟瑟发抖：“您是指巴克尔吗？我想他马上就会赶来的，托利大人……”

托利轻轻挥了挥手，让他也闭了嘴。“知道了，到外头去等着他，你俩一起去。我在这儿跟廷莱特大人说说话。”

那两个卫兵早就想逃出这座古老的墓室了，此刻他们忙不迭地离开，剩下廷莱特听着他们的脚步逐渐消失在地面上。那脚步声漫长，让他意识到这里离地面有很长一段路，而他居然还在墓穴里，这还不够——他还跟托利这个危险的疯子共处一室！

“快到时间了。”过了一阵子，亨顿·托利说道，“我们进来时，你听见钟声了吗？现在希安人恐怕已经占领王宫——他们或许正为此得意呢！”这个护国公大笑道，他梳理着自己的胡子，又仔细查看身上的衣服，它们破烂不堪，显然没有好好保养，让托利看起来完全没有往日特希斯朝臣的威严。“也许他们自以为征服了南境城堡，就像我们脚下的西斯畜生们那样，也或许他们以为自己是诸神的选民——他们全都错了！因为我将打败他们，登临顶峰。我有女神的眷顾！”

廷莱特再也不想跟着这个恐怖的主人干下去了，他要干的那番事业必定会有惨痛的牺牲。有时托利会说，女神佐睿雅私底下眷顾着他，有时他又说自己会变成神。廷莱特一直认为这都是托利的白日梦，但此刻他发现，托利的内心潜伏着一股黑暗的力量，这股力量像饿狼一样追着他跑。廷莱特干不下去了，他是无法对一个孩子痛下毒手的，无论这是王室成员，还是个普通孩子。可是他又能怎么办？逃跑吗？即使他逃出托利的掌心，外头可还有他的哨兵呢。

还不如让托利杀了他。如果他们打起来，至少他会死得痛快些，还可以对诸神说，他是因为拒绝助纣为虐而死的。

廷莱特掐了一下那个婴儿，让他再次放声大哭起来。

“大人。”廷莱特说道，“我不能……我办不到……”然而即使他已经说出这样的话，廷莱特的声音也还是很小，这时亨顿·托利专横地挥挥手，让他闭嘴。

“安静，听见了吗？”他昂起头说道，“巴克尔那白痴总算赶到了，你会喜欢这场好戏的，诗人，我有一点小惊喜要给你。”

“给……给我的？”现在他也能听见，另一个墓穴里发出一阵骚乱声。那是军靴踏在石板上发出的声响，其中还有女人的哭声，她控诉着，哀求着……

诸神在上，这个魔头不会把阿妮莎王后也带了过来，让她眼睁睁地看着自己的孩子惨死？托利的禽兽行径难道就没有底线吗！

士兵们拽着那个奋力挣扎的女人走了进来，廷莱特看见她是谁时，差点双膝跪地。

“到齐了，这场集会的最后一位成员也已落座。”托利愉快地说道，“伊兰小姐，你真让我魂牵梦萦，你有一副冷酷心肠，对我忽冷忽热，我还以为你早就跑了呢。”

伊兰·麦克里不再跟那些绑架她的士兵们打斗：“你这个禽兽，亨顿——哥布林！恶魔！”

廷莱特只能用眼角扫着她，这一刻，仿佛整个世界都坠落在他身上。

“别这么说啊，我的小姐。”士兵仍然挟制着伊兰，亨顿凑近她，然后用那柄玉石刀柄的短刀挑起她的下巴，他略微使了点劲儿，在伊兰的脸上勒出一道血痕，“我的诗人拼了老命守护你的清白之身。不过他居然没有用尽心思，让你不要落在我手里？”

廷莱特的心都凉了，碎了。“愿诸神垂怜，大人……大人是怎么找到她的？”

“好啦，诸神一会儿就会垂怜于你，别害怕呀。”亨顿·托利的兴致更高了，“每回你走出城堡，我都派人跟踪你，小诗人。你还以为自己绕路的做法很高明？但那只能让我的士兵跟得又累又想骂人——瞒不了任何人。说真的，你居然想把一位夏土的贵族小姐藏在你姐姐的小泥屋里，你是认真的吗？”

廷莱特看向伊兰的眼睛：“我实感抱歉，我本以为……”

“别说啦。”托利徘徊了一阵子，然后像猫一样嗅着伊兰的头发和脸，就像嗅着一块腐肉那样。“但愿他言行如一，我尊贵的小姐。”他附耳说道，声音却大到足以让廷莱特听到，“我也希望你能毫发无损，我这就想送你回去，知道吗？可是我多想在你白皙的身体上划下伤痕，听你痛苦的呻吟，这种渴望让我备受折磨，久久不能忘怀……”

“不要被他要挟，马特！”伊兰对廷莱特说道，“你见到我时，我就已经是个死人了——自从被他玷污后，我就生不如死！”

“可我们的诗人不是无情无义之徒。”托利说道，“他会按我说的去做，代替那愚蠢可怜的奥科罗斯师父，助我完成这一伟大仪式。他会让这个婴儿成为牺牲品。”托利走到廷莱特跟前，用他肮脏惨白的指头摸摸婴儿的额头，留下一个印记。“否则，他在死之前，还得眼睁睁看着我把他最心爱的伊兰扒了皮。”

⚜ ⚜ ⚜ ⚜ ⚜

欧珀听见黑暗当中有什么在移动着——那黑暗过于幽深，连她那双目光锐利的芬德林眼睛也看不分明——于是她坐了起来。

“乌龟……”一阵轻小的说话声响起，“绞索……还有猫头鹰……祖先的弥留之地，这些深潜在古老时空中的，就是他的门庭……神迹如此显赫,即使愚顽无知之人也能看出……但为什么？”

“谁！”欧珀高声问道。

片刻的沉寂后，有人回答道：“是我，欧珀妈妈。”

“火石？你在干什么，孩子？”她用两手把自己从狭窄的床上撑起，摸索着寻找光源。她点亮它，让它发出微弱的粉色光芒，以便让自己看清屋里的一切。令她惊恐的是，火石就站在她跟前，他穿的不是睡衣，而是白天的衣服和靴子，手上还挽着一条麻布袋。

“万石为尊啊，你到底在干什么？这麻布包又是做什么用的？”

“我只是用它来装点食物，一点面包和一点干冬菇。”

“什么？我明白了——你想外出，至少你以为你能去。”她从床上跳下来，用身体挡住屋门口，“但我不准。”

火石看着他，神情淡定而庄严。“我不得不去，欧珀妈妈，请允许我离开。”

“去哪儿？你为什么要这样对我们，孩子？为什么要这样对我？我们对你不够好吗？”

他像是被什么东西伤害了那样害怕着，这让欧珀大惑不解。“不是，你们对我比谁都好，欧珀妈妈，我不是要跑掉，或是让自己陷入险境，我只是意识到自己该去做一件事，我……我被召唤了。”

“谁召唤你？”

“我……我不能说，因为我自己也不太明白。但我知道它在召唤我，现在就在召唤我，我必须去。”

欧珀感到一阵绝望，她内心里的愤怒此时全被恐慌所替代。“但你要去哪儿？别干傻事，孩子！你能去哪儿？外头在打仗！南方人随时都可能攻到我们跟前，挥舞着他们的刀剑和长矛！你会被杀掉的！”她走到他跟前，两手抱胸而立，“别说这些有的没的，我的孩子，你哪儿也不能去，快回来睡觉。好好睡——明天又是新的一天，你只是做了个梦，即使它看起来像是真的。”

“不是的。”火石的声音并不冷漠，但也不让人安心，“不是这样的，欧珀妈妈，这确实是个梦，而我开始醒了。”

“这种时候燧岩偏偏又不在……”现在火石已经长得比她高了，但在她看来还是个孩子，欧珀想要阻止他，无论如何都不能放他走，她伸手抱住了孩子，“不要走，我的孩子，我的宝贝，不要去，别走。你爸爸……我丈夫已经被派去干那无用的差事了……不能连你也……”欧珀说着，便泪眼婆娑起来。

那孩子尴尬地也抱着她。“可是不行啊，欧珀妈妈，我必须得去。”

她退后几步站着，脸上的表情痛苦万分。“你可真是与众不同，不是吗？想要改变你，那完全做不到。”她失声大笑起来，笑声令人心碎，“再也别让我见到你，长老把你赐给我，又把你从我身边夺走，这真好笑。”

“我会回来见您的。”火石坚定不移地说道，“我保证，您为我付出了这么多，您拯救了我。”

欧珀从门边跑开。“快走吧，我拦不住燧岩，也拦不住你，你们全都有要务在身，但你能不能告诉我，你究竟要去哪儿？”

他摇摇头说：“我也不知道，现在还不知道，但很快会明白的。妈妈，要勇敢面对。”

她放下光源，只有手上的一点光辉还在亮着，但也逐渐消隐下去，最后只留下几星玫瑰色的火光抚着火石，他打开门走了出去，消失在一片黑暗当中。

⚜ ⚜ ⚜ ⚜ ⚜

这几天来契妮坦一直听见远处传来战斗的声响，在这无边无际的岩石深坑里的某处，像是有两支鬼魅的军队在无休止地战斗着，进行着一场古老的战争。当他们走过一座座大洞窟时，这声音就不请自来地徘徊在她耳边，在幽回宛转的迷宫当中回旋着。有时她惊恐万分地觉得，那些士兵就在她身旁不远处死去，他们或许就在隧道的下一个转弯处。她不禁想起了集市周围的那圈柱廊，当她还小时，时常在这柱廊里跑过。在柱廊的某些地方，能听见市场另一头的商人吵嘴的细小回声。

那个光着脚欢笑着，和邻居的小伙伴穿过喧闹街市，互相追逐的小女孩，是怎么变成现在这个可怜人的？她变成笼中之鸟，就像矿工们带到矿井里的金丝雀那样，再也看不见阳光。

*诸神责罚我——但我无罪也无辜。*她愤愤不平地想到，*我只是一只无辜的小鸟，什么坏事都没做过！我落到如此凄惨地步，都是*

诸神的错！

契妮坦走到笼子的硬木栅栏跟前，把脸贴了上去，朦胧间她能看见北方国王的牢笼就在几码之外，跟她的笼子一样被六个轿夫扛在肩上，摇摇晃晃。独裁者的奴隶用碎石铺出一条小路，轿夫们高一脚低一脚地走在上面。苏列佩斯虽然急于进军，但还是让人另外修筑了一条更宽的路，好让他和他的人能在上面舒舒服服地走。契妮坦看见成吨成吨的石头被人挑着经过她身旁，独裁者为了铺一条只走一次的路，就让成百上千的人们终日劳作，许多人死在铺路的工事里，契妮坦每天看着这些，已经麻木了。

“您觉得我们走的这条路怎么样，奥林国王？”她大声问道。

“你是契妮坦小姐吗？”当他们的牢笼靠得近时，他们就聊上几句，在赫若索尔的时候，契妮坦的北方话变得流利了，但他们初次见面时，她却讲不出几句话来，这让她十分尴尬。

“不然还会是谁？”

她听见他轻声笑了起来。一些轿夫朝她望过来，他们的脸上写满了愤怒，心想自己正在辛苦劳作，这些囚犯反而惬意地聊天说笑。

但我觉得你们可不想跟我换换位置。契妮坦继续放声说道：“独裁者修了一条贯穿这座山的大路，难道他不怕山塌下来砸死他吗？”

“他应该什么都不怕吧。”奥林国王说道，“换作其他人，我想他们还是会怕的，但你们这位陛下啊，看来是认为一切都在他的掌控之中呢。”

“他不是我的陛下啊。”她说道，“他只是头猪，臭猪！”她用西斯语更大声地又说了一遍，好让轿夫们也听见，好几个轿夫脚下一软，吓得浑身发抖。

“我真想假装你没说过这话。”奥林国王说道。

“为什么？苏列佩斯有什么本事？”契妮坦说着这话时，全然无惧于她可能招致的种种毒手。“我们就快死了，即使独裁者也不能让我们再死一次！”

“不是这个意思，而是你说的这些话啊，吓得我的轿夫差点把我扔到山底下去了，你在那边可能看不出来，但我可不想栽到悬崖下头去啊。”

因为你担心，那样一来我就得成为独裁者祭礼上的牺牲品，契妮坦懂他的意思，但她嘴上只是说：“深表歉意，奥林国王，我再也不说啦！”

他们各自颠簸了一阵子，契妮坦又开口说：“有一次您说，我让您想起您的……女儿？北方话是这样说吗？我指的是您的女儿子。”

他又笑了起来。现在契妮坦不能看清他，他身边最近的一杆火把此刻在他背后：“对，她是我的女儿子。你说这话真好玩，因为她从来没穿过女孩衣服呢。”

“真的吗？她是个假小子？”

“她只是喜欢自己解决问题，而不是依靠那些打她主意的男人们。”奥林国王说起自己女儿来声音特别柔和，“你会喜欢她的，我从我们的聊天里觉得你们很像。她和你一样，一次次地从敌人跟前逃脱。”

“她想必是您的掌上明珠。”

“是啊，我还没跟你说过，她还有个弟弟，我也视如珍宝。他还是个孩子，却经历了很多成年人都没经历过的苦难。”奥林国王沉默了一会儿，“我对他心怀愧疚，契妮坦，这是我一生中最大的痛苦。我并不怕死，但一想到再也见不到他们，心里就觉得万分遗憾。”

“直到大家都上天堂。”

“是啊，直到大家都上天堂。”

轿夫把牢笼放到了地上，契妮坦从浅睡中醒来，她呻吟着，像牛学着人说话那样含混不清。火把的光亮使她知道，他们正在一条狭窄而陌生的通道里，她头上几臂之遥就是通道的顶部。首席大臣皮尼蒙·瓦什又老又枯瘦，就像一只被扔在沙漠里的皮拖鞋，此时正在向监视她和奥林国王的卫兵发号施令。

“深表歉意啊，奥林国王。”他的北方话就跟母语一样流利，“接下来我们得往深处走，很多地方都很狭窄，笼子过不去，您恐怕得自己下地走走了。”

“但我仍然会被限制行动。”奥林国王说道。

“抱歉地说，是的。而且您还是得被绑着手，鉴于最近的那起事件……嗯，您懂的。”瓦什表面上看起来一本正经，了无趣味，但他的态度里却有一些微妙的意味，让他显得有几分脆弱。他是否害怕深入地底，远离阳光普照的地面？或者还有其他令他心生恐惧的原因？即使瓦什小心包藏着，契妮坦还是看破了他那伪装的镇定，发现了他心中的恐慌。瓦什大臣似乎很忌惮奥林国王，但为什么会这样？除了万一出事交不了差，奥林国王本人对他而言毫无震慑力，正如她对他也是如此。

“这是理所当然的。”奥林国王说道，言辞里也似乎别有用意，“否则你还能怎么办？你们谁都不会愿意让独裁者再入险境。”

他在挑衅瓦什，契妮坦看得一清二楚，但他为什么要这样做，有什么好处？

契妮坦也被放了出来，作为奥林国王的人质。偶尔他会听见人们在近处打斗的声音，那咆哮声听来十分沉闷，但是比偶尔涌进她脑子里的鬼哭狼嚎声要响亮。契妮坦知道，战斗就在她身边，这意味着独裁者的敌军也在附近。她有机会逃跑吗？如果能趁着战乱逃跑，那就再好不过了。

但她没找到机会。士兵们像逮住一个杀人犯那样摁着她，把她的双手牢牢地反绑在身后，又在她脖子上绑了绳圈，才把她放出来。

他们围着她，一人拉着她的一条胳膊，背后还跟着一个人，就跟把奥林国王放出来时一样小心谨慎。

“我就像布伦的白公牛。”她说道，“终年被填食圈养，直到孤儿节时被一刀抹了脖子。”她的脸色苍白。“但愿埃瑞沃怜悯我们。”

契妮坦感到一丝寒意，但这能使她保持清醒。士兵们架着她走进狭窄的通道，沿着古老的盘旋阶梯层层下降，来到一片黑暗当中。黑暗如此浓烈，几乎连火把的光辉都要被吞没。

⚜ ⚜ ⚜ ⚜ ⚜

“快嚼啊，老兄，混账东西，快嚼，跟你说了要吃掉的。”托利又把一片坚硬的黑面包塞给廷莱特，“吃下去啊，再吃一点，见鬼，你这是在哭吗？”

马特·廷莱特并没有在哭，他只是噎着了，无法呼吸而眼里满是泪水。这块黑面包上染满墨鱼汁，没放盐也没放酵母，又硬又干，他嘴里塞得满满的，最后还是像烟囱呛灰一样全咳了出来。

“你该庆幸我给你的是黑面包，而不是一条黑狗。”亨顿·托利说道，“否则我真的会让你哭着吃下去。现在穿上那身该死的破法衣，奥科罗斯说了，召唤者必须穿戴整齐才能与冥界沟通。”

但奥科罗斯却像被猫吃了一半的老鼠那样死了，廷莱特痛苦地想到。他无法逃跑，无论逃向何方，都是阴冷恐怖的一片。伊兰被两个卫兵架着，脸就像窗玻璃一样木然，她面色苍白，看上去简直像一个刚从墓穴墙上的棺材里挖出来的死人。准备作为祭品的小王子亚历桑德罗斯，此时已经哭累了，正在廷莱特的臂弯里沉沉地睡着。

马特·廷莱特感到一阵无措，即使是那位自我牺牲的孤儿，也不如他这样深陷于无法逃脱的恐惧当中。没有哪位光明的女神前来拯救他的灵魂，像佐睿雅拯救孤儿那样。眼泪？这些年来马特哭出来的痛苦的泪水，连大海都装不下。

一个卫兵从袋子里取出那身法衣，它看起来又旧又破，廷莱特完全想不出他们是从哪儿弄来的。他穿上身，每扯一下衣服，都能扯落一些腐烂的线团。亨顿·托利则穿上一身得体多了的黑色斗篷，不过这件衣服也长着霉点，闻起来有一阵死人坑里的霉味儿。廷莱特一想到接下去的事就觉得难以承受，他穿好这身寿衣似的东西，然后痛苦而无助地站着，默默等着托利下令。

“把墙上的棺材抬一个出来。”护国公对士兵说道，“就在那儿，挑个最老的，那就是我们的祭坛。”

卫兵们毫不热心地走向他钦点的那个布满尘灰的棺材，把它从壁龛里抬了下来，扛到墓穴正中。伊兰·麦克里没有说话，她看了一眼棺材，然后就抿着嘴扭过头去。托利从廷莱特手里抱过孩子，粗鲁地把孩子放在棺材盖子上，好像这孩子只是一顿午餐一样。亚历桑德罗斯呜咽了几声，但并没有醒。亨顿·托利让一个卫兵揭开镜子的幕布，把它放在临时祭台的旁边。

“照着书念，诗人！”托利说道，“翻到书签那页，念出来！”

如果他能只盯着亨顿·托利塞给他的这本书，廷莱特觉得，如果他只是念着书上划出的那些句子，而不去看眼前这些蝼蚁般蠢蠢欲动的人们，他或许真能假装什么事都没发生。如果他不去看书页空白处绘着的魔鬼，还有他们的丑恶嘴脸，不去看他们所做的种种令诸神震怖的恶行，只盯着书上的字句，不用理会眼前的生死，还有亨顿·托利的疯狂言语，如果能无视那令人无法容忍的事实，那么此刻他将犯下滔天大罪，将受到最深的诅咒，在黑暗之神科涅奥斯的领地里永世受罚，直到时间终结……好吧，那么他的确能假装自己在做的事并无不可……

“你这该死的蠢货！”托利气得直跳脚，嘴角涌出几星白色的唾沫，“念啊，蠢货！大声念出来！这是个咒语，念了它就能打通前往神界的天门！快念！”

廷莱特咽了咽口水，感到喉咙像是被冷杉木头塞住了一样。

“天地低昂，群星坠落。天脊坍塌，地骨颤动。七玄鸟喑哑，如吾所见，吾得道飞升，化身成神，弑父而食母！吾为苍天之牛，贡物牺牲，吾志于生，噬其五脏，尸成伟力！”

他的步伐变得更有力，这并非因为他内心里毫无愧疚，而是咒语本身使他振作起来，这韵律和行军中的军队一样雄浑有力。

“吾噬人与神，咽其伟力，僭其光辉！大人为早膳，中人为午膳，孩童为晚膳，老朽尽焚，化为熏香！吾见于天，为普天之主……”

廷莱特读到最后，毫无知觉地跪倒在地。他又念了几行字，直到亨顿·托利朝他脑门上揍了一拳，揍得他天旋地转，差点把那本古书也扔在地上。

“狗东西！拿好刀，等我说时候到了，就举行祭典。镜子上要沾满血——奥科罗斯是这么说的，但是要等我说出咒语时，才能割开那小家伙的喉咙！”托利把短刀硬塞到廷莱特手里，“拿好了，我们要跟西斯人抢时间，他们也在搞这个祭典，我们得先他们一步跟神对话！”托利的声量忽然提高，他大笑了起来，最近发生的任何事情都不如这一笑来得可怕——他完全疯了。“天啊，太棒啦！你能想象吗！独裁者发现我比他先一步来到天堂，会有多生气啊！他所觊觎的东西，都被我抢走啦！”

“马特！不要！”伊兰的声音嘶哑，拼命喊着，“别杀那孩子！我的命不值这么多，你也不值！不要犯下这么深重的罪孽！”

他无法细听伊兰的呼声，她的一字一句都像鞭子一样抽在他身上。他徐徐按下短刀，直到它贴着婴儿的喉咙，亚历桑德罗斯感觉到金属刀刃的冰冷，他醒了过来，开始哭号。廷莱特马上抬起刀刃，免得他一不小心划伤了婴儿幼嫩的皮肤。他无法去看这个乱动着的婴儿，于是他闭上眼睛。

我别无选择，他这样对自己说道，**我实在没有办法，实在是。真希望这不会发生，希望我只是在做梦，这全都是梦境**。他摸着婴儿一起一伏的胸腔，另一只手轻轻抚在上面。**我是被迫的**。

亨顿·托利念着咒语，那些古老的咒语属于死而不宁的阴影之神，是南方森林的岩石墓穴里的圣歌，曾在赫若索尔门前响起。

“吾已吞噬万物！让诸神分崩离析。任其脊骨与脖颈碎散。吾已取其心脏……”

廷莱特意识到，这已经不是普通的召唤咒语，而是某种挑衅——某种对诸神的挑衅。曾有一些异教的国王唱过这葬曲，声称墓地也无法安葬他的尸身，他们的力量不受诸神的控制。

在托利的念咒声之外，他还听见了某种轻小的声响，这些碰撞声和切擦声缭绕在他周围，这个巨大墓室里的每个棺材仿佛都颤动起来。

“吾已吞下王冠！吾已执掌权柄！吾已将诸神之心摧毁！吾万寿无疆！伟力无远弗届，无可匹敌……”

马特·廷莱特睁开双眼，只看见火把的光辉忽然灭了下去，士兵们惊恐地四处张望。棺材的切擦声变得更大了，老鼠们都慌乱地从墙缝里跑了出来。两个士兵忽然逃到另一个墓穴里，亨顿·托利任由他们跑掉，尽管两眼里充满怒火，但他也不敢随便停下这圣歌。

“赐吾苍天之眼！赐吾大地之骨理！赐吾万物之主宰！赐吾辨伪之智慧！赐吾最美之妇人，吾将妻之！”

此刻，这些被叨扰的古代君王从死亡的沉睡中苏醒，廷莱特能感觉得到，此外还有一种熟悉而令人憎恶的力量潜伏在某处，仿佛就在他所闻所见的世界之外，和镜中那股追讨着他的力量相仿。它从未如此贴近他，他觉得自己就像一只被剪掉翅膀的昆虫，只能在桌上乱爬。这力量古老而强大，对廷莱特的想法和感受毫不在意，视之如同草芥。它朝他靠近过来……

“臣服于吾！吾无惧色！吾既食汝脏器！亦取汝之勇毅！”

亨顿·托利说道，他的声调抬得很高，看来他要么恐惧，要么狂喜——或者二者兼有，奇怪地交织在一起。

“吾命黑暗不得将汝包藏！吾命光明昭彰汝身，使汝无可躲避！吾以天堂为稚子，诸神为奴仆，光阴为吾所据！”

廷莱特看看婴儿那象牙般的喉咙，又看看亨顿·托利那双目鼓出、涨得通红的脸。他被自己念的咒语弄得神情恍惚，几码之外，伊兰·麦克里已经晕了过去，但卫兵仍然紧紧挟制着她，他们也被吓得脸色惨白。

“时机已到！”托利尖叫着，“就趁现在，你这个狗东西听好，我念到最后的时候，就举起刀！然后割开那崽子的喉咙，让他的血溅满镜子！”

马特·廷莱特的手高高举在哭个不停的婴儿上面，好像这只手根本不长在他身体上似的。火把的光被吹得东摇西晃。墙壁上光影闪烁，周遭的瑟瑟声变成了号叫和冲击声——亡灵是否都被唤起了？生者是否将在今天被尽数屠戮？

他无法挥刀砍向那个婴儿，尽管知道如果不这样做，托利一定会杀了他，但他始终无法对一个孩子痛下杀手。*仁慈的诸神啊，请解救我吧！*

廷莱特被什么东西狠狠撞了一下，起初他以为这是亨顿·托利用魔法书砸了他，他向后踉跄几步，失手扔下的短刀哐当一声落在石板上。

廷莱特惊恐万分地看着自己胸前的一杆羽箭，它太贴近他的脸，只能看到箭的尾羽，从而知道是什么射中了他。滚滚的热血从他胸腔里涌射出来，润湿了他身上肮脏残破的法袍。他感到一阵天旋地转，接着眼前一黑。

第三十七章

神灵的血

……他回到特希德米时，大地上的野兽与天空中的飞鸟全都在他左右。橡树叶子已被烧尽，孤儿哭泣着，只好用赤裸的双手捧起太阳的火焰。

——引自《圣孤传说：其人生平、死亡及天堂的奖赏》

绿松鸦是加尔人的变形部落的头目，此刻她又从石台的门里爬了出来，全然不顾往常的优雅。她两眼里冒着怒火："我们脚下一百步远的地方挤满了南方军人，那位独裁者从元素精灵那找到了路，而我们必须血战才能开拓进军的路线，但即便这样也无法追上他，愿大风吹散他的恶名，擦去他的脚印！"

"他让我们别无选择。"萨奎丽对巴瑞克说道，"来吧，凡人之子——绳子应该已经系好了，他们逼得我们必须从这里爬下去，快！"

巴瑞克跟在萨奎丽身后穿过地下迷宫，这条路上到处都是碎石的残骸，芬德林人和人类的尸体。萨奎丽的士兵已经系好绳索，大军可以从这里速降到洞窟底部，抵达深渊之海。而那些体重过大，或是不擅长攀爬的人，就沿着岩壁上迂回的羊肠小道进军。

艾希瓦手里握着几条绳索等着他们，那绳索看上去就像一束银色的菜萸花序。“南方军的大部已经穿过隧道，成功登岛了。”她对他们说道。

巴瑞克的视力不如萨奎丽，他眯起眼睛望向远方，想看清黑暗中隐藏在这片银色海水中央的小岛。在那背后，闪光之人的巨大雕像若隐若现。

“独裁者派了一些军人在造船。”萨奎丽说道，“他们已经集齐了材料。”她皱起眉头，总是面无表情的她难得显露了一些情绪。“我们真是低估他了，雅萨梅兹也低估了他。这个苏列佩斯太熟悉地形，就像他亲自去探察过一样。”

“他们为什么在造船？”巴瑞克问道，“他们不是已经登岛了吗？”

“他派兵把守隧道，先我们一步登岛，也就意味着我们必须从深渊之海的这一侧攻击他们。因此独裁者要派军乘船过海，把我们围堵在岸上。”萨奎丽不情不愿地翻了个白眼，“没工夫废话了，抓紧绳子，巴瑞克·埃顿！稍延误一会儿都会酿成大祸。”

巴瑞克完全想不出这个大祸的状况，但它肯定跟萨奎丽和她的亲族所期盼的伟大撤退全然不同。几百年来，他们都像盼望破镜重圆的爱侣一样，期盼着这场撤退，但现在的结局跟他们的想象大不一样——这个结局将暗无天日，野蛮而毫无意义。

尽管他们都不胖，手里的绳索还是吱嘎作响。巴瑞克的脚时不时地滑一下，让他在岩石峭壁间到处打转。在危险而令人难受的间歇当中，他看见独裁者的军队把船从岛上拖下，拖进那片闪着金属光芒的奇怪海水里。他知道，每艘船都满载着西斯士兵，他们也在掩饰着恐惧的神情。现在这种情形下，他们想必是非常害怕，想杀死更多的加尔人和芬德林人，借以掩饰内心的恐惧。

他回头看着悬崖顶部，费拉斯·范森和芬德林人也在结着绳索，他们进度稍慢，但更小心谨慎。这些人也会速降到悬崖底下，加入加尔人的大军。巴瑞克不禁想到，他们的英勇行为，更像是慷慨赴死。

“深渊之战必将留存青史！”他对范森喊道，阔大的峭壁之间荡起回声，卫队长向他举起一只手致意。

巴瑞克为自己的这句话惊讶不已。他为什么要这样做？这里再也没有像范森这样的人了，那个人是怀着坚定的意志和不可撼动的忠诚坚守在此。这里也再也没有比巴瑞克·埃顿更异化的人类了，他心里的焰华郁积着，让他思考自己到底是怎样看待终有一死的人类，以及终有一死的万物。

⚜ ⚜ ⚜ ⚜ ⚜

皮尼蒙·瓦什到过许多诡异的地方，从果园宫下的秘密水牢，到米罕蓝色王朝的那座声名狼藉的地窖。他甚至到过独裁者的帝室陵寝，比沙克王族的墓群充满神话色彩，它高耸在高沃克山上，直插天空。但他从未见过像这里这么奇怪的地方。

这洞窟——它大得甚至不该被称为洞窟——在瓦什看来，这个藏在地底深处，漫无边际的大洞窟几乎有西斯整个果园宫占地面积的四分之一大，洞窟有着穹隆顶式的结构，墙上的石头和水晶闪烁着一道道朦胧的辉光，看起来恍如一座庄严曼妙的祭台。瓦什头顶上就是洞窟的中央，那是一片漆黑无光的空间。洞顶高悬在人们头上，西斯人那暗弱的火把全然无法把它照亮。瓦什感觉自己就像在从一口深井的井底仰望夜空。

独裁者的军队正在深渊之海中央的岛上休整，他站在其中，看着闪光之人的雕像——这雕像是用硕大的石块垒成的，它巍峨如山，屹立在岛的腹心地带——雕像散发出一股威压感，着实让瓦什看呆了。这不是一尊人像，其外观并不写实，它看起来很粗糙，就好像塑造他的人端了满满一盆融化的宝石液体，却不留神栽了个狗啃泥，结果液体就这样扑在雕像上。雕像反射着洞窟里的光亮，但瓦什发现在光亮以外另有一种力量，在雕像体内蠢蠢欲动。那就像古老灯罩里跳动着的烛火，又像是一个搏动着的病态心脏，看得瓦什汗毛倒竖，移开了目光。

在瓦什周围，礁石岛上挤满了西斯军士，他们正在奋力把芦苇船聚拢到一处，毫不在意这里的景色。瓦什发现，他和手下的军事执政官对芦苇数量的估计是对的，他对此大为舒心，旋即又觉得这毫无意义：瓦什是尽忠职守地完成了任务，圆满无缺，独裁者也找不出什么茬，但要么他们很快都要死了，要么独裁者本人即将取得神的力量，无论怎样，世界都不一样了。

“我忠心耿耿的首席大臣在哪儿呢？”独裁者传唤道，瓦什又感到一阵汗毛倒竖。

“在，我正从中军帐赶来。”他蹒跚走过湿滑的石头，来到苏列佩斯跟前。独裁者高挑威严，身披金色铠甲，即使这里光影闪烁，他的身影也一样伟岸。“陛下有何吩咐？”

“船都准备好了吗？”

瓦什深吸一口气，将心中的挫败感掩饰过去。船显然已经准备好了，军士们列队站在岸上，身旁就是一艘艘船只，这些筏子用芦苇扎成，芦苇末端紧紧束起，成为船首和船尾。“准备好了，陛下。”瓦什说道。在这么短的时间内，从赫若索尔运送这么大批芦苇秆，还得使之保持干燥不发霉，是一项艰巨的任务，但谁知道这片被诸神厌弃的北方荒地上有没有材料造船呢？何况独裁者对失败可没什么耐性。

我的主人就要升天成神了，而我却要死在这个北方的破地方，瓦什想着，**连个给我祝祷的祭司都没有。但船已经就位了呢，我可**

是又尽忠职守地完成了一项任务。想到这里，他大声说道："所有船只都已整装待发，陛下还有何吩咐？"

"当然是把牢里的人拉出来，全都拉出来。"

瓦什眨眨眼："全部？"

苏列佩斯恃着身高，从上方盯着瓦什，好像他自己就是闪光之人一样。"没错，把奥林国王，还有那姑娘，还有那些北方孩子全都带来。派你去办这事好吗，瓦什大人？还是说，你想让我另派一个闲人去干？"

瓦什感到脊椎一阵发凉。"请恕罪，神佑者，我不太明白您的意思。您的囚犯当然带过来了，潘西斯尔大祭司正在把孩子们也领过来，其他人已经到了。"他指着一小队从隧道里走来的军士，他们越过银色的深渊之海，登岛上岸。奥林国王和契妮坦被军士们围在中间，两手反绑在背后。阿拉特祭司一跃而下，跳到队伍跟前，然后跟着队伍倒着走。他的手上各拿着一盏冒着烟的碗，绕着囚徒们熏香，当他转过身来时，瓦什看见这个沙漠祭司脸上戴着一个面具，像是从别人脸上扒下的皮做的，这让他胃里一阵绞痛。

"干得不错。"苏列佩斯剥下金质的指甲套扔到地毯上，一个奴隶盯着看了一会儿，迅速把它藏了起来。"我要亲自摸摸这一切，看啊，瓦什。"他抬起长长的手臂，指着这个洞窟，岛上的闪光之人，乃至一切只有苏列佩斯自己看得见的东西，"仔细看着你周围的这一切——气味、声音、景象——因为下一刻，整个世界就将面目全非。"

"如您所言，陛下，如您所言。"瓦什迫不及待地想让这污秽恐怖的事告一段落，不管接下来要做什么他都乐意，"您还没吩咐我应该做什么……来助您完成祭典。您需要祭坛吗？"

"祭坛？"苏列佩斯觉得这提议很可笑，"你不明白，瓦什，这整片地方就是一个祭坛，苍穹曾在这里撼动不止，如今又将被撼动一次！这里将浸满诸神的血，让他们惨叫不绝！”独裁者大声说道，整个岛上的军人和其他官职人员全都停下手脚，他们以为独裁者又发脾气了，都吓得发抖。“我不需要什么祭坛，这片大地本身就是祭坛，这片银色的海水，还有垂死的哈比里用身体封印的这道世界裂缝，都是我的祭坛。”他朝着闪光之人挥手，它在黑暗中若隐若现，仿佛一座巨大庙宇的尖顶。“你不知道这雕像是什么吗？它就是哈比里将世界撕开一角的地方，就在这里，他放逐了诸神！然后他重伤了自己，用自己的身躯覆盖了这个破口，把诸神囚禁在里头——他就这样在地底住了数千年，自远古以来就受到人们的敬仰，活在人们心中。”他朝瓦什弯下腰，像是要告诉他一个秘密似的，“但先知，哈比里很快就要伤重而死，祭司和先知们都知道这一点，他们透露给我的！他的力量很快就无法封印住这道世界的裂痕了，谁有力量或智慧，谁就能从这里贯通到虚空当中，或是从彼岸回归世界。”他站直了身体，瓦什像看着一股蒸腾而上的乌云那样看着他。“把孩子们都带来！用他们的血打开这扇门，让诸神也敬畏我！我苏列佩斯将成为诸神的统领！”

⚜ ⚜ ⚜ ⚜ ⚜

巴瑞克刚落到洞窟底部的地面上，就看到雅萨梅兹站在他身旁，目光越过漆黑的空间，望着远处的闪光之人雕像。她孤身一人，披着黑色的斗篷，两眼半闭着，这让她看起来平静而冷淡，就像一只在太阳底下打盹的猫。她解开精美的发带，披散着长发，任由它在头上如荆棘般散乱。

哭泣的女人，一个神神道道的声音在巴瑞克心中轻声低诉着，*无法逃离的灾难，漫风的流放。*

巴瑞克走到她跟前，但没有行跪拜礼或鞠躬礼。“女士，您不打算与我们并肩作战吗？在这世界末日，苍生弥留之际，我们正要在《忏悔之书》上书写最后几页。”

她慢慢地朝他看过来。“这几页很早以前就已写好，那时你们还没来到世上呢。”

他听出她话音里的讽刺，但不想道破。“无论你我是否乐意，现在我与您都是同族，雅萨梅兹……而您，是我们最伟大的战士。如果您此刻不为我们征战，要等何时才肯上战场？直到所有人都战死为止吗？”这一刻他心中的焰华喧哗起来，怒气汹涌而出，让他义愤填膺，“你这无异于自相残杀，女士！你无非是想让人们都死去，这样就没有人能看见你可耻的失败了！”

“可耻的失败？”雅萨梅兹冷然道，她脱下斗篷，露出一身黑色的盔甲，手上的白焰剑已出鞘，像手杖一样斜倚在地，微光映在她的眼中，如同两道细细的闪电，“凡人之子，我有生之年都将为同族而战，你们还在森林里茹毛饮血时，我就已经预知自己会怎样死去。此刻我也十分清楚，我将战死在这里，但我不接受你们的质疑。让路，窃国者的子嗣，你也趁着苟延残喘之机，去做点你想做的事吧。”

她漆黑的斗篷和盔甲上暗色的刺棘，恍如月亮周围的一团乌云，映衬着她苍白勇毅的面庞。巴瑞克看见她深不见底的双眸中有着某种他从未见过的神色，或许应该这么说，他从未想过，自己会见到这样的神情，巴瑞克完全震惊了，他感到有一滴泪从他眼眶里溢出，顺着脸颊滑下。

“如果我误解了您，女士，但愿能得到您的宽恕。”他鞠了个躬，转身离开。

★ ★ ★

萨奎丽正在等他，她的头发在王冠底下乱成一蓬，被地底深处的阴风吹着，像蜘蛛丝一样飘荡。“焰华的携带者在此。”她对麾下的加尔人说道，他们纷纷扰扰地聚集在一起，那些刚刚摆脱敌军的加尔人，正从洞穴远处走来。“现在我军已经会合在一起。”她的目光越过巴瑞克，望向仍然站在悬崖之下的雅萨梅兹，“她对你说了什么吗？”

“是的，我们聊过了。”巴瑞克戴上头盔，“萨奎丽，发号施令吧，我想闻闻空气里的血腥味儿，这能让我不再胡思乱想。”

萨奎丽竟然大笑了起来。“那就上吧！”她向周围的加尔人命令道，他们握着手里的长矛和剑器，在盾牌上敲出响声。有人被抛了起来，抛向洞窟高高的天顶，抛向其上深藏在远处的月亮。加尔人的内心里都有一片月亮，就像巴瑞克心里藏有一朵焰华那样。“我们很快就要度尽余生！古老岁月将在今夜终结！让这个自大的人类国王见识一下我们在仲夏日的战舞吧！”

加尔人大喝一声，飞纵而下，朝着刚刚弃舟登陆的南方军挺近。战场上的人多如乱麻，西斯人已经拈弓搭箭，准备和加尔人大战一场。

⚜ ⚜ ⚜ ⚜ ⚜

费拉斯·范森经历过很多凶险可怖的战役，他曾和自己的上级多纳尔·穆里一起迎击土匪和叛军，那时他躲在树上，一待就是大半天，树底下就驻扎着雇佣兵的营寨，只要他稍微弄出点动静，就会招致杀身之祸。他也曾缴过一个发狂的南方士兵的械，这家伙杀死了自己的妻儿，范森跟他扭打在一处，让他死在自己亲人的血海当中。他曾在战场上遭遇加尔人，那经历就像噩梦一样不堪回首，但即便如此，他仍然没有做好在南境城堡的地下深处战斗而死的准备。

范森和芬德林人奋战着爬到悬崖底下的时候，加尔人和他们那个沉默的女王已经跟西斯人在海岸上对战了起来。范森看不清是谁占上风，洞窟里的光线摇荡着，闪烁不定，他几乎只能辨认出下方深处闪光之人发出的微光，忽明忽暗，像灰烬中的一点红色的火星。

“跑步前进，弟兄们！”范森喊道，“否则那些精灵们就什么都不给我们留了！”

“哈哈！”孔雀石·紫铜在他身边跑得气喘吁吁，“我知道那些先民的厉害，但没想到他们这么贪心啊！”启示厅的最后一战时，紫铜的腿受了伤，但他勇敢地继续跑着，努力跟上队伍。范森让他留在后方养伤，他还愤愤不平：“卫队长啊，我们只能拣他们剩下的东西揍啦！”

范森回头看着，跟在他身后的芬德林人都睁着一双大眼，那并不纯然是因为恐惧，他们也想弄清眼下的事态，或在他们短暂一生里到底有着怎样的真谛。这些全身披挂的芬德林人还不到范森的一半大，但他们仍然奋力跟上他的步伐。经历了这么多磨难，他们还是想要证实自己的力量。“大锤·碧玉泉下有知，会为你们自豪的。”范森对他们说，“他在天之灵与你们同在！”

“为了看守队长的荣光，小子们！”孔雀石·紫铜气喘吁吁，疲惫不堪地迈着步子，跌跌撞撞。他们已经赶到战场外围，人们正在酣战，头顶上的光线时明时暗，不停地闪烁着。

“揍他们！”此时范森的心里不知为什么充满勇气，之前的种种遗憾此时都烟消云散，“上啊！弟兄们上！”

⚜ ⚜ ⚜ ⚜ ⚜

比特唐惊讶地发现，他走进化为废墟的狼牙塔的马厩时，屋顶族人的女王正在等着他。他最喜爱的坐骑大棕蝙已经配好了鞍，此时正焦躁地磨着翅膀。那是一只健康、强壮而年轻的母蝙蝠，有着麦芽酒般的毛色，个头差不多抵得上一只鸽子——但比特唐只盯着它的女王陛下看。

“陛下。”他深深鞠了个躬，“您让我受宠若惊。”

“嘴真甜。”尖塔蝠女王笑道，“你是我最好的侦察兵，好了，先不说别的，那个叫燧岩·蓝石英的芬德林人不是说时间紧迫吗？你现在就出发，飞到地底去找一个叫朱砂的人，准备好了吗？”

“准备好了，女王陛下。”他说道，“请允许我把油布风衣系紧一点，我要飞过几道水帘，它们足有城堡的门那么高呢！”

“真希望我也能跟你一起去，看看这壮美的景色，勇敢的比特唐。”

“如果……如果一切顺利的话。”他说道，“我希望能为陛下您做向导。我的朋友燧岩他们，想必也会为您的大驾光临而感到荣幸。”

女王一脸庄严。“我也愿意亲自到访。那么说好了，如果一切顺利，你带我去看看你所见的那些地方，我勇敢的侦察兵。”

比特唐差点为这荣耀而唱出歌来。“感谢陛下！”他系好身上的油布风衣，把自己包裹得严严实实，这样当他飞过那幽暗狭窄的地方时，就不会被什么东西挂到。他向大棕蝙走去，那只蝙蝠耸着肩，两翼收起，此时正像一个从熟睡中被叫醒的孩子一样，睁着迷蒙的眼睛看着他。比特唐跨上它覆满绒毛的背，小心地坐在鞍上，马童把他固定好，再把缰绳递到他手里。

“对了！”尖塔蝠女王忽然说道，“带上你的佩剑，勇敢的比特唐！”

“佩剑？”他转过头，“陛下是不是弄错了，我从来没有佩剑……”

“现在你有了。你是如此英勇，当个水槽侦察兵真是大材小用，我任命你为御前侍卫，并按照古礼颁给你这柄佩剑。”她拍了拍手掌，一小张纸出现在比特唐跟前，上面放着一柄镶嵌着珍贵珠宝的宝剑——某种意义上来说，它确实是一柄剑。银色的剑身像猫须一样细，比蜜蜂的尾针更锋利，剑柄上刻着金色的螺纹。“这是萨娜苏女王所用的宝针，很久以前遗落在她的宝座之下，带上它吧，比特唐。好好帮助你的朋友燧岩，那就是对我最好的报答。”

比特唐知道自己要是再说一句，一定会冒出一些愚蠢言论。他鞠了个躬，从女王纤细的手中接过宝剑，把它收进背上的皮带里，把剑柄放在脑后，这样剑尖就不会妨碍蝙蝠的活动。“谢谢陛下。”他让侍者松开大棕蝙的缰绳，后撤两步免得被它踢到。这匹坐骑如果无法在晚上飞行，脾气就会变得极为暴躁，而此时太阳已经落下好几个小时了。大棕蝙从钟楼的拱窗里飞了出去，消失在深黑的夜空里。

比特唐用脚后跟的马刺刺着坐骑，蝙蝠展开双翼，朝内城墙飞了过去，旋即一个拉升，飞过城墙，又缓缓滑翔了好一阵子，耳边只有风声在呼啸。他攥紧缰绳，又刺了蝙蝠几下。蝙蝠高高地飞在空中，仿佛连月亮也在他们脚下，然后它又像石头一样俯冲下去，几乎落到地面上时，才又展翅飞翔起来，吓得比特唐大气不敢出。

片刻后他们穿过芬德林镇的城门，在雕花的天花板下掠身而过，天花板上的雕塑栩栩如生，看上去就像一个颠倒的世界。通往秘境之路比特唐只认得一条，这条路是燧岩指给他的，漫长而凶险。他只能向尖峰之神祈祷，循着神的意志行事。

⚜ ⚜ ⚜ ⚜ ⚜

费拉斯·范森觉得自己变成了一只眼睛——他的筋骨发肤仿佛都不复存在，只有视觉器官还能响应。战场上的声音无休无止，但他只觉得平淡乏味，他身旁的一张张脸就像噩梦里的鬼脸一样，充满怒火，又满怀恐惧。有的面容是他认识的，但他来不及想那是谁。他正身处一场血腥风暴的中心，除了奋战求生之外无暇他顾。

深渊之海远处的西斯弓箭手已经摆开阵势，他们的第一批船已经登上海滩，而费拉斯·范森和芬德林人，以及加尔人还在匆忙行军。西斯弓箭手放出箭雨，箭矢极速飞来，在摇曳的火光下几乎看不见。范森前面的一个芬德林人颈部中箭，倒在地上，另一个人则是大腿中箭。头一个人已经死了，范森趴在地上，小心翼翼地为第二个人拔箭，用皮带束紧他的大腿来止血，然后又投身到白热的战斗当中。

范森仗着自己腿长，大步跑到队伍前面。第一批西斯非正规军刚刚登陆，许多人还在从船里爬出来，他们小心翼翼，尽全力不让自己沾上这片地底深海的银色海水，一些人从摇摇晃晃的小船里爬到坚硬的礁石海岸上，努力不让两脚沾湿。见此情景，范森忽然想出一条计策。

“把海边的那些敌人扔到海里去！”他大声命令道，“他们怕水！”但过了一会儿，他才意识到芬德林人也怕这片海水。也许这里是他们宗教信仰的要义所在？

西斯军人源源不断地出现，独裁者像是拿到了丰收之神埃瑞罗的魔法袋一样，从里头什么都拿得出来。范森、孔雀石·紫铜和十来个芬德林人截断了一队塞尼亚步兵，那群敌人每个都挺着两杆长矛，还带着一个比金属护臂大不了多少的手盾，这些沙漠斗士轻装上阵，速度很快，芬德林人不是他们的对手，只有身高较矮这一点还能扳回一点优势。两军尚未交战，一个芬德林人就死在塞尼亚士兵掷出的长矛之下。片刻之后，从深渊之海对岸发射来的大炮弹落在了孔雀石·紫铜的脚边，混杂着灰石泥土，两个芬德林人被抛到空中，炸得尸骨四散，血肉横飞，紫铜本人则十分幸运地躲过了炮弹击起的一片片碎石。

从启示厅开始，一直到这个光影昏暗的洞窟里，芬德林人已经鏖战了几个小时。范森此时也精疲力竭，他知道自己的芬德林军队同样疲惫不堪。而此地的西斯军队大部分并未参加启示厅的战斗，敌军的人数是他们的十倍，且全都养精蓄锐多时。

*我们得有新的战术，不然肯定得大败。*范森想到，他正在步步后撤地跟一个塞尼亚步兵对抗。那人笑嘻嘻地跟他对打，脸上满是黑乎乎的文身，两杆长矛在他手上灵巧地挥动着，他一个人的战斗力足顶得上两个人。这个对手身手太敏捷，范森担心这样一直退却，会伤着自己身后的人，于是他离开紫铜一伙人，想跑到开阔一点的地方去。*尽管离仲夏日还有几个小时，但也无济于事了——因为独裁者已经登上岛屿，说不定他的阴谋早已得逞。*这念头在他脑子里滋长着，使他心烦意乱，险些被一个半裸的塞尼亚步兵刺中了腹部。他慌忙举起盾牌，又后撤了几步。

范森发现他已经退到队伍外头去了，即使他能干掉这个敌人，也很难再回到队伍当中。那敌人又龇牙笑了起来，却只是佯攻一下，片刻后，他举着另一杆更灵活的短矛朝他刺来，短矛敲在范森的头盔上，他想把它挑偏，以挡住范森的视野。范森则用盾把头盔拨回来，又挡住了更为凌厉的第二击。

满脸文身的敌人大笑起来，声音尖厉而令人烦躁。他可能是喝醉了，或是服了药，据说西斯人的祭司会给这些人喂药，让他们无所畏惧。难怪他们让一些人闻风丧胆，但这反而激起了范森的战意。一个守家卫土的农夫，难道会怕这些龇牙笑着的野蛮异族吗？

这时一杆羽箭掠过范森和塞尼亚人的身旁，分散了塞尼亚人的注意力。范森飞跃而上，举着盾砸到敌人脸上，同时闪身避过朝他刺来的长矛。矛尖像蛇一样朝他刺来，但范森收紧腹部，把体重压在盾上，迫使敌人向后撤了几步，两手在空中乱甩着想恢复平衡。

就在这时，范森踢了一脚，扫开那人的腿，又用膝盖撞在那人的腹股沟上，继而整个压在他身上。敌人的两杆长矛就在他身体两侧，那人还想肉搏，范森早已放下盾牌，抽出腰上的匕首。塞尼亚人忙着躲开盾牌的时候，范森已经朝他肚子上刺了两刀。那人两眼圆睁，张大嘴巴号叫着，范森继续用匕首刺他，让他口吐鲜血。

范森爬起身，那敌人仍在两手乱抓着地面，好像这样能给自己挖出个藏身之地一样。他一脚踩在那人头上，直到他听到下颌骨断裂的声音，最后范森直起身来，看看周围的战况。

深渊之海的对岸，独裁者的一小队装备步枪的猎豹卫队开始朝他们开枪。每打一发，枪口都冒出一撮浓烟，不一会儿那些枪兵就仿佛置身乌云当中。枪的子弹快得看不见，但效果却十分显然：几乎每一发子弹都将一个芬德林人击倒在地，或是射杀一个加尔人。范森甚至看到，残存的双头怪人里有几个的头被轰去了一半，跌倒在地。如果猎豹卫队更多些，或是如果他们那雕工精美的步枪射速更快，那胜败就很快见分晓了。但现在的火力，也足以让芬德林人和加尔人联军无法迂回到西斯军背后，不得不与他们正面交战。

范森正打算想一条计策来扭转这绝望的战局，这时巴瑞克·埃顿带人跨过崎岖的石路，前来与他会合。那位王子的脸上有几道淌着血的小伤口，他把头盔拿在手里，一头火红的头发迎风飘扬，范森乍看过去还以为他是个诡异的超自然生物，比如头发着火、全身披挂的魔鬼之类的。另外让范森惊讶的是，多日不见，这孩子已经长得这么高了，而且看起来比以前成熟了很多。

“我们不能僵持下去了，队长，时间不多了！”巴瑞克大声喊道，一杆杆羽箭与他擦身而过，但他浑然不觉，“再不进军的话，我们就满盘皆输了！”

“可是要怎么办啊，王子殿下！”

巴瑞克笑得狂野而放肆：“我看见你刚才盯着那些船在看，想必已有成竹在胸！快去吧，萨奎丽他们会控制战局，拖住敌军的注意力！她跟我说，她这就要让好戏登场！”

范森完全搞不懂巴瑞克说的好戏是什么，但王子说对了，他们的计策不谋而合。蛮干是不能抵抗西斯人的强大军力的，但如果有人冲到独裁者跟前，不管用刀还是用箭把他结果了，那战局就能一举扭转。

“我们搭哪艘船，王子殿下，最远的那艘怎样？”范森知道他们得离战场越远越好，如果海对岸的步枪兵发现他们毫无防范地乘舟过来，他们是肯定没法登陆的了。“但看在诸神份上，您倒是把头盔先戴上啊！”

范森和王子急忙跑下海滩的斜坡，一路上范森都蹲伏着，腿上刺痛无比。他震惊地发现巴瑞克不但长高了，也变得更有力量，还出落得十分英俊。现在他能自如地挥动武器，从前范森教他的时候，他还跌跌撞撞的。那个闷闷不乐，总是红着脸的小鬼是怎么在短短几个月里变成这样的？范森才掉进这个黑黢黢的地下深坑不久！

范森尽量弯着腰，一丛丛的飞箭在他头上猛射过去，洞窟里混战一片，远处的枪声隆隆，掩盖了箭划过长空的声音。范森弯腰走路的时候忽然冒出一个奇怪的念头，尽管这里危险重重，但巴瑞克·埃顿存活了下来，还健健康康地回到南境城堡，尽管不是范森一个人把他带回来的，但至少范森设法使他活了下来。这就是说，范森并没有辱没巴瑞克的姐姐——布瑞奥妮公主交给他的使命。所以如果范森能活下去——虽然这不大可能——总有一天布瑞奥妮会不再轻视他的。

想到这里，范森的心里忽然亮堂了起来，就像诗人们常说的那种福至心灵，他的心里像是被谁的双唇吻过那样，兴奋而又怀着淡淡的哀伤，尽管好几次他都快要打败仗，但至今他还坚守在这里。布瑞奥妮对他的谴责和轻蔑曾在他们之间横下一道墙，但现在这堵墙即将烟消云散。

“快来。”巴瑞克大声唤道，“萨奎丽已经动手了！”

他们身后响起一阵声音，听上去就像狼在嚎叫。精灵王后已经爬过了她士兵的后背，以吸引敌军注意，她手里的剑闪闪发光，像阳光里挥动翅膀的蜂鸟一样，她的声音从战场的种种声响里凸现出来，让她成为周遭人等的焦点。她手上的长剑一下下挥击着，而她本人则像烟一样飘舞着穿过西斯人的阵列，敌军应声而倒，整个过程里，萨奎丽的歌声从未停歇。

范森听见一点杂音，他回头查看自己这边的情况。两个西斯人赶来保护最远的这艘船，他们拦下范森和巴瑞克王子的去路，其中一人朝他挺剑刺来，他打了个滚躲开了，却发现那人又朝他扑来。就在这一刻，巴瑞克闪身躲过另一个人的攻击，那个西斯人正要开枪，巴瑞克已经抢下他手里的步枪，然后一个转身，用枪托重击那人的背部，那人的下巴都被打掉了。那人还没跌倒在地，巴瑞克已经把枪像短矛一样掷向另一个敌人，枪砸在他的头上，他仰面跌倒，血流了一地，死了。巴瑞克不费吹灰之力就干掉两个敌人，然后朝着海滩上的芦苇船走了过去，只留范森气喘吁吁地看着。

“天哪，这船真大。”巴瑞克用肩膀顶着船头，试图把它推到水里，但船只是在湿软的地上发出吱嘎的响声，一动也不动。范森赶到他身旁跟他一起使劲，但它就像个有房子那么大的篮子，里头还装满湿衣服。范森觉得自己的血都要从耳膜里爆出来了，这船却连一个手指头的位置都没有挪动。

最后这船总算向前滑了一点，范森继续使劲，他的牙都要咬碎了，这时他听见身旁的巴瑞克正在低声地自言自语，芦苇船抖动了一下，开始徐徐滑动，它滑得越来越快，范森踉跄着想跟上去，却发现自己已经站在齐膝深的银色海水里了。

“再推快一点，让它游起来。”巴瑞克轻声说道，“上船之后立刻猫下腰。”

范森踮脚推着船，尽量不让水溅起来。现在银色的海水已经到他胸口了，它比水要浓稠，但也比水更滑，这些闪闪发亮的液体十分沉重，但又比真正的金属要轻。此外，它还有着令人心绪不宁的热度。“我们跑到水里了，我指的是这些银色的东西！”范森用尽全力也只能发出微小的声音，这些银色的液体浸上他的皮肤，触感就像是什么活的东西。

巴瑞克奋力爬到船里头，转身朝范森伸出一只手，把他也弄进船里，范森气喘吁吁地倒在船舱里，看着银色的液体从他身上退下，从芦苇的缝隙当中滑走。“那到底是什么？这片湖里的水是怎么回事？”

巴瑞克也张开大字躺在船的另一头，两眼半睁着，好像他的目光能穿过芦苇做的船舷，甚至穿过这座洞窟的石壁。“你还不知道，这水是什么做的吗，卫队长？那是我先祖的遗骸啊。”他淡然地笑着，那笑意却让范森不寒而栗，“现在你身上染着神的血液。”

第三十八章
冥界来客

孤儿来到阿里斯塔的房子跟前时，太阳的碎片已经把他的双手化为灰烬。他把它交到朋友手上，自己则跌在地上死去。

——引自《圣孤传说：其人生平、死亡及天堂的奖赏》

事态万端，变幻莫测。

布瑞奥妮领着教会猎犬队，跟希安骑士史蒂芬纳斯爵士一起悄然走过经院的斜坡。月亮接近满月，他们没有点火把，仅仅借着月光前进。埃顿王陵墓道口里的几星火光太过暗弱，布瑞奥妮差点踩到上面时才终于发现这些火把。

布瑞奥妮既恐惧又愤怒，亨顿在她的家族墓室里干了什么好事？

她让希安军人安静下来，这时墓道里跑出两个身披黑色斗篷的士兵，他们跌跌撞撞，像是正在扭打。

“亡灵！”其中一人对另一个哆哆嗦嗦地说，他吓得连话都说不完整，“他想要召唤亡灵！”另一个人好像在努力让他冷静下来，但最后那个被吓破胆的士兵挣脱了他，一溜烟地跑出墓地，消失在黑夜中，而另一个士兵则眼睁睁地看着他逃跑，这时他听见了近处的声响，马上按下手里的长矛，小心翼翼地朝着布瑞奥妮和希安军人藏身的一个小石窟里走去。

“谁在那儿！”他颤抖地问道，“出来！我奉护国公之命，命令你们出来！”

那人是托利的手下，布瑞奥妮向一个希安弓箭手点头示意，那人站起身来就是一箭，托利的卫兵眼睁睁地看着木箭射入他的腹部，完全不明状况地应声而倒，躺在地上死了。

布瑞奥妮领着史蒂芬纳斯和其他几个希安军人，沿着楼梯走下墓道。她惊讶地发现主墓室里空空荡荡，这里本该安葬着她的祖父、母亲和兄弟，还有埃顿王族的其他祖先，如今只有一具具空棺材。她听见内室里传来一些声音，这声音意想不到的洪亮。布瑞奥妮看着史蒂芬纳斯和另外几个士兵，把手指放到嘴巴跟前。

“小王子在里头。”她低声说道，“记住，不惜一切代价把他救出来。”

一行人旋即走过两座墓室间的一小段通道，手持利刃来到内室里。布瑞奥妮看见好几个人影，最令她惊诧的是，小王子被放在一个临时搭成的祭台上，有个人握着一柄小刀，正要杀死他。不等布瑞奥妮发话，希安弓箭手就照着那人胸前射了一箭，那人猝不及防，重重地倒在地上，手里的短刀落在地上，铿锵一声弹到一边去了。

亨顿·托利的身手也不比那个弓箭手差。手握短刀的那人刚倒在地上，托利就把那本沉甸甸的古书朝弓箭手扔了过去，使他手里的武器应声落地。他同时拔出宝剑，布瑞奥妮也挺剑上前，但托利可不打算有礼有节地跟一个手持利刃的人决战，他细长的剑身像银蛇一样，悬在小亚历桑德罗斯的上方，这时婴儿开始哭闹，在这个全然没有家的温馨的地方，那哭声却勾起人对家的温柔寄望。

“这下可好了。”托利说道，烛台上的火光映着他的眼睛，显得神采奕奕。他又朝婴儿走近一步，刀刃始终在离他眼睛几英寸的地方悬着，“今夜真是有趣啊！”

“别管他说什么。”沙索曾经这样告诫布瑞奥妮，她跟沙索练剑时总被他转移注意力，忘掉了防守，“对手跟你说话，要么是因为他蠢，要么就是为了分散你的注意力。要时刻谨记，你是在战斗。”布瑞奥妮努力按沙索的要求去做，然而亨顿·托利满脸堆笑的样子就在离她几码远的地方，她不禁紧紧地握着刀柄，直到手掌生疼。

布瑞奥妮从未到过王陵的墓室里头，这个六边形的墓室墙上装着一个个狭小的架子，角落里漆黑一片，古老的棺材把墓室塞得满满的。除了她和两个希安士兵，只有亨顿·托利和他的一个卫兵还站着，再就是一个看来像是人质的深色头发的女人。布瑞奥妮辨认了一会儿，发现那是夏土的贵妇人伊兰·麦克里，她曾为盖伦·托利的死沉痛不已。托利的另一个手下，那个手持短刀的人脸朝地的横在地上，身下淌出一小片血水。但亨顿·托利手里的剑就放在小王子的喉咙上，不管布瑞奥妮身手多么矫捷，现在也不敢轻举妄动。

托利准确地判断了局面。“退下，布瑞奥妮，否则我就杀了这孩子。你若想抓我，小亚历桑德罗斯就必死无疑。我可是很想拉他给自己垫背。”他大笑起来。

“你就这么没有廉耻吗？”她问道。

托利摇摇头。“别跟我谈什么廉耻。你没有精灵那样长的寿命，又怎会理解我的想法。现在请慢慢退出墓室，我本该想到把墓室的门合上的，如果你退出去，替我把门带上的话，接下来你想干什么就干什么吧。”他又大笑起来，“如果你开心，叫个攻城塔来也无妨呀！”

“别傻了，我不会把小王子留在你手上的。”

“我也觉得你很棘手，你们这些姓埃顿的人全都自以为是。”托利点点头，目光扫向她身旁的卫兵。“你把希安人带进南境城堡了。”他嘲讽地看着她，“看来你已经卖身给了年轻的埃尼亚斯。”

他看着她的反应，旋即惊讶地睁大眼睛。“没有？不骗人？那么说来，难道是委身于他们的老头国王啦？我说中了吗？奥林国王的公主委身于希安的老国王，想借此拯救子民？还真高尚啊！”

布瑞奥妮压抑着怒火，不受亨顿·托利的挑衅，但亚历桑德罗斯的哭号声让她开始头疼。“史蒂芬纳斯阁下。”她说道，“派人去找埃尼亚斯王子，告诉他，我们在王陵墓室里把亨顿·托利围困住了。”

“不行！只要他后退一步。”亨顿·托利警告道，“我就把这孩子的眼珠子挖出来。这样一来，我还是能用小王子完成祭典，但他会哭个不停。”

“畜生！你这个无耻之徒，竟然要对孩子下手？”

亨顿·托利发自肺腑地狂笑起来：“无耻？你在胡说些什么，以为我会在乎吗？”

“诸神在上，你真是肮脏到了极点，托利。但即使在这里和我僵持几个小时，埃尼亚斯王子也会派人找到我的，这里没有别的路让你逃跑。”

托利饶有兴致地听她说着。“真的吗？啊，那真是令人伤心。”

布瑞奥妮不顾一切地想教训一下这个沾沾自喜之徒，想把他从小王子身边推开。“当然，你死到临头了，你的全家老少也在劫难逃，我会亲手平了夏土庄园，把你的兄弟和母亲拉到光天化日之下，让他们匍匐在地……”

托利点点头。“你真想这么做的话，是不难找到我母亲的，但我哥哥卡拉顿可不太好对付。”他大笑起来，“最近他好像有那么点傲慢无礼……”

“圣三神保佑啊，公主殿下！”史蒂芬纳斯爵士大声喊道，“别跟这个胆小鬼嚼舌头了，我们人比他多！”

“少安毋躁，史蒂芬纳斯……”布瑞奥妮继续说道。

“她说得对，年轻人。”托利龇牙笑着，“表面看来，你们是比我人多，但只多出两男一女——更何况，这俩男人还是希安人，你们真以为吃着黄油长大的希安人，能打败远境王国的悍将吗？”

“你就吹吧！”史蒂芬纳斯跳到托利跟前，布瑞奥妮惊骇万分地看着他用剑格住托利的剑，把他从婴儿旁边推开，但托利只是向旁边让开一步，把剑一抽，史蒂芬纳斯踉跄着走了几步，然后停了下来，挡住了布瑞奥妮的视线。史蒂芬纳斯手里的剑落下，膝盖一软跪在地上，鲜血从他的眼窝里喷射出来。亨顿跑回婴儿旁边……但亚历桑德罗斯早已不在祭台上。

“怎么搞的？”他盯着布瑞奥妮，停止了步伐。托利的嘴角仍然弯着，但此时笑意却有些勉强。“干得好啊，姑娘，身手不错，你们姓埃顿的都身手敏捷，值得嘉奖。好了别闹了，把孩子给我。”

小王子亚历桑德罗斯出人意料的重，他动个不停，也哭个不停，布瑞奥妮举起剑，缓慢地转着圈，让自己不要站在托利和大门的中间，而是保证身后始终有希安人护卫着。那些士兵睁着惊恐的眼睛，看着史蒂芬纳斯在地上喘着气，垂死挣扎。

“把孩子抱走。”她对年轻的士兵说道，“接住他！”

“别这样！”托利跑上前来，布瑞奥妮后撤一步，跟他保持距离。“抱走他啊，蠢材！”她对圣殿卫兵厉声说道，“赶紧带他到王宫里头，这是王子！带他到安全的地方去！”

那个卫兵伸出手来，却仍然像兔子在盯着一条准备吃了它的蛇一样，始终盯着托利看。布瑞奥妮把亚历桑德罗斯塞到他手里，这一刻她几乎歇了一口气：“跑啊，听话，快跑！”

托利好像要说些什么，但却忽然冲上前，狠狠地用剑朝她刺了过来，如果不是布瑞奥妮的剑举得足够高，使她只需一拧手腕就能挡住托利的攻击的话，现在她的喉咙就已经被刺穿了。托利的攻击十分严密，而且极为迅速，布瑞奥妮只能步步后撤，站在托利和大门的中间，只用手里的剑作为盾，阻挡着托利攻击。

“跑啊！”她撕心裂肺地喊着。

希安卫兵总算回过魂来，拔腿就跑。这下子布瑞奥妮的最后一个士兵也消失在墓室之外，并带走了小王子。布瑞奥妮听着他的脚步声逐渐移到外室，这才松了口气。“你抓不到那孩子了，亨顿。”

“贱货。”托利骂道，他再也笑不起来了，“你会死得很惨，而且，你的血跟那孩子一样，也是能作为祭品的……”他对自己的卫兵说道，这时他们仍然拽着伊兰·麦克里：“别管那婊子了，跟我一起对付这个男人婆公主。”

布瑞奥妮听出了他话语里的意味，她赶忙从伊兰和那两个卫兵身旁闪开，避开了托利的又一次偷袭。

托利步步紧逼过来，但并没有把她逼到内室的大门处，而是迫使她背对着两个卫兵。布瑞奥妮也知道自己情况危急，但这时她却听见身后发出一阵惊讶而痛苦的叫声。她冒险回头一看，发现伊兰·麦克里扒在一个卫兵背上，用指甲抓着他的脸。那个卫兵惨叫着，咒骂着想把她甩开。

这个小状况也让托利分了心，布瑞奥妮趁此躲开了他刺来的剑，退出了他们的攻击范围。她沿着六边形墓室的外围跑着，尽量让托利待在墓室中央那个安放着棺材的地方。她知道自己并无胜算，伊兰·麦克里很快也要被卫兵制服了。现在局面是二比一，她佯攻了两次，旋即朝着托利的头奋力砍去，但他轻易就避开了。布瑞奥妮并没有一意进攻，以免托利逮住机会猛击她的腹部。托利后撤一步，重新站稳，这时布瑞奥妮迅速转身，从斜刺里杀出来，一刀砍在托利的卫兵的脸上。那人丢下手中利刃，捂着血肉模糊的脸和嘴，布瑞奥妮从腰上抽出长长的伊斯特匕首，一把向他刺去，匕首洞穿了他的盔甲，一直刺到他的肚子里。

那人踉跄着，鲜血汩汩涌出，旋即倒在棺材上。

“这就是你要搞的什么祭典，对吧，亨顿？”她这样说道，同时绕着圈子，让尸体始终在他们之间，一边喘口气，“我这就送你去阴间陪他。”

托利的脸上毫无表情。“看来你也有两下子。”他假装朝她刺过来，但第一次只是佯攻，随即发起的第二刺才是真正的攻击，这时的布瑞奥妮已经疲惫不堪，托利却连喘都不带喘，他差点就得手了。他并不高大，却异常健壮，浑身肌肉虬结。“这是跟沙索学的，还是跟你的小情人埃尼亚斯学的？”他问道，“但沙索死在我手上，知道吗？是我下令把叛军的根据地兰德港夷为平地，你没跟那些鸟儿一起被烧死在那儿，真叫人不高兴……”

别听他挑衅，布瑞奥妮告诫自己，她简直要气得哭出来了，*别理他*。她又躲开托利一剑，下一剑就砍在她的剑上，锋利的剑刃割开了她的外衣，要不是她躲得快，剑已经抹上她脖子了。她太累了，几乎无法保持平衡，差点摔倒了。托利认为自己占得先机，一跃上前猛砍了几刀，那动作就像铁匠在砧板上锻造铁器，而布瑞奥妮只能举剑格挡，毫无还手之力。

我没法打赢他，他动作比我快……力道也比我大……而且他久经沙场……

这时伊兰·麦克里忽然尖叫起来，那叫声充满恐惧，连亨顿·托利也从布瑞奥妮身边撤开一步，回头望去。一个黑影出现在连通两座墓室的通道里，正在摇摇晃晃地朝内室走来。

布瑞奥妮起先还以为是王陵里的幽灵起死回生了，它颤巍巍地站在黑暗当中，披着肮脏破旧的斗篷，兜帽下藏着死气沉沉的脸。这家伙朝他们走来，就着火把的微光，布瑞奥妮看见它有一双嶙峋的手，像缠满绷带的爪子一样，身上则披着棺材里的裹尸布。

它发出一阵嘶嘶声，像是在说话。布瑞奥妮吓得脖子上汗毛倒竖，心怦怦直跳，快从胸腔里蹦出来了。

“三……三……三神保佑！”布瑞奥妮说道。

那个鬼影挣扎着想说话，最后终于迸出了几个词。它喘着气，艰难地挤出几个字，发音破碎不堪，听起来十分痛苦。“布瑞奥妮！”鬼影嘶哑地喊道，“我……死而……复生……”

鬼影又蹒跚上前一步，走进墓室，布瑞奥妮吓得大气不敢出。“佐睿雅女神慈悲！”她喘着气说道，“沙索，是你吗？苍天保佑，你真的复活了？”她疑神疑鬼地问道，但事情并不如她所想。

托利的反应则更奇怪。这位护国公两眼肿胀，两手举高做投降状，全然忘了自己手里还有一柄长剑。“你怎么会在这儿……你不是……不是已经死了吗！”

伊兰·麦克里惊慌失措地到处乱跑，哭着做各种祷告。布瑞奥妮觉得，仲夏日的混乱气氛把她周围的人全都逼疯了。

那鬼影抬起绑着绷带的手，慢慢脱下兜帽。起初布瑞奥妮完全不知道她看到的是什么，她看到一双浑浊不清的眼睛，而且伤势严重，皮肤就像黑土一样，上面布满尸斑，简直就像一具渗着水的尸体。那张腐烂的脸先是看看布瑞奥妮，接着又看向亨顿·托利，这时她忽然明白它是谁了。

“你是盖伦。”她深吸一口气说道，“盖伦·托利。”

鬼影指着托利说：“你……”他咬牙切齿地一字字说道：“是你害死我的。”

“这是什么戏码？”这时护国公不再大声咆哮了，“难道有人搞鬼？你已经死了，哥哥，被十多根箭射死的，为什么你没有变鬼，还能有血有肉地站在这里……”

“弟弟啊，你手底下的人……射中了我，然后……把我和仆人、朋友，统统埋在一起。”现在他说话越来越顺利了，但还是一字一顿，声音沙哑。“但他们没射准，如你所见。”他咧嘴笑了，模样阴森恐怖。“我躺在地底下，几小时，几天，带着伤，躺在漆黑的泥土里，身旁就是同伴的尸体，我受伤太重，无法动弹……但是也死不掉。我是冥界的异乡人，那里不欢迎我去。后来我意识到自己还活着，就从你给我的坟墓里爬了出去，亨顿，我本想把你的变节行径全都告诉布瑞奥妮！”他用那双几近失明的眼睛望向布瑞奥妮，“但你没有及时发现……我弟弟的真实嘴脸——他是我父亲的孽子，如今我只能亲手杀死他……才能洗清我的罪过。”

他蹒跚着朝亨顿走去，后者呆若木鸡地站着，这时伊兰·麦克里狂乱地爬过来，抱住盖伦·托利的腿。

“别去！”她号哭起来，“不要再抛下我，盖伦！再也不要！”

“放手，我亲爱的伊兰。”鬼影说道，这个死而不宁的冤魂声音嘶哑，但他并没有立刻抽身，反而展露出了一点人类的情绪，“放手吧……我已经不是这个世界的人了。”

“我看你也是当个死人比较好！”亨顿·托利叫道，他跳上一步，一剑刺向他哥哥的腹部。盖伦·托利痛苦地呻吟着，和伊兰一起跌倒在地，同时也扯下了亨顿·托利手里的剑。

布瑞奥妮逮住机会，想偷袭亨顿·托利，但被他发现了。托利徒手挡下一剑，手掌上满是血，但他捡回一条命。失去平衡的布瑞奥妮踉跄着走了几步，这时托利推了她一把，让她又摇摇晃晃地走了几步，摔到大门边的墙上。布瑞奥妮重新站起来，正要再给他一剑，亨顿·托利却已经不见了。

她就站在通往外室的洞口，亨顿·托利并没有从她身边走过。布瑞奥妮知道，这里只有一条路能让他如此迅速地逃掉，那就是逃往更深的墓室里。她看了伊兰·麦克里一眼，那个妇人号哭不止，想把盖伦身上的剑拔掉。

“快离开这里。”她对伊兰说道，一面在生满青苔的墙上寻找托利可能的脱逃路线。她用剑在墙上刺着，发现有一个阴暗的角落，剑能刺进去很深，里面没有石壁阻隔。布瑞奥妮走上前，发现这里的两面墙并没有接上，墙缝的宽度足够让一个身材瘦小的男人，或体格相当的女人穿过去。

她本来想等埃尼亚斯，但又不知道他什么时候才到。要是这条密道通往城堡的别处怎么办？还有更坏的情况，它连通燧岩那些芬德林修筑的地下隧道网络，那样的话，托利就能一瞬间逃个无影无踪，她只能眼睁睁地让这个杀人狂魔逃走……

布瑞奥妮把剑刺进墙缝里，在里头粗鲁地挑着，以确定没人埋伏在那里。她擦去匕首上的血迹，把它收回腰间，然后从烛台上拿下一根火把。

墓穴内室后面还有一连串的墓室，说得好听点，其实也只是地下室，数量估计有十来个。这些墓室从未启用，更不用说那些家族墓室了。它们的墙上坑洼不平，石地板上毫无装饰，让她焦虑的是，每个墓室都通向更深处的另一个墓室。

亡灵就在我们身下，或身后，或周遭各处……从前布瑞奥妮还以为自己的人生过得很真实——这多么讽刺啊！她和人们都以为盖伦早就死了，然而他还活着！这个事实撼动了她的世界观。如今她又在王陵墓室里找到这一条条通道，这更让人觉得糟糕。她感到世上真真假假，虚虚实实，变幻不定。

她挨个查看过每个墓室之后继续向前走，发现自己站在一条小径前。借着火把的光辉，她看见路的彼端消失在漆黑的深渊当中，而火把只能照亮眼前十来码的距离。这条小路长长地向下延伸，布瑞奥妮看不到它的尽头，只见路的一边是深渊，另一边是不可攀缘的石壁，这条路盘旋而下，就像狼牙塔里的一圈圈楼梯。这条路有多深？通往何处？托利跑到哪儿去了？

就在布瑞奥妮想着这些问题的时候，托利却像蜘蛛一样扒在墙上，忽然跳到她眼前。他差点就把布瑞奥妮推到深不见底的悬崖下，但布瑞奥妮扭身避过，摔在一旁的石头上。她的剑落到了深渊里，火把掉在地上，但她还是奋力向路中间爬去。

托利从后方把她猛地一拽，膝盖跪抵在她身上，整个体重都压在她胳膊上，接着抽出匕首，架上她的脖子。

“我在你身上浪费了太多时间，小姐。”托利的汗水滴在她脸上，“现在我要割开你的喉咙。”

⚜ ⚜ ⚜ ⚜ ⚜

他几乎什么也听不到，只有冥冥中的一个令人安慰的声音，无言地给予他支持，这声音时而让他前进，时而让他让开，以这样的方式指引着他，穿过重重黑暗。他觉得自己已经走了好几天，但那不大可能。他努力回忆之前的事，想弄清他从哪儿来，但思绪混乱。他记得那些陌生的面庞，古怪的气息，异乡的口音在他耳畔响起，说话的人更是长相怪诞。他想起来了，那些家伙是精灵，那么现在他又在哪儿？为什么他的思绪如此凝滞？

查文·马卡洛斯，对了，我叫这个名字，我是个医生，还是个医生呢！这可是他的名字和头衔，为什么此刻他觉得这些都无关紧要？

无言的声音敦促他快步前进，他从骨子里感觉得到这敦促，五脏六腑也跟着焦急起来。走快点，是啊，他得走快点，有人在等着他，少了他不行，完事后他会得到报偿。

但为什么他记不起来，他会得到怎样的报偿，这笔报偿又由谁来兑现？

当时地下迷宫里的战斗正酣，查文却落跑了。事实上，能把巴瑞克和目光锐利的加尔人甩在身后，对他而言是莫大的解脱。他们疑心重重，好奇地审视他。他们显然不是人类，坦白说，巴瑞克王子现在也早已不是人类了。有许多次，查文觉得自己毫无隐私可言，每个走过他身旁的人都能一眼看出，他藏着一个秘密。

就在一年多前，他的生活还一切如常，想到这一点就让人觉得不舒服。他在前往一个远方市场的路上找到了那面镜子，那条路他每年都要走好几次，但现在他想不起来自己是怎么把镜子带回来的了。接下来的时间里，他擦拭着它，好奇地想着这东西有什么用。查文原本就喜欢老古董，对这面镜子更是爱不释手，他花了很多时间来打理它，还给镜面上光。他凝视那光彩照人的镜面，有时也把目光投向它神秘莫测的深处。他记不清是怎么开始的，只记得有一天他发现自己能穿透镜面，到达彼岸世界。

然后……然后……他想不起来之后发生了什么，只依稀记得几个场景：有时他的生命一切照旧，毕竟这面镜子只是他内心世界的一个令人不悦的投影，映出心底深藏的一点污渍。但有时它也对他产生影响。查文时常会发现，他莫名其妙地出现在某个地方，或处于某种状态，却全然想不起自己是怎么来的。科涅奥斯雕像就是这样跑到他手里的，某天他在自己的桌上发现了这个东西，他查阅宫廷秘档，知道了这东西的来头，却完全不知道它是怎么跑到自己家里的，直到那个水鸥人来到他门前，向他要钱——确言之，是要索取查文答应给他的金子，因为是他从城外深深的东环礁湖里把这雕像打捞起来的。那个水鸥人以他们所信奉的水神的名义发誓，是查文告诉他们，在哪儿潜水才能捞到这东西的。

想到这里，查文不寒而栗。他象征性地给了那个凸眼睛的水鸥人一点钱，承诺日后再给他全款，但后来他就因为心烦意乱而把这事忘了。查文发现他还有很多想不起来的事，它们恍如人生的空白，布满他的记忆。现在他带着这尊该死的科涅奥斯雕像，在地底下长途跋涉，但他不知道自己身在何方，也不知道为什么要带着这尊雕像到这里来。

但查文无法转身回去，除非他能改头换面，变成另一个人。一开始是那面镜子，现在是科涅奥斯雕像，这些东西制约着他的行为，它们轻易就掌控了他，甚至不用去给他灌迷魂汤。他认识到自己被利用了，成为它们的工具和爪牙，他是冥冥中某个人的奴仆，无法挣脱也无法掩饰，只是他不知道主人是谁。

查文孤身一人，在地下迷宫里久久地前行着，他耳畔温暖潮湿的风中，飘来远处的战斗声。

⚜ ⚜ ⚜ ⚜ ⚜

“如果能直接意识到眼下的境况，就不要去细想。”沙索曾多次告诉布瑞奥妮，“光想是会死人的。”

但她刚才恰恰在呆立不动地思考，于是也被沙索言中了，她现在差不多要死了——跟沙索的死法一样。她的剑丢了，托利跨坐在她身上，用体重压着她，使她无法抽出腰间的伊斯特匕首。托利的剑刃贴在她脖子上，锋寒烁烁，如若冰霜。她感到托利移动身体重心，要割开她的脖子，但就在这时，他们身后的小路上响起一阵声音，听不出是脚步声，还是石头跌落的声响。亨顿·托利稍一迟疑，回头去看，说时迟那时快，布瑞奥妮抽出一只手来，朝托利的胯部揍了一拳。

这一拳揍过去，布瑞奥妮发现他没有穿特希斯服饰的股囊，心头一阵恶狠狠的快意。

他惨叫着，蜷成一团向前弓着身。布瑞奥妮的另一只手也抽了出来，没等托利再次把刀架到她脖子上，她腰间的伊斯特匕首已经出鞘，抵住了托利的下巴。托利被迫抬起头，他惊讶地睁大眼睛，鲜血沿着他的指缝汹涌而出，他震惊地看着被压住的布瑞奥妮，这时她猛地一拉匕首，又刺了他一刀。这一刀刺在他眼睛里，亨顿·托利痛得号叫起来。虽然他已垂死，但还是抓着布瑞奥妮不放，带着她滚到路边上。他的手上沾满血，又湿又滑，紧拽着布瑞奥妮的衣服。要不是有什么东西勾住了她的腰带，把她从悬崖上拉回来，布瑞奥妮就只好跟托利一起滚到漆黑的峡谷里了。最后托利终于撒手，他用那只失明的眼睛看着布瑞奥妮，伊斯特匕首仍然插在他眼窝里，他脸上满是失望的神情，旋即跌下悬崖，消失在黑暗里。

“我的好小姐……布瑞奥妮公主……您还好吧？”

她低头看着他身边的一个小人儿，那人仍然把她的腰带攥在手里，布瑞奥妮不禁为他们的奇遇笑了起来。“燧岩。”她说道，“托仲夏日的福，你……你救了我一命。”布瑞奥妮的身体摇晃不定，无法自己回到路中间来，当她被从悬崖边拽回来时，她一下子倒在了地上，浑身颤抖地喘着粗气。她在心里暗下决定，无论接下来会遇到怎样的磨难，她都不会再放声大哭了。“我复辟成功了，你看到了吗，他死了，托利完蛋了。我和他像疯狗一样扭打在一起，最终我赢了。”

芬德林人尴尬地拍拍她的背，这位高贵的公主受了伤，此时正在颤抖不已，他却不知道该如何安慰她。

过了好一会儿，布瑞奥妮才终于有力气坐起来。火把在远处断断续续地烧着，燧岩从衬衣上扯下一条布，替她扎起受伤的胳膊。“这条路通往哪里，燧岩？”她问道，“王陵底下是什么地方？”

他略带惊讶地看着她，“怎么这样问……底下什么都有，公主殿下。这条隧道通往地底深处，那里是我们芬德林人的神圣秘境。”

“也就是我弟弟和加尔人去的地方。”她掸掸身上的灰尘，摇摇晃晃地站起来，身上的每一处都生疼，“我父王也在那里。”她弯腰捡起火把。“埃尼亚斯会处理好其他事宜，你能给我带路吗？”

“给您带路？”燧岩也站了起来，他疑惑不解地看着她，好像她忽然用了另一种语言似的，“您要……您要到底下去？”

“对，我需要你带路。”她把匕首插回刀鞘里，“在这世界末日，如果你没有更重要的事，请为我带路吧。”

“可是……得走好几个小时才能到地底下，而时间所剩无几，在那之前，一切都结束了……”燧岩忽然想起了什么，“何况那里凶险万分，您还不了解！”

“在埃顿王族眼里，没有什么办不到的事，蓝石英大人，请恕我族生性固执。”布瑞奥妮说着，就开始走下一级级石阶，完全不管燧岩的反应。

第三十九章
远古的遗存

阿里斯塔接过太阳的碎片，向圣三神称颂。他把它抛到空中，太阳高悬其中，温暖着北方大陆。积雪迅即消融，自范特群岛上滑落，向南流进克雷斯，从此大地焕发生机……

——引自《圣孤传说：其人生平、死亡及天堂的奖赏》

独裁者的军队夷平了一座小城，把城里的各种建筑材料拖到深渊之海中间的岛上。这些帐篷、木材，还有造船用的芦苇之类的东西都被堆在一起。尽管几百步远的地方正在征战不休，这儿却有一队木工在银海的边上劳作着，打算修出一个巨大的祭坛。木料的敲击声几乎掩盖了战场那边的阵阵打杀声。

海滩上刀光剑影，火枪口燃着火光，契妮坦眺望过去，几乎看不清那里的情况，但她能想象那场面一定跟赫若索尔墙上的战斗一样血腥、残忍而疯狂。海滩更远处，独裁者的敌人朝着一艘艘泊在海岸上的船只进发，有一艘芦苇筏甚至重新开到了闪着银光的海水里。契妮坦真希望自己能坐在那只芦苇筏上，远远离开这疯狂的世界。

而那位西斯人的魔头，这遍地迷乱与痛苦的始作俑者，则身披寒光烁烁的铠甲，坐在他高高的御轿上。工人们满负荷地埋头工作，但独裁者仍然对他们呼呼喝喝，发号施令。好几个工人都流着血，跟前线上身处险境着的士兵们也没多大不同。

“小孩呢！”苏列佩斯尖声喝道，他从轿子上忽然站起来，让十二个裸身的轿仆摇摇晃晃，有的几乎是挣扎着才没摔倒，“他们在哪？我的囚犯在哪儿？”一个努沙什祭司跳了出来，在御轿跟前跪下，想对他说点什么，但独裁者根本没有理会。“我不管！”他继续大声叫着，“瓦什！瓦什，你哪儿去了？先王在上，皮尼蒙·瓦什死哪儿去了？迷路了吗？他和祭司都该被碎尸万段！”

没等大臣大人被揪出来碎尸万段，大祭司潘西斯尔就领着一小队祭司和军人，押着几十个小孩来到他跟前，转移了独裁者的注意力。契妮坦和奥林国王被反绑着手站在一边，她看着这些小犯人走过跟前，走到巨坑里的囚台前。这些孩子看起来像是北方人，大约有五六十个。他们在独裁者的船里被关押了几个星期，眼神无助而空洞，脸上更是毫无血色。契妮坦闷闷地想着，独裁者要把这些孩子怎么样。

“把脸转过去。”奥林国王对她说道，“你明白我的意思吗？把脸转过去。”

但她还是怔怔地看着。在生命快要终结时，她贪婪地感受着每一分每一秒，即使是恐怖不堪的时刻她也不想错过，毕竟很快她就什么都看不到了。

“赶紧让他们各就各位。”苏列佩斯向卫兵命令道，“工人们立刻离开祭坛，全部离开！就这样完工吧！时间所剩无多了。”

那群西斯建筑工人乱成一团地从祭坛上爬下来。这个祭坛只是一个木构建筑，外表粗糙毫无装饰，看上去就像一个绞刑架。苏列佩斯的轿仆扛着他走到祭坛边上，他从轿子上直接站起身，登上祭坛的木地板，环视着周围浩大宽广的银色海面。在独裁者的左手边，西斯军人沿着蜿蜒的海岸线摆开阵势，他们扛着枪，向银色海水对岸的敌军射击。契妮坦十分怀疑，在这场混战当中，他们是否真的能分辨敌我，但这似乎并不重要。敌军特攻部队的指挥官身披白色铠甲，身材纤细，他倒下了，于是声势浩大的队伍开始撤退。独裁者一方的军力比他们强得多，逼得他们在枪炮下只顾防守，毫无进攻之力。

两个猎豹卫队来到囚台上，解开奥林国王的枷锁，全然无视契妮坦的存在。

“别怕，契妮坦。”他对她说道，“我并无畏惧。”

“我会为您祈祷的。”她这样回答，“愿诸神赐予您安宁，奥林·埃顿！”

奥林国王的胳膊仍然被反绑着，卫兵架着他走过湿滑的石阶，朝着祭坛上的独裁者走去。这时独裁者正在举目四望，看着深渊之海上反射着亮光的种种景色，还有岛屿中央突兀其上的巨大人形石像。那就是闪光之人的雕像，它看上去像黑色玉石一样深邃，但契妮坦看见它上面闪着一阵阵微光。这微光神秘莫测，如果是有什么躲在石像里，那它想必是不愿让人发现的。

两个卫兵架着奥林国王走过粗糙的阶梯，登上祭坛。另一些卫兵则把孩子们赶到海边，沿着海岸线一一跪下。大祭司潘西斯尔爬上祭坛站在独裁者旁边，另有几个祭司围在独裁者周围焚香祷告。

契妮坦认识到这就是她人生的终点了，她曾经百般地想要逃跑，挣扎着求生，一次次想象自己重获自由的情景……最终不过是这样的结局。但至少她救下了小鸽子，这让她心感安慰。但是看啊，如今一百个孩子在她面前被屠杀，她救下一个孩子又能怎样？难道诸神就那么想要告诉她，她的一切努力终将徒劳无功吗？

“已经觉醒的人对仍在酣睡的人呼唤着。到这里来！天门已经开启——过来，过来！王座已夷为平地，荆棘之路已辟为通途。”

潘西斯尔吟唱着一首古老的西斯颂歌，契妮坦几乎听不懂他的唱词。那位大祭司的胡须上下颤动着，在他臃肿的胸前荡来荡去。一队士兵站在岛屿的海岸线上，他们关切地朝着祭坛望来，每个人身旁都跪着一个囚徒。

“你已经抓住我了。”奥林国王对独裁者大喊道，“就把那个孩子放了吧！”

契妮坦的脑子里逐渐涌起一些思绪。

“多亏您提醒。”苏列佩斯说道，“侍卫，把那女人也带上来！”说完，两个卫兵急匆匆地赶到深坑里，解开契妮坦的枷锁，推着她踉踉跄跄地朝祭坛走去。他们重手重脚，但契妮坦几乎感觉不到。

有什么东西在注视着我们，契妮坦意识到。卫兵拉着她走上祭坛，把她摁倒在奥林国王身旁。她的心原本就跳得很快，此时更是快得有如啄木鸟在啄木一般。*太阳神的血液在我体内，让我看见魔鬼的真身……他就在这里*。

洞窟似乎变得更暗了，但契妮坦知道，这并不是外界的变化，而是她的内心潜入到了更深的阴影当中。她看见自己周遭和内部的奇异景象，光和空气穿过她的感官，她发现在世界彼侧有一扇不可思议的门，它已经关闭了数千年，将世界隔绝在门外。

就在这里，契妮坦意识到。她感到一阵沉闷的恐惧，那扇紧闭的门就在这里，而怪物始终在门外徘徊……静待时机重新回到世上！

“勿让终有一死的人类阻止你前来！勿让徘徊的风吹乱你的脚步！吾侪亟待您归来，永恒之神，穿过门来！”

潘西斯尔抬起双手，就像在表演戏剧一样。他没有注意到整个黑暗世界都憋着一口气，就像守在老鼠洞口的猫儿一样，看似呆立不动，实则只等老鼠出洞的那一刻。

“步出青铜之门，步出至理之龙守卫的青铜之门。步出白银之门，步出迷信之狮守卫的白银之门。步出黄金之门，蜷伏在阴影里的黑暗万物，畏惧您的光明与无上威严！”

“时机已到！”独裁者的声音愉悦而兴奋地颤动着，“就趁现在，举行血祭！”

海岸上排开的卫兵拽着孩子的头发，把他们的脑袋向后扯稳。他们每人手上都拿着一把刀，贴向孩子纤细的脖颈。契妮坦知道，那里发生的事比单单是杀害孩子要恶劣得多，百倍不止，千倍不止。整个海滩上的囚徒都睁着惊恐的双眼，那是一百个孩子的双眼，投影在银色的海水里，映出一百个倒影。契妮坦张大嘴巴喊了起来——他们不知道独裁者派出这些士兵，是要杀掉他们吗？但黑暗从她体内和四周朝她扑来，使她全然发不出声音。

剑刃划过脖颈，孩子们像扑食一样倒在礁石地上——但契妮坦惊讶地发现，他们并没有受伤，皮肤上毫发无损。卫兵只是假装在孩子的脖子上抹了一刀，然而孩子的水中倒影，却被卫兵的水中倒影割开了脖子。血水从他们喉咙里喷涌而出，流进深渊之海，在银色水面上染出一片嫣红，但现实当中的孩子却活得好好的。

“你看见了吗，奥林国王——这就是镜中世界的献祭！”独裁者大笑起来。契妮坦只觉得脑中隆雷阵阵，几乎听不见他的笑声。她感到脑壳快要像腐败的水果那样裂开了。“它只发生在镜中，在世界的彼岸，那里的镜子上染满了孩子们的鲜血！”独裁者张开双臂，指着整片深渊之海。银色的海面上翻涌着猩红的血液，一片亮光迅速扩散开来，孩子们的血流遍地，整个海上都覆盖着一层血液。“这是有史以来最大的一面镜子，它是用哈比里本身造出来的！”他又对卫兵说道，“用不着那些孩子了，祭典已经完满，把他们杀了吧。”

“可你已经达成所愿，没必要杀死他们！”奥林国王愤怒地喊道，他的声音忽然沙哑了，撕心裂肺地嚎着。独裁者的猎豹卫队用刀刺着那些无助的孩子，他们尖叫着，仍然跪在银海的岸边，显然难逃厄运，这时南境城堡的国君变得有点异样。

看守奥林国王的卫兵想把他抬起来，却发现并不容易：北方之主弓着身体，像受惊的动物那样呻吟着，他的眼睛凸了出来，就像是脑袋里有什么东西要从七窍中迸出来。他周围的孩子们哭成一片，被西斯军人抓住杀死，契妮坦只能眼睁睁看着这一切，那个吞噬着北方国王的东西，此时也在攻击着她的神智——那东西古老而可怖。

深渊之海的水面上染成一片猩红，被杀害的孩子的血液流进这座礁石岛的低处，这时一声嘶哑的咆哮从身后传来，契妮坦闻声望去，看见下方的海岸上泊着一艘芦苇船，它总算从深渊之海的对岸划了过来，停靠在岸边。船上爬出两个人，这时独裁者的军队朝他们围攻过去。其中一人披着一身破旧的普通盔甲，另一个人的盔甲则闪着诡异的蓝灰色光芒，他的头盔上也是这种神秘而奇妙的光彩。

西斯军人跑到他们跟前，开始进攻，契妮坦眼看着那两个人难逃一死，却发现片刻后西斯军人向后倒下，其中两人像喷着血，像傀儡一样踉跄着走到一边。这时长得比较高的那人脱下头盔，他的头发就像银色海面上的血水那样猩红一片。

契妮坦一下子就认出了他，尽管她此前从未与他谋面。这时她恢复了一点体力，她想自己还没死，不能就这样绝望下去，她必须活下去，哪怕再多一刻。

巴瑞克来找她了。

⚜ ⚜ ⚜ ⚜ ⚜

芦苇筏航过海面时，巴瑞克王子沉默不语，他只是侧身靠在船舷上，有时划划桨。此时芦苇筏在岸边的礁石上停靠下来，他站起身戴上头盔。

当船稳稳当当地停下时，他只对范森说：“跟上我。”然后就跳下船舷，走到了深黑的阴影当中。王子走上岸边的时候，闪闪发光的海水沿着他的双腿流下，让他看起来就像从浓云中走来的佩林本尊。与此同时，几十个西斯人穿过礁石耸立的海滩，朝他们扑来。

第一拨敌军涌来时，范森刚好赶上巴瑞克的步伐。他刚刚举起短斧抵挡攻势，巴瑞克已经撂倒了好几个敌人，像爸爸拎儿子一样，把他们扔了到后面。一个敌军扯下巴瑞克的头盔，他看巴瑞克没了头盔的保护，信心满满地想干掉他，未料巴瑞克朝他怒视着，嘴角咧着笑，让他闻风丧胆。王子在敌军当中砍杀，剑刃上闪着太阳的辉光，每挥一剑，都把一个西斯人重重地放倒在地，再也爬不起来。

*神啊，那孩子怎么变得这么骁勇善战？*范森心里打着鼓，*他使了什么幻术吗？*

费拉斯·范森可不会什么魔法，而且他也无暇细想那个气鼓鼓的残疾男孩是怎么变得这么厉害的。两个与他身量相当的敌人朝他攻了过来，眼下他只能竭尽全力保护自己不受西斯人的攻击。这时范森羞愧地发现，最好的保命办法竟是待在巴瑞克身边，于是他紧贴着巴瑞克，为他防守背后。

可是说实话，巴瑞克并不需要保护。一阵猛烈的攻击过后，他苍白的脸上依然是漫不经心的神色，甚至因为战斗而神采奕奕，宛如范森在油画上看过的神谕官，不同的只是巴瑞克就在他眼前。他动作简练，每一击都恰到好处。巴瑞克一边挺身刺击，一边还能保持平衡，掉转剑尖撂倒另一个靠得太近的敌人。

这时巴瑞克朝着独裁者的方向突击过去，他就站在离他几百步远的祭坛上，但是巴瑞克每次挥剑，每撂倒一个敌人，都使他退向西斯大军的阵营。

范森起先跟不上巴瑞克的节奏，现在时间仿佛逐渐慢了下来。他们朝着海滩深处战斗着，但即使再战几个小时——坦白说他支持不了这么久——每一步前进似乎都漫长得像人的一生。西斯军人的一张张脸掠过他面前，像河水一样湍流不息。

近处发出一声枪响，范森感到子弹呼啸而过激起的一阵热风，这时一个敌人正要朝他刺来，他已经受伤的大腿上却再中一枪。范森挣扎着想恢复平衡，一枚沉重的西斯狼牙棒砸在他的盾上，这力道如此之大，乃至把盾牌的带子都扯断了。范森扔掉盾牌，免得它碍手碍脚的，把短斧的把手当作盾牌来用。此时他已经没有还击之力，只能竭尽全力地挡开巴瑞克身旁最近的攻击，以免他有性命之虞。

这时敌军的后方传来一阵喊声，其他人也跟着喊个不停，只是范森听不懂刺耳的西斯口音。又一个狼牙棒打中了他的胳膊，范森险些连短斧都落在地上。他再次举起斧头的时候，已经跟巴瑞克有了几步之遥，五六个西斯人涌了上来，挡在他们中间。他们朝范森围攻过来，范森蹒跚着，被抓住胳膊，两个敌人跳到他背上，他用手肘猛然朝其中一人的脸上撞去，似乎撞裂了他的面颊，但这时他的短斧却掉落在地，另几个西斯人立刻把他推倒。

永别了，布瑞奥妮公主，他感到肢体的最后一丝气力也流失殆尽，旋即被敌人征服。**我已尽我一生守护你弟弟，但愿能得到你的原谅……**

然而范森惊讶地发现，敌人并没有给他致命一击，他没有在长矛之下面朝黄土，或是被利刃割开喉咙。他被解除武装之后，敌人就把他扯起来，用绳子把他的手反绑在后，然后把他拽上斜坡，推到独裁者所在的祭坛上。

可能这些发了疯的南方佬需要更多的人来举行血祭……

巴瑞克仍在奋战，范森看见西斯敌军把他围得水泄不通，有好一阵子他都朝着独裁者的方向长驱直入，再走十多步就能杀到独裁者跟前，但现在他前进的速度变慢了，最后只能原地踏步。即便如此，他仍然坚持奋战，西斯军人哭号着，挂着彩，败下阵来，他们捂着开了花的脸，少了一条腿的士兵跌跌撞撞地走着——但最后西斯人还是把巴瑞克打翻在地。他们把他扛起来，那动作可算是小心翼翼。巴瑞克火红的头发高高招展着，他满身是血，早已昏了过去，西斯人把他扛上祭坛，摔到木地板上。范森则被胡乱扔到他身旁。

“这儿又是什么好事呀？”一个镇定而又带着几分恐吓的声音从上方飘来，他用范森的母语说话，几乎不带口音，“我认得你。”

费拉斯·范森挣扎着翻了个身，终于看见那个异常高大，有着棕色皮肤的年轻人，他身披金色铠甲，想必就是独裁者本人——这他当然知道，但谁想到这个暴君竟如此年少？

那位南方君主的目光落在范森身上，随即略微皱起眉说：“不是说你，北方人，你这个贱民，我是在跟你同伴说话——他想必是埃顿王族的一位王子，是肯德里克吗？当然不是，他已经死了，看那一头红发……对了，这是巴瑞克无疑。”

巴瑞克可能听见有人叫他的名字，呻吟了一下。独裁者大笑着说道：“看啊奥林国王，您的爱子来看您怎样向神献祭了。”他转向一个披着巨大头巾的肥胖祭司，“现在时机已到，大门已经打开，该把神引过来，让他附身到钦定的凡胎身上。”

奥林国王？奥林国王也在这儿？范森用尽全力抬起头，四下张望着。他看见一个背影，想必就是奥林国王本人，但他弓着身，像个拖着一大包东西走路的妇人一样喘着气。

范森的背上被踢了一脚，他又脸朝地趴下了。

“不用这样，马鲁可卫队长，让这个乡巴佬也一起看看。”独裁者愉快地对卫队长说道，“毕竟奥林国王也是他的国王……而且我很快就要成为他的神了！”

⚜ ⚜ ⚜ ⚜ ⚜

她感到越来越痛，这毋庸置疑，契妮坦的每一滴血似乎都在发热，直到她觉得自己像一头胃里塞满了热腾腾的石块的山羊，整个人都要从内部烫熟了。除了疼痛以外，她还感到空气变得浓稠了，它变得像水，或是像围绕这座岛屿的银色海水一样难以呼吸。最残酷的是，巴瑞克终于被带到她身旁，她在痛苦的逃亡中努力活下来，就为了见他一面，但此时她却无法拯救他。

为什么要这样对我？她向天质问道，**为什么把我从蜂房神殿带走，为什么让我在大地上流离，为什么无休止地折磨我，直到死前才允我见他一面？瞎了眼的诸神！**

这时诸神离她比往常更近，但如果他们听得见她的咒怨，显然也是无动于衷。巴瑞克就躺在她跟前，却像是远在天边，他的伤势很重，浑身多处出血，契妮坦甚至怀疑他再也醒不过来了。

至于奥林国王……冷酷无情的诸神，让他饱尝多少酷刑啊！

此时祭司们又唱起了颂歌，北方国王总算停止颤抖，但这时契妮坦快要看不到他了。她体内翻腾着一股可怕的力量，每一秒钟，她的神智都在蒸腾着消失。她的整个意识，所有知觉和一切记忆，都开始蒸发散逸。

“呻吟之人！托举大地之人！寒冬与黑暗的使者！”祭司们吟咏着。

“天门之主！孤绝之神！绞索之神！地下深处的白色根源！来我们身边！展露您的容颜！天门已开！来我们身边！展露您的容颜！前来！展露您的容颜！前来！展露您的心胸！前来！”

祭司每喊出一个字，契妮坦都失声喊叫着，奥林国王也丧失意志地喊叫着。契妮坦试着抱头滚到那位痛苦的国王跟前，可她完全动不了，连神智都快要湮灭了。

“前来！前来！”

奥林国王忽然直冲冲地坐起来，像一条被兜住的蛇一样扭动着，他牙关紧咬，因为剧烈的疼痛而咧着嘴，两眼上翻，直至只看见眼白。

“天门已开！”

契妮坦也意识到这一刻的到来，她感到暗藏在世界之外的裂缝被扒开了，一个巨大而恐怖的东西正从当中走出来。那些祭司怎么还能继续吟唱？苏列佩斯怎么还能站得这样笔直？为什么他神情淡漠，脸上似笑非笑？为什么独裁者和他的祭司、军人都对这恐怖之物的到来无动于衷？而她和奥林国王却将要被它杀死。

奥林国王的呼吸更急促了，变为一连串沉重的沙沙声。他的双手像鸟儿振翅一样抬起来，仿佛是被强迫着去拥抱那个恐怖的东西。他开始流鼻血，头部不停地晃动。

契妮坦意识到，那东西刺进奥林国王的体内，她就在他身旁，因而也感到体内有什么在燃烧，那东西进犯了她的世界，进犯到她内心深处！

一阵刺痛让她禁不住满地打滚，她眼前一黑。当她的视力恢复时，看见奥林国王的头向后仰着，脖子弯曲得吓人，整个身体就像是被吊在鱼钩上。他起先还在喘气，此时疼得只剩下单调的呻吟。

“诸神啊，如果您还有丝毫怜悯，请拯救我们于倒悬！”她嘶喊着，但诸神并没有回应。

但巴瑞克听见了她的声音，他睁开眼睛。他们的目光就在这一霎相遇，那是契妮坦在世上唯一奢望的一瞥……而后她就被滚烫而残酷的黑暗吞噬，完全堕入其中。

第四十章
暴烈的狂笑

祖米奥斯察觉事态后，怒不可遏地走出城堡。他无法将孤儿所做之事划归为无，这条独角蛇怪逃到遥远的北方，逃到冰封的黑暗大地。埃昂的每一位子民都兴高采烈，他们看着太阳又在天空中燃烧，感激着圣三神的眷顾……

——引自《圣孤传说：其人生平、死亡及天堂的奖赏》

不会飞的人永远搞不懂，蝙蝠和鸟是完全不一样的动物。蝙蝠飞起来可不像鸟儿那样流畅，其滑翔距离也短得多。骑手还得紧贴在蝙蝠毛茸茸的背上，否则就会左摇右摆，让它飞得更慢。

神射手比特唐非常明白这个道理，从小他就被爸爸比特温绑在鞍上，他是在蝙蝠背上长大的。世人传言再没有谁比比特温更懂得飞翔的了，作为他的儿子，比特唐对此十分自豪。骑着一头温顺的老鼠，或是依靠自己的双脚，怎能翱翔于天空之中？一头有翅膀的坐骑，可是水槽侦察兵如假包换的标志。

但骑着大棕蝙飞行可不只是一种炫耀，它事关生与死——尤其是对现在而言。比特唐在地下深渊里飞得越来越深，恶臭的空气逐渐让他喘不过气来。他第一次跟着燧岩到这里时也是如此，此时他越来越难保持清醒。坐骑向下滑行，忽然又向上爬升，接着又突然向前，然后翻转，他头朝下脚朝上，总觉得他自己或蝙蝠都在逐渐失去控制。

你承诺过的，他不断对自己说道，*你对燧岩和女王都许过诺，以你父亲的名义许过诺！*但他已经花了一个多小时在芬德林镇里兜来转去，在丝绸之门之下的暗道里长途奔行。燧岩带他来过这里，但那是很久以前的事了。他必须保持警觉，稳稳当当地跨坐在大棕蝙天鹅绒般的背上，但是从女王命令他出发到现在，已经连着飞了好几天了。地底的环境恶劣，蝙蝠飞得越来越深，比特唐感到无法保持清醒。

他闻到一点新的气息，这气息虽然遥远但确实存在。随之而来的还有一阵絮絮不止的低吟，宛如回荡在御梭子壳里的海浪拍击。这低吟声逐渐变大，连空气都好像浓稠了起来，直到比特唐神志不清地发现，他和坐骑整个颠倒了过来：这隆隆的声音当然只能是大海发出的！但这里怎么会有大海？难道他已经远远地迷路了？

不对，片刻后比特唐做出判断，*那不是正常的海上飘来的气味*。且不说声音，这浓稠恶臭的气味他以前闻过的，*那不是海，而是燧岩的那片深陷在地心的银色湖水*。

但这气味和声音是从哪儿飘来的？他离焕华共修会的神庙应该还有很远，至于燧岩带他去过的那座地渊里的深湖，应该更远才是。但他无疑离那里越来越近了，比特唐对此非常确定。

他犹豫了一会儿，旋即勒紧缰绳，让蝙蝠停了下来。比特唐和他的坐骑继续向前飞，离他熟知的那条路越来越远了。他飞过一长串狭窄曲折的通道，其中一道裂缝窄得无法飞行，于是他拉着大棕蝙走了过去。这时他闻到一阵混合着盐和金属的气息，这味道比之前更强烈了，海浪的回声也与别处不同，听起来就像是在一个巨大而宽敞的洞窟里回旋不止。

如果说我们离那片海还远着，这巨大的海浪声又是怎么回事？

他踩了踩脚镫，蝙蝠脑袋一低，立刻盘旋着往下飞去，比特唐感到风声在耳边嘶叫，震得他耳膜生疼。他们向下滑行了好一阵子，穿过一条长长的垂直通道，最后毫无征兆地掉到了一片黑暗当中。那是个很大的洞窟，里面的石头闪着微光，比特唐刚看了一眼，就觉得眼冒金星。大棕蝙也晕头转向了好一阵子，这只蝙蝠撞上冰冷的空气，跌跌撞撞地一头栽了下去。他身下响起一阵动荡的声音，比特唐意识到，他之前听见的咆哮声就是从这儿来的，他神志不清地把它错当成海浪声。此时比特唐勒紧蝙蝠的缰绳，重新驾驭住了它。

比特唐在这个巨大的洞窟里飞了几个来回，想看清这里发生的事。人们像蚂蚁一样涌上海中央的小岛，有的人像是在抵御一群异种生灵的进攻，那些生灵大概是芬德林人，或者是跟芬德林人差不多大小的物种。比特唐觉得，这里应该就是他的目的地了，但他不能直接降落在战场中间，那肯定要送命。

他久久盘旋着，最后发现在战场边缘有一小撮芬德林人正在偷空休息。他让大棕蝙飞到他们中间降落，有一两个芬德林人惊讶地看过来，但多数人血染战衣，满身征尘，连看都不看他们一眼。

“我有一则口信带给朱砂，是真的！”比特唐用尽力气大喊道，指望他们能听他说两句，而不是直接把他和大棕蝙一巴掌拍死。大棕蝙很不习惯被一群大家伙围着，比特唐好不容易才控制住它，这只蝙蝠在他身旁挣扎着，发出愤怒的嘶叫声。而那些芬德林人呢，他们疲惫不堪，只是看了看他而已。

“带我去见朱砂大师！”他大喊道，“尖峰之神在上，你们洗洗耳朵吧！没人听见我说话吗？朱砂！我是神射手比特唐，我带来了燧岩·蓝石英的口信！”

有个芬德林人指着洞窟边缘的一道峭壁说：“大师父子二人在

那儿。”他说道，“穿盔甲的就是大师，你到那儿找他去。”

“多谢，您真是个好人。”比特唐碰了碰帽檐，胯下一夹，乘着大棕蝙在空中打了个转，调正方向，朝着峭壁飞去。

他看见朱砂靠着一块巨石坐着，身旁还有十来个受伤的战友。一个更小的芬德林人偎依着他，看上去虚弱得无法动弹。比特唐降落在几步开外的地方，但朱砂的注意力全在那个安静的孩子身上，没有发现他的到来。

比特唐站在脚镫上挥着手。

“我说啊！我是燧岩·蓝石英的使者！您是朱砂大师吗？”

受了伤的芬德林人点点头，但没有抬头看他。“正是本人……请再给我点时间，我相信长老会做出安排的。”他伸手碰碰那孩子虚弱的面容，“我儿子被杀了，我可爱的甘汞，被他们杀了！”

比特唐摇摇头说：“愿他在天上永享极乐，我对此深表痛惜，但也请您听我一言，大师大人，我找您有急事。”

朱砂毫不关心地看着他：“事到如今还有什么急事？你还没看到，我们已经一无所有了吗？”

“或许是吧，但或许还有救呢？”比特唐驾着大棕蝙，这蝙蝠不情不愿地朝朱砂又走了几步，“但我承诺过要把口信带到，听我说，燧岩告诉你，他被镍师父扣住了，无法按计划完成任务。”

朱砂两眼呆滞地看了看他，神色倦怠不堪。“那计划本来就不大高明，你远道而来，真的就只是为了告诉我他行动失败了？”

“当然不是！”这时比特唐感到时间所剩无多了，他紧张起来，“燧岩还提到了阿斯提昂，他说如果有了您的阿斯提昂，事情还是有转机的。”

“啊呀，转机。”朱砂的嘴唇抖了抖，露出一丝垂死的笑容，“他要阿斯提昂对吗？公会都快要瓦解了，人们还在照规矩办事。”他从腰带上解下一个皮质的手袋，把里头的东西抖到洞窟的地上。

比特唐火急火燎地等着，耳朵里全是洞窟另一边的打斗声和人们垂死挣扎的声音。朱砂拿起一个闪闪发光的圆形黑石头，它上面刻着一颗六芒星。朱砂伸手把这东西交给比特唐："你能搬动它吗？"

"您把它放进我的背包里。"屋顶族人这样说道，"我背着走。"

"快去吧……但它可能也起不了作用。"朱砂说道，"我们人数太少，南方人太多，何况我们跟加尔人之间的征战也消耗过大。现在我们都将死去。"

但比特唐没有听见他这番话，因为这时他已经乘着大棕蝙飞过洞窟阔大的通道，到地下迷宫的更上层去了。

没有时间到地面上把战争之印交给燧岩了，神射手比特唐知道，他得飞过这条巨大的通道，直接抵达芬德林镇，再从那里出发，用燧岩给他的地图找到他的好伙伴锑师父，让他来接着办这件事。比特唐飞行着，心情十分沉重。他在地底下看到的那个大洞窟里，到处都是失意和挫败。

万事万物的末日，可能真的会来，他这样想着。*那是所有人的末日，至少我要尽忠职守，不辱尖峰之神的使命*。

他高高地飞起，空气变得更清新了。他身后有一个黑影从树上飞起，朝他们飞来，比特唐没有回头看。那是一只硕大的灰色猫头鹰，它优雅地盘旋着，比特唐骑着大棕蝙不得不绕了个弯。猫头鹰扑扇着翅膀跟了上来，两眼在黑暗当中闪着橙色的光芒。

⚜ ⚜ ⚜ ⚜ ⚜

他们的目光就在这一刻相遇了，黑眼睛黑头发的姑娘叫出巴瑞克的名字，然后浑身抽搐着跌倒在地。他脑海里焰华的颂歌声安静了下来，只听见她的声音。

*巴瑞克！*那声音又沉默下来，仿佛被一阵骤风吹散。*巴瑞克，*

那是……焰华……

又响起了另一个声音，是他自己的声音，就像一个被遗忘在监狱深处的囚犯，此时从他空荡荡的心中冒了出来。**契妮坦！**

就在这一刻，他对她的经历感同身受，他感觉到她对末日到来的恐惧，她勇敢坚毅的心灵之光，瞬间，他感到自己心中的寒冰化散开来，他的心灵不再冷酷无情。他又变得自由了，能感知到包括焰华在内的一切事物，但这自由却成为一种可怕的弱点。

不行，现在不行，我不能变回那个废人！巴瑞克强扭着他悸动的思绪，**我要变得更强，变得更强！**契妮坦毫无知觉地躺在他附近，或许已经死去，她的鼻孔里流着血，一滴血挂在脸颊边上，快要滴在粗糙的地上。十分诡异，他竟无法把目光从这滴血上移开，反而想象着它越变越大，变成一片浩大的血海，整个世界都是血，涌动着将人吞没其中。

不行，他闭上眼睛。那是人类的血，和他血脉里稀薄的血液一样，会让他变得软弱，而此刻他要当个加尔人。

巴瑞克想站起来，但四肢无法支撑身体的重量。他手足无措，焰华的声音也沮丧地低吟着。

逐梦人就是这样改变我的，他认识到，**他们带走了之前那个软弱的巴瑞克，将它深深埋葬在我的心里，这样我才能前往库-纳-加尔，伴着焰华生存下去。他们埋葬了那个巴瑞克，又在我心里筑起一道墙，使我变得坚强。**眼下他所处的周遭一切：这扰攘不安的恶臭空气，祭司们的颂歌声，乃至潜伏在一切背后，若隐若现的某种巨大的可怕力量，这一切都让他感到，逐梦人对他的毒害，又回到他身旁，保护着他，使他与本来的自己相隔绝。

人们需要我——我的子民需要我！

他摁着膝盖用尽全力想站起来，但腿上流着血，他像初生的小马一样站不稳。五六个西斯人立刻扑上前来要把他摁倒，这时独裁者走来牵着他的手。

“猎豹卫队退下。我不再低估你了，奥林国王之子。你的帕里克朋友显然给你施了一点魔法，莫克利！”

一只大手盖上巴瑞克脖子上的一片铠甲，勒着他的脖子提起来，让他无法呼吸。一根细得像蚕丝的金色钢索绕在他脖子上，随即他就被推回到高大的猎豹卫队手里。独裁者大笑着又挥了挥手。

“别弄死他了，莫克利！奥林国王之子要旁观这场祭典，鲜少有人知道这里要发生什么，但我猜他是其中之一。”独裁者回到奥林国王身边，后者正像高烧致死的病人那样，在地上不停地抽搐着。

“看吧奥林国王——如果你还算得上是奥林国王的话。”独裁者叫道，“你儿子来看你如何侍奉死者与冥世之神赛加尔了。”

巴瑞克每挪动一下，套在脖子上的钢索都变得更紧。他知道此时无论如何都没法自由地战斗，他被莫克利压制着，这家伙简直有锤脚那么大。然而他眼见自己的父亲遭受痛苦，即使逐梦人在他心里沉闷地吟唱，即使自己也身处险境，他还是全然不顾脖子上的套锁，奋力挣扎着。

“父亲？”他喊了出来，“父亲，您能听见我说话吗？”但奥林国王甚至无法看见他，更不用说认出他来。巴瑞克感到冥冥中的那个观察者露出贪婪的惬意。它建立在人们的痛苦之上，建立在谎言与羞愧之上。那就是它在梦之界当中得以存活数百年的原因……仅仅是存活着，神智却并不健全。

奥林国王忽然弓着身子，脸朝下地跌倒了。他的腿像被绞死的人那样乱蹬着，喉咙里发出绝望而可怕的喊声，巴瑞克眼见这景象，不禁热泪盈眶。即使他有过怎样的不满，即使他心里早已筑起一道高墙，但这一刻巴瑞克恨不能以命相抵，让父亲免受这样的痛苦。

“午夜降临！”独裁者大喊着，“他来了——神灵已至！神灵已附身于他体内！”

“那是个人啊！我诅咒你们下地狱！”巴瑞克厉声喝道，“他是个国王！”

“到我这里来，伟大的赛加尔，伟大的科涅奥斯，无论你叫什么名字！”独裁者大声号叫着，声音盖过了祭司们的颂歌。“到我这里来，大地之主——孤绝之神——灰猫头鹰——永恒的苍松！我召唤汝等跨越虚空而来！这里已有汝等栖身之地！”独裁者伸开双臂，像迎接恋人一样，“附身于他，永世为我之奴——做我的奴隶！”

奥林国王痛苦的呻吟声忽然停止了，他满地打滚，两腿伸得笔直，身体肿胀而扭曲，从头到脚都剧烈抖动着，仿佛有什么灼热的东西注入他体内。

巴瑞克听见一声痛苦的喊声，他发现那是他自己的声音。**我谁也救不了**，他这样想到，又被焰华那迷离而混乱的声音折磨着，**我真没用**。

又是一阵喊叫声响起，这次是西斯人在喊，喊的人越来越多，士兵和祭司变得越发不安，全都喊了起来。奥林国王的身躯像扯线木偶一样从地上升了起来，最后直挺挺地站着，了无生气。祭坛周围和地上的人全都磕磕绊绊地退开，有人伸出五指，摆出太阳光芒的样子，祈求努沙什的保佑；有人被吓得大哭不止，这里发生的事太吓人了，而他们又离家这么远。奥林国王完全没有知觉，仿佛他已化身成闪光之人的替身。此时闪光之人庞大的身躯仍然君临此地，那尊黑暗而有着人形的雕像就站在岛屿正中。

“回答我，我的奴仆。”独裁者说道，“你是否正是冥土之神本人？”巴瑞克看见，那具身体早已不复是奥林国王的模样。

楔子的末端，一个恐怖的声音在他脑子里盘亘，**世界的裂缝，最后一刻！**

那东西缓缓地把头转过来，对着独裁者。巴瑞克看见他父王的眼睛的变化，不禁深吸一口气。那眼睛里布满火焰般的血丝，龟裂着浑浊不堪，这火焰窜动着，让国王的额头和脸庞都燃烧起来……但他仍然沉默不语。

“我问，你是谁？”独裁者开始尖叫起来。

“我是驯养猫头鹰的人。”那声音曼妙如音乐，巴瑞克甚至想着，他之前经受那么多的恐吓，也只为了聆听这个声音。但直到这声音消失，他都感觉到他内里暗含着一股无所约束的残酷，让他的胃也悬了起来，“我是绞索之神，苍松之主，我是乌鸦的长父。”

苏列佩斯像个满心欢喜的孩子那样鼓起掌来：“死亡之神——变成我的奴隶！你是我的奴隶，对吧，深渊之主人？”

“将我召唤到世上的人即为我的主人。”那曼妙而可怕的声音又响了起来，巴瑞克真想匍匐在他脚前，祈求他的宽恕，或是跑到银色的深渊之海里自溺而亡，然而最可怕的是，这东西披着他父王的躯壳，他父王的脸上迟钝地显露出非人类的表情。他眼睁睁地看着这一切，心中痛苦不已，他对父王再也恨不起来。

“那你就得对我俯首听命！绝不忤逆！”独裁者闭上眼睛，站着不动，像为这求婚般的宗教仪式而狂喜不止。巴瑞克从未见过一个人能兴高采烈成这个样子。

“在我生存此间之年，我将谨遵您的指示行动。”那个东西死气沉沉地说道，“只要您发号施令，我就会将整个世界泯灭成尘，夺走一草一木，世上万物，每个会行走的和呼吸的生灵的性命。”他说着这些话，大笑了起来。他的声音悦耳动听，却恐怖万端，连巴瑞克心中的焰华也吓得噤若寒蝉。

他发现这个神完全丧心病狂，他被久久地隔绝在世界之外，像个从未苏醒的沉睡之人，完全不知道自我与外界的界限和区别。

而现在这个恶神又回到世上，能驾驭他的却是那个身披金甲的丧尽天良之徒。这时独裁者也开始哈哈大笑，洪亮的声音里充满愉悦，仿佛在炫耀自己大获全胜：“说得好！说得好！你是我的，是

我的，是我的！”这两个声音全都毫无人性。

“让我永生不死吧。”独裁者恢复常态后这样说道，洞窟里一片死寂，他的声音远远地回荡着，“让我和你一样永生不死！”

“那不行。”披着巴瑞克父王的躯壳的神灵这样说道。

“你说什么？”苏列佩斯强硬地对那具纹丝不动的躯壳问道，他比奥林国王的这具身体要高大，身材魁伟的独裁者披挂金光闪闪的盔甲，盔甲上还雕刻着繁复的纹样，但是场面上看来，他并不比对方更强大。恶神在奥林国王体内燃烧着，火焰熊熊窜动，照着他的每一道血脉，每一条骨骼都历历在目。或许奥林国王的头颅里也是一块灼热的石头，和这座洞窟里熠熠生辉的石壁上的石头种类相同。“你要谨遵我的旨意，否则我将你碎尸万段！”

巴瑞克仍然被莫克利攥在手里，他恢复了一点气力，但还是很虚弱，毕竟他身上多处受伤流血，而且还骨折了。

“但你无法摧毁我，苏列佩斯·阿姆-比沙克。”神说话的语气十分理性，“你和这群凡人都没有那样的力量。你们无法强迫我。”

“你说什么，你的意思是要出尔反尔？”独裁者并没有变得尖声厉气，反而用一种危险而变态的语调说道，“你通过考伊斯特的镜子给予我的承诺，只是一纸空言？”他转过身，假意要调遣士兵，然而他们全都低着头，畏畏缩缩地看着地面，有的则已经退到岛的边上去了。只有独裁者的禁卫还站在祭坛上，这二十多个猎豹卫队是他的精锐，正跟他和祭司、囚徒站在一起，“要对付你这种一度被逐出世界的叛徒，你以为我就没有备招吗？”独裁者这样说道，“我不会让你安生的，死神。”

奥林国王的脸色变了，就像黑色泥土中的蘑菇发出来的病态光芒，他嘴角弯起，似笑非笑地咧着：“说说看你要怎么对付我吧，小暴君，最好直接做给我看。”

“阿拉特！”独裁者下令道，“阿拉特，把书给我！”

阿拉特长着一头黑发，又干又瘦，还像人猿一样驼着背。听见传唤，他赶忙从祭坛后面一瘸一拐地走上前来，骨节突兀的手里拿着一卷破旧不堪的棕色卷轴。他展开卷轴，开始读出上面的字句。巴瑞克心中的焰华听见这些字句，大声说出了它们的含义，让他头痛欲裂。

“赛加尔，我念出你的名字，将你捆束！科涅奥斯，我念出你的名字，将你捆束！土地之神，我念出你的名字，将你捆束！你虽有不死之身，我却使你郁郁不乐！你虽有不死之身，因我将黑蚁置诸你头上，啃噬你始终！你虽有不死之身，我却埋藏卵石在你皮肤之下，让你疼痒难熬！你虽有不死之身，心神却被大风吹散殆尽！犬群在你窗下吠叫不止！使你不得安寝！你的床榻将如无烝尝之坟茔，茕茕无终日……”

沙漠祭司吟诵咒语的时候，祭坛上仿佛载着什么沉重的东西，木梁开始吱吱嘎嘎地摇晃。洞窟的岩壁似乎也艰难地隆隆作响，震撼着巴瑞克的心扉。他身旁的费拉斯·范森逐渐苏醒过来，契妮坦则仍然毫无知觉，像死去了一样。

至于被恶神附身的奥林国王，他那尊蜡白而发着光的身体只剩下一具空壳，只能听见人说话，却木然而无动于衷。

“死神，我要叫出你的名讳，降罪于你！蛆虫之主！空盒子！铁手套！我指名道姓地诅咒你！你则无法以牙还牙！焦烂之足！银鼻子！红窗之王！伟大绞索之主与仆！你竟敢忤逆我的旨意。我将夺去你的心！夺走你的快乐！”

念到最后几句咒语时，祭司号叫了起来，旋即沉默不发一言。那个恶神仍然站着不动，他的魂魄在奥林国王的凡胎肉体之下熊熊燃烧。

“我做了这么多事，你真以为我会让你骑在脖子上？”独裁者放声号叫道，盛怒掩盖了他内心的恐惧，“你中计了，科涅奥斯，这具人类的身体就是给你的陷阱！我知道你的名字，就能将你玩弄于股掌——何况我知道你所有的名字，头颅噬者！我还能杀死你所附身的这个人，那样你也就死了——真正意义上的死亡，即使诸神也在劫难逃！”

“你真无知。”神灵把双臂伸得更开，洞窟里的空气变得更浓稠了，让巴瑞克的耳膜疼痛起来。范森在他身旁的地板上抱头呻吟着。“你的确叫出了名字……但那并不是我的。”

“杀了他！”独裁者大叫道，他周围的猎豹卫队乱成一团地涌上前来，“抓住这玩意儿，把他扔到火里去——让他像蜡烛一样烧个精光！”

“你办不到。”神灵伸出手，士兵们全都随之跌倒，他们紧紧抓住自己的胸膛，像是被万箭穿心，手里的步枪和头盔纷纷落在地上，“你这个无知之辈，我并不在这里，不在这个可怜的皮囊里。虽然你已举行祭典，但是我只有一小部分穿过虚空，落在这个两度被篡位的国王身上。我被歪神放逐至梦之界，如今大半个我仍然在那里……不过现在，歪神已经死了。”

“但是死神，你是我的奴仆，不管你叫赛加尔还是科涅奥斯，还是别的什么名字！”独裁者尖声戾气地叫道，“不管你怎样狡辩或挣扎，这都是不争的事实。我已经念出咒语，获得权力，我主持这里的一切，而你穿过虚空来到这里，接受我为你准备的这一切——这具有着古老的高贵血统的终有一死的身躯！所以你得听命于我，混账东西，听命于我！”

神灵又笑了起来，他的声音仍然像音乐般动听，但这音乐仿佛刮擦着巴瑞克的头盖骨，让他惨叫着快要跌倒在地。

“愚不可及。”奥林国王的皮囊继续说道，“你既然叫不出我的真名，就无法使我驯顺。看看闪光之人的脚下吧，那里有我布下的谜题的答案。”

巴瑞克等人齐齐转过头去看，四下十分昏暗，让他感到整个洞窟里只有他一人。他看着一个矮小肥胖的人影从礁石岛里蹒跚走到这个可怕的地方，那是医生查文的身影，他手里拿着科涅奥斯小雕像，仿佛是一个喜爱黑暗的人忽然暴露在强光之下，他的脸上露出扭曲的表情。

“谁？”苏列佩斯惊慌失措地问道，“谁在那里走着？”

“那是我的奴仆。”奥林国王体内的神灵说道，“你看见他手里的东西吗？那就是你所说的神石——你妄图得到的东西。那是组成闪光之人的最后一块石头，在歪神用他万金之重的生命封印了通往虚空的道路的时候，这块石头就迸裂了出来，无知的人类拜物成性，把它做成了雕像……”

“杀了他！”独裁者忽然大声叫道，“弓箭手！射死那家伙！”

一丛丛羽箭像云雨般飞向一百步之外的查文，巴瑞克甚至来不及吸口气，更别说挣脱那个绑着他的人了。但尽管这些箭直冲冲地朝着查文射去，却纷纷落在一道石墙上，而查文毫发未伤。独裁者愤怒地大声号叫，命令他们再射一遍，但这一拨羽箭仍然无法命中查文。

“你伤不着他的！”被附身的奥林国王的脸膨胀了起来，就像是皮肤底下有什么东西在施压那样，看上去毫无人性。巴瑞克见过类似的脸，它就像东环礁湖里打捞起来的一个溺水者的脸，只是这个人的脸肿得比其他溺死的人都要厉害。“我让你的士兵根本无法瞄准他。”

“我对不起您，父亲。”巴瑞克低声说道，“对不起，对不起……”

查文毫发无损，这时他好像终于回过神来了似的放慢了脚步，最后停了下来，看着身后的祭坛。

“这是哪儿……”他朝左右转着身，但似乎无法认出眼前的景色，“我怎么在这儿？”

“你就在你应当前往的地方，忠臣良善的奴仆，”神灵在奥林国王体内散射着光芒，“把神石带到闪光之人那儿去，让它们再度合在一起，让千百年来紧闭的大门完全敞开……”

“可是……为什么让我如此痛苦？您曾许我以极乐！”

“你终将得到极乐，只要打开这扇门。”

巴瑞克搞不懂这里发生的事情，但他知道医生查文被利用了，他只是个爪牙，但祭坛上的那两个魔头，不管他们是人类还是神灵，全都无法达成所愿。“住手！”他挣扎着，脖子上的钢索却把他勒得更紧，“查文，快住手！你被利用了！”

他被重重地揍了一下，那是猎豹卫队手里的枪，巴瑞克感到自己的双腿一软，要不是被钢索套着，他就跌坐在地上了。他的视野里一片血红，医生似乎完全没听见他的声音，继续穿过礁石岛，朝着闪光之人的方向走去。那座雕像正一阵阵地发出微弱的光芒。

“快上！”独裁者号叫道，“阻止他！”

卫兵跌跌撞撞地爬下祭坛的阶梯，想要追上查文，但是脚一碰上地面，他们就止不住地摇晃着，像个醉汉那样东倒西歪，继而跌跌撞撞地到处跑，像被闷头打了一棒，两眼一片昏黑。

“那些人没有头脑了。”奥林国王体内的神灵愉悦地说道，“他们根本无法追上他，而一旦神石跟闪光之人雕像合二为一，你就会明白你到底干了什么，渺小的人类君王啊！”他大笑起来的时候，说话声便不再悦耳动听。“妄自尊大的人类——你知道闪光之人到底是什么吗？他并非一位神本身，而是他在这世上弥留之际的影子。那时歪神身受重伤，他把闪光之人留在世上。垂死的歪神用他宝贵的生命封印了此世与虚空中的另一个世界的通道，但现在歪神算是死透了，只要闪光之人再度完整如一，歪神遗留在世上的最后一点神力也将随之消散！”

“你为什么要这样对我？”苏列佩斯尖叫道。他跳上前来想用双手勒死那个神灵，却被一阵刺痛弄得大叫起来，两手不住地抖动着，像是被烧着了一样，“畜生！骗子！竟敢忤逆我？！”

“要怪的话，只能怪你是个自以为是的傻瓜了。”奥林国王体内的魂灵又大笑起来，“你的确谋划了许多年——我谋划的时间比你多上百倍！你把我弄进一具人类的身体，却没有考虑到神石，没有这东西，你就无法把我怎样！”这时查文已经走到闪光之人的旁边，时明时暗的光彩从雕像内部发射出来，淡蓝色的光芒间着一道道暗淡却四射的紫色，几星火红的光芒像片状闪电一样在雕像表层之下暗涌着，人形雕像仿佛要活过来似的。

那个拽住巴瑞克的猎豹卫队终于让他跌下来，跪在地上。他又能呼吸了，眼睛里的红光开始消散。

这时他又看见一个人影，这个人影从闪光之人脚边的地缝里钻出来，好像它已经在那里埋伏了很久。巴瑞克从未见过长相如此古怪的人，他像个沙漠先知那样衣衫褴褛，留着大胡子。查文完全身不由己，并没有发现这个新冒出来的人，但事情还是继续进行，因为那个人倒是把他看得一清二楚。他走到查文跟前，两人站着不动，面面相觑了一阵子，然后那个留着胡子的人拿出一块普通的石块，朝查文劈头盖脸地砸下去。查文跌在地上，但还是抓着神石不放，留胡子的人就弯下腰，一下又一下地砸着他。场面十分可怕，巴瑞克实在看不下去了。他扭过头再看过去时，那人志得意满地站在查文的身体上，沾满血的手里拿着那块神石。

“列祖列宗在上，”独裁者震惊地说道，“……他是戴克纳斯·沃！”

“住手！”现在反而是奥林国王体内的神灵叫了起来，他震惊而沮丧地嘶吼着，几乎丧心病狂，“这不可能！住手！这和书上写的不一样！”

留着胡子的人把小雕像高举在头上，磕磕绊绊地朝着独裁者所在的祭坛走去，活像个在乡村比赛上拔得头筹的获胜者。独裁者派去追讨查文的禁卫此时仍然疯子一般到处乱逛，甚至没有发现这个人正在走来。“沃！”独裁者大喊道，声音因为放松和愉悦而震颤起来，“戴克纳斯·沃，我最棒的军人！我要重重地赏赐你！赏给你金山银山，美女如云，还有各种香料——只要你说，我都给你！”

那个叫沃的人停了下来，他垂下手看着手里的东西，好像才刚发现自己拿着一个这么沉重的石雕像。他抬起呆滞的目光望着苏列佩斯。

神灵在奥林国王体内蠕动着，发出绝望而愤怒的号叫声。“别给他！”他喊道，“为什么你不听我指示？！”

沃好奇地看着那个神灵，然后转过头对独裁者说道：“您在我体内埋下了一个东西，陛下，它正在残害我。”他的目光向下移动着，望向自己的腹部。“不对，我说错了，我已经被它杀死了，我能感觉得到。”

“别胡说八道！”独裁者火烧火燎地挥着手，这个动作首次让他显得跟他的年轻相符，“阿拉特，过来告诉他。”他向沙漠祭司唤道，“告诉他！告诉我这位好士兵，他会一切如常的。我们会治疗你，沃队长，没什么好怕的。我会让你贵极人臣，在万人之上！你想当整个北境的主人吗，我的总督大人？这个好说得很！皮尼蒙·瓦什在哪儿？让他把比沙克宪章带来，我会钦定此条。瓦什？努沙什诅咒的老东西，他死哪儿去了？”

沃又跌跌撞撞地走了几步，这下巴瑞克能清晰地看到，他其实几乎站不稳。“如果我想要从蜂房神殿来的那个姑娘呢？”

“不在话下。”独裁者说道，“那姑娘也给你，你是要收了她吗？没问题，你可以任意处置她，她是你的了——反正现在她对我也没用啦！”

戴克纳斯·沃又朝着独裁者走了几步，他手里的雕像仿佛变得更重了，使他的手又放低了一点。仍然站在祭坛上的几个西斯军人已经拈弓搭箭，只等独裁者一声令下，就把他射死。

“你用不着她了。”沃的声音十分平静，几乎让人听不清。

“你在说什么？”独裁者的听觉看来不如巴瑞克那样敏锐，“他说了什么？你还想要什么吗，沃？但说无妨！”

“你甚至用不着她。”留着胡子的沃的话音轻悄，让岛上的每个人都安静下来，聆听他的话语，“你在我体内埋下一个魔鬼，迫使我把这姑娘带给你……结果你甚至不需要她来参加这场闹剧。”他腰下一松，双膝一软，整个人弯了下来，巴瑞克觉得他要跌倒了，这时沃却逐渐强硬了起来。“现在你又想要这个。”他低声说着。

“禁卫！”独裁者不露声色地命令道，但他的声音一点也不镇定，“准备好……”

“但你得不到它的。”沃忽然转身，竭尽全力地将那尊小雕像朝着闪光之人的方向高举着。独裁者等人震惊得张大了嘴巴，而他纵身一跃，跳向忽然变暗的闪光之人，小雕像旋即消失在那巨大的阴影当中，这时整座闪光之人像都爆发出让人目眩的光芒。站得最靠近它的西斯军人踉跄着跑开了，他们两手抓着眼睛，流着泪嘶喊着，独裁者发出一声痛苦而绝望的喊声。

这令人眼花的光芒散射开来，整个洞窟摇撼不止，像是被一种巨大的东西拿在手里摇晃着。祭坛倾颓坍塌，仍然站在台上的人们奋力保持着平衡，而闪光之人发出的火焰越发光亮起来，任何人都无法待在这刺眼的光辉之下，那场景就像太阳落进洞窟里。

巴瑞克的脑海里充斥着焰华的声音。

歪神死了！

啊！大门终于敞开！啊！地上的亿万生灵！

恶神再度获得自由！

这时刺眼的白光忽然暗了下来，变成蓝紫色，看上去就像一团浮在空中的瘀青，最后连这片瘀青也开始消退。洞窟摇得不那么厉害了，闪光之人附近的空中只留下一个嶙峋的黑洞，巴瑞克的父王的身躯跌在地上，像一袋湿答答的金属一样倒在他身旁。空中的洞穴就在岛屿正中央，它发出灼热的红光，有个什么东西从里头走了出来，这东西比人要大，而且正变得越来越大。那是个通体泛着白光的英俊的年轻人，将一丛飘逸火焰当作斗篷披挂在身。

“现在我不需要你送给我的这具人类身体了。”神灵这样声言道，他已经高过了所有人，还在继续变大。他的声音很美，让巴瑞克禁不住想把自己贴在上面，被这美妙的声音贯透身体而死。“如你所见，我自己就能创造出自己来……”

“不行！你是我的奴仆，死神！”独裁者号叫道。

年轻的神笑了起来，他的头发就像一丛暗淡的光芒，在头上迎风飘荡：“我跟你说过，如果你叫不出我的名讳，就无法使我驯服。我并不是科涅奥斯，他和诸神一样仍在长眠，兴许有一天我会唤醒我的父神，让他和整个神界一同辅佐我。你这个愚蠢的人啊！竟然妄想把神灵变为奴仆，结果却受了我的欺瞒——我是加尔人所说的骗术师，我佐悉蒙·萨拉曼德罗斯已重获自由！你那些人类大军，你所念的咒语全都无法把我怎样！”

*我曾见过这位神灵，在沉睡之城的某个梦之界里。*巴瑞克绝望地想到。*“难道你能战胜黑暗？”那时他向我嘲讽道，“你能摧毁大地，熄灭火焰的光芒吗？”他所言非虚，如今歪神已经死去，天门已开，我们无法阻止这一切的发生！*

“到我跟前来，渺小的士兵！”佐悉蒙的声音像雷声一样隆隆。他把给予他自由的戴克纳斯·沃攥在手里，把他高高举在半空中，“你服侍得很好——所以我赏你一个东西！你将成为神灵的一部分！”他拎着他放进发着光的嘴里，把他像烤板栗一样嚼烂。“这是你的无上荣光！”佐悉蒙大笑着，喷出一口炽烈而欢愉的热气，“现在你也是不死之身啦！”

恶魔般的神灵的身体继续膨胀着，这时空气也越发炎热起来，人们嘶喊着想从他身边跑开，却被火焰吞没。这个英俊年轻的神灵有教堂尖塔一般高，他是诗歌与谣言之神，他俯瞰着这些茕茕无助的人类，大笑着看着他们奋力挣扎，让整个洞窟的石头都为之颤抖。

第四十一章
毒蛇与蜘蛛

众多虔诚的人们来到特希德米，朝拜太阳回到天空的地方，也为孤儿的坟茔献上享祭。人们纷至沓来，以至岁月更迭后，特希德米从一个小村变为有着高高城墙的城市，许多人在这里生息繁衍，这片地方也易名为特希斯。

——引自《圣孤传说：其人生平、死亡及天堂的奖赏》

追着他的那个东西飞得更近了，比特唐一转身就能清清楚楚地看见，那是一只灰色的恶魔猫头鹰，这种巨大的鸟儿有一双灯泡般闪闪发光的眼睛，即使周遭漆黑一片也能看见它。

恶魔猫头鹰是夜空里的捕食者——比特唐从未在地底深处见过这种动物的行迹——但现在去思考它为什么在这里出现，实乃愚蠢至极。这只沉静的捕食者就在他身后，任是比特唐驾着大棕蝙拐过一道道弯，这只猫头鹰仍然敏捷地跟着他，从未落下哪怕一点距离。比特唐感到，飞在这个恶魔般的鸟儿跟前的蝙蝠已经疲于奔命，但猫头鹰却毫不费力地滑翔着，它已经三次飞到比特唐跟前，差点就落在他头上开始攻击，幸好大棕蝙在最后一刻从它身下转了个弯，比特唐才捡回一条命，而眼下他离燧岩要他去的地方，还有一小半的路程。如果熟悉地形，猫头鹰可以在完全黑暗中捕猎他，它们的飞行悄无声息，又有着敏锐的听觉，即使在陌生的地方，也不需要多少光线。还没等比特唐抵达目的地，这只猫头鹰就会用锋利的爪子把他们抓住，他和蝙蝠会被它那弯曲的鸟喙撕得粉碎。

这是比特唐充满冒险的一生中最艰险的时刻，他紧紧地贴在蝙蝠的背上，把肩膀和脖子都缩进肚子里去，以减少风的阻力，也让自己在蝙蝠飞速穿过地底乱石的狭缝时能和它贴得更紧。这的确让猫头鹰落远了一点儿，但他和大棕蝙并没有超前许多：那只猫头鹰太强壮了，它一直跟着他们，比特唐从没见过这么大只的鸟儿，他感到自己的背上像是有一根鞭子，一路抽打他着向前飞。他两次试图飞到那只猫头鹰到不了的狭小缝隙里，但猫头鹰总是饶有耐心地在外头守着，迫使他从里头一跃而出——比特唐根本没有时间在这儿虚耗。

他鼓起勇气，重新飞到通道的开阔空间当中，这是他在地下迷宫里飞进飞出的必经之路。然后他用最敏捷的动作向上飞着，赶在那只恶魔猫头鹰追上他，并迫使他再次钻进安全的狭缝之前，尽量多爬升一点。这也是他保持正确航向的唯一办法，在如此疯狂的飞行当中，他卓越的直觉在幽回曲折的小隧道里派不上用场。他害怕迷失方向，这恐惧一点也不比直接被抓住吃掉更少。

但这样做有意义吗？那个芬德林大师不是对他说过“这无济于事”之类的话吗？“现在我们都将死去。”这是朱砂的原话。

*都将死去？这话算什么意思？*比特唐伏在大棕蝙的背上这样想着，这是说屋顶族人也难逃一死？是说他的同胞也要步上末路吗？难道他就没有别的办法吗？

至高无上的主君，如果您真的更垂怜您虔诚的子民的话……

他的祈祷被一阵空气的颤动声打断了，那声音刚刚够得上被听见。但比特唐没有犹豫，或是转身去看个究竟——他知道那是猫头鹰翅膀在近处扇出的声音。他猛然把蝙蝠的脑袋拽向一边，让它朝旁边落下，猫头鹰伸出的利爪就在身旁划过，其中一只爪子划在大棕蝙的翅膀上，把这只小动物痛得吱吱叫，却大气不敢出。

*我们飞不过它，也耗不过它，只能在这里虚耗时间，等着被它叼回巢里变成晚餐。*比特唐摸向背上长剑的剑柄，但很难把剑拔出来，因为眼下他们正在漫长而狭窄的通道里，还在悬挂着的钟乳石之间绕着弯子，这是让猫头鹰处于不利境地的唯一方式。后来他总算摸到了剑鞘，它差一点就在这番上蹿下跳的打斗当中从背上滑落了。接下来的一段飞行路径相对平直，比特唐振作起来，把萨娜苏女王的缝衣针抽了出来。

真不该在这种时候拔出王室佩剑，他悲哀地想到，*不过好吧，至少它能在世界末日时能派上用场……*

他一头栽进岔道上的一个洞窟，这个洞窟看上去有几码深。在这种地方，骑着蝙蝠比骑着其他动物要好多了，他尽量贴着洞窟的顶部飞行——这个洞窟只比一道较大的裂缝更宽一点——但不能总是做到。蝙蝠俯冲过一道道岩石幕障，这时猫头鹰又对他们发起攻击。比特唐打着转儿，要不是他被牢牢绑在鞍上，一定会摔下去。猫头鹰的爪子冲着他横扫过来，他试图朝着它弯曲的爪子刺去，那鸟儿痛得尖叫起来，用力扑扇着翅膀，又一次落在了后面。

它不会再犯同一个错误了，比特唐这样想着，*毫无疑问，它还会飞上来的*。

这就像他儿时做过的最可怕的噩梦。比特唐小时候经常梦见自己被猫头鹰或别的鸟儿吃掉，他梦见自己仓皇无助地跑着，双腿在宽阔无边的大地上跑得疲惫不堪，四下里毫无藏身之地，鸟儿的羽翼在他头顶上铺天盖地地扑过来。但这一次他不会在哥哥姐姐们温暖的酣睡当中醒过来，不会因此感到安慰。

迄今为止比特唐已经见过这只猫头鹰好几次了，显然并没有人驾着它飞行，但它锲而不舍地追着他们。这畜生有病吗，脑子坏掉了？换作其他的猫头鹰，早就放弃了。

它又飞近了两次，近得让比特唐可以用剑来刺它，一剑刺在脚上，另一剑刺在它那硕大的翅膀上，当时这只猫头鹰正劈头盖脸地朝他扇来。这两剑都把猫头鹰刺得嗷嗷直叫，它怒不可遏，但还是继续追着他们。

大棕蝙踉跄了一下，飞得不那么高了，旋即又奋力朝着洞窟顶部飞去。但就在这一刹那，猫头鹰占得先机，飞到他们上方去了。比特唐知道自己至多只有几秒钟时间，于是他勒紧缰绳，让蝙蝠转个弯飞到一个跟大隧道连通的裂缝里，这是唯一的办法：这里太狭窄了，猫头鹰就在他们头上，他的坐骑却已经疲惫不堪，显然无法逃过下一次攻击。

比特唐精疲力竭，手足疲软，他对接下来的境况的猜测是对的：一会儿之后他们就飞到了一座大而黑暗、响着回声的深坑里，但他们无法超过头上的猫头鹰，飞到隧道的顶部……如果这条隧道有顶的话。他贴着石壁停下来，想找到一些突露出来的石头作为飞行的掩体。这里离芬德林的劳动营还是太远了，蝙蝠的体力早已透支，只能勉强扑扇着翅膀向前飞着。要是再不休息，即使没有猫头鹰追着他们，大棕蝙也很快就要累死了。

这时忽然有一个巨大的身影扑扇着翅膀，掉在他跟前，让他吃了个大惊——他没想到他们竟然完全暴露在外。关键之际，比特唐想伸手亮出宝剑，但他手滑了。猫头鹰的爪子忽然一收，把蝙蝠整个围住，然后撕开马鞍的系带，把比特唐从大棕蝙的背上硬生生地拽了下来。蝙蝠惊恐不堪，痛得尖叫起来，跌跌撞撞地飞着，但失去坐骑的比特唐还是凭自己的力气继续向上飞着，继续这场亡命之旅。片刻之后，他再也飞不高了，接下来就是持续的下落，他无助地打着转儿，在空气里不断下落……

⚜ ⚜ ⚜ ⚜ ⚜

“怎么我从没来过这里？”布瑞奥妮公主向燧岩问道，他们正沿着一条通往巨大深坑的窄路盘旋而下，燧岩认为这就是杰兹卡尔深坑，“为什么就在我的家族墓地底下有一条通往地下深处的小径，我却全然不知？”

“这条路的修筑时间比风暴石之路还要早，我就是带您从风暴石之路上走到城堡内城的。”燧岩解释道，在这疯狂的世界末日，他也只不过比平常人要镇定一点，“远古时代，我的先人畏惧……畏惧您的先人会把我们困在芬德林镇上，这和我们修筑风暴石之路时的忧惧是一样的。我们得有自己的办法来进出城市。”

“你们这样做，是要违逆法令吗？”

“我尊贵的公主殿下，如果您大权旁落，您也会这样做的。任何人都会想保护自己，那也是我们修筑风暴石之路和这条小径的原因。”

“给我解释一下。”

燧岩一一解释了，却想着如果还有未来的话，他的族人会过着怎样的生活。*如果大个子对我们的一切都了如指掌，我们就得仰赖他们的仁慈而活着了，那么我就是造成这一局面的罪魁祸首。*

“因为你惧怕我们。”燧岩解释完之后，布瑞奥妮平淡地说道，“这些工程，以及因为它而伤亡的人们，都是因为你们惧怕我的家族。”她摇摇头：“这笔祖先的遗赠真是冷酷无情。”

她说话的语调让他感到还有一点希望。“您不会责难您祖先所做的事？”

“恰恰相反，我的祖先一心只想得到王权！如果历史只是一片虚无，那么埃顿王朝也就毫无意义。”

燧岩耸耸肩说：“可这样一来，也许每一代人都得重新争夺一次王座。”

她睁大了眼睛：“你真让我惊讶，蓝石英大人。这真是……”

布瑞奥妮并没有说下去。他们正绕着一块突出地面的岩石走着，因而不得不贴着小路的内侧，这时燧岩手里的火把让他们看见一个阴暗的人影，躺在他们前面的路上。

“热湿之神在上！”燧岩说道，他为自己说出这亵渎神灵的句子十分苦恼，毕竟这里离秘境和深渊之海已经不远了，“那是跟您打架的那个人，你们的护国公！”

布瑞奥妮用脚踢了踢那个人。“他不是什么护国公。”

亨顿·托利没有受伤的那只眼睛眨了眨，燧岩气喘吁吁地向后一跳，但护国公一动也不动。托利似乎在抬着眼盯着他们看，但很难说清他到底能看到什么。他的血逐渐变干，布瑞奥妮的匕首的刀柄还露在他另一只眼睛的外头。

“你曾试图把我所珍爱的每一件东西摧毁殆尽。”她这样说道，“但你失败了，托利。你将永远待在黑暗当中，和你的同类，如毒蛇和蜘蛛之辈为伍。”她从他的眼窝里拔出匕首，创口的血还来不及流出来，她就又给他一脚，把他踹进深谷。

随着他们逐渐深入地下，燧岩的脚步越来越沉重。“公主殿下。”他慢慢停下来说道，“我真的不能带您再走下去了，这里是芬德林镇的最深处——我们或许可以绕到另一条路上走回去。”

“绕到达斯汀·克劳和托利的凶残党徒准备背水一战的路上去？我这样做是图什么？你是说我们走这条路，是找不到我父王和弟弟还有加尔人的吗？”她转身对他说道，“你是骗我吗？”

“不是的，公主殿下，您听我解释。”燧岩摇着头，他在这个年轻的姑娘身上看见了他老婆欧珀的影子（虽然这么说是有点不恭不敬），这两个女人都是一副硬骨头，而且总以为他心怀歹意，“但这样走下去，我们只会离灭顶之灾越来越近。”但这一刻已经到来，所以他并不打算告诉她实情。这决定太可怕了，何况他一介平民，居然要让摄政公主听自己说，这都是他干出来的事儿。“当我说不要再往前走的时候，您能信任我一点吗？毕竟这真的太危险了！”

她仍然站在原地审视着他，但燧岩毫不退让。“要我信任你吗，燧岩·蓝石英？你疯了吗？我还有什么别的事要做？我全家人都在我脚下的地底深处，为了活下来而战斗着，你却要我停下来，天底下哪有这样的道理？”

燧岩眼见布瑞奥妮根本不想让步，更不用说打道回府，他早就从另一个固执的女人那儿知道会有这样的局面，也深知自己别无选择。

“那姑且也在这儿等一会儿吧，公主殿下。让我来告诉您，为什么不能再走下去了……”

燧岩如此这般说完之后，布瑞奥妮盯着他看了看。燧岩很难分辨她的神色，那里有恐惧和惊讶，但最明显的是怒不可遏。

“你说的那些都是真的吗？”她质问道。“你们芬德林人要把它推倒？把我家的城堡下的石头推倒？不管它里头住着的人？也不管我在城堡底下深处的家人？”她眯起眼睛，“你还说这是你们早就计划好的？”

“我没有胡说，但这个计划只有在别无办法时才会实施，公主殿下。而且整个计划十分复杂——我是说，它很微妙，我没骗您！”他不想告诉她，现在做什么都为时已晚。一则来不及击溃独裁者的军队，这是显而易见的，二则也来不及完成他那疯狂的任务，他的力气像干燥的沙子一样从缝隙里流走。现在还能做什么呢？很长时间以来，他都在思考和忧虑着各自事情，却从未想过自己会在世界末日时，与他珍爱的人们相隔这么远，甚至无法与他们一同死去。他感到自己真蠢，简直蠢透了。

布瑞奥妮眨眨眼睛，点了点头，然后转身在这条沿着矿坑打出的小路上继续走下去，燧岩赶忙把她拦了下来。“公主，您要去哪儿？”

“你以为我要去哪儿，芬德林人？”她扭过头对他说道，似乎没怎么把燧岩说的话放在心上，“我要和我的家人死则同穴，你也可以选择自己的死法。”

“但是公主殿下，如果爆破粉点燃了，把石头砸下来！”

她转身对着他，表情因为愤怒而扭曲着。这时燧岩才发现，比起他们初次会面时，现在的布瑞奥妮不只是换了一身衣服，也不只是长大了一点。她变得更深不可测，也更强硬了，有时他能感到她的不可名状的情绪，令他惶遽不止。“你经历了本来不应由你经历的艰难险阻，芬德林人。”她这样说道，“现在让我去做我所应做的事吧。”

“但现在干什么都迟了……”

“你住口！”她向他走了一步，燧岩惊恐地以为她要弄死他，“在我父王回到王座之前，我都是这个王国的摄政公主。生息在地上地下的一切臣民，无论你的同胞还是我的子民，都受我保护。别拦着我，如果你不能和我继续走，至少也给我闭嘴。”她又转过身去，手里紧握着匕首，沿着崎岖不平的小路向黑暗当中走去。燧岩犹豫了很久，最后还是跟上了她。

⚜ ⚜ ⚜ ⚜ ⚜

艾希瓦等着自己的女主人从梦之界里归来。这位古老睡城的女儿已经耐心地等了很久。当时萨奎丽等人正在自我牺牲，独裁者的祭典早已开场，恐怖的回声贯透了整个洞窟，闪着诡异光芒的神的影子开始扩大，闪光之人现出他那恐怖而不朽的身躯。但艾希瓦并不介意等待，作为隐士而不是战士，她只能等待着主人召唤她的那一刻。

雅萨梅兹缓缓睁开她那双乌黑深邃的眼睛，但她仍然待着不动，在地下迷宫深处的石壁之下的地上跷着二郎腿而坐，最后她终于站了起来。

“我就要死了。”她这样宣布道，“把那些还能走路的人找来，让他们带着我可爱的萨奎丽和其他伤员撤回地面，要尽可能的快。”

艾希瓦知道萨奎丽正等着她施出援手，但他还是向她的女主人鞠了个躬，询问道：“元素精灵卫兵怎么办呢？我感到他们正逼着您给他们一个答案。”

雅萨梅兹摇摇头：“我已经说过我的答案，那就是不——我不会用炎卵的，巴瑞克·埃顿那个人类告诉过我一些内情。”

“此话当真吗，主人？”

雅萨梅兹的笑容像刀刃一样锋利。远处的西斯人正在恶神的愉悦之下葬身火海，他们的惨叫声就像远方传来的鸟儿的嘶鸣。“当真。”她说道，“对人类而言，他们短暂的一生就像神明拥有的永恒生命一样重要——或许还更重要一点。在我受天山眷顾的一生终结之后，我怎么能这样做呢？他们或许还要跟归来的神灵一同在世上生息，书写一段我无法预见的终曲，我的族人已经从世上撤退，但他们的故事或许会不一样。”

雅萨梅兹从腰带上抽出白焰剑，它闪着白玉般的光芒，就像从月亮上落下的碎片。她拿着它上下打量着。“很久以前，太阳神就是用这把剑杀死诸神的。”她点着头说道，“传说中天界最卓越的斗士长胡子战神本人，就死在这把剑下。让我们看看这把剑是否还有最后一战，看看它能否再溅上一位神灵的血液。只恨我没有太阳神的伟力。”

她对艾希瓦说道：“到我这儿来。”雅萨梅兹弯下腰，轻轻吻在她的额头上，让艾希瓦惊异不止。“你全心辅佐我多年，在我无以计数的岁月里，你是我最好的仆从，我希望你能善终。如果我那位重重孙女此时尚在世，请告诉她，她的子民在今天高贵地死去。这是我最大的遗愿。”她转身走下礁石斜坡，朝着银色海洋走去，那片海在骗术师之神喷出的火焰下蒸腾着。她走了几步又停下来，转身对艾希瓦说：“如果你能见到那个凡人之子，告诉他我记得他说的话，他的臣民和我的同胞一样，都将自由抉择自己的归途。我希望他能明白此时他肩上的重任。”

歪神的女儿迈着大步走向雾气笼罩的银色海洋，朝着那位她曾交过手，但再也不想见到的神走去。她向前走着，身影在火光中盘旋着，变得越来越高大。那身影如雷云般深黑而暴烈，但在逐渐热烈的火焰之下，却变得像一点墨汁般渺小。

⚜ ⚜ ⚜ ⚜ ⚜

比特唐打着滚从空中落下，他跌下去的一刻意识到自己失败了：即使他能奇迹般地落在路上，而不是直接掉进深渊里，即使不会摔得骨折，他也没办法用脚走到芬德林镇上了。

但这时他被什么东西接住了。

他被一个柔软温暖而笃定的东西包裹着，有一刹那他甚至以为自己被猫头鹰攻击了，落在它的身上——否则还会是什么呢？但过了一会儿，他被重新拉到空中，这时抱着他的这双手摊开了，他看见芬德林珊瑚灯的光芒从一个人头顶的灯笼里发散出来，托着他的人有着一头苍白的头发，正低头看着他。

“你好啊，比特唐。”火石说道，“我就觉得我会在这儿找到你。”

比特唐震惊地盯着这张熟悉的脸，感到不可思议。“可是……燧岩的儿子，你怎么在这儿？”

“我觉得我应该在这儿。”那孩子说道，“而这感觉是对的——果然骗术师之神猜到你要干什么，因而派出这只猫头鹰来阻止你。不过这会儿没工夫闲话了，你得赶紧上路——快！锑师父正在等你。”

比特唐禁不住怀疑，眼前的这一切是不是他在晕厥中的幻象，甚至是死后的假象。“但我去不了了，我没办法去，那只猫头鹰弄死了我的坐骑。”

火石把另一只手也伸到闪光的珊瑚灯笼跟前，摊开五指，露出一只棕色毛皮的小动物，那是大棕蝙。它惊愕不止，展开翅膀想要飞走，不过火石轻轻合拢手指又把它罩住了。“不。”他说道，“它也在我这儿。”

比特唐再也抑制不住地大声笑了起来：“这是怎样的奇迹啊！尖峰之神自古以来也没有这样慷慨赐福吧？”

“或许是吧。”火石说道，“这我不敢说，只是你得赶紧走了。”

“那猫头鹰呢？”

“它跑了。它已经把你啄下来，这样他就完成任务，获得自由了。我想你不会再看到它了。”

“快帮我重新骑到蝙蝠背上去。但愿有一天，燧岩的儿子，你能有空给我讲讲这事的来龙去脉。”

“但愿。”火石慢慢地点点头，“不知道会不会有这一天。”

大棕蝙显然已经十分困顿，但现在比特唐又跨上它的鞍，猫头鹰也不在了，它就又迫不及待地想赶路了。“我最好飞慢点儿。”比特唐说道，“它已经没什么力气了。”

“别太慢了。”火石说道，准备把蝙蝠往空中一丢，让它再度起飞，“人们还等着你呢。你看见我妈妈欧珀的时候，请告诉她不要等我——让她跟人们一起走。不过替我向她保证，我会再见到她的。”

比特唐还来不及搞懂情况，就被火石扔了出去，他在黑暗当中打着滚，蝙蝠的翅膀扑扇了起来。

第四十二章
苍白的剑刃

……这些送葬的人最后找到佐睿雅，她在诸神当中心肠最慈悲。她现身于特希斯人当中，问他们有什么心愿，人们便向她诉说孤儿的故事，诉说他如何为了把太阳带回人间而献出生命……

——引自《圣孤传说：其人生平、死亡及天堂的奖赏》

比特唐找到锑师父的时候，大棕蝙快要连翅膀都扇不动了。他打着滚掉在师父那张临时搭成的案桌上，当时锑正盯着满桌子的各种草案。蝙蝠重重地摔下去，把翅膀收起来，它累得只剩下呼吸了，对接下来要发生的事毫无兴趣。比特唐从马鞍上滚下来，踉踉跄跄地跌在石案上。

“长老在上！”锑吓了一大跳，“这是什么玩意儿？”

“我是神射手比特唐——我们打过照面的。”他从背包里拿出阿斯提昂，它太沉了，让他两条胳膊都打着抖，“这东西，朱砂给的。那家伙说现在得让石头落下去了——因为地底深处的战斗已经失败了。”

“可……可是……”锑师父显然无法接受这个事实，“失败了？真就失败了？”

“当时我就在现场，不过只待了一会儿。这是他亲口告诉我的。”比特唐把战争之印交过去之后浑身都松了下来，“有水吗？我和我的蝙蝠要喝喝水。”

“你说什么？啊对，当然有水。”锑站起来，“不过我得先把这消息发布出去，人们都在等着，他们还以为燧岩会成功呢！所以一直都在停工，一块石头都没有落下去。”他摇摇头：“长老啊！这真是个可怕的时刻，可我们必须履行承诺……必须如此！”师父一边咕哝着，一边跑向洞窟的中央，他的工人都在那里等着他。

比特唐爬过石案，靠在蝙蝠身上，而蝙蝠还是只顾着喘气。“做得好，长着皮翅膀的家伙。”他对蝙蝠说道。“你做了一件大好事，非常崇高的好事。”他拍拍它，“真是我的好姑娘，水这就来。”

这就到来的还有所谓的世界末日，但至少他们会先喝一口水。

⚜ ⚜ ⚜ ⚜ ⚜

诗人、盗贼与酒鬼之神。

火之神。

谎言之神。

恶神的名讳和他的神话传说在巴瑞克脑中盘亘着，像闪电的枝枝丫丫一样蔓延着。骗术师佐悉蒙盗取了沃洛斯的战车，他藏在花丛当中偷窥莫娜并强奸了她。他改变自己的声线，从虚空中发来天空之主佩林的父亲斯弗洛思的声音，以躲过佩林的震怒。现在佐悉蒙再度乔装打扮，装成科涅奥斯的样子欺骗了西斯的独裁者，把自己放归到世界当中。

骗术师已经再度降临世上，巴瑞克心中焰华的声音因而惊吓不止：从前只有比他力量更大的诸神能够把佐悉蒙控制住，阻止他的种种残忍无道的想法，但如今他作为最后一个神降临人间，他的力量将无法阻止。

佐悉蒙·萨拉曼德罗斯肆无忌惮地施着淫威，只有独裁者和他少数的精锐猎豹卫队仍然站在他跟前，其他的正规军大都不堪忍受痛苦而逃跑了。许多人想趟过银光闪闪的库比拉斯之血，这样就能从岛上逃出去了，但海水十分黏稠，把他们全都拖倒了。另一些人则遭到佐悉蒙更残忍的对待：他只是用手指了指他们，他们就燃烧了起来，发出一阵柔和的噼啪声。恶神的欢笑淹没了人们的惨叫声。

银色海洋的更远处，幸存的加尔人和范森麾下的芬德林人也正在全速撤退。刚才还在与之对阵的西斯人此时也混在他们的撤退队伍当中，一心只顾着保命。人类和精灵互相抢着登山绳，疯狂地想要逃回在他们头顶的地下迷宫和通道。

巴瑞克总算恢复了力气，他扭拧着尽量把绑在自己身上的绳索拉开，这让他疼得厉害，但最后终于弄开了。焰华的祖先仍然因为骗术师之神的到来而震惊不已，此时只在他心里发出一些含混不清的声音。一个慌不择路的猎豹卫队队员扔掉了佩剑，巴瑞克捡起它，挥断费拉斯·范森身上的绳索，然后又小心翼翼地把契妮坦的绳索也挑开，而那个黑发的姑娘仍然昏迷不醒。

范森慢慢爬起来，他几乎站不稳，契妮坦并没有起来。

“契妮坦。”巴瑞克在她身边跪下，把脸贴近她，几乎能闻到她身上淡淡的海水气息，“你听得见我说话吗，契妮坦，别丢下我一个人！”但他徒劳无功，他察觉不到契妮坦是否还在呼吸。恶神步入世界时，巴瑞克的脑海尚且灼烧着，恍如一片炽热的灰烬，更何况契妮坦，她本来要变成恶神的附身之躯壳。巴瑞克眨了眨眼睛，无法再看她死去的容颜。造化怎能如此弄人？

造化当然弄人，它素来是如此。

巴瑞克走到契妮坦身旁的另一具躯壳跟前。他父王的胡子比他记忆当中要灰白得多，但这张脸仍是他熟悉的样子，他曾对之爱恨交加。奥林国王看上去也死了，但巴瑞克能感觉到他耳下还有一丝微弱的脉搏。这具半死不活的尸体里还留着什么？也许恶神附身其中时，早已把他的生命烧成灰烬？这具只剩下呼吸的肉身还有什么用……

一大片飞溅的水花让巴瑞克回过神来，那个英俊的恶魔趟到银色之海里，捞起一把正要游到安全地带的西斯人。把他们四肢乱动的细小身躯贴到他燃烧着的脸上去。

“神的血液味道怎么样啊？”佐悉蒙发出隆隆的声音，“对人类而言想必是令人兴奋的蜜酒吧，它是否会改变你们的凡胎肉体？我们试试看吧！”

他这样说着，惊恐不定的西斯人的喊叫声改变了，他们的身体变得越来越大，不成人形。一针针银色的血液在他们体内像灌木丛一样生长着，开始刺透皮肤。他们的眼睛恐慌地鼓胀着，四肢到处乱蹬，却无法摆脱这已经在体内的东西。一圈圈银色的缠绕物像藤蔓一样生长出来，把他们高高地举到空中，最后他们就被自己那凝固成一片闪亮荆棘的血液吊着，恍如伯劳鸟吊起的肉食。

范森无力地看着这些垂死的西斯人，一动也不动。

“你得把契妮坦和我父亲带走。”巴瑞克对他说道，“找一艘船，趴在里头，但愿恶神不会发现你们。”

费拉斯·范森扭头看着巴瑞克，他的脸色苍白，眼睛里藏着他从未见过的恐惧：“那么您干什么呢，巴瑞克王子？”

“我还有事要做。”他禁不住为自己这愚蠢行为大笑了起来——毕竟他能对神做什么呢？“先把这姑娘弄进船里，我会在这儿保护父亲。快去，快！”

范森抱着契妮坦纤软的身体蹒跚而行，这时巴瑞克头上涌来一大片阴影。他转身举起手中的长剑，却只看见恶神走回岛上。骗术师之神正朝着独裁者和他的残部走去，后者刚刚跑到他们原先搭建的临时大帐里。

“开炮，你们这些蠢货！”苏列佩斯向他的手下大吼道，“弄死那玩意儿！”

“啊，真不赖，也让我见识一下，在我沉睡的时间里人类学会了什么先进技术？”恶神大笑着喊道，“工匠歪神想必教给你们很多东西吧？”

独裁者手底下的人谨遵他的指令开炮了，但这些大炮的射程并没有那么高，在最大仰角之下，炮弹仍然只够得上恶神膝盖的高度，而此时佐悉蒙已经比希安大教堂里著名的三兄弟神像还要大了。大炮咆哮着，神却只是淡然地左右移动，炮弹只能呲呲地飞过他身边，继而撞在洞窟另一侧的石壁上，撞出一片雨点般的碎石，落在正在逃跑的西斯人头上，死伤惨重。

独裁者领着残部跑向从地下迷宫通往这座岛上的通道，但还没跑过去，巨大的佐悉蒙就赶到他们跟前，拈起他们刚刚还开过炮的大炮。他把这尊铜制的大家伙捏成一坨，再把它像木塞子推进酒桶一样，塞进岩缝里，这下独裁者和他的残部就无路可逃了。

“闪开，蝼蚁！”佐悉蒙大笑着俯视着他们，然后开始把最靠近他的士兵拈起来，把他们捏得全然不成人形，那些士兵哭喊着，在他手里惨叫着，佐悉蒙却无动于衷。

巴瑞克爬到这座岛屿的制高点，迎着巨大的恶神而站。他紧紧握着手里的精灵宝剑，范森在他身后大喊着，但巴瑞克认为，必须有人在这里把恶神困住。佐悉蒙很快就会把这里的受害者屠戮殆尽，然后他就会打起地上的南境城堡的主意了。

“你只管把我父王和那姑娘带走！”巴瑞克对范森说道，“这儿的事你办不了。”

“我不能置殿下于不顾！”

“愿诸神垂怜于你我，好伙计，快走！”

“公主殿下让我时刻在您左右，我对她立有誓言！”

范森的这番话让巴瑞克想起了什么，但这些思绪并没有让他踟蹰不前。*我诚然既是人类也是加尔人，但我与她一母同胞，骨肉相连，我们体内的血液相同，布瑞奥妮，我记得这一切！*

巴瑞克渐渐跑了起来，好像这样能让他与众不同——好像只要跑起来，他这个凡胎肉体就能与神对决。

两个被捏得奇形怪状的东西从佐悉蒙的大手里掉下来，摔在巴瑞克脚前的石地上。那是两个西斯士兵，他们被恶神捏得像两只用蜡熔化成的螃蟹一样。他们朝他爬来，巴瑞克能看见他们扭曲的脸上那无助而痛苦的表情，令人惊悚不已。

“你躲哪儿去了，我的小独裁者？”恶神低声说道，用他硕大的手指在尖叫着的猎豹卫队和祭司当中搜寻着。佐悉蒙拈起一人，细细查看，又摇摇他那巨大而燃烧着的头。他手里挣扎的人变为一缕火焰，随即熔化开来，像滚烫的油脂一样从他指缝里滑落。他又拈起一个特别肥硕的人——那可能就是西斯人的大祭司——把他像葡萄一样吃掉，然后舔舔自己燃烧着的手指，露出满意的笑容，“味道好极了！跟他主持的祭祀一样令人愉悦！”

“转过头来看看，这儿有人不怕你！”巴瑞克爬上斜坡，恶神就蹲在这里玩弄着他的那群俘虏，“转过头来，骗术师，我的祖先曾将你击败，他的后人仍然热血奔涌！”

但巴瑞克还来不及挥剑，恶神的手掌就像一块灼热的大理石那样扇来，把他拎了起来。巴瑞克像个被吓住的孩子那样，竭尽全力不让自己因为疼痛而喊出声来，然而他的皮肤并没有烧起来：佐悉蒙显然还想慢慢跟他玩玩。他把巴瑞克拎近了点儿，他的脸足有一座房子那么大。“你说祖先？你祖宗是谁啊？他是躲在我的某座神庙的角落里撒尿？还是诅咒过我，然后终其一生都因为怕我听见而惶惶不可终日？”

“你错了。”巴瑞克在神的手掌里挣扎着，“你这个肮脏无耻之辈，我的祖先是库比拉斯·歪神，正是打败你并将你封印的神！”

“果真如此？”佐悉蒙看上去十分愉悦，他把巴瑞克又拎近了一点儿，凑上去嗅了嗅他，佐悉蒙的鼻孔足有箭靶那么大，“好像没错，你跟他的味道是一样的，真是幸会啊！看来他的后代还是只能以凡胎肉体在地上匍匐而生！现在歪神死了，而我重获自由，你认为这意味着什么呢，可爱的小蝼蚁？”

“这意味着！”巴瑞克双手持剑，用力把它刺进恶神的手里。恶神没有防住这意外一击，他感到一阵不舒服，就把巴瑞克扔开了。他摔在地上时有好一阵子没法呼吸，只能躺着石头上喘着气，但他毕竟让这个巨大的敌人不痛快了，心里还颇有几分高兴。

“你使诈，小蝼蚁。的确，我现在的这具身体是用尘土做成的，但我也是有知觉的，我能感到你这鼠辈干的坏事。”佐悉蒙抬起一只脚想要踩碎他，巴瑞克只能无助地看着头上这片阴影，佐悉蒙的脚大得像一艘被绞索腾空挂在码头上的船。“但我的精魄很快就能穿过虚空，让我的身体变得充实。”恶神的说话声隆隆作响，他的脚悬在半空中，因而让身子摇晃了一下，“到那时候，即使太阳神本尊也无法把我怎么样……”

“我并非太阳神本尊。”这时飘来一阵喇叭般大的说话声，“但我手里有他的剑，过来试试它的锋刃吧！”

佐悉蒙惊讶地转过身，这时巴瑞克连忙从他脚下的阴影里滚开，尽量远远地避到一边去。雅萨梅兹站在深渊之海的边上，她披着一身漆黑的盔甲，只能看清她的面容。她手里的剑闪着一道白色的光芒。

“你会死的，老太婆。”恶神满意地说道，仿佛终于在人类的世界里找到一点让他感兴趣的东西，“就算你有白焰叔叔的长刃剑，你也别指望我会退让。”

“或许吧。”雅萨梅兹说道，“但或许也正如你所言，你这具身体还是挺脆弱的，你只是不想让人知道罢了，渺小的神。”

佐悉蒙大笑着把他那颗俊俏的脑袋扭了过来，浑身的火焰蒸腾得更高了，连洞窟远处的岩石都闪着黄色的光芒。“攻击敌人弱点真是个好主意，老太婆——但这并不是我的弱点。来吧！让我看看你的本事！”他举起双手，一把金色的长剑出现在手中。

雅萨梅兹走进深渊之海里，黏稠而闪闪发光的海水像退潮一样从她身边退去，她一直走到海的中心都没有被海水淹没。雅萨梅兹变得越来越高大，到她走到海的另一边时，已经有佐悉蒙的一半大了。她走过的地方刮起一道道寒冷的风，驱散了这个洞窟里的炎热。巴瑞克原本试图爬起来，这时又冻得哆哆嗦嗦地趴在地上了。

雅萨梅兹走到骗术师之神跟前时，已经跟他一样高大，只是恶神的体形如磐石，尽管雅萨梅兹已经尽她所能地把自己变得很大，但比起他还是单薄得多，也更脆弱些。巴瑞克几乎看不见她的实体——因为雅萨梅兹现在就像青烟一般。她手里硕大的白焰剑闪闪发光，实实在在地亮耀着，像满月的一弯边缘那样闪着皓洁的光辉。

两柄巨剑第一次相碰时发出恐怖的响声，让整个洞窟都震颤起来，这时巴瑞克总算挣扎着站起身，他能听见独裁者在岛上的什么地方尖叫着，命令他手下那些惊吓不定的人们再次向佐悉蒙发起攻击。巴瑞克真不明白他是怎么找到这么多情愿给他卖命的人的。两柄巨剑在他头上高高低低地碰撞着，巴瑞克朝着那两个硕大的人影蹒跚走去，岛屿正中央的战斗正变幻莫测，他们像云一样在汹涌的海上翩然起舞，身前的剑气就像一阵逐渐变强的风暴一样横扫着。佐悉蒙张狂的明亮焰光荡着涟漪向四防扩散，而雅萨梅兹只是变得越来越暗，镇定自若地防守着。

巴瑞克在黑暗当中穿行着，最后他终于看见佐悉蒙快步移动着的脚踝，于是他踉跄着跑过去。他用全身力气把剑刺了过去，长剑没入他诡异的水状身躯当中，他听见佐悉蒙发出一声不悦的声音，却沮丧地发现自己的剑化成了水汽，已经消失殆尽，只剩剑柄像残花的茎秆一样落在地上。佐悉蒙的大脚忽然扫来，把他踢飞了。

“快跑，凡人之子！”雅萨梅兹从阴霾当中现出她的脸，对他说道，她的表情十分痛苦，仿佛肩负着整个世界的重量而无法脱身，“你在这儿起不了作用，连我也至多只能多拖延他一会儿。”这时有什么东西撞在她身上，雅萨梅兹摇晃着，巨大的形体消隐在了浓云当中。过了一会儿，她的脸又像穿透浓云的烈日一般显现出来。“走吧！去救你能救的人，我只能帮你到这儿了……”

雅萨梅兹又被击中了，她颤抖着在他眼前跌倒，高大的身躯像倾颓的高塔一样倒下，就在这一刻，白焰剑脱手而去，但佐悉蒙身手敏捷，他一跃而上，在雅萨梅兹上方把她猛地一拉，至少在巴瑞克看来是这样——毕竟他的视野里一片模糊，他所见的这场战斗简直是在湖底的泥淖当中的一片混战。恶神的金剑像一丛烈火般朝着雅萨梅兹深黑的身影砍去，巴瑞克听见她发出一阵痛苦而扭曲的惨叫声，那声音听来叫人害怕，仿佛能震落洞窟里的每块石头。

有人拽了拽他的手臂，巴瑞克慢慢转过身去，像做梦一样看见费拉斯·范森站在他身后，他全身是血，沾满尘土。

“您帮不了她的——她说了！”范森大声喊道，努力让声音穿过神灵与半神彼此交战发出的隆隆巨响，“跟我一起把人们带到安全的地方去吧。”

“没有哪里是安全的。”巴瑞克这样说道，这时一只巨大而燃烧着的手凌空挥下，把他一掌拍到半空中。

一切都……结束了……巴瑞克只来得及想到这么多，就被黑暗吞灭了。

⚜ ⚜ ⚜ ⚜ ⚜

芬德林的劳动队连忙把最后的一点爆破槌放到一面巨大的石墙下，这道墙沿着布鲁尔仓库洞窟延伸着，师父们又把它称为“冷墙”。神射手比特唐从未来过这座洞窟，显然他以后也见不到它了，这座洞窟坐落在焕华共修会神庙的大约一百英尺之下，散发着硫黄的臭味和其他一些难闻的味道。这里比其他洞窟都更冷一点，师父们在这里贮藏了许多桶陈年的苔藓酿，但几天前这里最珍贵的陈酿已经被搬走了。在比特唐看来，爆破槌，也就是那些放在石墙下的楔形的金属物，足有一个体形高大的人类的脚那么大。这些槌子要一同爆炸，把整个洞窟炸塌。他真想不明白，芬德林人怎么会觉得这样做能影响到离这里很远的地下深处的战斗。

坐在大棕蝙背上飞了那么久，现在的比特唐已经没法儿再舒舒服服地坐着了，于是他又走回到锑用作临时案桌的石板上，在一旁等着这位师父向邻近的一个更小的洞窟里发送消息。在那个洞窟里，锑发出的每一封迅即草就的公文都用泥土封好，并盖上战争之印的印章。

比特唐看着这一大堆爆破粉焦躁不已。自从战火波及南境，他早已熟知这种东西的用途。他无法忘记狼牙塔的屋顶曾是屋顶族人的圣地，但南方人的大炮只消一发炮弹，就能把它炸毁。这些炮弹还把深红色高塔炸成碎片，把冬之塔的塔顶炸毁大半，让碎片流散在南境城堡的整个内城里，像被小孩子玩坏的玩具一样。这些黑色的粉末的确让比特唐惊恐不已——但在这儿干等着的感觉还要更糟。

“对了，朱砂那家伙说，动作要快。”比特唐对正在俯身研究作战计划的锑说道，锑的脑门上冒着汗珠，汗水落在他手里写着的一片小黏土板上，“那家伙说，要不然一切都迟了。”

“看在热湿之神的份上，小家伙，请安静！”锑擦擦脸上的汗，“我知道要快，我知道朱砂他们说要赶快搞定——我懂，我懂，我都懂！但如果稍有差池……”

比特唐不太明白，如果这些芬德林工程师稍有差池会发生什么，但显然这对谁都没好处。“真抱歉打扰您，师父，我家人总是说我话太多……”他被锑恼怒地瞪了一眼，总算安静下来。

“这是最后一封。”过了一会儿，锑把战争之印摁在黏土板上，把这堆文书交给等待已久的通信兵，“把其他的信交到各个工地上，这一封则交给盐师父——他会核算总数，如果正确无误，就会点燃引信。”年轻的通信兵飞驰而去，成年男子大都在战场上，工地里的男工几乎都是孩子或老人。

锑师父坐下来又揩揩汗，比特唐注意到这位年轻师父的双手抖得厉害。“我们得在下一层洞窟里的引信上点火，那里是爆破粉的两道长链交汇的地方，它们将会同时爆炸。”这时有一个人匆忙赶到锑跟前，他抬头一看。“欧珀女士？”他惊讶地说道，“您怎么还在这儿？这里只剩下最后几个工程师了。”

“他不见了！”燧岩的妻子如是说道，“我找不着他！”

“您儿子不见了？”这时轮到锑变得恐慌了，“您是说火石？虽然他是个淘气包，但他这会儿要上哪儿去？他知道这是您丈夫的计划——也就是燧岩的计划。他在外头乱跑实在太危险了。长老在上，他到底在想什么？”

比特唐走到案桌的边上说道：“欧珀女士，很高兴能再见到您，我有个令人高兴的消息带给您。我见到他了，见到您的儿子，正是他从猫头鹰的猎食下救了我和大棕蝙一命，他还让我告诉您，他一切安好。”

欧珀瞪大眼睛看着他，然后无助地对锑说道：“他说了什么？有只鸟儿告诉他，我儿子还好？”

这两个芬德林人花了好一阵子，才终于听明白比特唐的故事，当他们最后搞清故事大意后，欧珀稍事安慰下来，只是不算很开心。

“那孩子一直很命大的，从一开始就……”欧珀像是在对什么人咕哝着。

“快走吧，欧珀女士。”锑师父说道，“但愿长老垂怜，让您和令子以及您勇敢的丈夫重逢。走之前请确认一下您的帐篷里已经没人了——大喊一声，让人立刻到更上一层的洞窟里去。”

“跟我一起走吧，锑。”她说道，“您也不能在这儿耽搁太久。”

他摇摇头，比特唐发现他的神情很微妙。“我还不能走，我得等盐·硝石和最后几位工程师，还有爆破线上的工人们一起撤退。您先走吧，欧珀女士，我很快就会赶上您的。”

欧珀走后，锑手下的芬德林人匆匆忙忙地干着活，比特唐想着自己是否也该走了。要是在某个好时候，这里会让比特唐流连忘返——毕竟他不是只在地底下，而是深入到芬德林镇下的几层岩穴当中——只是这里藏着足有两英担的爆破粉，它们已经填装停当，即使一星火焰也能把这里炸个粉碎，这念头让他颤抖不已。

比特唐正要跟锑告别，却被锑拦下了。“最后一批人也很快要撤离。”师父这样说道，“再等一会儿。”

他看见锑又露出微妙的表情。比特唐暂时依然无法坐下，但还是尽量镇定自若地走来走去，看着最后几个工程师走过他身旁，而锑则从工人名单上把他们的名字勾去。最后来的是盐·硝石，他是灰·硝石的侄子。他从上一层的岩穴里走下来，清闲得好像刚干完日常工作似的，而从他跟锑的对话来看，这或许也跟他的日常工作差不多。

“全部都弄好了。”他说道，“只是导火线很短，你们也许跑不了很远，您为什么不让我做一条更长的？”

“没时间了。”锑告诉他，“如果导火线能烧得跟半根蜡烛一样久，等到它爆炸时，对底下的人来说就太迟了。”他摇摇头：“或者现在也已经太晚了，这真是个艰难的时刻。”

“这都是那个阴险小人镍的错，至于燧岩的蠢货哥哥就更不要提了。”盐用工程师一贯的对掌权者的蔑视语气说道，“要不是他们让我们停工，我们足有好几个小时可供撤退。结果现在我们能完工都是个奇迹了。”

“这我都知道。”锑说道，“你们做得很好，盐师父。”

年长的僧侣耸耸肩：“好啦，伙计，你最好一点燃引信就跑个没影，否则后果不堪设想……”

锑引着他走向通往芬德林镇的粗糙石阶。“我知道，我都知道。”他对年长的师父说道，“现在快走吧。”盐蹒跚走上石阶的时候，锑转身对比特唐说道：“还有你，朋友，现在是说再见的时候了……”

一阵急促的脚步声让芬德林人和只有手指高的屋顶族人齐齐转过身来，那是镍师父，共修会的下一任会长。他跟他们在同一个楼梯井里，脸上盛怒难却。“长老在上，锑，这儿到底搞什么玩意儿！你干得太过火了，我要把你逐出焕华共修会！”

锑盯着他看：“你怎么在这儿，师父？你跟其他人应该奉命在打扫神庙……”

“奉命？”镍尖叫起来，“你疯了吗？我看到命令了，你发出的命令，你只是个普通的共修会成员，你这么做到底是什么意思？到底是谁授权你这么干的……”

“那么说来，其他人也走了吗？”锑打断他的言语，“神庙里没人了吧？你这个蠢材，你没把人扣在那儿吧，没吧？”

镍只是又惊讶又生气地站在原地，张了张嘴又合上了，最后他总算找到话茬：“我不会只把你踢出共修会，我还要把你拉上公会法庭的被告席！”

锑师父纵身向前一跃，对于他的块头而言，这动作是令人惊讶的迅疾——毕竟他是比特唐见过的最高大的芬德林人了——他揪着镍的衣领，照着他的脸掌掴过去：“回答我，白痴！神庙没人了吧？”

“没人了，你这该死的东西！”镍气得快要哭出来了，“你和那个暗中捣鬼的燧岩 · 蓝石英已经颠覆了我的权力！当你下达命令时，人们完全不听我的！我告诉他们别走，但连燧岩的那个胆小鬼哥哥岩核都滚回芬德林镇上去了。”

“敬大地长老！”锑把他推到一边，镍踉跄了几步，向后倒在洞窟的地上，“要是按你的法子来，他们就被你全害死了，你这个白痴！现在快滚吧，否则你就要跟你的神庙同归于尽了。”锑揪着他的衣领把他提起来。“你还不明白吗？我这就要点燃引信了，我们用了一大堆爆破粉，如果你还待在这儿，或者靠得更近的话，就会被炸得渣都不剩——你会骨肉横飞，连名字都不会剩下。你会变成碎石堆里的一小撮灰烟，就这么点儿。你想这样吗？那就继续待在这里喋喋不休吧。”

锑转过身背对着镍，朝石阶走去。镍在他身后盯着他看了一会儿，两眼因为盛怒和恐惧而迸突着，然后他也急忙跟上锑的脚步。一会儿之后，比特唐驾着蝙蝠跟上他们。他们沿着石阶走到另一个较小的洞窟里，洞窟的中心放着一片星形的爆破粉，向西面八方的岩隙和岔道里延伸着。

锑蹲在星形中心的旁边，掏出打火器具。“你继续走，镍，要是不想把屁股烧焦的话。”他说着，“你也赶快上路，好心肠的比特唐。”

这一回镍用不着再三警告了，他连滚带爬地跑上石阶，但还没往上爬几步就脚下一滑跌了下去，重重地摔在楼梯底下。

“我的腿！”他恐慌地哀号着，“我的腿断了！天哪，矿坑保佑，好疼啊！”

“以长老之血的名义！”锑信誓旦旦地说道，“我救不了你，镍，我得留在这儿确保引信不会半途熄火。”

“帮他一把吧。”比特唐对他说道。镍这时候看起来活像个惊慌不定的孩子，“如果你借我一点火，我愿意守在这里点燃火信。”

锑摇摇头：“得有人在这里一直守着，确保炸药被点燃，否则就会满盘皆输，而这是我的职责。”

这时比特唐总算明白锑师父脸上微妙的神情意味着什么，他只是不想表现得大义凛然。“你没什么职责了。”比特唐拍了拍大棕蝙，让它安静下来——这里嘈杂得很，它害怕噪音，而且也不喜欢待在地下这么久。“我飞得比你们都快，所以我们全都会安然无事的，快带着你的伙伴走吧，师父，时间不多了。”

锑本来想理论一番，但他很快就打消这个念头，继而给了比特唐一小撮火种。“别为镍丢了命。”他小声说道，那家伙仍然坐在地上哭着，只是哭声正变成呻吟，“不值得为他死。”

“但值得为您牺牲，朋友。”比特唐这样对他说道，“别担心大棕蝙和我，我们会毫发无损地回来的。”

锑拉起镍，把他扛在肩上。“再见了，比特唐！”在他从视野里消失前的最后一个拐弯处，锑对他说道，从这里开始，石阶蜿蜒向上，再也无法看到底下的洞窟，“别耽搁太久！”

比特唐挥挥手，这时他已经开始后悔自己揽下这件英勇的蠢事了，何况没有人知道他的贡献！除了蠢还是蠢。

但这是女王对我的期望，他这样想到，**我是她忠诚的水槽侦察兵，除此以外别无他想。**

比特唐第十次数完自己的手指和脚趾之后，从大棕蝙的鞍上趴下来，把一小块木头凑近锑留给他的小小火种。他稳稳当当地把小火把举到星形爆破粉的中央点燃，爆破粉开始嘶嘶地燃烧了，他连滚带爬地翻身上骑，催促它赶紧起飞。他们朝着楼梯井的方向飞去，差不多飞到地下迷宫的更上层时，比特唐想起他向锑保证过，他要留下确保引信没有半途熄火。

有五条引信顺利燃烧着，但通往酿酒仓库和冷墙的那条只噼噼啪啪地烧到一半就熄火了，他驾着大棕蝙飞下去，引了一小枝火把它重新点燃。他守着这条引信，看着它重新闷烧起来，同时他也发现其他引信已经一路燃烧到视野尽头，通往下一个洞窟了，这时连通酿酒仓库的引信又熄火了。

一定是受潮了，他这样想到，心怦怦直跳。此时他已经看不到其他引信了，而且也不知道它们在引爆之前还可以燃烧多久。他敢不敢就此逃走？要是一招棋错，满盘皆输怎么办？或许还有更糟糕的情况，就是它微妙地改变了整个爆破，乃至殃及顶上的南境城堡，还有比特唐同胞的家园？

他连忙又拿起一长条燃着的木棍。“上吧。”他对大棕蝙唤道，然后驾着它朝底下的洞窟飞去。

这条引信穿过酿酒仓库的整个洞窟，比特唐飞到洞窟中央一带，用燃着的木棍碰碰它。引信被点燃了，然后朝着冷墙下的爆破槌一路烧过去。他再次驾着大棕蝙起飞，这时引信忽然向前快速燃去，比之前的速度快出好几倍。

快了，情急之中他只想到这么多，*这玩意儿烧得比之前快！*

比特唐驾着大棕蝙穿过洞窟飞到楼梯井里，他紧紧贴在蝙蝠背上，两手用力抓着它的皮毛，生怕它从他身边溜走。蝙蝠强劲的翅膀和浑身的肌肉在他身下运动着，它一下下扑扇着在黑暗当中飞行，比特唐只听见蝙蝠发出凌厉的叫声，想找到一个出口飞回家去。这时灼热的空气猝然围绕在他们身旁，一记老拳似的把他们击飞。神射手比特唐和他的大棕蝙就这样消失在无声的红色焰光之中。

第四十三章
炎卵

伟大的伊蒙神羞愧地离开之后，佐睿雅走进大门，很快来到头戴黑玄武岩王冠的科涅奥斯本尊跟前，那位死亡之神面容严峻，有着冷漠的眼神……

——引自《圣孤传说：其人生平、死亡及天堂的奖赏》

诸神垂怜，别让他发现我，别让他发现我！

费拉斯·范森知道这样做很蠢，向那些并不在场的神灵祈求自己不要被一位就在此地的神发现，这有希望吗？他只是旧习难改，何况一生中他从未像现在这样恐惧。

在巴瑞克的大声命令之下，他把那位黑发的姑娘抱到最近的一艘搁浅在岸边的芦苇筏里，现在他正奋力拖着半死不活的奥林国王，把这个费劲的包袱也弄进船里。他周遭的情景喧嚣不止而令人疯狂，被烧死的人们浑身焦黑，就像烧焦的稻草人，直直地站着。其他人则倒成一堆堆冒着烟的尸体，或是在只离银色之海几码之远的地方倒地死去，再也无法登上那些烧焦了的船只。还有一些生还的人，但他们的境地让范森只能祈求他们能得速死——即使他们是西斯敌军，也不该被这样残忍地折磨致死。

范森是军人出身，从前他经常和战友们一起投入忘我的战斗当中，过去他曾和富有传奇色彩的加尔人相争，也与独裁者的千军万马对过阵。他曾站在恶魔般的深渊巨人跟前，每个巨人都让人闻风丧胆，而范森早已记不清自己多少次差点死去。但这一次……这一次的情况全然不同。这是因为来到洞窟里的那家伙不是人世间之物——他来自一个范森甚至无法想象的地方——他是个如假包换的神灵。

他是个丧尽天良的神灵，范森在越来越大的痛楚当中想到，*他将杀死我所知的一切生灵*。

整个洞窟都被佐悉蒙发出的炽烈光芒点燃了，他忘乎所以的笑声在洞窟里回荡着，这位英俊而体型硕大的少年仍在跟雅萨梅兹对阵，但随着时间的流逝，他从雅萨梅兹身上撕下越来越多的黑色碎片，并付之一炬。每遭到一次攻击，雅萨梅兹都变小了一点，身影也越发虚幻起来。范森为她能英勇战斗这么久而震惊——虽然他深知雅萨梅兹的厉害，却不曾料到她能有如此伟力。她是当之无愧的神灵的女儿，这一点毋庸置疑，但与她对阵的也是一位神灵，而且比她强大得多。

“你能感觉到吗，我的小表亲。”佐悉蒙对雅萨梅兹大吼道，“能感觉到自己的精魄正在体内蒸腾吗？我萨拉曼德罗斯比你厉害得多。要是你父亲与我公平竞争，我一定能把他烧成灰烬！”

雅萨梅兹的脸从漩涡状的乌云当中显露出来，就像熔化的石蜡一样不成人形，流露着愤怒与痛苦的表情。“你从骨子里就是个骗子。”她大声喊道，声音像从天际传来的一片逐渐消隐的雷声，“只会躲起来暗箭伤人，否则根本动不了他分毫……”

“动他？我会杀了他！用我父亲的长矛！”佐悉蒙的火焰再度燃烧起来，一时间他变成一根白色的火焰柱，仿佛直抵达这座巨大洞窟的顶部。几百步之远的地方，范森感到自己手臂上的汗毛都烧了起来，皮肤干得皲裂，他跌跌撞撞地走着，差点把半死不活的奥林国王掉在地上了。“你那位可笑的瘸子老爸总算死了。”佐悉蒙嘶吼着说道，“你很快也要死了。”

“这……这也无妨……”雅萨梅兹说道，每说一个字她都要痛苦地吸一口气，她的声音越来越小，“毕竟我……已经把你拖住……足够久了……”

*她这是什么意思？*范森心里打着鼓，*什么叫足够久？她是知道什么内情——还是只是终于丧失斗志？如今我们都要死了，我们最终都被打败了……*

佐悉蒙愉快地笑着，声大如雷，震得范森走路都走不稳，他一下子失去平衡，摔在碎石上，奥林国王也从他胳膊里摔了出去。范森浑身疼痛，而且精疲力尽，洞窟里还有酷热的风不停地刮着，他流下了眼泪，视线模糊。

佐悉蒙的声音炸着他的脑袋。“等你死了，我就从我父亲的这座石墓里爬出去，到亮敞的地方去，世上一切生灵都将侍奉我，否则只能自蹈黄泉。”他又大笑起来，掀起一阵隆隆作响的狂风，火焰舔舐着佐悉蒙脑袋附近的石壁。

范森手脚并用，奋力从碎石上爬开，祈求自己千万别被恶神发现。他从身旁疯狂燃烧着毁灭一切的火焰知道，雅萨梅兹其实已经坚持不了多久了。他跑到一动也不动的奥林国王跟前，把他了拉起来，然后拖到芦苇筏那里，把他弄了上去，让他滚到那位不省人事的黑发姑娘旁边。这艘大船被海滩上的落石陷在当中，范森知道即使自己没有负伤，他一个人也不可能推动它分毫，巴瑞克这会儿在哪呢？

最后巨大的金剑把雅萨梅兹乌云般的身体劈成碎片，范森终于看见巴瑞克王子闪着蓝色光芒的盔甲。王子一动也不动，范森瘸着腿用尽全力向他跑去。

令他欣慰的是，王子的胸腔还在起伏，尽管他的盔甲被烧得焦黑，他一贯苍白的脸也变得绯红，好像被拖进仲夏日的篝火堆里一样。

仲夏日、仲夏夜，范森想到，***谁能想到世界竟会在这样的时候终结，在地底深处……以这样的方式？***雅萨梅兹已经被打败了，她的身形收缩成佐悉蒙一半大小，她体内的神性已经不堪重负，她随着时间流逝而逐渐蜷曲着变得更小，很快就会消失殆尽，只剩下一副凡胎肉体，而骗术师佐悉蒙不会让这一刻耽搁太久。

“巴瑞克王子！您听得见我说话吗？”范森再次对他喊着，但王子没有醒来，于是他把巴瑞克也拉起来，朝着芦苇筏走去。巴瑞克的脚跟在满是石头的路面上划出两道沟，范森才走了一半，就得把他放下，在炎热的空气里大口喘气。他不敢回头看洞窟中央的火柱，雅萨梅兹生前曾是所有在世的加尔人当中最骁勇的战士，但那根火柱正在把这位顽强战斗着的女人化成灰烬。

最后范森终于走到芦苇筏跟前，这时他上衣盔甲的后颈处被拽住了。他被向后一扯，失去平衡，巴瑞克从他臂弯里摔到地上。他还没爬起来，一柄修长的西斯弯刀就架在了他的脖子上，这柄刀的刀刃十分锋利，仅仅架在颈上就能划破他的皮肤。

“我认为那是我的俘虏。”西斯人的独裁者咧出整排牙齿，他一边说话，一边加大了力道，范森的血沿着脖子流了出来，“我自会带走他们，你这个贱民。”

⚜ ⚜ ⚜ ⚜ ⚜

“求求您了大小姐！”燧岩再次拉着布瑞奥妮的袖子，同时他不禁想着，要是换作平时，这样的大不敬即使被砍头也不为过，“求求您，公主殿下，您这样做帮不了任何人！”

但布瑞奥妮并没有放慢步伐："阁下，我看你在族类当中想必是一位大人物，但我是南境的公主，个头也有你两个大，如果你再拉住我，我就把你扔到山底下去！"

燧岩收回他的手，但他比布瑞奥妮清楚，沿着这条漫长的路走下去会发生什么。"可您会死的！"

"如果我袖手旁观，我认识的人都会死。"

她果决地迈着大步，身披威风凛凛的铠甲，看上去恍如古画上的人物——或许就像在队伍最前沿策马而行的莉莉女王，她与曼提斯的雇佣大军对阵，那位甜美可人的姑娘在崇山峻岭间将他击败，而布瑞奥妮就像她的化身！燧岩不禁对她心怀崇拜，这让他更不愿意看到她献出生命。

何况我自己也会丢命的，如果再跟着她走下去的话……

"小姐，求求您！先搞清情况吧！我告诉过您会发生什么的！"

"但你说的事还没发生呢，或许根本不会发生——又或者是你误判了，或者火药被打湿了。"她沿着悬崖边上的小径急匆匆地走下去，在比较宽的地方索性小跑起来，遇到危险难行的窄处才放慢步伐，"那样的话，我的家人和朋友就更需要我了。不，你不能阻止我，阁下。"

"真是乱来，又固执！"他暗中咕哝着，燧岩最了解固执的女人了，她们绝不会因为有人教她们，就会乖乖改变主意的。

我要么跟着她去死，要么就回去，或许能活下来。但如果能活下来的话，那就是说，我会因为丢下她不管而自厌自弃的。大地长老啊，为什么要这样诅咒我？为什么我就不能左右自己的生命？

仿佛是冥冥中的回答一样，燧岩听到一阵急促的脚步声，他停下来，布瑞奥妮走了一两步也停下来，盯着他们跟前的一片黑暗。那脚步声变大了，能听出有人从地面上走下来，就在他们身后。

"谁？"布瑞奥妮才说出这句话，就在火把的光亮下看见一个有着一头黑发的年轻女士。她没带照明工具，却跑得很快，她跟燧岩和布瑞奥妮擦身而过时似乎并没有发现他们，只是继续急匆匆地跑着。片刻之后他就消失在他们身下的黑暗当中，那迅疾的脚步声又响了好一阵子，最后连声音都没有了。

“天上的神灵啊，这到底是怎么回事？”布瑞奥妮睁大眼睛说道，“她怎么能看得见路？又为什么跑得这么快，一头扎进黑暗里？”

“我……我知道她。”燧岩说道，“我知道那个女孩。”

布瑞奥妮又迈开步，匆忙朝着地底深处走着：“你指的是什么？她不是个芬德林人——她跟我差不多高！”

“我见过她——确言之是跟她讲过话。她叫薇洛。现在她精神失常了，但她以前带我见过一个加尔人……”

“薇洛？我也认识那姑娘，范森队长把她从西方的国家带回来的——据他说，这姑娘之前在雾影线外迷路了。”布瑞奥妮的步伐加快了一点，“但她到底为什么急匆匆地跑向地下，连话都不说一声？再说，她到底怎么在黑暗里还能跑起来的？”

燧岩答不上来，他不知道这姑娘怎么在这里，他连自己为什么在这儿都不知道。

这一回，直到那个叫薇洛的姑娘跑到他们跟前，他们都没听见她的脚步声。薇洛从黑暗里跑出来，急匆匆地朝着燧岩和公主跑去，似乎她现在才发现他们：“救救他！他会受伤的！求求你们，他们人太多了！”她扑通跪在布瑞奥妮脚下，伸出两手抱着她腿上的长靴，“救救他吧，救救我的凯因！”

“什么，什么情况，那是谁？”布瑞奥妮结结巴巴地说道，但那姑娘已经手忙脚乱地站起来，拉着她的胳膊就要带她走。

“跟我来！好吗，快跟我来！风和火的怪物会杀了他的！”

布瑞奥妮任由自己被她拉到黑暗当中，燧岩连忙在后头追着。

他能听见前路上的阵阵声音，有一个听来像人，其他则是呼啸呜咽的阵阵风声。

他们蹒跚走到一段较宽的路上，看见一个高大纤瘦的男子被枷上了，许多胳膊照着他的头和身体打去，让他恍如一棵寒风中瑟瑟发抖的小树苗。过了一会儿燧岩才看清，那影子用一双破窗帘般撕散开的手抓着他。

“救救他！”那姑娘喊叫道。

布瑞奥妮只犹豫了片刻，随即两手各拿着一柄短剑，朝这诡异的地方冲了上去。燧岩只能眼睁睁地看着，心想他在葬礼上见过的这姑娘到底遇到了什么事，从什么时候开始变得如此坚毅勇敢。

*但那也没用——她会被那些黑暗的东西弄死的。*然后燧岩也跟着跑起来，他摇摇晃晃地举着火把，想从嗓子眼里挤出一声震吓四方的吼叫声，但没喊出来。

半精灵被一大片黑暗包裹住，手里的火把像被布罩上的灯笼一样朦胧。布瑞奥妮冲上前，几个怪物从凯因身上爬下，像狂风中的身披斗篷的人那样衣衫翻腾着朝她飘过来。他们的眼里闪烁着光彩，就像绿色的石榴石。

“你手里的剑很古老。”她身旁传来一个声音，这声音似乎在黑暗的每一个角落里响起。“那是用一颗陨铁做的，过去我们的一些族人曾被其所伤，但它也不太难对付。”那双眼睛很快地眨了眨，“只是负伤是无法摧毁我们的，何况你也不是什么厉害的斗士，姑娘。”

布瑞奥妮并没有停下来听它说话，她始终把手里的两把剑持在身前，然后上前迈开弧步，试图把那怪物和其他黑影从凯因身边拖出去。“你的意思是我能砍伤你，坏蛋。”她的声音很紧张，却沉着有力，“我听懂这句就够了，我刚刚才亲手剁了一个最凶险的敌人，来吧，我们看看谁笑到最后！”

布瑞奥妮猛冲过去，同时快速弹出手里的匕首，像一把剪刀一样左右交叉着刺过去，但那个幽灵般的形体像青烟一样荡漾着从她身边躲开，再飘回来兜头钳住她。燧岩想用火把烫伤那家伙的胳膊，但火把扑了个空。这个怪物没有实体，它转身朝着燧岩扑来，一张黑暗的脸占满了他的视野。它把燧岩扔了回去，让他的脑袋撞在石板路上。火把脱手而去，滚到几步之外的路边上，闪烁不定的火光快要熄灭了，随即又忽然光亮起来。

燧岩想爬起来，但火光时明时暗，让他的视野里一片天旋地转，此外他的脑袋也像装了一群蜜蜂似的嗡嗡作响，两腿则完全不听使唤。*大地长老啊*，他想到，*我不能死，不能就这样死去，不能在人家还在战斗时死去，而且欧珀也不在跟前……*

刚才那个说着话的、晃动不定而明灭无常的怪物，此时正像一层雾似的，打着转缭绕在布瑞奥妮周围，布瑞奥妮挥刀砍去，它就嘲弄般地消失到远处，无法抓住。

“有本事就过来吃我一剑，你这个懦夫！”她气喘吁吁地说道，“萨奎丽女王许诺过，说你我是盟友关系的！”

“萨奎丽可代表不了我们——何况你们短命的人类也杀不死元素精灵。”那怪物愉悦地说道，“我乃影釜，等你此生化为尘土的很久之后，我才会迎来我的末日。还有，我只是在这儿找乐子，等着我们的任务完成。姐妹们，从贼人那儿把我们的战利品抢回来了吗？”

其他阴影像一张张黑毯子似的朝着半加尔人的凯因伸展开去，但一听到影釜的声音，他们就全都颤抖着飞到天上。在两道黑色身影中间的空隙里，有一块巨大的石头，它闪着黄色的微光，上面似乎还淌着泥水。“拿到了。”她们这样说道，布瑞奥妮虽然听不懂他们的语言，却能听出他们的意思。

“他族母是雅萨梅兹。”其中一个元素精灵大叫道，“她肯定告诉过他炎卵的事！”

“不对。”另一个元素精灵说道，“他是通过她的思维知道的。”

“那就拿走它。”名叫影釜的那个元素精灵大喊道，“他是怎么知道的这无所谓！”元素精灵摇曳着他们褴褛的枝枝蔓蔓，把布瑞奥妮扫倒了，刀也从手里哗啦一声掉了出去。影釜像一团雾气似的散开，瞬间又现出原形，飘在深渊之上。她像个长着火红色眼睛的巨型蝙蝠那样扑扇着翅膀。“姐妹们，拿走炎卵，把它狠狠摔在石头上。把它砸开，让这些有着肉身的家伙们全都死掉！”

像是被一阵骤风吹过那样，那几个影子迅速飞到高空中。燧岩只能从它们闪烁不定的眼睛和手里光线暗弱的炎卵判断，她们在哪里飘荡着。

“那些饱读深渊图书馆中篇章的智者帮我们造出这东西，但他们自己则没有勇气用它！雅萨梅兹也没有这胆量——最后她胆小懦弱地死去，跟叛徒伊尼尔没有两样。我们就不同了，我们是元素精灵！”她放大嗓门自信满满地说着这番话，燧岩听得胃都痛了，好像有一只冰凉的手掌按在他肚子上一样，“我们让它生长在最黑暗的花园里，让它比雅萨梅兹所想象的更有力量。”

“不能打碎炎卵。”一个孱弱的嗓音嘶哑地说道，凯因颤抖地爬到燧岩跟前。“否则它内里的热度一旦孵化出来，不止南境城堡会被摧毁，它的热度还会在未来几年里蔓延到整个世界，直到世上所有生命都灭绝。”半精灵如是说道。

“说的是啊！”影釜叫道，“那时我们的子嗣就会在月光下翩然起舞，空旷的陆地与海洋都将为他们所有！”那声音就像一阵凌厉的风声。“姐妹们，把炎卵扔下去，净化这脏污的世界！”

“那是我的囚徒。”整个洞窟里都是死者和仍在匍匐求生的人，与之相比，独裁者就像从别的地方来的一样。他似乎不会被火烧着，身上只有几片灰烟，金色的铠甲反射着火焰的光芒，照耀四方。他的鹰盔半戴在流着汗的额头上，迸突的两眼里满是愤怒，范森从未见过谁有这样的表情。“这艘船也归我所有，你这个傻瓜放了什么在里头？你从我这儿偷了什么？啊，原来又是一个埃顿家的人，红头发的那个。这样一来，就会流下更多的古老血液，太好了，更多的。”他手里的匕首在范森脖子上的力道加大了，但独裁者似乎不怎么在意他的死活。“我当然能从神的子孙里另外抓个人来，再找个仍在沉睡的神，他会为了重获自由而跟我订立契约，帮我摆脱这个狂暴危险的骗术师。”苏列佩斯说道，“诸神居然还不降临于我方，我会报复他们的怠慢的。你认为他们会是谁？”他的目光又落在范森身上：“我可是独裁者！人间的太阳！”

范森紧咬牙关，真心希望这是他留在世上的遗言：“你……只……是……另……一……个……白……痴。”

“你说什么？”独裁者俯下身来，手里的匕首又加大了一点力道，他用膝盖顶着范森的肩膀，让他动弹不得，“你是什么东西，一个南境的小贱民？”

“我宁愿是……”范森的声音低得跟耳语差不多，独裁者朝他又贴近了一点，“我宁愿是南境最低贱的牧羊人……那也比身穿金甲的你要好……”范森完全无法动弹，但他捡起一块石头，用尽力气朝独裁者的鹰盔上揍过去。

范森没多少力气了，那一拳的力道只够让西斯人神一样的国王感到惊讶，但范森伺机摆脱了他。他用尽全力手脚并用地爬走，但苏列佩斯很快又扑上来，用匕首朝他刺去。范森只得伸手抓住他的胳膊。他尽量不让匕首贴近他毫无防护的脸和脖子，但他真的累了，身上还多处负伤，苏列佩斯则不但比他高大，还肌肉虬结。范森反扭苏列佩斯的手腕，逼他放开自己，躲过他那柄弯刀，但他至多也只能做到这样了。苏列佩斯很快在打斗中处于上风，他跨坐在范森的胸膛上，用长而有力的手指扼住他的喉咙，并开始使劲。

黑暗袭来，在范森的视野里铺开，他只觉两耳轰鸣，此外听不见任何声响，两眼只模模糊糊地看见独裁者那张丧心病狂的脸，他的眼睛以及森森白牙。这时似乎有一道火焰贯穿他们头顶上的空间，就像炎炎烈日坠落到地底深处。片刻之后，独裁者从范森身上挪开了。范森咳嗽着，痛苦地大口吸气。

他再次抬头看时，发现独裁者小小的金色身躯被佐悉蒙拈在手里，他的手指闪着煞白的光辉，那张年轻的巨大面容上表露出扬扬自得的神情。

“歪神的女儿也被我摆平了。”佐悉蒙的喉咙里发出一阵咕噜咕噜的声音，像行将到来的暴风雨前的隆隆雷声，“现在只剩下你了，我可爱的召唤者。”

苏列佩斯奋力挣扎着，最后连他盔甲上的束带都断裂了，但范森看见佐悉蒙拈着他，就像一个人拈着一只苍蝇那般容易。“不行，我不能让你轻易地死去。”恶神说道，“毕竟我欠你一点人情，你想对我发号施令，把我当成你的一个奴仆。”他大笑着，声音在巨大的洞窟里激荡回旋，他把独裁者拎高了点，让这个挣扎着的闪闪发光的小人儿就在他的眼前。“我看你额上勒着太阳神的鹰盔，渺小而有死的人类啊，这让太阳神看见了，会有多好笑！但我认为这点子不错，很不错，你会变成……我头上的冠冕！”

佐悉蒙这样说着，就把拇指摁到独裁者的胸上，使他无法动弹，继而撕下他的一条胳膊，然后再撕下另一条，任由它们落在地上。独裁者孱弱的叫声充斥着整个洞窟，鲜血喷涌出来，流得佐悉蒙满手都是。这个恶神接着把他的两腿也扯断了，独裁者越发喊得撕心裂肺，仿佛天上的星星都在人们看不到的高空当中尖叫着。佐悉蒙把独裁者没有四肢的身体摁到自己的头上，让它看起来活像是长在他肉里的一样……然后独裁者就开始燃烧起来，他浑身是火，但一息尚存，他尖叫着想挣脱，但佐悉蒙的皮肉正迅速与他连在一起。费拉斯·范森只能瘫在泥地上大口呼吸，快被眼前所见的一切逼疯了。

“接下来的一段时间里，你将至我所至，小国王，见我所见……”佐悉蒙转过身，高视阔步地走下海岛，他朝着岸边走去，让银色的海水浸润着他大理石般的大腿，每走一步都地动山摇，而他自己也越发光耀起来，发出更酷热的火焰。他走到深渊之海的另一侧时焰光四射，甚至无法看清他藏在火光当中的身影。

佐悉蒙伸出巨大的手掌，抓住洞窟的岩壁，石头冒着烟崩塌成碎屑，他又伸出另一只手抓住岩壁更高的地方，继而将一只脚踩进去。这时他的形体根本不像个人，而是一片巨大的有着人的轮廓的火焰。范森远远地看着，完全看不到独裁者，但仍然能听见他微弱的嘶叫声从狂暴的火焰当中传来。

“现在我重回世间了！”恶神昭告道，同时他攀缘着那些冒着烟、正在熔化的石头，稳步向上朝着地面爬去。

第四十四章

繁星喑哑

……于是科涅奥斯召唤孤儿，对他说如果在这阴冷的冥界有人为他哭泣，就允诺他离开这里……佐睿雅赐给孤儿一双橡木做的手，好让他吹出悠扬的长笛声。

——引自《圣孤传说：其人生平、死亡及天堂的奖赏》

看看他们都干了什么。

巴瑞克挣扎着想睁开眼睛，却办不到。他只看见一片黑暗。*我什么都看不到！你应该透过焰华的双眼来看，*伊尼尔的声音传来，*我恐怕这是最后一次与你说话了，以后我们的联系会越来越弱……*

巴瑞克朝着某个方向爬去——那里并没有光，只有一个逐渐缩小的影子，那个影子跟黑暗相抗，因而显露出来。它镇定自若地站在巴瑞克跟前，头上的鹿角仿佛无边无际般地延伸着。

我现在是不是也要死了？

*还没有。*那头巨大的牡鹿低下头，像是在吃草。*只是任何人的生命都不会——神灵也一样——比史书更长久，现在它翻到了最玄妙的几页……*那动物像是听到了什么似的，忽然抬起头。*来吧，跟着我，看看他们干了些什么！*

牡鹿一跃而起，巴瑞克分明看见它跑过的地方什么都没有，但也确实听见它蹄下的声音来自一个真实的地方，那是长满野草和灌木、落满树叶的一片土地，巴瑞克也跟着跑了起来。

你说谁干了些什么？他问道。

那些生命短暂之人，如你之辈——他们有高有矮。看见了吗？看见他们是怎样从黑暗当中找出一条路来了吗！

他们跑过一段漆黑的虚空，这时一道道焰光袭来，这些燃烧着的团团火焰发出来，一下接着一下，它们翻滚闪烁着，绽放成一朵朵火花，蔓延成一阵喧腾的热风，直到大地也颤抖着四分五裂。

这是什么情况，大人？

有死的生灵施放大火，以对抗一位火神，伊尼尔这样说道。他们看着一片蔓延的火海，看着石头碎裂成块，大地崩坼。他们称之为歪神的火焰，你看见吗？火焰所蕴含的力量，正是时间本身的力量，它泯灭万物，但时间燃烧着泯灭万物的力量，在这里被限制于一个点上，万物就在此刻倾颓，让我们见识到史鉴的伟力。看啦！看这化为灰烬的大地，有死的生命引来熊熊烈火，将大地烧得四分五裂。

但他们为什么这样做？是要击溃骗术师之神和他所放出的火焰吗？

非也，非也，他们有更大的计划，他们引来大火想让大地崩坼，而到大地崩坼之时——现在，看看吧！

米德兰山上的石头崩塌滚落，一阵阵爆发的火焰摧毁了芬德林秘境的第一道墙，继而摧毁了又一道墙，最后冲入深渊之海当中。

也许水神仍在沉睡，但他的伟力仍不可小觑！伊尼尔大声说道，什么东西能让骗术师之神的烈火熄灭？就是这片深渊之水，人类的大孩子啊——是这片无边海上深邃冰冷的水！

⚜ ⚜ ⚜ ⚜ ⚜

那个浑身是火的高大神灵快要爬到通往地下迷宫的通道里去了，他很快就会从范森的视野里消失。这时一阵雷声般的嘶吼从洞窟顶上的空洞里传来，一开始范森还以为这是恶神又在因为愤怒或扬扬自得而大吼大叫了，他的声音在垂直通道中回响着，越发洪亮起来，海岛上的圆形石头到处滚落，在范森周围掉了一地。

范森手脚并用地挣扎起身，痛苦地站着。现在连壁上的石头也开始滚落了，一开始只是鹅卵石，但很快就有像他的脑袋那么大的石头掉下来，接着是更大的石头。一块足有拉货的四轮马车那么大的巨石从高高的岩壁上崩塌而下，掉进深渊之海中，激起一片跟南境城堡的外城墙一样高的水花。

诸神，想必在某处嘲笑我们呢，费拉斯·范森这样想到，*骗术师佐悉蒙将爬上地面，而我等有死之身将被坠落的石块砸死，毫无逃生的希望*。

隆隆的声响变得更大了，大地也更猛烈地震颤着。范森踉踉跄跄地走着，他脚下的海岛就像吊索桥一样晃荡不定，但他终于走到巴瑞克王子跟前。他真希望这地动山摇快点停息，但它却不停地晃动，现在反而更猛烈了，让他仿佛站在一面被敲击的鼓面上。就在这时，他周围的空气似乎变得更有威压了，让他的双眼感到一阵压力，同时耳鸣起来。

“殿下！巴瑞克！我……我没办法……把您抱起来！快醒醒！”

范森拖着巴瑞克王子朝芦苇筏外头走了几步，但他快连站都站不直了，两条胳膊也都麻了。这时他感到巴瑞克在他手里动了一下。

“什么情况？”

“我们周围都在山崩，殿下——整个洞窟都要塌了，但愿我们能逃到某条通道里去……”

巴瑞克努力挣脱了范森。“不！”他翻滚着，继而像乌龟一样笨拙地在地上爬着，“不……芦苇筏……我们得……到船里去。”

“王子殿下，这太疯狂了。”范森喊道，“它完全保护不了我们，有的石头足有房子那么大！”

“范森……我并不是……以王子的身份命令你，我……作为朋友来求你，到船里去！”

巴瑞克用他最后一丝力气爬到芦苇筏里，然后在奥林国王和那个黑发姑娘旁边摊开身体，他看上去苍白无力，毫无知觉，仿佛心跳都已停止。范森也爬进船里在他身旁待着。

“无论遇到什么情况，都要带着他们。”巴瑞克说道，他闭着眼睛，脸色就像他兄长被谋杀的那一夜般苍白，“紧紧搂着我父王，不要把他弄丢了。他应该……回家……”

这时海水的高度忽然下降，朝着祖先的弥留之地流去。湍流变为洪水，就像一道翡翠般的廊柱，仿佛整个伊利珊海的水都被打翻，朝这里倾泻而下。这道墙壁般的碧绿海水朝他们扑来，范森一晃而过地看见海水里有个白色的少年，像一片熔化了的银子一样灼热燃烧着，无能为力地在水中翻滚着。范森一只手尽量深地插到芦苇筏当中，伸出另一只手揽着巴瑞克的父亲，奥林国王。

湍急的海水砸在他们身上，让整个世界化为一片沉静的玉石。费拉斯·范森的眼前只有一连串的气泡，恍如天上的繁星点点。芦苇筏重新冲出水面，他又能呼吸了，但这艘船就像破碎的木片一样被海浪冲得摇来晃去，范森无法抬起头去看，他至多只能揽着奥林国王拽住船身，水流的力道让他的胳膊都快脱臼了，他痛得喊出声来。他们撞在石头上，小船被掀翻了，它被碧绿的海水拖曳着，打着转儿，高高举起而后被继续拽着。船舷再次撞在石壁上，范森觉得自己听见巴瑞克在大声说着什么，这时海水又扑了上来，让他们像落叶一般在漩涡当中打着滚。他们底下的水中仍有什么在隐然燃烧着，但在这么多的海水当中，连那位恶神的火焰也变得黯淡起来。

他被抛上抛下，只能坚持着，却不知道自己会落在何方。这时芦苇筏又下落了，随即又被高高抛起，海水颠簸着他们，就像一只狗叼着老鼠乱甩，范森左摇右摆，只能紧闭双眼坚持着。

⚜ ⚜ ⚜ ⚜ ⚜

布瑞奥妮脚下的岩石开始颤抖，她本想挣扎着站直了，但大地的抖动让她跌在地上，差点滚到路边掉进峡谷里。地底深处发出一阵嘶吼声，仿佛是某个传说中的猛兽藏身其中，连元素精灵也惊慌失措地在半空中躲到一边去了。

地底下的嘶吼声逐渐变为一阵来势汹汹的雷声，峡谷底下狂风大作，一阵灼热的空气涌了上来，把布瑞奥妮从路边上推了回去，让元素精灵像破布一样迎风飘扬。名为影釜的元素精灵拿着炎卵在深渊上方飞着，布瑞奥妮够不着她。她正要把炎卵扔下去，砸在石头上，好让里头的毒物释放出来。

“住手！”布瑞奥妮大喊着，影釜高举着炎卵，而她只能趴在抖动的大地上，“别打碎它！”

一个身影飘上前，越过道路朝着元素精灵一跃而上，在落到漆黑的悬崖下之前，他拉住了空中飘荡的元素精灵，紧紧抓住了影釜那巨型蝙蝠般黑色的身影。来者正是凯因，他的体重似乎要把影釜拖到地上了，但影釜的力量太大，她带着半精灵又在空中升起，直到凯因双脚离地。这时又一个身影冲上来，掠过布瑞奥妮身旁——那是薇洛。她像个被吓坏的孩子那样，抱着凯因的腿大喊起来，这让元素精灵惊讶不已。布瑞奥妮惊恐地看着这一切，那三个人摇晃了一阵子，然后一同跌进黑暗的深渊当中，炎卵也掉了下去。另外两个元素精灵在深渊之上盘旋着，像是在看自己的同伴怎么了，然后他们忽然四散而去，就像从未来过似的杳无踪影。

布瑞奥妮吓得大气不敢出，她趴在路边上盯着漆黑一片的深渊，猜想自己能不能发现炎卵里的毒物何时跑出来——它是否会像神庙里的香一样冒着浓烟?

这时峡谷里有什么东西爬上来了，那东西体型硕大，它降临时激起的风吹拂着布瑞奥妮的长发，但她只看见一片宽阔的东西从黑暗当中现出形状。

是水，这个巨大的峡谷里注满了水，并且正在朝她涌来。凯因和那姑娘以及炎卵都消失在水下，很快她和燧岩也会被吞没，只能随波逐流，直到沉没在水底。布瑞奥妮爬回燧岩所在的墙边上，燧岩战战兢兢地站着，而她坐在他身旁静待厄运降临，念着祷告却不知要向谁祈祷。过了好一会儿，洪水的声音平静下来，水仍在上涨，但速度似乎变慢了。布瑞奥妮又爬到路边上向下看，她向前探出火把，查看不断涌上来的水的泡沫。洪水在她下方一层层漫上来，但令她惊讶的是，它停在离她还有十来码的高度上不动了。

“这水是……”她这样说着，想弄懂其中就里。

燧岩爬到她身边。“千沟万壑做主。”他这样说道，“我们成功了，祖先在上，我们成功了……”

“幸好掉到水里的炎卵并没有裂开。”她慢慢说道，“直到沉到水底都没有裂开。”

“您确定吗？”燧岩问道，他凝视着深黑一片的水面，仿佛能看见炎卵在其中漂浮似的，“您怎么知道？”

“因为如果它裂开了，我想我们现在已经死了。”

这时燧岩忽然话锋一转：“公主殿下，您看那儿！您看见了吗？”

“看见什么，看见谁？”

“就在底下。”燧岩伸手指着，但布瑞奥妮什么都看不见——它太远了，也昏暗不明。“他们都没动静。”他说道，“但船里躺着四个人。”

“你说什么？”她不像芬德林人，在这么昏暗的地方她看不清东西。但她还是盯着水面，看见深深的水下有一片绿色的微光，正一点点浮出来，并且越发光亮起来。这一刻就像做梦一般，她看见了不可思议的东西——一个身材巨大的人形从澎湃的水中冒出来，扑向水面，然后它慢慢飘浮着，身上的光芒黯淡，几乎熄灭，最后这巨大的人形身影变成了几片闪着微光的黑色碎片。片刻之后，洪水又变得漆黑一片。那一定是个梦境，要么就是幻想，不可能是别的，布瑞奥妮迷惑不解地摇摇头。“你还看得见那艘船吗？里头有人吗？”

“能看见，我大概能攀着绳子到底下去，那样就能搞清您的疑问了。当然，他们得还活着才行。”

“恐怕他们已经死了。”布瑞奥妮盯着底下看，虽然她看不到那艘船。这到底是怎么回事，更重要的是，底下发生了什么？她的家人怎样了？独裁者又是死是活？动荡的海水仍然汹涌澎湃，一遍遍洗刷着峡谷的边缘。底下的人怎么可能逃过一劫？“仁慈的佐睿雅啊，除了我们还有人生还吗？”

这时燧岩已经爬下去，寻找一个地方来固定登山索去了。

燧岩沿着危险的斜坡爬了上来，神色分外凝重。他用绳子系着一个幸存者，跟布瑞奥妮一起把她从船里拉上来，途中一直没有回答她的问话。那是个身材纤瘦的姑娘，有着南方人的深色皮肤和一双深色的眼睛，她的身体僵冷，毫无知觉。他们把她解下来时，第一拨希安军队刚好来到小径上。他们是埃尼亚斯派来的人，他们告诉布瑞奥妮，王子本人随后就到。在他们的帮助下，第二个人很快就被拉起来。那个人遇难了，他还没被放下来，布瑞奥妮就认出他正是她的父王。

她伏在奥林国王冰冷的胸膛上哭泣，希安卫兵把船里另外两个人也救了出来。她弟弟巴瑞克躺在父王身边，她凝视着他苍白的面容，感到越来越害怕。最后一个幸存者也被搭救上来了，他跌跌撞撞地朝她走来，然后跪在地上，像一棵快被砍倒的树一样摇晃着。

“按照您的吩咐，公主殿下，我把您的弟弟带回来了。我相信……我相信他仍然活着……”

费拉斯·范森两眼一白，跌倒在她跟前，不省人事。

第四部分

苍松

THE PINE TREE

第四十五章
梦里寻他

整整三天三夜，阿迪斯一直在冥界到处徘徊，吟唱着自己的故事，还有那悲怆的人生。最后科涅奥斯之妻，女神梅希雅流出一滴同情的眼泪。科涅奥斯盛怒难遏，永世不与她为夫妻……

——引自《圣孤传说：其人生平、死亡及天堂的奖赏》

她疲惫不堪，没有一点力气，只想一直昏睡至世事变迁——但她显然还不能睡过去……

“西斯敌军怎样了，公主殿下？”

布瑞奥妮点点头：“城市保住了，范森卫队长说他们沿着山路四散逃跑了，麦尔达大人。”

“但还有许多敌军在这儿……有几千人！”

她努力让自己的声音听起来镇定自若。这位年轻伯爵是少数几位抵抗亨顿·托利统治的人之一，也是她最需要的帮手。“那些西斯残部并不想再替那位独裁者进犯南境城堡，而我们的军队则在清剿城内的托利余党。”她尽量挤出一个笑容，“我向你保证，正直的麦尔达，所有敌人都在我们监控之下。在我们平叛之前，不要旁生枝节。”

他鞠了个躬："听候您的指示，公主殿下。"

觐见厅已是一片瓦砾，现在的宝座是用餐厅里的四把长凳搭成的，它被安放在王宫前庭正中的大帐里，直到整座王宫修葺完工。在希安王子埃尼亚斯的坚持下，布瑞奥妮也有了一把交椅，以确保她在这个临时的觐见厅里拥有权威，此外也让她在重新穿上裙子和胸衣之后不那么难受。她讨厌女装打扮，但为了让她的臣民知道，一切都恢复正常，她只能牺牲一下自己的喜好，穿起这些讨厌的东西。

真希望我的脑袋不像一面砧板，她这样想着，*真希望他们的声音不会像敲在砧板上的锤子……*

她看着周围的面孔，这些面孔就像她的家人那般令人熟悉，使她无法不为自己的尴尬处境感到痛苦：虽然家里有一些人还活着，但此时她跟前没有一个人来自埃顿王室。阿妮莎抱着襁褓中的亚历桑德罗斯回到那座倾颓的春之塔里，她的伯祖母梅若兰娜身体欠安，大门不出。布瑞奥妮的父王停灵在一间残存的会堂里，他的棺材周围簇拥着一圈蜡烛，布瑞奥妮为他哭了很久。至于她弟弟……

天哪，巴瑞克，你在哪儿？

"公主殿下？抱歉打扰您了，我改时间再来？"

她睁开眼睛，看见塞斯尔大主教装得饶有耐心的样子。看来侍奉亨顿·托利这样的主人，连大主教这样的贵族也变得畏首畏尾了。

我想这就是我的受益之处吧，死东西。"不必如此，大人，不必如此。"她大声说道，"是我不好，您毫无罪过，有事请讲。"

"只有一事，先王的葬礼不能再耽搁下去，但还有许多事情有待您定夺，王室的家族教堂已经荡然无存，而城内最大的教堂也损毁严重，您看这事……"

"那就举行露天葬礼，大人，父王的英灵会安息的。"

"让我来安排一切吧，公主。"不待塞斯尔反对，埃尼亚斯就说道，“当然得先征得您的同意。”

她点点头：“感谢您的好心，埃尼亚斯王子。”但他的热忱也让布瑞奥妮犯了难。她不能太依赖他了：她还欠他一个答案。“还有别的事吗？我感到头脑混乱，现在恐怕不宜定夺大事。这位是奈纳吗？真高兴再次看见您，大人，您有什么事要说吗？”

那位老者挣扎着想站起身，但布瑞奥妮还是请他继续坐着。“眼下公主正需要帮助，我怎能不管不顾？更何况您的父王是我的至交好友，而他又是一个值得尊敬的人，是众人的楷模……”

布瑞奥妮努力掩饰着内心的烦躁。难道就没人懂得，眼下没时间讲这套繁文缛节，说些漂亮话吗？南境王国里还有一堆事要做，光是南境城堡里的要紧事就乱成一团麻了。废墟里还到处是尸体，城堡底下的洞窟和隧道里也尸横遍野，这些尸体已经开始腐烂了。生还者还等着赈济，但托利把国库清空了。布瑞奥妮怀疑他并没有把一切都吃空——托利很可能把金银珠宝用船载着藏到他在夏土的家里去了，所以她得先和自己的皇亲国戚干一仗，把属于王族的财产夺回来。

奈纳仍在陈述国家当下的财政状况——也就是南境城堡各项开销的日常流水——那简直是自埃昂大瘟疫以来前所未有的灾难。“……谁来指证那些作恶者？”他抱怨道，伸出一根指节肿大的手指摇着，“事实上根本无法确切知道，到底哪些人支持过托利，而哪些又始终保持对王室的忠诚……”

布瑞奥妮挪了挪身体，尽量不让自己哀叹起来。为什么她每天都如此疲惫？“这并非首要问题，大人。”她对奈纳说道，“南境城内的男男女女除了支持王权，支持那位坐在王座上的人之外，还能怎么办呢？”她从雾影线回来之后仔细思考过这个问题很久了。她曾终日骑行马上，走过她父王治下的南境王国，但这些土地如今一片荒芜，农田与牧场都在逐渐回退成原野。“我们不该因为他们曾献给托利大量物产而惩罚他们，我们应该做的是让人民看到前途，但那些拿托利的统治当作自身作恶的借口的人除外！我对他们只有一副铁石心肠。”

朝臣和贵族们纷纷窃窃私语，其他人则聚集在大帐当中，许多人都焦急地想知道自己过去两年来的所作所为会被怎样定夺。*很好。*布瑞奥妮想，*我会公正处理此事，甚至比别的君王都要开明些，但我决不姑息作奸犯科之徒，不会让他们以为恶行不会被发现，以为自己能逃过惩罚。*但想到接下来要做的事，布瑞奥妮觉得痛苦不已。她没有父王的庇佑，也不像从前那样有许多谏臣辅佐，最痛苦的是，她的弟弟也不在这里……

“艾文·布罗纳在哪儿？”她忽然问道，打断了站在大帐中间的奈纳，当时他正在赘述粮食储备，“布罗纳怎么不在这儿？”

奈纳爬满皱纹的脸忽然红到了脖子根：“布罗纳大人说……他随时听候您的召见，布瑞奥妮公主殿下，无论什么时候。”

“可他却在我们最需要他的时候，认为自己不必列席？”

奈纳清了清喉咙：“他……他说您似乎并不需要他的辅佐，所以他就待在家里了。他还说他将与诸神和王座同在，一定会遵从您的命令。”

布瑞奥妮盯着奈纳，琢磨着他听到自己这番话会作何想法，“那我就召见他，明天或后天。”她的微笑让某些大臣不寒而栗，即使他们和奈纳一样，并不明白她的用意，“务必转告他，让他在方便的时候过来。”她又对埃尼亚斯说道：“当然了，还有上百个托利余孽藏身在芬德林镇，就像躲在垃圾堆里的老鼠一样。不过我想总有一天，范森队长和您的海克斯大人会把他们捉拿归案的。”

埃尼亚斯点点头：“只要住在那儿的卡利坎人不给他们提供支持的话。”

“芬德林人。”她的声音比自己预想的要尖锐一些，“他们叫芬德林人，他们与我的臣民一样忠诚。”

“没错，公主，他们叫芬德林人。”埃尼亚斯尽量咧出一笑。

“请别介意。”她连忙说道，“我现在头痛得厉害，我不是故意的……”

“不会介意的，公主。”他本来还想说点什么，但布瑞奥妮的注意力已经转移到了门廊处的一个突兀的身影上，一群士兵正焦躁不安地把那人扣在门口。“看来我们还得接见一位国使。”她说道，“侍卫，这位来访者是我们的贵客。”

那位皮肤灰白的女士站在众目睽睽之下。有些人对加尔人所知甚少，只知道他们曾加害人类，于是面露嫌恶，毫不掩饰，有人甚至远远避开这个高挑纤瘦的身影，其他人则和塞斯尔一样是围城前就逃出城堡的，他们在自己家里挨过艰难时日，因而不太惧怕这位妇人，所以正饶有兴趣地看着她。不过布瑞奥妮知道，除了她自己，每个人都对这位到访者怀着复杂的情绪。

“我是艾希瓦，风语者巴瑞克·埃顿的谋臣。”这位肤色像鸽子胸一样灰的女士像风中的柳树般翩然鞠了一躬，“我代表他向您致问并致谢。”

大臣们窃窃私语着，布瑞奥妮看着这位女士，试图从她奇异的肤色和蓝绿色的双眸里看出点什么来。“看来我弟弟在您的族人当中找到了归所，我为此十分高兴——从前他在这儿，在他的家人与臣民的围绕之下，过得并不容易。”

“您似乎在生气，布瑞奥妮公主殿下。”艾希瓦说道。

“自我们面临濒死的危险以来就再也没见过他，您觉得我是在为此而生气？”她竭尽所能地控制自己的情绪，然后深深地吸了一口气，“对，我很生气。我不禁在想，他为什么不来见我，甚至都不来向他即将下葬的父王致祷告。”

艾希瓦点点头：“眼下时日艰难，殿下，他……他很难过来。”

布瑞奥妮一脸质疑：“您真的这样认为？”

“请听我说，公主殿下，您的确发了传召要见他，虽然他无法赶来见您，但他派了我过来，请允许我来解答您的所有疑问，我相信不久以后他就能亲自为您解释他的想法。”

布瑞奥妮看着周围的人，他们脸上显露着迷惑不解和恐惧的神情。仅仅一个月前，南境城堡还在跟这些加尔人打仗，她不想让人们再度陷于恐惧当中，毕竟眼下人心未定。于是她用柔和的声音说道：“这话不错，艾希瓦女士，您言之有理。我知道您的族人正在城堡下方安营扎寨，就在芬德林镇的郊区。”

“不错，在您的所有敌人都从芬德林镇撤走之前，我想我们最好还是留在那儿。在芬德林人的帮助下，我们很肯定您的敌人无法逃到地下迷宫的通道里，尤其是那些通往大陆的通道。”

“感激不尽。那么等这些残兵也被清剿干净之后，您的族人又作何打算？”

“我们会回到北方故国，很多幸存者的家人还在雾影之地那里，还有库 - 纳 - 加尔，我族最宏伟的建筑也在那里，只是如今它已倾颓，而我族人口凋零，无法再流散四方。”

“另一个问题，这个问题我不得不问——我们两族之间会和平共处吗？”

“我认为，对于这个问题，我能代表巴瑞克做出妥善的回答。是的，和平会降临，只要人类允许我们自由独立。”

人们又窃窃私语起来，但布瑞奥妮没有理会。“如果我弟弟真的是你们的首领，那么我要听他亲口说出这番话，然后我就……”她面带愧色地对埃尼亚斯说道，“然后我就代表万千臣民，与贵国缔结和平协约。”

加尔人的隐士长点点头：“遵您旨意。”

布瑞奥妮又深吸了一口气，提醒自己若要为苍生垂念，就得接受妥协。“多谢您，艾希瓦女士，您的回答驱散了我的一些疑问。现在来谈谈别的事吧。南境城堡底下究竟发生了什么？我几乎不知道此事该从何说起，有许多传言，但我仍然无法完全弄懂。有个……什么东西……它非常巨大……”

“那是骗术师佐悉蒙，语言与酒和火之神，死神之子，神灵佐悉蒙。”

人们的窃窃私语声变得急躁起来，充满了恐惧。

“请别介意我的怀疑。”埃尼亚斯忽然说道，“但你这是在嘲弄我等圣三神教徒的信仰。”

“您不必把我这番无法自证的话当真，埃尼亚斯王子。”艾希瓦说道，“不过布瑞奥妮公主麾下有好几位仍在世的侍从，对于此事他们见到的比我更多。”

“那些小人儿吗？”埃尼亚斯不大高兴地说道，“那些卡利坎人。”

“他们也是我的臣民，埃尼亚斯王子。”布瑞奥妮尽量表现得大方得体。*费拉斯·范森也看到了*，她想到，*只是他不会跟我说了*。范森跌倒在她面前的第二天就离开了，加入了芬德林大军，去搜捕达斯汀·克劳和躲藏在城堡底下的托利的其他余党。“即便如您所说，艾希瓦女士，但这毕竟很难让我们这些不在场的人信服。佐悉蒙他……怎么了？”

“他已经死了，公主殿下。但我族在世的最年长而睿智的人也说不清，这意味着什么。他是一位永生的神灵，而永生的神灵是很难被杀死的，不过如果他以有死之身现形的话，或许能被杀死。我们没有在此地下方的水域里发现他的踪迹——这片海水熄灭了他的火焰。火焰最后在哪里熄灭，佐悉蒙就在哪里。”

“您的意思是他……它……再也回不来了？换言之我们都安全了？”

艾希瓦的表情十分古怪，看上去几乎是在微笑：“每个还在呼吸的人都尚未安全，殿下。”

布瑞奥妮克制着自己的情绪，过了好一会儿才又回答道：“多谢您的通报，艾希瓦女士，您还有别的事要告诉我吗？”

“没有了。我为您的臣民与我族的罹难者表示哀悼。”

“但这场灾难就是你们精灵搞出来的！”一个贵族说道，潜藏在人群之中的不满情绪终于爆发出来，变为一阵骚动。

“你们这些凶手。”另一个人指责道，声音大得足以让在场所有人听见，“恶魔！”

布瑞奥妮并不乐意大臣们这样说，但她也知道，许多人之所以追随她，仅仅是因为她的姓氏，其他人则只是追随埃尼亚斯王子和他的军队，她承受不起使气任性的后果。

“众位。”她伸出两手控制住逐渐喧闹的人群，“艾希瓦女士是我们的宾客，无论之前有什么过节，最后加尔人是以盟友的身份与我们共同作战的，他们当中许多人为了守卫这座城池和要塞而死去，这一点还请不要忘记。”她又对艾希瓦说道：“但如您所见，我的子民尚未准备好敞开胸怀，宽恕过去的一切——谁能指责他们呢？”

艾希瓦侧着脑袋：“如您所说，到底有谁能指责他们呢？”

布瑞奥妮认为她的这番话里暗藏嘲讽，这让她做了一个决定。她不想让艾希瓦扬扬自得，哪怕她说得有道理。“我们还有许多要事相商。”她这样宣布道，“既然我弟弟不打算过来，那我就过去找他。”

她看到那位隐士瘦削的脸上显出一丝近乎惊讶的神情，不禁颇为满意。“公主殿下？”

“我表示歉意——是我说得不够清楚吗？我要亲自跟你们的巴瑞克谈谈，跟那位风或者随便什么玩意儿的主人，我不管他的新头衔到底是什么，我要跟他说话。”

“可是，公主殿下，可是他……他在……”艾希瓦显然困惑不解。

“他怎么了？他是我弟弟，如假包换。他在南境王国的国土之上，在王国的首都，他的周围有一群精灵，您刚才已经为他们对我族的暴行道过歉，所以还有什么困难让我和他不便相见？”

埃尼亚斯也惊惶地说道：“布瑞奥妮……公主……我认为此举并不明智。”

“但我认为这是明智之举，埃尼亚斯王子。此外，它也是一件严肃而必要的事。我们最近与之相争的人们正驻扎在我们脚下，我们与之相距只有几英里，却对那里的一切毫无所知。如果我们连追查克劳这样简单的事都觉得很难，那么你能想象加尔人正处于怎样一个混乱的境地吗？在这种情势下，我们两族的关系还要恶化下去吗？”她转过身，如她所希望的那样，大帐内的人们正把目光投向她，“我当然得去一趟。”她抬手阻止了埃尼亚斯王子还未说出口的话语。“我自己带几个侍卫去，毕竟这只是盟友会谈。艾希瓦女士？您先回去告诉巴瑞克，就说我今天就动身来与他会面，日落之前就到。”

加尔人的隐士长起身向她告别，不慌不忙地走出大帐，布瑞奥妮重新坐到临时搭就的宝座上。她的脑袋仍在隐隐作痛，但现在她感觉好些了，至少她终于有机会见到她的弟弟，与他面对面。

⚜ ⚜ ⚜ ⚜ ⚜

廷莱特蜷在王宫门前下议院里的一棵紫杉的影子里，看着布瑞奥妮公主领着侍卫走过。一行正在附近劳作的人们也看见她走来，于是爆发出一阵欢呼声。廷莱特希望她没有发现他，要不是伊兰·麦克里向布瑞奥妮公主发誓，说廷莱特拖延了很久，换作其他人早就对她那个襁褓中的弟弟下手了，他早就被关进大牢里，甚至直接被砍头了。

但他琢磨着这番信誓旦旦的话语不是真的——要是当时是另一种情况，他会怎样做呢？他会置自己的生死于不顾，还是对托利言听计从？

马特·廷莱特刚刚把水壶里最后一口酒咽下，眼下他满脑子只想着要是能买得起更多的酒就好了。酒水价格高昂，上好的酒又全到希安军人那儿去了。他每深呼吸一下，胸前都疼痛难挨，换作往常，他会从妈妈的首饰盒里摸出几个铜币，好让自己喝个酩酊大醉，减缓一下疼痛感。不过他还是庆幸自己仍然活着，要不是他在胸前的口袋里放了那本佐睿雅祷告书，现在这口酒可就要在天堂里喝了——至少不会是在南境城堡里。

“谁能想到一本书也能救命呢？”为他包扎伤口的希安军医曾这样说道，当时廷莱特套着锁链，所以他对这位医生的说法不敢苟同，现在他自由了，但这想法并没有改观。

公主从那边走过，他想到，他就坐在离她不到一百步的地方，却只能看着她领着侍卫从人群中走过，朝着拉文之门而去。这位王室诗人看着这一切，不禁感叹事情怎么会变成这样。

伊兰·麦克里并不爱他，这一点她说得很清楚了。他救了她一命，帮她躲过亨顿·托利，她对他心怀感激之情，但也仅止于此，没有爱情。

“盖伦公爵需要我。”她指着那具可怕的身躯说道，过去三天里她一直陪在他左右，“他时日无多了，甚至以为自己已经死了！我怎能在这时离他而去？”

即使廷莱特不为他逃过一劫幸存下来而愤恨，他也为伊兰宁愿眷爱那具不成人形的躯体，也不垂顾于他这清白之人而痛苦不已。盖伦·托利的那张脸上布满伤痕，疮疤上满是灰尘，还渗着体内的污秽，看起来就像得了瘟疫。但伊兰却跟他说，她要用自己的余生来照顾盖伦，直到他恢复健康。话说得不能再清楚了，廷莱特也不愿再自作多情。

爱情，他这样想到，*无非是一堆甜言蜜语，掩盖其下一团臭气熏天的污秽*。

他撑着站起来，蹒跚着走过旧日的绿地。如今这里早已只有一片尘土和碎石，稀稀疏疏地生长着几根垂死的蒿草。

那是我的心灵地图，他这样想到。

*我真的助纣为虐了吗？我真的为了保命而杀了那婴儿？——没有，但为了伊兰我会这样做吗？*现在这个很难说清了，他几乎记不清当时的情况，只除了那时的恐惧感和迷惑。他站在城墙上凝视着脚下，望着外圈绵延不断的防卫墙和远方的海浪。夏之塔的阴影笼罩着他，那一夜里廷莱特思绪万千，仿佛看到有人从历史深处走来。人们怎么可以言之凿凿地认为某个英雄曾那样说过，那样想过，那样觉得过？廷莱特就曾亲历某个历史事件当中……即使他承认自己在当中只是个小角色……但他现在几乎不记得当时的一切，除了亨顿·托利那张丧心病狂的脸，那张脸就像节日面具那样活灵活现，就像戏剧中的一样……

他循着一阵脚步声望去，城墙上一个修长的身影正朝他走来，她的脸看来像是个老妇人，但步伐却轻松矫健。廷莱特发现自己又在望着那片海水，海浪在初夏的和风中轻拍着，冲向城墙而吐出一片片泡沫。

“哎呀。”那位老妇人发现他了，“真抱歉，我这就另找地方，让您一个人待着。”

廷莱特摇摇头。她比他妈妈还要年迈，只是此刻他已厌倦自己一个人胡思乱想，“不，您就留在这儿吧，您是一位女教友吗？”

“我是佐睿雅的修女。”她答道。

“看来。”他点头说道，“想必最近您有不少事情要做。”

“我从来不会无所事事，不管是现在还是别的时候。”她说这句话时面带笑意，廷莱特挺喜欢这位老妇人的，她有着庄严而沉郁的气质，“只是这一时半会儿，我什么也不想干，只想吹吹风。”

廷莱特以为她是想要安静会儿，于是他走到一边，看着动荡的大海沉思起来。人们说海水已经蔓延至整个芬德林镇，而廷莱特只希望这海水能把南境城堡也冲走，就像一阵海浪把停泊在海滩上的小船冲走那样。

“您说……”过了一会儿他说道，“一个人意识到诸神并不庇佑他们时，他会有怎样的心情？”

“您在说什么？”

“您想必已经知道这儿发生的事了，您在寺庙或教堂里应该已有耳闻。”

那位老妇人又微笑了起来：“是啊，我知道一点儿，知道的。”

“那么您明明知道诸神都在沉睡，他们沉睡了上千年，您为什么还能以佐睿雅修女自居？佐睿雅女神在我们这个时代开始之前就已被她丈夫杀死，神父们所说的天界的故事，所有一切都是谎言。”他一股脑地把苦水都倒了出来，“我们在世上所行之事，无论善恶都没有因果相报。”

她小心翼翼地审视着他，然后走上前站在他身后，与他一同望着翻涌的海水，那片海水在午后的阳光中闪着银色的光芒。“那又有何不同？”过了一会儿她反问道。

“您的意思是？”

“那和我们一贯所有和所知之事又有何不同？诸神只在梦中造访，我们短暂一生的每一天都在自作主张，我们并不知道这些作为是否会被诸神嘉许，或者他们根本不屑一顾，但我并不认为人们的做法会改变。”

“会改变的！这全是一派谎言，我们以为神父所展示的天界都是真的，相信他们告诉我们的话，结果他们所说的诸神只是一场木偶傀儡戏，现在我们干脆连傀儡都没有了，我们一无所有。”

“我们此刻面对的困难还是和往常一样，年轻人。”她言辞犀利，“我们所需之物也和往常一样，我发现你受伤了。”她指着他衬衫底下敷着膏药的肿块。“还有更多比你伤得更重的人，他们需要帮助，无论诸神是否会施以援手。即使信仰只是一场雾影的游戏，我们仍能从中学到智慧。即使诸神本身只是木偶傀儡，我们还是要坚持下去——那是为了一个比信仰更大的东西，为了你我以及世上众人。”她摇摇头，“听我说下去。现在舒服点了吗？我恐怕太久没有替人包扎了。”她轻轻拍着他的胳膊：“珍重吧，年轻人，绝望才是真正的敌人，要做个有用的人，去守护比你更需要守护的人，去救济那些饥饿的人，去做一些有助于人的事。”

老妇人转身离开后，廷莱特仍然久久思索着她的话语。

⚜ ⚜ ⚜ ⚜ ⚜

“克劳和他的党徒在哪儿？”布瑞奥妮向海克斯勋爵问道，他早就闻讯她要前来，并在芬德林镇的大门处与她相会。

“正在全力搜捕，殿下。据说他们被赶到了镇子外头的采石场一带，此事很快就会告一段落。”海克斯像是做了一个新的决定，鉴于眼下布瑞奥妮公主肯定要跟他的王子联姻，他开始尊重她了。布瑞奥妮对他给出的理由不尽相信，但这总是说明事态在好转，“克劳不认得通道里的路，但范森了如指掌，何况他还有卡利坎相助。”

“范森让自己太忙了。”她这样说道。自从范森康复后，他就忙得再也没见过布瑞奥妮，她感到自己备受冷落。*范森恨我吗？*她这样猜测到，*还是说他怕我？或者他和巴瑞克根本对我不闻不问，*

就像我弟弟上回见我时那样？

布瑞奥妮走过宝石街时，回到镇上的芬德林人都跑出来看她。有人在欢呼，另一些人则入迷地看着她，脸上露出担忧的神色。显然并不是每个芬德林人都欢迎她的到来。

“我得和燧岩·蓝石英谈谈。”她对海克斯勋爵说道，“您能找个芬德林人把他带来吗？”

“好的，殿下。”他派了个信使前往位于这条漫长迂回的道路彼端的公会大厅。几天前那里还在跟克劳守军大动干戈，如今偃倒的房屋正在被修葺。“没有人会闻信而不来，殿下，我向您保证。”

但我最想见的人偏偏不来，她想。

艾希瓦在洞窟前见了布瑞奥妮，尽管她像往常一样神情镇定，但布瑞奥妮还是察觉到这位隐士正为某些东西焦虑不安。“他正在等您，布瑞奥妮公主。”艾希瓦伸出纤长的胳膊致礼道，她指着拱门处闪烁不定的灯火，然后小心谨慎地让到一边。

“他是我弟弟。”布瑞奥妮对陪同她前来的海克斯和侍卫说道，“无论发生什么事，我都能肯定他不会加害于我。”

海克斯勋爵看上去不太乐意和艾希瓦站得那么近，但也没有表现出要移步的意思，布瑞奥妮决定让他们自己聊聊，没有多加干涉。

她弟弟正站在一张由两块石头叠成的桌子跟前，低头看着上面满满的石板和羊皮卷。巴瑞克脱下盔甲，只穿着一件宽松的衬衫和与之颜色相同的马裤。他光着脚，布瑞奥妮一瞬间错以为过去的岁月并未流过，仿佛他们仍在童年时代，她走出卧室，看见他穿着睡衣站在她跟前，等她起床。这时巴瑞克抬眼望来，冷漠的神情清楚地告诉她那些天真快乐的岁月永不复来。“布瑞奥妮。”他镇定地说道，“我听说你要见我。”

她真不知道如何开口，她本想冲到他跟前伸手抱他，甚至揍他一顿，赶走他脸上的冷漠神情，但结果她只是尽量克制地点了点头。“不错，我想这的确是个好主意……既然你不来找我。”

“甚为抱歉。”他迈开几步，像对陌生人似的说道，“但眼下我不能见你。我的同胞……他们，与你的子民交恶。因而我很难见你。他们仍然心怀恐惧，况且很多人尚未完全信任我。”

“你的同胞？你说的是精灵和哥布林吗？”布瑞奥妮意识到自己几乎是在大喊，但她控制不住，“现在你把他们当成同胞，却不肯来见自己的亲生姐姐？你甚至不想在父王下葬前再看他一眼？”

他转身背对着她，假装自己又开始研究满桌的羊皮卷和石板。“你当然不会明白。”

这个身材高挑，长着一头红发的陌生人真的是巴瑞克吗？还是说加尔人已经把他调包了？这真的有可能，或者只是一个迷信说法？这年头似乎只有传奇和精灵故事是毋庸置疑的。“你认为我就一直安然无恙吗，巴瑞克？我们的父王死了，我像个巡演的演员一样走过特希斯的土地而后回返，差点被毒死、被乱箭射死，我还遇到一位半神！”

“我也认识一位半神。”他说道，“但她不是那种会与我族交善的半神。”

“与我族？听听你都在说些什么！刚才你还把精灵当成同胞，现在又讲得好像还记得自己的血脉！你得下定决心了，巴瑞克·埃顿。”

“你真的不明白。比如焰华……”

“是啊！”她转身走来，怒不可遏地说道，“的确，你遭遇了一些事情，我也一样。仁慈的佐睿雅在上，巴瑞克，我亲手杀死了亨顿·托利！如果你像孤儿那样身受天火的灼烧，那么我也一样！我们都变了！但你变得不多——你遭遇的苦难比起很多人根本不算什么！”

他转过身来，绷紧的脸上怒气冲冲。“别和我吐苦水，布瑞奥妮！你会跟那位王子结婚——我看他为你神魂颠倒，就像一只跟着妈妈走的小牛犊。你将成为希安的女王，全世界臣服于你脚下，而我有什么呢？你又在乎吗？”

“巴瑞克，别说蠢话……”

“你知道加尔人正面临着什么……而我又面临着什么？萨奎丽，加尔人的女王，已经命不久矣。她献出自己的生命，从而让佐悉蒙得以被击败——而她自己则被成百支箭和炮弹穿透身体，如今她只凭着毅力和对子民的爱而活着。当她死后，保障加尔人生存的大半力量也就随之而去。想想吧，我的姐姐——在你准备婚礼的时候，我却在埋葬我的女王，还有我的挚爱！”

“你的挚爱？”布瑞奥妮呆立着哑口无言，“你在说谁，你的挚爱不就是萨奎丽吗？”

“你真是什么都不明白。”他苦涩地说道，“过来，我带你见见她。”他召唤布瑞奥妮跟他前去，然后走到一个偏殿里，那里有两个穿戴打扮跟艾希瓦相似的女子,但她们瘦削的形体不太像人类。这两个女子跪在一张临时搭就的稻草床边，床上躺着一个纤细矮小的女孩，年龄跟布瑞奥妮和巴瑞克相差无几，但就着几根蜡烛的昏暗光火几乎看不清她的形貌。

“这不是萨奎丽。”她说道，“是跟你一起在船里的那姑娘。”

他站在床头向下看着:“萨奎丽在大帐里，她的子民陪护着她。这位……这位则是这场噩梦里唯一在乎我是活是死的人。她名叫契妮坦，这一年里她的名字在我醒时梦里萦绕不散，与我相伴左右，是我的朋友，我的……”他停下来，身体因为愤怒而震颤着，“现在她将要死去……我们还没有面对面说过话,没有触碰过彼此……”他忽然转身走了出去。

布瑞奥妮站了一会儿，凝视着这个失去知觉的姑娘，不知道她是否还活着。她看上去没有呼吸，沉睡的脸上毫无生气。

你是谁，布瑞奥妮猜测着，*你对我弟弟而言是个怎样的存在？你是否眷爱着他，是否在乎他？*

“她还能活多久？”布瑞奥妮对那两个加尔女人问道，她们齐齐看着她，却没有人应答。

★ ★ ★

“我道歉，巴瑞克。”她重新找到他时这样说道，“我对这些事并不知情，也正因为如此……”

“够了，布瑞奥妮，我求你。”她本想伸手拉着他胳膊，但巴瑞克走开了，“你会说正因为如此我更应该回家，但你却不明白，我已经不是你们的一员。”

“你说什么？你不姓埃顿了？”

他放声大笑起来：“真好笑，我当然姓埃顿，我每过一处人们都因为我而受罪，这一点现在你也该明白了，你为了让父亲的王朝复辟，害死了多少追随你的人？在这之前又有多少人为托利而死？而我们的祖先从萨娜苏的家中将她劫夺，又害死了多少加尔人？”

她忽然想起一段记忆，那是她最后一次与他们的父王交谈。“但有一件事你得知道……”

但巴瑞克似乎并没有听见她说话：“事实上我现在的想法是，此刻的遇难者数量已经无关紧要，毕竟由于我们家族所做之事，最终所有的加尔人都会灭亡。所以埃顿王族欠萨奎丽和伊尼尔甚至雅萨梅兹的这笔债，如果我尚能偿还一二，那就是我义不容辞之事。”

布瑞奥妮的记忆被一阵盛怒洗脱了。“你就这样为雅萨梅兹说话？你为那个杀害我们众多子民的刽子手说话？”

他摆摆手：“走吧，布瑞奥妮——你不会明白的。我们之间已经没有什么可说的了，加尔人很快就会离开此地，而我也将与他们同行。你可以安安稳稳地重建你的居所了——因为我们的人已经不多了，不足以危害人类。”

“我刚刚见到你时还在想，你到底改变了多少，巴瑞克。”她这样告诉他，“现在我明白你在一些至关重要的品性上并无变化。你始终只在乎自己的想法，毫不顾及他人，你也始终逃离爱和善良，好像它会伤害你一样。”

弟弟那张苍白的脸上毫无表情，就像大海一样不为所动。布瑞奥妮转过身，走出了洞窟。

第四十六章
风中之烛

……他对佐睿雅说，如果她能引他走出冥界，孤儿就能回到世上，在太阳之下生活。但如果她踌躇不定或失败，他将永远留在冥界与死者相伴。

——引自《圣孤传说：其人生平、死亡及天堂的奖赏》

他知道她竭力不让自己显得愉悦，虽然不知道这是为什么。他总是弄不懂萨奎丽会为什么而感到高兴。你姐姐走了，你们相处得不好吗？

你知道我们谈崩了，你跟我一样清楚，你肯定知道。

当时我没跟你在一起，我是能感觉到你，但距离太远。不过这情绪激荡可真厉害啊！

身受重伤之后，萨奎丽就总爱戏弄巴瑞克以取乐，他知道她这是在竭力不让自己虚弱下去。和萨奎丽不同的是，他刚刚学会如何和颜悦色地不去想那些事。别笑了，他对她说道，我痛苦得很。

你肯定很痛苦，但痛苦有什么用。我族的末日将近，尽管无法确定是否所有人会在同一时刻死去，但毫无疑义这将是我族的最后一代人，至少对那些长存于世者是如此。我们当中有些人还将继续在世上游荡数年，但全族的溃败已经注定。你的同类与我们肩负的命运不同，因而无法理解，意识到末日到来反而是一种解脱。我很遗憾自己不能在这里看到终局，这里将升起明亮的火焰——我相信它的美丽将辉煌而令人恐惧！

但如果世上已无我族类，巴瑞克·埃顿啊，你就不必自我牺牲了。代代相传的焰华将会熄灭，即使你的生命因为你所遭遇之事而延长，但很快，你也会死去。我亲爱的凡人之子啊，最后一缕焰华将要闪烁不定继而熄灭，没有它的光辉，深渊图书馆将变为一潭死水。如果你遗忘了我族的记忆，我们就将和世上沉默的众生一样逐渐减少和消亡。历史的歌谣仍将继续，却已没有我们的声音……

似乎她每向死亡前进一步，都变得更加苍老，现在她看上去就像雅萨梅兹一样老了。或许这就是接近不朽的状态，以及伴随而来的一切。他这样想，但没有让萨奎丽知道。

等你跟那位人类姑娘相处完了，她对他说道，就到我这里来，我想亲眼看看你。

他久久地站在契妮坦身边，尽量让自己什么都不想。走之前他跪下来托起她的手，那双手孱弱而冰冷，他几乎无法承受。他在上面吻了吻，把它轻轻放回她的胸前。

萨奎丽正躺在巴瑞克下令搭出来的床上，虽然这位精灵王后希望自己身穿斗篷躺在光秃秃的岩石上而死去。如果能够选择一种死法，她说道，我们希望以古老的方式死去，让万物归宗。能够学着应对夜晚的寒冷是一件好事，因为死亡降临时也会有一阵寒风吹在我们身上，我们学着少活动，多思考。

但你无从选择死法，巴瑞克对她说道，他让第一花之女舒服而温暖地躺着，因为她太虚弱了，只能听从他的安排。我不会让你在这个地方死去，巴瑞克对她发誓道，我会带你回到先民之屋。

笨孩子，我会和雅萨梅兹一样，当《虚空火焰之书》宣告我的死亡时，我就会死去。

骗人，你一直活到现在，换作别人早就跨过冥河了。是你的精神意志让我们还有时间与你共处，这一点你明明知道的。

你也见到了你姐姐，她说道，她比我猜想中的更光芒万丈，她会是你的好伴侣。

巴瑞克只能怔怔地看着她：别说这么恶心的话。

你和我们不同——和我们的统治者家族不一样。我爱伊尼尔但也恨他，我们爱恨交织，我生命里的每一刻都能感知到他，这就是我们之间错综复杂的联系。但我亦深知，你和我们截然不同。

别说这些，还有，我和她不再亲密无间了，我已经变了许多。

你变了吗？

你知道我变了！

她对他微笑起来，但只是嘴角略微弯起，不仔细观察的人一定会错过这个笑容。正如预言师所说“一切早已命定”，事实上我认为你应该和你的族人在一起……抱歉我失言了，巴瑞克·埃顿，我指的是你那边的子民。

决不！我再也不会和他们在一起了，我和当时相比早已是另一个人。

萨奎丽装作没听见巴瑞克的回答，继续说道：我这番话并无意冒犯你，你已与我们血脉相连，这是毋庸置疑的，如今我族最年幼和最边远的人们都知晓你的存在。

巴瑞克对这些浑然不在意。如果加尔人和他们的知识都将逐渐溃散，他的余生只是一场漫长的葬礼，名望还有什么意义呢？何况最后他也难逃一死，无论是死在这些曾被他家族殄灭的加尔人中间，还是以异邦人的身份死在他所降生的土地上，他在周遭人等中间都只是一个陌客。

不要垂头丧气，萨奎丽对他说道，生命短暂并没有什么不好的，即使像雅萨梅兹那样寿数绵长，比起繁星也不过是转瞬即逝，而繁星也终有一日会黯淡无光。

巴瑞克对这番盲目的快乐不知该说什么，于是他点点头转身离去。

别走，她说道，回来，坐在我身边吧。

他轻轻坐下，更仔细地看着萨奎丽，她变得更透明了，就像一根即将熄灭的蜡烛，烛芯在烛身的深处闪烁不定。他知道她的血液与他一样是鲜红色的，但此时很难从外表上看出来，她的身躯不太像人类的肉体，而更像是一片白百合的花瓣。

这一切到底为什么会发生？最后他问道。

她不必去问也明白他指的是什么。这是必然的事，凡人之子，平衡太不稳定，无法永远保持，当歪神最终死去，世上万物也就纷纷消散，如今我们大限将至。

但这到底是为什么？即使没有焰华的两瓣花瓣，也应有别的东西传承于众人！他们没必要躺下来等死。

萨奎丽又淡然一笑。对，他们没有必要躺下来等死，巴瑞克——但我们盛放的时代已经终结。或许在这之后会有别的东西继之而来……或许如此……但我无法预料……

他看得出她累了，而他也不敢让她虚耗体力。只是当萨奎丽死去，世上就再不会有另一个人能如此了解他。我告诉过你我发现了什么吗？

她的眼睑颤动着，但没有睁开。没有，告诉我吧，凡人之子。

就像他尚未了解父亲的病症有多可怕时一样，那时奥林国王像个终日喝得酩酊大醉的人一样行事和说话。形容枯槁的可怜人，他对腐蚀自己身体的东西的理解还不如我多，虽然我自己也尚未看透……他对萨奎丽说道，我从一些西斯囚犯那儿得知，在南方沙漠里还有一些加尔人部落——西斯人称之为考 - 伊斯特。而他们的民

间传说也与那些西斯以南和以西的海岛上的故事颇有渊源……

他意识到萨奎丽并没有听下去，她又陷入了沉睡，深深的沉睡，回退到一种近乎死亡的状态里。每次把她唤醒都更加艰难，每次她都更快地睡去，再过不久，另一半焰华就会永远消失。

伊尼尔，我该怎么办？

而那个声音也一片沉寂。

⚜ ⚜ ⚜ ⚜ ⚜

“伊兰，告诉我，对一个像我这样真心对你好的人，不应该太苛求他对不对？”

她朝他皱着眉头，但并不生气。“你知道我很在乎你，马特，对于你奋力试图把我从亨顿那儿营救出来，我始终铭感在心。”

“试图？我真的把你救出来了！”

“当然，一度救出来了。但现在情况不同了——你肯定也知道这一点。”

“哪一点？知道你为了一个快死的人而弃我而去？”

她退后几步跟他保持距离：“盖伦不会死的！只要回到夏土官邸就会有最好的医师来救治他，他不可能会死！诸神让一个奇迹发生，不会只是为了掠它而去！”

过去几周里，马特·廷莱特对诸神会做与不会做怎样的事情有了新的见解，但他也知道争辩此事并无意义。伊兰一直爱着盖伦·托利，从她还是个小姑娘时就是如此了，现在她能够照料他，陪伴他度过最后的几个月。

“你身边到处都是奇迹，伊兰。”他这样说道，“我本来要死了！我本来会被冷箭射中心脏，但是那本我想给你的祷告书挡下了这一箭。”他从紧身上衣里拿出那本小书，那本书的封面上有一个银币大小的窟窿，羊皮纸从中翻卷出来。“看看！书的背面都是我的血！要不是我把它放在胸前，那支冷箭就会贯透我的心脏，结果它只是浅浅地刺进肉里。这对你来说无关紧要是吗？”

“这对我来说意味着，我把它还给你是对的，廷莱特大人。如果我接受了您的礼物，您就死了。”

廷莱特垂头丧气。仲夏日以来他几乎一夜也没睡，有时他会想，如果不能拥有伊兰，他的心会碎掉，生命亦将终止——或许比盖伦·托利死得还快——而伊兰甚至对此无动于衷！

“到我这儿来。”她伸出苍白的手说道，“让我吻你一下。”令他万分伤怀的是，她的确吻了他，但那个吻高雅纯洁，像姐妹的吻一样贴在他的脸颊上。“我永远不会忘记你的，马特，永远不会，也不会忘记你的姐妹和母亲……”

“没有人会忘记我母亲的。”他苦涩地说道。

“你是个好得不能再好的儿子，你知道，她只是想给你最好的……”

廷莱特痛苦的内心仿佛猝然缩小了一点，藏到肋骨深处去了。他开始讲一些伤心的事，却发现他跟伊兰在说的根本风马牛不相及。“给我最好的？你把我当孩子看吗？”

“我把你当成一个善良的人。”

“而在一个诗人看来，这和‘我再也不需要你了’的意思并无二致，对吗？”

“别生气，求你了。”

“生气？”他站起来鞠了一躬，“在下并无怒气，小姐，全然无怒气。我反而高兴得很，因为今天我懂得了爱的某个本质——而这是一位诗人最该懂得的，不是吗？爱？永别了吧，伊兰，诚挚祝福你和盖伦。”

他高贵而诗意地与她告别，又在门廊处转过身来，却看见伊兰·麦克里甚至没有像他希望的那样，满怀歉意和渴望地目送他离开。她又低头干起针线活了。

⚜ ⚜ ⚜ ⚜ ⚜

“我连他影子都找不着。”燧岩一屁股坐到椅子上时这样对欧珀汇报道，“我满镇子打听，但没有一个人见过他。”

欧珀几乎连抬眼看他的力气都没有。“他为什么骗我？为什么说我还能见到他？”

燧岩和她一起坐在条凳上，在心里第一百次念叨着要是不用躲在他哥哥的屋子里就好了。可是他们在楔形路上的家离叛军顽抗的地方太近，那里都是拒捕的克劳和托利残党。

岩核·蓝石英偏偏挑了这个时候来，简直勾起了燧岩的痛苦回忆。他走下楼梯，来到客厅里，他弟弟和弟妹现在就躲在这里。“你好啊燧岩，坐吧，要是你想找个差事将功补过，肯定能找到——长老们明察，如今有许多事要做。”他慢慢地点点头，好像他肩负的重任让他连点个头都不容易似的。“我听公会里有人说，顶上城堡里有人找你呢。”他大笑起来，话音里却透着明显的愤怒，“我本以为有人把你和我混淆了，但传信来的那个白痴坚持说，他们要找的就是你，所以我想，也许你该过去看看究竟。”岩核又对欧珀点点头，然后披上斗篷回到楼上去了。

燧岩几乎没听见他哥哥说有人找他的事，他正为那番傲慢无礼的话而生气呢。*什么叫找个差事将功补过？就是岩核差点害死大家的。*燧岩这样想到。*我的亲哥哥，他甚至不去了解我做了什么，就想阻止我。*

这时他又想到一点别的，这念头早就在他脑子里了，但他一直太忙了，没去细想。*对于已经发生的一切——独裁者一伙人完蛋了，*

我们的族人幸存下来，对于这个比原先预计的要好得多的局面，我得去做点什么。燧岩真想追着他哥哥跑去，用石头照着他脑袋砸。**是我干的，而不是他。**但正因为这些事，现在整个芬德林镇上的人都认为燧岩妄图炸毁本族最神圣的地方。

燧岩回过神来，发现欧珀紧紧地拉着他的胳膊，手指都要嵌到肉里去了。“去找她。”她说道。

“什么？去找谁？去干什么？”

欧珀从深深的痛苦当中振作起来，满怀热忱地紧张着：“当然是去找公主啊，既然你要到地上城堡去。你救了她的命！她一定会帮我们的！”

“救了她的命？大概吧，但她也救了我的命。我跟你说过，事情不像你想的那么简单……”

“告诉她，我们需要她的帮助才能找回孩子！告诉她火石所做的一切！她不会不理你的——她欠你的人情！”

“可是亲爱的，布瑞奥妮公主日理万机……”

“有什么事比找到我们的孩子更要紧的？你这个老傻瓜，你听见锑怎么说的吗——多亏火石救下了比特唐，他才拿到了阿斯提昂！还有加尔人——火石也为加尔人做了好事，虽然我不太懂。不过……不过我们的孩子做了大好事。把这些都告诉她，火石做了大好事，她一定会帮他的！”

燧岩摇摇头，虽然他知道这场战役已经输了。“布瑞奥妮·埃顿是整个南境王国的摄政公主，我总不能就这样去找她，只说‘你得给我找到我儿子’吧？她会觉得我在发疯。”

“她会觉得你是个当父亲的。”欧珀摆出一副已经达成协议的表情，尽管只有她自己达成协议了，“她也有自己的父亲——况且她还刚刚痛失父王，她会了解你的心情的。”

燧岩叹了口气。火石失踪的消息让他痛苦不堪，但他知道，跑到南境王国的领主跟前求她办事，是不会成功的。要是火石还活着，除非他自己想，否则他一定不会被找到。这时另一个念头让燧岩不寒而栗：要是再也找不到火石，欧珀是否永远都不会再笑了？

“我一定会去找她的。”他大声说道，“一定去找她，毕竟我这么爱你。”

⚜ ⚜ ⚜ ⚜ ⚜

乌塔修女从城墙上回来了。她看见众多人在重新修建南境城堡，着实感到是一件好事，但她也知道要掩去战争的痕迹，还需要漫长的岁月。至于要抚平人们心中的创伤，又要多少年？乌塔修女说不清，但她能感觉到空气中夏日的气息，这就足以告慰人心了。海水突破堤坝灌进城堡地下深处的那天之后，浓云就一直笼罩在南境城堡之上。瓢泼大雨仿佛要把地上一切都浸透，风暴中几星绿色的枝芽开始生长，在碎烂的石头缝里，在裸露的泥地上生长出来。

像是要为这万物更生的主题画龙点睛一样，梅若兰娜从床上爬起来，从一位侍女的手里喝着汤。那位公爵夫人几天前还在鬼门关外徘徊，但今天却感觉好多了，乌塔修女总算可以把护理工作交给他人，自己走出来散散心。

“乌塔！”侍女还想多喂她一口，但梅若兰娜用颤抖的手推开碗，用力摇摇头，“我之前也问过你的，好人儿，我像是经历了一场漫长的旅行，告诉我这期间发生了什么事吧，快告诉我——亨顿·托利和他手下的流氓真的走了吗？”

“所有消息都说托利已经死了。”乌塔坐在她床边说道，“但您现在该躺下休息，以后我们有的是时间来聊这个。”

“胡说八道，我都这么老了哪还有时间？”梅若兰娜大笑起来，尽管她的声音仍然很柔弱，“但不管怎样，我也有一个新闻给你，我见到我儿子了。”

“您说什么？”乌塔刚刚还为自己的朋友好过来而高兴，现在她的心又冷了下来。她是又低烧不退了吗？还是说这位公爵夫人更迷乱了，即使身体又健康起来，也始终迷狂不止？“你见到他了？”

“不只是见到，我跟他见面了！他来找我了！”那位老妇人又大笑起来，这时侍女为她轻轻揩去下巴上的一点汤渍，她又皱起眉头。“别弄，姑娘。还有，乌塔啊，别皱眉头，我从你脸上看得出来，你担心我更虚弱了，或是又烧得神志不清，但不是这样的。昨晚你睡着后，他走到我床边，我看见他了，还跟他说话。他甚至记得他的真名，那名字只有我知道……阿迪斯。”她有点尴尬地说道，“我给他起了圣孤儿的名字，但即使这样也无法保佑他——精灵们还是把他掳走了。”

乌塔听了这番话后，心想梅若兰娜是不是中了什么胆大包天的小乞丐的计——那个小乞丐以为自己找到了一个女赞助人，在他的人生路上铺满了金子。如果这是真的，乌塔真不知道该怎么办。“那么说，他来过了？您让他和您待在一起了吗？”

“我当然留他了，但他还有许多事要做。要知道，他在这场与精灵的战争中干系重大。”那位老妇人皱起眉头，“还是说他在跟南方人打仗？我记不太清楚了，但不管怎样他还有要务在身，不能留在这儿陪我这个老人。只是自从他走失后到现在，他几乎没什么变化！你能想象吗？”

乌塔听到这里浑身不寒而栗。“可是梅若兰娜，他走失后到现在……已经五十年过去了。”

“这我都懂，但这不是个奇怪而令人惊讶的事吗？”那位高贵的公爵夫人倚着一堆垫子坐着，“不管怎样我都很高兴，他还向我保证，会再来看我。现在来告诉我在我生病时发生的一切吧，我好饿，光喝汤可不够！”

⚜ ⚜ ⚜ ⚜ ⚜

巴瑞克俯瞰着那姑娘的脸，那张脸无比熟悉却又陌生。片刻之前布瑞奥妮就站在这个洞窟里，她看上去也有着一份难以言说的熟悉与陌生。她真的是他的双胞胎姐姐吗，是那个有时与他心灵相通，恍如他的另一个自我的人吗？而躺在他跟前的契妮坦，这个气若游丝、就像风中之烛的姑娘，真的直到秘境中才与他相见，此前从未真正谋面？

*契妮坦，你能听见我说话吗？*他放空了思绪——萨奎丽、布瑞奥妮，还有春季的月圆之后发生的一切——又唤了她一次。*契妮坦，我是巴瑞克，我在呼唤你，我想跟你说说话。*她曾栖息在他心中的某个角落，但现在那里感觉不到任何东西。*契妮坦！*

他坐在她身边，焰华的声音喑哑沉静，像被太阳晒过的蜜蜂一样，低声细语地向他说着死亡观察室，以及那条通向远方的庄严道路，但他无心聆听。他头一次感到这些关于加尔列王的知识无关紧要：正在发生的事情史无前例，没有了焰华，就没有深渊图书馆，而此间的声音将漂泊成孤魂。*契妮坦会离他而去，萨奎丽也会消失，要不是焰华的存在，他的脑袋很快就会一片空白。他们全都走了，他们跨过河流或在河边等待，蹚过那片深黑的河水。*连伊尼尔都离他而去，在彼岸奔跑着，他在尘世的血脉很快就要终结，变得面目全非。

这念头就像一片遥远的歌声那样出现在他脑海里——开始只是一个声音，最后这支歌谣盖过了此间碎乱庸常的噪音。*伊尼尔，彼岸的土地，河流……*

巴瑞克沉入深深的思绪当中。烛光变亮了，过了一会儿，有的蜡烛烧得只剩底部，火焰蹿跳着熄灭了，而他仍然坐在她身边，在这个毫无知觉的黑发姑娘身旁沉思着。

第四十七章
屠戮埃顿王室

……佐睿雅伸手拉着他，但科涅奥斯派出可怖的魂灵紧随他们左右，使他们痛苦……佐睿雅快步走开，不敢多看孤儿一眼，而孤儿也没有大声叫唤，他一声不吭……

——引自《圣孤传说：其人生平、死亡及天堂的奖赏》

布瑞奥妮知道她应该身穿盛装，但临到她准备出门前往公爵遗孀家时，她发现穿着晨礼服，头戴一顶软帽，随身只带一个侍女就是最好的。

就像回到了儿童时代，她这样想到，虽然这和事实相去甚远。

乌塔在门口等她，佐睿雅修女有好一阵子不知道该做什么，是要向她鞠躬呢，还是拥抱她？布瑞奥妮伸开双臂，打消了她的疑虑。“来抱抱我，乌塔，别像个外人似的！哪怕遇到了这么多事，我们也还是老样子！”

那位老妇人微笑着把她抱在怀里。乌塔比以前瘦了，王宫里的人们大多都瘦了，过去几个月的围城战实在折磨人。

“能见到你真是太好了，公主殿下。”乌塔说道，“但也和人们一样，我为先王致哀。”

“蒙您所爱。”布瑞奥妮擦擦眼睛笑了起来，“我每时每刻都在告诉自己不要哭起来，要显得坚定而吓人，就像一个真正的君王那样，但能来见您真是太好了。”

“我也是，殿下。”乌塔宠爱地看着她，布瑞奥妮欣慰地发现，总有一些东西不会改变。

乌塔领她走到她伯祖母的床边，布瑞奥妮对她的变化已有心理准备，但见到她时仍然惊愕不止。几个月前这位公爵夫人还是个精力充沛的老妇人，现在却瘦小羸弱，眼窝和脸颊都深深洼陷下去。她就像一只煮在锅里的水果那样从里头收缩了，但这位老妇人的目光仍然炯炯有神，而当她看到布瑞奥妮时，她还能从床上撑起来。

“赞美圣三神！”她说道，“乌塔，把垫子塞在我背后，让我好好看看我的布瑞奥妮。”梅若兰娜转过头，她只戴着头巾，没有套上假发和繁复的头饰——所以连她的头也显得更小了。“过来告诉我都发生了什么。你可怜的父亲！那些日子真是暗无天日，暗无天日哪！现在总算一切都好了。”

布瑞奥妮仍然迷惑不解，她感到梅若兰娜就像换了个人似的——自上一个仲冬夜以来，似乎整整老了十岁。

“都好了。”她大声说道，“都好了，兰娜伯祖母，一切都会好起来的。”

“您看上去又漂亮又强势，小姐。”罗斯·特莱灵对她说道。布瑞奥妮的一个侍女莫伊娜几个月前就离开城堡，回到城东的家里去了，罗斯则留在南境城堡里跟她的舅舅艾文·布罗纳在一起，她很高兴现在能继续当宫廷侍女了。她把一串沉重的项链戴在布瑞奥妮脖子上，系好扣子，那项链在布瑞奥妮苍白的脖子上像一串星星似的熠熠生辉。

“总觉得不伦不类。”布瑞奥妮站到镜子跟前打量着自己，“尤其是今天，我得安葬自己的父王。”她看着这一身僵硬硕大的裙子，感觉自己就好像是一艘扬帆起航的船，而且是那种速度很慢的船。“一艘大货船。”她说道，“满载着货物左摇右晃。”

“公主？”

“别在意。”布瑞奥妮多么想让一切如常，但她知道仅仅心怀愿望是不够的：她看着罗斯那张甜美坦率的面容，便想起这姑娘的舅舅布罗纳。很快她就要跟布罗纳会面，就剧作家特奥多罗斯所见之事当面对质。从布罗纳打量她的方式就能知道，这位奥林国王最亲密的支持者心怀鬼胎，但她无法忍受在父王的葬礼之前与他会面。不过这件事也不能耽搁太久，如果布罗纳真的与她作对——这一点变得越来越清楚了——在他知道自己正受到她的怀疑的情况下，还让他自由活动就太危险了。绝不能如此，她必须在今晚就处理此事，等葬礼一结束就动手。

“让禁卫队长泰罗过来。”她对一个侍从命令道，“葬礼前我有一小时空闲时间，我现在就要见他。”

“别乱动！”等那男孩跑出去后，罗斯叱责道，“要是您不让我搞定这些乱七八糟的卷发，您的头发就会像个女乞丐一样乱了。”

布瑞奥妮惊讶的是，前来见她的并不是杰姆·泰罗。

“公主殿下。”费拉斯·范森在门廊处单膝跪地，“我听说您要见杰姆·泰罗，于是我就代替她过来了，如果我这么做给您带来了什么不便的话，希望您可以原谅我。”

她叹了口气，但声音很小，没让范森听到，“希望我原谅是你的惯用伎俩了，范森卫队长，但你真觉得自己做了很多抱歉的事吗？”

范森有些脸红地说：“比我所希望的要多，殿下。我信誓旦旦地抢着要把您的弟弟带回来，但事实上我却把他留在了雾影之地，尽管当时别无选择。他是自己回到南境的。”

他让她深深地想起巴瑞克，这真是件奇怪的事——她想起的不是他的模样或说话的声音，或他的动作，这些都与过去区别不大，她想起的是他给她的感觉——让她绝望却又深深迷恋。如今这份感情被更多地倾注于范森，而不是她的弟弟，这让她无所适从，当然了，还有埃尼亚斯，他仍在等待她的答复……

布瑞奥妮努力不让自己显得迷惑，“今晚我要带上禁卫随行，葬礼之后出发。你能安排一队人马在新的觐见厅里等候吗？”

“那个帐篷？”他又脸红了，“我无意贬抑……”

她大笑起来。“那就是个帐篷，你只是说出了事实。”

“我会遵照您的命令，殿下。我带二十五个精兵在那儿等候——我亲自挑选。”他站起身来正要走出门去，公主却朝他抬起手。

“这十来天里我们几乎没说过话，范森卫队长。我让人给你端张椅子来，你详细给我讲讲你的经历吧。”她向一个男孩招手示意，“这里发生的很多事我都还毫无头绪。”

“我们也毫无头绪，殿下。”他忧郁地说道，“我认为如果要了解更多情况，应该去问问那些在这里战斗的人，问问芬德林人和地上人，就算是加尔人和西斯人……”

“地上人？那是什么？”

“请您原谅，那是芬德林人对我们的称呼，他们又称我们为‘大个子’。真奇怪，我跟他们相处久了，竟然忘了自己并非他们一员，尽管我的身高明明是他们的两倍！”

“那就跟我说说他们吧，卫队长。也跟我说说我弟弟，你们在雾影之地都遇到了什么，告诉我所有你知道的东西。今天下午我要把父亲下葬，我感到害怕。”

“我们没能把他救出来，对此我永远无法原谅自己。”范森垂眼说道。

“别再说了，至少你把他的身躯带回来了，而且我们也曾在他最后的那几天里说上过话。”

“真的吗？”范森显然对此事未有耳闻。

“是的，所以我们聊聊天吧，范森卫队长。”她看着周围的侍女，五六个男仆，看着她回归的生活环境，“恐怕我们以后不会再有这机会了。”

范森不是个演说家，但那段故事本身让他滔滔不绝：等到他讲完在芬德林秘境的最后几小时发生的事之后，布瑞奥妮宫中的所有人都围了过来，仆人和贵族们挤在一堆，聚精会神地听他讲，脸上挂着恐惧的表情。于是他更加起劲地说着，把一贯深藏的诙谐幽默全都展现了出来。尽管他淡化了自己的角色，但布瑞奥妮还是发现他把荣誉都归于他人。这让她想起自己的父亲在讲述早年征战赫若索尔时也是如此，而这段记忆又使她想起了接下来要面对的另一件不那么愉快的事。

“你受累了，范森卫队长。”他停下来就着一位侍女奉上的杯子喝酒时，布瑞奥妮这样说道，“多亏了诸神的庇佑，南境得以幸存，但我们也失去太多。”她摇摇头。“我们失去了我的父王，还有查文，以及你麾下英勇的芬德林人，还有千千万万的人。”她尽量微笑着说，但笑不出来，“现在是时候举行国葬了，你不会忘记对我的承诺吧？”

他惊愕地看着她：“您说什么，殿下？我的承诺？”

“不是说了亲自选一队禁卫，然后今晚和我一起出发吗？”

“啊对。”范森释然而又有些失望地说道。他在想什么呢？想一些令人尴尬的对白？明明她始终不了解他对她的热忱，而这也无关紧要。现在她的父王晏驾，弟弟又将南境抛在脑后，布瑞奥妮知道她再也无法只顾自己的感情——只要是对这个王国和其上的臣民有利的事，她都不能任性。“当然，殿下。”他对她说道，“我会在幸存的禁卫里选拔人手，等葬礼结束就出发。”

“有劳，范森卫队长。我还欠你一个道歉，这……使我睡不安稳。肯德里克死后我悲痛万分，但我为当时对你说的话深表歉意。你为人正直善良，你所做的许多事情早已证明这一点。”

范森虽然镇定自若，内心却涌起一股微妙的情绪。那是愤怒还是悲伤？“我只想侍奉殿下左右。”最终他只说出这番话，“永远效忠于南境王国。”

他站起身，又鞠了一躬，然后匆匆离去。布瑞奥妮站了一会儿，暗示自己要振作起来，准备主持葬礼。虽然周围站满了贵妇人和其他臣民，但她却觉得无比孤独。

⚜ ⚜ ⚜ ⚜ ⚜

范森并不支持布瑞奥妮在王宫外为先王举行葬礼，虽然他知道她这样做是为了让人们聚在一起哀悼，但那里人员冗杂，安全无法保障。何况尽管克劳等人已经束手就擒，被关押在大牢里，但托利最危险的党徒诸如伯坎·胡德之辈仍然行踪不明。虽然卫兵仍在精神百倍地搜捕胡德，但费拉斯·范森认为，布瑞奥妮将自己和她襁褓中的弟弟暴露于大庭广众之下是相当危险的，万一发生什么意外，其后果将不堪设想。如果有人从远处的屋顶上放箭，人手不足的卫兵将无法控制局面，那么南境城堡就会群龙无首。

他对未来则更困惑，禁卫队和他们所在的城堡，以及埃顿王族都需要重整旗鼓。杰姆·泰罗已经数度将指挥权让给作为前任卫队长的他，但他仍不知道自己是否已经恢复旧职，因而他每天都去见布瑞奥妮。他们亲密会面，但他却不能拥有她，这又让范森如受百般折磨。还有，她再过多久会把自己嫁给希安王子埃尼亚斯呢？那时费拉斯·范森将何去何从？他只能作为一个无足轻重的侍卫，持剑在她左右。

不知为什么，他变得无法回归到本来的工作当中，尽管那些工作十分必要。一旦你与一位神一样的国君乃至真正的神灵对战过，就很难回去做那些庸庸碌碌的日常事务了，此前的职业生涯太过平凡无奇，让人提不起劲。他曾希望有一天能回到和平岁月——从那场丧心病狂的战斗中幸存的人里有哪个不希望呢——但领着二百五十个整装待发的军人时刻守卫君主的安危又是另一回事了。

狼牙塔修长的影子从西边移到东边，每个人都在花园里从正午一直等候到现在。虽然现场气氛凝重，但聚集在此的人们更像是来参加节日庆典的，他们站在夏日的草丛里，身旁放着篮子和斗篷，吃剩下的午餐随处可见。王室成员井然有序地出席葬礼，奥林国王的遗体庄严安放在王宫宝殿内，一个肃穆而简朴的棺材装裹着他，棺材上装饰着象征埃顿王室的狼与星星。唱诗班吟唱着挽歌，塞斯尔朗诵着对死者的致辞。先王奥林，保佑万民，和睦邦邻——范森觉得大主教要把他吹成永垂不朽的圣三神了。他宁愿这位老者只是布瑞奥妮、巴瑞克和肯德里克的父亲，一位让他的孩子得到这么多成长的普通父亲。他只是一个凡人，如今他已死去，只剩下故事流传世间。

“纵汝身临万般艰险，亦得万民之爱戴，纵万籁贯耳，亦得赞德山三神之垂顾。善者奥林国王之流徙终焉，将回归故土与亲故，勿再踏征途……”

盐屑已经撒下，塞斯尔开始朗诵最后的祷辞，引导先王的亡灵上路。这时范森感到前来送葬的人们激动起来，像被一阵风吹过的花田那样摇曳着。出了什么事吗？他立刻朝布瑞奥妮望过去，她也察觉到情况有点不对。

军械库和狼牙塔之间的路上走来一队人，站在最外圈的人们转过头去看。起先范森几乎看不清那些人是谁，因为他们走在狼牙塔下的影音里，但当他们的领头者走到阳光下时，他看见了一头火焰般耀眼的头发。巴瑞克·埃顿前来参加他父王的葬礼了，那位王子穿着宽大的白衣，戴着白色的兜帽，范森有几次看见萨奎丽就是这样打扮的，现在他明白过来，白色是加尔人出席葬礼的颜色。

他又朝布瑞奥妮瞥了一眼，但看不懂她的表情。巴瑞克领着他的精灵随从沉静地走过人们身旁的柱廊，然后再一次走到阳光之下，离王宫和国王的遗体不远了。巴瑞克在那里站定，像哨兵一样站得笔直。

塞斯尔大主教疑惑了一阵子，然后继续吟诵祷辞。之后哀乐队吹着长笛列队上前，护柩者把棺木抬到灵车上，前往墓地。范森发现埃顿王族打算沿用原先的王陵，无论那里发生过什么，也无论王陵底下藏着什么。但护柩者还没迈开一步，巴瑞克忽然走上前，在棺材上放了两根小枝，一枝是绣线菊，另一枝是槲寄生，那是圣孤儿的永生之花。他放的时候略微停顿了片刻，痛苦和迷惑在他脸上交织着，然后他收回手。小枝已经枯萎，就好像被巴瑞克烧过了一般。

王子和他的队伍没有一直陪着棺材走到王陵，而是在王宫正殿一带倾颓的城墙下转身离开，朝着拉文之门和他们驻扎在芬德林镇上的营寨走去。人群中有人看着他们离去的身影，为魔鬼远遁而划着十字，但多数人并未在意，就好像先王的这位儿子和他的队伍只不过是另一支送葬队伍而已。

葬礼宴席一小时前就结束了，多数宾客已经离席，但还有一些老贵族留在王宫狭长低矮的饭厅里，他们喝着酒，讲着先王的种种事迹，还有自从奥林国王加冕安格林王冠之后的丰功伟业。毋庸置疑，很多人对他的女儿摄政持保留意见，他们在谈论为什么王子不前来治理国家，但范森并不理会这些谈话，他派了几个亲信禁卫前往客厅，那里是布瑞奥妮的休息室。公主已经在那儿等着了，她的脸上什么表情都没有，这就像一把剑，深深刺痛了范森的心。

禁卫都走进来站好之后，范森对布瑞奥妮说道："需要我带布罗纳大人过来吗，殿下？"

她点点头，但几乎不看他。

令范森惊讶的是，艾文·布罗纳正在大厅门外静候着——范森整队的时候他就到场了。这位身材魁伟的大人冲他点点头，"很高兴见到你，范森队长，我看用不了多久您就不会再屈居现在的军职了吧？"

"我没听说自己要升职，布罗纳大人。"

"是啊，但您肯定会受到嘉奖。我听说您回到南境城堡以来，做了许多难能可贵的事。人们说要不是您死守芬德林镇，我们就都要沦为奴隶了。等有空了，真希望您能跟我讲讲自己的丰功伟业。我希望听您讲述您的一切见闻，除了我自己外，我最相信您的所见和所想。"

"谢谢，布罗纳大人。"

那位大人微笑起来，但看上去十分倦怠。"我们还是别让公主殿下久等，毕竟她很快就会变成女王。"说着，他越过范森走了进去。

布罗纳朝布瑞奥妮鞠了一躬（这一鞠躬有几分艰难，他虽然比以前更壮实，但瘸得也更厉害了），公主命人端来一把长凳让他坐下。

"在我们进入正题之前。"她说道，"我要问您一个问题，布罗纳。伯坎·胡德很快就要束手就擒，或是就地毙命，王室总管一职空缺，您有推荐的人选吗？"

布罗纳清清嗓子："没有谁比在场的这位大人更合适的了——我提名费拉斯·范森。"

"您不毛遂自荐吗，布罗纳大人？您贵为伯爵，难道对自己的能力没有信心吗？”

“尊敬的殿下，您就别跟我开玩笑了。我已经上了年纪，无法胜任，跟年轻的时候也不能比啦。如果您不打算接受我的提名，您就根本不用来问我。”

“那好，我们就别兜圈子了。”布瑞奥妮的笑容有些僵硬，“您是我父王最倚重的谋臣，布罗纳大人，对我弟弟和我来说也是如此。”

“能效忠于国王和南境子民是我的荣幸，此事众人皆知，许多人都认为我辅佐有功。”

“是有许多人这样说——但我指的不是这个。”范森首次发现，布瑞奥妮深藏的情绪并不是疲倦或恐惧，而是愤怒。她两颊通红，眼睛因为愤怒而眯成一条线。他这才发现布瑞奥妮跟她的弟弟多么相似。“你是个叛徒，布罗纳，至少你意图谋反。你想把我们都弄死——包括父王和我的弟弟，还有我。对此你有什么话要说？”

布罗纳并没有忙不迭地否认，这让范森愈发觉得王国的基业已被撼动。这个老头紧缩着下巴，浓密的眉毛皱在一起，看上去就像熊。“殿下为什么这么说？谁向您说的？”

“与你无关。我的一个亲信告诉我，你有个名单，上面写着埃顿王室的每个成员的名字，以及你打算如何处置他们——逮捕、囚禁、谋杀。你否认吗？”

费拉斯·范森大气不敢出，他手下的精兵也个个都瞠目结舌。整个房间里只有艾文·布罗纳自己还是一副淡然冷静的样子。“不。”他说道，“我不否认。”

布瑞奥妮在盛怒之下喘着气，就像被狠狠揍了一拳似的。“那么。”最后她说道，几乎无法控制自己的声音，“你曾教我不要信任任何人，艾文·布罗纳，真感谢你给我上的这一课。”

“您不想知道这件事的原因吗？”

“不，不想知道，禁卫，带走他。连沙索这种没什么罪的人都进了大牢——关押这个恶棍也没什么不妥的。”

费拉斯·范森命令四个身穿埃顿黑银二色的禁卫把他包围起来，而布罗纳依然一动不动地坐着。“您是要再犯一次错误吗，殿下？”那个老头语气温和地说道。

“你什么意思？”布瑞奥妮控制住自己的情绪，像复仇神的雕像一样狠狠地盯着他。

“您把沙索·丹-赫兹投入大牢，却并未明察他的所为，然后您又追悔，正如您所说的那样。现在您又要犯这个错误吗？”

“错误？”布瑞奥妮差点从椅子上跳起来，“你已经承认意图谋害王室，布罗纳！还想为自己洗脱罪名？”她不愿再次下令把他带走，但范森觉察到了一点什么，因而让禁卫按兵不动。“说吧。”最后布瑞奥妮说道，“天很晚了，我又困又伤心。我刚刚为父王举行葬礼，现在想回寝宫了。”

“我对先王万分爱戴，布瑞奥妮。”

“而你却妄图谋害他！”

“我首先要对王权效忠，公主殿下，这一点始终不变，先王也曾小心地确认过我明白这一职责。不错，我是安排了他的死亡——但那正是奥林国王所愿。”

“你说什么？”布瑞奥妮简直想要冲上去揍他一拳，“你居然敢说先王想灭了自己的整个家族？”

“错！”这一刻布罗纳终于不再和颜悦色，“不是这样的，殿下！但先王知道自己患上了不治之症——一种会让他变得疯癫狂乱的血液病。早在十多年前，他就知道巴瑞克的血液里也有这种病因。您与肯德里克看来并未染病，但这也说不准。”

“那和父王的……血……有什么关系？”

“他不信任自己——坦白说，我也无法全然信任他。他的确是一国之君，但每月总有一天他会兽性大发，变得丧失人性。要是国王丧失人性，除了把他干掉，还能怎样使这个国家幸免于难呢？要是他的子嗣也身染此病，我还怎么保护南境王国？万一先王失去理智而不可挽救，我就得奉命把他关起来——把你们全都囚禁起来，直到确保王室里有人可以担任君主的重任。如果无人能出任国君，就没有道理放任王室继续在不明真相的民众面前制造混乱。必要时，我会将一位王室成员推上宝座——他可能是您在布伦湾一带的表亲——千真万确，如果别无选择的话，杀死所有埃顿王室成员就是我义不容辞的责任！但我也不希望这种情况发生，之所以做了这些准备，只是因为先王勇毅而且深谋远虑，命令我如是行事。”兰森德伯爵两手抱臂地盯着布瑞奥妮，“如果您执意处死我，殿下，那就请下令吧，我绝不反抗。”

范森起初以为布瑞奥妮会对这老头大声训斥——她的脸涨得通红，他真担心她的身体健康。但布瑞奥妮说话的声音却只比耳语更大一点。

“您有父王的书信来证言此事吗？”

他耸耸肩：“先王曾写信给我暗示这一计划，我可以将所有的信件都交给殿下。我侍奉先王时的所有的文书，如今全都归您所有，公主殿下。想必殿下会派遣您的亲信来审查这些文书，愿您小心选人，布瑞奥妮。”他忧郁地笑着：“我觉得，殿下身边尚有未被发现的叛徒……”

“别让我再看见你，布罗纳。”布瑞奥妮的语气里不无恶毒，“我会派禁卫跟你一起去取文书。此后你不得走出内城，尤其不得回到兰森德故宅，直到我有下一步打算。”

艾文·布罗纳低头致意：“您代表至高无上的王权，公主殿下，无论您说什么我都会照做。”

⚜ ⚜ ⚜ ⚜ ⚜

范森分拨了人手，派了四个人在布瑞奥妮身边执勤，其他人则去执行她的命令。但布瑞奥妮故意无视范森的存在，自顾自地喝完一杯酒。

布瑞奥妮觉得自己该为布罗纳那番冠冕堂皇的话而高兴，再也没有比刚才的会面更可怕的事了，但事实上她和先前一样生气，却没有生气的原因。她本以为他会讥笑这一指控，那么她就能为这个荒谬的指控而大笑起来。但事实上她更相信布罗纳是有罪的，他曾告诫自己不要相信任何人，这只是一种公开的认罪方式。而当他真的当面认罪时，她原先笃定的想法却像拉文之门的渡桥一样轰然瓦解。现在她仍然生这个老头子的气，但也生自己的气。要是布罗纳所说的都是事实，那么他就只是在依照先王圣旨行事罢了，但如果他无法证明自己的清白，那又会是什么局面?

也许布罗纳只是想掩饰罪行——那么她就还是得把他关起来，乃至处以极刑——这样情况就会变得更糟，就像在快步的舞蹈中旋转，这会让人踉跄不稳、喘不过气来。

费拉斯·范森仍在门廊处等候，布瑞奥妮不耐烦地看着他那张写满苦难的高尚的脸，觉得范森简直跟艾文·布罗纳一样讨人厌。她传唤他前来，但又不告诉他要做什么。范森停在王座跟前尴尬地鞠了一躬，又站在旁边继续等候。又过了好一阵子，布瑞奥妮终于沉默地注视着他，这时他终于开口说了一句："殿下？"

"谢谢您留下来陪我，卫队长。您或许也发现我有点儿累了，但我想跟您说说话。您个人对布罗纳大人有何印象？"

他有些惊慌地看着她："殿下？"

布瑞奥妮真担心他说不出别的话来了。"他提名您为王室总管，卫队长。南境国的王室总管，您或许也听说过这个职位空缺？据说这可是个肥缺。"

他脸一红，这番对话让布瑞奥妮更自我厌恶了。她时常想和这个人见面，但为什么她偏偏要这样跟他说话？

“殿下，我明白这个问题，但是不明白为什么您这样问我。”

“因为我要知道您是否对这个位子感兴趣，卫队长。我曾经也说过，您为南境王国做出了伟大贡献，这番评价是真心实意的。您不仅对我的家族，也对生息在五塔之下的每个人有功。”

“我只是做了我应该做的事，殿下。”

“许多人都想尽忠职守，但鲜少有人兼具完成这一使命的智慧和勇气，请不要妄自菲薄。”范森听到这里脸又红了。布瑞奥妮心想自己从前怎么会觉得这个人在乎她呢，即使他在乎她，这种热忱估计也跟小孩偷偷喜欢自己的保姆差不多。像他这样体魄魁伟的男人怎么可能一会儿深沉，一会儿又像个傻瓜？“您认为这个职衔怎样，嗯？”

“我……我并不是贵族，殿下。”

“这无关紧要。无论如何，爵位和封土总不会让您改变英雄主义的作风，卫队长。我封您为侯爵怎么样？尽管您可能不希望变成贵族，您不是那种虚荣矫饰、热衷于宫廷生活的人。”

“这让我觉得有些可怕。”

她笑了笑：“可怜的范森卫队长，对您来说好像的确是要去做一件可怕的事了……”

他本来盯着地板，听见这句话后又抬起眼睛看着布瑞奥妮，她有些惊讶。费拉斯·范森那双深色的眼眸比从前更犀利了——比她所想象的要犀利得多，就像被逼到绝路的战士那样。

“为什么要这样对我，殿下，到底为什么？”

“您指的是什么，范……”

“这样！就是这样！您为什么要这样跟我说话，您憎恨我的时候我还觉得好些，至少那时我不会惊讶于您的一遍遍责难。但现在……您说您感谢我，赞赏我的所为，但您装得就像……就像……”

布瑞奥妮从未见过范森这样激动，他因为盛怒而涨红了脸和额头，但他忽然又停了下来。片刻后他才又开始说话，声音和缓多了，“请原谅，我没有权利这样说。”

“我不原谅你，除非你告诉我我装得像什么。”

“请您恕罪……”

“不，范森卫队长，我不收回前言。我恰恰要命令你——说说我到底装得像什么。”

他绝望地环顾四下，想看看自己的情绪是否不受控制，与他身份不符，但每个禁卫都在埋头工作，似乎全然没有听见这番对话，或者说，他们根本没去注意屋子里的其他人。

范森整整思绪，深深吸了一口气，然后说道：“您就像个被惯坏的孩子，拿着一个您早已没兴趣去玩的玩具。您没有把它扔在一边，而是逗弄它、折磨它，让自己开心。”现在他说话的声量大了一点：“那就是您的举止，布瑞奥妮·埃顿，那就是您对我所做的事。”

她听了这番话感到十分生气，但她也震惊于自己怎么能这样对待这个善良正直的人。“我不是故意的……”她连话都说不畅了，“我从未想过……”

范森前一刻还像个听天由命的绞刑犯，现在却朝她走近一步，用一种让布瑞奥妮疑惑不解的目光看着她的脸，那目光夹杂着喜悦和恐怖。“我话还没说完。”他一口气说了出来，“无论艾文·布罗纳怎么想，也无论您是否真如您所说，对我所做的事心怀赞赏，我都不会赴任王室总管一职，也不会以贵族的身份在您的宫廷里驻留。非要如此的话，我也无法以禁卫队长之身在您左右。我很感激王室赏赐了我那么多，也很感激您一直以来给予的善意……我想是时候离开了。”他从腰带里取下手套，放在脚边，然后解下佩剑放在手套旁边。“愿诸神永远庇佑殿下与南境。”

他还没走出几步，布瑞奥妮就叫住了他。“你为什么要这样？为什么刚刚取得荣誉，却不肯接受恩赏？”

他慢慢地转过身，知道接下来的话一旦说出，就没有回旋的余地了。“因为我无法在您的目光下度过余生，布瑞奥妮·埃顿。从初次见你到现在，我一直深深迷恋着你。我知道诸神会嘲笑我，直至笑出眼泪……毕竟我算什么呢，不过只是一个士兵而已。”

“不！是一个勇者。”她这样说道，这些句子在她脑海里已回旋多时，“您是个善良的人，是个正人君子。”

“到如今您为什么要说这种漂亮话呢，您以前从没这么说过，公主殿下？”他似乎毫无忌惮地说着，“怜悯一个傻子吗？”

“看来我就是这个傻子。”她大笑起来，“但你也不聪明，卫队长！仁慈的佐睿雅啊，我还以为你永远都不会袒露心扉了。而我怎能爱上一个害怕说出自己真实想法的人？”

“您在乎……我的想法？”她本以为他会大笑，或是像戏里演的那样忽然滔滔不绝，但他却忽然大声喊道，“禁卫！到殿外把着门！门廊那边也守好。”

“也用不着把人都支走吧……”禁卫们鱼贯走出房间的时候，布瑞奥妮这样说道。她的心怦怦直跳，禁不住像个孩子一样笑起来。“用得着。”范森说道，“他们的确为人谨慎，但也不能把他们当成什么都不懂的傻子，我们普通人也是有自尊的。”他走到台阶上：“即使明天您就要送我上断头台，公主殿下，我也要吻你，要吻你，您令我魂牵多时……”

起初布瑞奥妮没有说话，毕竟这一切太意外了，她生怕说了什么会打断它。范森走上台阶，一把将她从椅子上拉起，布瑞奥妮几乎无法呼吸，他温暖的气息在她脸上流连，布瑞奥妮这才发现这几个月来她一直在疏远他。“来吧，吻我，范森。”最后她说道，“吻我！”

第四十八章

黑暗河畔

心地善良的黎明之花走出冥界之门，重新站在太阳光下。她以为自己救出了阿迪斯，但低头看去，却发现手里只有孤儿的一节木头胳膊……

——引自《圣孤传说：其人生平、死亡及天堂的奖赏》

巴瑞克·埃顿跟艾希瓦走出拉文之门来到外城，他几乎没在听她的种种发问。门岗的侍卫在他们走过时小心翼翼地望着别处，不过巴瑞克看得出那些人的脸上挂着好奇而惊恐的表情。他心想，幸亏挑了加尔人当中长得最像人类的人跟他一起来，否则他们还要更好奇些。

“您在生我们的气，还是在生您子民的气，巴瑞克·埃顿？”隐士长向他问道。

*他们盗走了萨娜苏——她是焰华的持有者。*焰华的声音向他提醒道，好像他还不知道似的。*他们杀了她的兄弟，原本他将娶她为妻。*

“那些都已不重要。”他并不回答，此时他有大把的东西要想。他走上前向父王灵前献祭时，手上像被划破了一样疼——这种痛楚他很久没有尝过，乃至几乎忘记它的严重性。现在它不那么疼了，但他仍在想着。为什么现在偏偏又疼起来，在世事变迁之后，为什么他还会有这种感觉？

巴瑞克和加尔人继续沉默地走出外城，在码头墙的阴影里穿行，这里位于西环礁湖和新墙之间，通往芬德林镇的城门处有很多范森麾下的人在把守，但巴瑞克此行的随从已经仔细打点过这些守卫，于是当一行加尔人走过时，他们只是纷纷问好。巴瑞克甚至一度异想天开地认为，这两个种族可以像几百年前那样和睦共处，但当他看到卫兵脸上的猜忌与纯然的恐惧时，便知道这个想法多么愚蠢。

他把疼痛的手指蜷起来，想着布瑞奥妮。

他的左手又在疼了，连肌肉都似乎像从前一样抽搐着，像被晒干的兽皮一样绷得紧紧的，让他的手握成拳。从他摸到父王的棺材开始，他就一直在疼……正确来说，是碰到棺材后过了一会儿，他想起父王带他到夏之塔上，把他高高地抛起，好让他看见远方的大海，这记忆让他悲伤不止，从前他经常诅咒父王，现在却很想念他，他想起往事，疼痛接踵而至。

他努力把手指伸开，心想怎么会又疼起来？因为他回到南境城堡却感到格格不入吗？或是因为他刚刚跟姐姐闹得不愉快？她总是对他要求很多，超出他的能力……但她从前也是这样，无休止地索要他的爱，即使他疲惫不堪时也不放过他。

他忽然感到一阵刺痛，让他双膝跪地大口喘气。

*她就是你的过去。*焰华对他说道，声音里满怀恐惧。*忘掉她吧，忘掉这个地方，为了你现在的族人而坚强起来……*

巴瑞克坐在石板地上，揉着疼痛的手掌。

沉睡者取走了我的一点什么，从而治愈了我，对吗？

萨奎丽熟睡的脸上毫无表情，她正沉入深深的睡梦当中，跟契妮坦一样毫无生气——但巴瑞克能感到她气若游丝的思绪：万事万物皆有其代价——生命、爱恋、死亡亦如此。你是知道的，你比你所有的同类更深知这一点。

但那代价是我的家！我对亲生姐姐的爱！现在他明白了，尽管他对布瑞奥妮的感情仍然很疏远。他们也不问问我就把它取走了！

他们没有取走它。萨奎丽的思绪变得黯淡了。他们使之转向，就像河流遇到堤坝而转向，将洪水泄向他方，沉睡者只是改变了情感的倾注方向。爱是无法摧毁的，你看，它只能被转移了……

巴瑞克知道自己不能再等下去了，精灵王后的力量正在迅速衰竭，他把沉睡者的馈赠从脑海里赶出去，跪在萨奎丽床前牵着她的手。日暮·珍和其他医术士站在一旁，努力装出完全赞成他将要做的事的样子。

这些事都无关紧要，我该踏上之前说过的那趟旅程了，他对她说道，让我去挽救能挽救的一切……希望你让我放手一搏。

他感到萨奎丽有些高兴。我怎会不让你去，凡人之子？

两个苍白的怨灵部落战士把契妮坦的床抬进洞窟，跟萨奎丽的床肩挨着。那个深色头发的姑娘似乎比原先更瘦小了，仿佛随着时间的流逝，她正变得面目全非，就像生命在一点点地燃烧殆尽一样。她的身体像灵魂已经离体一样冰冷。

“请退下吧。”巴瑞克对众人说道。

加尔人立刻离开洞窟，没有人质问或争辩。只有巴瑞克和两个毫无知觉的女性留在原地，伴着摇曳的烛光。

他仔细回想萨奎丽在库-纳-加尔传授给他的东西，还有伊尼尔说的话：“焰华不仅是逝者的智识，也刻画着他们的旅途，记载着过去的礼节与仪式。你不能把它当作落满尘灰的故纸堆，只在用到时才去查看，而是要把它当成你的一部分。”

想到这里，巴瑞克又落入了无边的黑暗思绪当中，过了好一会儿才从虚无当中游弋出来。他做好准备之后，便想起歪神，那个人曾经在种种黑暗中走出一条路来。他又想起自己与他有着共同的血脉，尽管十分疏远。

我乃萨娜苏之裔孙，他说道，*我将穿行于我愿踏访之地，即沉睡之神所在的梦之地。我的血统将护佑我始终*。他知道这趟黑暗的旅途会有万千凶险，那里的神灵并不把这些神圣仪式当回事。

一片模糊的光被点亮了，逐渐将虚空变成可见的形态——变成他周遭的一切。那片光辉正是巴瑞克自己，是他额头上闪耀着的焰华的微光。他踩上一片青草葱翠的土地，尽管他无法看清脚下——他的双脚都站在上面，确言之是四只脚，现在他有了强壮有力的蹄腿。在梦之境里，伊尼尔化身为牡鹿，萨奎丽化身为天鹅，而巴瑞克则发现自己变成一匹马，一匹苍白的骏马。这种感觉代替了他作为人的意识，他开始小步慢跑，继而狂奔起来。

*我在哪儿？*他有些惴惴不安。*这就是贯穿虚空的歪神之路吗？还是说这是诸神所生息的梦之境？或是死者的国度？要么就是其他意想不到的地方？*

巴瑞克对焰华的知识遗产了解不深，因而无法得知答案，但他知道自己在做一些必要的事，于是他不顾内心的恐慌，继续奔跑着。他跑过一道道阴影，也跑过一丛丛纠缠不清的黑暗，他本以为无法抽身，但很快又跑到一片亮得令人头晕目眩的光线之下。他看见一些徘徊不去的人影，那些人影与他相似，要么比他老一点，要么长得更奇怪——但他绝不敢与之交谈。陌生人在这里太容易迷失方向了，很容易找不到路，而那些缭绕在旁的魂灵即使已然无害，也已是异类。他们会吞噬那些孤单痛苦的人，他们跟着巴瑞克跑着，他能听见他们的附耳低语，那声音就像老鼠在木板背后挠出的声响：

巴瑞克·埃顿啊，你并不亏欠他们分毫，让我们给你无所不能的力量吧。把那姑娘从死亡当中唤起，降服你所见的一切生灵，成为世上前所未有的最伟大的君王！一切都将为你所有……只要你在路上等等我们，让我们加入你的麾下！

他只愿焰华的光芒足以让他们不敢轻举妄动。

巴瑞克渐渐累了，但阴影似乎无边无际。他见过许多莫名其妙的景色，诸如一扇里头空无一物的门，一些在噩梦中呻吟的鬼魂，甚至一些类似于神庙的建筑，倾颓的石板和繁星一样古老。一个巨大的阴影从他头上掠过，婆娑的垂直阴影模模糊糊，仿佛树丛一般。他抬头看去，似乎看到头顶高处悬着一艘船，船身在银色的云层里若隐若现，船上载着一群骷髅，当中只有一位旅客。她坐在甲板上高高的王座里，有着满月一样苍白的皮肤。那艘船只现身了片刻，旋即又隐遁于黑暗的天空中。

他继续向前跑着，直到累得走不动。这时阴影当中的声音变得更大了，它像是猜透他正越来越累一样，对他许下更多的好处，也提出更多的要求。

你们对我来说什么都不是，他大声喊道，那些影子迅速向后逃去，似乎有些困窘，又有些兴奋。

我们会再找到你的，他们信誓旦旦地说，巴瑞克知道那是真的：驻留在这里的魂灵就像被遗忘的囚徒，无所事事却时刻想着逃狱。等你在这里疲惫不堪时我们再来找你，到时会怎样呢，凡人之子？

巴瑞克走得更快了，比他从前跟萨奎丽一起走时还要快。虽然他并不确切知道自己在找什么，但他深知它尚未找到。

你误入光明的歧途太远了，阴影朝他讥笑着，当你终于跌倒时我们不但要吃了你，还要借由你打开一条通道，从而吞噬世上所有生灵。我们将在黑夜中无处不在，在猫头鹰的嘶叫声下生息，藏身于婴儿的猝然噤声中。我们无以计数的同族将像出巢的蝙蝠那样逃出此地，像黑暗吞噬黄昏一样铺天盖地袭来。

他知道这些影子所说的话至少有一样是真的，那就是他没有力气回去了。如果他输了，所有潜藏在睡梦与生命之下的东西都会一跃而上将它吞噬，那样一切就都结束了，没有人能救他。

他蹒跚走过梦之境的外围时，身后追着他的饥饿的影子越来越多，但最后他总算看见一点什么，使他感到还有希望。那是远方的一丛石楠色的火光（如果在虚空当中也有远近之分的话），在一片幻象中唯独它有着重量和确凿的形态。这火光所在的地面是有实体的，一座青草葱翠的山坡在他身前若隐若现，山坡上满是一些有角的身影，每个都有着像成年男子的胳膊那么大的鹿角。

巴瑞克走上山坡。当他走近时，一群鹿转头看着他。那些深色的眼眸闪着光，但多数的鹿几乎没有发现他。只有一头最大的鹿——或许也是离他最近的一头——把他认出来。它的鹿角之间有一片薰衣草色的微光，恍如无限远处的星星。

凡人之子，你从你所知的世界里跋涉到此，莫非你的生命过早地消逝？

他在这头牡鹿跟前单膝跪地。我主伊尼尔，真抱歉，我有一件事想问问您……

什么事？牡鹿的脑袋低了下来，我早已不问世事，很快也会离开这里。

巴瑞克一听它这么说，把别的事情都忘了。您要去哪儿，主人？接下来您要去哪儿？

到时候自然就会知道了，伊尼尔说道，即使是那些知道的人也无法回答。你为什么在这里，凡人之子？你走得太远了，已经无法安然回去了。

我知道，但我真的有一件很重要的事。他对牡鹿说了自己的恐惧与希望，当他说完时，牡鹿沉默了片刻。

要是我这么做，我就无法再待在这里了。最后它对他说道，我得用尽所有气力，那样我就会失去对自己的掌控，被迫前往某个未知的地方，无论那会是哪里——或许我终会被遗忘。而即使这样你也未必能得偿所愿……

我只能求您了，主人——看在您妹妹和焰华的份上。

巴瑞克呆呆地站了好一会儿，他以为自己愿望落空了，只能无助地留在这片阴冷荒芜的地方，等着饥魂饿鬼前来，但他却看到那头壮硕的牡鹿穿过牡鹿群，所过之处的每头牡鹿都向它低下头，继而它们站到一起，头上的鹿角彼此交织。伊尼尔每走一步，它的光芒都燃得更大，变得越发光亮起来。

鹿群也把自己的光辉赋予伊尼尔身上，等到它转身走到巴瑞克所在的地方时，伊尼尔的头上现出了一团闪着冷然的淡紫色光芒的巨大火球。这时伊尼尔变得更透明了，巴瑞克能透过它的身影看到黑暗的山坡。

给你。牡鹿对他说道，这是河畔诸王的祝福，尽管它让我们付出昂贵的代价。向我鞠躬吧，我们将最后的赠礼赐予了你。

巴瑞克低下头，那片淡紫色的光辉似乎笼罩着他，尽管他身旁周遭只是一片黑暗，但这光芒温暖了他所见的一切。他也能感到自己体内的火焰在燃烧，片刻之前他还累得快要死去，现在却振作起来。这光芒给予他希望，祝福的力量像熔化的金属一样在他血脉里奔涌，像蜜一样甜美，像千万只鸟儿的歌声般动听。这片山坡仿佛被盛夏的阳光照耀着一样明亮，他眼前炫目一片，阴影里的怪物惊慌失措地逃走了，逃到了他们躲藏的洞穴里。

那光芒继而消隐，巴瑞克发现自己孤零零地站在黑暗的山坡上，草木在一阵微风中摇曳着。虽然无法完全明白诸王的献身，但他觉得自己现在有力量去抓住最后的机会了。

*愿诸神保佑你们平安踏上旅途，伟大的诸王。*他这样祷告道，*愿你们不受暴风雨的侵袭，愿你们找到水草丰美之地。*

*焰华只会触及我们心中早有的念头，*巴瑞克想到，而现在他似乎有了一个伟大的发现。*仅仅是憎恨是不足以让我走过这漫长的道路的，*他想起那位在噩梦之境里蛰伏数百年的佐悉蒙，*贪婪的欲望也不足以为继。最终只有使命感，或由于爱而生出的使命感，能让人在这样的旅途中充满力量。*

他转身离开那座黑暗的山坡，穿行在另一种黑暗无光的旅途中。那里树木繁生，到处都是阴影，现在他已不再是骏马的形态，而是回到了人类的形体，用双脚迈着步。

他渐渐精疲力竭，最后连挪步的力气都没有了，但他还是坚持着。终于，他听见了一个自己等待已久的声响。起初只是一声轻语，然后是一阵越发响亮的呢喃，最后他仿佛听到万物呼吸的声音。那是一条河……他知道这就是他所知的那条河，尽管他对它知之甚少。再过一条路就是冥界，他忽然明白这片黑暗从何而来。

但此时，对巴瑞克而言最重要的是，这里是那条河，是生与死的交界之地。

正如他所料，他看见了契妮坦。她站在齐膝深的阴影里，像个盲人那样摸摸索索。她似乎并不知道自己在哪里，巴瑞克朝她走了几步，但被河水挡住了。他知道自己不能涉水而过，即使这河流只是一片浅滩。

“契妮坦。”他小声说道，生怕她会被吓得晕过去，“我在这儿，别再走了。”但这轻声细语仍然惊扰了她。她摇摇晃晃地后退了几步，浑浊的河水潺潺流过她瘦弱的双腿。她还这么年轻！怎能经历如此多的折磨，见过这么多的苦难！“这不是你应有的命运。”他对她说，也对自己说。

她被惊到了。“谁……在那儿？”

“契妮坦，是我，我是巴瑞克。”他说出自己的名字，却忽然不明白这名字意味着什么。那是某个人类的名字吗？还是加尔人王室的某个半血杂种的名字？那是一个为爱而来的人的名字，还是一个早已丧失一切温情的人的名字？“跟我走，契妮坦。”

她仍然站着不动，他说的话在她听来只是一些全然不懂的词汇堆积。“巴瑞克？”

他伸出手，看见手上闪着几星淡紫色的光芒。她朝他探着身子，但没有走进河流当中。他碰到她的时候，她颤抖了一下，让自己跟着他走向青草葱翠的地方去。

*从她的双脚触及这片土地时起，你不得再看她。*焰华的颂歌声仿佛从浅眠当中苏醒那样朝他扑来。

那是圣孤儿所受的诅咒，诸神惯爱愚弄人类，而梦之境的诸神最是反复无常。

拉着她的手，但不要睁开眼睛。

我们将用歌声为你带路。

巴瑞克担心这番话只是一派胡言，毕竟有时候焰华的声音与其说是智慧，毋宁说是一些幽灵般飞逝而过的想法，与任何人无关。但他也知道仅凭自己是无法救出契妮坦的，她离死亡太近了。于是巴瑞克紧紧闭上双眼，拉着她的手，让焰华的声音指引他们前行。

他们离开河边，有时他几乎感觉不到契妮坦，这让巴瑞克怀疑他是否还拉着她，但他知道不能去看——如果他看了，这渺小的希望也会荡然无存。

*不要理会其他的声音。*焰华对他说道。

即使那些声音听起来甜美诱人，也要一直背着河走，要相信自己的感觉。

他身临于黑暗与动荡的风中，穿过和缓而雄浑的河上潮湿的空气，尽最大努力背着它走开。

“契妮坦，我在这儿，你能听见我吗？”

她没有回答，于是他继续对她说话。最后他总算听见了她的回答，但那声音远得不像是一个被他牵着的人所能发出来的。“谁在叫我，我很害怕。”

语言是没有用的——只有握在他手里的手才是真实的，他知道只要他牵着她，她就一定会在。

他们走过黑暗的大地，时间漫长得像是已经过去数年。有时巴瑞克看见或听见一些什么，仿佛他们已经走出来了，但焰华的声音警告他不要被这些幻觉所骗，它们只是栖息此间的孤苦魂灵布下的陷阱。最后契妮坦躁动不安起来，她开始打他。他仿佛跟她纠缠了几个小时，他努力想让她镇定下来，但办不到。最后巴瑞克被契妮坦的恐慌和痛苦打败了，他承认自己无法继续带着她走。

焰华的声音敦促他不要放弃，要继续拉着她。

“不！”他对焰华说道，这话也是对契妮坦说的，“我不会再逼你了，你在怕什么，契妮坦？我想带你回到光明的地方去，为什么你要反抗我呢？”

但她听不见她说话，或是听见了却无法理解。她像个吓坏的孩子，一味地想挣脱他，巴瑞克担心如果继续逆着她的意愿拽她走，或许就会失去她了。他想不出别的办法，于是他松开手，尽管这让他深为害怕。

“我会继续走下去。”他对她说道，“要是你还能走……要是你还想走的话，就跟上来，我会带你离开这里。”

焰华惊慌失措地尖叫着，叫声在他脑袋里回荡着，但巴瑞克继续走了下去。

那些声音渐渐消停了，但并没有变得悄无声息。巴瑞克内心的恐惧削减了一点，因为他知道契妮坦就在身后跟着他。

现在开始才是最艰难的阶段，巴瑞克穿过一丛丛纠结在一处的树杈，涉过一道道浅滩，这些浅滩和他找到契妮坦的那条河一样冰冷黑暗。他走下一条长长的斜坡来到一座山谷里，那里一片黑暗，但闪烁着几星灯火，可是当他走到那里时却发现谷底空荡荡的，只有一地石块。

许多次他都想回头去看，但忍住了。此时焰华的声音几乎完全寂静下来，但他笃定地相信，无论焰华是否告诉他，如果契妮坦落下了，他一定会知道的。他们不是曾在梦里一次次找到对方吗？何况他不是也在这无法逃脱的冥界边缘地带把她找到了吗？

但最后契妮坦真的停下来了，巴瑞克感到她温暖的气息变小了，于是他也停下来，努力让自己继续朝前看。

“我们就快到了。”他对她说道，“只剩一点路了，别怕！”但巴瑞克意识到契妮坦并不是因为没有勇气而停下，而是她没有力气了。

他们走过一条高高的峭壁之下的黑暗峡谷，现在他摸索着路边的石壁，慢慢向前走着，这时他摸到石壁上有一道裂痕。

“来吧。”他呼唤着她，“跟我进来，躲在这里是安全的，能避过那些……想把我们吃掉的东西。”

他走进一个和他身高差不多，只容得下他的身宽的狭小缝隙里，契妮坦的脚步声就在他身后，这让巴瑞克又安心了。他蹲在冰冷的地上，契妮坦走到跟前时，他伸开双臂，让她像个生病的孩子般蜷在他的怀里。他能闻到她的气息，虽然他之前从未闻过，却感觉异常熟悉。他甚至能听见她呼吸的声音，起初焦躁不安，随即因为睡熟了（在这难以言表的梦之境里，或许也有可以称为睡眠的东西吧）而和缓下来。

很快巴瑞克自己也变得睡眼惺惺，他担心自己是否还会在梦之境，或任何其他的世界里醒来。

起初他不知道到底发生了什么，他沉入一段已经记不起来的梦境当中，但现在他从黑暗中醒来，发现自己被什么东西包裹着。他伸手摸到契妮坦的脸，手指循着脸颊而触到她的嘴。

“巴瑞克？”她惊愕地说道。

“契妮坦！是我，我在这里，你真的能听见我说话吗？”

过了好一会儿她才答道：“能，但你离我好远。为什么你在这么远的地方，我却感到你就在身旁？我们在哪儿？”

他也不太知道这个问题——即使焰华的声音也无法告诉他确切位置，而且他也不想吓坏她，毕竟如果在这里与她失散，那就是永别了。“我们在回家的路上。”

她摸着他的脸说：“你能看见我吗？我什么都看不见。”

巴瑞克不敢冒险，他始终紧闭着双眼，即使在纯然的黑暗当中也是如此。“不能，我看不见你，但这只是因为这里很黑。你还记得什么吗？”

“我记得你。”她又靠了过来。她比他想象得要高些，他们的腿碰在一起，上半身互相依偎，契妮坦的头就在他下巴底下。他早已忘记怀里拥着某人，也忘了拥抱的感觉。“我还记得那场火，”她说着，“它燃烧着，大片大片。”

巴瑞克深深记得城堡的地下深渊里，那最后几小时里的恐怖情景，但他并不想谈论它。谁知道那位谎话连篇的神是不是死了？要是佐悉蒙也漫步于这黑暗的梦之境怎么办？“不要回忆那些事吧。”他对她说道，“想想我们就要离开这里，想想你会跟着我走下去。”

“但我太累了。”她并不是在求助，而是在说出一个事实，“我几乎连抱你都抱不住。”

“实际上你一直在抱着我。”巴瑞克心中涌起一片从未设想过的快乐，“你紧紧地抱着我呢。”

“那是因为我不想在黑暗中和你失散。你知道我一直想抱着你……想摸到你吗？”她有点紧张地说道，“我失言了，你想必觉得我这人很糟糕，哪有说这种话的姑娘啊？”

“但你是我爱的人。”此刻他变得不太敢说话，生怕任何一句话都会让这一刻终结。“之前你还没认出我来。”他说道，“我在那条河边找到你，还记得吗？”

“我只记得自己在这里醒来，其他都不记得了。”她说道，“你会吻我吗？”

“吻你？”

“我还没被人吻过。我想我们不用睁开眼睛也能接吻，对吗？”

他的心怦怦直跳，仿佛要从胸腔里蹦出来似的。“不用，确实不用，我想我们不用看见彼此。”

巴瑞克惊讶地发现他对一切的感知如此分明，他能感觉到她皮肤的温暖，呼吸的甜美，脸颊边柔顺的头发，睫毛柔软的颤动……还有那湿润的泪水。

“你怎么哭了？”

“因为我从未想过这是真的——我祈求自己能吻你，但深恐诸神不会允许。我也希望它永不结束。”她说道，“但只能到此为止，对吗？我们不可能在一起。”

“不对！”只是巴瑞克不能说谎，“我不知道，契妮坦，说实话我不知道，别让我再说下去了。”

“我不问了。”契妮坦的双颊仍然满是泪水，她紧紧贴着他，好像要把自己整个嵌进他怀里，似乎他们彼此孤立的身体能合二为一，心脏能以同样的节拍跳动。“再吻吻我吧，巴瑞克，如果我们不能在一起，那就留下一段记忆，死亡也无法使它消散，火焰也无法将它焚尽。跟我留在这里，我们做点浪漫的事吧。”

他如她所愿地吻着她，黑暗掩盖了他们的身影，使之不为外人所见，却比光亮更让他们感知彼此，而几小时的光阴飞逝，仿佛只过了几分钟。

他醒过来时发现自己孤身一人，他从荫蔽处爬出来，刚才他们就在这里拥抱。幸好他还记得要闭着眼睛，否则就糟糕了。“契妮坦！”他呼叫道，“你在哪儿？回到我身边来！”

最后他终于听见她的声音，那声音像是从远方飘来。“我在这儿，巴瑞克，但你得走了。”

“这是什么意思？我们要一起走的！”

“我走不了了。”她悲哀地说着这个事实，“我没有力气走过来。现在我知道自己在哪儿了，巴瑞克，我也知道有些事是不可能的。你已经带我尽量靠近活人所在的世界了，现在你得继续自己的旅程。”

“不，我绝不会离开你的！我要和你一起留在这里！”

“你不能。”她镇定地说道，“我们还有一点时间，但接下去就要过河了，谁知道那之后会发生什么。”

“但我不会眼见你死去却置之不理，我做不到。”

“你说得太严重了。我能在这里逗留，就在离生者很近的地方——我们的爱已使之成为可能。我们的爱恋是坚定的，我亲爱的巴瑞克，就像深藏在地底深处的巨石，它让我得以依靠着它，至少多留一会儿。”说到这里她伸出手，巴瑞克感到她的手指在他脸上游移，现在它更温暖了，似乎浸润着生命的气息。“回去吧，我感到你还有事要做——或许这些事能使我们解脱。”

他尽力不让自己话音苦涩。“这些事能拯救众人，但你却要因此痛苦，对我来说也是这样。”

她大笑起来，在这寂静的地方，她的声音显得十分刺耳。“那我也愿意承受，巴瑞克，并对此心存感激。你觉得我以前有过怎样的遭遇？如果能得到你的爱，我情愿承受比之更甚百倍的痛苦。”

他脱口而出：“我爱你，爱你始终。”

“那就走吧，要相信这份爱。”

他从来没有像现在这样疑惑不定，从前绝没有什么东西让他如此强烈地想为之战斗。然而信任却比战斗更艰难。“等我回来，契妮坦，我的小甜心，我的挚爱。无论再过多久，无论我回来的机会多么渺茫……请一定等我。”

然后他转过身，急匆匆地朝着活人的世界走去，无情的命运甚至不让他回头看一眼。

巴瑞克单膝跪在萨奎丽身边，契妮坦就在旁边躺着，但他无法去看她。她的脸安静得仿佛已经死去。“我已经把她带到离我最近的地方了，你能找到她吗？”

萨奎丽半睁着眼，就像一只身陷囹圄的生灵绝望地呼出最后一口气。*我……什么……都……看不到……*

“让我帮你。”他不顾自己从骨子里冒出来的疲惫，朝她俯下身子，把萨奎丽干枯冰冷的手拉起来，放在契妮坦的额头上。萨奎丽眼睛周围的肌肉略微动了动，这是她还活着的唯一征象。最后她灰心丧气地叹了口气……

我找不到她……

巴瑞克伸出自己的手，放在精灵王后的身上，然后闭上眼睛，让自己踉跄地走进他才刚逃出的黑暗当中。这时焰华忽然惊恐地大声唤道：

可你太虚弱了，小子，你现在太虚弱了！

那样你会死的，你和萨奎丽，还有那姑娘都会死的，一切都无法挽回！

别冒这个险！

但巴瑞克别无选择。若是失去契妮坦，他就会变成一个丑陋的东西，变得冷酷而总是怒不可遏，那是他自己的影子，这个影子会困扰他终身。要是他不能把她救出来，那还不如立刻跳进火里，死个痛快。

巴瑞克·埃顿不断地下坠，他能感到萨奎丽就在他身旁，她白色的有翼身影在漫长的旅程后终于从云层里坠落下去。他们掠过黑色的大地，大地涌起波澜，转瞬又平复下去。广阔的寂静森林和银色的牧场上流着一道道黑色的水流。巴瑞克尽量领着萨奎丽走，但这很难做到。他抓不住萨奎丽，她孱弱的身体落在后面，想要高高地飞起来。

他一来到刚才的山谷里，就想着自己不能去看契妮坦。和圣孤儿一样，他一旦看见契妮坦，咒语就会被打破，而这片黑暗的大地将永远留住她。于是巴瑞克紧紧闭起双眼，或者说是在梦中认为自己闭上眼睛了。现在他得摸黑穿过一片比人间的任何王国还要广大的土地。要怎么找到她呢？他伸出手，心想在这冰冷的世界里，契妮坦就是唯一的温暖，唯一有着生命而对他温柔相待的人……

“我在这儿。”一个微弱的声音响起，那声音小得就像暴风雨中的虫鸣。“我在等你。”

他朝她走去，任由一道道阴影在他身边缭绕，他只能继续走去，只能相信这个声音。

他找到了契妮坦，吻着她，紧闭的双眼里满是泪水。“萨奎丽！”他大声唤道，“她在这儿！这姑娘同样拥有歪神血脉！她叫契妮坦……”

萨奎丽扑扇着翅膀，像一场白色的风暴般从天空落下。

“他是否征得你同意，人类的女孩？他告诉过你身携焰华意味着什么吗？”萨奎丽的声音就像一段庄严的音乐，“你愿意承受这沉重的负担吗？”

“我愿意。”契妮坦在这一刻似乎明白了一切，“我愿意接受。”

“巴瑞克·埃顿，即使有了焰华她也回不到人间的。”萨奎丽提醒道，“她仍将在你所在的世界里沉睡，很可能永远不会醒来。”

“我会想办法让她醒来的。”他伸手找到契妮坦，焰华的光芒在他们身旁荡漾，还有萨奎丽冰冷的火焰。“即使要费尽一生，我也要把她唤醒。契妮坦，听到我说话吗？我要把你唤醒。”

契妮坦把他的手拉到自己嘴边，“我不会等人来救我的，即使那个人是你。我要自己想办法醒来。”

萨奎丽大笑起来：“说得好，孩子——不愧是歪神的子裔。焰华就交给你了，彻什尔特与图斯亚之女契妮坦，你与巴瑞克将继承我家族的悠久而苦难的遗赠，但愿《虚空火焰之书》能在我们两族之间展开新的篇章。”

一切安排停当之后，萨奎丽离开了。

巴瑞克慢慢醒来，他精疲力竭，身体虚弱而疼痛。他身旁围绕着一圈加尔人，他们全都在向萨奎丽致哀，一边歌唱一边整理萨奎丽的遗体。契妮坦被冷落在一旁，他爬到她躺着的地方，把头轻轻靠在她的胸前，听着她缓慢而令人安心的心跳声。他重新坐起来，看见契妮坦额上闪着一点银色的微光，而他体内的焰华像绷紧的琴弦般与之共鸣，响遍四方。他挣扎着站起来，但站不稳，连最镇定的侍从都担忧地看着他。“把萨奎丽女王的遗体装进灵车。”他说道，“我们要带她回到库-纳-加尔，好让她与列祖长眠一处，让她的子民瞻仰她。”

“另一个呢？”医术士问道，“那姑娘怎么办？”

“给她穿上新娘的盛装，”他说道，“她虽然沉睡不醒，但还活着。也把她带到库-纳-加尔，看看焰华在她体内怎样生长。她拥有萨奎丽和萨奎丽列祖的遗赠，好好保护她，让她……让她在那里舒舒服服地待着。”他沉默了许久，“她是我的挚爱。”

第四十九章
两艘船

佐睿雅绝望至极，她来到父亲佩林和叔叔埃瑞沃身旁，乞求他们相助……然而佩林和埃瑞沃认为，他们的弟弟冥王有权把孤儿留下，既然佐睿雅无法把他带出冥界，孤儿就不会复活。

——引自《圣孤传说：其人生平、死亡及天堂的奖赏》

城里到处都是破碎的石头与丝质的帐篷。**多么美啊！这些丝质帐篷在断壁残垣当中仿佛一道风景，**费拉斯·范森并不是个喜欢标新立异的人，但他感到这个世界已经让他越发看不明白了。他对布瑞奥妮的执着尽管得不到回应，却是他生命的动力，而说出口的话已覆水难收，就像海浪的碎沫，在心中翻涌而去。**她对他真的是她所说的那个意思吗？当然是的，你这个傻瓜，她的双唇和臂弯无不诉说着爱意，但是这又能怎样呢，我们还是要面对严峻的现实。**

“佩林的胡子，达布，怎么城墙上一个弓箭手都没有？”他的好心情瞬间消失了，转而满心忧惧。守卫布瑞奥妮真是一项几乎难以完成的重任。“要是西斯人耍诡计，你让城墙上的守军怎么办，朝他们吐口水吗？先王的独生女的安危，可全系在我们手里啊！”

“弓箭手正在赶来，范森卫队长。”道利向他保证道，“我找了十个柯特人，个个都是神射手，他们随时听候您调遣。”

“要是你派十个谷地山民来我会更高兴的。”范森揩揩额头，他才刚刚得到从未想过的幸福，生怕出什么意外而失去这一切，“这些弓箭手什么时候到位？”范森朝四下看看，刚刚搭成的大帐覆盖了巴西利斯克之门前的大片土地，一条大路通往嶙峋的山坡，直抵残存的一段海堤。范森并不认为西斯人真的会大举进犯，他们还没找到新的独裁者呢，但他们或许会胆大妄为地来捣乱。他的老上司多纳尔·穆里总是告诫他，事前做好准备总比事后后悔要好。

天气转晴，阳光普照，海岸上吹来一阵温暖清新的风。人们打开大帐的幕布，布瑞奥妮和埃尼亚斯到场了。布瑞奥妮领着卫兵，埃尼亚斯也带着他自己的人马，他称之为“教会猎犬队”。费拉斯·范森认为这只是一队普通军队的美称，他还不太了解希安人自我夸耀时会用什么词。

他上前走到布瑞奥妮公主跟前，行了一个鞠躬礼，然后说道：“禁卫已经就位，殿下，我等将守卫您的安全。”

布瑞奥妮大笑起来，范森有些惊讶，抬头望去，却发现她表情真挚，并无讽刺的意味。“范森卫队长，我们得尽快谈谈你晋升的事了。要是还让你来带领禁卫队，我想全国的人都要被你征来保护我。我看这儿足足有一百五十个士兵！”

他有点脸红，随即马上镇定下来，“殿下是南境王国的心脏，您的安危对臣民至关重要，不能出任何意外。”

“他说得对，公主。”埃尼亚斯用温和的中部口音说道。

范森努力让自己不去憎恶埃尼亚斯。他听说这位希安王子不但是一位正直的君子，一名值得敬仰的军人，而且他为人颇有绅士风度，是布瑞奥妮推心置腹的朋友。要不是范森对他深为忌惮，他本来可以更好地了解他。但埃尼亚斯却是布瑞奥妮当之无愧的求婚者，至于费拉斯·范森呢，即使公主垂青于他，他也无法成为她的夫婿。如今他更确信公主对他的感情，但他仍然认为，她必须履行这场政治婚姻——事实上这是最理智的做法——和希安王子埃尼亚斯结为连理。

那时我就要离开这里，离开我深深眷爱的地方，离开我唯一深爱的人。他尽量不让自己沉入自怨自艾当中。*可是还能怎样呢？我只是一名士兵，而她是我的女王——我有何德何能，配得上她高贵的地位。但至少我又回到太阳光下，让微风伴我而行……*

他在死一般的昏暗世界里，在一片恐怖的岩石底下踟蹰了多久？过去一年里他远离广阔的天空和太阳的光明，忘记了阳光洒在皮肤上的温暖，也忘记了那令人着迷的海浪轻拍的声音。他父亲曾在故事里讲过这海浪声，那个从远方山里走来的孩子曾把海浪声当成某种奇妙的魔法。

他一定会日思夜想。范森想到，*他离开这片海和他的家园后，一定会日思夜想*。此时范森的脑海里想起自己的父亲，他小心地沉入到这思绪当中，试图了解其原委。*然而他更爱我的母亲，因而情愿远离这片海洋*。

“海上有船来了！”城墙上有人高声喊道。范森看见一艘小小的有篷船乘着动荡的海浪，摇摇晃晃地朝他们驶来。船身两旁的长桨摇动着，使之看起来就像一只水甲虫。船身上绘着彩画，有着西斯风格的镀金纹饰，一尊巨大的展翅欲飞的猎鹰雕像高高踞在船头，似乎要将整艘船拖出水面，远远飞去。

这个雕像可真是应景，范森颇有几分快意地想到，*他们以为自己能如愿以偿地来掳掠一番，却低估了我等南境子民的志气……尤其是芬德林人的志气。如今他们只能如您所愿，卑躬屈膝地前来*。

码头是用海堤残存的石头临时搭就的，那艘船就停靠在码头旁，一队身穿猎豹卫队制服的西斯军人走下船，站在海堤的两旁。

船上缓缓走下一个身穿华丽的祭礼服的身影，这个老朽孱弱的人搭着一个年轻的侍从的手向前走来，船上的军人抬出一个硕大的有篷鸾轿。

老者来到大帐里，布瑞奥妮就坐在大帐当中，埃尼亚斯王子侍立在她身后，就像女王的英俊丈夫一样，范森看着这一幕，真希望埃尼亚斯被冷箭射倒。西斯人典雅地鞠了一躬，动作不卑不亢。那位年轻侍从用刺耳的声音大声介绍着，他说得磕磕巴巴，显然是被迫记住这些台词："尊荣之身，智慧的耆老，宰辅皮尼蒙·瓦什大人前来进见。"

"您在这里无须担忧自己安危，瓦什首相。"布瑞奥妮对老者说道，"也包括与您一同到来的人。"

宰辅大人双手合十，再度向她鞠了一躬："非常感谢您。在正式谈话之前，请容许我在此刻表达对已逝的令尊最深切的哀悼。最近几个月来我有幸了解他的为人——在我看来，我们几乎成为朋友……"

"朋友？"布瑞奥妮的声音失去了平稳，"你主人杀了我的父王，瓦什大人，你这样致哀，不是太伪善了吗？"

"这绝非伪善。"瓦什以他惯常的阿谀谄媚嘴脸说道，"我们想代表我已故的……主公来向您致哀。"

"我们是指谁？"

"我现在的主公……还有我本人。请您原谅，普鲁萨斯独裁者有一些缺陷，使他不善言谈。我们希望您宽宏大量，允许我帮助他表达。"

"那我们怎么确定你不会信口雌黄——把自己变成西斯佬真正的主宰者？"埃尼亚斯质问道。

"这个容易，我主能说你们的语言。"老者向他保证道，"尽管不善言谈，但他学识渊博。"瓦什说到这里，转身拍了拍手掌，一顶鸾轿被抬拉上来，停在大帐跟前。鸾轿的垂帘被揭开时，连布瑞奥妮都止不住自己的好奇。

西斯人的新主人大概是个傻瓜，至少看上去是。他耷拉着脑袋，下巴上还挂着口水。他的手脚似乎都嫌弃这具身体，不听使唤地乱动着，想把他从轿子上折腾下来。

“冒昧地问一句，这算什么？”埃尼亚斯王子质问道，“你们西斯人开什么玩笑，别想在这儿耍花招。”

“别这样，殿下。”布瑞奥妮说道，“别急嘛，普鲁萨斯独裁者，您能听懂我说话吗？”

轿子里的那人扭动着身体，最后总算点点头。

“您真的能说我们的语言？”

那家伙含糊不清地说了一大通，范森实在只听懂了一个词：“……**尊贵**。”

“我主说他能讲，同时表达他的歉意。”瓦什说道，“他还说诸神赋予令尊无上地位，以及高出这地位的智慧。”

布瑞奥妮冷冷地笑道：“这番话放在一般情况下挺漂亮的，但在这里说就不大合适了——但既然你来到这里，我们就得谈谈。我绝不会原谅你们这群西斯人，但如果战争可以避免，我并不愿让两国争斗下去。”

“请听我说，布瑞奥妮公主。”老迈的瓦什说道，“我和普鲁萨斯走到一起，是您父王本人的计划——他认为储君表面上虽然愚痴，内心绝非如此，并让我也明白这一点。这就是最后我找到一些同情者与我一起带着储君逃跑的原因，也是我们没有死在您城堡下的洞窟里的原因。您父王的聪明远见使我们存活下来。”

“别以为说我父亲的好话就能奉承我。他挣扎着求生时你在干什么？他可是被你主人杀死的。”范森看见布瑞奥妮努力让自己镇定下来，这一刻他多么想把自己的手放在她肩上，让她知道自己并不孤独——但他当然不能这样做。“我听说过你们的所作所为，有鉴于此，我们没必要浪费时间来磋商。你一回到西斯，这家伙……”他指着那位新的独裁者说道，那家伙正在仆人的帮助下喝酒，“这家伙就会被推下王座，你那丧心病狂的王室自会有人顶替他的位置。所以我们何不就此告别，让你们走过埃昂大地，任由人们向你们扔东西？”她的笑容愈发冷冽。“你将领着这些幸存者走过希安和赫若索尔，这趟旅途想必不会十分愉快。”

瓦什点点头，但他显然被这番话刺激到了。“如您所言，而这样一来，会有更多的人无辜被害。我并不是在为这里的西斯军人说话，殿下。我们曾入……我们曾在独裁者的逼迫下入侵贵国，甚至做过一些更恶劣的事。您说得不错，普鲁萨斯不会在位很久，我们选出独裁者继任者之后，他就得让位。然而如果独裁者并未身故，只是失踪，我国就得等到五年之后才能另选国王。”瓦什微笑着，他虽然形容老迈，笑容却像年轻人一样自信，“我想这五年里能做许多事，至少能改变我们的国家。举例来说，如果您让我们取道贵国回国，我们将从赫若索尔撤军。”

“真的吗？”埃尼亚斯显然并不相信，“你们为什么要这样做？”

普鲁萨斯忽然说话了，这一次范森能听出几个词，但整句话听起来还是跟动物嚎叫差不多。

“他说‘因为打江山不易，守江山更难’。”老者解释道。“西斯的领土扩张得太大了，也拥有了太多的资源，维持这个庞大的赞德帝国已经够忙的了，进犯北境只是苏列佩斯自己的权欲所致，这让南境王国饱受战争之苦。”瓦什鞠了一躬，“而普鲁萨斯认为，他本人只是一个凡人，并没有自称为神的妄想。他认为自己会是一位贤明的独裁者，只要诸神容许他持国。”

“您保证吗？”布瑞奥妮说道，她并没有看着瓦什，而是看着普鲁萨斯，“如果我们让您乘船归国——你们西斯人得为船只和船上一应设备付酬金——您就保证从埃昂全境撤军？”

普鲁萨斯的脑袋摇晃了好几下，终于说出话来，他的话很难听懂，但还是能听出大概的。

“对啊……我……保证……我……发……誓……”

“您和瓦什大人先回军营吧，我要跟谋臣以及埃尼亚斯王子商议一下。”

“我认为还是得信任他们——虽然我并不相信他们说的话，瓦什是个什么人，我再清楚不过，他最善于颠倒是非，指鹿为马——但我们似乎别无选择。”到了私人场合下，布瑞奥妮就摘下王冠，她的额头上渗着点点汗水，范森意识到自己正在盯着她看。

“我不喜欢这个决议，布瑞奥妮。”埃尼亚斯王子说道，“别这样做，这不对头。”

布瑞奥妮狠狠地瞪了他一眼，这让范森比几小时前要高兴多了：“我很荣幸能聆听您的忠告，埃尼亚斯，但请记住这里是南境王国的领土。您对我和我的子民所做的一切，我将永远无以为报，但我仍然是这个王国的主人，尽管尚未加冕。”

她真的变了，范森认识到，*她不再任性了，现在的她只有得当的举止还一如过往……举手投足也变得更有着女王风范了。*

布瑞奥妮皱起眉头说：“否则还能怎么办？把他们全关起来？全部斩首？”

她正说着，一个侍卫急匆匆地走进大帐，对范森耳语了一番，范森听完立刻走上前。

“公主殿下。”他说道，“我手下来了一艘船，不是从南境大陆上来的，而是从奥斯嘉特来的。”

“这也没什么稀奇的，对吧，范森卫队长？难不成它是一艘战船？”

“不是战船，不过……”他不知如何是好，“或许您该来看看。”

不出一会儿工夫，大帐的幕布就被撤掉了，湛蓝的天空和绿色的海湾重新出现在视野当中，是马林沃克的船，不可能看错。这种单齿轮带动的小船通常用于快速航行，或传递重要信息，但范森注意到船上飘扬着三面旗帜。其中一面猫头鹰旗帜代表马林沃克公爵领地，第二面是黑银双色的埃顿王室旗，第三面是信号旗，上面有一个范森不认识的奇怪图案。

“诸神在上！”史蒂芬斯·奈纳说道，他稀疏的头发因为饮酒和天气燥热而有点乱，“那是南境军事专家的战旗，但我们现在根本没有军事专家，自从……”

“别说出来。”布瑞奥妮对他说道，“别把诸神引来作恶。”

那艘船在离海湾不远的地方下锚，一艘小船朝着海堤划来，当时西斯人的猎鹰船正在起锚，这艘小船就停在它对面。它模仿南方使团的模样，也从船里派出一个身穿黑色旅行装、头戴宽边帽的人，这个人的皮肤比瓦什还要黑。

“仁慈的佐睿雅啊，那是达瓦特吗？”布瑞奥妮说道，她站起身来向他招手，“来者可是丹-法尔大人？”

那个人在海堤的尽头挥着手，范森觉得这动作有失礼数。那艘小船仍然系在码头上，他从海堤上爬下来，朝着大帐的方向走来。

布瑞奥妮拍着双手。“欢迎您的到来！”她大声喊道，“我还担心您是不是遭了意外——那样您就看不到我们在希安的共同努力，如今已结出硕果了。”

范森上一次见他时，丹-法尔大人还是卢迪思·德拉卡瓦的使臣，他走下木质阶梯来到大帐跟前，向布瑞奥妮鞠躬致礼，又吻了她的手。“公主殿下，看到您成功复辟，在下荣幸备至。”他转身又对埃尼亚斯王子鞠了一躬，“殿下安好。”

埃尼亚斯和费拉斯·范森面面相觑，他们一点也不欢迎这个英俊的来客，何况布瑞奥妮还对他那么热情。

“可您怎么就这样来了，丹-法尔大人？怎么船上还插着军事专家的旗帜？”布瑞奥妮向他问道，“莫非您想要这个职位不成？”她大笑起来，但很快又变得忐忑不安：“还有您为什么穿得一身黑？发生了什么事吗？”

达瓦特仍然单膝跪地，似乎没有力气站起来。他从风衣里拿出一张羊皮卷，把它呈给布瑞奥妮：“这个，公主殿下，这是给您的。”

布瑞奥妮看着羊皮卷的样式，不禁向后退了一步，范森真想跳上前把它从她手里抽走，但他知道不能这样做。她拆开封泥，把羊皮卷在膝盖上展开，静静地读了好一阵子，然后把它交个丹-法尔，眼里噙满泪水。“我无法……我……”她摇摇头，“请帮我读出来。”

致布瑞奥妮公主殿下，您的朋友与仆从伊迪特·艾拉-丹-莫赞给您问好。

大火燃起的那一夜，我们本来可以把伟大的沙索·丹-赫兹从我丈夫的屋子里救出来，但愿佐睿雅指引护佑他们前往彼岸。沙索因为与纵火者搏斗而身受重伤，但他让妇孺老少和其他人得以逃出火海。他坚持到得知您安然无恙的一刻，我们告诉他虽然找不到您，但您并没有被抓住，他欣慰万分地死去，没有再说什么。沙索是一位值得尊敬的人，一位智者。敝国图安与贵国南境一样，为痛失沙索而悲伤……

★ ★ ★

达瓦特放下书信，对布瑞奥妮说道：“在下将这位伟大人物带回南境，因而船上挂着他的徽章。我身穿丧服，是因为我只带回了他的骨灰。”他略微低了低头：“公主殿下，至今为止有关沙索的去向只是传言，现在我向您确认，沙索·丹-赫兹已经逝世了。”

⚜ ⚜ ⚜ ⚜ ⚜

“你确定我们能到这儿来？”欧珀又问了一遍，虽然有锑师父陪同出席，但她还是不放心。他们在夏之塔上，这里可是南境城堡的腹心地带，对于多数芬德林人而言，尽管修建这座塔的就是他们祖先，但这个地方还是让他们战战兢兢，无所适从。

“如今大个子欠了屋顶族人一个大人情。”锑师父说道，“我想他们不会为屋顶族人占用这个废弃的高塔而心生怨恨。”

“别太紧张。”燧岩一边对老婆说道，一边跟她一起又从一个紧闭的房间里钻出来，“我要见他们时，就爬到屋顶上去。”

“你？就你这副老骨头？你想什么呢？”

“千沟万壑做主，你这女人，我也没多老吧！”

不过燧岩也知道欧珀不是认真的，她和他一样，正在努力搞懂这颠倒的一切。芬德林镇上还是一团糟，他们的不少邻居还在公会的看守之下。大个子的王室卫队在街上到处巡逻，直到肃清达斯汀·克劳的残党才撤军。几乎每家每户都有不止一个从战场上活着回来的人，许多人都是伤兵。而幸存的师父们不但失去了地下迷宫，连他们所居住的神庙也荡然无存——至于这件事嘛，不用说，主要是燧岩干的。芬德林镇的多数居民认为，把洪水引进地下深渊是一个明智的英雄壮举，它救了许多人的命。但锑和他手下的工程师们还是受到一些传统保守的人士的排挤，这其中就有焕华共修会的人，他们多半认为，绝对不能赦免燧岩·蓝石英犯下的（他们自以为的）恶行。

“这儿。”他们终于来到最后一层，他伸手把门一推，“我们到顶楼了。”

欧珀先走了出去。“天啊。”她快要晕过去了，“天啊，看看这一大片的……”

我们应该多多出席。燧岩想到接下来的日子里，他们要为死去的友人举办葬礼和追悼会，心中就涌起种种悲戚。但他看着眼前的一切，却感到它更像是芬德林的纪念庆典，只是他和欧珀就像坐在公会大厅的最后一排，只能看见小小的人影走出来各就各位，却一点也听不清他们的声音，只能猜着他们到底在说些什么，做些什么。现在没有棺材，因为神射手比特唐已经尸骨无存，但也没有他的肖像。不过屋顶族人们细小的声音显得庄严而肃穆，前来致哀的人们无不满脸戚容。燧岩的朋友受到了族人的爱戴，这是毋庸置疑的，但他一想到这个，就知道自己再也看不到比特唐那小小的友善的脸了。燧岩有一种奇怪的感觉，他甚至不知道这个名不见经传的侦察兵有没有结婚，是否有孩子，因而无法自称是他的密友，但他们的确一起度过重重险境，其中艰难没有人能想象，更不用说感同身受。

燧岩用袖子胡乱擦着眼睛，他不想让锑师父和欧珀发现他在哭，于是他没有看见屋顶族人女王走到空壁炉中间的那一刻，但他听到了宣告女王驾临所吹起的小海螺的声音，于是他连忙擦干泪水。

屋顶族人女王比孩子的玩具娃娃还要小，她穿着一身华丽的裙子，闪闪发光的布料上镶嵌着一颗颗细小的珠子，小得让燧岩几乎看不清。站在他身旁的欧珀深深地吸了一口气。

“老天爷。”欧珀小声说道，“她怎么这么漂亮！”

“那是他们的女王。”燧岩也对她低声说道。

“你以为我不知道吗？你这个呆子。”

“深居檐上、纯粹非凡的尖塔蝠女王驾到！”一个缝衣针大小的宣礼官大声喊道，然后又吹起海螺喇叭。

“尖塔蝠？”欧珀低声问道，“这是个什么名字？”

“嘘，别说话。”

女王抬眼望着屋子里的高处——至少对她来说是高处——那里站着她的三位体型巨大的客人，他们的脸朦朦胧胧，仿佛悬在空中的三个月亮。她向他们点点头，表示欢迎他们到访，然后对前来致哀的人们致辞道：

“我前来此地，并非为我的水槽侦察兵的首领、神射手比特唐致哀。”她的声音意外嘹亮：“因为我们都明白，比特唐正在高高的天上，握着天空之手，那极乐的阁楼之上永无悲苦与伤痛。

“我身临此地，是要与你们一同缅怀他。我们热切地爱他，正如他对吾国与斯民的爱，从铁针的剑尖所指，到令人畏惧的地下深处，从神圣护墙板，到南方檐上放牧天空坐骑的牧场，正是因为比特唐献出他宝贵的生命，这一切才得以幸存，让你我得以看见我族在这艰难世上生息繁衍……”

“她说得真好。”锑师父小声说道。

“她是他们的女王。”燧岩说道，“一位令人敬爱的女王。”

欧珀瞟了他一眼，燧岩不用看都知道。“你说她可爱，嗯？”

“我是说，她是他们的女王，一位贤明的君主！”

“你这条麻烦的老狗，就喜欢到处逛荡。”欧珀尖锐地说道，“看见一个比婴儿的拨浪鼓大不了多少的女人，就连眼睛都直了！”

“拜托你闭嘴吧。”燧岩苦恼地说道，生怕他们的说话声被这些听觉灵敏的小生灵听见，“真是胡说八道，你这个女人，你明知道不是这样。”

欧珀嗤嗤地笑着，但总算安静下来。

“他毕生效忠于自己的国家与人民，最终毫不犹豫地献出自己的生命。”尖塔蝠仍在赞扬比特唐的无私行为，“让今日的孩童以他为榜样！世上再没有比他更光辉伟大的形象！”

想到孩子，燧岩的心更沉重了。他知道欧珀并不是真的跟他怄气，过会儿她就不觉得他痴迷于屋顶族人的女王了。她是因为燧岩放走了他们的孩子火石而怨恨他，在这一点上她更怨恨自己。今天的纪念仪式无疑让她想起了火石离开的那一天，火石帮助比特唐躲开猫头鹰的致命一击，从而让他得以把阿斯提昂带给锑师父，那是他最后一次出现在人们眼中，随后地下深处很快被汹涌不可阻挡的洪水淹没，火石所在的地方也消失在水下。这些天来仍有尸体顺着地下的支流，从盐湖里冒出来，当中有芬德林人也有西斯人，还有的尸体看起来像是加尔人。燧岩知道，欧珀担心火石的命运也和这些尸体一样，她担心会有一队人马抬着担架走到家门前，担架上放着一具湿漉漉的尸体。

拿着喇叭的小人儿站在燧岩脚边，用尽力气朝他大喊道：“女王陛下想跟您说话，蓝石英的燧岩先生！”

锑师父拍拍他的背：“快去，我在楼梯上等你，我担心在这里会踩着他们。”

“别跟她打情骂俏太久了啊，老头。”他老婆对他说道，“回家还有一大堆事要忙呢。”

“瞎说什么。”燧岩说道，“你也得来见女王，欧珀，这是一种荣誉。你这辈子见过几个女王呀？”

“我也得来？可我还没好好收拾一下呢……”

“大地长老啊，老婆，你整个早上都在打扮自己，生怕自己穿错了衣服。别磨蹭啦，比特唐是我的朋友，而他也救过火石的命。”

他老婆的脸上忽然愁云密布，燧岩真希望自己没说这番话，可是说出去的话就像泼出去的水，收不回来了。他挽着她的手领她走向前，迈着小步，好让主人家能躲开他们。

尖塔蝠女王坐在她的鸽子坐骑上，在一个小巧而精美的雕塑旁等着他们。燧岩和欧珀慢慢挪到她跟前，小心地向她跪下，这样他们才能把她看得更清楚。

“感谢您光临，蓝石英的燧岩大人。”女王如是说道，“这位想必是您的夫人，欧珀女士了。”她点点头。“我们从火石和燧岩那里听过许多有关您的美谈，夫人，感谢您的到来，神射手比特唐是吾国的大功臣。”她摇摇头，“我们永远不会忘记他，他所做出的奉献是任何人都无法匹敌的。”

燧岩惊讶而惬意地看见，欧珀被这位身材小巧的女王的魅力吸引住了：“陛下仁爱。我也很喜欢比特唐，他是个可爱的小家……呃，可爱的人。这场战争毁灭了太多东西，那些岁月多么可怕啊！”

燧岩听着他老婆跟女王陛下说话，锑师父站在屋顶族人的圣地的门廊处，向燧岩打眼色，于是燧岩小心翼翼地走了过去。

“你最好来一下。”锑师父不露声色地说道。

“什么事？”

“把尊夫人也带上，燧岩大人。”

他回去向屋顶族人的女王表示歉意，把欧珀带出来，女王陛下并不介意，也没有特别意外。

“搞什么名堂？”燧岩的老婆问道，“你要我来见她，我们才说了一会儿话，你又把我拉走，你当我是……”她站在门廊处看着锑师父身后的来人，燧岩还没来得及看见那是谁，“天啦！”她说道，“天啦！”她说着就急匆匆地跑过门廊。“长老有眼！”她大声喊道，“天啦快看这是谁！”

不消多说，那是他们的孩子——燧岩从他老婆的呼喊声中已经猜到了。欧珀紧紧地抱着火石，蹭得他的脖子和肩膀上满是眼泪——这些日子里他似乎长高了些——火石快乐而又有些迷惑地看着燧岩。

“可是欧珀妈妈，我没什么事。”他任由欧珀哭哭啼啼地摸着他的脸，“我说过我会回来见你的，他们没告诉你吗？”

她流着泪大笑起来：“听听这孩子说的话，好像你不见了，我就该一点都不担心似的，整个世界都塌掉了半边，何况你就在最中间的地方！”

燧岩也跟他们拥抱在一起，这看起来有点奇怪。这孩子现在比他高出一个脑袋了，但模样还和九个夏天之前一样。“不管怎样，你都不该让妈妈这么担心，臭小子，我们都不知道你到哪儿去了……”

“回家吧。”欧珀说道，“我们回家，我给你做你最喜欢的炖汤！我说燧岩啊，我们快带孩子回家吧。”

燧岩并没有发现锑师父有些不自在，乃至感到有些烦乱。火石走下楼梯，欧珀在他身上又捶又打，一会儿又搂着他，拉着他的手，好几次差点把他们从陡峭的楼梯上推下去。燧岩只好慢慢跟在后面，渐渐地他就来到锑师父身旁。

“怎么一脸惆怅的？”他尽量小声地问着这位师父。

“噢，没什么。”锑说道，“我只是想起当时，真是造化弄人啊，我怎么会让比特唐留下，自己去救那个镍……救那个……那个该死的……”他向四下看看，似乎在担心夏之塔的最顶层也有镍的支持者。“那个吝啬小人，自以为是的混蛋。比特唐牺牲自己的性命，却换来这家伙的偷生！”

“长老们怎样安排命运，并不总是让人明白。”燧岩说道。

“我也在想，火石到底是怎么知道自己要去哪儿的——他是怎么知道的！地下秘境里有那么多条隧道，他到底是怎么知道比特唐会从哪儿来，那只猫头鹰又会在哪儿袭击他呢……”锑师父摇摇头，“我在想，他怎么能忽然跑个没影，这孩子从哪儿知道这一切……然后他怎么又忽然出现了！他就直冲冲地站在楼梯上对着我看……

好像我用魔法把他召唤来的一样。”

燧岩听到这里也有点不寒而栗——但这毕竟不是他第一次为儿子做出的事而颤抖了。“我们得去习惯。这孩子……这孩子跟任何人都不一样。”

锑大笑起来，颇有几分愤怒。“你头脑是挺聪明的，燧岩·蓝石英，但这番话却一点也不聪明，什么叫跟任何人都不一样？”

“燧岩！”欧珀对他喊道，“你听到火石说了什么吗？你要去跟公主一起听他说话，而且我也得去！”

“什么？火石，你在说什么？”

“两天以后，您要跟公主，还有许多人一起听我说话。”那孩子说道，“这件事很重要，燧岩爸爸，您真的得去。”

“你说跟布瑞奥妮公主一起？这你是从哪儿听到的？”他问道，“是公主殿下宫里的人告诉你的吗？”

“不是啊。”他说道，这时他们来到最底下的一层，他伸手推开门，傍晚的阳光挥洒进来，有一刹那燧岩几乎看不清这孩子的身影，它看上去就像一些别的东西，某种不可名状的东西。“不是的。”火石对他说道，“没有人告诉我，但我想就是这样的。”

第五十章
襁褓中的孤儿

伟大的科涅奥斯声言，他休掉了妻子之后，迫切需要再娶一位夫人，如果佐睿雅答应接替梅希雅的位置，他就允许诸神带走圣孤儿，让他在天堂中与诸神相伴……

——引自《圣孤传说：其人生平、死亡及天堂的奖赏》

致我的挚友与保护人，希安与克雷斯北部的王子，尊贵的埃尼亚斯·卡拉里奥斯殿下：

我写着这封信时，仍然为父亲的亡故而哀伤不止，亦因双生弟弟的离去而难过——尽管此时他仍然在我附近生存着，只要踏出我写信的这间房子，再走一段路，就能到达他的居所——但现在我不再逃避现实。我曾沉湎于沉闷的日常琐务，诸如跟朝臣奈纳一起计算国库收支（这些账目显示敝国财政困难，管理不善，其窘况超出任何人所想），也不愿给您写这封信。但这封信终归是要写的，否则我就得当面向您说出一番令人痛苦的话语，眼见它让您愁容满面。

埃尼亚斯，遗憾我不能与您成婚。当我知道自己在南境王国将面对怎样的命运时，我曾认真考虑过，也曾因您的求婚而被深深打动，心怀最深切的感激，对此我能向天发誓。毕竟谁不会为这样的礼赠而倍感荣幸？更重要的是，又有哪个女人——即使她不像我这样对您钦佩有加——会愚蠢到要拒绝这样的美意？这几个月来我与您同行，眼见您的高贵品质，我内心对您的敬仰无以言表，千真万确，只是我仍然无法成为您的妻子。将来会有一位幸运的姑娘伴随在您身旁，与您共掌国是，无论她是谁，她都将是整片埃昂大陆上最幸运的女人。

但愿您明白，高贵的埃尼亚斯，并非您有任何过失，使我做出这样的决定。您的人格白璧无瑕，对我也毫无失礼之处，对我而言您始终是个正人君子，您对我的爱护远远超出我所应得的，从今往后我愿终身努力报偿，以配得上这一刻的荣光。然而我的国家为我做出了选择，我的臣民需要我，这片倾颓的家园需要我投注全部精力。我也深深知道，如果嫁给您，我就不会在重建南境城堡时心感彷徨，也不会因为对臣民投注了大量心血而疲惫不堪，然而这样一来，您就得离开您的子民，这对他们而言也是一种伤害。因而我们的婚姻注定不能圆满，你我二人也终无缘相守。何况从根本上而言，您是一位男性，而且您的希安国力强大，这定会让南境沦为希安的偏僻边土。仅仅这一点就足以让我无法与任何君主成婚，回头看看过去几年里我家遭遇的一切不幸，已足以让我心碎。何况现在我认识到，我毕竟是父王的女儿，我要将臣民的幸福放在自己的快乐之上。

您想必会说这一切都不是婚姻的真正障碍，只是一个遭受过种种骨肉分离的年轻姑娘心中的恐惧。您或许是对的，但您应当娶一位更好的妻子，而不是一个无法全心爱您的人。您是圣三骑士的典范，埃尼亚斯，您应当得到一位时刻与您相守的伴侣，不要娶一位因为无法照料家国而哀毁不止的人。

我想说的是——我亏欠您太多。但无论发生什么事，我都祈求两国永相和好，我也更希望，你我的友谊坚不可摧……

⚜ ⚜ ⚜ ⚜ ⚜

卫兵警惕地看着范森的表情，但他没去搭理他们——毕竟不是卫兵让他如此愤怒的。

一个女仆把他领了进来，他在前厅里来回踱步，直到女仆走回来让他前往布瑞奥妮的休息室。公主正写了一封信，见到他到来，她连忙把羊皮纸卷起，扔到一边。夏日的夜晚十分温暖，但布瑞奥妮却穿着一身厚重的睡袍，这也许是因为她为人庄重。周围的女仆仍然穿着日间的衣服，这反而对费拉斯·范森的计划有利。

“我有话要跟公主殿下密谈。”他说道，“殿下，您能让手下暂时退下吗？很抱歉我不请自来，但此事万分紧急。”

她看着他，试图从他的表情里读出一点什么来。“就按照范森卫队长所说的，给你们一点自由时间。女士们，我听说梅若兰娜公爵夫人最近几晚都在失眠，她睡得晚，你们就到她那儿去吧，那儿会有火炉和人的。”

女仆们为范森的突然闯入窃窃私语着，等她们全都走出去以后，布瑞奥妮坐在一张宽阔的椅子上，两腿盘叠在身下。“我在听您说话，范森卫队长。”她摇摇头，“很快我就不能再这样称呼您了，对吗？您很快就要被授予爵位，还有一大堆的头衔……”

“先别谈论这些。”他说道，“我对爵位啊头衔什么的一点都不在意，这您知道的。”

“怎么对我这么生气？”她问道，“昨天我看了你好几次，每次你都皱着眉，一副不满的样子。你可能没有发现我在看你。”她厚厚的面具终于开始掀起一角，而她说话的声音颤抖着。“前一夜我把心和吻都交给你了，为什么你对此不屑一顾？”

他站在她跟前，手掌握成了拳，又摊开：“不屑一顾？明明是你看都不看我一眼！你一到场我就想让你看见我，但你的目光扫在我身上，简直像是看着一个陌生人！你甚至不肯对我投以友善的目光，就好像这是什么丢人的事一样！你对一个最年幼的马童尚且礼貌仁慈，连对那个帕佐尔老头都！”

布瑞奥妮大笑起来，这突如其来的欢笑让范森全然摸不着头脑。“帕佐尔呀！诸神在上，你不会连那个宫廷小丑的醋都吃吧，就因为我吻了他的脑袋，丢给他几个铜板？要是他也有年龄的话，肯定已经一百岁啦！”

范森很不喜欢被她这样笑，他宁愿回到深深的底下秘境里去，被独裁者扼着喉咙弄死，也不想在这儿陪这个女人。他爱她至深，只要与她远离，他的心就会疼痛不已。“您嘲弄我，女士，您嘲弄自己的奴仆，因为他出身低贱——仅仅是一个奴仆。请您原谅，我本以为自己在你眼中挺有分量，这真是个愚蠢的想法。”他转身迈着僵硬的步伐走向大门，脑袋里就像起风的夜晚那样，落叶乱纷纷。

“等一下。”

他停下脚步，毕竟她是他的君主。

“转过来看着我，卫队长，背对着女王可不太礼貌。”

范森转过身来：“公主殿下，您现在还不是女王。”

她两眼通红，却并没有让自己大笑起来，这让范森更摸不着头脑。“仁慈的佐睿雅啊，你说得对，范森卫队长，你这个白痴！”

“如果我的主公不再需要我的侍奉。”他大声说道，“但愿她能仁慈地准许我离开……”

“诸神啊，范森，你到底是哪儿不对？”她光着一双洁白的脚站在地板上，两手紧紧地抱在身前，“你这就要走？就因为我没有在所有臣民面前充满爱意地看着你，没有当着埃尼亚斯和那个独裁者的面对你温情脉脉，你就要这样伤我的心？范森大人，你想怎么样？”

“我只要您一个眼神。”他尽量让自己镇定下来，脑子里忽然浮现出一个场景：要是布瑞奥妮的女仆和他的禁卫全都站在玄关里，贴着门板听里头说话怎么办，“就像那一夜的某个细微的眼神……就足以表达一点什么了。”

她走到他跟前伸出双手。“足以表达一点什么？可爱的范森，你怎么问得出口呢？那么这样是否也能表达一点什么？”她贴到范森胸前解开睡袍，只有一层薄薄的棉质睡衣，要是透过它，范森就能触碰到她温暖的全身。

他紧紧抱着她，抱了很久，直到布瑞奥妮喘不过气来。“诸神啊，我想要你，布瑞奥妮。我不会写诗，也不会说漂亮话，我从未像现在这样爱一个人，也不晓得爱情的种种规矩！我看见你冷漠的眼神，便十分害怕。那就好像……我真的无法……”他摇摇头，把脸埋进她的头发里。她的头发还是很短，他能触摸到他脖子上的皮肤，与他的皮肤一样滚烫，“那就好像我们之间的一切……都只是一场谎言。”

“呆头，你这个呆头。我很快就要变成女王了，不能喜怒形于色。我必须藏住自己对你的爱，不能让别人发现。”

“现在这儿只有我们二人。”他托起她的下巴，凝视着她的脸。很久以来他只能在梦里想象着她的容颜，就在这一刻他又感到一切都是梦境，而这真真切切的拥抱使他相信这是真的，“这儿没有别人，除了我们再没有别人了。”

“那么你就能明白，我们的爱到底意味着什么。”她说着，把自己的嘴唇贴上了他的嘴唇。

“你还好吗，我的恋人？”

她翻了个身。“感觉真好，但有一点疼，没别的。据说第一次总是会疼的。”她微笑道，“现在你是我的丈夫了，从今往后直到永久——虽然我们不能到教堂里宣誓，但你是我今生唯一的丈夫，这一点你要谨记。”

“我也别无二志。”他伸手在她的肚子上划着圈，很快便抑制不住地吻着她，继而压在她身上

“停下！”她笑着说道，“现在不行！想想我的女仆，她们可全都在等我，要是午夜之前我不把她们从梅若兰娜的屋子里召唤回来，明天整个南境城堡可就传遍我们的佳话了。”

“我告诉她们发生了一等一的大事。”他说道，“难道我不是这样说的？”

她拍拍他的脑袋，然后翻了个身，好让自己能吻到他。“我真希望我们能永远这样，范森。”

“费拉斯才是我的名字。”他对她说道，话音里颇有几分害羞。

“难道我不知道吗？”她又笑了起来，“我对你知道得一清二楚，因为我善于发现。一开始我觉得你是世上最糟糕的情人，然后……呃，我感觉好多了……至少是更了解你了。”她凝视着他，脸上忽然泛起绯红。“如果我叫你的名字，你会更高兴吗？”

“只要你用这样的眼神看着我，呼唤我，无论你叫我的姓氏还是名字，都总是能让我感到爱意。”他说道。

她又转过身仰面躺着。“但你知道这不行，不能在众人面前这样叫你，你懂其中原委，对吗？请告诉我你懂。”

“我想我懂的。”他说道，“可是你怎能爱一个地位比你低这么多的人，这样你就得在众人面前藏起这份爱意。”

“范森卫队长真是个呆头！我随时都能让你变成贵族，我当然要给你贵族头衔——要不然你怎么出任王室总管一职？但即使如此，你我之间的事仍然不能昭告天下。”

“宫廷之中又哪里容得下秘密——仆人和侍卫总是无所不在。”他摇摇头，“我可以不与你结婚，布瑞奥妮，如果你得跟他

人结婚的话，我会痛苦地死去——可为什么我们之间的爱情就要遮遮掩掩？你不是也对我情深意切吗？”说到这里他忽然有几分挫败。“你是真的喜欢我，对吗？跟我一样？”

“当然了，你这个真情实意的好男人——但我不能只顾个人的快乐。要是肯德里克或父王还在世，情况就不一样了。即使巴瑞克没有和之前判若两人，情况也会好点儿……”她摇摇头，脸上的表情就像愁云密布的天空一样黯淡下来，“但我注定无法拥有普通的人生，我得变得高贵而冷漠，至少看起来是如此。我得假装成不被任何男人打动的样子……却要对那些能给南境王国带来好处的男人殷勤致礼。只有这样我才能执政下去，才能让我们的国家不被任何强邻倾轧，失去自由。”

“也包括希安在内吗？”他颇有几分多疑地问道。

她微笑着，笑容里却带着苦涩。“也包括希安，尤其是希安。”

他更紧地贴着她。“我们还是别提希安了，吻我。”

他们接吻后又躺了一会儿，然后范森坐了起来。

“别走。”她说道，她的声音有点沉缓，睡意正浓，“当我之前没说过吧，女仆们在梅若兰娜那儿也有床。再告诉我一点你在地下洞窟里的经历，我几乎无法相信这一切，你真的跟一个神打起来了？”

“不是我，我没有，也不是巴瑞克干的，那家伙太高了，谁也碰不到他。”他摇摇头，“我现在还不想说这件事，它还历历在目。”

她摇摇头：“对我来说，要弄懂这一切太困难。你说我弟弟做了这，我弟弟做了那——说他打败了一百个人！他拽着一根绳子从悬崖上爬下来！这当中肯定有魔法相助——我印象里我弟弟没有这么厉害，他连自己切肉吃都不会，只会骂着自己的火头军，踢着他们让他们满地爬。”

范森微笑了起来，但他也觉得这件事挺奇怪的。“确实是魔法，在短短几个月里他像是长大了十岁，手臂上的伤也好了！他变了这么多，我差点都认不出他了。那些吞石头的怪人朝我们扑过来的时候，要不是巴瑞克和加尔人半途杀出，我们可就全都死了……”

“吞石头？”布瑞奥妮的脸上带着疑惑不解的表情，“你说有个怪人能吞石头？我还从未听说过这一节，告诉我吧。”

他又把她拉近了一点儿。“你的侍女和女仆怎么办呢？”

“让她们多等会儿。”

范森正在仔仔细细地讲着地下迷宫中最后一战的过程，讲着他和芬德林人怎样一步步后撤，直到背水一战。

“这真是太英勇了！”她说道，“不只是你，亲爱的范森卫队长，燧岩他们那些芬德林人也着实让我震惊。”

“所有人都很英勇。”他说道，“看来长期以来我们对芬德林人都太差了。可是当吞石头的怪人扑来时，我们都束手无策。我不知道这怪人到底叫什么——有三个，每个都叼着一块大石头，然后他们还开始变形……”他停顿了一下，感到身旁的姑娘绷紧了身体，“布瑞奥妮？”

“你确信他们是人吗？”

他思考了一下：“老实说，我没有见过他们变成……变成怪物之前的样子……”

“告诉我，告诉我那些石头是什么样子的。”

“我不知道。”他说着轻笑了起来，“佩林的胡子，姑娘，那时几乎伸手不见五指！”

“把你记得的东西全都告诉我！”此刻她的声音听起来毫无一分甜美。

范森一五一十地说着，他感到惊讶，因为此刻他吻着的不只是他的恋人，也是一位女王。

❧ ❧ ❧ ❧ ❧

史蒂芬斯·奈纳裹着一件厚重的羊毛风衣，脚上却只穿着一双长筒袜，所以他感到很冷。“一定要现在做这件事吗，殿下？”他问道。

“我刚刚知道了其中原委。”布瑞奥妮示意一个禁卫去敲开通往塔顶的第一扇门，这扇门十分沉重，敲门声很大，回声盘旋了一会儿继而散去。她刚想让禁卫再敲一次，这时门口传来一个颤抖的童音：“谁在那儿？”

“摄政公主在此，前来探望阿妮莎王后。”禁卫说道。

门打开一条缝，刚够那个男孩从里头看看外头的人，然后他把门拉开。“可是王后在睡觉！”他似乎认为敲门的人不知道现在已经是后半夜了，“而且她在服丧。”他又说了一句，但这时禁卫已经推开他走了进去，他只好对布瑞奥妮、范森和奈纳大人说道。

“这我知道。”布瑞奥妮对他说道，话音里并不带有刻薄的语气，“我也在服丧，你看到我穿着黑衣服吗？”

他沿着楼梯逃到楼上，像是被布瑞奥妮吓怕了一样，来到阿妮莎王后的卧室里。前厅里的执勤卫兵全都跪在地上，布瑞奥妮招招手让他们站起来。有几个卫兵朝他们的卫队长看过去，指望范森能告诉他们，今天夜间执勤时怎么会忽然有人来，但范森并不搭理他们，只是引着布瑞奥妮往前走。

阿妮莎和她的随从久久没有下楼来，布瑞奥妮忍不住想派人上去找他们，这时他听见王后的说话声，接着她便走下楼梯。“可她要干什么？为什么大晚上的忽然闯过来？我可被吓得不轻！”现在阿妮莎王后来到她跟前，身后跟着五六个女仆，其中一人带着她年幼的儿子亚历桑德罗斯。

这是奥林·亚历桑德罗斯，布瑞奥妮暗自提醒自己，**他是我的**

弟弟，也是父王的子嗣。

她看着身穿睡袍的阿妮莎，想起种种可怕的往事——她想起一片火海和漂浮的阴影，想起上个仲冬夜时，她的整个世界都颠倒了过来——但布瑞奥妮尽量让自己镇定地说话："抱歉在这时还来打扰您，阿妮莎，只是有一个问题使我无法入眠，只有您才能为我解答。"

阿妮莎疑惑不解地看着奈纳，但这位年老的谋臣只能袖手旁观，爱莫能助。奈纳有礼有节地朝阿妮莎点点头，并没有对他暗示什么。"什么问题？"她问道，"你要从我这儿拿走什么，布瑞奥妮，非要这样恐吓我？"

"我想知道瑟莉亚是怎么成为您的侍女的，我的继母，我只是最近知道了一些有关西斯人的独裁者的事情，所以想问您这个问题。这位侍女是怎么到您这儿来的？"

"我……我不知道，我记不清了！"阿妮莎看看周围，仿佛盼望着能有一个侍女能帮她想起来，但她们全都不敢看着她的眼睛。她们当中许多人是从阿妮莎在德沃尼斯的母亲家过来的，自知在南境城堡里只是个外人，唯一的靠山就是阿妮莎的王后身份，但她们却诡异地全都不替她说话。"她……她是被人派来的。"阿妮莎最后说道，"我向母亲的管家要一个好姑娘，作为贴身侍从，她就是这样被送过来的。我几乎不认识她！我不知道她是个女巫！但我告诉过你的，布瑞奥妮——为什么现在还来折磨我？现在令尊亡故了，我正沮丧不安。"

"为什么？"布瑞奥妮摇摇头，"真是问得好。奈纳，您找到那封信了吗？"

那位老者以一种布瑞奥妮从未见过的表情看着阿妮莎，过了好一会儿才发现她正跟他说话。"啊对，对的，信在这儿。"他用颤抖的手从风衣里拿出一封信，"我从不随随便便把东西扔掉，幸好我的草包继任也学了这一点。”他把信拿出来交给布瑞奥妮，但她摇摇头。

“请您念给大家听。”

“好的，让我……”他斜着眼睛，拨弄着两片眼镜，总算把它们都戴好了，“让我来找找……这是去年阿妮莎王后在七月给我的信，当时先王被杰隆的海茨帕囚禁已有几个月，然后他被用于赎回赫若索尔的德拉卡瓦。

“……遵照奥林国王的旨意，我把瑟莉亚艾迪克特小姐带过来，她是我童年时代最好的伙伴，当奥林国王不在时，瑟莉亚就是我的伴侣。她与我非常亲密，也有着高贵的出身，请代我照顾她，不要让她在码头上等待太久，也不要让她干粗笨活，诸如当一个普通的仆人。”

布瑞奥妮盯着阿妮莎：“她到底是什么人——是您小时候的好伙伴，还是一个您几乎不认识的仆人？”

阿妮莎朝着楼梯的方向后撤几步，布瑞奥妮能感觉到，一些禁卫见状而警惕起来。这座高塔的会客室里一贯通风良好，风很大，但此时似乎连风也变得紧绷起来。“我怎么记得呢？我大概认识她吧！那不等于我参与了她做的那些事，我绝不会……”

“但现在我知道，你的侍女所用的石头是独裁者给她的——在城堡地下的最后几小时的战斗当中，他也用了同样的库里克斯之石，把它变成恐怖的怪物。范森就看见一个西斯人把库里克斯之石衔在嘴里。”她皱了皱眉，“那不是个男人，而是女人，这怪物本来是个女人，查文说过，库里克斯之石只对女人有作用。”

布瑞奥妮朝阿妮莎走了几步。“因而我只能作此猜想，那就是独裁者有许多块库里克斯之石，而他在托利的夏土官邸里也有一些卧底，正是他把一块库里克斯交给你的侍女。但有一件事很奇怪，怎么保证她有机会杀死我哥哥肯德里克？”布瑞奥妮说到这里，几乎无法控制自己的愤怒，但她迫使自己用更镇定的语气说下去，“怎么保证这一点？那个卧底凭什么信任瑟莉亚？只有一种可能，那就是瑟莉亚来到南境，并不是出于其他任何目的，换言之，她本来就是被派去行刺的……”

阿妮莎的侍女和女仆向后退了几步，其中一些人焦急地窃窃私语着。阿妮莎则圆睁着两眼：“你这是什么意思？意思是我知道这件事？这真是一派胡言！我为什么要伤害肯德里克王子？”

“这我也说不准。”布瑞奥妮咬牙切齿地说道，“但让我猜猜看吧。但有一个问题你是可以回答我的——独裁者的仆人第一次见你是在你离开德沃尼斯之前，还是在南境城堡里？我打赌你以前或许也见过他，但他是在南境城堡找到你的，那时你发现自己怀上了我父王的子嗣。”

“你这又是什么意思，我听不懂。”

“就是这个意思，继母大人——虽然这么叫你着实让我难受。我看你的确知道这件事，知道得一清二楚。我想是独裁者的某个卧底跑来对你说，要是肯德里克或父王的两个年幼的孩子——也就是巴瑞克或者我本人——坐上王位，你肚子里的孩子就会厄运当头。他还对你说，如果奥林国王死在牢里，肯德里克和我们是不会争夺王位的，那样一来，肯德里克就会除掉你的孩子，或许连你也一起除掉。我说的对吗？这就是他对你说的话吧？”

“不是！不是这样的！”这个绝望的女人失声大叫，却没有人为她的清白作证。

布瑞奥妮感到阵阵凉意，心情十分低落，她想自己猜得不错。“跟我说实话，阿妮莎。虽然我不是西斯人的独裁者，但如果现在不从你口中得到真相，我也一定不会对你手软。”

“别再恐吓我了！”阿妮莎开始放声大哭。布瑞奥妮甚至有些怜悯起这个小巧而漂亮的女人，毕竟她曾带给父王那么多快乐，只是她清楚记得，在阿妮莎的寝宫里发生的那些事，正是从这里开始，她踏上流亡的路途——那晚上瑟莉亚把库里克斯之石衔在嘴里，变成一种杀人不眨眼的怪物，布瑞奥妮无法不去想象，在这个怪物的魔爪之下，肯德里克最后是怎么死的。

“禁卫。把她带到大牢里吧。”

“不！”阿妮莎忽然跪了下来，她向前爬着，想抱住布瑞奥妮的腿。费拉斯·范森上前挡住她的去路，然后用很轻的动作把她提起来。“别这样对我，布瑞奥妮！”身为继母的阿妮莎哀号着，“我也是被吓的！那人跟我说，我的孩子会被杀掉！他还说我永远也回不了家乡——因为我会被关在南境城堡里……埋在冰冷的泥土之下！”她放声大哭着，很难听清她在说什么。布瑞奥妮看看范森，他拎着阿妮莎，脸上的表情十分复杂，有几分怜悯，亦有几分嫌恶。

“这是谁说的？谁来找过你？”

“他是我祖国的人，他是经商的。他说有一些关于我家里的消息，于是我就让他来见我。”阿妮莎几乎站不稳，“请行行好，不要杀了我！不要伤害我的孩子！我也不想这么做的，但他说肯德里克会弄死我和孩子，我被吓怕了！”

“于是你就帮着独裁者害死了我的王兄。”布瑞奥妮觉得自己就像一个装满了腐蚀剂的容器，只需一滴就能让所到之处化为灰烬，“把她关起来。”她对范森说道。

“关进大牢里？”

“不，她毕竟给我父王生过孩子。就让她待在这儿，派禁卫看着她。”她又对阿妮莎说道，“但亚历桑德罗斯不能交给你。”她向侍女们一扬手，带走了襁褓中的奥林·亚历桑德罗斯，范森则揪着阿妮莎不放。“他是我父王的骨血，但你与无关。”

“不要杀我！”

“无论如何，至少得给她一个审判，公主殿下。”奈纳说道，

“她的父王是我们多年来的盟友。”

“但这个盟友却窝藏独裁者的卧底，让这些人派了一个女巫过来，害死我的王兄！”当时布瑞奥妮恨不得把阿妮莎解决掉，一劳永逸，但她知道不能这么做，“不错，你会上法庭的，女士，然后你就会一直囚禁着，直到你的名字被世人淡忘，在人们的漠视当中死去。”

那孩子感觉到自己母亲的悲痛，也开始放声大哭。范森另外派人接替夏之塔的守备，直到他对这些人的忠诚有所改观，布瑞奥妮则紧紧地把襁褓中的弟弟抱在胸前。

她朝着大门走去，走到寒冷的户外，这时布瑞奥妮的步伐忽然踉跄起来。她臂弯里的孩子似乎变成一个沉重的负担——她感到自己几乎连回到寝宫的力气都没有。费拉斯·范森走上前，托着她的手臂，然后他们肩并着肩，朝着王宫走去。

第五十一章
共享赞赏

佐睿雅甜美可人，在诸神当中心肠最好。她答应如果科涅奥斯放走圣孤儿，她就嫁给自己的叔叔，尽管世上臣民和天界诸神，都要为她的离去而哀伤。

——引自《圣孤传说：其人生平、死亡及天堂的奖赏》

由于王室的造访，宝石街上一片张灯结彩。无论是芬德林镇的天花板上，还是临街的建筑外墙上，都挂着复杂的装饰，显得欣欣向荣。

“这里美得令人惊讶。”布瑞奥妮说道，范森牵着她的马在狭窄的主街上走着，她到处张望，“从前我也知道这些景色——你知道，父王曾带我来过这儿好几次，但我从未发现它们如此美丽。”

“也看看您的脚下吧，公主殿下。”奈纳说道，“您的臣民也在盼望您的垂顾。”

“别责备我了，史蒂芬斯伯爵。我知道臣民们在等我，所以我才来了。”布瑞奥妮这样说着，并没有忘记对他们微笑和挥手。一行人来到宝石街和矿石街的路口，这儿聚集着许多人，早已等了很久。“看那儿，我看见芬德林的公会大厅了。”布瑞奥妮说道，“真是一座令人印象深刻的建筑，对吧，范森卫队长？”

范森随声应和着，此时他正忙于给布瑞奥妮清出一条道来，好让她走到公会大厅的宽阔阶梯上。现在南境城堡大致已经恢复和平，但还有一些最顽固的托利党徒潜藏在芬德林镇的边上。此外也有传言，说有一些西斯军人和一两个身形巨大的阿斯科拉博藏在外头的通道里。经历了那些无法想象的战乱之后，现在真难以相信一切已经完全步上正轨。

有几个芬德林人喊着范森的名字，这让他尤为惊讶。范森转身望去，发现那是曾跟他在地下迷宫中并肩作战的芬德林人。他也向他们敬礼，但又觉得这样挺尴尬的。这些芬德林人不把他当成外人，这让范森尤为感动，但他不习惯受到万人瞩目，也从未想过会这样。

那么等我变成王室总管，又该怎么办呢？那时我就得跟真正的贵族们面对面说话了……范森想到这里，又想到很多“真正的”贵族倒是一心想让自己不要为南境而战，也有许多贵族在听到摄政公主今天的决议后，仍然声言，自己绝不会屈尊到芬德林镇上来。*这足以说明出身并不能决定一个人的品德*，范森这样想到，他变得自信起来。*看看我这一生吧，我得到了公主殿下的爱——我还有什么可抱怨的呢？*

芬德林人热烈欢迎范森，就跟欢迎布瑞奥妮一样，范森眼见此景颇有几分感动，但并没有表现出来。他们来到公会大厅跟前，范森帮着布瑞奥妮翻身下马，同时命令禁卫军列队两旁，恭迎公主驾临。

“卫队长，你在这里颇有人缘啊。”布瑞奥妮微笑着说道。

“任何一个没被砍死，成功脱离险境的人都会受到欢迎。”范森这样说着，心里却为布瑞奥妮的在意而十分受用。

“尊贵的殿下。”孔雀石·紫铜穿着一身盛装，手臂和脖子上都是闪闪发光的宝石和抛光了的金属，“请容许我说句话，您的这位卫队长可真是谎话连篇，在我们芬德林镇上，没有人比他更受到人们尊重，无论是芬德林人还是大个子。”

“我看得出来，紫铜大人。”布瑞奥妮说道，“真高兴与您在这里相见，我们上次见面时海水冲得到处都是，现在不必像当时那样了。”

“我也有同感，殿下。”他鞠了一躬，然后用手指引道，“请跟我来，让我引您来到公会大厅吧。等您那闷闷不乐的守卫队队长准备好了，再让他跟上来。”

“公主殿下由您带路，紫铜大人，但我就跟在您后面。”范森坚定地说道，“无论去哪里，禁卫队都要守护在公主周围，确保她安全无虞,这也是为了她的臣民着想。我说的对吗,布瑞奥妮公主？”

她微笑着牵上紫铜的胳膊：“说的正是，范森卫队长，你考虑得非常周到。”

人潮汹涌而来——范森觉得这场景就像几个月前他在地下深渊看到的景色，各种各样的种群全都汇聚到一起，绝望于自己的境地。不过南境王廷的人在这儿人手足够，大批芬德林人则井然有序地聚集——毕竟这儿是他们的公会大厅——当中还按照常例站着四位最高宗主。但议事厅里还聚集着其他人，比如一大批水鸥人，他们大都穿着隆重的礼服，披着用鱼皮缝制的斗篷。这些衣服都是完全干燥的，毫无一点气味，范森对此很高兴，毕竟这座大厅的面积不大。屋顶族人也来了，他们的代表就坐在芬德林人特别为他们准备的一辆宝石马车上。到场的甚至还有加尔人，不过只是艾希瓦和她手下的一行披着法袍的沉默之人。艾希瓦安静地等着，仿佛能一直等到太阳落山。巴瑞克并没有出席。

芬德林的一位宗主前来致辞，接着这场盛会就开始了。在范森看来，这位名叫红玉髓的宗主几乎比古老的公会大厅还要年迈。他代表芬德林人表达着对王室的忠诚，而芬德林人则兴致寥寥。范森猜测着，是不是只有自己发现了这一点。

“现在，公主殿下亲临我们鄙陋的居所，与我们交谈。”枯瘦干瘪的老头最后说道，“这无疑令我们蓬荜生辉，心念其恩。让我们向君主致敬！奥林·埃顿之女、摄政公主正是我们的国君，听闻她很快就要加冕为女王陛下。向布瑞奥妮公主致敬，全体鞠躬！”

布瑞奥妮在芬德林人的一片窃窃私语声中站起身，接受他们的致敬。所有人都在行礼，只有加尔人坐着不动，没有鞠躬也没有敬礼。布瑞奥妮麾下的许多朝臣看在眼里，心中十分不悦。范森不禁想：*那些没有参战的人反而对我们的陌生援军抱以最不宽容的态度*。

“我谨代表王座与父王之名，接受你们的礼赞。”布瑞奥妮大声说道，“我本人则对此愧不敢当，诚愿日后我能担得起这一英名。”

一些芬德林人小声说着话，他们被弄糊涂了。

“我们从一场危难当中幸存下来。”她继续说道，“我相信我们能逃脱一死，其中必然有诸神的眷顾——但这眷顾只是原因之一。我们珍爱的一切都曾命悬一线——王国与城池，个人之生命，甚至连我们的灵魂亦濒临破碎。若说这一切都是无缘无故发生的，我无法相信。这其中或许有我的臣民所信奉的神，或许有芬德林人所供奉的大地长老……”布瑞奥妮念着神的名字时，人群中一阵纷扰。“或是水鸥人们的保护神艾格耶瓦尔，以及尖峰之神，”她朝屋顶族人的代表团点点头，“我们得到了拯救，在一切看似注定消亡之时。”

“今天我们齐聚一堂，也是为了感谢那些为南境而战的人——无论其体型是大是小——稍候我将历数其功勋——此外，我们聚集在这里，也是为了另一个尤为重要的目的，那就是从过去发生的一切当中汲取经验。”

“我们也许永远无法知道，命运为这座城堡之中的人们编出怎样的路途，让加尔人、西斯人，与我们在这里交汇。我们能够知道的是，在每个人的努力之下，我们幸免于死亡的厄运。如今我要治理这个国家，除了心怀虔敬之外，也必须知道天界对我们的指示。”

“芬德林人！”布瑞奥妮忽然提高了声量，“我的家族曾一度与你们兄弟相称，但最近的岁月里却待你们很不好。我们享用你们供奉的物产，却对你们的境况视而不见。我们对水鸥人也多有怠慢，此外也有愧于屋顶族人——呃，这也不全是我们的错，你们在我们鼻子尖下藏得太好啦，以至于几乎没有人知道你们的存在。”布瑞奥妮说到这里，马车上的屋顶族人代表团爆发出一阵笑声，听起来就像蟋蟀的鸣叫。

她接着对艾希瓦和其他头戴兜帽的加尔隐士说道：“我们也应当好好对待加尔人。”闻听此言，人群当中迸发出一阵愤怒的窃窃私语。“看来我们理当比他们得到更好的待遇。”布瑞奥妮继续说道，她的话音不疾不徐，似乎并未受到听众的影响，“现在还没有人能回答其所以然，毕竟我们两族之间的互相伤害，无法在今天下午冰释前嫌。”

“但现在是时候重建南境了，我们将重建芬德林镇上美丽的街道和房屋，它们曾毁于炮火之下，我们将重建倾颓的城市。这需要每个人的努力。如今我们已经结束了战争，肃清了叛臣，正是团结起来重建家园的时候。从今往后，国家议会将一直为芬德林人设立席位，南境每一件大事的拟定，都将考虑到国中所有种群。请正确理解！”人群开始低声说话时，布瑞奥妮略微提高了声音，“并不是让每个人都参与国事议定。君权依然屹立，无论我本人或日后的继任君主，依旧执掌法律之权柄，一如既往。但南境的一切法令，都将让国中所有族群听证。”

这番出乎众人意料的演讲让人群中迸发出一阵阵议论，一度十分嘈杂。在场的一些芬德林人直接喊叫起来，让范森不禁想把布瑞奥妮带下宣讲台，以保证她的安全。但过了一会儿他又发现，这些嘈杂声大多是一些年轻的芬德林人向摄政公主发出的喝彩，而年长的芬德林人、王宫的朝臣以及水鸥人，则多半目瞪口呆地沉默着。

“今天我来到这里。”布瑞奥妮继续说道，“是为了宣告一个新的谏言理事会的成立，它由王国的一切子民组成，无论是人类还是体型较小的物种，无论他居住在陆上还是海洋，都将为南境的君主谏言。我们将同心协力，守护我们共同生息的这片古老家园，守护这片对我们全体都至亲至爱的家园的和平。”

这个漫长的下午终于告一段落。范森在一旁等着，他所爱的人正在聆听史蒂芬斯·奈纳的进言。公会大厅里到处都是芬德林人和其他人等，奈纳正在努力地低声对她说话。

“可是殿下。”他焦虑地低声说道，“这是有史以来从未有过的事！”

“王权自会推行一切。”达瓦特·丹-法尔大笑道，“布瑞奥妮开始像真正的女王一样统治全国了，值得赞赏！”

奈纳愁容满面。“您也是个史无前例的人，丹-法尔大人。我记得我们上次见面时，您还在向我们讨要国王的赎金。”

“这话不错。”达瓦特说道，“我日理万机。”

范森走到他们俩中间，他并不是觉得奈纳会做出点什么事，只是他不想看见这位老者被愚弄，而达瓦特像一只猫似的灵巧善变。“殿下。”他对公主说道，“您该回宫了。”

布瑞奥妮看了他一眼。“怎么每个人都把我当小孩子看？”

“因为就像溺爱孩子的父母那样，我们每个人都视您为掌上明珠，生怕您有任何闪失。”达瓦特为自己这番说辞而扬扬自得，范森则在想，这个狡猾而危险的人什么时候会去祸害别的国家。对他而言，总没有什么能使他满足。

范森惊讶地发现艾希瓦就站在他身后，她像是凭空冒出来的，身旁还站着其他女巫，她们的面容隐藏在兜帽之下。宣讲台上的其他人似乎都乐意给她们让出一大片位置出来。“布瑞奥妮公主。”艾希瓦说道，“我想打断您一下，这儿有您弟弟的一则口信。”

“是吗？”布瑞奥妮的声音有些冷淡，“我想你们的营寨离这儿并不远，他可以亲自来的。”

“您想听听吗？”

公主的手有些颤抖。“也许吧。”

“他希望您知道，我们明天就要离开了。幸存的族人将回到库-纳-加尔当中，但他说希望能与您单独谈谈，如果您来向他告别的话。”

“在哪儿？”布瑞奥妮看上去十分生气，但她的表情里也有另一种情绪，范森不太看得明白。

“就在上次他离开时，你们互相道别的地方。”艾希瓦把双手放在胸口，“日落方向的沿海大道上。如果您走不了这么远，他也会理解的。”

“我会去的。”布瑞奥妮转身背对着她，看上去就像那个加尔女人已经走开了似的。“范森卫队长，过来，让禁卫们集合。奈纳，您可以通告城堡里的百姓，我们回宫了。”她抿紧嘴略一微笑，“今天已经把要说的话都说了，对吗？”

奈纳摇摇头，叹了一口气：“公主殿下，您已经完成了致辞，不愧是先王之女，这份尊荣您当之无愧。”

⚜ ⚜ ⚜ ⚜ ⚜

早晨时分，天下着雨，但等到乌塔修女从教堂走出来时，已是一片湛蓝的晴空，还飘着几缕云彩。英俊沉默的卫队长派来几个禁卫，在他们的帮助下，乌塔修女已经修复了几处最危险的地方，然而大炮震落了马赛克，教堂里到处都是，要把它们分拣开来重新贴好，得耐心工作好几个月。尽管如此，能做点有意义的事还是让人倍感欣慰，尤其是在佐睿雅女神的享祀之地。经过了过去几个月的战事，乌塔修女感到自己跟女主人前所未有的亲近。

回梅若兰娜寝宫的一路上她都在想一件事，究竟为什么要重修这个教堂？这个教堂一直都太小了，为什么不干脆另外建一个大的，以便更好地接待城堡里的人们？如果教堂建得更大，就能征收更多的什一税，那样她就能更好地帮助那些在这场漫长的战争中失去家园、穷困潦倒的人了。

乌塔修女一心想着这个计划，乃至她走到梅若兰娜的前厅时，都没有注意到那儿的长椅上坐着一个小男孩。那孩子就像一个被逐出课堂的年轻学生，正在反思自己做了什么错事。

“天哪！”她终于发现这孩子时不禁向后退了一步。那个男孩年岁尚浅，大概九岁十岁的样子，他有着一头十分浅淡的黄色头发，在昏暗的室内看去几乎一片苍白。乌塔修女看着他身上的衣服，想了想发现它是芬德林的着装，他的脸虽然神情肃穆，但仍是一张孩子的脸。“您好呀。”她缓过神来之后对他说道，“圣三神赐福与你，佐睿雅愿你安好。”

那孩子从长椅上滑下来站定。“为您祈福，乌塔修女。现在我得走了，但走之前我想跟您说说话。”

这孩子真古怪，虽然乌塔修女说不出他哪儿古怪。他有一种引人注目的气质，因而当他上前牵起乌塔修女的手时，她并没有挪开步子。“请一定，照顾好梅若兰娜。她对我来说十分重要，如果她发现我已经走了，会很伤心的。她已时日无多，恐怕来年春天就会领到神灵的召唤——所以我想这也不会让您有太大负担。”这孩子紧紧握住她的手，乌塔修女惊讶而多少有几分不安地看着他，他的眼睛就像春天晴朗的天空一样蔚蓝。“我得去马厩了。”他继续说道，并没有解释什么，“您还要享寿多年，修女，因而您不必担心照顾梅若兰娜一事会让您无法完成您自己的愿望。接下来的日子里，您必定会尽心尽责地照顾我母亲的。”

这些奇怪的话还在乌塔修女的脑子里盘亘着，那孩子却已松开她的手，迈步走出这位公爵夫人的家中。

“今天早上真是不寻常啊！”乌塔修女走到梅若兰娜身边时，公爵夫人这样说道，“我儿子来找我了！就在我房间里！真希望您也能见到他！”

乌塔想不出能说出什么话来，只好说：“那一定是个祝福。”

“祝福，的确是，千真万确。他走到我跟前，跟我讲了许许多多不可思议的事，他说终有一天会让我看到这一切，我怎能等下去呢。”

乌塔久久地看着这位老妇人脸上的微笑，然后转过身小心地揩去自己眼角的泪：“一切都将如神所安排的那样。”

“您似乎不太相信他很快还会回来。”公爵夫人说道，“但我也希望他不要浪费时间，毕竟他坐着我的马车呢！”梅若兰娜自己整理好靠垫，坐了起来，然后伸手拉住乌塔的手。“不过我的好伙伴啊，你行行好，在他回来之前，陪我坐一小时吧。今天外头天气怎样？夏天已经到了吗？”

乌塔坐在椅子上，她现在脑子里很乱，简直像是有一群老鼠在跑来跑去。“夏天？啊是的，我……我想夏天总算来了，公爵夫人。今天还不算很热，但天空晴朗，十分开阔……”

⚜ ⚜ ⚜ ⚜ ⚜

“她犯有谋杀罪，更重要的是，她谋害的是摄政王子，这样的人绝不能姑息，公主殿下。”

布瑞奥妮胸衣上散着几枝玫瑰，胸花的束带散开了，这让她不胜其烦。她挥挥手让那个年轻女士退下，“丹 - 法尔大人，这个人是我的继母，先王的遗孀。这事不像您说的那么简单。”

“这事再简单不过了。要是有人对您的统治不满，那么阿妮莎就会成为所有反对人士的中心——说到底，她是那孩子的母亲。‘把奥林国王之子扶上王座！’他们会这样说，‘国家得有国王！’”

“因而不惜废黜女王？”布瑞奥妮问道，“达瓦特，您自以为了解我族的历史，其实并没有……”

“的确，我们都听说过莉莉女王的故事，她是埃顿王室的骄傲，此话不假。”他以一种盛怒的姿态大笑道，仿佛他早已了解每个人的想法，也思考过它，最后毫不在意，“但那已经是很久以前的事了，当时没有人敢质疑安格林的血统。现在时代已经不同了，公主殿下，如今世道凌迟、人心思乱，南境尤其如此。现在没有人真的认为，什么东西至关重要而不可撼动，什么东西不值一顾。”

布瑞奥妮摇摇头：“您说的也有几分道理，丹 - 法尔大人，但我跟您不一样，这儿也不是图安或西斯的其他行省。我们不会杀死自己的亲族。”

“每一个王子都会杀死自己的亲族，当这个亲族已经无意于杀他的时候。我们并不像您所想的那样蒙昧未开，公主殿下。”

布瑞奥妮也认识到自己失言了：“我并无意冒犯您，达瓦特。”

他略一鞠躬：“我深知这一点，殿下，而事实也始终是事实。”

“此事不必再议，跟我说点别的吧。西斯人怎么样了？今天下午他们乘船走了吗？”

“已经离开了——包括新独裁者普鲁萨斯和他的大臣，以及猎豹卫队的残部都走了。他们搭乘一条赫迩明海沿岸的商船走的，这趟归途会十分漫长。”他露齿一笑，“说实话看着他们离开可真叫人愉快，堂堂独裁者的残兵败将，居然得租船逃回老家。或许哪天我的国家也会看到这可笑的奇景吧。”

“或许会的。埃尼亚斯王子怎么样了？”

“他和他的军队明天就会回国。如您所知，他的父王病重，他必须回国。”

“我敢肯定，他父王是被安娜卡那个泼妇下了药。但愿埃尼亚斯王子能处理好一切，在这期间我们会想念他的，我本人也会。”她叹了口气，“真高兴您在这儿，丹 - 法尔大人。在这么多人都变得不可信任之时，感谢您为我进谏，与我为友。我对此心存感激。”

“我也很高兴能挣到您的钱，殿下。”他的微笑仍然挂在脸上，“我向您保证，我这么做主要是出于利益。”

她大笑起来：“说的是啊，您可是个名扬天下的大反派，不是吗？我都忘了这点呢。”她的好心情转瞬即逝。“我永远不会忘记……是您把沙索带回来的。我曾以为您是我终生的宿敌，达瓦特。”

他耸耸肩：“在这临别之际，我无法忘记他和我也有同样的心怀——那就是我们都敬爱着同一位年轻女士。”

“是啊。”布瑞奥妮聪明地点点头，“我明白，那就是沙索的女儿——已经死去的那位。”

达瓦特略有几分愕然，但他竭力隐藏了起来。“说得不错，是她，当然。”

第五十二章
歪神的残躯

……于是圣孤儿被带往天堂，获得永生，与神同在……

——引自《圣孤传说：其人生平、死亡及天堂的奖赏》

范森尽可能骑得离他们远点儿。他甚至希望布瑞奥妮不曾坚持让他随行，她对埃尼亚斯说话时友善而亲昵，她对这位希安王子有着明显的崇拜，这都让他痛苦万分。

“先别带他们走吧。”他听到她恳求埃尼亚斯，“让我再次向他们致谢。”

埃尼亚斯皱皱眉：“公主，他们是战士，履行职责是他们的荣耀，他们不会期望为此接受感谢的。”

“大多数人都乐于接受应得的嘉奖，我想如果我再称赞一次他们的勇敢与献身精神，您的战士们不会不高兴的。”宽阔的沿海大道路口，埃尼亚斯的副官海克斯勋爵已经集结队伍，公主骑马过去，“各位希安士兵！”她喊道，“我有幸与你们同行，荣耀仅次于我乃安格林的后代！”

“她将为你们的国家倾尽一切。”埃尼亚斯看着全神贯注的战士们说道，一瞬间让费拉斯·范森以为这位王子是在对他说话，“必须有人守卫她，保护她。”

范森一时间有些发怒：“我们国家也有战士，埃尼亚斯王子。”

王子笑着转向他，“我说太大声了吗？抱歉卫队长，我对您和南境的人们绝无轻视之意，我只是诉说了自己的心声。公主是多么高贵非凡的天赐之物，我自知永远无法控制她，永远不能驯服她。”

“殿下，她并不是个物。”范森知道与一个王子争论是愚蠢行为，但他心中压抑久之的情感无以言表而难以释怀，“但她的确卓尔不群。”

“实话说。”奇怪的是王子看来并不介意，“我只是说她……她的决心如此纯粹，就好像鸟儿需要飞翔……”

开阔的路上欢声雷动，又很快消散在风中。一些教会猎犬队员向空中挥着剑与旗帜，他们再也顾不上什么军令，全都聚集在布瑞奥妮周围大声告别。**世界如此广阔，而我们人单力薄**——范森的目光越过步卒和骑兵看向空荡的山野——**没有了诸神的庇佑，我们要如何生存？**

笨蛋，随后他又转念一想，**如今庇护我们的神灵可绝不少于从前啊。**

最后，埃尼亚斯王子一行向着南方，踏上了归途。布瑞奥妮也和随从们穿过陆上的城市策马返回。这个城市空荡荡的，像个鬼城，就像很久以前范森和克勒姆·戴尔，还有一个可怜的商人伙计雷蒙·贝克同行时，曾在北境大路上见过的地方一样。

“现在我要去见我弟弟了。”布瑞奥妮对他说道，“回家后还有很多事情等着你去做，道利中士可以照顾我。”

范森知道年轻的达布·道利和自己一样倾心于公主，而对加尔人毫无感情，他无疑会小心地照顾好公主，但还有其他事让范森放心不下。“不。”他说，“殿下，我愿意遵从您的意愿离开，但如果您允许的话，我想与您的弟弟再见一面，毕竟我们曾同行过很长时间。”

“亲爱的卫队长，王子在雾影线遇到了什么？”

他失落地摇摇头：“我无法确切地告诉您，我在深渊最后一次见到他的时候，他和您印象中相比并没有多少改变，至多是变得更坚强了，也更安静了。我想他正在变得成熟，否则他无法活着离开那个可怕的地方。”他们骑向城外的沿海大道路口，来到市场大路时，正值日落西山，“然后基尔——就是我向您提过的那位精灵——托他把雅萨梅兹给的一面镜子带给加尔国王。我到现在也不太知道为什么，但那面镜子是打算用来复活萨奎丽女王的，所以他肯定成功完成了任务。”范森耸耸肩，“我再次见到他就只比您早几个小时了，那时他已经变了，就像是另一个人。”

“也没有全变。”她望向远处，迎着落日闭上双眼，“他总是有许多秘密，他想避开其他众人跟我另找地方会面，这真像他一贯以来的做法。我们小时候经常躲开家人和仆人们——至少巴瑞克经常这样，但我总能找到他。”她看起来这么悲伤，费拉斯·范森差点想不顾她的警卫、马夫和侍者们的存在，将她拉过来亲吻。“我们会一起躲着全世界。我想，最让我伤痛的正是他又一次跑开，躲起来了，而这次我不能一起去。总要有人坚守阵地，总要有人来管理这个国家。”

太阳即将下山，路口依然空空如也。范森坚持搭了个帐篷，好让公主在里头休息，等着她的弟弟。她正在帐内端着一杯酒，沉默地想着什么，这时侦察兵忽然报告说有人接近。和范森预料的不同，来者并不是精灵军队，仅仅是一辆马车。路上印着一道道车辙，马车由两匹马拉着，沿着这条道路向他们驶来。

马车上刻着已故的达曼公爵的纹章，他是奥林国王的兄弟。车上还有一个穿着整套行头的车夫。如果说这辆车已经让范森大吃一惊，沿着狭窄的折梯爬下车来的乘客就更让他惊讶不已了——竟然是燧岩和欧珀这两个芬德林人，后面还跟着他们的养子火石！

“蓝石英大人！”范森震惊地说，“你们在这儿干什么？这儿离芬德林小镇那么远！”

燧岩没搭理他，直到欧珀的双脚都安然落地后，才开口道：“范森卫队长，我也不知道，都是我儿子的主意——确言之是我儿子和这辆马车的主人，梅若兰娜公爵夫人的主意。”

“这可真是个把公爵马车开出来的好借口，阁下。”马车夫开心地说道。

“你是来看望公主的？”范森问道，“还是来向巴瑞克王子告别？”

燧岩摇摇头，指着正领着欧珀走向公主大帐的火石说，“你得去问那孩子，听起来可能有点蠢，但在他准备解释之前，我也不再问他了。”

范森知道那孩子的事迹，所以他毫不惊讶燧岩会跟来，肯定是欧珀坚持要来的。但让他搞不懂的是，为什么这个古怪的孩子恰恰在这时候想把他们带到这里来？

范森领着燧岩走进帐篷，欧珀和火石正坐在布瑞奥妮脚边的软垫上，燧岩好不容易才勉强同意坐在他们旁边，范森则坐在门边以便关注帐外动静。他倒不讨厌燧岩和他的芬德林一家，但他不想再看到什么不速之客了。

“好吧，欧珀夫人。”布瑞奥妮说，“虽然我们从未见过，但您想必知道您的丈夫对我有恩，他几乎救了我一命。”

欧珀有点脸红：“是啊，我家燧岩总是想到哪儿就干到哪儿，有时我都很难跟上他的脚步。”

“最近大家都不容易。”布瑞奥妮说道，“现在时局混乱，大家都还没有安定下来，但如果我没弄错的话，关于使我们遭受苦难的秘密，现在我们可能更了解了一点。”

“但是不要问我！”欧珀差点没喘过气来，“天哪，不，不要问我！”

布瑞奥妮转向小男孩：“我听说在末日降临的日子里，你神出鬼没地出现过好几次，年轻的火石大人，现在是时候听听讲讲你自己了？不论你和燧岩、欧珀是什么关系，显然你不是个天生的芬德林人。”

“确实如此，布瑞奥妮 · 埃顿。”男孩严肃地说。

范森有点震惊：“年轻人，对公主应该用敬称‘殿下’或者‘高贵的殿下’……”

布瑞奥妮抬手打断了他，“通常来说是这样，卫队长。不过我觉得眼下也不是‘通常情况’。”

男孩点点头：“正如大家所知，我不是燧岩和欧珀的孩子。”看这孩子说话让范森寒毛直竖，他完全不像范森所见过的任何一个孩子，甚至不像他自己——在范森印象里，这个孩子从来没有这样正式地说过话。

“那你是在哪儿出生的？”布瑞奥妮问道。

“正在此地，南境城堡……不过正如你猜测的，那已经是很久之前了，五十多年了。”男孩点头道，“我母亲是梅若兰娜，我父亲是艾文 · 布罗纳。”

经历过这么多事，这是范森第一次见到布瑞奥妮失态。

“艾文 · 布罗纳？”她大呼，“艾文 · 布罗纳是你父亲？他是梅若兰娜的秘密情人？可是她告诉我，她孩子的生父已经过世了！”她眯起眼：“而且无论如何，你都不像个年过五十的老人啊！”

“我从小由加尔人抚养。一位无子的加尔人妇女将我从保姆房中偷出，不过中途被打乱了计划，没能放个偷换的婴儿回去。他们

把我带到库 - 纳 - 加尔养大成人，我就这样一直在雾影线外过了很多年，年龄虽然增长，但依然年轻。最后，作为盲眼国王伊尼尔和雅萨梅兹协定的一部分，他把我送到了这里，如果我能带回库比拉斯的精魄，复活萨奎丽女王，这座城池和城中居民就能免于战火。随着时间的推移，王后的生命如融雪般逐渐消散，但其实好几个世纪以来，神也一直在步向死亡。北方人口中的库比拉斯受到佐悉蒙的重创，日渐虚弱，现在已经大限将至，世界彼岸沉睡的诸神都能感受到，也都明白，即使那些只拥有赞德山部分血统的人类也能感受到——比如费拉斯 · 范森遇到的那位伟大的独眼半神吉库因，还有您的兄弟和父亲，布瑞奥妮 · 埃顿。”

听到自己的名字时，范森吓了一大跳，不过布瑞奥妮更加震惊。“你是想说，父亲和巴瑞克确切知道将要发生什么？”

“不，但诸神陨落之势会激起他们的狂血，扰乱他们的神智，如果他们接近南境地底那个诸神放逐时的天门开启之处，也会有这种反应。”

“可是，即使你是精灵养大的，一个像你这样的孩子怎么会知道这么多事？怎么会知道诸神和我家族的事？”公主的声音混进了一丝寒意和沉重，费拉斯 · 范森第一次意识到，那不是轻蔑，而是恐惧：布瑞奥妮对她可能要从这个小大人口中听到事实而感到惊恐，而当她惊恐之时，便将自己隐藏在王室尊严的面具之后。

“那只是故事的一部分。”金发孩子说道，“接下来就是我的故事，它充满了谜团，直到现在我才看清全貌。”他几乎是带着满足地点了点头，“我的生母嘱咐第二位母亲把我藏起来，第三位母亲将我从第二位母亲手中偷走，后来又丢失了我，第四位母亲收留了我，然后，我最最初的母亲救了我。”

范森不喜欢这孩子的叙述中弥漫的玄乎气氛，布瑞奥妮的不悦也写在脸上，两位芬德林人同样也不开心：“最最初的母亲是什么意思？”

“我的第一位母亲是位公爵夫人，她在南境城外的一个农庄里将我交给了我的第二位母亲，也就是那位育婴女佣。一个精灵族的女人从女佣手中偷走了我，但没有替换婴儿能放回去，所以被人发现了。第三位母亲再次丢失了我，我就到了加尔人的盲国王手中，相比于照顾那位贼妈妈的起居，为她生火、洒扫，我在国王这里有了更大的用处。后来我被带着穿过雾影线，欧珀妈妈和燧岩爸爸就收留了我。”

“是的，我们收留了你。”欧珀有些感慨，“我们需要你，不是吗，老头儿？”

她丈夫毫不犹豫回答道：“是，当然是，孩子。”

“从你们身上，我学到了从其他任何人身上都没学到的东西，”火石说，“事实上，我非常需要从家人中学到这些智慧，因为后来的日子实在太过黑暗。”

“当我把伊尼尔的镜子带到所谓‘闪光之人’，也就是歪神将余下众神驱赶封印的地方时，流入镜中的库比拉斯之力将我抛上了狂喜的巅峰，连一个将死的神灵都充满了这种人类无法理解的力量，让我忽然对神的死亡有了一些感触。就在那时，我拥有了神之眼，能看穿山脉，仿佛山脉都是玻璃制成，还能在同一瞬间看穿即将发生的事，看穿事物的真相与过往。

“当时我还未能意识到，就在那一瞬间，有着象牙之手和青铜之手的库比拉斯，在我体内留下了他的一片精魄，此后这颗种子就在我的头脑和心神中生根发芽，我自己的意识逐渐被遮蔽，换之以一种全然陌生的知觉——这还不止——我还有一种出乎于我之外的理解力……此外，这一存在慢慢地继续扩张，我也与它共同生长，直到我再也无法说出我是什么，而在我心中发芽的歪神之种又是什么……”

“那东西可能只是一种妖精。”欧珀突然说道，“某些折磨你灵魂的沼泽地妖怪。我们可以问问焕华共修会……”

“共修会即便能帮，也未必会帮我，欧珀妈妈。”男孩面带和煦的笑容说道，“不要忘了，他们失去神庙，可有我和燧岩爸爸的一部分功劳。”

“老天！”范森笑出声来，但他的声音并不舒畅，“我差点要说‘老天爷’了，这一切居然是真的？我头都绕晕了。”

“我想，这些离奇故事的真实性的确是个问题，”布瑞奥妮说道，“我的话可能会有点触怒你，不过火石，我们为什么要相信你？我亲眼见证过很多离奇的事，但也许仍然是孤陋寡闻了，我实在难以想象医术之神隐藏在一个小男孩的身体之中。”

火石笑着说：“谨慎是件好事，布瑞奥妮·埃顿……不过我对你一无所求，事实上，我即将离开南境城堡。”

欧珀捂住嘴，绝望地哭了起来，随之而来的是来自在座所有人的一连串扰扰攘攘半清不楚的提问，男孩冷静地等着，直到喧哗声减弱。

“我不能留在这儿了，妈妈。”火石尽全力安慰着欧珀，大家再次准备好倾听之时，他才面带悲伤笑容地说道，“您没注意到么？这是一种以前我从未遇到的情况，我的一部分像是经历了几个世纪的牢狱之灾，刚刚被释放出来，而作为火石本人的那部分，也因为种种东西而混乱迷惑——我既不是加尔人也不是芬德林人，不是人类，也不是神灵。我必须探寻出自己究竟是什么，我需要走遍天下，去游历……去弄懂这一切。”

“也就是说，真正让魔神佐悉蒙失败的幕后高人是你？”布瑞奥妮说，“我听过许多关于最后时刻的故事，但它们全都缺了点什么。”

“是的，就这件事本身而言，所有的故事都缺了一部分。”孩子继续说道，“如果没有范森的胆识和芬德林人的勇气，独裁者就不会被拖住那么久；如果没有加尔人这么多生命的牺牲，骗术师之神可能已经从地底逃出来，那时他将所向披靡；如果屋顶族人比特唐没有献出自己的性命，此前做的一切努力终将白费。虽然我体内生长着一位神灵，但我也是直到最近才明白，真正的敌人究竟是谁，而他究竟要做什么。如果要问我是否偶然也起过作用，答案是肯定的，但没有其他人的行动，我做的一切也毫无意义。”火石笑着环顾四周，好像他的话是同时对在场所有人说的。“未来日子里，当你怀疑诸神是否与你同在时，只需想想，那来自某个沉睡神灵的微小而残酷的念头，也险些让世上万物进入黄昏。但如果你觉得自己被玩弄于命运的股掌之中，求助无门，只需想想，死神之子、火与欺诈之神佐悉蒙，这位不朽的神灵也会被一个渺小生灵狠狠拉下神坛，而我这个渺小生灵，连我爸爸燧岩都能把我捧在手里。”火石站起来，“现在，是我该离开的时候了，你的弟弟很快就会来到这里，布瑞奥妮·埃顿，我想你们还有许多话要互相倾诉。”

“可是……可是为什么现在你要把一切告诉我们？”公主的脸上写满了震惊与无助，她转向范森，仿佛他有救赎之法，“为什么偏偏要在这里说？”

“首先，因为我曾允诺不离开，必须先求得我父母予我自由身；还有一个同样重要的原因是，我希望你启程返回之时，能带他们与你一同回到城堡。”他理所当然地说道，“我深深地了解，人们会因我离去而悲伤，尤其是欧珀妈妈，让她随你回去吧，这样她可以为你照顾你的弟弟小奥林·亚历桑德罗斯，你会发现她是一位非常好的母亲。”

欧珀刚刚稍微平复下来，现在又号啕大哭。

“当然……当然，我一定会让你的父母……过得安逸舒适……”布瑞奥妮说道。

“请听我说下去。”火石坚决地说，“用不着我体内的神灵来说，我也知道接下来的日子你会非常忙碌，忙到无法担当一位正在成长的幼童的合格家长。你弟弟是你父亲最小的儿子，将来某天可能成为你自己的继承人，或者你最大的敌人，难道你要把他交给一些你并不了解的仆人抚养成人？”

“可是……我要怎么做……为什么？”布瑞奥妮伸出双手。范森惊讶地发现，这位一两个星期之内就变成整个南境女王的公主，也会因为一个孩子的发言而手足无措。

“赋万物以实形。”火石对她说道，“那就是诸神的事了，诸神自会让人类的故事变得清晰。”他站起身来：“如蒙你许可，现在我就必须启程。燧岩爸爸，您曾让我允诺五年内不得离开，我无法等待这么久了。”

燧岩无助地摊开手掌：“我当时强迫你答应我留下来，但那时我还什么都不明白，所以当然——你自由了……”

“不！不要走！马上就要天黑了！”欧珀哭喊道。

“欧珀妈妈，您真的以为我会怕黑？”男孩坚决地看着她，“即便我看起来只有这么大，那也已经度过了数十个春秋！”说罢他走向欧珀，和她久久拥抱在一起，燧岩也加入进来。如范森所见，三人互相耳语，头紧紧相抵，燧岩夫妇眼中都有泪花。

“你的其他客人已经到达，布瑞奥妮·埃顿。”最后，小火石边说边抽身而出，“我听见他们来了。”

范森几乎来不及反省自己为什么一点动静也没听到，他的一位侍卫就已经来报告了，范森探着身子走出帐篷。

“一大波军队正沿着这条路过来。”侍卫兵告诉他，“我想是他们，加尔人。”

“是他们。”火石说，“我要离开你们去与他们汇合了。再见了！”

⚜ ⚜ ⚜ ⚜ ⚜

太阳已经完全落山，公主的帐篷外燃着明亮的篝火，费拉斯·范森和帐外的侍卫们眼见此景，无不心潮澎湃。但加尔人却既不生火，也不安营扎寨。数百个精灵静静地立在路边，他们曾经差一点就把整个城堡攻下，如今正等候着首领与这座城堡里的人类公主谈话。

在漫长的岁月过后，他们的首领，巴瑞克·埃顿，好像直到现在才第一次记起，这位城堡女主人同时也是他的姐姐。

“对不起。”他对她说，此时他的队伍沿路返回加尔人故土。他那只有病的手跟他们最后一次见面时相比已经好了许多，当时他的指关节颤抖着、痉挛着，仿佛立刻就要自残，他不得不用另一只手抓住它。“我现在明白了，我对所有的事都置若罔闻，我这样做是错的，布瑞奥妮，我大错特错——我们有太多话要说，可现在已经没有足够的时间了。”

“为什么这么说？我们在世上还有很长的时间，战争已经结束了，巴瑞克！现在我们唯一要做的事就是重建家园。相信我，我们有足够的时间来应对这一切，留下来帮帮我们吧，你是要我求你才行吗？”

他看了她片刻，然后缓缓摇了摇头。

“巴瑞克你这个混蛋！”她一下子发起怒来，“你就不能稍微委屈一点，不能跟人好好相处吗？”

“我不是这个意思。”他说，“布瑞奥妮，我们‘没有足够的时间’是因为我们已经没有共同语言了。这片土地上我曾热爱而又失去的一些东西，还有你，都已经失而复得，但我们还是无法真正理解彼此。我本该告诉你，我在离开你的时候究竟遇到了什么，你也该告诉我的，这样我才能理解你的每个想法、每句话。毕竟我们已经变得……很不一样了。”虽然夜里十分温暖，巴瑞克还是像觉得冷一样低着头，把下巴藏在胸前，布瑞奥妮真不明白他为什么会冷。“我真的要走了，布瑞奥妮。如果我再拖下去，契妮坦就必死无疑了。”他引着姐姐走下大路，沿着加尔人队伍走着，静候中的加尔人以一种充满疑虑的目光追随着她经过的步伐，“或许我在库-纳-加尔能救活她，至少可以知道如何才能让她离我更近一点，以便终有一天我能让她苏醒。”

“契妮坦？”布瑞奥妮全力抑制自己的悲伤。为什么在这么短暂的时间里会发生如此巨变，而且似乎永不能挽回？“原来你是为了她。你为了这个几乎不认识的女孩，宁愿离开，宁愿让我再也见不到我仅剩的家人？”

他停下了脚步。布瑞奥妮以为自己已经激怒了他，她站稳脚步，等候他的狂怒降临，但他的话却大大出乎她的意料之外。

“我没想过那些。”他说，“我……我的灵魂在很大程度上，几乎不记得这些东西了——毕竟它有太多属于自己的记忆，需要我去守护。我向你致歉。”

她震惊得有点喘不过气。“仁慈的佐睿雅啊！你说话怎么跟那个火石一样，他告诉我们他体内有神的精魄。”

“是的，他有。”巴瑞克伸手握住她的手，这个意料之外的动作和他冰冷的皮肤都让她悚然一惊，“我的情况要正常得多。我跟过去不一样了，布瑞奥妮……但过去的我也正在回到我心中。”他举起那只扭结的手，手指关节因为抓握太紧而泛白，过了一会儿，他试图伸直手指，这个动作让他的脸部表情小小地扭曲了一下，但手指总算几乎伸直了。他虽然十分疼痛，却故作轻松地微笑着，把这只手伸过来给她看。布瑞奥妮尽管看不大明白，但至少知道他在告诉她一些重要的东西，想到这里，她的眼泪就盈满了眼眶。“也许有一天，过去的我会再次归来，让我骑着马走到你的城门下，大喊着让你放我进来！”他为这个念头哂笑道，“说不定我还会拖家带口地回来呢。”

“这里永远是你的家。”她可不想让这句话成为玩笑，她都差点要被眼泪淹没了，“永远！我也会永远永远想你的。”

他们再次提起脚步，一时间谁都没有说话。

“是这片土地，而不是你。”最后，他说。

“什么？”

“是这片土地让我无法留下来，即使不用把契妮坦带回先民之屋，但这片土地的……历史，也让我也无法逗留。加尔人憎恨这个地方，他们从未征服这里，事实上，这里正是他们最终蹈向覆灭的地方。对我来说，这里也不是什么好地方。不过我想，我能改变一些东西，我能做一些对幸存者和我自己都有益的事。”

“你似乎弄错了什么。”她说道。

巴瑞克略带惊诧地看着她：“那就告诉我。”

“我最后一次见到父王的时候，他给我讲了一个关于凯里克和萨娜苏的故事。他爱她，你知道吗？”

“你说什么？”

“他爱着她。父王引用了凯里克自己的话，说他只是想知道加尔人在我们城堡下干了什么，于是他带人前去质问。但他第一次见到加尔人萨娜苏时，就无法想象要是归来时没有她在身边会如何。在争吵、愤怒和互不信任的情况下，他把这番心思告诉她的弟弟加尼亚，却没想到加尼亚不只是她的兄弟，更是她的未婚夫。加尼亚认为这是一种冒犯，他朝凯里克揍了过去，接着两人便打起来。加尼亚被杀了，幸存的几个加尔人尽数逃跑。凯里克带走了萨娜苏，没过多久他们结婚了。没有人知道萨娜苏是否愿意，父王告诉我，但他们以一种貌似和谐的关系共同生活了很久，直到凯里克死去。”

“就因为它是出于爱，罪行就不再是罪行？”

“不是这个意思。”布瑞奥妮再次伸手拉着他冰冷的手，“只是你得承认，这桩罪行跟故事里说的有点不一样。它关乎爱，是一场愚蠢的致死事件，而这跟谋杀与强奸有着巨大的差距。”

巴瑞克沉思了很久。“其中必有内情。”他说道，“我会仔细掂量的，也会把它告诉加尔人。但这或许也于事无补。”在夜晚的昏暗光线下，布瑞奥妮只能看见他深深的脸部轮廓。尽管说话人是她的孪生兄弟，她却能从话音里感到截然不同的意味：巴瑞克再也不是那个与她相伴童年的人了，不再是那个让她深爱着的，脾气暴躁而值得怜悯的孩子，他变得陌生的同时也变得更强大。

“现在你要离我远去，再也不是我所熟知的那个巴瑞克了。”她大声说着肺腑之言。

他耸了耸肩：“从前的巴瑞克绝对无法在失去你的情况下独活，此外，你还记得我们流着同一种血吗？现在的巴瑞克也依然无法忘记这一点。”

她惊讶地看着他：“我从未想过你还会说出这番话。”

“或许你从未想过，我们能找到一种方式，来让我们互通思想。”他认真地说道。“我们会各自成为君主，这两个姐弟国君应当保持联系。”他拍拍自己的脑袋，“我也要好好想想这件事。”

布瑞奥妮的眼泪又充满眼眶。“但无论如何，我们至少还得有几年才能再见面了！我曾想着如果我们都能生还，最终总会家人团聚，这是我一路走过来的唯一动力。”

“我们当然是一家人，布瑞奥妮。我改变得越多，越是能发现我心中始终不变的东西。我首先是埃顿家族的人。”他弯下腰亲吻着她的额头，然后紧紧抱着她。布瑞奥妮有点惊讶，起先还略有抵触，但随即就伸开手臂把他抱在怀里。他们就这样站了很久，在沿海大道旁的那片苍翠的山坡上，两个人一直站到月亮初升。

“天哪，小红毛，我会很想你的。”

“我懂，布瑞奥妮。”巴瑞克的脸上留着一缕笑意，“我是想说，‘我知道，稻草头……’我也会想你的。而这意味着我们从未隔断彼此的联系。”

⚜ ⚜ ⚜ ⚜ ⚜

回程中范森发现自己的思绪烦乱，他只是帮着燧岩把他那个悲痛万分的老婆弄上马车，就好像是背叛了谁似的。

“可那孩子一个人能去哪儿呢？”欧珀一直问着同一个问题，“我们的孩子啊，他要怎么办？谁来养他？”

“他会照顾好自己的。”燧岩不断地对她说道，但这个身材矮小的人自己也困惑不已，范森挺同情他的。他明白一个人因为被人依赖着而不能沮丧的感觉。“火石一直都能照顾自己，在我们听到那些所谓的神之前，他早就能自立了。”

“您这不是挺信任他的吗？”范森问道。

燧岩愁容不展。“而怪就怪在，我的确信任他……正因为这样我才痛苦。即使我们还能再见到这孩子，他也不再是我们的火石了，他会改变许多。”他对正在车里等着他的欧珀点点头，压低了声音继续说道，“她是为这个而悲伤。”

“但你的孩子总是跟人们想象的不一样。”范森慢慢说道，“我们之中没有人真的懂他。”

“欧珀也明白这一点，她比我们都更明白。”燧岩伸出一只结着老茧的手，让范森帮他爬上马车，“别太担心我们，范森卫队长。我们芬德林人命硬得很，我们会好好活下去的。”

“等你们缓过来一点儿，请把你们生活所需的一切都带到城堡里来，我们会为您腾出一个属于您的地方，就在王宫里。”范森很久都没有一个真正的家了，他几乎想不出来普通人都有什么生活所需，“比如武器什么的，或者纪念品一类的。”

马车里穿来一阵轻小的叹息声，燧岩微笑道：“必须的，我得把那一大堆武器藏品都带过来。说实话，我不需要很大的地方，不过欧珀得有地方放她的锅。”他点点头，似乎在思考。“要离开我哥的屋子，这没什么可伤心的。朱砂已经说服宗主把胡乱干涉事务的岩核从大师名单上剔除出去，他肯定会把这件事归罪于我。”燧岩咧嘴一笑，“这让我十分满意，卫队长——简直心满意足。”

梅若兰娜的马车夫困惑不解，最后他终于能驾着车离开十字路口，范森和布瑞奥妮看着马车的黑色影子，骑马向城堡走去，身后的一行禁卫全都静默不语。

回程中公主和卫队长也没有说什么话。范森向来不认为语言能表达什么，现在他更是讲不出一个字能表达他心中所想。布瑞奥妮看上去比从前任何时候都更疏远。

他们在堤坝上遇到另一队执勤的卫兵的欢迎，这种“节日”气氛似乎变得更强了。领着那队人马的是一个王室信使，他深深鞠了一躬，快要贴到地上去了，然后一跃而起，把史蒂芬斯·奈纳的一封信交到布瑞奥妮手里。

“甜美的佐睿雅啊。”布瑞奥妮看完后说道，“不管怎样我们得尽快回去，愿神灵保佑我们。”

“发生了什么事？”范森不愿意看她脸上警觉的神色，只是他更不愿意看到她痛苦而精疲力竭的样子。

“事关我的继母阿妮莎，”布瑞奥妮说道，她抬头看着幽深的城墙，“她从塔上的窗户掉下去了——或者是她自己跳下去的。总之她死了。”

第五十三章
戏中人

……诸神赐予他一副金质的臂膀，以替代此前被太阳灼烧殆尽的双臂。而那座接纳孤儿并为之庆祝的小村特希德米，成为特希斯城，亦即我等三神教在大地上的腹心地带。如今三神教主即驻在此地……

——引自《圣孤传说：其人生平、死亡及天堂的奖赏》

“我没让人把你铐起来，算你走运。”布瑞奥妮对他说道，她两手紧握成拳，指节都发白了，“你真是胆大包天！”

达瓦特·丹-法尔抬起一只眼睛：“我胆大包天地干了什么事呀，公主殿下？”

“你这个无赖，自己心知肚明！你趁我不在城堡，就跑到春之塔里。阿妮莎摔死时你就跟她在一块儿。你以为能瞒过我吗，达瓦特？当时暗示我该把她杀掉的人就是你！”

他微笑着说道：“我想我当时说的是，让这样的一个妇人活着，对您来说是一种危险。我可从不知道语言也能杀人呢。”

“可你当时就在现场，她死的时候你跟她在一起——是你把她推下去的！”

达瓦特扭着头，他褐色的眼睛睁得大大的，像小鹿一样无辜。“您怎么会有这么可怕的想法，公主殿下？”

“有人看见你走进塔里。有个禁卫走开了——这显然让你有了可乘之机——而当他回来时，就看见你走到塔里去了。”

丹 - 法尔神情凝重地摇摇头。“那个禁卫看见有人闯入，竟然没跟他说点什么吗？他竟然不出手制止这个人？公主殿下，您认为这个禁卫竟无意弥补自己的疏忽吗？”

“因为他看见的是你！他心想你是王室的朋友，便没有制止。”

“那么他显然是搞错了什么，殿下。我当时并不在春之塔附近，西环礁湖一带有个小馆重新开张，我当时跟好几个人一起在那儿玩，他们都可以为我作证。”

“那是个赌馆。”她说道。

“您这么叫它也行。”他略一鞠躬，“那里的确有这么一个打发时间的方式……”

“够了！即使在你做出一些有损名节之事的时候，我仍然视你为正直之人，达瓦特。为什么你要欺骗我？为什么我明明告诉你我无法接受这样的事实，你还是要去做？为什么要杀死那个愚蠢的可怜女人？”

“那个愚蠢的可怜女人谋害了您的王兄。”他忽然严肃认真起来，“以后她还会威胁您的安全。您说我欺骗您，我的公主——但我为什么要这么做？那些爱您而希望能辅佐您的人们若有什么瞒着您，必然是因为那样才能保证您能长治久安，他们是出于善意而这么做，我实在想不出别的原因！因为您啊，布瑞奥妮 · 埃顿，您的两手清白。”

她盯着丹 - 法尔看了很久，然后无力地坐在椅子上，脸上写满忧伤和疲惫。“我该怎么处置你？”

“殿下，如果您真的认为我素行不善，我建议您让我待在您身旁，以防您有用得着我的时候。毕竟一位高贵的王子并不知道何时需要有人为他弄脏双手，我想女王在这方面并无不同。”

她久久地盯着丹-法尔看，但此时愤怒已经从她眼睛里退去了。“而你的赌友必然会效忠于你，随时听命。”

“必然。”

她挥了挥手：“走吧，丹-法尔，回到你的赌博和狐朋狗友身边去。我现在又有一场葬礼要张罗了。”

“遵旨，殿下。不过我建议您用王后之礼来安葬她，毕竟她是先王幼子的母亲。她在先王离世不久后不幸死于意外，这是举国震惊和哀痛的事。”

布瑞奥妮忍不住大笑起来。“真是天助我也，丹-法尔大人，您总是我最得力的帮手。您快走吧，这十来二十天里别让我再看到您的嘴脸。”

“遵旨，殿下。”他这一鞠躬比往常都要深，然后他走出门外。

⚜ ⚜ ⚜ ⚜ ⚜

范森为布瑞奥妮在她的寝宫里私下跟他说的话而忧心忡忡，甚至感到害怕。“您不能让这个人留在南境！即使没有证据，你我也都知道肯定是他干的，这个人十分危险！”

“他或许是个危险人物，但对我并不构成威胁。”

“这可无法保证！”

她伸手拉过范森的手：“库比拉斯眷顾于你我，让我加冕为王。我会成为女王，我会成为女王啊亲爱的卫队长。不管我多么愚蠢地爱上你，我始终是远境王国的国君，而不是你。我了解达瓦特这个人，我也知道他是想帮我。”

“帮你！”

她伸出手指放在他的唇上。"我不知道该拿这个人怎么办，但他不是你该考虑的事，我勇敢的骑士。不管这是否出于他的本意，他的确提醒了我，我还欠艾文·布罗纳一个道歉……但不是今晚。"她站起来，"我们先别讨论这些事了。"

"我是你的爱人，但是我也是您的王室总管。"

"你无论作为爱人还是王室总管，都令人满意。跟我到休息室里来吧，那儿有我一些回到南境城堡的朋友，我想让你也见见他们。"

"朋友？"范森以为那又是一大群布瑞奥妮的追慕者，又觉得痛苦不堪起来。那会是一群更英俊的外国王子吗？莫非他们要一直为她争争抢抢，直到世界末日？"什么朋友？"

"一群有教养的朋友。跟我来吧——我带你去看看，他们是唯一不会以恶意揣度我的人。"

"梅克维尔的姐姐不让他前来，殿下。"纳文·休尼说道，"请容许我向您介绍一位诗人——马特·廷莱特。"

布瑞奥妮抬眼看去，那个满脸愧疚的廷莱特绝不敢对上她的眼睛。"我们见过面。事实上，就在最近我们还打过照面。当时廷莱特大人正要杀死我襁褓中的弟弟。"

休尼听到这番话后有些无所适从："这是真的吗？廷莱特，我可从没想过您这么讨厌人，我可真是低估您了。"

范森还在搞懂这番对话，布瑞奥妮就转过身，伸出双手说道："费恩！"她大声喊道，向第三个人拥抱过去，范森竭力想无视这个场景，"真高兴我还能见到您！还有你，休尼，虽然你这个人声名狼藉。"

那个叫费恩·特奥多罗斯的人后退了一步，致礼时略有几分脸红："这都是佐悉蒙的赐福，公主殿下……"

"跟他无关。"范森大喊道。

特奥多罗斯好奇地看了范森好一阵子，然后对布瑞奥妮说道：“不管怎样，是诸神让我们回到这里——还让您当上女王！我们该向您行跪拜礼，而不是在您登基前还在喝着廉价小酒到处晃悠！”

“等我们把酒喝完，自会有人跪倒。”休尼说道，“我猜那个人是廷莱特。”

“这位是。”布瑞奥妮说道，“费拉斯·范森，王室卫队的队长，很快要擢升为王室总管。正是他挽救了这座城堡，并护佑我登上王座。”她让一个仆从取来酒杯，向纳文·休尼挥挥手道，“快把你的酒抬出来，让我来告诉大家所有的真相。”

范森惊骇万状地对他的挚爱说道：“殿下……”

“你也来喝几杯，卫队长。今晚让泰罗来值班，你自由了。这些都是我的朋友，而我们终于相聚了。”她从仆人手里接过酒杯，“倒酒！给我的队长也倒点儿。你们知道他是我的恋人吗？”

“殿下！”

“这不难猜到，您总是拉着他的手。”费恩·特奥多罗斯露齿一笑，“但愿你们在众人面前更谨慎一点。”

“我会的，可你们是我唯一的朋友啊，而我也不想再瞒下去了。”她一口喝光杯子里的酒，抬手又让人斟满，“再喝几杯，我就要念佐睿雅的台词了。”她对仍有几分焦虑的廷莱特微笑道。“我可不是要亵渎神灵。”她说道，“特奥多罗斯写了一出戏剧，我在里头扮演佐睿雅女神。”

“没有比您更合适的演员了。”费恩·特奥多罗斯柔声说道。

“您跟佐睿雅女神一样纯洁无瑕。”休尼说道，“不管我怎样引诱您……”他眨眨眼睛：“这个卫队长怎么站得离我这么近？还摆出一副要把我踢出去的样子？”

“如果你对这些好人心怀戒备，那说明你的酒还没喝够，卫队长。”布瑞奥妮说道，然后在范森脸上吻了吻。“我爱你，”她低声说道，然后放大声量说，“再给他斟满酒！”

范森和费恩·特奥多罗斯正在就加尔人的问题开小会，他们互相讲述自己的见解，范森的见解主要来自亲身经历，而特奥多罗斯大多是从书上看到的。纳文·休尼已经喝得酩酊大醉，或许是因为这儿缺少女伴，他很快就在他俩中间睡得昏天黑地。于是范森和特奥多罗斯不得不探着身子，在休尼摇动的大胡子上继续讨论。

“……可是菲亚罗斯说，诸神可以用任何一种形态出现在人间，那么问题是，如果那真的是佐悉蒙，为什么他不变成鸟或一支燃着火的箭？这样也能从地底深处跑出来啊。”

范森坚定地眼摇头，然后又摇了摇：“因为……因为……真混账，特奥多罗斯，我也不知道。我怎么知道？他是神啊！要是你也在那儿，不妨亲自问问他。”

“可我没您那么勇敢，卫队长……”

布瑞奥妮痴痴地看着范森的脸，范森忽然像孩子似得认真起来，尽管他是一个英俊男子。过了好一阵子，布瑞奥妮才发现马特·廷莱特摇摇晃晃地站在她身旁。

“廷莱特大人，有什么事吗？”

“殿下您……您还恨我吗……那并不是我的本意，殿下，我真的……”

“我明白的，廷莱特，所以现在你能轻松自在地站在我跟前，喝着我这些上好的佩里卡尔佳酿。”

他皱起眉头：“我还以为……这是休尼的酒。”

“这是很久以前我们从王室酒窖里搬出来的。”她说道，“你该坐下了，听到没？趁你还没跌倒摔伤自己之前。”

“我……我想跟您说，布瑞奥妮公主殿下，感谢您让我成为您的诗人。”

她淡然一笑：“不必客气。”

“我想问……”他笨拙地舔舔嘴，“您还记得……我写过一首关于您的诗吗？那首诗是写您与佐睿雅女神多么相似。”

她点点头，尽管她其实已经记不清了，对于这首诗的内容她只记得大概。“我当然记得，廷莱特大人。”

他释然地笑道：“我只想在想，我该继续写那首诗了……不过我还在构思。过去我一直在构思这首诗，我在想，如果我不知道……不知道您发生了什么事，包括在这儿和希安的事，就无法写出一首关于您的诗。我曾问过许多人，试图了解真相。”

“我很高兴能回答您的问题，马特。”布瑞奥妮和善地说道，“但不是今晚，今晚且让我们玩个痛快。”

“这我知道！”他摇了摇手，“可我思来想去，总觉得这一切就像费恩或者内文在很久以前写过的戏剧。”

“我不太明白你的意思。”她看着范森和特奥多罗斯，他们仍像一对老朋友那样谈着话，或者说是费恩对她的卫队长很有好感，这也是无可厚非的，“你说它就像一出戏剧？”

“这一切都像木偶戏，我们所见的一切的背后另有其人。我听到的说法是……”他猛地一抬头，“我听到的说法是，幕后主使是假扮成科涅奥斯的佐悉蒙。不过亨顿·托利认为另有其人，他认为那是一位女神——有时他觉得这位女神是佐睿雅本人！而您看见了吗，这全都是佐悉蒙的伪装所致，他就像个演员！”

“我觉得……”

“这一切都像一出戏剧。您是一位公主，却像很多戏剧里那样，伪装成别人。坏人在暗中放出一颗棋子，让那位南方的独裁者之类的人来代替他下棋。这就像休尼写过的一出戏剧。可是最终让我停下手，开始疑惑的原因是，我想到‘如果佐悉蒙是幕后主使，那么他最终却被打败……这是谁干的’？”

布瑞奥妮喝了好几杯佩里卡尔酒，颇有些倦怠，连摇头的力气都没有。“谁干了什么？”

“打败佐悉蒙。必然有人捉弄他，继而打败了他。”

“这很明白，是那个叫火石的孩子干的，我之前也跟你说过他……他自称自己体内有歪神的一点精魄。”

“这就对了！”廷莱特大声说道，然后又脸红起来，“您说对了，殿下。您告诉我这些故事时，我就一直在想。您知道关于库比拉斯怎样打败科涅奥斯和佐悉蒙的古代故事吧？故事的发生地就在此处！”他皱着眉头，“我是说，就在我们脚底下。您听过这些故事，对吗？”

“过去一年里我听过太多故事了。不过我的确知道，库比拉斯想打败科涅奥斯、佐悉蒙以及其他神灵。”

“可是这里还有谁在场？库比拉斯跟科涅奥斯和佐悉蒙对战时，还有谁在场？”

布瑞奥妮在想着这场聚会是不是该结束了：“我不知道，廷莱特大人，你认为是谁？”

他满面红光，仿佛得胜归来。“是佐睿雅——就是佐睿雅，黎明之花女神。她当时也在场，科涅奥斯因为她的背叛而把她杀了——故事里是这么说的没错，但如果她没有死？就像佐悉蒙也没有死？如果她一直逗留在……在什么地方？”

布瑞奥妮看着廷莱特，发现他并没怎么喝醉。“这想法……挺吸引人的，廷莱特大人……”

“您知道，是您的佐睿雅祷告书从您的箭下救了我一命。”他小心翼翼地说出这番话，说完之后微笑了起来，“那本书就在我胸前的口袋里，是它挡下了那支箭。想想佐睿雅的手，以及您的祷告书，您发现什么了吗？”

布瑞奥妮完全不知道该说什么。“我觉得……”

“很好，公主殿下，这是最后一个问题。我听说您要为森林女神莉丝娅建一座神殿，我能问问它的意图吗？”

“她是一位女半神。因为……因为我曾许愿，如果我能生还，就为她建一座神庙，更多的就不能说了。你为什么会问这个？”

他点点头：“请容我给您看一样我从某本书里找到的东西。”他从口袋里掏出一本薄薄的小书，笨拙地把它翻开。“这是菲亚罗斯所著，他在其中写了许多关于诸神的内容……”廷莱特一边翻着书页，一边瞥着它。“找到了，在这儿。”他清清嗓子念到道，“……这些女神和女半神，尤其是常被称为佐睿雅侍女的银色森林的莉丝娅和她的姐妹，一直在确保黎明之花女神的祝愿降临大地，崇仰佐睿雅的人能善有善报，而她的敌人一败不起。”廷莱特合上书，他太高兴了，一不小心把书掉在地上。

“马特大人喝醉啦！”费恩·特奥多罗斯大笑道，“该把他拖回家了。”

费恩和马特·廷莱特一起把休尼拖起来，布瑞奥妮忍不住向那位年轻诗人问道：“你会继续写这首诗吗？”

“我会的。”他说道，眼里的光芒熠熠生辉，“我有很多想写的点子，这首诗会是我最好的作品！我曾经……我曾经为一个女人而痛苦不已……但现在我知道一切的缘由了。我注定要写这首诗的。”

范森帮忙把他们三个带出屋子，廷莱特仍在絮絮叨叨。“扶他们下楼！”范森唤来一个侍从，“可别让公主的贵客摔断脖子啊。叫个车夫把他们带回酒店去。”

“诸神在上！”休尼呻吟着醒过来，“我不要去奎勒薄荷！我宁愿睡在水沟里。”

费拉斯·范森走回来时也有几分踉跄，他伸手揽着布瑞奥妮，她吻着他，不过范森知道她也有点醉了。

“你跟那个蹩脚诗人聊了什么？”

“聊了诸神。”她说道，“以及我们之前遇到的一切，会不会只是一出戏剧。”

“幸亏我没加入你们的谈话。”他说道，“我一点也不擅长这类话题。好了上床睡觉吧，美丽的布瑞奥妮，让我们稍微温存一会儿，接着就又要披上戏装，各自扮演我们的角色了。”

第五十四章

大地常青

……这就是我的故事结尾，且让这个故事教谕王子殿下，亦让他从中得到欢欣。但愿所有想读这个故事的年轻人，也能有如上收获。

——引自马提亚斯·廷莱特献给奥林·亚历桑德罗斯王子的著作《圣孤传说：其人生平、死亡及天堂的奖赏》，敬祝王子殿下弥岁金安

天已亮，而且比之前暖和多了。巴瑞克能闻到苍松和冷杉复苏的气息，阵阵芳香在树木的枝叶间缓缓流动，一如他自己体内的焰华。加尔人终夜行军，但步履缓慢。萨奎丽已经逝去，因而不必加快速度，让那些受伤的人能自如地慢慢走就好。

怨灵部落的卡斯柯公爵从侦察员处得到消息：前面的道路要经过许多不毛之地。“不过那儿还是有一些人类的村庄，以及一座有尖塔和城墙的城市。”卡斯柯说道。他的眼睛就像两颗大杏仁，各自略微向外偏着，巴瑞克知道这个有着死尸一样肤色的精灵心绪难平。“从前雅萨梅兹不是带我们这样走的，我们从未走过这条路。”

巴瑞克点点头。他俯下身来拍拍坐骑的脖子，然后重新握紧缰绳，这匹黑色的骏马焦躁不安地昂首阔步，四蹄乱踢。连马儿都不

喜欢这个地方，想回到故乡的黑暗牧场上。“就地休整。”他大声命令道，然后不用语言又重复了一次。他身后的队伍放慢步伐并且三五散开，马匹和其他战争骑乘动物在斜坡上饮水，变形部落的一些人们也变成四蹄动物，跟它们一起喝水。“别担心，卡斯柯。我们会安然走过的，那里的人不会对我们心怀歹意。”

但那位吓人而勇猛的怨灵仍然不放心。“可你了解这些人类，现在我们是可以躲着他们走，但总有一天他们会进犯我们的地盘。雅萨梅兹死后，天幔也就消失了。到时我们怎么把他们挡在外面？”他脸上的皮肤绷得更紧了，“现在没有天幔了！”

“可你在担心什么呢？”巴瑞克向他问道，“你和族人住在积雪覆盖的群山之间，你想必也很想看到太阳重新升起吧。”

卡斯柯摇摇头：“但那……那会让人无所适从。现在所有事情都跟过去大不相同了。”

巴瑞克伸出手指——那是历年记的意思——他说道：“是的，跟过去大不相同了。”

我的挚爱。

*你回来了！*巴瑞克的心这两天来都像卡斯柯的山谷一样，仿佛灰色的冰冷天空下冰封的岩石，但这一刻忽然被阳光照耀着，雪水四流。*你回到我身边了！赞美《虚空火焰之书》，你回来了，我还以为……还以为……*

*我也在害怕自己回不来了。*她说道。这思绪和声音无疑就是契妮坦本人，实在万幸，只是它还很脆弱！*焰华中的诸女——加尔人的国母们真是意志坚定的人，她们有着令人赞叹的美，也令人生畏！我本以为她们会像奔流的洪水一样把我冲走……*

我也是！我太害怕会这样了！不过我有伊尼尔在帮我，你认识他吗？

怎么不认识他？他是我的儿子，也是我的祖父，并且还是我的丈夫。契妮坦仍有几分迷惑不解地说着这番话，现在我了解了萨奎丽知道的一切，以及她降生之前的记忆……

是伊尼尔帮助了我，否则我一定无法生还。是谁帮了你？

是你，他仿佛感到她在爱抚他，我想到如果无法跟焰华共生，我们就会再度分离，而我已经受够了分离之苦，巴瑞克·埃顿。说到这儿，她的思绪拐了个弯，转而用愉快和充满好奇的话音说道：你居然是奥林国王的儿子，我真没想到！她说着这番话时，巴瑞克能清楚地看到自己的父亲。但他从未见过父亲的这一面，那是契妮坦认识的奥林国王，在他的愤怒之下，彰显着仁慈而勇敢的品行，为了不让任何无辜的人受累，他把自己的生命看得很轻。

跟我说说他吧，巴瑞克说道，尽量待在我身边，告诉我那些我和父亲因为雾影线而分别的岁月里的一切事情。

契妮坦渐渐累了，说话也变得缓慢，巴瑞克让她停下来，他用语言和思绪吻着她，让她回去。当她再度沉入睡眠，巴瑞克再也感觉不到她时，他压抑久之的伤感才把他吞没其中。她的床榻放在马车里，由两头夜骑拉着。巴瑞克看着她小巧而苗条的身躯，想着要是他们再也无法相见怎么办。伊尼尔和萨奎丽就这样各自生活了几百年，这让他感到几分宽慰，不过巴瑞克怀疑自己能不能活那么久。

他久久地站着，望着身后的群山。视野尽头是一杆倾斜的风标，它立在狼牙塔倾颓的屋顶上，而南境城堡则已被重重山峰遮挡，看不见形貌。回望自己的故国是一种颇为奇怪的体验，前一次他站在这里时，他在想自己是否还能再见到它，现在他的感受也并无不同。

他凝视着远方，感到自己被一阵陌生的情绪包裹着，仿佛忽然有一阵温暖而富有情绪的风从四面八方吹来。就在这时，巴瑞克的眼前突然出现了大量飘飞的黑影，瞬间充斥整个天空。他不假思索地伸出手，想抓住那些黑色的碎片，它们长着羽毛，油腻而散着腐肉的气息。

“不要伤害咱！”黑影呱呱叫着，“咱是一只灵巧的鸟儿——是能助您梦想成真的乌鸦！放开咱，咱就为您实现一个愿望，实实在在，绝不欺瞒！”

巴瑞克震惊地盯着它们看：“斯科恩？是你吗？”

那只鸟儿扑扇得慢了一点儿，用一只黝黑而极度慌乱的眼睛看着他，“大概是吧，不过这相当于不是。”

“你不记得我了吗？”

“话说，你跟咱帮过很多次的那个巴瑞克是长得挺像，不过咱穿过那扇通往梦境的阴暗大门后，可见过不少长得像他的人呢……”

“你去哪儿了，斯科恩？你并没有到库-纳-加尔去，我们从梦之城逃出来后，我就再没见过你！我也没再见过雷蒙·贝克。”

“咱也没见过他，不过咱在旅途中见过许多长得像贝克的家伙。多亏他们告诉咱你在哪儿——不过只知道这个也无济于事啊，对吗？”那只鸟儿扑扇着翅膀从巴瑞克的手中飞出去，飞到他头上的一根树枝上。“那之后咱不停地在一些可怕的地方飞来飞去，坦白说，这些地方有的也还算不错，但是还是很让人讨厌。”他颇有几分自诩，“毋庸置疑，你和咱经历了一场伟大的历险，用一句聪明的话来说就是，我们真是命途多舛啊！”

巴瑞克几乎要笑了出来，但他没有这么容易被说动：“你比从前健谈了不少，小鸟。”

“这场历险见证了诸神仍然在世，也见证了这个充满奇迹的世界，正如刚刚出壳时妈妈所说的那样。”

“我想你愿意跟我一起走。”

“才不，别以为你有多重要！”那只鸟儿抬头看着，像是在找一个适合自己高贵地位的高枝，“咱跟你的约定已经是很久以前的事了，现在咱再也不用当谁的跟屁虫，喊谁作大人了。”

“谁说过要喊什么大人？”巴瑞克让卡斯柯和日暮·珍把人们召集起来，准备继续上路。“我只是在想，或许你会想跟我一起走一段路。现在我差不多算是精灵的国王吧，你知道吗？”

“精灵国王？”斯科恩从枝头上跳下来，把他仔仔细细地打量着。“看来加尔人少了一些重要人物。”这只鸟儿狠狠地唾了一口，“咱是说，只能勉强拉你来凑数了。”

我的挚爱？

这么快又回来了？我本以为你会一直沉睡到明天。

这夜晚多美啊，虽然我看不见，却能感觉到。那只可怕的鸟儿睡着了吗？

巴瑞克看着斯科恩在车座上颠颠儿地动着。这只乌鸦的脖子上有一圈黑白斑点的羽毛，他的脑袋深深地缩在其下的绒毛里。睡着了，其实这家伙也不像看上去那么糟糕。

不可能。

别太苛责他，他帮过我许多次，少说也有一次救过我的命。

我表示歉意，西斯人认为这种鸟儿会带来厄运，我会试着对他友善点的。我的焰华诸母也在责备我，她们说这种鸟儿是白焰的信使……天哪巴瑞克，有太多的东西我还不知道！

看哪，他说道，看那片黎明之神的大地，我看见它就在遥远的前方……我甚至能看见其上的繁星！

你指的是什么？

天幔。那儿曾有一层厚厚的云雾，一直高悬在加尔人的土地上，将之与外界隔离开来，保护着它。现在天幔消失了，只留下淡然几缕雾气。他叹息着，被夜空中灿烂的星辰照得眼前一片晕眩。真希望你也能看看我们的这片土地！

我从你的思绪里知道了它的壮美。

她安静下来，但仍然陪伴在他身边，他们虽然有着阴阳之隔，却仿佛紧紧偎依在一起。

我的挚爱？过了一会儿他问道，契妮坦，我的心上人，你还醒着吗？

她挪动了一下：我走神了。

我也走神了。

我想念先民之屋，她说道，尽管我从未亲眼见过它，它跟我记忆当中一样美丽吗？

那是个非常古老的地方，有着世上一切的美丽，但先民之屋的意义远不在于它的美。

那是当然的，她说道。过了一会儿她继续说，巴瑞克，我能感觉到天上的月亮，它明亮吗？

它很皎洁。

我感觉到月亮的存在时，就能变得坚强点。在蜂房神殿的时候，我甚至能听见月亮……我好像能听见这个世界。

他深深地吸了一口气，以平复内心的汹涌情绪，但他的思绪仍然烦扰不安。你也能看见吗？我还以为我……我以为我再也……

我明白的，她对他说道，有一刹那巴瑞克感到她似乎就在身旁，那感觉就像他们再一次在梦之境里拥抱。跟我说话吧，巴瑞克，那声音很近，就像耳畔呢喃。现在我知道了焰华的一切，但焰华却鲜少告诉我关于你的事，至少不是那些作为恋人想要知道的东西。

我会告诉你的，他说道，首先你要知道的是，我跟别人不一样。

他能感到她的愉悦，你当然跟别人不一样！你跟那个缠人的鸟儿说过，你可是一个当上精灵国王的人类！

不，我要说的不是这个。我想说的是，我是个双胞胎……

尾声
Epilude

朝阳从东方的地平线上升起，天空一片明亮。尽管天上几乎没有云彩，一片低沉的隆隆声还是响彻四方。起初这声音十分低沉，只吵醒了少数几个沉睡在地底深处的生灵，但它很快变得越发响亮，连桦树的枝杈也随之震颤起来。鸟儿聒噪地从枝头飞起，一头牡鹿在沿海大道上飞驰而过。

这阵隆隆声继续扩大，直到它变成一阵响雷，空气时而凝滞，时而扰攘不安，发出噼啪爆裂的声响。南境棕褐色的土地上，似乎有什么东西凭空而至，降临在这片凝结着露珠的湿润沃土上。

雷蒙·贝克脸朝下地在大路中间趴了很久。这位祖辈都是商人，自己也以经商为业的人惊愕地看着又一道闪电划过天际，随即又消失得无影无踪。等到雷声总算消停之后，他才鼓起勇气抬起头。又过了一会儿，他从地上爬起来，震惊地看着东南方。顺着那个方向望去，能看到绿色海湾外的不远处伫立着南境城堡——城堡因为战争和炮火有几分颓然，但四座主塔仍然很巍峨，最高的狼牙塔饰以黑白相间的色彩，分外醒目。

贝克凝视着这一切，他碰碰自己的脸，似乎无法相信自己就在南境城堡跟前。他高兴地大叫一声，在沿海大道的中间笨手笨脚地跳起舞来。这时灌木丛中又跑出两头鹿，一头是母鹿，一头是小鹿，它们被这个手舞足蹈的人吓坏了，很快又窜进深深的树丛里。

“赞美诸神！”贝克大声喊道，热泪沿着脸颊奔涌而下，“赞美一切诸神！我回来了！我到家了！”

他匍匐在地，一遍遍亲吻着泥土，大声喊着对上苍的感激，久久没有起身。最后他朝着赫迩明海的方向一路小跑，跑向他的家。

致 谢

没有哪本书的完成是一蹴而就的，但很少有哪位作者像我一样得到了这么多的帮助，所以，在此我要一一表达我的谢意！

首先，当然要感谢我的妻子黛博拉·比尔，感谢她一直以来的鼓励和支持，她是我最忠实和最挑剔的读者，还要感谢我的经纪人马特·拜勒，感谢他不惧流言蜚语，一直全力支持我。

感谢我的助手德娜·查韦斯，凭借她出色的管理能力，我和黛博拉的日常生活才得以井然有序。在我需要写作的时候，正是她的帮助，我才不会因孩子们而分心。

感谢我海外的编辑们，身在英国的蒂姆·霍尔曼和身在德国的乌尔丽克·基勒，他们在我的工作上给予了巨大的支持，也给了我很多信心。我也要向他们表示衷心的感谢。

还要感谢DAW出版社的朋友们，黛布拉·欧拉，玛莎·琼斯，彼得·斯坦普菲尔，贝特西·沃尔海姆和希拉·吉尔伯特，作为我的出版人，我对他们的感谢难以言表。自从20年前我走上写作这条路以后，贝特西和希拉就一直是我的编辑和得力伙伴。时间越久，我越能感觉到他们的陪伴有多么重要，越能感觉到我是一个多么幸运的人。谢谢你们，还记得我们共同度过的那些快乐时光吗？

最后，我还要说一点，本书的完成也离不开Shadowmarch.com网站留言板上所有人的参与，正是这些狂热又可爱的人，留下了前所未有的建议、支持和想法，感谢他们带给我这么多灵感。本书的网上项目要特别感谢乔什·米利甘和马特·杜谢克，马特就像一位电脑巫师，统领着整个城堡的事务。我希望越来越多的读者能够加入到我们的队伍中来，我会花很多时间参与到网站的对话中，我很希望能够经常与你们聊天。

附录

人物

Adis 阿迪斯：梅若兰娜之子的真名

Akutrir 阿古特里尔：加尔人战士，来自怨灵部落

Androphagas 安德洛法加斯：传说中牛首蛇身的怪物

Aristas 阿里斯塔：阿迪斯的老师

Avros 埃夫罗斯：即小埃夫罗斯，教会猎犬队的一名队员

Beetlewing 比特温：屋顶族人比特唐的父亲

Benaridas 本纳里达斯：在克里斯维尔市场遇害的一名雇佣兵

Benediktos 本尼迪克托斯：阿妮莎的父亲，德沃尼斯的君主

Blackspine 黑脊：加尔人的魔术师部族的一员

Bluedeeps 蓝渊：位于冰封的加尔人领土的北部

Buckle 巴克尔：夏土的一名守卫

Calomel 甘汞：银朱与朱砂之子

Chaffy 查菲：布罗纳的一位雇工

Cheshret and Tusiya 彻什尔特与图斯亚：契妮坦的双亲

Chrysolite 绿橄石：芬德林镇的看守队长

Corundum 刚玉：芬德林工程师

Dard 达德：即罐头达德，赫若索尔商人

Dordom 多尔多姆：帕纳德的长子

Duke Kaske 卡斯柯公爵：加尔将领

Duke of Veryon 维利昂公爵：希安王国的历史人物，属于怨灵部落

Ekkadar 伊卡达：克里斯维尔市场的加尔人头目

Flightless 无翼：加尔人的魔术师部族一员，绿松鸦之子

Flowstone 流石：焕华共修会成员

Gennadas 杰那达斯：希安骑士

Gerasimos 杰拉西莫斯：废止了后世预言派的三神教主

Gorhan 戈汗：图里姆的叔叔

Gunis 古尼斯：独裁者军中的努沙什祭司

Hereddin 赫尔丁：西斯的军事家，作家

Hypnologues 后世预言宗派：一个异端教派

Ice Ettins 冰艾廷：艾廷巨人的一种

Idite dan-Mozan 伊迪特·丹-莫赞：埃菲尔·丹-莫赞的妻子

Jackdaw 寒鸦：加尔人的魔术师部族一员

Kelonesos 克罗尼索斯：著名海怪

Kersus 柯索斯：西斯的军事家，作家

Khau-Yisti 考-伊斯特：独裁者豢养的一种加尔人，与芬德林人有相同的血统

Khobana the Wolf 豺妇克芭娜：女杀人犯、囚徒

Kirgaz 基尔盖兹：图里姆的一位兄弟

Kymon 凯蒙：希安边境小国的一位子爵

Leekstone 葱石：欧珀少女时代的名字

Longscratch 长痕：加尔人的魔术师部族一员

Mackel 麦考：水鸥人，雷夫的父亲

Mawra the Breathless 气竭的玛瓦：一个加尔人

Mehnad 梅纳德：西斯的王子

Miron 米伦：海克斯勋爵的教名

Moros 莫罗斯：阿迪斯的仆从

Moseffir 穆思法：丹 - 莫赞的孙子

Mountain Korbols 山地精灵：加尔人的一支部族

Osias 奥西亚斯：圣孤时代的赫若索尔暴君

Oyler 欧易勒：布罗纳的男仆

Paka 帕卡：西斯军人

Pardstone Jasper 伴石 · 碧玉：最后一位经常在学者间的谈话中有所贡献的芬德林人

Pebble Jasper 卵石 · 碧玉：看守队长大锤 · 碧玉的妻子

Perch 伯奇：布罗纳的雇工

Pirilab 皮尔拉伯：西斯历史学家

Riddletongue 谜言：加尔人的魔术师部族一员

Salt Nitre 盐 · 硝石：灰 · 硝石的侄子

Selia ei' Dicte 瑟莉亚 · 艾迪克特：阿妮莎的女仆瑟莉亚的真名

Shadow' s Cauldron 影釜：加尔人的元素精灵部族的一员

Singscrape 辛斯魁：深渊艾廷，锤脚之子

Skollas 斯克拉斯：赫若索尔历史上的一名专制暴君

Sorykidons 索里克斯人：索里克斯住民，当地人声称圣孤儿降生于此

Spelter 粗锌：黑暗精灵，芬德林人的近亲

Stephanas, Sir 史蒂芬纳斯爵士：骑士，埃尼亚斯麾下教会猎犬队的成员

Sunset Pearl 日暮·珍：即尤拉亚努，又名为强触之女，加尔医术士

Tyron 泰荣：克雷斯的著名吟游诗人

Ultin 乌尔丁：西斯的一位王子

Unforgiven 怨灵部落：形似人类的一支加尔人部族

Uwin 乌闻：顶替提摩伊德神父的教士

Vasil Zeru 瓦希尔·泽鲁：白猎犬队的军需官

Volofon 沃洛福：来自克雷斯的伊卡尔塔一带的雇佣兵

Weasel 韦塞尔：教会猎犬队的侦察兵

Whitewound 白创：蓝渊一带的艾廷部落

Xyllos 希洛斯：海怪

诸神

PERIN 佩林：天空之神，闪电之主。即西斯人所称的阿戈尔，加尔人所称的云中漫步者、天空之主、雷电之神，屋顶族人所称的天空之手、尖峰之主，水鸥人所称的皮亚林。

ERIVOR 埃瑞沃：水神。赞德南部称其为埃舍瓦特，西斯人所称的埃菲亚尔，水鸥人所称的艾格耶瓦尔，加尔人所称的海洋之神。

KERNIOS 科涅奥斯：冥界之神。即西斯人所称的赛加尔，加尔人所称的黑土神，屋顶族人所称的卡利斯诺沃斯。

佩林、埃瑞沃、科涅奥斯：亦合称为圣三神、三圣、兄弟神、三兄弟神等。

ANNON 安农：半神，科涅奥斯之子，被吉库因所杀。

AZINOR 阿兹诺尔：祖米奥斯和祖丽雅的子嗣之一。

DEVONA 德瓦娜：森林女神。又名为竖琴神德瓦娜。

BARUMBANOGATIR 巴拉姆巴诺加迪尔：半神，斯弗洛思之子。

BIRIN 比林：夜雾之神，佩林的子嗣之一，在诸神之战中被杀。

ERILO 埃瑞罗：保佑丰收的神。加尔人称其为丰收神。

HILIOMETES 希里欧米蒂斯：西斯的伟大英雄。有时与梅拉科赫混称。

HONNOS 霍诺斯：保佑旅人的神。西斯人所称的于纳斯，加尔人所称的赤鹿。

IMMON 伊蒙：科涅奥斯的守门人。西斯人称之为耶蒙，南境的芬德林人称之为黑诺什拉、千眼之神尤里吉贾格。

KHORS 科尔斯：第一位月神。西斯人称之为宵释，加尔人所称的银光神。

KUPILAS 库比拉斯：工匠之神，医术、制造与锻造之神。加尔人称之为歪神，西斯异教徒所称的哈比里，水鸥人所称的乔伊阿普斯。

LISIYA MELANA OF THE SILVER GLADE 银色林地的莉丝娅·麦兰娜：女半神，比尔吉亚和沃洛斯的九个女儿之一。

MADI ONYENA 玛蒂·翁依那：祖米奥斯、科尔斯、祖丽雅之母。西斯人称之为尤吉尼，南方大陆其他地区称之为阿穆迪·奥纳珍娜，加尔人的鸟母和微风之神。

MADI SURAZEM 玛蒂·苏拉泽姆：圣三神之母。西斯人所称的舒萨耶姆，加尔人所称的源雾之神。

MESIYA 梅希雅：月光女神，科涅奥斯的第一任妻子。西斯人所称之内尼兹。

SIVEDA 希薇妲：夜之女神。

STRIVOS 斯特里沃斯：风之神。加尔人有时亦称其为无形神。

SVA 斯瓦：圣三神的祖母。加尔人称之为虚空之母，西斯人称之为兹哈。

SVEROS 斯弗洛思：圣三神之父。加尔人所称的暮光之神，西斯人所称的扎法里斯。

UVIS WHITE-HAND 白手尤维斯：被科涅奥斯所伤。

VOLIOS 沃洛斯：战神，又名为无可量力的沃洛斯、长胡子沃洛斯。西斯人所称的奥克胡斯，加尔人的公牛神。

YIRRUD 伊鲁德：神灵，拉德和翁依那伊之子。

ZMEOS 祖米奥斯：角蛇，最终恶敌。西斯人称之为努沙什，加尔人所称的白焰神，其佩剑亦名为白焰。西斯异教认为，祖米奥斯劫夺佐睿雅女神并与之成婚，由而开启了诸神之战。该说法与我们所信之教义不同，正统教义认为，劫夺佐睿雅的是祖米奥斯的兄弟科尔斯。

ZO 佐：圣三神的祖父。加尔人称之为光之神，西斯人所称的特索。

ZORIA 佐睿雅：佩林之女，库比拉斯之母，科涅奥斯的第二任妻子。西斯人称之为苏娅，暮光神子民和加尔人称之为苍白之女、鸽子、黎明之花，或杏花馨香。

ZOSIM 佐悉蒙：诗人、盗贼与酒鬼之神，作为火神时名为萨拉曼德罗斯。西斯人所称的肖申姆，暮光神子民称之为骗术师。

ZURIYAL 祖丽雅：无情之神，祖米奥斯与科尔斯的姐妹。西斯人称之为苏黎伽丽，加尔人的判决之神。

苏拉泽姆与翁依那子女之间的战争：史称诸神之战，亦名为诸神的纷争、翁依那之争。

一周的天数

在埃昂的历法中，每个月有三个十天，每十天被称为一个“十夜”，因此，我们日历中的 **8** 月 **21** 日可能并不是 **Oktamene**（八月）的第三个第一日。详情参照后续“月份”的解释。

第一日 **Firstday**	太阳日 **Sunsday**	月日 **Moonsday**
天日 **Skyday**	风日 **Windsday**	石日 **Stonesday**
火日 **Fireday**	水日 **Watersday**	诸神日 **Godsday**
最后日 **Lastday**		

月份

埃昂的每个月有三十天，划分为三个十日，一年有五个闰日——即孤儿日；每年的第一日也称元日或新年日，因此月份与月份的对应可能会有一些差异，南境的 **Trimene**（三月）的第一日可能并不是我们日历上的 **3** 月 **1** 日。

Eimene：一月	**Dimene**：二月	**Trimene**：三月
Tetramene：四月	**Pentamene**：五月	**Hexamene**：六月
Heptamene：七月	**Oktamene**：八月	**Ennamene**：九月
Dekamene：十月	**Endekamene**：十一月	**Dodekamene**：十二月

图书在版编目(CIP)数据

雾影之心 / (美) 威廉姆斯著 ; 李迎春, 张妍妍译
. -- 重庆 : 西南师范大学出版社, 2016.4
书名原文: Shadowheart
ISBN 978-7-5621-7785-2

Ⅰ. ①雾… Ⅱ. ①威… ②李… ③张… Ⅲ. ①科学幻想小说－美国－现代 Ⅳ. ①I712.45

中国版本图书馆CIP数据核字(2016)第042226号

雾影Ⅳ：雾影之心

SHADOWHEART

[美] 泰德 · 威廉姆斯 著　李迎春 张妍妍 译

出 品 人：米加德
总 策 划：卢　旭　彦吴桐　沈丽凝
责任编辑：畅　洁　张昊越　沈琳彦
特约编辑：王绍政　倪若水
装帧设计：谷亚楠　朱海英
出版发行：西南师范大学出版社
重庆市北碚区天生路2号　邮编：400715
http：//www.xscbs.com
市场营销部电话：023-68868624
印　　刷：重庆荟文印务有限公司
字　　数：643千字
开　　本：890mm × 1240mm　1/32
印　　张：26.875
版　　次：2017年1月第1版
印　　次：2017年1月第1次
著作权合同登记：2015年第325号
书　　号：ISBN 978-7-5621-7785-2

定　　价：96.00元（全两册）

读者回函表

Readers

WIPUB BOOKS

姓名：__________ 性别：____ 年龄：____ 职业：______ 教育程度：_____

邮寄地址：______________________________ 邮编：______

E-mail：________________ 电话：________________

您所购买的书籍名称：《雾影Ⅳ：雾影之心》

您对本书的评价：

书名：□满意 □一般 □不满意 | 故事情节：□满意 □一般 □不满意

翻译：□满意 □一般 □不满意 | 书籍设计：□满意 □一般 □不满意

纸张：□满意 □一般 □不满意 | 印刷质量：□满意 □一般 □不满意

价格：□便宜 □正好 □贵了 | 整体感觉：□满意 □一般 □不满意

您的阅读渠道（多选）：□书店 □网上书店 □图书馆借阅 □超市/便利店 □朋友借阅 □找电子版 □其他 ________

您是如何得知一本新书的呢（多选）：□别人介绍 □逛书店偶然看到 □网络信息 □杂志与报纸新闻 □广播节目 □电视节目 □其他 ________

购买新书时您会注意以下哪些地方？

□封面设计 □书名 □出版社 □封面、封底文字 □腰封文字 □前言后记 □名家推荐 □目录

您喜欢的书籍类型：

□文学-奇幻小说 □文学-侦探/推理小说 □文学-情感小说 □文学-散文随笔 □文学-历史小说 □文学-青春励志小说 □文学-传记 □经管 □艺术 □旅游 □历史 □军事 □教育/心理 □成功/励志 □生活 □科技 □其他______

请列出3本您最近想买的书：________、________、________

请您提出宝贵建议：________________________

★感谢您购买本书，请将本表填好后，扫描或拍照后发电子邮件至wipub_sh@126.com和xscbsr@sina.com，您的意见对我们很珍贵。祝您阅读愉快！

The Fantasy

German Prize

The Quill Award

The British

Fantasy

Award